中俄文学互译出版项目·俄罗斯文库

本书为中国国家新闻出版广电总局和俄罗斯出版与大众传媒署批准的《中俄文学互译出版项目·俄罗斯文库》。由中国文字著作权协会和俄罗斯翻译学院负责组织实施。

自　由

［俄罗斯］尤里·科兹洛夫 著
孙秋花　王骁骞　吴迎春 译

黑龙江少年儿童出版社

登记号：黑版贸审字 08-2019-011 号

本书为中国国家新闻出版广电总局和俄罗斯出版与大众传媒署批准的《中俄文学互译出版项目·俄罗斯文库》。由中国文字著作权协会和俄罗斯翻译学院负责组织实施。

图书在版编目（CIP）数据

自由 /（俄罗斯）尤里·科兹洛夫著；孙秋花，王骁骞，吴迎春译. -- 哈尔滨：黑龙江少年儿童出版社，2018.12

（俄罗斯文库）

中俄文学互译出版项目

ISBN 978-7-5319-6138-3

Ⅰ.①自… Ⅱ.①尤… ②孙… ③王… ④吴… Ⅲ.①小说集－俄罗斯－现代 Ⅳ.①I512.45

中国版本图书馆CIP数据核字（2018）第297730号

自由
ZIYOU

作　者：	【俄罗斯】尤里·科兹洛夫
译　者：	孙秋花　王晓骞　吴迎春
出 版 人：	商　亮
项目统筹：	李春琦
责任编辑：	张小宁　李　昶　高　彦
封面设计：	谢宏勤
版式设计：	文思天纵
责任印制：	姜奇巍　李　妍
出版发行：	黑龙江少年儿童出版社
	（哈尔滨市南岗区宣庆小区 8 号楼 150090）
网　址：	www.lsbook.com.cn
经　销：	全国新华书店
印　装：	哈尔滨市石桥印务有限公司
开　本：	720mm×980mm　1/16
印　张：	31.25
字　数：	500 千字
版　次：	2018 年 12 月第 1 版　2018 年 12 月第 1 次印刷
书　号：	ISBN978-7-5319-6138-3
定　价：	108.00 元

目录

自由 …………………………………………… 1

邮鱼 …………………………………………… 201

浪漫情怀 ……………………………………… 421

自由

1

韦尔吉利耶夫继续像往常一样工作：先看看报纸，然后看分析局专业编写的评论。

在分析局工作的人穿着过时的邋遢衣服，这些衣服就像当局机构的分析一样没有实际作用。分析局里唯一的自由是可以留胡子，其中一个人的胡子很特别，两条长短不一的胡子像瀑布一样垂到肚子上。

有一天，这个像分裂分子的大胡子碰到了上司，这个上司带着保镖和随员们突然走过分析局所在的楼层。

资深专家看到上司后，就向他鞠躬。

随员们努力地打起精神，像野猪一样在走廊里穿梭，根本回答不了上司的问题。最终只找到了一个要退休的国家公务人员，他已经不在乎什么了。像其他人一样，没什么事情可做，只是闲待着。

"你把他们集合起来并给我带过来。"上司冷笑着说，"我问一下他们，然后给政府提些建议。如果人民在抱怨，那么整个世界都会嘲笑我们的。"

将退休的人反对道："哪个政权能给这些梨子？"

上司回答道："这个政权能给这些梨子。"他看了一眼随员，然后说道，"为什么呢？因为你们希望所服务的政府代表有吃掉梨子的强烈愿望。"上司拍了拍要退休者的肩膀说，"没有私人的东西，这是矛盾的制度，是游戏的规则。"

上司不久前升了职，他还没来得及按照随员的建议，修正一系列严重的错误。

自 由

据报纸报道，塔姆波夫州的反腐人员在州立法会议选举前逮捕了一名用自己的钱给学生买练习本的老师。学校预算里并没有这项支出，学生父母都在生产航天发动机过滤器的军工企业工作，但由于全球经济危机该企业已经倒闭。该教师被指控"越权"和"收买选举人"，即收买这些失业的家长为选举投票。

远东反腐人员在办公室抓获了把钱转入幼儿园中的副州长，幼儿园中有60个孤儿。副州长贪污了国家专项拨款。

陀思妥耶夫斯基称，俄罗斯人民是上帝的子民。人们总是以政权行为当榜样，揣摩其暗藏的动机和预谋。如果皇帝坚持祈祷，请求上帝原谅和保护人民，那么人们也会感到自己是上帝的子民。如果国家投机取巧，那么人民也会无所不为，做一些行贿受贿的勾当。但是当权者不喜欢人民这样做。

韦尔吉利耶夫坚信基层反腐是注定失败的。应该首先从顶层反腐开始，那样才会出现拯救国家的机会。

韦尔吉利耶夫正在想这些极端分子，突然被书桌上一阵急促的电话声打断思考。

机关领导打来电话说："过来一趟。"

韦尔吉利耶夫问道："在电话里说不行吗？"

机关领导慢慢地说道："你很忙吗？你准备好欧洲圆桌会议的提议了吗？"

他喜欢强令属下执行难以完成的任务。

韦尔吉利耶夫吃惊地问道："欧洲圆桌会议？"

机关领导回答道："放弃生命，不需要关注政府的最新思想。欧洲圆桌会议室是唯一的幸福。可以用它来衡量的东西是什么？"

韦尔吉利耶夫小声说道："是金钱。"

"对执政党而言自由的爱是新事物。其主要形式是不要被金钱所困，不要被执政党的关爱所困。现在等你过来。"机关领导放下电话，更确切地说是把电话按到其所需用户的按键上。

机关领导办公室在高层，位于保护区，第二重要的区域。第一重要区域是领导及其秘书的办公室。走在铺有地毯的通道上,韦尔吉利耶夫断定"领导通道"在这么早的时候是寂静无人的,原因是夏季的休假时间,而不是处理政治事务的时间。韦尔吉利耶夫向联邦保卫局的军官点头示意,然后他跨过门槛,吹着愉快的哨声匆忙向里面走去。

秘书有礼貌地向韦尔吉利耶夫点头示意:"请进,他在等你。"

虽然交谈用的是"你",但是韦尔吉利耶夫与机关领导并不熟悉。这位领导在偶然的一次机会中得到了法律中尉职位。他注意到一个高个子、身材匀称的司法部领导换位置。他在解决问题的时候指出了各种矛盾。所以他并不是简单地做汇报,而是提出自己对解决方法的看法。

韦尔吉利耶夫知道这些机智的解决方法并不是中尉自己想出来的,而是在他女同事的帮助下想到的。这位女同事静静地坐在小办公室里。在她进入律师办公室与中尉共事之前,要想把她安排进国家部门存在着许多困难。有人建议韦尔吉利耶夫把这一情况告诉领导,以防被迷惑,但韦尔吉利耶夫闭口不言。中尉也赞赏他的做法。

机关领导住在克雷拉茨基小山上的一个二等五室的公寓内。在阿尔汉格尔斯克有自己的私宅、雪地车、越野车、最新款宝马车,在西班牙的卡斯达索里海岸也有自己的住宅。

韦尔吉利耶夫两次离婚后住在一个单身公寓里,公寓面向基辅火车站,能看到火车行驶。政府多次想把他住的地方改建为一个市场。最近市场逐渐军事化。市场过道之间铺设了武装用的布网。难道市场准备用来抵抗军事进攻?火车铁轮声就像缝纫机的声响,伴随着韦尔吉利耶夫吃早饭,吃午饭。晚上他坐在电脑旁时,这种声音成了他晚间生活的一部分。

除了这个单身公寓,韦尔吉利耶夫在远离喧嚣的特维尔州的一个农村有一间破房子。房子是父亲留下来的。韦尔吉利耶夫不知道该怎么处理这间房子。想要卖掉,但是没人买;想要修缮一下,但是很贵,又没人住。农村荒无人烟,就像被刚侵略过一样。

韦尔吉利耶夫开着一辆普通的国产"福特—福克斯"车。

他有供自己不在城里工作生活一年半的储备,以及在农村生活 5 年左右,供打鱼、种菜、采蘑菇的生活储备。但韦尔吉利耶夫并没有就此满足,而是有更高的追求。

机关领导办公室门打开后,韦尔吉利耶夫叹息道:"他是智者,我是傻瓜。"

中尉请韦尔吉利耶夫坐下来,问道:"生活怎么样?"

韦尔吉利耶夫耸耸肩说道:"一般吧,就像普希金的兄弟……"

中尉用手指敲了敲桌子说:"知道了。"然后他看着窗外像石油一样黑的鹅卵石路面,又说道,"我们的生活好忧郁。"看来他读过果戈理的书,"但又能怎么样呢,这就是生活。"

韦尔吉利耶夫并没有争论:"就像法律一样,生活决定着它本来的样子。"

机关领导有点吃惊地说:"对我们并不利,写申请吧。"

韦尔吉利耶夫还想开玩笑,但是注意到事情并不乐观,说道:"寻求物资帮助?"

"以私人的方式。"

韦尔吉利耶夫不太相信,确认道:"现在吗?"

机关领导说:"可以过一个小时,但一定在今天之内。越快越好。我会尽量补偿你的假期,稍后跟你说会有什么感谢。"

韦尔吉利耶夫感兴趣地问道:"难道还可以不给补助就辞退吗?"

机关领导回答道:"这很容易,如果军队不行的话。这不是我的决定。我只是执行者,若我不了解情况,我不会处理此问题,即便是为了你。"

"难道不能减少职位吗?"韦尔吉利耶夫问道,他指的是发放三个月的工资。

机关领导叹气道:"不可能。有很多麻烦事。到时候需要调动你们所有人,改变名称,重组新的结构……"

韦尔吉利耶夫又问道:"将会发生什么呢?"

机关领导并不在领导层最核心圈子里,所以不能给予回答。领导决定减少一些参谋,问题并不在韦尔吉利耶夫,而是因为总需要牺牲一些人,从而使另一些人不至于无所事事。

机关领导回答说:"我也不理解。他并没有说细节,只是打电话说要解雇你。你是知道他是如何做决定的。"韦尔吉利耶夫再次觉得机关领导比自己聪明。

韦尔吉利耶夫突然想起《活着》电视剧中神秘的无坚不摧的黑烟。这股黑烟总是突然出现并致人死亡。韦尔吉利耶夫认为，领导的权力也像黑烟一样看不见，并不经常出现，或者不会立刻杀死人。他本人制造黑烟并将他的烟吹向其他人。现在的烟就像他的心情一样。

机关领导建议说："你直接给他打电话吧。会突然发生争吵吗？有人会瞧不起某事，然后他会直截了当地回答。"

韦尔吉利耶夫站起来，脸上流淌着男人少有的泪水说："现在坐着等我的电话。"

机关领导也站起来说："奇迹当然是非理性的范畴，不适当的眼泪可能会毁掉一个本来不错的解决方法。"

"准备好命令！"韦尔吉利耶夫本想像鹰一样看一眼领导，但他清楚地知道自己身体里的这只鹰不是别的样子。鹰在那里守着旱獭、黄鼠，或者一只别的什么动物，突然猎物溜到洞穴里，而鹰却扑在一坨屎上。"嗯，我需要一辆车，"韦尔吉利耶夫补充说。"把那里的书和东西从办公室收拾走。一会儿就得出发去克里姆林宫，这些是内部保险箱的文件。跟他们说，让他们放你进去，清点交付。"

机关领导回答说："没有问题。但你终究还是要打电话试试。"

韦尔吉利耶夫清醒过来后认为，他们没有给他任何建议。这是不好的征兆。但他在某种程度上会安慰自己，他们还没有我的申请。当不公平的解雇遭到质疑时，开始讨论新的就业，他们对不清楚的威胁感到困倦和担忧。据说，让我们快点做些好的，否则，你清楚的……是个人，就能找到条款。也就是说当他准备好亲吻要杀害他的手时，当政权出现所谓的"斯德哥尔摩综合征"的时候，或者当他准备对付要解雇他的人的时候，那时就会开始交易，但这要更加危险，因为状况已经到了对自己生命难以控制的程度，部分领导已经到了善与恶的边界了。

韦尔吉利耶夫没有准备好亲吻要杀害他的手，颤抖着吸入散发臭味的黑烟。他连商讨对付的想法也没有了。相反，他感觉到了绝望的极点——

自由

痛苦的自由。大概就感觉像俘虏一样，更准确地说，像农奴一样，先是长时间装在板车上，然后被放到干净的田野中。就是让他不知道自己身在何处，不知道往哪里逃，也不知道周围有什么。但是头上是天，天上有云，云上有太阳，远处是森林，穿过田野是通往幸福的路，那么这条路又将通向何方？生活是美好的，仅仅是因为你还活着。除了不久前发生的令人烦恼的事以外，世界仍然保持原状。哪里有生活，哪有就有希望，唉，真糟糕呀！

回到办公室之后，韦尔吉利耶夫打电话给领导接待室，确认领导是否在那里。领导接待室昼夜工作，每八小时换一次班，韦尔吉利耶夫认得他们中的一些人，但是凭声音分辨不出来。

值班人简单地说："在上班。"这意味着领导在会见来访客或接打电话或开会，总之，在处理各部门及国有公司的事务。

韦尔吉利耶夫拿起电话，听见响声就把电话挂了。领导办公室的电话上显示是"韦尔吉利耶夫"。如果领导没时间立刻回电话，那他可能就会在有空的时候再回电话。电话键仍在闪光提示，或停止呼叫。

"你为什么要打扰我，想让电话毁掉我的旅行吗？别打了，我在外面。"有一次他这么回答韦尔吉利耶夫。

"外面怎么样？"韦尔吉利耶夫打扰领导后很好奇地问。

领导回答："别说话，我在做关乎很多人性命的事情，但不是为了挽救某些人生命的决定，我们的理解并没有意义，"领导停顿了几下后继续说道，"人处在一种时间、空间无限延长的休克中，但意识仍像钟一样工作。那里没有思考的时间，除了完成愿望什么也干不了。只是在完成谁的愿望呢？"领导就这样结束了突然打来的电话。

但韦尔吉利耶夫终究还抱有希望。

领导很少花费超过5分钟的时间和别人交谈。忍受不了长时间的会议。但是当然也有特例，就是当我们的领导还是下属的时候。国家高层领导决定接见时间的长短，会议持续时间的长短，我们的领导是无能为力的。

当高层领导给我们领导打电话的时候，韦尔吉利耶夫就会走出办公室，虽然没有人强制他这么做。对领导喜欢的且被人尊敬的时候，就不要控制时间了。比如说，他小时候在银幕上或者在大学看到了女演员。

韦尔吉利耶夫每次都提醒领导女演员一定会要钱修剧院，或者要钱给孙子治病，学院会把市政府的钱转给学院领导，用来建设住宅和高尔夫球场。但领导不听这些琐碎的事。"我从很高的角度看人，即使是她在过去。你在目前的生活状况下，或者更差劲一点，我甚至可以说得更卑鄙些。他在那里，而我对他的态度是极坏的，而你具体来说，就像在当铺里的说话。即使暗淡，我也能看到光和星星。你像死人一样，心灵是黑暗的，像月亮的阴面。而你忧伤担心。""难道什么都不问吗？"韦尔吉利耶夫吃惊地问道。领导笑道："当然可以问，我也一定会帮助她。"

过了20分钟。这段时间不仅可以决定俄罗斯的命运，也可以决定整个人类文明的命运。

电话没有响。

"他在办公室吗？"韦尔吉利耶夫再次给接待室打电话。

"在工作。"值班人说道。

"他在休息室吗？"韦尔吉利耶夫因羞愧感到脸发热，但他决定将苦水咽下去。

"没有，刚刚打电话吩咐说要请图书馆馆长。"

浑蛋！韦尔吉利耶夫又打起了直通电话。没有响。

领导断掉了和韦尔吉利耶夫的通信。

韦尔吉利耶夫就像做梦一样写了因个人原因的离职申请，并把它拿到机关领导的接待室。

过了10分钟，一位工作人员拿着离职通知单过来。上面有14个地方需要去报告工作，但是在所有该签字的地方已经有对应小官员的笔迹了，就好像韦尔吉利耶夫已经去挨个找过他们，并把公家的东西都上交了呢。

韦尔吉利耶夫晃着肩膀说，我还没有上交电子设备。我的笔记本电脑还在家里，平板电脑在克里姆林宫，还有录音设备……难道我这儿还有录音设备？

一位领导干部高兴地说："别担心，安东·谢尔盖耶维奇，完全相信你，等你有空的时候交过来就好了。"

韦尔吉利耶夫说:"今天就收走证明文件吗?"

对方迅速回答说:"我们会根据护照给你办一个临时通行证。"

韦尔吉利耶夫突然第一个想到杜马代表,还有在自己办公室的集会,好像政敌想要杀了他。所有人都知道这是他做的,但是不论侦查员如何努力,都无法做出证明。当时在代表家里进行了搜查,发现了那个在爆炸中丢失的办公笔记本电脑。因为偷盗国家财产,判处了他三年有期徒刑。韦尔吉利耶夫的确想不起来是真的,还是假的。

他想,这不是我做的,他们签了字,结果好像我已经上交了所有东西。也就是说,责任在于他们,而不在我。也就意味着是另一回事了。

韦尔吉利耶夫坚信很快就会确定事情发生的原因。国家的政权机器由复杂多样的成分组成,它在逻辑理解之外运行。有时做出决定需要很长时间,就像水晶形成所需时间一样长。结果是,什么都没有发生,但是却处置了某个人,从而使案件进行下去。

正如该领域专家给韦尔吉利耶夫解释的那样,戈培尔博士并不完全对,并证实道,谎言越奇怪,人们越会相信。

这个专家强调,并不是所有人都是白痴,而且大部分人都不是白痴。根本没有必要掩盖事实。应该把它和冰块相比,冰块可以不留痕迹地融化成水滴。正确管理情绪,而不是所谓的"事实"是对大众更有效的"管理行为"。没有比把诚实的人变成说谎的人,把善良的人变成卑鄙之人更简单的了,这不仅是因为个人因素,而且也是因为人们一开始就对善良持敌对态度。

专家解释说,必须遵从上帝,但对掠夺者会有怜悯之感,因为从心理上掠夺者更接近大众,比耶稣或热爱真理的人更能让人理解。不进攻,只是因为胆小。冰块越大,就需要融合更多的水。也可以走另一条路。不断地夸奖别人,向他展示善良行为和效仿标准。但人们很憎恨这样的人,觉得是浑蛋!而且专家发现,不知为什么相比活人的善良,社会更容易接受死人的善良。相比活人来说,人们对死人更加宽容。

更令人惊奇的是,那些好像融化的没有踪迹的冰块迟早会变回到原来的世界，用光亮照亮近郊，但这很少令人激动。不久前，震惊社会的寻求真理的活动在完成指定的任务后，回到了初始的形态，正是这样成了最穷的人类活动。

过去了。

韦尔吉利耶夫认为自己走过去了。他走过长长的走廊就像走过他自己的车厢。韦尔吉利耶夫的车票被撤销了，他要在最近的车站下车了。

离开了坐了快两年的办公室之后，韦尔吉利耶夫开始反思"忠诚"这个词。有时上帝希望有些词比一般的词更具有神圣的含义。忠诚的人同时具备两种含义。比如韦尔吉利耶夫与领导的关系，他忠诚于领导，同时他别无选择只能忠诚于此人。因此，韦尔吉利耶夫认为，当说到某人是忠诚的时候，应该弄清楚是忠诚的哪个层次，只是忠诚于他呢，还是别无选择的忠诚于他。

换句话说，根据词源学的表述，被逐出的韦尔吉利耶夫称得上"忠心"。"忠心"一词的词根是"信任"。这里有更广泛的意义。每个人都考虑过自己的"信念"，更进一步说是"忠心"。

韦尔吉利耶夫想，只有在有人忠诚于你之后，你才会变得忠诚，这是真话还是瞎话？他没有说服自己这是介于真话和瞎话之间的事情，而是正派的作风。人是复杂的动物。放宽对自己罪行的界限，却严厉控制别人罪行的界限。人们希望看到周围的人做自己都没做过的善行，这看起来没有什么矛盾。

韦尔吉利耶夫早就脱离了幻想，所以你会发现他脸上出现泪水。其实领导的脸上也应该出现泪水。他很严肃地对待"泪水"。在费力地把大声嚎哭的官员妻子拉出办公室后，领导解释说："什么是泪水呢？首先，是对不公平的抱怨。第二，这种抱怨要像写在公文纸上的正式道歉信一样真实。虽然，当然，"领导若有所思地想了想说，"也存在伪造文书者，也有伪造公文纸的。""尤其是女人。"韦尔吉利耶夫补充说，"如果有女人走过来向我要钱，我会拿出钱包把现金都给她。这不是解决问题，但可以起到安慰作用。"因为你没有几千欧元，韦尔吉利耶夫这么想着，但没有说出来。

自 由

  他擦干眼泪，深呼吸，感觉到忠诚的空虚。忠诚好像是一只鸟飞走了，玷污了印有国徽的纸，心里充满了邪恶的风。

  哲学家瓦西里·罗扎诺夫称这种思想是凋零的树叶。看着邪恶的风带走忠诚，韦尔吉利耶夫觉得他的思想可以称作是"飘零的羽毛"。他认为，领导周围的人都希望与领导之间建立信任关系。即使他是超人，也难以为他工作和服务，做一个善良正直的人。对他来说，人就是棋盘上的一颗棋子。为了棋局的胜利而牺牲，可以认为他是忠诚的卒子吗？

  韦尔吉利耶夫知道，一个领导会在多个棋盘上活动。而且并不总是所有的人都听从领导的话。事实上每个人都为自己的利益而行动。韦尔吉利耶夫叹息道："正是这种牺牲者、背叛者、失败者不会重返棋盘。"更好的情况是学习跳棋，跳棋要简单得多。跳过去就活了，不然的话，就休息下！

  有人敲门，交通部的领导向办公室看了一眼。

  他在门口喊道："安东·谢尔盖耶维奇，车子在楼下了。你有一天的整理时间。他们让我转告你，一切都安排好了，钱已经转到银行卡里了。"

  这已经很好了。韦尔吉利耶夫以前被辞退的时候还从没受到过这种被人尊敬的待遇。他想，如果我要求坐飞机呢？保安人员被叫过来，我被戴着白手套的人带出去了，所以我不再欺骗自己了，关了电脑，出了走廊。

  坐电梯的时候，他遇到了一个熟人。那个人穿着夏天的劣质衣服，高个子，运动型，短发，相对年轻。他可能是个寡头、部长、代表，也可能是检察员或是警官、政治工艺师、商业电视的制片人或是强盗。在新俄罗斯社会各界领域的划分不太明显了，而政权就像一盏灯，在灯的周围飞着各种昆虫。但并不是所有的昆虫都烧掉翅膀掉下来。很多飞得像空气一样轻盈，而飞走时，还艰难地挥动着金色的翅膀，好像要挂在灯泡上一样。

  走到门口的时候，韦尔吉利耶夫突然想起来在哪里见到过这个人。

  五年前，他们去加拿大参加一个关于发展国家北部公共住房的活动。加拿大人在永久冻土上铺设了特殊的管道，称之为"水烟"。"水烟"的温度和压力由电脑程序控制。冬天浮桥结冻在冰里变得非常牢固，夏天浮桥没有淹没在沼泽中，可以轻松撑起管道。最令人惊奇的是，"水烟"在压力变动的情况下开始像有巨大能量的力量冲击着土一样。新技术不仅可以将水、暖气和能源输送到新的地方，也可以将沼泽变干，清理掉液体和固体垃圾，也就是说可以解决世界范围内的北方污染问题。"水烟"不仅可以将垃圾变成原子，还可以将它转成能源。

当时的总统让领导看一下这种技术是否能应用在俄罗斯。

在飞往莫斯科的前几个小时，领导来到韦尔吉利耶夫房间说将在加拿大待几天。过两个小时飞抵北极圈。刚刚使馆人员打来电话说证件都准备好了。韦尔吉利耶夫祝领导狩猎成功。他们分开了。抓到门把手的时候，领导突然转过来说："想和我一起去吗？"韦尔吉利耶夫不想去，但不知道如何拒绝，就说道："去看熊吗？"领导说："卫星已经照了照片，它在等着我们，很棒的模型。"

韦尔吉利耶夫看着窗户。已经是5月了，太阳照亮大地，但窗外还是零下29摄氏度。韦尔吉利耶夫在楚科奇服过兵役。他想象着现在身处北极圈，在一个距自己五星级宾馆1000多公里的省，这个省以女人的名字努娜命名。"你带游泳裤了吗？"他好奇地问，"零下42摄氏度加上几天的滑雪。"领导说。韦尔吉利耶夫笑道："当然想了，很难想象谁能拒绝这个建议。"

考察持续了五天。

这个考察让韦尔吉利耶夫记住了不落的太阳、刺骨的寒冷、连续的滑冰、带着食品和必备用品艰难地行走，而且没有酒。躺在帐篷的睡床上，就像在病屋里，墙上形成冰锥。他希望能够喝一口伏特加、白兰地、龙舌兰酒，即便是掺着可口可乐的加拿大威士忌也可以。但什么都没有。

陪着他们一起去的职业猎人叫作斯拉瓦。正如韦尔吉利耶夫想的那样，斯拉瓦是出生并长在加拿大的俄罗斯人。他能够像母语一样说三种语言，或者还可能更多。与韦尔吉利耶夫及领导说话时用俄语，与组织狩猎的公司人员用英语和法语交谈。这是正规的公司，没有多少人能到北极狩猎。

韦尔吉利耶夫很好奇斯拉瓦用哪种语言思考。斯拉瓦回答说主要是俄语，但有时想得深入的时候用法语。如果是关于钱和工作，那么就用英语

自 由

思考。

"关于女人呢？"领导突然感兴趣地问。

斯拉瓦说："不知为什么想女人的时候用乌克兰语，因为我爷爷还有姥姥都是乌克兰人。"

领导斜眼看着斯拉瓦赞叹道："不错，厉害。"

虽然年轻，但斯拉瓦是个好猎手。

在引导他们在冰上走的时候没有犯过错，当冰裂缝的时候，用雪堵上，或者当熊游过冰洞的时候，斯拉夫就会按照电台指示，跟着死亡的熊，从而得到准确的坐标，并把他们带得更远。他为客户的健康、安全和心情负责，因为他不仅是猎手，而且也是引航员、船长、心理师和救护员。韦尔吉利耶夫相信斯拉瓦可以在非常情况下能做所有事情。

当领导拉雪橇时，韦尔吉利耶夫和斯拉瓦走在前面去铺设雪道。韦尔吉利耶夫问斯拉瓦，他们的活动需要多少钱，每人花费是多少。他回答说，每次视情况而定。我们在政府监视下工作，停了一会儿说，他们有51%的优惠。

跟踪熊是一件如此困难的事，以至于他们这些天来都没说上话，尤其是刚开始的时候。

斯拉瓦说，方圆数千公里，除了他们，没有一个活人了。

最后一天他们在帐篷中休息。韦尔吉利耶夫难以相信，再过几个小时他将会在宾馆了，那里有淋浴、沙龙、游泳池，在酒吧可能有啤酒。有印第安人和爱斯基摩人居住在加拿大北部省份，那里的人们把酒叫作"驾着红色雪橇"。他好奇地问领导，受了五天罪就是为了享受打死白熊的乐趣吗？

领导在自己帐篷里说："首先它不是白的，从熊的角度来看，是很'包装的'。我们不是去跟踪大熊，不是为了年轻的小熊，而是为了成年的公熊。而且它现在有顺着冰面摆脱我们的机会。我们划着雪橇，而不是驾着直升机跟踪它。但是它不想改变路线，因为它觉得自己足够幸运。"

韦尔吉利耶夫确认道："那我们的目的就是杀掉这个漂亮凶猛的动物，如果我没说错的话，是为了打破世界纪录？"

领导反对道："这要看怎么看了。它是很凶猛漂亮，但是它已经完成了自然生态的任务，即繁殖了后代。它的下一代在质量上要差些。根据进化论，它已经发展到最强盛的阶段。你知道它的力气使在哪里吗？""年轻的母熊和年轻的公熊交配后生下的熊仔如果比公熊要弱，公熊就会把小熊赶走，甚至让他们成为孤儿，或者把小熊打死，好让母熊再发情，再交配。就这样，他们也不再过问后代的生活。"

韦尔吉利耶夫反对说："但世界就是这么构成的，类似的个体不论是在熊群中，还是在人类当中都处于上层。他们管理着世界。自然规律保护的正是他们。"

领导回答说："我把它称作倒置的金字塔。他们把刀刃插在人们的身体中。在金字塔顶部是最高级的种类——国家的领导、国际组织官员、看不见的金融浑蛋、卑鄙的寡头。他们什么都不给自己的人民，他们也不打算这么做，这没在他们的计划当中。他们只是索取。他们拥有了一切，但还是一直索取，更确切地说他们不允许别人到达金字塔顶，更别说把它恢复到正常状态。血流成河、死亡，但不屈服。他们不理解，所有人都感到很累，因为他们愚钝地坚守着自己的力量和抵御攻击。就像熊一样，虽然可以冰上游，但还是坚持在子弹下行走。"

"退休，最好去动物园。"韦尔吉利耶夫认为，虽然自己比领导大12岁，但是仍然很难生活在自己的快乐中。

韦尔吉利耶夫不知道领导有多少钱，但他清楚地知道，钱对于领导来说不重要。他花钱的时候，从不考虑，有时会用在荒谬的政治项目中，会帮助所有（不仅是痛哭的女人）有求于他的人，甚至是陌生人。领导已进入国家高层官员之列，即使他还没有到金字塔顶端，那也正一步一步朝顶端走去。但他不知为什么想把它颠倒过来。

而韦尔吉利耶夫只是想简单地生活，不考虑戈比，做自己喜欢做的事，朝金字塔努力。但根据领导的"熊"理论，在金字塔掉转过来之前他是不可能达到自己的目标的。领导和韦尔吉利耶夫都知道金字塔永远不会掉转过来。世界上未必存在比金字塔更牢固的东西，它就像万尼卡的不倒翁。人民的革命可以使之有所动摇，但是难以将它掉转过来。

自由

　　韦尔吉利耶夫想到一句有意思的话"当一个年轻健康的领导比当一个年老体弱的士兵要好"。现实中，韦尔吉利耶夫就是在年轻、健康领导下工作的年老体弱的士兵（目前还比较健康，但这只是时间问题）。

　　韦尔吉利耶夫喝了一口威士忌忧伤地想："没有人会把金字塔顶端颠倒过来，不可能因为熊不想失去特权，不想在冰上游，不想脱发为僧，不想戒酒就杀掉它。"

　　不知为什么，如果不是领导猎杀熊，而是金字塔顶端其他人来做，那么喝点威士忌也不是什么问题。

　　如果他们想走，那么血战到底就没有什么意义了，或者就假装不存在金字塔。领导认为，所有都不能善终。韦尔吉利耶夫知道是时候停止争论了。领导补充说："为了他们也为了我们。因此……"话说了一半，不知是突然睡着了，还是失去了谈话的兴趣。

　　过了几个小时之后，斯拉瓦把他们叫醒了："该出发了，只带着卡宾枪就可以了，其他的留在帐篷里就好了。"

　　韦尔吉利耶夫说："你们先走，我收拾下东西，否则……各种事都会发生。"

　　斯拉瓦看着他说："对，我们先走。"

　　领导吃惊地说："韦尔吉利耶夫要留下来？你会错过最有趣的部分。"

　　韦尔吉利耶夫朝照相和录像设备点头说道："斯拉瓦可以重述故事。"

　　"你要是和我在一起就好了。"领导的眼神闪烁着，就像小姑娘一样温柔。没有什么东西能破坏他的心情，包括通知状况的电台。

　　韦尔吉利耶夫在收拾睡袋的时候笑着说："我不虚荣，也不凶残。"

　　领导希望韦尔吉利耶夫再考虑一下，随后问："那谁给我和斯拉瓦照相呢？"

　　"没问题。"斯拉瓦耸了耸挎着卡宾枪和照相机的肩膀。这个小伙子好像准备好了一切。

　　几个小时之后，他们背着几袋肉回来了。

　　韦尔吉利耶夫看着袋子说："根据打猎的传统，我们应该把这些肉吃掉，是吧？"

领导尝试着用量衣尺子量这些封着口的袋子，说道："可能吧，但也不一定。"

"为什么？"韦尔吉利耶夫感到很吃惊。

领导说："我们只是捕猎了那些允许狩猎的动物。把尺子收起来吧。我觉得应该破纪录了，不到3.5毫米。"

韦尔吉利耶夫问："不能再加点吗，现在有技术的。"

领导看着他说："我是猎人，不是泌尿科医生。"

韦尔吉利耶夫知道他得罪了领导，但事情已经做完了，米哈尔·米哈雷奇从颠倒的金字塔上下来了。

领导叹息道："只是不要把我的名字从著名猎人的黑板上抹去，很遗憾你没有看到我是如何……"

由于噪音，韦尔吉利耶夫没有听清领导说的最后几个字。一个不大的直升机降落在帐篷旁。另一个大一点的直升机飞向了远方。

领导说："捉住米哈尔·米哈雷奇。如果在猎人俱乐部没有铜板和熊皮做纪念。"

韦尔吉利耶夫想到了五年前猎捕的另一只熊，他要请斯拉瓦，他没有在场。当然如果谈论的是熊的话。他不怀疑，斯拉瓦是多面手。

2

在门口出示办公证件的时候，韦尔吉利耶夫发现他没有装现金。

屋里有个个头不高、留着光滑大背头的人。

这个人叫列夫·伊万诺维奇。的确，他的外表和其他守边人不太一样，看得出来，他的生活很顺利。说实话，韦尔吉利耶夫不理解是什么影响列夫·伊万诺维奇长出浓密的头发。

可能是工作吧。

他在部委下属的国有企业工作。他要为董事会挑选人才，监督财政用项，分配利润，总之是个影响力很大的官员。他和韦尔吉利耶夫的工作没

自 由

有一点交集，因为他们有常人之间的友谊，所以在国有部门里就没什么可分享的了。

"浑蛋！你可以想象达到了极限——1天150万，不会再多了。现在让我把净化器带到别墅来净化游泳池。这都是谁想出来的？这只是危害人民。我这个财政部长该给谁打电话呢？"列夫·伊万诺维奇让韦尔吉利耶夫感到高兴。

韦尔吉利耶夫拿出卡说："你需要多少呢？"他觉得列夫·伊万诺维奇会给他的新生活带来好处。韦尔吉利耶夫私下知道两个很富有的工作人员。一个在住房公用事业促进基金会，一个在纳米技术公司，虽然和住房公用事业没有什么关系，这些同志也没有纳米技术。

列夫·伊万诺维奇拍着他的肩膀说："别蒸浴了，我妻子定了一套樱桃木的浴具。为什么？因为她看到邻居家太脏。邻居是谁呢？是中央银行副行长。算了，收拾下吧，你要往哪个方向走？"

韦尔吉利耶夫差点说随便哪个方向都可以。列夫·伊万诺维奇曾在船上当船长助手。突然他就把船长的名字写了下来，然后从船舷上走了下来，把背上被海水浸透的、破旧的东西扔到了海里。

自己的行程。

敬佩。勇敢的决定。列夫·伊万诺维奇伸出手来。

韦尔吉利耶夫清楚这个人已经知道了关于他的一切，但瞧不起他，因为列夫·伊万诺维奇早就拥有了一切，在他参与的游戏当中，自己是小人物。金字塔是有很多层的，在列夫·伊万诺维奇那一层很舒服。韦尔吉利耶夫忧伤地想道，他不会帮我的，对他来说我很渺小的。

"列夫，为什么？"韦尔吉利耶夫觉得他刚伸出手，他就像球一样拖着列夫·伊万诺维奇飞到了天花板上。"说一个字吧，这个字很关键……"

列夫·伊万诺维奇小心地腾出手说："一切都在上帝注视下进行。"

韦尔吉利耶夫说："我知道要祷告三次，圣诞节的时候要和牧师一起站在救世主大教堂里。"

列夫·伊万诺维奇整理了一下韦尔吉利耶夫的领带说："没有在自己的位置。倒是很快地站了起来，但是出错了。几个重要的人在等着她，而

自 由

你却没有理会她。可能并不是这样。"列夫·伊万诺维奇用手指在太阳穴处转,"想要建议吗?不要做出大的动作。静静地等着。"

韦尔吉利耶夫呆呆地问:"什么?"

列夫·伊万诺维奇认真地看着他说:"一切都做好了。"

韦尔吉利耶夫问道:"是哪个歌剧的?"

"不是你的,也不是政治性的。那是关于水的,关于土壤或是供水的新技术。如果有需要的话,就打电话。"列夫·伊万诺维奇走向门口,按起手机的键盘来。韦尔吉利耶夫相信,列夫·伊万诺维奇要么是在把他的号码删除,要么是将他拉进黑名单。

领导客气地对韦尔吉利耶夫说:"安东·谢尔盖耶维奇,我要没收你的证件。"

韦尔吉利耶夫伸出手说:"我知道了。"

领导说:"一个人在入口,另一个人在出口。""辩证法"他对韦尔吉利耶夫产生了好感。可能是因为他经常和领导打招呼,并且进来的时候从来不会不出示通行证,虽然自认为是门卫能记住长相的重要人物。

韦尔吉利耶夫笑着说:"我去出口,我清楚。那谁在进口呢?"

"就是这个体育男生。你这么看他,好像认识他一样。他是谁?足球运动员吗?"

"他是滑雪运动能手。更确切地说,他是位运动全能选手,如果有这个说法的话。"

"祝你顺利,安东·谢尔盖耶维奇!"领导敬着礼说道。

韦尔吉利耶夫把司机带到克里姆林二楼的住宅后,决定在清晨的莫斯科散散步,走到克里姆林宫。这种幸福对他来说并不经常有。

红场安静、清洁、空旷,政权和人民就像分手的夫妇,相互之间都不感兴趣。

缓慢地走在条石马路上,韦尔吉利耶夫突然想到,不久前,去图拉出差独自一人在餐厅的时光。韦尔吉利耶夫觉得旁边餐桌坐的是美国军官。他们为一个从高加索回来获得上尉军衔的人庆祝。那里还有一个姑娘深情

自由

地看着上尉,但看起来很忧伤,还有一个女孩,上尉的妻子,对这很不满意。上尉对这个无法拒绝的晚宴也不满意。他喝完了酒,和妻子跳起了舞。他的朋友全都明白,他在试图引开女孩的注意。韦尔吉利耶夫觉得,这个女孩是个译电员。他的朋友给这个女孩讲述没有获得奖励的趣事,没有发放住宅证书的事情以及没有支付的战争费。

另一桌很低沉,没有人碰杯。矿工们喝完酒,彼此相互理解。

稍远处一桌的年轻女护士们庆祝某人考入大学。有两个女孩刚值完班,她们睡在了餐桌上,没有回应想要请他们跳舞的服务员。

出口处坐着长途运输司机、骂街的人、强盗、警察、喝完汤的领导。

回宾馆的路上韦尔吉利耶夫去了趟教堂,在黑暗的圣像前站了很长时间,看着耶稣手里拿的书。他想:难道所有写在书里的东西都不能改变吗?

耶稣来到这个世界。但世界现在还在那里。耶稣为之而来的人有忠诚的,也有欺骗的。

韦尔吉利耶夫看看四周。红场像往常一样空旷。只有那些在条形板路上的大灰黑色的乌鸦好奇地看着他,然后飞到列宁墓上去了。乌鸦停在列宁墓的大理石上,一边啄着,一边想着什么。

韦尔吉利耶夫看着乌鸦,想着在图拉教堂没有想完的事情:他憎恨时至今日都在这个政权里的生活。

3

早上走进自己的办公室后,精神科医生叶戈罗夫看到一只金边翅膀的黑色蝴蝶,它使劲儿地飞向关着的塑料窗户。它好像叫作"鬼蝴蝶",但叶戈罗夫好像弄错了,现在它叫其他的名字了。

叶戈罗夫觉得,应该是在清洁工进来的时候,这只蝴蝶从外面或走廊飞了进来。

但清洁工确实没来过他的办公室。

皮沙发旁的玻璃桌子上放着两个昨晚用完的没洗的杯子,书桌旁的塑料桶里面的碎纸片已经发白了。叶戈罗夫认为当他不在的时候，有人进过他的办公室，或者……他看了看通风设备，蝴蝶有可能从这里飞进来。确实想不明白，蝴蝶怎样能够不受伤飞进来呢？但世界上有很多难以理解的事情，如果每件事都要找出原因，那就要疯了。

最后，叶戈罗夫认定，蝴蝶是耶稣的近亲，它可以飞到任何想去的地方。

即使穿过通风设备的隔栏以及关着的窗户，蝴蝶还能保持完整的翅膀。

说实话，叶戈罗夫并不在乎有谁趁他不在的时候进他的办公室。没有什么可被别人发现的丑闻和秘密。或者他可以把某个东西藏在偏僻的地方，等需要的时候再找出来。但这机会也很小。叶戈罗夫没有开出镇静剂和治疗忧郁的药方。他在私人药店有着"纳米医院"的称号，他和各种病人交流，主要是有精神病的患者。如果需要开药的话，诊治完后由其他医生开出药方。

药店位于花园环路的拐角处，原来这里是个带有操场的幼儿园。儿童在那里玩耍，现在种了树，放了板凳。附近没有什么来提醒超载的汽车，这些汽车就像脖子上戴着沉重的锁链。以前儿童玩耍的地方，已经被水泥路、草坪、俱乐部和停车场替代了。

叶戈罗夫喜欢在这个幽静的地方工作。基本上都是有钱人来看精神病。某些医院似乎对穷人的疾病不感兴趣。如果穷人自己诊断不出来病的话，警察就会来帮他们。

俄罗斯富人的问题并不麻烦，因为西方几代的精神分析师很早就能解答所有问题了。不论是一直都富有的人，还是突然暴富的人的问题。病人什么样的问题都可以提。叶戈罗夫能流利地使用英语，所以和病人交谈起来如鱼得水。

但是能够提出、确定、总结的思想没有少。那些无缘无故的病让人担忧。但就是这样，以防万一。叶戈罗夫补充了切尔梅金诺的名言，有很多事是为了以防万一而做的，但结果可能更坏。

叶戈罗夫和大多数俄罗斯人一样，在21世纪的前1/3阶段并不期待俄罗斯向好的方向发展，而总是为坏的结果做好准备。他是保加利亚牌烟草

自由

的钟爱者,更准确地说是"БТ"烟草的喜爱者,这种烟在苏联时期是用白色盒子包装,价值40戈比。

社团成员谈论这种令人赞赏的香烟,同时也在积极寻找苏联时期保留下来的这种香烟。苏联90年代初发行烟票,很多不吸烟的人选择了一家两个名额。那个时候香烟可以当作一种货币,而且伏特加也可开始凭票购买。民众认为,这是由坏转好。

有人在论坛上这么写:"每个人都可以在划定的地方吸烟。不要在禁止吸烟的地方抽烟。"按照БТ成员的想法,这意味着"俄罗斯有个人生活的自由。如果不参与政治的话,每个人都可以按照自己的想法生活。"

另个БТ成员说,如果没有钱的话,就只能保持沉默了。

第三个人补充道,如果不给警察一个说法,口袋里藏有香烟,也不一定是БТ成员。

叶戈罗夫突然想,他是否能活到没有电视和电脑的社会。他相信迟早会出现的。叶戈罗夫经常觉得周围充满思想。只是要把它记下来形成自己的思想。

БТ的任何成员都可以在主页写文章。很多人写成诗歌的形式。

今天叶戈罗夫决定写一首六音部长短诗来取悦大家。

根据БТ烟的气息,
我们将缺席烟草和火柴工厂,
用空中被禁止的思想交谈,
点燃意识,口口相传。
紧接着,关于蝴蝶的报道:
透过紧闭的门窗,
БТ的烟,祖国苦涩的烟。
穿着烟衫作蝴蝶的形状,
飞入我的生活。
但我的秘密还不被知道!

几年前有个干瘦的像只蜥蜴的老人来找叶戈罗夫看病,90年代初,这个老人上了电视,被称作是"民族良心",是苏联背景下的人性精神财富。

在俄罗斯独立日他被一群年轻的改革者邀请到政府做演讲。总统给了他演讲稿，而这个老人说起祝酒辞"为了没有在这里的人干杯。""为俄罗斯的昏暗混乱干杯！"然后他在沉寂声中离开了。

还有更糟糕的事情，他拒绝接受国家勋章。

好几年都没看到他，也没有听到关于他的消息。

很多老人在活着的时候就消失了，在放进棺材或骨灰盒之前就消失了。

当老人回到社会生活中时，他完全改变了自己的观点。他甚至年轻了些，参与了独立电视台的政治脱口秀。老人说："俄罗斯没有解决的问题，不会让我衰老，我的口号是：衰老——延期的年轻。"

关于俄罗斯是否会发生革命时，他回答说："这个国家会有一系列革命，但是最后一次革命将在现在。"

"最后一次真正的革命之后我们会有什么呢？"一个主持人好奇地问。

老人回答说："各种东西，但你们不走运。"

老人沉思地说："任何疾病迟早会好的，死亡，当然，白治疗的保证，但当没有什么可以失去的时候，病人就会利用任何机会了。药比疾病还厉害，但俄罗斯没有其他路可走。我把这种零乘以零有可能得到些什么的算法称作乘法。"

主持人说："对，一切都是上帝的意愿。"

"老人会所，上帝知道如何治愈意志薄弱。"

主持人问："如何做？"

"不论是单个的人，还是集体的所有人，意志薄弱得就像腐败的伤口一样。"

主持人点头说："比喻得很好。"

"然而人们取得了战争胜利，飞向了太空等等。"老人不再说战争胜利的最终目标。

大厅里有人问："谁不去呢？"

老人回答："进马桶里的人不去。"

自 由

"苏联去哪了？"主持人问。

老人耸耸肩说："谁知道在排水管道里有什么，有时候是厕所污水。"

主持人说："让我尝尝这些水。"

当然，这只是尝尝，可能甚至和意志相反。但世界上所有偶然性都有规律。大厅里突然沉静下来，好像每个人都在问他有没有尝那些水。

"圣经解释了自然灾害、道德灾害，道德灾害是社会灾害的后果。"老人说。

这些对话之后，老人不再担心被电台或直播频道邀请过去了。

老人在博客中写道："上帝不存在真理中，那在哪里呢？"

"人群聚齐，警车和公交车被栅栏围起来，麦克风中大声嘶吼着聚集的人群解散。"数百个网络流氓立刻这样写道，博客已经传播开来，甚至报纸、广播中也引用老人的话。

"我要死了，但我不爱政权，如果要爱，就去死。"老人给自己选了这个口号。

他的积极性强烈影响着身为私有银行领导的女儿。这家银行得到了巨额国家补助。中央银行用劳动人民的钱偿还了欠款，而补助部分地返还给善良的人们、机构以及两家合并的银行领导。

现在那个老流氓的女儿是大型金融集团的总裁。

90年代中期，正如叶戈罗夫在网上看到的那样，当爷爷还享有声誉的时候，她重新用了少女时的姓氏，很快坐银行电梯上去了。现在她完全不想让别人注意到她的姓氏。那里不会深究她或者她父亲，他们会进入政权。姓氏是乌克兰的，是男女都可以用的姓氏。

"你的姓氏是无政府主义的。"叶戈罗夫发现，看着老人就像看病人一样。电脑上的老人的履历表显示的名字是——布奇洛。

老人很像留着一小撮灰色的南瓜干，就像冬天地里留下的盖着一层薄雾的南瓜干。

老人很感兴趣地问："孩子，你叫什么名字？"他的手没动，眼神深沉明亮。叶戈罗夫做出结论：生活把老人变成南瓜干，没把他变成大酒壶。

知道了他的名字之后，老人陷入沉思。

他说："把蛇打死，就是那种蛇。"

叶戈罗夫说："到处都是，它现在到处都是。"

老人莫名地相信，并使叶戈罗夫感到窘迫地说："孩子，蛇上你身上了。"

叶戈罗夫没有争论："上我身上，世界上没有身体里没有蛇的人，懒蛇、醉蛇、贪婪蛇、冷淡蛇……"

老人摇头说："不，孩子，我说的是另外的蛇。你知道是哪种。他已经做完了自己的事情，现在在睡觉，弯着手指。你要珍惜它的梦。"

"希望他永远不要醒来。"叶戈罗夫想，"不知道有没有人把老人带到他这里来过。"

老人坚信地说："醒来，一定要醒来。"

叶戈罗夫笑着说："战胜无政府主义？"

老人反对说："打败不了它的。嫉妒、贫穷、邪恶、粗鲁永远存在。只能暂时领导无政府主义。"

叶戈罗夫认真地看着老人说："体会到她的温存，我们将一起治疗。"

老人看着叶戈罗夫说："如果两个人因为一个妓女患上淋病。"

叶戈罗夫说："名字是革命，姓氏是未来。只是害怕这不是淋病，而是艾滋病。这就治不好了。"

叶戈罗夫受命使老人恢复意识，使之摆脱政治事宜，向他解释不应该将尾巴提高到政权，这个政权即使很富裕，老人也因此受损。

的确，老人解释说没有太严重受损。

这个布奇洛的孙女用手指敲着桌子，告诉叶戈罗夫：她给了她父亲一笔钱，他把钱转到了救助基金……给一个年轻的极端分子。

叶戈罗夫看着她平整的皱纹，修过的脸，想着以前不公平的生活。为什么有的人拥有一切，而有些人什么都没有？什么力量使得这个女人这么富裕，而数百万人中有很多人的智慧、善良、贪婪都要远远超于她？

外科医生用手术刀如此修整她的脸，以至于她的眼神很冰冷。没有

自　由

什么个性，没有什么能说明其性格和品行，她的脸上没有区别于从前的特殊东西。她的脸在叶戈罗夫看来很像开启神秘的金钱世界的门。叶戈罗夫没有进入这个世界。冰冷的、涂脂的、铜的电子门由于某些原因没有对他开放。

就像所有被侮辱被欺凌的一样，叶戈罗夫认为苏联解体后的俄罗斯秩序就像巴比伦塔一样会倒塌。但是目前他有很多钱，足够他用。新世界的威力就在于此。一些人拥有一切，另一些人一无所有，还有些人多少拥有点儿。这三种人正好没有让革命从西方传播过来。

布奇洛向叶戈罗夫提问道："他需要商议者，更准确的是需要思想统一者，这样他就可以交流一切话题，更准确的是同志，最准确地说是有亲属关系的思想。你们要开始了，我都看到了。在我看来，你最不需要钱，但是很喜欢钱。"

"一点儿不需要。"叶戈罗夫认为布奇洛有点儿人性。总之她很聪明。因为世界上一切都围着钱转，世界上大部分犯罪是因为钱。但是犯罪和金钱并不总是连在一起。这里运行着另一种规律，更准确地说没有他们。坐在叶戈罗夫对面的布奇洛就是最好的例证，但不是秘密。

不知为什么他突然看到她在其他山的顶端，海岛上山的顶端，向她游来的不知是蜥蜴还是鳄鱼。她不是一个人在山顶，旁边站着她的两个朋友。一个是灰色眼睛，一个是绿色眼睛。她们在岛上干什么，叶戈罗夫并不知道。总之他没有看到那里有钱。

叶戈罗夫想，她喜欢父亲，因为她对他诊断的结果表示中立。

财政家赞赏地看着叶戈罗夫说："您可能很幸运，年轻而喜欢金钱的女人会喜欢你，轻信钱的也喜爱你。有时这些老实的女人关注没有什么失去的成熟男性，因为他们在出生的时候就失去了一切。"

叶戈罗夫想到："对，对于穷人来说，如果粪便值钱的话，那么他们生来就没有臀部。"

"如果我们可以的话，我帮你做整形手术。"亿万富翁看了下手表笑着对叶戈罗夫说，"不会给你臀部大整形，为了裤子不掉，这是很现实的整形。"

说好了一周两次把布奇洛的爷爷带到医院。

叶戈罗夫决定长一个大臀部，以特有的善谈者形象向上走。

他突然对爷爷说："您女儿付我钱让我和您聊天。"叶戈罗夫早就清楚最有效最安全的交谈方式是说实话，更准确的是所有实话。当叶戈罗夫看到面前尊贵的人，那么布奇洛爷爷差不多也和他们一样尊贵。而他用像几乎对所有人一样的真诚来对待布奇洛。

为什么是"几乎"？

像所有虚幻的物体一样，任何真理和诚实都有一层阴影。没有了阴影，真理和诚实自己就会成为太阳，在太阳下人们之间的关系很快就会蒸发，如果他们没有很多眼泪的话。（在女人身上一定不是这样的）"差不多"是把伞，能够保护叶戈罗夫以及和他交谈的人。

叶戈罗夫继续说："她女儿希望你停止辱骂政权，因为她会不开心。我不是什么都知道，不是哲学家，不是发言人，总之不是关心政治的人。我看到政权危害人民和俄罗斯，但老实说，政权、人民和俄罗斯对我来说都无所谓。有时我觉得人们喜欢政权残害他们，而俄罗斯则会灭亡。您记得躺在医院里的史维克，鼓舞着那些用湿床单包裹治疗和野兽般治疗受折磨的人。如果这种对话的人让你感到高兴，那就和他交谈，否则我不会抱怨。不为挣钱，那么我是干什么。"

布奇洛的爷爷振奋叶戈罗夫说："别害怕，孩子。"爷爷坐在软皮沙发上，就像叶戈罗夫让病人坐在那里一样。对话一般来说没有意义。

治疗病人的标准一般是美国精神分析师制定的，上世纪30年代弗莱德博士就这么认为。学习了他们，叶戈罗夫了解到全国统一考试的起源。医生应该推荐病人进行测试，病人应该回答这些问题。

对布奇洛的爷爷的行动，叶戈罗夫在电脑上同相应表格对照：女儿怯懦的情况，藏在枕头下未洗的短裤，为什么爷爷经常在自己屋里给植物浇水……

测试的形式是多样的。很容易掺进去人们的关系，不仅是医患关系。

"我现在刚刚完成文章，指出了社会抗议推动人民革命的时代过去了。"爷爷继续说，"关于政权你是正确的，孩子。它危害人民和俄罗斯。

自由

他们没有推翻政权是因为人们觉得新政权会更加危险。这就使它能够和平腐烂,变成建设材料。"

叶戈罗夫好奇地问:"将建什么?"

"城堡,首先是监狱。其他的还没想好。"

"那时我们应该保卫政权。"叶戈罗夫早就注意到即使是精神分析师的想法也会造成混乱,并得出荒谬的结论。

叶戈罗夫建议:"只是不要着急,否则您的女儿会认为我们串通好了。"

爷爷说:"金钱总是串通,更准确地说是勾结。他们这么做使得富人在任何情况下更加富裕,穷人更穷。金钱对于维持和保护政权是必要的。有时政权内会发生些事情,他们就转向想要推翻、灭亡政权的人。现在她的钱在政权那里,所以她不担心。我错在不能说明她把部分钱转到推翻的政权里,结果意味着新的政权有保存并增加钱的机会。"

叶戈罗夫小声说:"是的,应该浇灌两种植物,谁会知道哪种植物长得更快呢?"

爷爷说:"他们早就开花了,哪个会更快地结果呢?"

"革命果实吗?"叶戈罗夫确认道。

爷爷出神地看着叶戈罗夫桌子旁一个陈旧的木制小雕塑,说:"不久前我去参加了反对派报纸的 20 周年纪念活动。他们的每期报刊里都刊登着毫不妥协地与政权做斗争的内容,向民众大声呐喊那令人悲痛的真相,向他们警告着未来的灾难。"

叶戈罗夫早在苏联时期就在一家古玩店淘到了这个小玩意,当时他看着这个兔子雕像跟自己有几分相似。

他也曾像兔子一样勤勤恳恳、战战兢兢地工作,但即使是这样,他也幻想着自己能穿着与自己身份不符的华丽服饰。

叶戈罗夫也不着急发财,但每次都会被派到一个工资待遇丰厚的岗位工作。

"那又能如何呢?"叶戈罗夫想,还是把那个小玩意从桌子上拿下来吧。

看不到自己的勋章。像看不到自己的耳朵一样。

或者不需要看。

回忆起前不久在杂志上看到过一篇文章说兔子是俄罗斯森林中最勇敢最聪明的动物。作者新颖地提出并断言说，兔子和胆怯与天才和邪恶是两个互不相关的概念。作者把疑问转向了 YouTube 上的一个小视频。这个小视频是冬天在一个偏僻森林里拍摄的，镜头由上至下，想必是从树上拍的。一只被狼包围的兔子故意跳过了领头狼，不过，那不只是跳过，而是像一个胜利者一样用他那剪刀似的爪子抓破狼才跳了过去。他的鼻子还没来得及朝着那怒气冲冲的狼脸。按照动物森林法则来说的话，兔子完全超越了狼。而且兔子还从容不迫地离开了，甚至都没有望向那在大雪中消失的狼群。

爷爷耸耸肩说："没什么，20 年来报纸揭露了政权。20 年的话白说了，但对报纸很满意。"

叶戈罗夫说："这是资本主义，揭露政权——20 年来购得的所有商品。因此政权转载报纸，报纸和他交易。"

也就是说，两种植物是人工的，果实也只能是人工的。哪个浑蛋晚上来看望他了，往上做不到，往下不想做。

"也就是说，忍耐就是光明，再忍耐就是黑暗？"叶戈罗夫问道。

"可能吧，当它亮的时候，不会来到植物这里。但很快灯就会关掉。"

叶戈罗夫笑道："能够跑到加拿大边界吗？"

爷爷认真地看着他说："人会走运，但是我不相信偶然。"

这是一件令人惊讶的事情。即使从事精神病医生好多年，叶戈罗夫对人的研究依然感兴趣，他仍像从前一样认为世界上没有比人更有趣的事了。每个人的内心都有一个奇怪又矛盾的个人世界，它会存在于某一段时间，也会与其他世界相连又疏远，之后就会和人一起永远消失，也许只会在曾经认识他的人的回忆和梦中留下些许痕迹吧！

对伟人的记忆是永恒而持久的，像不断被填满的沙嘴。对其他人的记忆就像上帝燃烧的火柴，难以长久。

世界就像狄更斯或托尔斯泰的小说一样复杂有趣，世界就像照片后的签名一样普通原始，世界就像存放在雪堆里的瓶子一样空虚平淡。

自 由

叶戈罗夫怎么也理解不了造物主的想法：创造这么多的世界是为了什么，他们又是为什么如此之快地消逝在时空中呢？啊，也许是为了让大多数道路不同，既互补又互辱的世界自己选择出来造物主所需要的世界。那时彼此就会拳头相向了。叶戈罗夫想了想，即使成功了，那么又能否看到有关供水、网络的计划、反对派发表的言论，或者是布洛特爷爷的话成真呢？

每个圈子里人都关心着未来，不论是自己的，还是整个社会的。

对于个人的未来或多或少都可以预测，但是对整个世界的未来却无法预料。在葬礼上，亲朋好友们拭去眼角的泪水，喝过祭奠的酒后，都纷纷离开回家了，并不是到棺材边上看看逝者。

永无止境的世界痛苦地折磨着活得最久的那个人。

参加葬礼过后，他独自一人浑浑噩噩地走在空荡荡的大街上，晚风将乌鸦从屋顶赶走，青色的月亮在空中穿梭，好似在黑色桌子上滚动的银色硬币，一个裸体女人在第五层也可能是在第七层亮着灯的屋里来回走着。

哪里舒服，这个永无止境的世界就会朝向哪里，因为最后的那个人会根据自己的要求把世界再次推向更远的地方，来结束他那短暂的个人时代。

什么是革命？叶戈罗夫自问自答：它可以是短暂无声的，那时世界在沉睡，也可能是汹涌的，那时世界发生巨大变化。冲击来了，但世界并不急着睡去。

叶戈罗夫吃惊地看着爷爷，难道他对在俄罗斯拥有何种政权、谁拥有金钱无所谓吗？

叶戈罗夫时不时地读一些社会心理的书，所谓的新社会和心理学的科学。就像有时健康的父母生出虚弱的女儿。叶戈罗夫想到了牧师词中的隐喻。

走进书店，书店里人少书多，他很高兴能回到和平年代，这时候写书的写书，读书的读书。如果读者有钱的话，书店对他们来说就是天堂。对于没钱的读者，书店就是炼狱，不过他们可以转向网络天堂。网上写着"没钱买书？那就免费下载吧！"的宣传语。

叶戈罗夫有钱，他可以买书。

社会心理学著作中认定，世界上一些人追求改变世界、改变国家和人民。可能是这样。但是对银行家来说是一种世界，而对布奇洛爷爷是另一种世界，对叶戈罗夫是第三种：赶走屋顶小偷的世界。哪种力量可以把三种世界糅合成一种，叶戈罗夫对此难以想象。

我的心在烟雾中

我在另一个世界

顺着屏幕灰烬爬着的蟑螂

就着啤酒喝下希望的残渣

突然间在他的脑海里形成了这样一首四句诗，他慢慢地把这首诗发在了 БТ 网。

布奇洛爷爷的世界对叶戈罗夫来说就像博物馆里的档案。但不是死的，而是活的，就像登记卡上的文章、唱片上的歌词一样变化、更新着，总之成为永恒的状态。真理就像《秘密的物质》电视剧一样永远不在这里，而在旁边。有时甚至不在旁边。

在布奇洛爷爷布满骨骼的活物博物馆里干枯的蜻蜓和玻璃瓶中的鸟儿，这些曾经被人们认为美好的东西变成了妖怪，而那些发臭的秃鹰尸体如果不是善良的家养鹅，就变成了迫不得已的毁灭者。

布奇洛爷爷有一天告诉叶戈罗夫关于俄罗斯克拉斯诺亚尔斯克白匪的事情。他参加了与布尔什维克斗争的国内战争，曾是福尔格兰的总司令，撤军到君士坦丁堡，后漂泊流浪在欧洲。

布奇洛爷爷回忆道："他们曾多次建议给他自由，让他提交重新审查申请。侦查员找过他，南斯拉夫档案馆送来文件证明他不在弗拉索夫服役，而是在为铁托军队服役。但他终究拒绝了。他没有亲人，没地方可去。但还有其他原因。"

"这两个原因就够了。"叶戈罗夫也没地可去，没人可找。

布奇洛爷爷继续说："侦查员问他，'难道你不反对和国家叛徒弗拉索夫生活在一起？你不喜欢苏联？回到贝尔格莱德吧！铁托会让你退休的'"。而爷爷回答说，对他来说国家高于一切，虽然高不过退休。死了之后一切都无所谓了，因为上帝会通过你的任何一个印记来审视你。"

自 由

自己就会带着某个印记。侦查员惊讶于这是如何做到的呢？

布奇洛爷爷叹了口气，说道："你一定会理解我的，不过，不是现在。当有一天你自己也刻上烙印，你就能理解我了。"侦查员好奇地想着自己将会在哪里戴着这些标记，将在移民还称其为祖国的地方。"那时你就明白退休高于国家，上帝高于标记，因为真正知道谁想救他们。侦查员收起文件走了。可能老人决定要和领导绝交。国家紧急状态之后在1991年为了商讨对付弗拉索夫的事情把他带到了疗养地。

叶戈罗夫想起以前的丑闻："好像，进修道院当长老了。"

布奇洛爷爷点头说："他给自己选了龙之父作为名字。"

"就像贴了一个标签。"叶戈罗夫回答道。回想起强烈辱骂俄罗斯政府的"龙之父"，他自己说，他并不是因为上帝真正的权利被抓回国，而是从熊熊烈火的地狱边爬了出来。"那，移民者活到那个时候了吗？"叶戈罗夫问。

布奇洛爷爷耸耸肩说："可以勉强生活。男人很强壮。每天早上做操，冲冷水澡。"

"看着水，在冷水里有故事。"叶戈罗夫说道。

布奇洛爷爷继续说："我那时很吃惊苏联是永恒的，这个白胡子、铁牙老人好像知道结果。还记得冬天和他一起钓鱼，一架直升机在旁边很大一片空地上降落下来。一个人甚至来找我们，问有多少解除监管的人迁居。白匪了解到，他们在克列斯特的一个囚牢里，喝着白兰地。领导因为列宁格勒的事情过来。我说，总司令先生，当他们走了之后，你就有机会成为劳动英雄，社会竞争的胜利者。他回答说，社会竞争已经输了。有趣的是不知道这个公司会带来什么废物？

"我想这个老头肯定是疯了。而他在那儿远远地注视着，昨天电视还报道了他夺走咱们厂子的事，真是浑蛋！成天坐在马桶上值班，昨天总统居然还授予了他勋章，感谢他为祖国做出的某种意义上的丰功伟绩。"

"好像，有一个叫阿马立克的人，"叶戈罗夫费大劲终于想起来，"他写过一本名为《苏联能否挺到1984》的书。他走过之地，人们都说他是白痴，连他看着水中的自己时也这么认为。"什么样的水呢？叶戈罗夫绞尽脑汁："就是有人透过它能看到一切，而其他人一无所获的那种水。"

"他还告诉了我一件事，"布奇洛爷爷好像并没听清叶戈罗夫的话，接着说道，"但是我并不明白。他说历史的长河里并没有'被打败'一说，只有赢家的存在。确实，一方迅速获胜获得所有，可以说是在战败者的尸骨中享受饕餮盛宴，而另一方则是在其他人的尸骨中冒死或是带伤作战，如果有幸存活，则是时间空间概念上的双赢。你告诉过我这个老头子你会毫发不伤地活到战争胜利。那你们呢？我问道。我们也赢了卫国战争，他回答，弗拉索夫将军也在翘首以盼胜利的到来，甚至就连热烈兹尼克水手像驱赶蟑螂一样轰走的那些人也在18年的冰寒之中等待着立宪会议的到来。只是这迟来的胜利并没带来什么喜悦。这正如死人从坟墓中爬出。所以这又算什么样的喜悦呢？"

"那你是怎么回答他的呢？"叶戈罗夫很是好奇。

"迄今为止我都很惭愧，"布奇洛爷爷深吸了口气，"为了自由二字和思想，我们愿倾其所有的厂房，甚至是宇宙飞船、原子弹、化学武器。说是傻子都不为过啊！"布奇洛爷爷又吸了口气，"但是我啊，儿子，现在不想这些。"

"到底是什么呢？"叶戈罗夫更加好奇了。

"关于你自由的东西，儿子。"

"我的？"叶戈罗夫甚是惊讶。

"人活着不能没有自由。"布奇洛爷爷意味深长地说。

"但是永远都不可能像谱写优美的旋律一般去对待自由这个本就抽象的概念，"叶戈罗夫反驳道，"这就是列宁口中所说的，就像有鳞的鱼进化一般，我的自由还未被孵化。没有音乐和歌曲，只是混乱和牛儿低沉的哞叫。"

"快点，孩子。"布奇洛爷爷从椅子上站起来，"就是说你的胜利是通往一切的关键吗"？"再见。"叶戈罗夫也站起身来，"周五咱们继续。"

其实他不喜欢在上述情况中那种给他很多无形的责任压力的情况。

"我的胜利也只是兔子勋章，"叶戈罗夫愁闷地想，"莫非在俄罗斯

自 由

不仅游戏计划失败，就连最后也是全盘皆输。所有的一切看似都是上帝特意的安排，所以从一开始就注定了我的满盘皆输吗？只是怎样确定我的命运，如果一生都是远观赌场的话。"

不，叶戈罗夫叹了口气，目不转睛地盯着窗外，看那个伪装的司机如何让爷爷坐进黑色的、打不开车门的长车里。

叶戈罗夫对俄罗斯的历史有着自己独到但并非主流的看法，只不过，他对此并不在乎。他认为，俄罗斯的当权者总是那些意念强烈、心比天高之人，他们希望拥有留里克王朝时期的规矩和秩序。相比之下，难道不应该追寻蒙古人的简单纯粹吗？世纪更迭所承受的枷锁对彼此而言都是桎梏。是疲于战乱吗？长达三百多年罗曼诺夫王朝的统治经久不衰，已然厌倦了吗？真正的恐怖才刚刚开始。不想身处德国集中营？那就彻底推翻希特勒的帝国。

看来，上帝宽慰了被逐出门的德拉肯尼亚父亲，认为俄罗斯没有那种除了钱之外想要改变事物或者世界原貌的志士，这种情况无法忍受。所以想给国家制造出一些像叶戈罗夫那样的人，无欲无求或是有求但不知的人。任何情况下，都不单单是钱的问题，也许，这是社会唯一一个无人触及的领域，而恰好这个领域一次次地主宰着整个国家。

兔子勋章者，前途无量啊！

我的天啊，叶戈罗夫从窗边走开，一阵胡言乱语飞过脑海。

野兔既没有勋章也没有钱，

上帝将任务重新分配至偷盗者、罪犯、市长的手中。

当然，在他的意识中已经潜移默化地发生了变化：他就像失去理智的疯子一样奔向职业介绍所的冰水之中，宛如冻僵的疯子般想要在冰水中取暖。他发觉从某个时刻开始职业介绍所的水雾已变得尤为重要，而自己的意识已无关紧要。他的意识就像缥缈的晨雾，轻浮着平静的水面。现在叶戈罗夫终于明白"深紫色"乐队到底是什么来头——他们是经典歌曲《水上薄雾》的创作者，他也理解了为何每年俄罗斯总统都会青睐他们。而他却又突然出现在职业介绍所了吗？叶戈罗夫突然有了这个疯狂的想法。

职业介绍所的网络就好像母亲肚子里的胎盘，纵然叶戈罗夫早已不是婴儿年纪，但也要一次次违背自然规律想回到折回的地方。他愿将自己的意识与逾期的梦想、在治愈病痛的胎盘中酝酿出的迟来的胜利剥离开来，也就是说，实际上，要想使社会学的法规模式化——这是一个由个体潜意识到集体意识的过渡，该局面一旦出现，集体意识就应统治整个国家。

叶戈罗夫想：如果他有幸获胜，那么他将根据这一网络规划未来蓝图。

叶戈罗夫坚信，他深知怎样救国、人民所需到底为何。唯一尴尬的是，在这句话中名词可以轻易改变其位置："……拯救人民和国家所需到底为何"。政治学声称，这种互换性正是复杂论证的有力证明。但叶戈罗夫对此极为唾弃。在政治中，所有论证最初都是复杂的。所以，这只是一个可以用谎言的修辞形式而已，大可忽略不计。

紧接着叶戈罗夫便给布奇洛爷爷发了一封电子邮件，告知他进入职业介绍所网络端口的密码以及在大会之前要以担保人的身份行事。为了成为拥有充分权利的重要人士，当然，如果他有此所愿，布奇洛爷爷就需要先回答调查表的三个问题。每天的问题都各不相同，甚至是奇形怪状。然后需在十五分钟之内发送一首以大话题为背景的诗歌。大会每天以电脑随机抽取的方法进行，也就是说这是高度民主的形式——应该知道如何回答、欣赏诗歌，要么接受布奇洛爷爷去职业介绍所，要么让他吃闭门羹。

今天的问题有以下几个：

1. 不分性别的厕所入口前的广告是什么？
2. 当一个女人第一次见面就激起了您的性欲。
3. 您怎么理解：人民，是上帝的意旨？

叶戈罗夫跳至统一考试的页面并开始等待。

布奇洛爷爷以这个年龄令人惊讶的熟练灵活操纵着计算机。他 iPad 玩得很轻松，这就驳斥了广泛的论断：人一老脑子也不好使了。这就引得更为年轻但电子设备一窍不通的叶戈罗夫的嫉妒。这一切看上去好像祖父的应答宛如电子设备的自动反应，在键盘上自如地滑动手指。叶戈罗夫对此甚至都不敢想。

"俄罗斯的大选。"布奇洛爷爷这样回答了第一个问题。

自由

"我觉得,她如果成功做到了这些,那么她真的厉害。如果没做到的话,那也没什么。"第二个问题这样答道。

第三个问题布奇洛爷爷回答得更加详细:"1957年,库塔伊西机场的首次闲待(候机)前一天发生了一场雪暴,飞机无法起飞,候机室挤满了人,我只得在长椅下躺在地上睡觉。睡醒后,映入眼帘的是一双裤子塞进绑着鞋带鞋子里的一双穿着袜子的双脚。我环顾四周,发现身边所有人鞋带都塞进了袜子里。后来我意识到,民众,这是神的意旨,但他对鞋带的想法,我却不解。"

接着,爷爷用这样几句诗阐明了自己对"生而无思想犹如死而无勇气"这一话题的见解:

思想是永生的,

如信封上那一枚暖阳。

如朦胧厚重的云雾。

但邮票还需偿还,脆弱生命的机会尚存。

蟾蜍死于山沟。

坐在马桶上放着公牛牌香烟。

抽吧,若你真想成为污垢!

叶戈罗夫曾想:布奇洛爷爷的女儿会怎样记录呢?他建议她,把他送到更远的地方。但是不知道为什么叶戈罗夫觉得没有她的诗歌,俄罗斯光明美好的未来遥不可及。叶戈罗夫想:网络的存在就是要能吸引所有的人,不管个体主观上愿意与否。他坚信,布奇洛爷爷会接受这一大会。

两周之后,金融家千金对叶戈罗夫说:"他是个天才,我给了他一个鼓鼓的信封。"这一次,没有珠光宝气的钻石。她一个人乘地铁前来此地。亿万富翁的着装可谓朴素。她梳着棕色的头发,温婉,身材偏瘦,不禁让人联想到典型的都市女性:一人身兼数职,不仅有繁重的家务,还要忍受着压抑、平淡、低俗、房贷和无能的丈夫。亿万富翁那蓝色的大眼睛闪闪发亮却又在突然间黯淡无光。叶戈罗夫想起弗洛伊德博士的观点,眼神中的闪烁无疑是双重性格的标志,甚至可以说是分裂的性格。

但是这位太太并不是他的病人,所以叶戈罗夫很少质疑她的双重性格。

他想：如果她其实并不是富翁呢？叶戈罗夫很早就知道，任何的心里矛盾到头来只是一个死结。今天布奇洛的女儿描绘了这样一个最终没有在俄罗斯迷失的女性形象。但是除此之外，她仍然过着女人应过得生活，上幼儿园、中学、去医院、生儿育女。

  叶戈罗夫对布奇洛的女儿说，她父亲的革命基调已经转换至审美层面，不应仅停留于表面。革命隐藏于艺术，就像细节之处可以洞察到魔鬼一般。列宁曾说托尔斯泰是俄罗斯革命的一面镜子。而叶戈罗夫补充道，魔鬼藏在镜子里。她用蓝宝石般的大眼睛注视着他，好似在传递着这样的信息：她是一个勤劳的富人，魔鬼隐藏在一切官僚制度下的商品和服务之中，隐秘而又可怕。

  精神病学家维吉尔耶夫说过："给自己选角色，就是要重建其意识，用感觉说话。"

  "现如今俄罗斯的工资水平与很多国家想比都低得多，而物价却很高。"布奇洛女儿带着亿万富翁难以言表的慷慨激昂和作为一名普通女性的正常兴奋接着说道，"在这种矛盾之下，有些东西也就隐藏不见了。甚至他们并没看出高悬权力的纽带是如何剪短的。"她摇了摇头接着说，"但权力的更迭并未赶走魔鬼的存在。"看了看表她说道，"我的父亲五十多年前就已发表了名为《魔鬼与革命》的一篇文章，忘了是发布在《边缘》杂志上，还是《大陆》上。他讨厌去回忆这篇文章，觉得老套又过时，而我很感兴趣，觉得具有现实意义。"

  "谁是主要的革命者？"叶戈罗夫没读文章但突发奇想，"到底是耶稣还是魔鬼呢？"

  亿万富翁回答道："一个项目的两个经济担保人，为了让身边其他的人过上富足、优质的生活活着时向另个人借钱。但这办不到，因为必须在死后为繁重的利息的巨额偿还接受令人咋舌的审判。"叶戈罗夫好奇不已："那他是如何掌管如此巨额的资产的呢？"

  金融家回答道："埋在地下，用火焚烧，投入水中，随风飘走。"

  "这就是为什么我们……为什么我们大多数人一无所有。"叶戈罗夫叹了口气，"除了幸福，"突然布奇洛女儿给叶戈罗夫使了个眼色，"或

自由

是幸福带来的自由，原则上，都是一码事。"

她已不是在描绘自己这样一个普通的劳动者形象，而是一个在公开辩论会上高歌俄罗斯命运的经验颇丰的政治女性。这并非分裂，而是重建。叶戈罗夫想，在此基础上，分裂的过程绝不会停息。

他想继续交谈，得知这是否是各方以实现利润最大化的阴谋，但亿万富翁说，她健身晚了。叶戈罗夫明白，这种简单就好比艺术中的革命，而魔鬼则是发出咯咯作响的锋利剪刀下的响声，在镜中，在附加值中隐藏着其真实实用性。在桑拿房里，在钻石镶砌的游泳池中反而会起反作用。

布奇洛爷爷此时完全掌握了职业介绍所的网络，他创造的诗句甚至最受欢迎，即排名前十。说实话叶戈罗夫不喜欢这些诗句甚至是反感。他喜欢下面这些诗句：

干鱼不会腐臭。

在人潮之中，

于人海遨游，

他们如炊烟，

他们很羞愧。

叶戈罗夫从信封中取出钱并让老爷爷将钱分类，而老爷爷拒绝了。疗养院为他备好了一切供他居住并没有消减其他费用。而现金的使用却使生活变得复杂了。

一边与病人交谈一边观察着自己的表情。叶戈罗夫并不能成功的掩藏寂寞和无聊，而这又是真诚消亡之源。

叶戈罗夫同布奇洛的交谈并不无聊，只是很累。为了与智者思想同步成为聪明的人并追赶上他们，叶戈罗夫偶尔会跑一跑追一追，但不想一生都追逐他们。

叶戈罗夫打开了窗户，放开了蝴蝶，它猛然向上飞去消失在视线之外。他真的希望布奇洛使用这些药品，如医药中心经理伊戈尔·瓦连京诺维奇·拉科夫断言的那样，从死亡中活过来，苏珊娜用自己的慈善写下诗：

老年激情的浓烟，像流淌河流上的水雾。

但是卑贱的欺骗，我的口袋。

烟代替不了盛开的樱花。

叶戈罗夫在他四十九岁时仍然感受到了所谓的生理歧视：在地铁或是在马路上的女孩在没有注意到他；假如他自己忘记了盯着美丽的姑娘看了好久，姑娘厌恶地回过头来；假若同龄女人用不怀好意的眼神盯着布奇洛老人……

叶戈罗夫认为，对于每个老年人来说很早就有一种形式：李尔王、高老头、费德尔·巴弗洛维奇、卡拉玛佐夫以及其他很多人。为何叶戈罗夫想起了永恒的漂泊者形象呢，这是一个在世界文学中神秘的矛盾人物。

可能他就是一个笨手笨脚的人，他的房子位于耶稣受难的途中。肩上背着沉重的十字架，耶稣请求在鞋匠房子旁休息，但那人却说：继续走。耶稣说，"好吧，我走，但是你得散步到我回来。"

在苏联文学中终身漂泊流浪者的形象最后一次出现在1949年弗谢沃洛多·维什涅夫斯基的中篇小说中。

著名的《乐观主义悲剧》作者当时正在与世界主义斗争，漂泊者形象在莫斯科也就自然而然地产生了。

作品中的漂泊者形象使我们想到"磨锈刀"，漂泊者开始充满力量，磨掉了千年的锈迹，而相反的是主人公开始生锈衰落。

叶戈罗夫为难地回答道，这部作品在国家和读者中获得了成功，维什涅夫斯基斯大林奖，中篇小说如倾斜的雨走向了文坛的边缘。

可能布奇洛以漂泊者的身份出现？

但是老人不像漂泊者，尤其是在弗谢沃罗德·维什涅夫斯基斯的叙述中。或者是，叶戈罗夫很早之前就已得了心肌梗死或者是中风。布奇洛喝了酒，根据苏珊娜对此的猜测。因此任何麻醉药品对于他来说都不需要。

漂泊者不曾为任何东西斗争过。

叶戈罗夫在想。一只精力充沛的大蝴蝶飞走了。好像夏初在这个城市蝴蝶还没有飞来飞去，可能是某人专门把他们带到这里来。

但是为什么呢？

叶戈罗夫笑道，能为什么呢，为了卖。玻璃瓶中的蝴蝶看起来不错，有人送给了他一个不太大的用南美珍珠母蝴蝶做的盒子。叶戈罗夫想起了

自由

生物课上，它最开始是毛毛虫，然后是蛹，最后变成了蝴蝶。

每年夏天叶戈罗夫在别墅僻静的角落都会发现一堆聚集在一起死去的蝴蝶。它们耷拉着脑袋，翅翼蜷缩，在阁楼上，在木板上，像无形篝火浓烟下扭在一起的黑色刀刃。没有一点儿生命记号，细碎的灰烬在太阳下升起然后飞散开去……难道说这是一种生命本质的暗示？任何微不足道的事物上都会出现生的力量，这，意思就是，没有什么是不可能的？

但这让叶戈罗夫想起了散落在别墅窗沿的干扁的苍蝇。他经常会忘记将它们收拾掉。

苍蝇和蝴蝶一样，在春天苏醒，飞舞，只是对于叶戈罗夫而言，它们的复活既没有喜悦也没有神秘。不知为何，在他概念里，蝴蝶和永恒灵魂有关，而苍蝇却没有。有一回他甚至冒出了一个大胆的想法，人死后人的灵魂会拥有蝴蝶和苍蝇轻盈的带有翅翼的身体。那些变成蝴蝶或者苍蝇的灵魂就会在这世间飞舞。

叶戈罗夫愿意相信，蝴蝶（好的灵魂）是天使，苍蝇（不好的灵魂）是恶魔。

有趣的是，叶戈罗夫突然想到，"终身漂泊流浪的人"的灵魂会飞去哪里？

我——终生漂泊流浪的人，

我——烈性炸药。

像爆炸一样，

我的灵魂要飞去哪里？

被无形的命令召唤。

他在十字架上

在寂寞里，

谁也不会给他点一支保加利亚牌香烟，

谁也不会给他端上一杯冷掉的巴拉圭茶。

这几行诗句就这样出现了，而叶戈罗夫的手不自觉地将它们敲打到电脑上并且将它们发送到了保加利亚牌香烟的网站上。

叶戈罗夫宽恕了自己神奇的"巴拉圭茶"的说法，而且，还曾经有不少书面的证据提高先生对于南美洲的注意力。叶戈罗夫自己在网上浏览着，在第二次耶稣降临时，杯子中圣水是如何被分开的手注入著名的、位于里奥·杰·扎涅拉山丘上的雕像的，是如何迎着人向下流去的。

在"纳诺梅德"医学中心病人的钱都用在每一口吸气呼气和向前一步向后两步上。由此可以看出，他们所有人是多么渴望和金钱分离，叶戈罗夫建议医院的所有者——医学院时期的多年好友——引进电子结算系统。病人在登记处获得一张塑料的卡片，通过它缴费、治疗，在卡片里的钱用光之前都有效。

"病人——是我们的一切！"医学中心的董事长伊戈尔·瓦连季诺维奇·拉科夫（以前叫伊戈廖科）喜欢在所有人开会的时候重复这一句话。"成功的工作的保证在于什么，自然是在于我们的物质财富。"他继续说道，"第一，"他开始依次松开蜷缩的胖乎乎手指，"应当竭力治疗除健康人以外的人。第二，他们应当从治疗过程中获得愉悦。第三，医生应当把自己当作是另一个病人，应当和其他病人轻松愉快地交流。请间接地分享病人的钱，尽管通过医院这样做很难很不愉快，但这是必须的。你们的任务是——将这种必要性变成一种自觉性。第四，来到我们这的病人，应当让他放松、休息，应当将他同残暴的世界隔离开，就像在母亲温暖的子宫里的胎儿一样。病人——就是胎儿！这就是我们这个集体工作的标准。'纳诺美德'——安静的港湾。在争权夺利的战役中可以带着疲惫不堪的孤单心灵和自己的罪恶储蓄在这里躲藏。"

"如果带来的是个真实的病人却没有钱呢？"——记忆中，医生中某个人这样问到。

"没钱——不允许带进来！真正的病人需要诚实地诊断并移送到其他医疗机构。我们关于合作和交换病人的不同协议越多越好。"这时他又重新开始伸出他的手指，"第一，到时候竞争者不会让我们麻烦，而第二，也不会有和监督机构的麻烦。就是说，我们为某人制定出了不正确的治疗方法，而某人却为治愈，我的上帝啊，伊戈廖科在胸前画着十字，死亡或者是比这更糟糕的出现向法院提交诉讼申请的情况。"

作为董事长，伊戈尔·瓦连季诺维奇·拉科夫曾是不擅长的。叶戈罗

自 由

夫直到现在还是惊讶不已,他是如何成功毕业并且拿到病理学家资格证并完成论文答辩的?

从医学院毕业后伊戈廖科一头扎进了医学商业,在治疗麻醉剂瘾症的革新方法上享有专利权。麻醉剂上瘾者在他的麻醉剂中心通过蒸汽浴和矿泉水进行治疗。

"人体的90%由水构成。"伊戈廖科向叶戈罗夫解释道,"当那些丑八怪洗桑拿时,你不害怕他们吗,他们身上开始出汗,像吸毒者一样,他们喝矿泉水,恢复平衡,毒品在身体里的含量逐渐降低。一周50分钟的桑拿,100升矿泉水,这时的他已经是一个正常的人了,他瘦瘦的,活生生的。"

叶戈罗夫建议伊戈廖科将自己的医疗中心介绍给不吸毒的洗桑拿7小时的年轻人们,在广告上下功夫,像建议的那样在一些专门的机构上做好宣传,那时就与政府的打击毒品计划不谋而合了。

由尼基塔•米哈尔科夫及出席会议的总统组成的议会,跟随选举的步伐负起下一代年轻人以及整个俄罗斯命运的伟大任务,然后你会去观看,涉足5年都没有人碰触的候选人竞选。经常有三分之一的人支持,他们其中不乏有着吸毒戒毒的人,由于你的这个诊所拯救了他们使他们相信上帝。参与党派生活,开始做利于人们的好事,与名族分裂主义和种族歧视做斗争,成为总统候选人,但是最重要的是候选人的父母是非常有钱的富人。

"做主治医师吧。"他说道。

"我不去。"叶戈罗夫回答道。

"为什么?"伊戈廖科温柔地叫着他的小名。

叶戈罗夫和自己打赌,伊格列可肯定会说些什么龌龊的事情,劝说去竞选候选人。为此应该去改掉姓名,人们面前会出现一个不认识的选举宣传广告:"请选拉科夫吧!"记得小时候就见到的一个宣传广告——"特廖赫戈尔内作坊厂"。

从家到学校他数了有十一幅明星宣传画,他们名字里的字母"г"都变成了"б"。

在学校的时候,他们经常坐在一起上公共课,对同学们和老师们说长道短。一天心理课上老师讲完课后叫到叶戈罗夫。心理课老师正值三十岁的年龄，她确实是可爱而美丽的女人，她忧郁的眼神无法言喻地让人想起加琳娜，她迷人的脸庞总是充满着无法抹去的委屈。

她总是友善地对待教授弗列伊德，她很不喜欢叶戈罗夫在实践课上分析心理学家父亲关于《儿子理论》的东西，父亲会通过间接的方式影响着儿子的行为等等这些理论。

叶戈罗夫认为，实际上头发的疯长和梦里幻想这种罕见的现象，使女人担心，并向弗列伊德教授请求帮助。

叶戈罗夫停止肮脏的语言吧，就像在公共交通工具里大声愤怒地骂着脏话忘记学校的老师所传授的教育一样。

这一次叶戈罗夫没有企图侵害教授的权威，这次相反的是他正好把教授当作杠杆利用。

伊戈廖科问叶戈罗夫，为什么她一直这么委屈。叶戈罗夫不准备回答这么粗鲁的问题，他想起课堂上，他给学生们讲述的内容：心灵上的伤害会以某种形式表现出来，而这与所谓的初恋有关系。

"想想，她被花花公子们玩弄。"伊戈廖科说道。

"她怎么能爱上这样的人？"叶戈罗夫在走廊里像一个生物老师研究生物理论问题般问道。"这里有一种嫉妒心，"伊戈廖科解释道，"有讲究的女孩最开始都会把所有和自己想法矛盾的东西混在一起。为什么会这样，没有人知道。"

"我知道，因为，你不想到我这来做医生。"他继续说道："你还怕人而不是工作，人会建立组织、规章制度，同时也会摧毁它。但是你不会有很多的钱，也不会让人受制于你，生活自足即可，也会尝试获得一些不尊重你的人的钱，这是很普遍的一部分人，这是人类的一部分，这种类型的人自己羞于承认，你是属于沉默的一类人，极端上来说没有优点和缺点。即使是我告诉了他怎样工作，还是会受伤的。"

"你谄媚我，很早就徘徊在十字路，我不是处在你的位置，没有皮，是烤羊肉串，有可能，我是兔子，或者是一只鹅在商店里，这就是我为什么一直坚持在我的立场，我身边需要像你一样坚决的人，我要到你那里去工作不仅仅是为了洗桑拿，你的桑拿中心已经有三年了，俄罗斯有很多有

自由

钱的蠢人,但是他们好像还觉得不够。假如你开一家拥有现代医疗设备和专业医生的诊所,不用主要医生签名,不需法律签署经济条款。"

"我胃口很好,"伊戈廖科说道,"还需要很有想法的人,重要的是诱人的钱。"

伊戈廖科一生都在学习观察水中的生命。

通过水中的杂质和旋涡,水中的树干和海藻。绿色的水草和百合花,像书中描绘的未来。猜想未来比任何东西都简单,他们获得了所有想要的。长时间过去,伊戈廖科对于自然并不是完全理解的,有时候对于一些十分蛮横的没有规则的行为也无法理解。真诚和善良的人的结局是贫穷和劳累的,巨大的不公压迫着他们,像身处在深水中的鱼一般。对于有想法的人来说,像在狼皮上一般梦想得到兔子勋章,用一种典型的或不典型的知识人的概念。另外一些却埋没了,没有伸出头尾随而行。一些人想过但是无法克服两种福音戒律:勿杀,勿偷。

应该遵循善良的法则。

这些是在电视屏幕上、杂志上、脱口秀上,选举和科技展灾难的消息,畅销书和新的药品,他将水变成骗人的给人们希望的甜的东西,幸运的话可以改变命运,他如中了魔咒,失去勇气,对恶棍们隐藏内心的铜墙铁壁,所有真诚的人们什么都不是,残酷的法律于他而言也是相对的。

叶戈罗夫觉得有思想的烤肉不准确,期望自己就是烤肉。在医院伊戈廖科挑选专家,以叶戈罗夫为标准。这是一群宣扬犬儒主义和贬低公民和社会自我意识的专家。他们不相信政府、权力、公正、法律、秩序和其他一些虚的。如果他延发工资,他们也不会去宣扬罢工,寻求工会的帮助,或是诉诸报端。因为这是他们唯一的脱贫之路,唯一的生存之法。他们不会再去破旧和立新了,因为很久以前他们就已经毁掉了自己并且活在了他人的意志之下。

每一个人都会在自己能力范围内尽力去寻找病人生病的真正根源,找到疾病的本质,找到杀死克舍伊的那枚藏在蛋中的针,为此需要找到鸟,需要找到鱼,找到野兽……任何人都不会止步于找到诊断和治疗方法。好像叶戈罗夫的同事都认同布奇洛老人的观点,医学就像被限制踩踏的蒙尘的围墙，药方，就像深秋的树叶、草坪，而真正的治愈就像童话里的独角兽，会在某个地点吃草，支配着药方在为围墙范围内。

伊戈廖科曾经是个天才，但与现代商业有一定关系。他曾经担保同事使用博客与社会联系，为那些没有进医院的人提供一些理论指导。有一天，一位记者得到了免费的各个方面的医学建议，关于痛风、头疼、网友的性问题，但超过了界限、容忍度，甚至寄药方或是摘要就要收费了。但到时普遍观点会是，唯一的办法就是送医院。

如果说泌尿科专家、胃肠科专家、心脏学专家工作起来像钟表：在挂号处两个星期的誊写，考虑到他的限额的特点，伊戈廖科什么都没学到。微博用户不是给他发邮件，就是陷入沉默，沉默长达一周。他们中很多人只通过虚拟诊断就够了。

而叶戈罗夫对此完全不适应。

但伊戈廖科没问题。

他给配置了现代便携笔记本，含内置摄像头，以便能看见交谈者的脸和房屋的内部装修，相应的防止在信件上哭穷。叶戈罗夫意外地逼自己陷入无休止的工作中，就像中世纪的骑士离不开心爱的剑一样。他明白客服一些心理界限，含糊不清地说了些什么，然后奔向电脑，"伊萨伊卡。我为你挑一件大衣，你喜欢什么样的？"

"太可怕了，你在电脑上干吗了？"伊戈廖科对叶戈罗夫说道。

"我一直觉得，网络是心灵栖息的绝佳圣地，在那里我们每个人都可以找到自己想要的东西。"

"是的。"叶戈罗夫回答道，"因此他们不想医治。网上的人人心理，就像鱼在水里一般，网络对于他们来说，是妈妈，是初恋，是永远的朋友、甜蜜的罪恶以及最终的死亡，他们永远会放弃网络来诊所医治。"

"谁不会来？"伊戈廖科问道。

"只有那些认为我有趣的人。"叶戈罗夫说道。"但是我代替不了网络。"

"网络像河吸引着鱼，你需要做的就是当诱饵，剩下的诊所来做就好，有的我们也不明白，那就那样吧。"伊戈廖科叹气道。"我们也不能把它变成钱，快想一想，"他仔细地盯着叶戈罗夫，"要通过电脑催眠他们吗？"

自由

　　伊萨伊卡像高档餐厅里的有经验的衣帽间服务员，通过电子服务器将叶戈罗夫的大衣取下来。网络就像是数字。钱就是数字。人类的生活就是数字：活了多少岁，生了多少孩子，抛弃了多少爱人，挣了多少钱，有多少亲戚。世界以数字规则运行着。

　　叶戈罗夫温柔地看着屏幕想，为了保障长期的生活，想出某种对付愚蠢的人的医药方法，让他们能够活到100岁的方法，这些都是有的，之前也说过。他还想到难忘的要教他下棋的人。他做了明智的决定，在这段时间内要么是棋、要么是驴或者是他自己会死。

　　有谁在俄罗斯会允许非国家体系从人民手中聚集钱财呢？有的，就像是那些飓风、强盗、欺骗国家和上帝的人，他们拥有唯一的手段从人们手中劫取钱财。

　　但是他对钱毫不关心，因此他对于诈骗是厌恶的态度：他不去赌场赌钱，因此不用为谁输钱谁赢钱而担忧，不用为欺骗担心。

　　查完邮箱后，叶戈罗夫赞同自己的想法，的确是有什么存在着的，但绝对不是伊戈廖科所说的东西。

　　突然，他觉得伊萨伊卡知道，但是他又不能直接说，他只能帮助我理解。这需要多久时间呢？我们的目光瞥向蓝色的火焰，我们存在于不同的时刻。他知道所有的事情从来都不慌不忙，而我只会告诉我他想告诉我的。

　　我的生命即将走到尽头
　　如烟飘向天空的顶端

　　为了使我们产生更多的想法，又去网上查找了信息，很快找到了抒情和失败主义的诗篇。

　　他的博客上出现了新的博友索菲娅。当然，没有任何方式可以保证索菲娅是个女人。

　　很多人在网上喜欢带有性别拥有感，叶戈罗夫认为，有这样一种感染上了人类网络想法的现象。

　　"你好！"陌生女人索菲娅七分钟之前发消息给叶戈罗夫，"谢谢你放走了蝴蝶。"

"你从哪里知道蝴蝶的？"叶戈罗夫的手指在键盘上飞快地敲打着，速度超过了脑袋里所想的一切东西。难道这是伊塞卡？他点了点鼠标。

"你不喜欢有人知道只有你知道的东西。"索菲娅说道。

"有谁喜欢吗？"叶戈罗夫饶有兴趣地问道。

"这没有意义。"索菲娅回答道，"这是秘密，就像女人不希望自己变成老女人，她想结婚嫁人。"

"为什么？"叶戈罗夫更加有兴趣了。

"为了给自己的丈夫介绍自己。"

"或者是自己的情人？"叶戈罗夫问。

"假若没有爱的婚姻。"索菲娅回答道。

"你结婚了吗？索菲娅。"叶戈罗夫决定试试她，"你电脑有摄像头吗？打开它吧，我想看看你。"

"现在我很忙，以后吧，先这样了，再见。"

"别拒绝未婚男子！"叶戈罗夫苦苦哀求起来，"我知道，你不年轻。"他很快脑袋里闪过一些想法，像在键盘上飞快跳动的手指，这些话庸俗得像是80年代的歌曲，似乎更强有力……

过了不久，索菲娅回了消息："我来这里是为了一个问题的，他无论如何都和锤子没有关系的，你没有在办公室，决定再等一会，办公室的窗户是开着的，一切都是原样。但是我没有时间去等。当我从办公室出来的时候，开着的窗户里飞出来蝴蝶。"

"你应该回去，我就在那里。"

"谢谢，我不能回去。"

"你什么时候来？"

索菲娅回答道，"你实在是个意志坚强的人，你想了太多关于自己的事情，尽管它已经僵化。"

聊天结束。

叶戈罗夫久久地盯着屏幕，他在思维竞赛中输了。在他内心深处，像在车辆竞赛中出现了新的想法，车冲向篱笆，竞赛者们被手推车带走。

伊萨伊卡咕嘟一下，屏幕上出现了：

自由

苦难用苦难或者是水驱走另一苦难。
如你所知道的，
没有更衣室——没有香烟。
在人群中，
朝着命运，
从烟囱中升起来。

叶戈罗夫给登记处打了电话。没有人询问他。门卫说，没有人从停车场离开，假如门卫不可信，但是监视器不会说谎，快看"神秘的蝴蝶"，叶戈罗夫想到，她飞走了，只有上帝知道，她飞到哪里去了，在哪朵花上采蜜。但是秘密不可能是蝴蝶，因为它不存在。

她有很多名字，其中一个名字叫阿芙列丽娅。除了修道院严厉的规章制度，名字，像海绵一样吸收了莉莉娅（百合花）的光滑和苦涩，极度焦虑的情感，以及同名罗马帝王的睿智和消极的主义。她喜欢自己的这个名字，但是她更喜欢那些还没有进入女性名字名册里的——丽尼亚。给自己取这个名字无所谓，不期望什么，为了高水平的生活将自己生命延长到可永恒。这个名字之前是蒸汽车名，它可以通过一些东西将车厢连一起，在革命时代按照它隐藏的轨道作为一个紧急避所。救助贫困儿童金融组织也可以称作"生命线"，养老院老人搬迁事务登记处，最主要的方式，去墓地也是通过"友善路线"和"关爱路线"。

显现出了计划中的商业词汇搭配，"直销线"——昂贵的矿泉水用漂亮的瓶子装着出售。"白色线"——在白俄罗斯切尔诺贝利事件之后恢复的牛奶产品贸易。

"第六线"占卦服务，特异功能或者是消除偏见，把不学无术的人变成垃圾。

阿弗列莉娅，多年之前一个地下水管道公司以它为名注册了一个公司——"水路"。

她自己不知道为什么这个公司以她的名字命名？
直到不久前。
她从来不去"第六线"寻找服务。

自由

"第六线"却是一直为她存在着的,就像是不需要充电一直不停顿的移动电话一样。

阿弗列莉娅她自己没有给任何人打过电话。仅仅只是接电话,即在与上帝之间使用光滑调节器,为了在需要之处用力。实际上是永远的供养者或者是母亲,其中由一些日常照片组成。

实际是以一种畸形母亲难以消除的角色表现出来的。上帝是美丽之父,一直没有改变,孕育出任何人,他收留所有非法出生的孩子们,赠予男孩封地女孩们嫁妆。阿弗列莉娅经常梦到赠予她的岛屿在海中间,她要永远地活在那里。她还梦到了她的姐妹们,尽管她没有姐妹,但是不知道为什么还是梦到了。那些姐妹们对于这些赠品并不感到高兴。

日常生活画还远远不够完美。应该想想这会让上帝无限沮丧悲伤,而这与人这种动物不同。他们仅仅看到了她很少的一部分真相,他看到了这幅充满巨大丑陋的画卷。

盲目的母爱使一些东西的丑陋力量达到荒谬的状态。一些孩子用偷来的钱在船舱里修建了有直升机和潜水艇的面积达几千平方米的游艇俱乐部,另外的一些人,开始他们钱被偷了,游向被撞散了的船和水槽。他们开始离开海浪,海风和一些贫穷的乘客往海底沉下。

有一种人,他们生活得极度奢侈。还有一种人,他们被偷光,或是溺水身亡(因为没有新船),或是被火烧死(因为没钱去请森林防火部门救援),或是因路途困难,希望破灭(没有安顿旅途的盘缠)而勉强过活。

第一类人不配暴富,第二类人值得拥有自己的命运。这就是物力,在这种物力的磁线作用下人类的命运变得扭曲、碰撞,相连又分离。但还有第三类人,在接通"物力",或"物力"成倍增长的情况下,其人格会遭到怀疑。

任何不能抗拒的,不求正义的,都存在于争议的愤怒的另一面,最好的情况下他们会浑浑噩噩度日,最坏则是他们注定灭亡。

但有时,当"物力"丑陋到极致,上帝会以针刺的方式对现实施加一点一滴的影响。这些针刺的图案如星空图一般复杂。很多人举止奇怪,会做一些乍看上去无法解释的行为,而他们这些行为结果在时空上与其转瞬

自 由

即逝的想法之间的距离，就像夜间苹果园里蝴蝶的飞行轨迹和星空中彗星的运行轨迹那样遥远。

"猜透"天意是不可能的。唯一被允许的不是寻求解释，不是找出原因，也不是反抗，因为在这里老天爷给人们留下了选择。做出正确的选择意味着支持"物力"更高的那一方，意味着用看不见的手从全人类桌面上拂去那令人发指的"生活阴暗丑行"，就能得到天惠。市场看不见的手把世界推入了绝境。上帝看不见的手如同尚未懂事的小孩在深渊边缘抓住了世界的衣领。

在某些瞬间，阿弗列莉娅感觉自己像一根旋入生命肉体的针，穿过毛细血管、软骨和向四周传递紧张信号的神经末梢。对她来说没有比漫无目的地穿过咕噜咕噜响的神秘的"肉类世界"更折磨人、更完美的幸福了。虽然阿弗列莉娅没有体验到这种幸福，但她已准备好为这种幸福奉献自己在这人世间的一生了。

正是为此，阿弗列莉娅如同突然醒悟了一样，几年前她创立了一个铺设地下水管的公司，给公司起了个清爽的名字（如同炎热中洗凉水澡一般）——"水线"。最让人感到惊讶的是，公司处于昏睡状态的这些年，它仅仅存在于毫无生气的类似经营体的电子名录中。阿弗列莉娅经常想，确实不能忘记水，因为它无处不在……世界百分之九十都是由水组成的，并且水在人体中所占的百分比更大。水是上帝用来创造世界的材料。因此认为"水线"是"上帝之线"十分恰当。

但是，对此只有阿弗列莉娅一人知晓。

在一生中，无论什么情况下，无论阿弗列莉娅曾多少次回想过，她总是觉得自己是单独的个体，确切来说，是从受"物力"控制的外部世界中分离出来的个体。与此同时她就像不被丈夫宠爱的妻子，被迫屈服于"物力"，因为世界就像无处不在的水。

有时与世界的联系极其细微，几乎无法看见。她认为，她能飞，能透墙而视，能用目光移山。控制其他人的"物力"磁线，为她让路，从而使她实现了违背时空规律的设想。时间会在必要时延展或压缩。空间则会由直线变成螺旋曲线，阿弗列莉娅沿着这条曲线从A点移动到B点，绕过途中一个又一个早已设下的陷阱和埋伏。

这就是她所理解的真正的生活。

由于种种原因，当阿弗列莉娅与世界联系加强，失去对物力磁线的控制时，她便感觉自己一直处于不幸之中。虽然她非常清楚，不幸是一种物质基础，世界由这种物质织就。不幸的铁丝穿连起四周的物质，因此有时她就像一件要保护世界免受除不幸以外的事物侵害的铠甲，开始轰隆作响。现在，她已不记得究竟是什么时候决定的（确切说，不知是谁替她做的决定），应该用钱来衡量所有这些矛盾的感受。阿弗列莉娅拥有的钱越多，她所有的感受就越正面。

各种令人不快的东西像石头一样沉入了鼓舞人心的金钱之水中。看来战争就是亚历山大·马克东斯基之水，就是拿破仑之水，为他们带来了权力、金钱、爱情，但只是作为那最初令人陶醉、赋予现实意义的和主要的水的补充物，即战争。

世界上流淌着各种各样的水，每个人都拥有自己的水。每个人都知道这水是什么样的，水里有什么样的鱼。但是没有一个人会承认这一切。水出现时为人带来轻松之感，并把痛苦蒸发。

金钱不仅像水一样流来又流走，并且还有机会真正变成水。有一次，阿弗列莉娅在梦中看到了未来的场景：人们用大大小小的水瓶来支付所有费用。钱币的面值用瓶中水的纯净度和适宜饮用程度来衡量。梦境中还出现了一个详细情形：贝加尔之水和南极冰川之水是世界上最坚挺的货币。如果相信这梦境，那么这些水便是如酒后的咽喉一般干渴的新世界里强大而独立的国家。

但是在钱变成水之前，阿弗列莉娅需要攒足够的钱去……岛屿。阿弗列莉娅尽力不去想这个，她已不需要那个岛屿。但不论怎样一切都已成定局。阿弗列莉娅把钱撒到风中，这样一来她永远都攒不够所需的数目了，但是正如洪水的神秘来源一样，这些钱也不知来自何处。

钱是位于"物力"世界和阿弗列莉娅"独立"世界间的走廊。物质世界里的所有生活必需品都需要用钱来购买。疾病、恐慌、坏心情、合适和不合适的性伴侣、上司和下属、值得或是不值得的惊慌和不安，它们同来

自 由

自于这个世界的东西、食物、酒以及动产和不动产一起深入了阿弗列莉娅的内心。

绕过走廊是不可能的，就像不可能克服对自己"长相丑陋的母亲"生理上的继承性一样——因为这就是事实。事实的吸引力和地球引力相近。尽管在某些时刻，阿弗列莉娅克服了这种引力，享受到想象中的失重。处于神国的边界，也只是使阿弗列莉娅成为一个工具——应该拧紧唯一的木螺钉的螺丝刀——在事实之上举起这把螺丝刀。从上帝的高度往下看，地球的边界轮廓发生了变化。阿弗列莉娅对此感到惊讶：在下面，真相看上去那么明显，可人们却十分冷漠地从真相面前走过，有些人甚至还像往垃圾箱扔烟头那样不时朝真相吐了几口吐沫。关于这一点（对神之爱的回应）的难易摆脱的忧愁在失重和自由的喜悦中蔓延开来。宇航员们大概就是这样在训练中享受着失重的（她在电视里看到的），某一段时间，在装有被转动到下降状态的专用飞机的宽敞大厅中会形成失重。地球引力使飞机以令人难以想象的加速度向下运动，而此时飞机内部的重力已不再起作用。依稀记得，阿弗列莉娅思索着：难道失重是同所有飞机的下降运动一起产生的？难道不幸的乘客在必然要克服的生活引力面前还要克服地球引力？

这是为了什么？

为了像刀入黄油、剑入鞘、出生入死那样闯入地球。

阿弗列莉娅又产生了一个愚蠢的想法：如果有天堂，那么它一定在没有地球引力的地方。住在天堂里的人们在甜得像糖水一样的失重环境中遨游。儿时，准确来说是青少年初期有关糖水的记忆一直萦绕在阿弗列莉娅心头。那时，她从出狱的父亲那听说了糖水这个东西。父亲在日落时回到了家里，扫视了一下四周，好像还嗅了嗅什么。父亲的小脸又黑又瘦，他驼着背，耸着肩（但也许是那件青年人穿的紧身小西服外套，像是从别人身上脱下来的，才让她产生了这种印象），手背上刺着字："人是上帝手中的牌"。

那时阿弗列莉娅痴迷于安德烈·沃兹涅先斯基的诗歌。"海鸥——上帝的泳裤"这行诗句的创作之大胆使阿弗列莉娅感到震惊。当时人们用小写字母书写"上帝"这个单词，但是沃兹涅先斯基在其书中却用大写字母来书写。

  阿弗列莉娅是个敏感的姑娘，研究清楚父亲手上变得模糊不清的浅蓝色字母的含义后，她便马上想象到在饱经阳光沐浴的海滩浴场，上帝穿着雪白的羽毛泳裤和某人（不知道是谁，在明亮的阳光下实在无法辨别）在打活人牌。他们在玩纸牌点数游戏，正如阿弗列莉娅所料，上帝并不那么走运。阿弗列莉娅通过某种方式看了一眼游戏双方的牌，她发现，花色为黑色的牌占据上风。上帝打出的每张发光的牌都会立刻被对手那如夜般漆黑的两三张牌压盖住。

  父亲不在家的这三年里，阿弗列莉娅与父亲的关系渐渐疏远了。

  阿弗列莉娅看着父亲，她一点儿也不喜欢这样的生活：这个驼背、尖瘦、散发着难闻气味，自己却还要嗅一嗅别的东西以辨别气味的人将和她在厨房里共进早餐并要住在她们家（两室的公寓）的另一间房，而且妈妈还将把她的床搬到阿弗列莉娅的房间。

  每到夜晚父亲总是要做点什么。当阿弗列莉娅晚上去上厕所时，她看到父亲的房门紧锁，一道光从下方的门缝里透出，听到父亲在咳嗽，有时还听到收音机里传来的嘶哑话音。阿弗列莉娅不明白父亲能从这强大的有针对性的干扰波中听到什么。有时收音机里传来的是马达匀调的嗡嗡声，嗡嗡声中夹杂的话语就像在酸水里泡过一样发生了改变。有时，很明显，怀有敌意的嗓音会通过越来越凶狠的咆哮声发出某些极具污蔑性的话。还记得，有一次阿弗列莉娅被走廊里传来的咆哮声吓得写错了字。她感觉，现在门开了，父亲突然向她冲来……一个可怕的妖怪。

  从爸妈的谈话中，阿弗列莉娅得知，父亲今天就要去日托米尔（乌克兰城市，州首府）参加他朋友父亲的葬礼。

  "伊兹利？不是俄罗斯人？"——妈妈没有什么兴趣去弄清楚这些。其实，就像三年前父亲被抓走时，她没有那么伤心一样，这次父亲回来，她也没有那么开心。

  "欧洲人，"父亲回答，"不仅仅是个符合犹太教教规的人，还是个异教徒——可能是哈西德派，也可能是米斯盖德派。"

  "他为什么要把自己所有的糖都送给你？"——阿弗列莉娅感觉这一

自 由

切与她想象中的饱经阳光沐浴的海滨浴场打活人牌的游戏有着某种联系。

"根据他们的教义,糖是幸福的等价物。"父亲解释道,"但同时,它也是绝对的不幸,伊兹利和我分享了他的不幸,为了使我感到幸福一点。"

"那你为什么要去日托米尔参加一个你从未见过的人的葬礼?"妈妈惊奇地问道。

"我不能拒绝。"父亲叹了口气,"当我请求伊兹利不要号啕大哭,跟我随便说点什么有关他父亲的事时,他告诉我,他父亲在消费合作社当了一辈子的会计,人不是一般的好。当孩子们找他父亲讨喝的时,他父亲不给他们喝白水而是给他们喝糖水!"

"我觉得对于消费合作社的会计来说完全有能力这么做。但是,当然,这只是去日托米尔的理由。"妈妈同意父亲的说法,于是问他,"你要把糖带到那里去?或者……你要从那儿把糖带来?"

"我想想。"父亲惊恐不安地环顾四周,然后从口袋里取出一个容量为半升的瓶装酒,接着又把剩下的糖分装到两个玻璃杯里——为了相聚!父亲悄悄地把自己的玻璃杯塞到妈妈的玻璃杯里,就像围攻要塞时,往打不穿的城墙里塞原木一样。

"等等,我要拿点什么出来。"妈妈问,"我们不拿点什么下酒吗?拿糖?"

"没关系,我喝酒,可以不要糖。"说完,父亲一口气喝完杯子里的酒,把杯子放到桌上,然后背上行囊就朝门口走去了。

他没有从日托米尔回来。

过了一年还是两年,当他再次被抓去坐牢的时候,妈妈去办理了离婚手续。父亲毫无怨言地签了所有文件,但他拒绝划分财产,甚至还立了和阿弗列莉娅有关的遗嘱。长大成人后,阿弗列莉娅询问妈妈,这个遗嘱意味着什么。"遗言嘱咐气氛要轻松愉快些。"妈妈回答。"准确来说是这样,怎么去说一个大家都不想接受的真相。特别是,当你在坐牢,自己一个人在牢里吃饭就能花光在家具加工厂工作一个月挣下的17卢布。这个遗嘱意味着你必须出钱埋葬他,但是如果他比我先走,我就要出钱,也就是说,我们要出钱埋葬他。"

过了很多年，阿弗列莉娅在妈妈的葬礼上见到了父亲。在此之前父亲还稍强壮些（显然也更不易妥协一些），他瘦了，变得像从木板上拔下来的生锈的钉子。但同时他的头发也变白了，是那种天使般的，也可能是糖的白色，就好像缠在钉子顶上的棉花。

"糖带来了吗？"当父亲走近阿弗列莉娅时，她问，"如果用糖来计算你不在的时间，那么你应该带来一整袋。"

"哎，"父亲用黑黑的手摸了摸大理石制的带有飞翔天使的十字架，"你小的时候，我没有给你喂过糖水，请你原谅我。"

阿弗列莉娅注意到，父亲手上刺的"人是上帝手中的牌"字样消失了。并且，手术做得十分彻底：既没有动刀后留下的白色伤疤，也没有被烧后留下的红色斑点。"难道……"阿弗列莉娅想，"上帝输完所有发光的牌以后，就没有再坐下来接着玩了？还是，上帝用怀疑的目光看待父亲，所以就把糖省了下来，花钱去换了肤？"

阿弗列莉娅已经张开嘴，要打发这位碰巧是自己父亲的陌生人去远一点的地方，恰恰是打发他去人的内部和部分外部器官那儿，那里的糖和水已经被消化。但是阿弗列莉娅没有那么做，而是突然说出了完全不一样的一番话："就是说，我将会在你年老的时候给你喂糖水。请你想一想回家……回糖之家的事。"

阿弗列莉娅的脑子里突然出现了这样一种想法：在父亲有生之年，她的岛屿不会出现危险。"他最好是活着……永远地活着。"她想了一会儿。

水表是她生命中最重要的东西。

阿弗列莉娅航行其中，就像航行在强劲湍急的河流中一样。河流注入海洋，岛屿位于海洋中央——那便是航程的终点。

水表可真成了她的私人内部表，她用它们来计量思想和感觉。阿弗列莉娅什么时候需要，就什么时候给这些表拧上发条，需要它们怎么转动，它们就怎么旋转指针。水表像罗盘一样为她指明方向，像闹钟一样唤醒她去工作，还把阿弗列莉娅强力地吸入到了自己的意志范围，这种意志力的边界消失在了宇宙中。水表像电脑游戏一样冲淡了她独自喝茶的寂寞，消

自由

除了并不真实的幸福等价物与偷偷靠近不会被发现但从远处看却会出现的绝对悲伤之间的实质差别。某个平庸的作家——米洛拉德·巴维奇的追随者——大概会这样描绘阿弗列莉娅:"糖表在她生命的正午敲响,她头顶的天空被蒙上了一层眼泪做成的乌云,被夹杂着被骗者愤怒的闪电突然从乌云中划过,但是水表为她裹上了一件透明的、闪电无法穿透的衣服,保护了她。水表总是把被骗者的绝望转化成烟雾,而阿弗列莉娅可以在这烟雾中设置新的骗局。"

当阿弗列莉娅书桌里那个登记在虚拟公司"水线"名下的手机响起后,晚间日落时分水表也响了。

阿弗列莉娅那天被工作耽搁了,她也不知道为什么自己会坐在办公室里,仔细观察着熔化在夏季落日(就像上帝那发光的活人牌)下那古铜色宾馆"Hyatt"的屋顶。黄昏的天空中浅紫色光线追赶着太阳这枚滚动着的金币。

上帝又输了。

"这就是跑得快的好处。"阿弗列莉娅漫不经心地想,"总是第一个跑到终点,把向他伸出贪婪之手的其他运动员丢在后面,然后没等到表彰,就在运动场的迷宫里消失得无影无踪了。虽然不知道滚到了哪里,太阳这枚金币还是洒下了大片光芒,把屋顶、塔尖和所有的复折屋顶阁楼和其他建筑上的装饰都染成了金黄色。这使对利润爱得发疯的世界与此(跑得快的利润通常第一个跑到终点,然后就在那消失了)得到了部分和解。

世界变成了一群极其凶猛的雄性动物,他们贪婪地扑向雌性动物熔化的金色脚印。"阿弗列莉娅透过办公室巨大的窗户看着夏日黄昏下的莫斯科,她知道了,跑得快的利润到达终点后去了哪里——它真正的凉爽干净的家里:水表里!

这时电话响了。

阿弗列莉娅过了一会儿才确定了声音的来源,这陌生的电话铃声和夜晚的敲门声相近,因此肯定没什么好事。

她忘了这个电话。

阿弗列莉娅自从提交了最后一份有关经营活动的税务总结后,准确地说是，提交了"水线"公司最后一份无经营活动的税务总结后，几个月没有给这个电话充电了。这就导致在总结中没有任何数据。

　　税务姑娘告诉阿弗列莉娅，如果到年底前公司仍然没有开工，那么最好对公司进行清算。或者是先贷款，然后再宣布公司破产。"莫斯科的权力机关现在有点傻，左手不知道右脚干了什么，"聪明的姑娘继续说道，"可以通过债券贷款的方式重组债务，同时把这些债务计息分摊到某个濒临破产的银行中。银行不再受到欢迎，这样贷款的痕迹也就会被青草掩盖，为人所忽视。""要是一开始我能帮您实施某个具体的项目该多好，"姑娘说，"我们公司现在是根据新的规章在运转，我们应该促进中小贸易的发展。因为这是我们共同的事业——在俄罗斯发展创新型经济的第三个千年……"

　　一个月内，这廉价的手机在没被使用且蒙了一层灰尘的情况下仍以某种方式保存了电量，阿弗列莉娅透过书桌上厚厚的天然山毛榉听见了铃声——老鼠的吱吱声，这件事充满了神秘色彩。这就好比，一位百岁老人突然变年轻了，但某个不道德的人把这件不可思议的事拍成了视频，然后放到网上让大家点评。

　　但是阿弗列莉娅早就知道，任何巧合都是命运高度关注的标志。虽然不能直接看到这个标志，但是却不能忽视。准确地说，可以忽视，但会让自己遭遇不幸。

　　"水线公司，"阿弗列莉娅充满自信地，冷静且官气十足地对着灰蒙蒙的听筒说道，"总经理，阿弗列莉娅·林尼克。"

　　"听起来几乎就像'阿弗罗拉·克列伊谢尔'。"听筒那头传来令人愉快的男性嗓音，回应语气却带有明显嘲讽意味。阿弗列莉娅在通过男性声音来确定其年龄这方面很少出错。她认为，对方的年纪在35到42岁之间。同时，还能确定，他稍稍有点口音。这个人要么长期生活在国外，要么俄语不是其唯一的母语。"我指的绝不是你的国籍，"他解释道，"我是国际主义者，在对这个词语的正常理解上来说，在任何情况下，我都不是无产阶级国际主义者。请叫我斯维亚多斯拉夫·伊戈列维奇。我指的只是"阿芙洛尔号"巡洋舰还在……水线上。""如果我是奥斯塔普·边杰尔，"

自 由

他继续说，"我肯定会相信你不是阿弗列莉娅·林尼克，而'水线公司'也只是存在于纸上而已。"

"意思是说，您不是那个想从几百万的黑钱中分一杯羹的奥斯塔普·边杰尔，而是斯斯维亚多斯拉夫·伊戈列维奇。您是想把资金放到可靠的地方的克列伊科。您什么都不用担心，您的选择是对的，"阿弗列莉娅鼓励着谈话者。

"并不是，"那个男人指出阿弗列莉娅的错误，"对某物的担心总是存在的。钱就像女人一样喜欢担心，因为担心是对她们的另一种关心方式。"

"过多的担心就像十分强烈的爱一样，有时候会得到相反的结果。"阿弗列莉娅机智地察觉到，她轻松自然地扮演了(虽然，为什么，说实在的，是扮演？)一阵子为顾客提供任何有偿服务的公司的所有者的角色。"您说得非常对：钱喜欢担心。但是他们潜意识下，像母亲的儿子，父亲的女儿那样更喜欢规则。"水线公司"总是按规则办事。"

"您认为，'潜意识'这个概念也适用于钱？"男人惊讶地问道，"难道钱会依照弗列伊德教授制定的规则来生活？"

"啊，是的！"阿弗列莉娅兴奋地回答，"那些幸运的人成功领悟这点后，会在接下来的实践中利用这些规则。"

"难道是借助催眠？"男人问。

"遗憾的是，钱不会受催眠术的影响。"认真听着对方说的话，阿弗列莉娅得出了这样的结论：他是居住在美国的俄罗斯人，但常去欧洲。"他们是世界上最好的催眠家。几千年来，他们对人们实施催眠术，把一些人变成了罪犯，把另一些人变成了慈善家。我们所有人都生活在他们的催眠之中。"说实在的，"她坦白地说道，"我不知道他们以何种标准来挑选合作伙伴，但是我觉得其中一个标准就是——尊重规则……"

"水？"男人更准确地说。

阿弗列莉娅明白了，这一切都是早已预设好的，甚至都不用想，这就是预设好的。她感觉自己就是一个身负未知使命的、与来自中心的……水相联系的"停业"代理人，目的是为了把水运到……岛上吗？

"糖水。"阿弗列莉娅根据自己的想法把密码复杂化了。

"别着急,"男人用柔和的声音使她慢慢冷静下来,"还没有决定要合作。但是,如果我们说定了,您一辈子的糖都够了,虽然……"他停顿了一下,继续说,"我不知道您往茶杯里放几勺糖。"

"我认为,"阿弗列莉娅严肃地回答,"歌剧剧本都演过,要是能看看总谱该多好。"

"总谱不会让您失望的。"男人坚定地说。

"我喜欢庄重的音乐,"阿弗列莉娅说,"我还想听听类似《唐怀瑟》和《莱茵河的黄金》这样的音乐。如果您邀请我去听轻歌剧、轻松喜剧或者某些搞笑的现代芭蕾,我会把票还给您的。"

"金钱之乐曲不可预料,"交谈者指出,"音乐很少有只是轻松或只是低沉的,室内音乐是这样,很单一,但那仅仅是对优秀者的奖励。人们很少有独自欣赏杰出演奏家的艺术作品的荣幸。金钱之乐曲的特点就在于:体裁丰富,风格多样,乐器随意选择。能想起绝妙的定义:把杂乱无章当作音乐。有时,以流行音乐、说唱、下流的四句头开始,势必以庄严的颂歌结尾。有时相反,以无意义的不和谐的声音开始,以喜剧或荒谬的戏剧结尾。"

"但通常是这样。"阿弗列莉娅补充道,"以犯罪开始,以惩罚结尾。"

"没有人想违反现行的俄罗斯法律。"男人安慰她道,"如果我们把所有的事情都谈妥,您就应坚信,我们是可靠的合作伙伴。'阿芙洛尔号'巡洋舰应该朝冬宫放一枪。水兵应该突袭巴士底狱。"

"难道水兵突袭了巴士底狱?"阿弗列莉娅惊讶地问道。

"为什么不会呢?"男人笑起来,"水永远都是革命的摇篮,而水中的人们则是革命者。"

"在那种情况下,我想知道,怎么称呼你们的政党……勇敢的政党?"阿弗列莉娅差点脱口而出:"难道是水党?"

"您一定知道,您通过电子邮箱收了整整一箱的文件和一份计划说明书。我今天还要把我们的谈话内容向领导做汇报。我不做最后的决定。我不会隐瞒,阿弗列莉娅,经营活动,准确地说,你们公司的纯洁给我留下了良好的印象，而你本人，阿弗列莉娅，也是如此。我非常希望我们的担保者就安顿在'水线公司'。"

"您认为我也是处女？"阿弗列莉娅感兴趣地问道。

"您比处女还纯洁。"男人回答道，"你为陷于金融陋习和其他陋习世界的人带来了纯洁。"

"但是公司的纯洁。"阿弗列莉娅想着恭维的话，"对公司来说，没有比赢得投标更好的办法了，如果真的是这样，那么我们谈谈投标的事吧！"

"我也喜欢歌剧《唐怀瑟》，交谈者没有深入去谈投标的事。"我曾在不同的国家多次欣赏过这段歌剧。较之骑士抒情歌手这个名字而言，《唐怀瑟》在俄语中的发音更贴近于某种本质的东西，这个单词好像融合了水自然力量（间歇喷泉）的压力和战争机器（坦克）的威力。如果所有工作顺利推进，那么就把我们的合作项目称作'唐怀瑟-M'，我是指莫斯科。最近这段时间，我们要保持密切联系，阿弗列莉娅。"

把这个手机放下充电后，阿弗列莉娅用另一个电话，立刻安排清理分租人和按照水线公司注册地点整顿打理可移动办公室。

这时太阳早已消失在了地平线（莫斯科上空燃烧着的棚子）下。棚子如果燃烧起来了，火焰将是蓝色的，在这个火焰中人们想烧尽的最蓝的东西从来没有烧完过。失去了追赶上太阳金币的希望，人们的渴望和追求公平的梦想像两个炉盖在莫斯科的上空燃烧着，喷薄着蓝色的火焰。

阿弗列莉娅突然回忆起，唐怀瑟（德国民间创作中的传奇人物还有浮士德博士和狐狸赖内克）在旅行中遇到了女神维纳斯，并且和她在魔法山洞里生活了一段时间，他不仅仅用歌声来哄女神开心。他还参加了音乐比赛，但是因为和主持比赛的裁判罗马教皇发生了冲突，他应得的奖品被夺走了。出于对唐怀瑟的同情，维纳斯让教皇手杖上忽然间长满了青苔。所有人都明白唐怀瑟背后有什么力量，这力量来自于哪里。"所有的事都有了结果。"阿弗列莉娅想着，"追上太阳金币和跑得快的利润是不可能的，但是可以在充满生气的水中把它们溶解掉！那时不仅裁判会长满青苔，自己的生活也会！"

阿弗列莉娅感觉自己手上的皮肤变年轻了，水从手中滑落，就像从鹅的身上滑下一样，手掌上的皱纹也变得更加模糊了，生命线、智慧线、命运线在离腕关节较远的地方交汇到了一起，像地图上三条汇聚到同一海洋的河流。走近挂在办公室墙上的大镜子，阿弗列莉娅抬起下巴，仰起头，她发现脖子上那令她恼火的深深的皱纹消失了，取而代之的是白色的富有弹性的皮肤。办公室的地板上铺着像火焰一样的蓝色地毯，地毯上有着复杂的白色图案。晃了几下腰，活动了一下膝盖，像年轻的时候加入艺术体操队时一样，阿弗列莉娅轻轻松松地劈了个叉。

她感觉自己很幸福。她不会在蓝色的火焰中被烧成灰烬。她自己就是火焰，在火焰中被燃尽……不是吗？

4

大约九年前，在领导还只是国家杜马中的一名对妻子忠诚的议员时，韦尔吉利耶夫就在为他准备关于俄罗斯人民工作态度的"语录"。还记得，人民代表关心的是私有企业劳动生产率的不断下降。

然而苏联早就解散了。俄罗斯变成了一个资本主义国家，遵循着"时间就是金钱"的原则，但其劳动生产率仍旧极度低下，最主要的是，俄罗斯没有出现任何欲发展劳动生产率的劲头。俄罗斯浪费了时间，而依靠石油和天然气赚的钱也流到了其他国家。西方和其他国家投资者看到了这一现象，因此没有急着将资金投入到俄罗斯的工业发展中。取而代之的是，为了建立现代企业，他们把原本不能使用、只能丢弃在荒地的核废料和化学废品带到了俄罗斯进行掩埋，因为用于掘坑和制造混凝土石棺的资金陆续被偷光。

报刊上有关俄罗斯人固有的惰性、人民不善劳动也不愿劳动的文章越来越频繁地出现。政论家们对此提出问题：为什么劳动生产率在20世纪初的资本主义沙皇帝国位于世界前列，而在21世纪初民主主义和资本主义复辟的俄罗斯突然坠入世界生产率最低行列？的确，俄罗斯重蹈覆辙了。只是该阶段的发展速度大幅减缓了。

自 由

　　自然，韦尔吉利耶夫从一些可敬的人（能证明俄罗斯人民热爱劳动的人）的作品中，为领导摘选了不少谚语、俗语和引言，但他更关注的是见证这种热爱逐渐消亡的权威作家、学者、国家工作人员和教堂工作人员的谚语、俗语，特别是引言。其中经典的语句有："工作不是狼，不会跑去森林里"等。人们甚至把畅销影片中的抒情曲改编成了劳动歌："我永远记得那个工厂的通道，你……"

　　早些时候领导的那次讲话变成了一桩丑闻。

　　看着领导有点摇摇晃晃地往讲台上走，一边用手抚平翘起来的头发，还没带装有摘抄语录和提纲的文件夹，韦尔吉利耶夫一下子就预感到有不好的事要发生。在那期间领导可能不计后果地轻松喝下了两斤酒。看看走上讲台的领导，韦尔吉利耶夫就能明白，领导前一天晚上喝了一升多的酒，早上又喝了解醒酒。

　　"在这里我要……"领导拍了拍自己夹克的左侧，"说的是俄罗斯人民如何对待劳动，今天劳动者处于何种地位，工会如何保障工人的权利，工人又如何履行自己的社会责任，以及生产安全状况如何等等。但我不会把这点东西算作是问题。这毫无意义。最好我来讲述一下，"他又拍了拍夹克，"我内心的想法。当大部分工业早已从欧美国家转移到其他国家时，你们在这时候所闲聊的西方国家的劳动生产率是什么样的？当中国人、马来人、菲律宾人、印度尼西亚人、越南人、巴西人和鬼知道的其他什么人在欧美国家的工厂里工作时，对于他们来说什么是劳动生产率？对他们来说什么大体上算是工作？机会不像人，它不会饿死，不会死在马尼拉周边某处的硬纸箱里。而除此之外，便是追求自由和富足的未来生活的被搁置的梦想。这就是为什么'第三世界'的人现在还像上世纪初的俄罗斯人、美国人和欧洲人一样工作。在十月革命后的工业化时期，当二战后重建俄罗斯，甚至是赫鲁晓夫执政时的六十年代，当五年计划完成，建造军用物资和航天技术设备时，俄罗斯人都是如何工作的？今天你们剥夺了人们的工作，停办了上千座城市的工业，大张旗鼓地废除了农业，把土地变为了长满杂草的荒地。与工作一同被剥夺的还有人民对未来自由富足生活的向往。它已被阿拉莫维奇的船队割分为两半，头被维克塞尔伯格生铁一样的鸡蛋打破。如果俄罗斯所有的金融资源全都落入你们的口袋里，你们要求人民达到什么样的劳动生产率？存在这样的说法：枪炮取代黄油。你们的观点则是另外一种：商船取代幼儿园，宫殿取代退休制。笼中的鸟儿不会歌唱。人民需要工作，而不是劳动交易所和失业津贴。人民需要粮食、制度与未来。只有当一个正常人明白他的劳动可以使粮食更充裕，制度更公正，未来更加明确而有希望的时候，他才真正地开始工作。""在被侵占的国家，"领导最后说道，"劳动生产率的概念是不存在的，因为那里的人们不是在工作，而是在生存。如果没有其他的出路，他们才被迫去工作，就如他们自己所说的——怠工。对侵略者的憎恨与劳动生产率刚好背道而驰。"

领导回到自己的座位上，席间既没有死一般的沉寂，甚至也没有嘈杂的反对声。只不过他的讲话没人理睬，就像大厅里宣布短暂的休息一样，在这期间议员中的男士们浏览着报纸，打着电话，而女士们则整理着自己的发型，照着镜子，目光瞟向她们觉得看着养眼的男士。

第二天的报纸上这样写道：一位单身议员发表了荒谬的讲话，他的言论像是90年代的人所说的。第一，他酒醉不醒；第二，他明显关心的是自己未来的命运。

韦尔吉利耶夫每天早晨都会想起领导说的这句话：工作就是被搁置的追求自由的梦想。

现在他无处可奔忙。被搁置的梦想变成了现实。而韦尔吉利耶夫自己在贴近人民，那些人民就像领导曾经所说的——梦想着工作、起码的生活用品、公正的制度和幸福的未来。韦尔吉利耶夫的工作没了。起码的生活用品应该够撑一段时间。公正的制度在俄罗斯就像是某种神话中的先知鸟或阿尔科诺斯特（鸟）。这种鸟在某个地方飞翔，有人看到过它，有人听到过它的天籁之声，但它在民间至今没出现过。说道未来，那么只有当工作、起码的生活用品和公正的制度都具备时，人们才不会被开除，吃到嘴里的面包才不会被抢出来，未来才会清晰可见。

未来本身就形成了一串简单的标语，即：工作、面包、制度。然而"未

自 由

来"又属于极其不可靠的范畴。而且由于人类自身的心理，许多暮年之人都不喜欢谈论未来，因为他们知道自己的寿命，对"未来"已经无所谓了。不是所有的老人都在不停地为儿孙们的幸福生活着想。相反，很多人有多远躲多远。

标语中的关键就是"自由"一词对全体选民而言都是多方面的。"自由就是工作、面包和制度！"这样的标语看上去的确更好，最重要的是容易被记住。

韦尔吉利耶夫想了想，领导完全有可能喜欢这样的标语。他喜欢简洁明了。领导确信，最正确的决定通常都是最简单的。在他看来，一个成功、复杂而方法多样的计谋只不过是在深思熟虑后将简单的行为罗列在一起的产物。

"然而简单的行为是很容易被看穿的。"韦尔吉利耶夫反对领导的观点。"有可能，"领导赞同道，"然而有经受过几个世纪考验的方法来反驳这一点，这一方法就是速度与偶然性。"他明白，他逾越了一个会遭排挤的禁区，但他不觉得委屈，如果领导迅速地（这从未有过）答道："好了，韦尔吉利耶夫，说远了！说说……"但事实上并非如此，领导若有所思地朝韦尔吉利耶夫身后久久望去，看着窗外的莫斯科河，沿河停泊着一连串驳船，然后他答道："自上而下的政权是一种相对的概念。比如，我不是政权中职位最低的人，但我可以参与决策。

领导突然沉默了。韦尔吉利耶夫也沉默着，就像一条安静的鱼，因为他明白领导所说的"在这之前"是在什么之前。然而作为下属的鱼想知道，对此领头鱼是怎么想的，因为它游在最前，有时能为自己指点路线，提醒自己有撒下的网，有时也无谓地用鱼鳍拍打着水花。"还没到你想的那种地步，"领导突然说出一句令人惊愕的话："到那时，没人会嘲笑他。对国家领导人的嘲笑意味着什么呢？只要他个人权力扩大就会迫使带给他荣耀的政权范围扩大。（这绝对是不对的！）这就是一部分公民的想法，然后所有公民都会这么想。一开始是嘲笑，随后就是在公众面前吹口哨，接着是进行一场迅猛或漫长的革命。但如果不是这样，如果政权与荣耀来自上帝，那么情况始终还是如一。"领导走到一个红木和青铜制的落地大钟旁停了下来。

巨大的钟摆晃动着，庄严地宣报着每一秒，就像一个对钱娴熟不过的商人。"当尼古拉二世颁布著名的宣言，公布了除其他自由以外的出版自由权时，第二天早上一家著名画报就将尼古拉二世放在了封面画上，画中是一个面部安详、完全赤裸的尼古拉，就像在木制公告牌上一样，但王冠上却是双手交叉拥抱自己的站立的形象为标志。署名为专制君主。"

韦尔吉利耶夫读书、看电影和电视剧到很晚。他睡到自然醒，津津有味而又慢条斯理地吃着早餐，时不时地看向像毛毛虫一般沿轨道缓慢前行的火车，望向那时而浑圆得像东正教堂的圆顶，时而像新教教堂的哥特式尖顶的、层出不穷的团团烟雾，望着它们在西部地区热电站的大烟囱上升腾。由于夏日那场政治事件的暂时停息，报社记者们在假期中便没有什么有意思的内容可报道，于是韦尔吉利耶夫放下报纸，端着一杯咖啡坐到了电脑前，登录网页，通过搜索引擎浏览着有关领导的内容，带着一种嫉妒心理研究着他的博客和个人网页。

他觉得自己就像一匹被马厩粮食供给处提前解聘的战马，在寻找净土上的食物。还可以被称为"浪人"，也就是没有主子却幸存下来的武士。或许，韦尔吉利耶夫是借"浪人"在标榜自己，为了摆脱侍从丑角的形象，不知为何被地主老爷从温暖安逸的地方带到了寒冷地带。

在与领导一起工作的几年里，他已无法再做自己。也就是说，他还是他，但一天已不是完整的二十四个小时了。他就像被无形的套马索套在了无形的马车或是（三套车）上。车朝着一条它熟知的路前进，但车夫随时都可能提套杆，无论几点和星期几。因此韦尔吉利耶夫的计划、想法、事情和思想都一下子变得没有地位。他应该在做这些：想点子、提建议、参与问题的解决，而这个问题前一秒他还未质疑，或者已被质疑，但他不打算现在解决。他的个人表现在时间、空间和规定的事宜上都无情倒塌了，就像一座沙雕宫殿，只不过是矗立在穿着沙滩拖鞋、有着浓密毛发的晒黑了的脚下。

现在套索没有了。韦尔吉利耶夫不知道马车会去哪里，但在这获得

自 由

自由的苦闷快乐深处是对被卸下的套索的痛苦忧虑。这非常令人惊奇，又觉得可耻，但韦尔吉利耶夫不再喜欢干涉决策，不再从思维缜密和适用性的角度去评价它们，而是寻找最简单有效的解决途径。这是一种顽固的（也是无法医治的）助理综合征。韦尔吉利耶夫坦率承认，近几年他没有从他们是否正确的角度接受领导的指令，而只是尽可能（麻利）地完成任务。韦尔吉利耶夫不再期待未来，因为他认为未来就是这样的：领导永远都对。

韦尔吉利耶夫的个人生活已被公事、领导无休止的差遣、周围人的阴谋、关于领导癖好的谣言以及复杂的、难以猜透的同事关系包围了，那些同事也都在为领导效劳。他们中的另一些人是可疑人员，几乎是带着犯罪前科和强盗土匪的做派（兴风作浪），但韦尔吉利耶夫遇到他们，解决了问题，因为他感觉这些人都是忠于领导的，已准备好为领导付出一切。他没有遇上高层次的、可敬而有智慧的人，他与这些人保持着距离，因为他还感觉到他们不喜欢领导，与领导共事只是出自某种物质或工作需要。如果领导从圈中退出，他们会立马和他断绝来往。

领导的身份就是韦尔吉利耶夫公务及公务之外的核心。很多时候，领导的身份会决定他的意识。领导对于韦尔吉利耶夫和其他很多人来说是现实版的"机器上帝"，能迅速地解决任何问题，惩罚与宽恕他人，嘉奖以及把人从能捞到油水的地方开除。

政权麻醉剂发挥着多种功效，远不是每个人都病态地追求决议权和管理权。权力的典型特征是这样的：飞机舷梯上铺着长条地毯，地方领导站成一排，还有摄像队。这些东西绝不会吸引着所有人。许多人只不过是喜欢身处距离耀眼夺目的政权中心最近的地方，韦尔吉利耶夫也发自内心地想加入他们的行列。置身于这种光芒下，他们觉得自己能免受世事无常与生活波折的侵袭，不顾合理的担忧与明显的怀疑。这如同蝴蝶与灯火之间的关系。当光突然消失，他们就会发觉自己的翅膀已被全部烧掉，也不知道是否会长出新的。

当领导说自己的官场仕途极为狭隘时，他迷茫了。在个人环境方面（与他工作上有关的人）他的仕途就像地下坑道一样广阔。领导可以呈请授予勋章，分配房子，在地段划分中发挥作用，调到高薪岗位，获得任意签证，选择在好医院接受治疗等等。并且他不需要为了达成下属的心愿而做出特别的努力。一旦发号施令，国家政权机器和政权中非正式关系的机器就会开始运转。

领导确实是由两个这种机器组成的神，一旦他批准众多决议，就会守住机器的小门，在靠近门时欺骗了警卫队后，申请人或有绝妙提议的"创造者"就会跳过去如同"重组工农检察机构"，为俄罗斯人造福。

职员们就像蜜蜂一样，把自己用生活经验和才华酿造的花蜜献给领导。领导什么都明白，就像洗牌一样重新安排这一切，检验、再检验，并添加自己的某种东西。然后重置自己那不总是能被周围人看懂的牌阵。

经过一段时间在自己的各个活动领域里，他就会比那些被授命引领方向的人更加智慧和强大。现在比起他的经济学博士顾问，他是个大经济学家；比起社交专家，他是个大政治工艺师；比起法律问题的助手，他是个大律师；比起他的新闻秘书，他是个大政论家。在敬畏的战栗中，韦尔吉利耶夫勇敢地考虑周全，比起那些没有劳动果实的忠于他的恶棍，他还是个大恶棍。大概他们准备好了要在深夜里逃走。

领导拥有罕见的信息捕捉力，就像捕捉水里的鱼一样，对于各个社会团体（医生、教育者、工程师、军工部门的劳动者和其他人士）而言尚未解决的但却命运攸关的问题，他都能果断地制定出问题的解决方案，前提是这些问题在他的能力范围之内。

不同于很多政治家，他不承诺自己做不到的事，忠实地努力履行誓言并坚持到底。

问题如同嵌在地里的完全生锈的火车头，从静止的点出发，发出轧轧声，拖着浓密如野草般的大胡子，（从地里扯下根部的关节），沿着废旧的轨道前行。远不是所有人到达了修配厂，但也有一些人成功了。领导身处各种问题的解决方案中，就像鱼儿身披鳞片。人民感觉到了这一点，因此（在领导与选举人会见、大会发言、去工厂和科学中心参观时）认为他是一只能实现人们朝思暮想的愿望的金鱼。领导经常说，只要与你们在一起，只，只要你们的确希望并愿意跟我一起走到最后。如果不是这样就不

自 由

行了。人民随即在心里试披了金鱼的鳞片,他们瞟了一眼自己的破布衣和打翻的木盆,困惑不解:为什么老太婆(人民形象的缩影)至今还不是世袭贵妇、贵族太太和海上的女霸王?而某人觉得虚拟无形而光鲜亮丽的鳞片已然成了铠甲,双手发痒想扛起斧头,甚至……

领导说,"如果信息不能转变成鲜活的具体事物,那么这样的信息就是无用的。但这个过程是困难的,"他继续说道,"它可以被理解为毛毛虫化茧成蝶或者种子成秆结穗的过程。耶稣基督结束了种子的话题,领导想起了福音书,我们不会重蹈他的覆辙:九颗种子死了,只有一颗发芽。大多数的蝴蝶也如此,破茧而出就死了,它们中只有一只蝴蝶在特定的时间和地点能用自己的翅膀遮住太阳,迫使太阳以一种新的方式发光。蝴蝶变成能吞下太阳的鳄鱼,这源于蝴蝶飞向了看似散漫,实则无形,但有时却强韧有力如纽带、炫目如黑暗的人民意志之光。信息转变成思想。思想转变成观念。观念转化为思想体系。而思想体系又是什么?"领导自问自答道,"思想体系就是修正世界的工具。但我们没有思想体系!"他在空中挥了挥手。"因此我们在这所做的一切,"他用严厉的目光打量了一下默不作声的顾问、助理和其他自称为战友的白吃白喝的人,"与现实生活没有任何关系,只与我们的,确切说是与你们的口粮有关!"

"粮食也是我们的命。"有人闷闷不乐地反驳领导,"对一些人来说粮食甚至比命还重要。"

"别人的命。"领导重复了一遍,"因此我也在和这个浑蛋作斗争,这个所谓的上流人士为了给自己寻找粮食而剥夺他人的口粮。"

遭到电视节目封杀、报纸加倍嘲讽的领导就如莠草般坚毅和顽强,不妥协于一致确认的政治活动,这也激怒了政权机关。甚至当领导没发言,只是去车间、农场、实验室、研究所的走廊里走走的时候,人们都会紧随着他,殷勤地试图为他讲解着,看着他并不像在看向一个空空的、哪怕是重要的地方,而像是看着一个活生生的人,一个(理论上)能够,但最主要是想帮助他们的人。

为什么他们这样看着他?

领导知道，人民会喜欢的，他个人也会喜欢，他内心的愿望和对未来的规划会为他的家庭留下烙印。好吧，为了人民，但也是为了两个政权——政治当局和接替它的政权。

纯朴的、未经政治工艺师与公关人员润泽的领袖魅力（从某时起这个古希腊专用语就在俄罗斯使用），一开始差点毁了领导，随后把他推向行使权的顶端。

韦尔吉利耶夫并不怀疑，正是为了"消磁"，几个月前领导就从某平原一个（合法）政权的代表被调任为了总统，可以自由与人民交流，可以想说什么就说什么，不为什么而负责，在政权的制高点上（在磨盘之间），应当为一切国内发生的或未发生的事负责。

"他们不准你做任何事。"韦尔吉利耶夫对领导说，就在刚才领导把他叫到了一间新个人办公室里（另一间在克里姆林宫），位于克拉斯诺普列斯年河沿岸，可以透过窗子看到莫斯科河。已经是二月末了。信号灯红灯的光线勉强穿透着暴风雪照亮了汽车。只有飞利浦广告的淡紫色心在最近的一个房顶上稳健而有力地跳动。

这时，韦尔吉利耶夫暗自思索着，他依旧认真地看着白得晃眼的雪，试图看到俄罗斯的未来。但除了"飞利浦"这几个字以外，什么也看不到。为什么"飞利浦"使韦尔吉利耶夫感到惊讶，他突然想起这个垄断企业80%的生产力已转移到了亚洲国家，主要转移到了中国。在这种情况下（就未来的俄罗斯而言）飞利浦的广告被赋予了深刻的含义。俄罗斯自己什么东西都生产不出，除了阴间鬼魂打的呵欠（假设他们经过繁重的劳动后正在休息），以及石油和天然气管道。

"您走的每一步，"韦尔吉利耶夫继续说道，"都将遭到极端的嘲笑，您的每一个提议都将被宣布为文理不通的、并且属于平民主义的。金融大权在我们手中。他们不会给您一分钱去解决国防、社会和教育问题。如果您想夺取，他们就会挑起债务危机、石油紧缺、物价上涨、工资拖欠等一切会使您被屈辱撤职的事端。这种情况下您没有任何机会。如果我是你，我就静静地坐着，不抛头露面，然后等待自己的时机。"

韦尔吉利耶夫像其他的顾问一样，喜欢与领导谈话时言过其实并夸大

自 由

风险，以便得到一个允许犯错的权力，即使全世界都反对。同时在领导同意"不抛头露面"的情况下能过得相对安逸自在。但此时，韦尔吉利耶夫觉得，他没有言过其实也没有夸大风险。

"什么时机？"领导一脸严肃地追问道，他用可怕的问题批驳任何关于国家政权弱点的暗语（政权是统一而强大的！），除此以外，还从自己的角度指出了某些不良现象。

"所谓时机，就是您能根据……秘书处工作组织的安排做出正确决议的时候。"韦尔吉利耶夫双手一摊，摇了摇脑袋，想让领导明白，传闻很快就会全部消失。通常在办公室不同于在休息室，它不会立马确定，而是通过隐藏的摄像头观察一个人的行为来确定消息是否准确，在这儿他会压低嗓音地与来访者进行秘密交谈，天真地以为正是在这样的地方他们的谈话不可能被听到。"这种时刻会出现在任何政治家的生活中，谁都逃不过。"他说道。

"没机会，但自己的时机不能错过。怎么会这样呢？"领导问道，他没对韦尔吉利耶夫的手势做出任何回应。尽管这些东西他可比韦尔吉利耶夫知道得多。

"在政治中和在生活中只能这么做。"韦尔吉利耶夫答道，"大多数人（两个党派的成员）都'没有机会'。'他们的时机也永远不会到来'。"

"没有机会。"领导若有所思地环视了一下办公室里空荡荡的墙体，"时机也永远不会到来……但是有两间大办公室，一间在政府大楼，一间在克里姆林宫。难道这个补偿不好吗？"

"您来决定。"韦尔吉利耶夫耸耸肩。

政府大楼办公室的书柜里保存了上一任领导留下的大量镀金《联邦文集》。韦尔吉利耶夫见过不少重要人物的办公室，他并不是官场上最下层的人，而到处总能看到不知是由谁出版，也不知是根据什么原则而编写的《联邦文集》。也许出版它就是为了填充领导办公室的书架，但最重要的是塞满了出版商的腰包。韦尔吉利耶夫听到一些流言，就是要从总统或总理之前发表过的演讲中将带图片的原版文章刊登在文集里要花多少钱。从镀金文集中随便抽出一本，他在第三栏发现了马哈奇卡林灯泡厂总经理的文章，如果不能将其归为未来派，那也算是一篇现代派文章，标题为：《光辉永驻·朝圣——国家事务》。

在一个就像冰场一样巨大的办公桌上，上一任主人（大概是作为训言）为现任留下了俄罗斯联邦宪法馈赠刊物。

领导饶有兴趣地问："圣经在哪里？"他手上忐忑地掂量着如童话般、承载着地球引力、具有无穷力量的沉甸甸的宪法。

从某时起，他对待基本法极其认真，会检查经手的每一本宪法的真实性。

任国家杜马代表时，他积极使用宪法，无论它们放在柜子里，或在办公桌的抽屉里，他都会找出并将其从引文中归类，按记忆援引与选民会面时的所有文章。但当他在宪法法院做完例行的热情演讲后突然发现，这并不是现行宪法，而只是"可供选择"的一种宪法，该宪法由无名的"人民法学家"编撰，可是它却出版了，深红色的封皮上镶嵌着金色的字体，闪光的纸张上印着国家的标志。这误导了领导，一个当时还年轻的政治家，他的想法是不允许像对待国家基本法那样自由的。最令人惊讶的是，即使一个"人民法学家"缺席会议，但他曾（通过麦克风）公开致谢，感谢领导在工作中遵循"人民"意志的，即真诚而非普遍的，也就是"寡头"的宪法，那么在宪法法院他的演讲会保他平安无事。

是的，韦尔吉利耶夫认为，圣经也可以是现代化的、洗礼教教义或基督复临论的圣经。

他解释道："俄罗斯是一个世俗的多宗教多种族国家，除了圣经还有古兰经、犹太法典、佛教典籍，也可能有别的东西。对于官员的头脑来说这是很大的负担。克里姆林宫的第二间办公室，当然好了。"他继续说着这个领导未完的话题，这是接近这个重要人物的办法，更准确地说，是找到该方法的诀窍。"有一段时间，它会对你的敌人起到威慑作用。但是俄罗斯政治为何危险？身处权力中心的每个人都被视作最高职位的潜在挑战者。因此他谁都不信，将所有人置于监督之下。你们做了什么、怎样做的——没有任何意义，重要的只有将如何向上头汇报。如果你无法影响报告方式，无法控制过程，那么最好的情况就是做出的报告是上

自 由

头想听的，而最坏的情况便是使你们对手如意。所以辞职只是时间问题。克里姆林宫的内阁当然好，但它毫无帮助，而只是为了监督。也可以说是辞职接待室。"

领导突然发怒："你和我说什么都行，但不要向我解释我应该控制什么、俄罗斯政治怎么危险！我可也不需向你解释用什么样的剪刀把你带给我的报纸剪下来！"

领导用手指轻触遥控按键，"总统""总理""联邦议会主席""内务部部长"自上而下，向那个结实的玻璃小桌和窗边两把椅子的方向点了点头。

窗外风暴肆虐。

桌子的透明玻璃使他像凯撒的妻子那样摆脱了嫌疑，摆脱了那如他们本人一样不堪的想法——怀疑皮质座椅暗藏玄机，只是当时这种想法不能说出来。整个声控系统可以很轻松地暗藏在这些座椅内。

到了晚上风暴愈演愈烈。

灯光淹没在雪地里，就像生气的女主人拼命地搅打炼乳所生成的黄色果冻。车的红色停车信号灯断断续续地穿透风雪，就像一个有缺陷的基因，蒙羞人民的有许多凹痕的DNA链。飞利浦广告开始闪烁，丢失了几个字母。

领导额头紧贴着窗户，竟然忧郁地说道："这种天气能去哪儿？"又转向韦尔吉利耶夫说道，"我不拦着你。"

领导没让任何人知道他的个人生活问题。但这些问题确实存在，如果在事业腾飞的那天震惊全国，那么标准的二月风暴会使他无法进入自己的公寓，也无法进入国家的别墅。

总之无处可去。

关于新的任命领导只能独自开心，因为他无人可分享这种快乐。韦尔吉利耶夫沉思着，如今充当看门人"老大爷"角色的先生，戴着面罩从餐厅出来，突然分发银质卢布。

在剧院庆祝音乐会的首演招待会上，韦尔吉利耶夫曾多次看到领导妻子的身影。她从来都没有待到最后（总是提前离场）。

前欧洲跳水冠军走过去，飞身从高空极速落入水中。灵活柔软的领导妻子从水中跃出，看上去像一条美人鱼。只是没有童话般唯美的丰乳肥臀，也没有飘逸长发，跃动的磷光闪闪的尾巴，而是一个全新类型，轻盈敏捷好似胡瓜鱼，手拿 iPad 戴着耳机。

她衣着很有品位，但总是有些细节与正式活动着装的要求格格不入。这可能是因为她一只耳朵上戴着的像一颗子弹或是一个凝结小水滴一样的铁质耳环（另一只耳朵上戴着耳机）。一绺染成浅蓝色的头发斜斜地在额头垂下，像眼睛上的一条丝带。黑色纱裙上奇形怪状的串珠：正方形、菱形、矩形和圆形（又是铁质的）。手上戴着沉甸甸的戒指（还是铁的，带着乌银）。

她有一张瓜子脸，如出水芙蓉般纯净，浅棕色（看起来像自然色）的头发和如水般清澈的眼眸。你只要看向她，她就会在第一排嘉宾席上挽着领导的胳膊向你冷冷地但有礼貌地微笑示意。很显然，这个宛如古希腊雕像般完美俊俏的年轻女子沉浸在自己的世界里，仿佛是个无人能够进入的（水下）阁楼。对她而言，与领导、寡头们恭敬地打招呼、恭敬地迎接总统和总理都与她无关。

曾有个著名趣闻，总统曾是一名运动员，他上前用一杯香槟招待客人，不知是在赞美她还是提议她担任跳水女队教练。

领导的妻子并未回应总统，只是淡然的笑容多了几分和蔼。礼貌地点头，总统走开了，而领导默默地从妻子的耳朵上拔掉耳机扔在了地板上。这是他唯一一次在正式活动上比妻子提前离开。目击者称，被扔在地板上的耳机里播放的是日本作曲家现代交响曲《水之愁》，该作曲家的名字无人知晓。

他们结婚已经近十年了，但至今没有孩子。

一次喝醉了，他多话的保镖对韦尔吉利耶夫说："什么孩子啊，她因为常年待在水里而摘除了子宫。我开车送她去特维尔附近的孤儿院。她一个孩子都没选，回来的路上在车里号啕大哭。晚上，我送领导回别墅，窗户是打开的，音乐震耳，她穿着睡衣不知是在跳舞，还是静静地坐着，无从知晓。领导像加加林那样挥挥手，说，'走吧！'我问，'去哪儿？'他回答道，'哪儿都行，只要离开这儿。'"

有时，韦尔吉利耶夫开始讨厌自己这份根据合同《暂时履行职权》担

自 由

任国家机关顾问的工作。按他所说，工作是指：无定额的工作日。也就是二十四小时在领导身边。多么别致的工作和奇怪的委任，尽管这明显很愚蠢，但不可能立马拒绝。为并未委派给他的事失败了而承担偶尔的责任，也正如很少受到鼓励一样，都与他无关。当城市和国家都在记忆中融合成某种五颜六色的蜡泥团，空间无限移动。看着照片，他很着急地站着，又惊慌不安、忧心忡忡地急着去哪儿，韦尔吉利耶夫记不起（仅在地平线上——如果远处未耸立艾菲尔铁塔或斗兽场），这是怎样一个国家，一个城市，他是什么时候到这儿的？

这项工作就像速成的铁锈腐蚀着简单的人际关系，这些人并未因领导的"工作"而团结在一起，其本质是在该职位上长期任职——长远讲是担任更高职位。主要是没办法好好享受当下。

有多少女人沙沙地走过韦尔吉利耶夫，空气中弥漫着她的香味，有多少深奥的文集他没有阅览过，有多少集体智慧的果实他没有尝过，有多少本书他没有读过，有多少戏剧和电影他没看过！

这一切都是为了什么呢？

难道是为了这还算过得去、但坦率地说远远不算高的公务员工资？为了那个只有工作才会去、而只要他下班离开便不再会需要他、他也会因此遭到践踏的诊所吗？为了他都没去过的养老院？还是为了私家汽车？还是为了竞选盛宴上没有保障的"添加剂"？不，这都太容易了。

韦尔吉利耶夫突然明白这都是为了什么。就为了领导无处可去时罕见地与他谈上几句，而空间上（突发状况）与他能心心相近的就是他——韦尔吉利耶夫。这些时刻代替了（品质上已经超越了）一个正常人追求的所有特惠，包括金钱、名誉和爱情。

这完全是无稽之谈，韦尔吉利耶夫想，反正第二天他会忘记，无所谓跟谁吐露心声——跟我还是跟……《联邦文集》。但是他的内心已被胆怯地隐藏了起来。眼睛紧张地看着领导从柜子里取出了一个底部写着"ChivasRegal"的瓶子，还有两个酷似国际象棋"车"的高脚杯，领导点头示意韦尔吉利耶夫在如水般透明的小桌旁的椅子坐下。

为什么我很少看见权力的力量，韦尔吉利耶夫一边着了迷似的向沙发椅移动着穿着软毛毡靴的脚,一边想为什么我想要看到权力的弱点,看权力犹豫不决,去感受权力的不完美?难道只有那时权力才是真正的权力?难道只有在这种情形下,她周围的个人交际才有意义,而这意义不在于服从于权力,而在于意想不到的弱点?因为权力只是惨无人道的强大,但同时人道的薄弱权力能够吸引、激励、引导。是谁将一切分配得刚刚好⋯⋯是上帝么?只有那样的人才能带领其他人,在这个人身上人们能看到自己,准确地说是自己的缺点和情结。而且这些缺点无须被克服,只需在另一个层面被摆脱,放到最大,那么克服它们已毫无意义,因为它们已经变成了权力。韦尔吉利耶夫带着一丝痛苦斩钉截铁地说:"我是一个疯子。我坐在黑暗公园的椅子上,注视着他,等他向我袒露最大的秘密——为什么有些人得到权力,而其他人要为其服务?如果揭不开这个秘密,我该怎么办?难道⋯⋯自杀么?"

这时上司将高脚杯倒满酒。快速晃了晃杯子与韦尔吉利耶夫碰了下杯(他总是这样和下属碰杯)一饮而尽。

"我听您说了很久。"他把酒杯放在桌上,"按您说的做,把钱花在您的项目上。塑造一个积极的形象,定位在信息空间上,访问主编、博主、志愿者和其他的小人物、大型报纸访问、电视上的谈话节目——这一切都从零开始,模仿、粉饰自己这般的小人物,如果可以,当然要忘记这是你的谋生方式。您应该是个聪明的人,认为自己在信息技术方面是专家。什么是⋯⋯你假装你不知道如何创建所谓的⋯⋯"上司皱起了眉头,选择适当的术语,"媒体环境?"

韦尔吉利耶夫说:"有两个原因。首先,谁会为网站的维护和博客的发布付费?其次,所有与媒体环境接触的人在一般情况下都知道它是如何创建的。但没有人知道为什么它要那样创建?这是个自组织系统,只怕不可恢复。"

"其实,我们还没有开始认真地和它一起工作。"上司沉思道,看着窗外,就像透过多层白色蕾丝窗帘一样,其实什么也看不到。但上司目不转睛地盯着沾满雪花的窗户,就好像它是一个黑板,上面写着提纲,预警着与新闻界相关的重要工作。

自 由

"让我们开始吧。"韦尔吉利耶夫谨慎地说道,"请指派任务。"

"任务?"上司反问道,"十有八九任务是解决某个问题。你知道,什么是我的灾难吗?我们的灾难?"上司微笑着向韦尔吉利耶夫强调道,"就问题的实质我们有着不同的见解,也就是说任务的条件。这就是为什么它们按照您建议的都被解决了,就是考虑到您的经济利益。其实,这令我很满意,您也不能靠一份工资活着呀,但只是为时过早了。"

韦尔吉利耶夫说道:"请说说任务的条件吧,让即使是像我这样的医院里的白痴也能理解。"

上司举起高脚杯:"我试试,不过万一医院的白痴是我呢?"

韦尔吉利耶夫冷笑道:"您觉得我是在恭维?"

这一次上司看着他,与他碰杯,问道:"你觉得新闻是按照自己的规则存在的,自组织不可恢复的系统。"他像钉钉子一样把空杯放在桌子上说,"而我认为这样的想法是软弱的表现。准备好比赛,或者说根据既定的游戏规则输掉比赛。如果需要,在战斗开始前就该投降,承认失败。"上司继续道,"在这样一个世界上没有什么是不能被理解和改正的。"他突然想起普希金,"除非是少女无迹可寻的内心。至此,顺便说一句。只不过对改正的渴望应该比需要改正事物的阻力更强。"

韦尔吉利耶夫建议道:"除了处决所有记者,没有别的办法。收买记者钱又不够。"

"现在关于如何构建一个自组织、不可恢复系统的想法,创建之前的一切都无能为力。"上司并未对韦尔吉利耶夫的革命性建议做出回应,"我们就从那里开始吧,该系统最初对从任何立场影响它的所有尝试都持敌对态度。同一切都不妥协,甚至哪怕只是在理论上威胁它的存在,企图侵犯它的原则。该系统在两个面同时存在,就像数码相机发明之前的照片。正片是一张每个人都能看到的漂亮清晰的人脸。言语自由、记者独立、禁止检查、事实——除了事实也就没什么了。嗯,等等。但是有底片,在青蓝色的背景下是一张吸血鬼惨白的脸。这是为了给懂的人准备的。敌人就是那种试图谈论他在大多数人看不到的底片上所看到的东西的人。敌人被识破并被准确无误地消灭掉。他们可能不仅是国家或一个独立的机构、部门、集团，还可能是特定的人，他们对自己提出问题：为什么这个自组织不可恢复的系统对真实发生的闭口不谈，但对暂时还没发生的事不断发声。

但是什么是在理论上可能发生的？有人决定会发生什么？或者是该系统自己会播放即将发生的事件，将其变成现实？"上司继续说，"系统不易受损的特点就在于它无论是沉默或是发声，讲真或是说谎都极其真诚，在每个具体情境下都依赖于执行者和证人的想法，他们相信人们所说所写的。否则，别人也不会相信。该系统不可抗拒的力量在于，它使人们出名，让其白手起家、翻身成名。它以名声获取信任。但不论什么时候，不管花多少钱，该系统都不会让识破它真面目的人成名的。它就是一列没有驾驶员的火车，但它会按照轨道铺设的既定方向准确无误地行驶。"

韦尔吉利耶夫感兴趣地问："终点站叫什么名字？"

透过闪现的裸体，令人反感的头条新闻，因自然灾害、谋杀和自杀吓坏了的官员们，通过离奇的计算机图形，他模糊地看到了这一站的轮廓。不论是军营，还是毫无生气光线下的几何型仓库，亦或是露营地，或没有球员和观众的足球场，可能还有绞刑架代替球门。在警报站有很多名字，但韦尔吉利耶夫不知道哪一个是正确的。然而他笃定最好还是不要知道。这就是一扇不应开启的童话之门。韦尔吉利耶夫知道这个世界由禁门所控制，但并未试图接近他。韦尔吉利耶夫在想，他想要什么，去向何方，又期望什么？

领导回答道；"没有这一站，火车转了一圈，停在了那唯一的、但每次看起来都像个新车站的车站。"

韦尔吉利耶夫确认，这个地铁站叫"革命广场"。它建于战后，大理石龛上有黑色雕刻：国家保安人员持着枪，边防军人牵着狗，集体农庄女子养着鸡。

领导突然饶有兴致地看着他说道："任何革命的社会内容都是次要的。上层人物的更替是首要的。目标就是改变，让权力更大，让管理的人更多。其他所有理由都是为了这些变化而辩护。社会为革命所做的准备就是你称之为无法改正的体系的不可分割性。某种程度上你是对的。它以唯一的结果编订程序，独立于社会内部而存在，也与作用于它的程度与方法无关。

自由

如果强制当局称赞该系统，那么即使它称赞了，人们也只会更加厌恶政府。该系统必然会将社会带向动荡不安的状态（拆除狙击步枪的安全装置）。"

韦尔吉利耶夫问道："谁扣动扳机？"

领导道："谁敢？"他顿了顿，又说，"但有机会智胜这个系统，哪怕不惜一切，甚至生命。只需要重新调整扳机，子弹射向反方向——眼睛的方向。但要不动声色。而且在与枪手打照面的时刻，当然要拿好武器，将装置扳回到正确的位置。那时机会出现，开动火车驶向哨兵枪手，将权力从所有制上分离出来。权力留给自己，将财产分给人民，看看会发生什么。当然，如果知道如何对待权力，那媒体的所有麻烦事也就不算事儿了。"领导摇摇头。

韦尔吉利耶夫发现，这有点儿像庞加莱引理，为论证该引理数学家佩雷尔曼曾拒绝接受一百万美元的奖金，但这绝不是任务的条件。

两杯威士忌过后，空空的胃里感到些许温暖，玻璃桌边的椅子很舒服。他不禁想到，风暴并没有停止，但已经弱了很多。透过白色窗帘隐约可以看到横跨莫斯科河的桥梁、乌克兰酒店的尖顶和库图佐夫大街上家家户户为庆祝祖国保卫者日（原苏联建军节）而张挂的彩灯。

领导温柔地望着玻璃桌上的酒瓶，说道："我们能到他们那儿的，我们急着去哪儿？"这个瓶子似乎收集着散落在房间的光，将它溶解到令人身心愉悦却极速减少的液体黄金中。

当领导吃力地用手抓住瓶颈时，桌子上的电话响了。声音巨大，久久未平。只有总机能这般放肆地一遍遍拨打着电话。

铃声停了。

"总统！"接待室里值班的姑娘向办公室里看了看并叫道。

"别紧张。"领导向她友好地笑笑，同时欣赏着她的成熟。"这就是在测试信号。对了，快给我们拿几个三明治还有一瓶矿泉水吧。"

姑娘认真而又毫无感情地看着领导说："我可以把您订的晚餐送到休息室来。"

韦尔吉利耶夫当时没有丝毫的怀疑，就算她在办公室里遇到全身赤裸的领导在倒立，她那可爱却真的已不再年轻的脸上也不会有任何表情变化。

韦尔吉利耶夫暗暗想，究竟有多少办公室里的人滚进了这里，又滚出了她的记忆。

"那一瓶我们肯定是不够了。"领导笑了起来，"我们还是只要三明治吧。我早就明白。"他转向韦尔吉利耶夫，"就是晚上一个半干的三明治才是酩酊大醉的障碍。"

值班的姑娘出去了。

"没关系。"领导摆摆手，"如果特别想要，就一定会找到。挖地三尺也会搞到手。"

"或者把那些东西埋了。"韦尔吉利耶夫说道，坐进了圈椅。

"问题在于你！"领导打断他的话，"问题就在于像你这样的人……"他怀着惊讶和不满看了韦尔吉利耶夫一会儿，就好像是他一直在以这不愉快的谈话来烦自己似的。或者，好像领导忘了韦尔吉利耶夫是谁、他是怎么出现在办公室里的。这样的事数不胜数。韦尔吉利耶夫心里说，您认为俄罗斯正处于不确定中，就像身陷沼泽的马一样，但您没有帮它摆脱困境，而是站在旁边的土墩上冷眼相看。工作在连自己都瞧不起的地方，创造着连自己都不相信的项目。大家都没有自己的看法。这些都是官僚体制机器中多余的零件。没有您，这机器虽然会工作得更好——相对原始些但更加可靠，重要的是，对人民来说会更加明了。

韦尔吉利耶夫想起：有个古老的阿拉伯哲学家把石油称作魔鬼的粪便。我就不说天然气的事了，将一种思想换成另一种有什么意义？

"如果深究斯大林的思想。"领导说，"意义会出现的。"

"怎么深究？"韦尔吉利耶夫觉得领导的想法很粗鲁，就像外套的呢子一样，但很实际，这么说吧，很持久（在穿呢子外套方面）。当没有了花边、厕纸和其他花里胡哨的赘余，就会出现残暴的人民军队。

"闭嘴！"领导狂喊道，"都给我忘了这件事，就当它从来没有过！既然等不到晚上那个半干三明治，"领导举起了酒杯（在横木上滑了一下），"目前这些名词什么意思都没有。"他补充说道。他若有所思地看了看窗外。

韦尔吉利耶夫说："假如，原则上我不反对以领导提出的三个信息源中的话来做祝酒词，然后呢？"

自 由

领导阴沉地回答："猫肉汤,只是还不清楚谁是猫？"

"不想冒险的人,"韦尔吉利耶夫耸了耸肩膀,"不喝酒的人。"

接着又提示道："威士忌,而且没法煮在汤里。"

值班的姑娘小心翼翼地敲了敲门,将托盘端进了办公室,上面放着三明治、杯子和两瓶叮当作响的矿泉水。矿泉水瓶不知道怎么回事是长颈的,让人联想到了鹅。只是在托盘上它们无处可飞。

领导在值班姑娘出去后继续说："咱们回到庞加莱引理上,计算点就在此时此地。"他环视着整个办公室,将目光集中在未知的计算点上,并停留在挪到架子上的总统肖像上（韦尔吉利耶夫毫不怀疑其实正是停留在这个可爱却并不年轻的值班姑娘身上）。

这幅肖像之前显然是被直接挂在上一任主人的头顶上方,而如今领导为它安排了新的位置。肖像上的总统用忧伤而又责备的目光看着他们,好像提前已为这些在瓶子后面讨论无法实现计划的人的命运感到悲伤。总统并没有看威士忌瓶子,他曾是个滴酒不沾的人,而且有着很好的生活方式。

"为了接下来的工作,我必须反对那些让我努力获得我实际上已经有的东西的人。"领导从总统像那边转过来,"但是,同时我必须让他相信,我,而且只有我才可以在自己身边聚集他所有的敌人,对他们进行拦截,就像避雷针、闪电,人们将其接地,好让自己脚下的土地变为石头。而他十分严肃地对待这些事物,就像座雕像一样。在这个游戏中他应当先打倒我,变成尘土,之后又是理论上——允许上升,但已是处于新的质量高度。你明白具体应该达到怎样唯一可能的质量程度。"领导明确指出,"就是首先我应当烧成灰烬,然后重生,就像凤凰一样。只是这并不是事实。在游戏中他将一直想着：真见鬼！这一切什么时候能结束啊！嗯,当然了,周围的人会嘟哝,到时候了到时候了,完全不受控制了。燃烧,就这样,办成了,而复活却不能保证。"

韦尔吉利耶夫说："复活是个奇迹,它无从保证。只是应该相信它,就像相信上帝一样,我想补充一下,但是不敢用我醉酒状态下的舌头颤抖着说出圣人的名字。你的想法中不会有一粒关于上帝的细沙,引文就像水面上的一朵百合花一样突然散开在记忆中。在圣水中净化你关于他的言论吧。"

　　他还想起，凤凰复活后用爪子抓着（当然，如果它有爪子的话）一个蛋不知道飞到了哪里，那个蛋里是父亲的遗骸。凤凰在自然界的循环不是那么简单的。如果凤凰的父亲也会燃尽那为什么他不能复活呢？世上只有两个凤凰集于一身？——父亲和儿子——他们轮流互换火热的岗位？那么是谁生的蛋呢？凤凰的妈妈在哪？韦尔吉利耶夫产生了十分愚蠢的想法，如果把凤凰推进水里，它会在水中浮动吗？可以肯定的是，丛林火灾会减少很多。而凤凰自己会变成……一股烟？

　　最初是没有希望的堕落的排列关系突然产生了各种惊人的金融和政治效应。

　　偶然发现雇来的白痴原来是才华卓越的经理。

　　没有人去偷，所有人都在辛勤劳作。

　　"这真的挺神奇，"领导瞟了一眼韦尔吉利耶夫，"只是这绝对与信仰无关。确切说甚至相反，当你恬不知耻地意识到游戏输了，你打坏了烛台该走了的时候这种现象才会出现。"

　　"但在这个奇事里，"领导继续说，"就像隐藏在精致大套娃里的质量差的小套娃，这么说吧，反奇迹。绝对明确理智的决定却带来了危害，正确的行为却导致了分歧和动乱，而合理的建议陷入了难以走出的颓废。背叛和优柔寡断笼罩着四周，像是电影里恐怖的雾。只有当我这边是奇迹套娃而对方那边是反奇迹套娃时，我才能赢。我什么都没有但一切都会有的！他拥有一切：权利、金钱、行政资源，但终将一无所获！但那时，"领导叹了口气，"他就会希望从根本上解决问题。没有人也就没有问题。或者突然改变现实，遵循新的游戏规则。开始一场战争，判罚大寡头，解散政府，宣布提前举行大选……在这种情况下，中断政治进程的客观规律会不可避免地将你置于一个你并不想去的走廊。但你并不是简单走在这个长廊里，而是还带领着群羊，其中有一些真的认为你是领袖，而不是事先商量好的号码……到时候如果协商好却不去行动，那么你要么就随便找个理由溜掉，要么就真正带领人们跨越路障，但现在这种情况

自 由

下你就像个死尸！"

显然，领导想证明现在他还生气勃勃且精力充沛，他豪爽地又喝下一小杯。

韦尔吉利耶夫想要反驳：任何政治局势内部都存在解决方案，但领导用手势示意他沉默。气氛开始紧张起来。

领导的观点中除了蛮横无知之外暂未得到任何证实。韦尔吉利耶夫真想把他打发到更远的地方，想站起身离开办公室，但是，他当然没有打发领导也没有离开。

"各位先生调控世界金融，人们从执政的朝代发现不必放弃神圣的统治世界的权力，其余的无形败类，控制着石油价格，控制着媒体，控制着火星探索，控制着永恒生命和瞬间死亡的计划。他们调动航空母舰，派飞机轰炸塞尔维亚的利比亚人。他们利用大面积的放射体培养了百万群怪胎，并张开手指比出拉丁文"V"，而且能推倒任何政权，但没有谁能具体解释他们要怎样继续生活下去？但他们很快就团结在了某个联盟里。一旦出现联盟，选举人、公民、观察员、反对派、公民的倡议，这一切就都进入倒计时。在中世纪，"领导瞟了一眼安静下来的韦尔吉利耶夫，"炼金术士借助于点金石而点石成金，而我们的时间魔法石一团糟。他要把一切变得粉碎：经济、国防、国有管理系统，但最重要的是那不听话或者马虎大意的、没及时交接权力的统治者的生活。因此，站在臭气熏天的沸锅旁，应该不仅把带嘴的公鸡头放到盖子下，而且不能忽略大家伙，应该考虑他们的要求。对于他们来说，就像对于一个善良的养蜂人，和一群嗡嗡的准备战斗的小东西一样，所有的这些记者、好莱坞的明星、电视和无线电广播、非政府组织、非营利基金，独立的社会活动家，为了人类社会价值战斗的战士们，国际官员准备对他们的任何暴力行为依法处理。"领导忧郁地总结着，"究竟是否值得这样做？"

"而如果做，怎样才是理所应当的呢？"韦尔吉利耶夫用头指了指宪法，"干满任期，然后再进行诚信的选举，之后会怎样呢？"

领导摇了摇头，"也没有出路。其实，还是权力。"

"找到办法了。"韦尔吉利耶夫反驳道，"接受。"

"接受？"领导摇了摇头，"这只是延长了的两个悲剧行为之间的间歇。什么期限——正确的或是无限期的，并不重要，大多数人都接受每个领导的决定，所有人都知道这大多数人的存在，但是谁也没亲眼见过。他们不喜欢有人试图……他们。他们的意志，"领导用稍可听见的声音说道，"行使我们世界的命运职权。"

韦尔吉利耶夫感兴趣地问道："天意何如？"

"上帝！"领导突然大幅度地恭敬地画着十字，"总是留给人们选择和机会。人们自己决定他去做的事情。"

"可是谁有罪？"韦尔吉利耶夫补充道。

"对谁有利？"领导愉快地继续问。

"那些做新闻的？"韦尔吉利耶夫饶有兴趣地问。

雪停了。窗外的一切看起来干净明亮的样子，就像适合党派选举的计划一样。

"你不明白吗？"领导很伤心地——确切地说是红着脸很伤心地说。

"不明白。"韦尔吉利耶夫一脸渴望明白的样子。

"到处都把我当作书刊检察机关的敌人、自由出版的维护者、新信息技术的拥护者和……"领导停顿了一下，"你是总统和执政党的热心拥护者。我已准备好为全人类的价值、民主和改革而献身！一定要准备提纲，安排与那些为真理而受难的记者会面，与电台商量好我要参加这些主题的脱口秀。"领导从桌旁站起来极其厌恶地说道。

丁零零。座机铃声打断了韦尔吉利耶夫不必要但活生生的仿佛发生在昨天一样的回忆。韦尔吉利耶夫看了看日历——星期六。

在周末(自从他退休后)他十分孤单，孤独感就像黑色的宇宙真空，无边无际，一直笼罩着他。

平日里他有时担心家里电话会传来机械的女性声音，要么提醒他电话欠费，要么要求他根据他从未见过的一个债务支付单据作出一个解释。难道要在星期六工作？

韦尔吉利耶夫拿起话筒，电话的另一头传来了领导助理列夫·伊万诺维奇的声音："安东吗？终于找到你了！""有什么事吗？列夫·伊万诺维奇。"韦尔吉利耶夫尽可能小心谨慎地问，但这并没有什么用。他的内心如此紧张，就像有一根迅速燃起的导火线发出的声音，钟表滴答滴答地响，倒数着爆炸前的时间。"我已经交出办公室的手机，现在换了新的，你是怎么找到我家电话号码的？"

"记下电话号码，"列夫·伊万诺维奇命令，"这是一家事务所，从事的不知是与喷泉有关还是与排水系统有关的，总之，与水有关的业务。领导要你帮他搞定媒体那边，让他们报道这家事务所，在广播里喊叫出来。他说，在那儿会有人给你解释这一切的。"

"是吗？他没说为什么要这样做吗？"

"安东，我人微权轻，只是奉命来传达指令的，请自己去弄清楚吧。是的，他还请你想一下……不知道该怎么说，总之，想一下他博客上的某些胡话。你不是关注他博客了吗？"

"很多人都关注了。"韦尔吉利耶夫支吾搪塞道。

"但我其实……"列夫·伊万诺维奇不满地继续说着。

似乎，领导把他当作了一个电话通信员，并且他不明白这个委任的意义何在，这激怒了他，"听或记下来……拿笔了吗？我说你写：

"无权不起烟。

水淹没了疲倦的灵魂，模糊了意识。

去保护并拯救俄罗斯这个国家！

你的选择和机会都是天意。"

"一派胡言。"列夫·伊万诺维奇叹了口气道，"在这一点上，他是不是像诺斯特拉达穆斯？"

"没想过。"韦尔吉利耶夫回答道，"他在世时，还没有俄罗斯。只有留着胡子的贵族和穿长衫的特种兵的莫斯科大公国。"

"自由职业者就不让留胡子吗？"列夫·伊万诺维奇突然来了兴趣，问道。

"暂时不让，"前同事的敏锐使韦尔吉利耶夫倍感吃惊。他曾经真的想过蓄胡子并且有一段时间没有刮。但留的胡子与斯拉夫人的不一样，而是某种程度上像草原上游牧人的胡子。自从一天内检查三次单据之后，韦尔吉利耶夫就把胡子刮了，而一个最有教养的警察饶有兴趣地直接问道："你早就来我们这儿了吗，'成吉思德'？"

"好了安东，别无聊了。"列夫·伊万诺维奇挂了电话。

这就有趣了，韦尔吉利耶夫想，那个神秘的水务局周六工作吗？

叶戈罗夫在电脑上仔细研究着病例，这些病例是今天准备找他看病的病人的，他，显然是偶然点进了"保加利亚香烟论坛"，然后执著于"热门话题"这一版块并发起了自己第一个话题《nollь》"

"世上一切不存在主义的统一都在眼前燃烧，烟雾四散；人类的希望总是出现之后又毁灭，但人们总是一次又一次地从自己这代人、从自己的民族出发，奔向自己新形式的不正确的像烟一样的统一体。人类的历史就是所有谎言隆重灭亡的历史。"

"人类的历史就如同烟雾随时间飘散的历史。"叶戈罗夫很快便加入了讨论。

忘记了病患，叶戈罗夫开始想象在古希腊用于祭祀的浓烟，燃烧着异教徒和宗教分裂者的烟，想象着一战投入到战壕的芥子气的烟，想象着那些二战期间集中营焚尸炉里冒出来的烟，到最后，他又想起那些看不见的放射性的烟，这里面预示着人类社会必将灭绝。

"人需要的钱很少，但他甚至不够应有的数额，却有很多她不需要的东西。多余东西之烟雾蒙蔽了人的双眼"。一个网名叫"s5lia"的人在叶戈罗夫的帖子中回应道。

叶戈罗夫记得她经常为网友提供衣服、家具，不知为何还有似乎每月都换新的食堂餐盘。

"БТ烟的意识，是从低级向高级转变的。"网名为odin的人加入了讨论。

"人类在观察世界时所流露的天性并不和谐甚至极为逆反，但当与真正伟大的上帝的世界有直接关系的时候，你的每一件小东西都弥足珍贵。"

"人类在观察世界时所表现出来的天性，是那般无聊且没有意义，但却总能找到不同的乐趣，因为那里常常发生让人感到好奇的事。"

"我们的不幸不在于我们批评一切，而在于我们的批判都是浅显的，我们所批判的东西其本质上都是微不足道的。我们排斥的是年轻人的罪恶，

自　由

而非他本身。这是对生活的小小不满，一些对于生活极小的抗议及委屈，人与人之间的互相抱怨，对人类社会腐败的抱怨。（消除这种腐败只能通过永不满足之心，以及追求真理的耀眼之梦）

"朝霞从晨光的薄雾中诞生，而只有 БТ 烟才能治愈腐败。"——这并不是底栏文章中的话，而是网友 3tonn 出于讨论热情有感而发的。

"现代人的奔跑、利益、想象、文明，这一切随着时间与空间加速发展，并在人类社会文化和令人害怕的孤独中不断增长。这种孤独是因为人们想掩饰自己，也想掩饰别人。"

"保加利亚香烟的烟雾，是孤独的烟，我们把自己藏在烟雾中，但找到了彼此，从此便不再孤独。"

他们从哪儿来的，叶戈罗夫想了想，为什么以前我不知道他们呢？

也许在他没上网的那段短暂的时间里，评论量疯狂的增长，就像原本装西瓜的网线兜改装地球被撑得满满的一样。

"生活被掩盖在虚伪客套的外壳之下，所有的事物都变得似是而非，在人们心头哭嚎的恶魔之光并非来自基督的圣光，而是来自于人骨头中的磷。"

"我们的头脑通过 БТ 烟的烟雾发出磷光，以前那些没法到达的地方，不都是我们照亮的吗？——这句话可以用在宗教与神秘主义的讨论当中。"0！5 留言道。

"人们非常需要彼此，同时也非常讨厌彼此，他们需要彼此在本性上有相同的地方，要互相关爱，但在个人天赋上却应当不同，应该互相补充。人们互相需要，讨厌自己那些无止境的烦心事笼罩在自己的那片愁雾当中。"

"我们以 БТ 烟彼此互相弥补，因为它是我们集体意识的——形式上具体化的。"

"孤独的忧伤看上去并不符合耶稣先生的特质，'孤独'感标志着与耶稣不统一及对这种统一的苦恼，那是人们内心最深处的渴望的源泉，它常常能满足人身体和心理方面的需求。"

"БТ 烟的烟雾只是理性上的欲望，但它使我们有机会联合……"7yanin

礼貌地打断了他的话。

后来讨论的速度就加快了。很显然讨论者都累了。"网络上的争论总是不会持续太长时间",因此大家把话题转移到电报文章上去了。

"很难去了解那些弄虚作假的先知们,就像无法忍受跑调的音乐一样。透过БТ烟的烟雾不能看到,如何为真理穿上,穿上衣服,是出于希望,还是没有希望。

——网友们的讨论热情急剧下降。"VO7写道。

"从许多吨沥青当中才可能提取出1克镭,从许多书本、报纸、词汇、语句、宣传报中才能得到些许真理的痕迹。"

"从烟中,只能得到烟。"——Devъ 支持怀疑论者的说法。由于现代键盘中已没有古老的字母"ять"他便用硬音符号来代替。

"世界上有许多山羊——既无聊且无意义的灵魂。БТ烟的烟雾就是典型的'毫无意义的灵魂'"。另一个叶戈罗夫不熟悉的名叫 markizDesabd 的人留言道。

世界上还有许多兔子,叶戈罗夫在心里补充了一下"侯爵"的话,有单纯(快乐的家兔),也有英雄般的兔子(想起兔子在冬季的森林中蔑视狼的情景),还有难以形容的、想得到勋章的兔子,他斜眼瞟了一下在桌子角落身着礼服的木制医疗兔。

他再次确信,在网上主持公开研讨会是多么简单的事。这种会议就像风一样,有着变化无常的方向。老实说,这也是俄罗斯互联网的秩序监管者的职责所在。当讨论并未朝那个方向进行,就仿佛一个女跳高运动员成功越过了批评底线的横杆,却被5-6个雇来的"水军"撞倒,他们粗鲁地重复着动作,就像将钉子狠狠打进柔软的原木中一样。讨论的热情又开始高涨起来,从批评权力,到他们的支持者。从对"小偷窃贼"的仇恨再到"统一力量,维护俄罗斯的稳定"的肯定。聪明的人因为某种原因并没有表达自己的思想,轻易地拒绝表达它们。仿佛它们是一些不重要的东西一般,类似于5slia扔掉她那些无用之物一样。

"人们总是在多余想法的迷雾中失去意志力。"叶戈罗夫写道。

俗话说,玩火自焚。

自 由

叶戈罗夫明白，不该再上网了。一句民间谚语证明了叶戈罗夫思想活动上的停滞（他倒是希望是时间停滞）。

"БТ 烟的烟雾就像空气那样，"odin+1 在底下回应道，可能父亲或儿子已经注册了 odina 这个名字，"但这是消极的烟雾，死亡的烟雾。有谁知道，如何使它成为行动的烟雾、新生的烟雾呢。"

叶戈罗夫试图从论坛离开，但此时屏幕上却清楚地出现了一个熟悉的名字——索菲娅。

"看看，世界是如何走向尽头的，看看，这世界当中又是什么被创造出来了，到处都是没有信仰的人……武器和战争的威胁和杀戮；到处都是偷盗其财产或私有财产的行为；每个人都放弃了对高尚灵魂的追求，因为这个近乎智慧的世界失去了对精神不朽和永久典范的信心。到处都是对富足生活的渴望，对于利益及财富的贪婪；毫无节制的狂欢、对婚姻的不尊重。请你们看一下，自己评价一下，最后世界会堕落，需要经历一场决定性的改革才行，像世界性大洪水一样彻底。"

"БТ 烟雾——水上的烟雾——无法漂洋过海从一个约翰飘到另一个那里，从旧金山到喀琅施塔得，让 БТ 烟飘到世界大洪水那潮湿的让人感到讨厌和低俗的地方去。"

索菲娅那种多余且奇怪的想法让叶戈罗夫感到惊讶，这鞭策着他去学习额外的知识（他已经感觉到，却无法克制自己）。

叶戈罗夫关闭网页，过了几分钟才明白，所有参加讨论的网友们，从 odina 到不知是他父亲还是他儿子的 odin+1，都引用了旧金山大主教约翰·莎霍夫斯基的《时间的信念》这本书里的东西。

索菲娅最终还是把话题引向了著名的约翰·喀琅施塔茨基所著的文章片段上。这篇文章刊登于 1905 年 9 月 11 日，一份不知名的报纸《科特林新闻》上。

叶戈罗夫浏览了 БТ 的网络档案馆，但在那里却并没有发现任何类似的人。此刻，论坛讨论会议气氛紧张，针锋相对。

"无……水不生烟，玩……烟会被淹死。"叶戈罗夫不知为何说出了两条自己改编的谚语。

自　由

一石激起千层浪。

此言一出，大家哗然，就仿佛一直在电脑旁等着他说出这句话一样，一片叫好声，叶戈罗夫得到了对他的称赞，这些称赞出自 26 个网友论坛会员之口。

他很害怕关闭网页，就像一个任性的孩子一样，不想去点那个图标，那个位于又黑又光滑的像黑夜之中的冰场那样散发着微光的图标。如果冰面上倒映的世界真实存在的话，那里的人们肯定都穿着溜冰鞋吧。

叶戈罗夫把笔记本电脑放进大衣口袋当中，那口袋比电脑的尺寸还大一些。网页上没有什么动静，就像是一只被主人套上了火帽的猎犬。

阿弗列莉娅认真地研究着电子邮件里的内容——有关一个社会项目"清洁城市——纯洁居民"的技术论证和商业计划。阿弗列莉娅本打算邀请订货商代表去参观"水线"办公室，但后来又改变主意了。并不是她害怕斯维亚托斯拉夫·伊戈列维奇（他与那个著名的异教徒公爵同名，那个可恶的可萨里亚胜利者，圣·奥莉嘉女公爵的儿子，他的父亲则是施洗者，伟大的罗斯公爵弗拉基米尔）已经抵达了那里，确定要参与公司的一日游。这事儿还得从头说起。况且大部分同类的公司根本就没有一个办公室。想起父亲手掌上曾用蓝笔写下的名言（现在已消失不见，不知是否是被水冲洗掉了）：人类是上帝手里的一副牌。阿弗列莉娅决定和订货商摊开牌，打开天窗说亮话。实际上她没什么可隐瞒的。因此也没有必要耍花招。

无可隐瞒时，耍滑头只会对自己百害而无一利。这是许多年前阿弗列莉娅的一个姓为乌克罗波娃的朋友不知为何说起的。阿弗列莉娅总叫她"小茴香"。那位朋友有着一双明亮的绿色的眼睛，那种浅中带绿的感觉。阿弗列莉娅曾以头发启示，如果谁能在小畦中找到土茴香，而不是卷心菜，那这个人一定就是她。

不过小茴香并非总能遵守这个金科玉律，所以曾因"非法经营"而坐过牢。

她曾在一家住房公共设施公司上班，她擅自设立了一个"温水"支付项目，即居民不仅要支付热水和凉水，还要支付冷热水参半的温水费用。

公司其他管理层人员都纷纷吸取经验。

自由

退休的老人们，用放大镜细细查看收据上的数据以后，十分气愤地向法官提出诉讼。

总统在与公民直播连线时表示"温水"就是紧紧掐住人民喉咙的第三只手。"首先，"总统解释道，"投机倒把的寡头资本，都是败类，即便在伦敦也是不合法的。其次就是那些盗用了预算资金的官员们，就像五根'沉睡'的柱子，只有在他们的权利被动摇时才会醒来。第三是'日常受贿'。"

总统呼吁大家去主动揭发那像章鱼触须一样紧掐人民喉咙的卑鄙至极的第三只手。"其余两个留给我。"总统忧郁地请求。

因此，可以说，小茴香因政治而受到了惩罚，或者说是因为狡猾——并非是自己的狡猾，而是总统的狡猾，因为他显然并没有损害寡头、官员们的利益。

总统怎么能动他们？这两只"手"可是操控着国家的命脉呢。总统戴着这两只手从幕后跳上来，像街边玩具店里可笑的娃娃一样。

所以对第三只手的警告就是把它砍断。法官宣读了判决：我们一定能战胜贿赂，要把第三只手摁进"水平面"里。这个判决很快传遍了全世界。

现在乌克罗普奇克（小茴香）生活在伊奥尼亚海上的一个希腊小岛上，并且她再也没有回过俄罗斯。但反对"水平面"和"第三只手"的斗士们坚持认为她的保释是违法的。

这让人想起了"斯坦克维奇案件"，当时"先潮"民主主义者、叶利钦的谋士，叫作斯坦克维奇的，被流放了十年，因为在巴黎收了10000美元的贿赂，很显然是每年1000美金。尽管阿布拉莫维奇，如果报纸可信的话，在饭店和"和一些尊敬的人"吃完午饭后，给服务生小费要比这多得多。

"一切都变了。"每当乌克罗普奇克说这句话的时候，都会着重强调第一个音节，"而真理仍在。"尽管阿弗列莉娅认为，如果把重音移动到另一个音节上，意思也不会改变得太多。乌克罗普奇克没有继续在祖国行恶了，积极向俄罗斯的饭店网推荐希腊的纯天然羊奶干酪及蔬菜，其中可能还有一些土茴香。

自　由

　　我没必要去骗人，阿弗列莉娅说服着自己，如果我突然遇见了一个没有文化的人，那么我会欺骗他吗？不，通常这种情况，女人们必定不再偷懒耍滑，而是开心且有准备地听从，与此同时收获的是愉悦和由此带来的享受。

　　研究了国际集团的金融"深度"问题（一竿子不见底），又想了想欺骗成功的可能性，阿弗列莉娅最终说服了自己：要滑头不是聪明的做法。这些人自己能轻而易举地解决任何问题。他们注意到了"水线"公司，这真是个奇迹了。不过她又想起了乌克罗普奇克的另一句名言："要用双眼去发现奇迹，发现机会，也许它就在你身边……"

　　在"城市整洁，居民纯洁"这一设计方案带给她的第一波快感退却之后，阿弗列莉娅只想确定奇迹发生的原因，以及如果童话变为现实，自己会有怎样的风险。

　　如果"童话成真"，阿弗列莉娅也不会感到奇怪，但她希望可以把"钢铁机翼"和"高速运转的马达"租赁出去。

　　她决定跟那个与可萨里亚冠军同名的人在中立地带见一面，比如说在乌克罗普奇克供应纯天然羊奶干酪和蔬菜的饭店见面。这个饭店提供的葡萄酒是用双耳壶盛的，墙上挂着彩色照片：总统穿着潜水服，从海底的沙子上捡起一个和饭店里一模一样的双耳罐。照片底下的那行字着实有点奇怪："人就是两栖动物，为了你的健康而喝，山羊！"

　　向服务员问完自己订的餐位之后。阿弗列莉娅认真地看了看镜中的自己，她看起来最多也就25岁。这就证明了奇迹就像水龙头里的水（正是乌克罗普奇克至今仍用来给生长在遥远希腊岛上的一小畦土茴香浇灌的水平面）一样，是真实存在的。

　　阿弗列莉娅拐进了洗手间，想在签署"水网路"股份有限公司的合同之前洗一洗"第三只手"，这一合同旨在实现建设"城市整洁，居民纯洁"或"汤豪舍——M"计划（他们这样称呼斯维亚托斯拉夫·伊戈列维奇和他的计划）。

　　"欺骗使你恢复了美貌。"记得有一天敏锐的乌克罗普奇克忧伤地发现，"但为什么只还给了你？"出于委屈难过，她绿色的眼睛就好像她曾

自由

在"宝格丽"珠宝店售过的假巴西祖母绿般闪闪发光。她曾在"宝格丽"珠宝店当过客户经理,简单来说就是售货员。"我知道为什么,"乌克罗普奇克机智地继续说。伪造的祖母绿宝石在她的眼中变得像真的一样,炯炯有神——"因为你在我们当中是最重要的,我们有各自丰富的生活,而你的生活却是最多姿多彩,最美丽的。为什么这样说?"眼泪像祖母绿上划过的一滴清澈的水缓缓流下,"你拥有一切,而其他人……""其他人都是土茴香。"阿弗列莉娅回答她,"要知道,那种感觉就像在水中看着'水平面'一样。"

她特意早到饭馆一会儿,只为在与斯维亚托斯拉夫·伊戈列维奇交谈前,再熟悉下环境,并集中一下注意力。"我们一切都准备好了。"当她在电话里面同他们商量见面的事的时候,斯维亚托斯拉夫·伊戈列维奇对阿弗列莉娅说道,"在哪里签合同,我们无所谓,可以安静一些,也可以排场一些,在工商会所或是在有电视摄像机的工业企业联盟,我们准备好了材料来展示管网系统的最新情况。有人专门负责设计广告,我想您一定要见一下他。"斯维亚托斯拉夫·伊戈列维奇继续道,"贷款、金融、设备供应方面不会有任何限制,剩下的就是讨论工作日程了。既然谈到了先进投资技术,"他说道,"我想说我们成功地通过了'斯科尔科沃'基金海关优惠政策,但他们并不打算签合同。这无疑会极大地增加你们的利润,阿弗列莉娅。我们给你们提供的信贷利息是最低的,你们可以用贷款来购买设备,我们将会派专家来帮你们安装,领导们和受益者们都将认真地参与经营,然后按照补偿合同将综合体项目递交给莫斯科政府以平衡财政收支。总而言之没有任何理由怀疑我们的这些计划。"斯维亚托斯拉夫·伊戈列维奇最后总结。

"如果一切都正如他所说的那样,"阿弗列莉娅便感到害怕了,"我敢去冒险变得像回到娘胎里的婴儿那般年轻,或者完全消失在胎盘当中,当然,她想了想,如果把妈妈的肚子比作小岛,那么胎盘就好像是漂浮在咸咸的海水上……"

可是从斯维亚托斯拉夫·伊戈列维奇的声音里感觉不到那种兴奋——因为女伴们都只想要他的钱。相反,他的声音中充满了疲惫。

阿弗列莉娅回想起他俩第一次谈话，那个时候斯维亚托斯拉夫还非常的活泼。

他多么富有，以至于钱对他来说都不值一提，阿弗列莉娅想了一下，他只回答了计划中确定的那一部分，除了与阿弗列莉娅谈了合同之外，他再也没做别的事了。他把我像接力棒一样传给了另一个运动员，阿弗列莉娅想了想，这想法令她伤心，她就像被强迫去参加她并不知道有多少米的赛跑。阿弗列莉娅已经习惯独自一人从头到尾实行方案，但"汤豪舍-M"并不是她的方案，她不过是被利用了。虽然得到了赚钱的机会，但她却没能达到最终的目的。

"在俄罗斯，任何一个项目的终极目标是什么呢？"阿弗列莉娅自问自答道，"钱。"由此来看，有人可以轻而易举地可以为她切下一块大得没边的面包。她明白，给自己提的问题越少，就越平静。"难道，"阿弗列莉娅苦笑了一下，"所有的人，都是上帝手中的牌吗？并非所有人都是公开的牌？"她认为，斯维亚托斯拉夫·伊戈列维奇并没有发现他俩会面的必要之处。

"可以的话，我们就把文件准备工作交给执行人员吧。"他建议道。

但是很快，他自己又打了一遍电话，确定时间和见面地点。

这一次，他的声音没有了（因为钱而感到的）疲惫感。

"一定是发生了什么。"阿弗列莉娅又想了想，"也许我谦逊的态度让他感到满意，"她想，"未必与合同有关，合同里的东西都很明了，就像笔直的走廊没有任何拐弯抹角的地方。那就是说这与我有关了，难道在我还不知道的时候他们就已经认识我了，所以才改变了自己的想法？不重要了，"阿弗列莉娅告诉自己，"这种事任何时候都会发生。乌克罗普奇克是对的，我们的生活丰富多样，完全有可能到了要与他们其中一人分别的时刻。"

"城市整洁，居民纯洁"这一项目从政治、经济、社会、生态等所有的角度来看，都是完美的。它就像枪里的一发子弹，很理想地被纳入全球流行的人与自然非暴力统一的相关哲学范畴。

在俄罗斯，任何设计都有机会在城市环境大规模改革道路上迈出第一

自由

步，没有任何一个官方机构会阻碍方案的实施，相反，他们会争着抢着支持项目。

如此精确的射击直击大众思想的靶心。

"城市整洁，居民纯洁"这一概念要么就让时间慢慢去检验，要么就像智慧的结晶那样，需要国家的详尽研究与考验。阿弗列莉娅想起了某个格言：不被接受的拯救俄罗斯的决定，往往一直摧毁着俄罗斯。她继续和自己辩论着，一些无论如何都不被接受的决定才最终拯救了俄罗斯，因为他们使俄罗斯走向了灭亡。

年复一年，俄罗斯的春天和夏天变得越来越热，越来越干燥。全球气候变暖尤其使大城市的居民们感到难受，就像从一个憋闷的石头做的迷宫当中，气喘吁吁地走出来那样。柏油马路上的空气变得炙热，就像在熨斗上似的，让人喘不过气来。树林、灌木、花坛可以稍稍改善一下这种情况，但在莫斯科，为了建造星罗棋布的建筑，公园和街心公园都被拆除了，诸如此类的事情常常发生。

"城市整洁，居民纯洁"，这一项目旨在短期内，在首都莫斯科运用所谓的"水蒸气"创新技术铺设湿润土壤的地下管道系统，这种技术有时也称"БТ烟"，即"无摩擦"。如今在草地、灌木、森林等需要灌溉的区域，这些"无摩擦水蒸气"湿润技术覆盖地段的植被比用水直接浇灌的生长速度要快好几倍。水只滋润了大地表面，而"无摩擦水蒸气"则是从分子层面来提高土壤的持水能力，原理就是将水土统一在一个结构系统中。

这还不是全部。

这种反应（中微子冷冻结合？）降低了水分子里的摩擦力。之前，自由自在的水分子一直处于分离状态，而现在水分子因摩擦力而凝固在一起，"水蒸气"从土壤中以毫克为单位抽取的水，瞬间转化为以立方米为单位的真实的水。

"无冲突烟"这项技术可以零损耗地在地下管道系统中的指定地点建立数量不限的移动厕所。当莫斯科市民和游客们在夏天感到疲惫不堪、干渴燥热，就像因醉酒而摔倒或摔倒的酒鬼散发出臭味时怎么办？当人们没完没了地喝啤酒、可口可乐、带气或不带气的水、质量可疑的格瓦斯，甚至是（阿弗列莉娅惊奇地在说明书上看到的）市场上茨冈人和莫尔德人偷偷贩卖的掺着汗水的"糖水"，但喝完后会一直打嗝并感到胃痛，在不方便的地方忍不住想上厕所怎么办？当年轻的女中学生，在人潮拥挤且没有空调的地铁车厢、商场和图书馆里，由于炎热或异味而失去知觉的时候怎么办？

水蒸气雾技术在全新的管道系统的帮助下，可以建设的不仅仅是移动厕所，同时还有造价低廉的浴室、浴缸、泳池、桑拿、土耳其式浴室"哈马姆"等，即打造最真实的水上保健综合体。公民只需象征性地付点钱就可以上厕所，在芳香的淋浴下洗去一身的汗味，在桑拿或是"哈马姆"中放松一下，然后跳入泳池冲个凉。

女人总是比男人活得精致，只要有机会就快速洗个澡，必要的时候会换个衣服，甚至去美容院稍稍修个发梢。

在设计方案中有一段话写道：每20个水上综合体会用一个专门的符号标注，以供"同性恋"者使用。说明书作者认为，这可以为提高俄罗斯人民的性容忍力做出实质性贡献。他们指出，在社会文化等级评定当中，俄罗斯人的容忍度并不高，在207个国家当中排第159位，只有三分之一的俄罗斯民众能容忍同性恋行为——包括男同性恋、女同性恋、双性恋及跨性别者（变性）。

当说到同性恋的时候，阿弗列莉娅明白，这世界上没有任何一种能力能妨碍"城市整洁，居民纯洁"这一方案的实施，她想了想，如果把这项目名称改为"城市整洁，居民宽容"的话会怎么样？以后一定会有这样的计划的。她用铅笔在页边打了个钩号，她仿佛已经看到，这个项目走出俄罗斯，风靡全欧洲，甚至是全世界……或者是如30年代末苏联浪漫主义诗人笔下的"全球"。阿弗列莉娅思绪飞扬：中国和印度又能安装多少个水上综合体呢？还有非洲，不能把它孤立于行列之外啊。

在水上综合体中的水被用来满足清洁和日常所需，因此水上综合体的水槽下方，应当装有特殊的抽杆泵，它不仅可以极快地抽干水，还可以在抽水过程中完成真空清洁和消毒，说明书中指出，类似的技术在加拿大的一个北方城市大受推崇，这种泵不仅可以借助特制的管道在难以取水的地

自由

方抽出热水，而且可以将沼泽地变为永久冻土，还能从大面积的垃圾场、水洼中提取出石油。

阿弗列莉娅以前在技术领域并不擅长，但她的脑海中突然涌现出这样一个想法，无冲突烟雾是真实存在的，而并不是乌克罗普奇克用来谋取居民钱财的"水平面"。"水蒸气"既不是水，也并非气，又不是冰，但根据阿弗列莉娅的猜测，这种东西可以轻易地从物体的三种形态中转化，这使阿弗列莉娅感到困扰，为何在俄罗斯这么伟大的科学技术却被用在修建厕所上，但是如果仔细想想的话，加拿大使用这种技术同样令人不解，谁需要冰里有热水呢？阿弗列莉娅在民族学相关文学作品中读到，爱斯基摩人并不会因洗澡而感到困扰。

加拿大人觉得冷的话会偷偷用墨西哥暖流取暖吧，阿弗列莉娅想了想，要知道如果它偏离了海岸而流向南极洲，就如作者写的那样，所有西方文明就都完蛋了。

不知是来自别墅还是疗养院，但很可能是来自"组委会""创新小组"或是"公民创新联盟"例行会议上的一阵风把轻如羽毛般的父亲吹回了他市内的公寓。于是她便和父亲分享了一些自己的想法。

父亲快九十岁了，但他的身体里却好像是蕴含着一股汹涌澎湃的水蒸气，老年人的血管就像是流着热血的钴制塑料管。每周莫斯科都会举行上千场集会，有时是"愤怒的租客们"，有时是"受了委屈的博客主"，有时是"受到听众欺骗的电台主播"。据阿弗列莉娅所知，父亲曾是一个地下工作者，但他所有的秘密活动却不仅被克格勃轻易侦破，就连自己的家人也瞒不住。

她试图去劝父亲，跟他说不论政府还是"被欺辱的"居民，谁赢了，"橡胶革命"的结局都会很难堪。父亲装作不懂女儿在说什么，什么集会，什么居民，他九十岁了，总而言之，他已经年老体衰了。

但是无冲突烟、移动厕所、水上综合体、最重要的——在普希金广场举行这些项目的隆重推荐会，这些东西都出乎意料地引起了他的兴趣。

"你想干什么？"他问道，"这就是在消费社会存在的最后时期付出的科学代价！"他突然沉默了，仿佛被自己意外的坦诚惊讶到了，"以后再也看不到那样的厕所了……"父亲拿起 iPad 坐在安乐椅上,手指在键盘上游走。

烟清洗茅房,

我们清洗世界,

世界并不是茅房!

茅房也不是世界!

——阿弗列莉娅看见了屏幕上浮现的一行行字。

"爸爸,你可真是个诗人啊!"她赞叹道。

"无聊罢了。"父亲不满地瞥了她一眼,他并不喜欢女儿没得到他的许可就去看他的作品。

他的手指在冰冷的 iPad 上滑来滑去,然后把商业中心的广告通知递到了阿弗列莉娅的眼皮子底下:有关我们产品的最美四行诗的作者将免费获得抽水马桶一个!——卫生间世界。

"你要马桶干什么?"阿弗列莉娅吃惊道。

"我要把它带到火星上去。"父亲微微一笑。

"什么时候起飞?"阿弗列莉娅感到很有趣。

"你们在莫斯科建好厕所的那天。"父亲说,"方便完了就……去火星。"他怀疑地看了一眼阿弗列莉娅,"把钱慢慢偷光这种事你们可未必能得逞!"

"有什么可争议的么?"阿弗列莉娅继续道,"还得过两个月呢!"

"两个月之后?"父亲想了想,拨了拨那一头的白发,"八月是个好月份……"

"你知道我们在争论什么吗?"阿弗列莉娅问道。

"还不知道。"父亲戴上眼镜,认真地看了阿弗列莉娅一眼。

他的目光忽然变得平静,好像预感到了一切,包括"城市整洁,居民纯洁",包括斯维亚托斯拉夫·伊戈列维奇,包括阿弗列莉娅,甚至包括……飞向火星,就是……一个小岛上。

阿弗列莉娅想了想,除了知道自己快不久于人世之外,父亲还知道什么?难道是猛然意识到"世界不是茅房,而茅房也不是世界"趋于必然?

自 由

父亲这一生过得奇怪而荒谬，他疏远了（理论上）可能会爱他的亲人，却与那些对他没有丝毫真心实意的人（侦查员、特务、询问员或野营守卫）走得亲近。

想到这儿她突然觉得很同情父亲，竟不禁掉下了眼泪。父亲还曾在"西伯利亚矿井深处"挥舞过十字镐，在建设克拉斯诺亚尔斯克冶金联合工厂时破开过冻土层，而现在，他反对这个新政权。也许世界并不是马桶，但父亲总是固执地摁下冲水阀，让世界不停地被冲刷干净。

他看着阿弗列莉娅，目光中依旧是除了超出范围的认知便一无所有，依旧带有世界与茅房的统一感。

她猜到了，父亲没戴眼镜并不是在看她，他的视线穿过她，就仿佛透过水去看生命的终点。但是水在这个点上并不会变成水蒸气。

父亲这辈子对宗教的态度很平静，老了态度仍旧如此。他并不相信灵魂永生，所以死亡对他来讲只是前往另一个终点的车票，而绝对不会是艺术性地通往永生的邀请函。

阿弗列莉娅从没向父亲吐露过心声，因为她很少能看见他——他几乎不在家里住，但和母亲不同的是，他知道女儿的秘密，却并没有让女儿去服从道德规范，这不得不让人感到惊讶。

年轻的时候，阿弗列莉娅并没有考虑过这些问题，她曾经非常瞧不起自己那不信仰国教（东正教）的父亲。但有一天她幡然醒悟，关键并不在于父亲的冷漠，而在于父亲爱的是她本来的样子，而不是（理论上）她可能会成为的样子。

父亲明白，天命难违，应顺遂天意，人的命运有多种可能，但没有命运的人却也不少。

人的命运，就像是一套工具，在其强大的力量帮助下，人们可以去改变"马桶般的世界"。但是那些没有命运的人，就像瓷面般平静的水面忽然出现的漩涡——顺着下水道消失得无影无踪。他爱自己的女儿，甚至可以为她牺牲掉自己的半条命。

阿弗列莉娅回想起多年以前（她那时还在学院的一年级读书）决定为了2000美元（在当时是一笔不小的数目）跟自己一个偶然的追求者"分手"。

那人比她大20岁，但不是很自信（每次阿弗列莉娅都不得不热情洋溢地工作，以带动他摆脱萎靡不振的状态）。最重要的是，阿弗列莉娅无法抑制自己对于礼物的渴望，跟他交往已经有一个多月了，他连束干花都没送过，也没在休息时间请她喝过咖啡。

乌克罗普奇克那时刚刚担任了珠宝店"宝格丽"的"贸易大厅经理"。经过一番思索后阿弗列莉娅觉得，这个追求者简直是在装傻（他在某合资企业工作，因此应该有钱），所以经过两周的痛苦交谈之后，她同意接受他的礼物"价值长廊"。爱慕者想熄灭长廊上的灯光，这样阿弗列莉娅就不能在黑暗中看清礼物了。但是她的手却一直没有离开开关。

事情看上去很简单，就像在自助餐厅吃饭一样，阿弗列莉娅把爱慕者带到了"宝格丽"，挑选着橱窗里超过两百美元的戒指。在戒指的价目表上，"贸易部经理"乌克罗普奇克预先画好了一个写得很细小的零。

在必要的程序之后（即仔细地观察戒指和试戴）之后，阿弗列莉娅很喜欢这枚戒指，乌克罗普奇克得到了一张由阿弗列莉娅所填写的200美元的支票，阿弗列莉娅亲了那个爱慕者一下，然后把戒指戴到手上，顺手把支票放进了包里。

确切地说，没什么了。

但是命运突然往戏剧的方向发展，但并不是轻松的喜剧，而是一部三幕的心理悬疑剧。

第一幕，阿弗列莉娅和她的爱慕者于1点59分准时走进了位于赫梅利尼茨基大街（不久前改名为索良卡大街）上的宝格丽沙龙。2点到4点沙龙就关门午休了（苏联时期的习惯）。乌克罗普奇克脸上很自然地露出了懊恼之色，但还是同意为顾客服务，尽管午饭时间已经开始了。大厅里除他们外没有别的顾客。不知为何这个爱慕者第一眼就不喜欢乌克罗普奇克。"您在这儿工作很久了吗？"他忽然问道。阿弗列莉娅明白，支出的金额和支票记录不可能相符，但命运仿佛向她的鞋底洒了葵花籽油。

阿弗列莉娅仿佛布尔加科夫的小说《大师与玛格丽特》中的柏辽兹一样不幸。她在命运之油上朝合乎命运需要的方向滑去。

"胡说什么？"她在梦中听到追求者那恶狠狠的声音："这戒指怎么

自由

能值2000美元呢？我可在博茨瓦纳的珠宝出口代表处工作过两年！叫你们经理来！"

"浑蛋，"阿弗列莉娅想，"他骗我说他在里斯本大使馆工作！"忽然，她好像从他们的眼睛里看到了自己那气得发白的脸以及那双狠狠盯着不幸的乌克罗普奇克的瞪大的眼睛。

我应该帮帮她，阿弗列莉娅暗自点头，但她却表现得像个诚实的买家那样，拒绝相信这个尊敬的"宝格丽"公司的工作人员会是骗子，准确来说，是女骗子。

阿弗列莉娅坐在圈椅上，闭上了眼睛。当前的形势有些失控，应该做些什么，她想，但是应该做些什么呢？

透过涂过的睫毛，周围的世界细成了一条线，她看到大厅里惊慌不安的沙龙经理和警卫，乌克罗普奇克试图去解释着什么，但警卫却狠狠地抓着她的手臂，连同经理还有那个愤怒地用手指着价目表的爱慕者一起去了保安室。而另一个警卫双手交叉胸前，站在玻璃门旁，面色阴沉地目不转睛地看着阿弗列莉娅。他就像这门上的门闩一样单纯，所以并没有怀疑她也与这件事情有关，还饶有兴趣地等着看事情的进一步发展。

至此，第一幕结束。

第二幕，表面上并没有那么生动，但女主人公（阿弗列莉娅）的内心感受却很丰富。

掏出手机，阿弗列莉娅意识到，她不知道该给谁打电话。成千上万的客户里没有一个人能帮助她，她不能在短时间内向任何一个人解释清楚这件事：这是谁的错，该怎么办。问题是，帮了她的话能从这件事中受益？这不现实。阿弗列莉娅的手指不由自主地拨打了家里的电话号码。当阿弗列莉娅出门的时候，妈妈还在家里。但现在话筒一直嘟嘟作响，然后父亲出乎意料地接了电话。

"爸爸！"阿弗列莉娅哭着说，"是我！"

"你在哪儿？怎么了？地址，快！"父亲异常冷静，一次也没有打断她的话，"别害怕！什么问题都不要回答，告诉他们，你爸爸马上来。"

自　由

　　阿弗列莉娅忽然变得轻松了，她再也不怕这警卫了，她想了想，现在的她就像一个溺水的人抓住了一根救命稻草。她忽然想起苏联时期的姑姑说的，瘦小的父亲每周都会穿着凉鞋去参加庆祝活动的样子。

　　他什么时候才能来呢？

　　他将做什么？谁会听没有证件的人的话呢？阿弗列莉娅怀疑，父亲是否有打车的钱。

　　第三幕是从沙龙旁边的刺耳的刹车声开始的。

　　来的人不是父亲，而是一位警察少校，隐藏在公务所里，手指着阿弗列莉娅对保安说着什么。

　　她朝门口走去，但保安摇了摇头，好像在说，想都别想。

　　后来另一辆车驶来了。父亲和看不出年龄的叔叔走进了沙龙，像推木头人或者草人那样漫不经心地推开了保安，这位叔叔阿弗列莉娅以前没有见过。不过，没见过倒也挺好，她想到。

　　叔叔长着一张灰色的、就像是用过的烟灰缸底儿一样脏兮兮的脸，眼睛像冻鲈鱼，胳膊上刺着文身。在他的手掌背面也刺着字，但阿弗列莉娅没来得及看清楚。无论如何，肯定不是"人是上帝手中的牌"。

　　叔叔一副自信的表情，一副完全可以给自己刺上"人是我手中的牌"的样子。

　　父亲高兴地朝阿弗列莉娅微笑了一下，好像阿弗列莉娅刚刚给他看了全是五分的成绩册一样。叔叔也试着微笑，他的嘴唇勉强动了一下，但他的脸好像不适合做这样的表情。

　　后来乌克罗普奇克给阿弗列莉娅讲了公务所幕后发生的事情。

　　在她的说明中事态的发展是这样的：当少校坐在桌子旁写记录的时候，我说我不明白，多余的零是从哪里来的，说不准是谁添加上的，还好我没来得及打出200卢布的收据。房间里走进来两个可怕的刑事犯。基本上是一个人在说话，他说俄语，但是说得不太明白。乌克罗普奇克只明白了这个可怕的人既认识沙龙的主人，又认识少校。乌克罗普奇克讲述到，他从桌子上拿了一张定价表，把它撕了，然后看了看这个……你的……男朋友，

101

自由

并说那个定价表有错误，任何多余的零都没有，劝他不要让那些尊敬的人笑话，赶快给女朋友买一枚戒指，并要向另一个女孩，也就是我，道歉。

所有的人走出，进了沙龙。追求者默默地递给了阿弗列莉娅一个信封。"这里有2000美元，"他说道，"我希望这足够使我们再也不见面了。我非常高兴认识你的父亲。"他没朝任何地方看，径直朝出口走去。

"您有一位出色的售货员。"父亲拍着沙龙经理的肩膀说道，"她像手表一样认真地工作，看管公家财务。"父亲朝乌克罗普奇克使了个眼色继续说，"我希望她在这样的小职位上不会做得太久！"

"拿一半钱吧。"当阿弗列莉娅和父亲来到大街上后，她对父亲说，"给自己买件衣服和新鞋吧。"

父亲摇摇头。

他们默默地走到地铁站。当时这个地铁站叫"诺金广场"。

接着他们便分道扬镳了。

"我知道。"父亲说，"你总会去做这种事，只是要小心点。不要相信任何人也不要指望任何人！这种事情不分聪明人或者笨人。还有很重要的一点就是这个人是否走运。但走不走运不是他能决定的。不要骗人，因为这会遭报应的。去骗国家吧。无须解释的是，"父亲停顿了一下继续说道，"不要往上爬，因为在上面的人总是会成为牺牲品——在他们活着的时候或者死后。这是规律。要待在中间或者暗处，一切将会正常。当然了，如果有可能的话……"父亲突然沉默起来，"但这不是你说了算。"父亲自言自语地回答道。

阿弗列莉娅没再确认是什么问题。

"世界不是茅房，茅房不是世界。"阿弗列莉娅重复道，"我爱你，爸爸！"

"我更爱你。但你到底也没说我们争论在赌什么？"父亲问道。

"难道我们要赌一杯糖水吗？"阿弗列莉娅吃惊地说。

"好吧。"父亲摊开手，"我怎么没一下子想到？如果杯子满了半杯，我就赢了。如果杯子空半杯……"

"我就赢了。"阿弗列莉娅抱住了父亲。

自由

"原谅我。"父亲不自信地用手摸了她的脸,"我就是个老不死的浑蛋,总是拖累你。"

"不,爸爸,"阿弗列莉娅摇了摇头,上帝让你长寿,是为了让你能像皮蝇一样在不公平的权利周围盘旋。但大自然中存在公平的权利吗?那你还指望什么?"

"我只是希望,在我这漫长人生的最后时期能成功蜇伤他们,哪怕就一次。"父亲把阿弗列莉娅搂在怀里,她立刻感觉到父亲的心脏剧烈的跳动。

"为什么?"阿弗列莉娅问。

"我像皮蝇一样盘旋了90年,如你所说,一次也没能蜇伤人,我该如何出现在上帝面前?"

"爸爸,"阿弗列莉娅叹了口气,"带我去火星吧。"

"我们在那儿建个茅房!"父亲朝阿弗列莉娅眨了一下眼。

"只是在火星上如果能像在顿河起义的斯捷潘·拉辛一样没有被出卖就好了。你想听一首诗吗?"阿弗列莉娅突然问道,还没有等到答复就读了一首:

火星上有个上帝,
他很严厉。
我们飞往那里,
便无路可回。
我们没有太多的选择:
朦胧烟雾中有一所茅房,
茅房下面是一个地狱。

"把它发表了吧!"阿弗列莉娅请求到。

"发到哪?"父亲问。

"你把自己的诗发到哪了?"阿弗列莉娅说,"发到'卫生间世界'。万一我们能赢一个马桶呢?"

"怎么署名?"

"就署普通的俄罗斯名字索菲娅吧。"阿弗列莉娅叹了口气说。

自由

"那用这个普通的希腊名字吧。"父亲更准确地补充道。

"水是我的命。"阿弗列莉娅低下了头。

"也发吗?"父亲感兴趣地问道。

"随便吧。"她回答道。

还有15分钟就要和斯维亚托斯拉夫·伊戈列维奇见面了。

阿弗列莉娅在脑海中又过了一遍他们要讨论的一些问题。从方案的技术和财务方面看,一切都很清晰。阿弗列莉娅再次觉得父亲很英明。

几天前,韦尔吉利耶夫,这个姓氏带有轻喜剧色彩的人给阿弗列莉娅打了个电话。他的名字也没好到哪去,叫安东宁。不过,这个安东宁·韦尔吉利耶夫和她说话很老练,总能轻松绕过阿弗列莉娅给他设的陷阱。阿弗列莉娅刚学完国家服务学院的神经语言程序学方面的课程。

放下电话,阿弗列莉娅明白,她刚才和一名官员通了电话,而且军衔等级很高。只不过是个曾经的、被派去领"自由粮"的人。她几经打听后查明,还是在不久前,这个韦尔吉利耶夫曾在第一副总理的高级管理机构工作过。不知为何总统推迟了新任总理以及另外两个副总理的委任。因此当时第一副总理负责和掌管一切事务。现在谁也不知道被总统解雇的韦尔吉利耶夫在从事什么事情。好像"城市整洁,居民纯洁"方案所在的地方正好长着他的"自由粮食"。

不要走到高处。阿弗列莉娅想到了以前在"诺金广场"地铁站旁父亲对她说的话。她记得地铁站的名字,但完全不知道诺金是谁。应该是一个革命者,除了革命者,还能是谁?别担心,爸爸,她心里安慰着父亲,他们不会查出我的,我也不会查出……诺金的。

韦尔吉利耶夫说,斯维亚托斯拉夫·伊戈列维奇委托他制定媒体计划。"非常好。"阿弗列莉娅回答道,"谁委托谁付钱。""'水线',封闭式股份公司来支付。林尼克……女士。"韦尔吉利耶夫纠正道。在说出阿弗列莉娅姓之前他忍住了嘲讽式的停顿。广告公司的预算已谈妥,钱将会转付给您。他建议到,不要放弃小钱,虽然它入不了您的法眼。您这样的大人物或许都瞧不上我们这点钱。

是的,阿弗列莉娅想到,离顶峰越近,台阶就越陡……钱也是。那么,应该待的中间位置在哪？能隐藏起来的暗处在哪？难道已经安排好了要牺牲？（由于这个想法她变得不安起来，仿佛小气窗随着可怕的敲打突然敞开了，阿弗列莉娅的脸上突然觉得一阵阴冷）

阿弗列莉娅急忙把话题引向业务方面，斯维亚托斯拉夫·伊戈列维奇喜欢"汤豪舍-M"这个名字。阿弗列莉娅问他："您想过关于邀请柏林歌剧团来莫斯科的事吗？"

韦尔吉利耶夫承认这是个绝妙的想法，"但从神经语言学对大众作用的角度来看，再完美的想法也是有缺点的。"韦尔吉利耶夫挖苦道，"第一，说得太严肃了，可以说得像史诗般那样，"他继续道，"在现代，俄罗斯很少有人知道汤豪舍是谁，像不知道瓦格纳一样。大家都知道足球运动员瓦格纳·拉瓦德，但是忘记了作曲家，因为他们从来就不知道。第二，老一辈代表们受过教育，精神上崇拜卫国战争时苏联人民获得的胜利，他们不会使'汤豪舍'这个单词'滚动'。通过连字符增加的字母'M'使他们联想到的不是我们祖国首都英雄城市莫斯科，而是充满欺骗手段的'MMM'。第三，俄罗斯年轻人更喜欢英语，德语单词不会给他们留下印象。第四，考虑到方案的特点，字母'Ж'应和'M'放在一起。原则上，'汤豪舍-MЖ'读起来不错，但这很逗乐。竞争者，不怀好意的人，他们一定会出现，他们可能会利用这个。"

韦尔吉利耶夫提供了另一个方案，即"开花的手杖"。

"汤豪舍度过了自己一生最好时光的维纳斯女神中世纪水岩洞是什么？"他问，"这可是我们的现代化水上乐园！"

"也许是水上妓院呢？"阿弗列莉娅冷笑了一下。

韦尔吉利耶夫反对道："据我所知，那里只有两个人，因此和我们打交道的不是淫荡，而是真爱！那么什么是真爱？'开花的手杖'不就是真爱吗？"他继续道，"国家的中年男性也可以把这看作一种屈膝礼。饱受前列腺炎和腺瘤疾病折磨的人谁不想拥有'开花的手杖'呢？"

阿弗列莉娅明白了，空手是套不住白狼的。

"完全支持您关于柏林歌剧团的想法。"韦尔吉利耶夫彻底击溃了阿弗列莉娅，"对于古典音乐爱好者来说这将是一个节日。但我们不能忘记

自由

年轻人。不久前我在网上看了阿姆斯特丹芭蕾舞学校毕业生表演的有趣的戏剧——色情芭蕾舞'开花的手杖',来自瓦格纳'汤豪舍'的一个片段。现代主义导演与柏林歌剧团一起工作,我不记得这个导演的姓,那儿的指挥也是那样……具有独创性。他指挥时有的时候穿着布袋样的肥裤子,有的时候穿着皮泳裤,不是用指挥棒指挥,而是用树条。如果他们不肯让步,就给他们增加报酬。我认为他们会同意的。他们喜欢没有标准化的东西。在普希金广场上,在第一届莫斯科水上乐园隆重开幕前,我们将安排演出。到时候会进行电视直播。"

"我希望您知道您正在做什么。"阿弗列莉娅同韦尔吉利耶夫告别时说,"这在您的责任范围内,我不会干涉。"

阿弗列莉娅心里羞辱着韦尔吉利耶夫,她注意到军官殷勤地给她带来的新报纸。

报纸头条文章题为《疯人院被授权声明……》。文章写的是关于三个法案,这些法案正是由曾掌大权的第一副总理韦尔吉利耶夫在国家杜马颁布的。"的确,"文章的作者坦诚地警告道,"最终也没能向杜马的工作人员弄清楚:法案是什么时候通过的,群众又该如何才能了解这些法案?杜马工作人员沉默着,就像被拷问的游击队员一样。"

如果相信读者"漏失"的报纸上的话,第一部法案被称为《关于清除腐败和强迫诚实》。他禁止所有俄罗斯公民在银行账号上有超过十万美元的数额。数额以美元计量,但今后打算钱币改革,恢复国民货币单位:卢布-黄金标准。给存款数额大的储户一个月的时间,要么花完这些钱,要么自愿投资给国家工业。针对法案的简短文字说明中好像明确指出过,在现代社会拥有十万美元就完全可以说自己不是个穷人了。其他所有毫无意义的闲置钱应该立刻用到对国家和人民有意义的地方。是喜欢有一千个亿万富翁,还是喜欢有上百万个十万美元拥有者?够了!要什么快艇和飞机!最好是小艇和三角滑翔机。多余的钱在刺激不正常的消费时也在危害着地球。必须结束不负责任的进步,中止毫无意义的胡作非为——获取不需要的东西,挽回美好的三角关系中的人们:个人、家庭、国家。勾的平方与股的平方和(个人和家庭的财产)等于直角三角形弦的平方(国家的富裕)。

人这一生所需要的钱应该正好能使他的家庭不处于贫穷状态。多余的钱只会招致不幸。因此，把其他所有的资金（超过十万美元）纳入到国家的基金会中，并把这些资金用于社会需要的事业中：教育、保健事业、文化、基础科学等等。当然，针对那些把钱汇到西方国家银行的人法律中也规定了一些措施。"每一件事情都有自己的解决方法"，阿弗列利娅想起了像世界一样古老的（可见，像这个最古老的世界，两性的）人民智慧的结晶。在这种智慧中还有一种延续：每一种解决方法都有自己的不足，而且永无止境。说明书中好像还提出应公布所有从俄罗斯境内仓促转汇境外的违法资金。向国外的银行提出无法拒绝的建议，即可以扣留总金额一半的手续费而后把资金汇回到俄罗斯专门的国家账号上。对国外银行来说业主（俄罗斯国家的）之一的价值是一目了然的，而另一个业主（汇钱的人）的价值是零。因此得出一个结论，那些忙于琢磨如何绕开法律的人是没有任何机会的。至于个人的大额家庭存款，法案作者也将其考虑在内了。他认为，靠这些钱不会生活很长时间，但最起码能生活到将来的币制改革时期，而这种币制改革能将国家的金融政策和社会政策结合起来。

　　第二个法案被称为"关于电子司法"。作者断言，俄罗斯的司法体系已经腐败到不归修正案管理的程度。他建议在法庭上确立一套不受任何干扰、在各个方面能自给自足电脑程序，及所谓的"电子智能"。仿佛是在一些秘密实验室里已经"催熟"了的实验范例。这个"电子智能"应该运用专门的电子程序，这些电子程序吸收了人类文明中的所有法律体系的条款和先例。从汉谟拉比法典、迦勒底人的刑法典到古埃及法典。公正的、不受人情感影响的"电子智能"可独立分析提供的证明、起诉和辩论的论据、证人的证词。"电子智能"把所有这些与现行法律进行比较，把司法判决草案提交给主要人物"最高电子法官"审议。所有的会议中都应自动为参会者接通测谎仪，并有视频记录。测谎仪直接与"最高电子法官"连接，也就是和归纳信息并做出最终决定的（公正的）电脑连接。类似的诉讼程序在国内应该进行，直到有关贿赂可影响到警察局、检察院和法庭的印象从人的记忆中消失。法案草拟者指出，15年后会"痊愈"。但是他增加了附带条件，在"强化疗法"进行时，"电子司法"工艺向公民日常生

自由

活的方方面面（教育、保健事业、经济、保险、礼仪和其他服务）推广时（理论上）可能会出现受贿现象。这个期限也有可能会缩短。

第三个法案被称为"关于思想竞争和道路选择"。作者宣布管理国家的现有体制完全是错误的、过时的。他认为政党竞争只是"蛊惑中的比赛"。作者称选票的计算为"分配限额"。在总结一个他不熟悉的"世界正面政治经验"时，作者提议"让政治回归到现实生活中"，向旧的毛皮里加入新的葡萄酒，给"毫无生机的政治机体"里"输血"。这个谜一样的立法者确信，为了实现理想，如果国家有成千上万个准备（在行动上而不是语言上）牺牲生命的人时，社会的改变是不可逆转的。这些人，就像他们坚信的那样，会给社会带来益处。作者提议要确立政党形成的真正的革命手段。每一个政党的成员为党的思想签署一份专门的《忠诚保证书》。这些思想如果实现后，对于社会将是百害而无一利时，党员保证自愿献出自己的生命。在公证处当着署名者的面，《忠诚保证书》被证明无误，并转交给专门的"确定公民行为责任的国家档案馆"存放。如果被确认的党员数量达到五千人，那么该党就可以参与选举。如果这个党派在选举中获胜，那么它有机会实现自己的纲领，但是前提是要让全民每年对实行的政策进行投票。如果全民投票的结果对这一党派不利，关于"改正危险错误"的章程生效。此章程理论上允许为所犯错误接受惩罚，即为某一党派成员在《忠诚保证书》上签字而负的法律责任。

这是什么谬论？

阿弗列莉娅认真地读了读这些出版的报纸。不，这不是伪造品，不是专门为读者界（比如说，寡头的朋友们——出版社主人或是某大公司经理）限量发行的那期。

为什么不敢持有超过十万美元？

还有什么《电子司法》？

还有什么第三种司法机关——为了错误的经济政策或者社会政策而设有的断头台？

阿弗列莉娅又看起了报纸，在第一版的最下面她看到了《最后时刻》这一标题。出版社为读者发布信息说，在签发印刷号五分钟前，出版社收到了俄罗斯国家杜马主席和政府第一副总理的评论。俄罗斯国家杜马主席称，报纸上刊登的法案并没有经国家杜马通过。第一副总理坚决否认参与过类似法案的倡议，并称之为"与现实生活没有任何关系的野蛮的胡说八道"。然而，政府机关里的报纸"来源"证实，"他只是听说了这些法案或者类似法案的传言"，但没"亲眼"看见过。

"您也对报纸上发表的文章感兴趣吗？"阿弗列莉娅听到斯维亚托斯拉夫·伊戈列维奇声音。

他来到了饭店，身着浅色西服、蓝色衬衫，没系领带。那张晒黑的脸上露出了冷静的神色。斯维亚托斯拉夫·伊戈列维奇是好像从有光泽的"luxury"宣传画上滑下来似的。皮鞋、腰带、手表、花露水、钱包、手机（如果他能从兜里掏出它们的话）——他的一切东西，阿弗列莉娅毫不怀疑，都将符合这个优秀风格的标准。斯维亚托斯拉夫·伊戈列维奇放在桌上的带细软羊皮套的平板电脑也很符合。

这就是一个"套"，斯维亚托斯拉夫·伊戈列维奇把自己的个性（如果还有的话），和心灵藏在了这个"套"里。这是一个舒适的套子，还可能是个话语不多、非常认真、有条不紊、责任心强的套子。

只是业务。

他正在组织拨款，主持项目，他只解释他认为需要的东西。提着问题，监督完成。对阿弗列莉娅，对一个女人，一点兴趣都没有。

白天的"luxury"。

阿弗列莉娅不怀疑也存在着夜里的"luxury"。斯维亚托斯拉夫·伊戈列维奇在夜里的"luxury"效率颇高。

但不是今天。

也不是和她。

"关于他，我从来没打听过任何事情，"阿弗列莉娅再次证实，"他是那种无人知晓的人。他这类人是根据需求而存在的人。人们像租汽车、快艇或者飞机那样租用他们，然后他们就毫无痕迹地消失在地下车库、偏僻的港湾、遮光的机库。"如果别人说给她十亿，她就不出声。如果别人说，打死她，打……也不出声。她相信，斯维亚托斯拉夫·伊戈列维奇能出色

自 由

地胜任任何工作。

阿弗列莉娅从桌子旁站起,礼貌性地同斯维亚托斯拉夫·伊戈列维奇握手打招呼,并迅速地从他的手中抽回了自己的手。

没有任何的调情。

她将这样回答他(而他将会提问,除此以外并没有预见其他的谈话方式),以便让他亲自回答这些问题,而下面的问题,使他哪怕(被迫)讲点关于自己的情况。有人的地方就会有陷阱——阿弗列莉娅想起了父亲几年前在"诺金"地铁站旁对她说过的不朽的话。但是人不擅长长时间埋伏,阿弗列莉娅不止一次地相信这一点。人一定会露出马脚的,如果及时发现这点,野生动物也能从陷阱逃脱。

"她对我们的方案是什么态度?"突然,她问道,自己也感到惊讶。无问自答,脱口而出。

"也赞成也不赞成。"斯维亚托斯拉夫·伊戈列维奇认真地、像阿弗列莉娅感觉的那样、饶有兴致地看了看她。她发现,他那天蓝色的眼睛变暗了。

"一切因果相联?"阿弗列莉娅想起了常被生态学家滥用的佛家哲学论题。

"适用于历史——不,"斯维亚托斯拉夫·伊戈列维奇反对道。"过去流向未来,现在正在逝去。如果过去有某些不幸,那么现在他们不只是重复,而且会达到逻辑上的绝对,可以这么说,一去不复返。在1766年,当时法国一切都还安好,佩皮尼昂市的一个面包师出版了写有自己配方的一个奇怪的小册子,在这个小册子里他断言,国王的权利与上帝和人民对立,而国家权利的唯一来源和拥有者是人民。但是为了夺取国王的权利,使社会变得自由、平等、友好,不得不砍下二百万个阻碍社会进步道路的恶棍的头。在这个小册子的插画里甚至画有像断头台一样的东西,一个横木上斜放着铡刀,"斯维亚托斯拉夫·伊戈列维奇继续说,面包师称他想出来的这个工具为"自由犁"。他有信心这个犁将要"开垦法国",所有这一切离罗伯斯庇尔很远,离真正的断头台很远。顺便说一句,巴士底狱几乎已空,除了几个不可救药的杀人犯之外所有的囚犯很早就被解放了。

只有经过二十三年才会出现冲击,那个小册子里有关于革命的态度吗?为什么佩皮尼昂市的面包师讨论起了跟烤面包一点儿不沾边的话题呢?为什么他能那么准确地说出牺牲的人数。

"在自己的祖国里没有先知者。"阿弗列莉娅说道,"不论是个人、国家还是全人类的牺牲,总是重视警告,而把它看作一个笑话。现在就这个话题组织了一个脱口秀节目'当世界末日来临,您会做什么?'参加节目的年轻人说打算准备做爱,梁赞州的机械化专家希望能来得及喝几杯,而一个阿姨说,她要杀死自己的丈夫。什么也不能改变。这是阴谋论的'三个主要人物'。我不怀疑,没有人会相信面包师。我感兴趣的是另一件事:他否定了自己的作者身份了吗?"

"难道这重要吗?"斯维亚托斯拉夫·伊戈列维奇惊讶道,"要知道一切都实现了。"

"对历史来说,这不那么重要,"阿弗列莉娅赞同道,"而对印刷厂的主任、排字工人、印刷工人和校对员来说却非常重要。我走进黑暗,代表'小人物',代表那些为了光明的未来被利用的人。而现在谁在生存谁要死亡了呢?"

"在国王和'自由犁'之间选择时,他们选择了金钱。难道这些钱被用到了暗处?"斯维亚托斯拉夫·伊戈列维奇反对道。

"给他们钱不过是为了让他们工作。"阿弗列莉娅耸耸肩说,"在国王和'自由犁'之间他们没有选择。您知道未来和过去与现在的不同吗?在未来和过去,就像是掩尸的白布,没有兜。一种情况是还没有缝好,另一种情况则是他们已经腐烂了。当然,虽然也有例外——还有尚未找到的宝藏,但是他们不起决定性作用。现在靠金钱来生活。这是他的血管里流淌的血。这是他呼吸的空气。难道这些人能知道,付给他们的钱在二十三年后将会进入到'自由犁'?"阿弗列莉娅用手招呼服务员,"斯维亚托斯拉夫·伊戈列维奇,您想从人们那里得到的东西太多了。如今很少有人能为了未知的未来而拒绝金钱。"

"钱具有奇怪的特点,具体表现为:可以用钱买到人们想要得到却没有说出口的东西。"斯维亚托斯拉夫·伊戈列维奇从服务员手里接过压花

自 由

纹皮的厚重菜单。从旁看可能会觉得这是一个重要的旧刊物,比如,20世纪末的布罗克豪斯和叶夫龙百科词典的一卷。脱口秀中的那个阿姨并不受规则约束,"金钱是实现社会秘密愿望的万能方法。当国王从法国逃跑时,执行检查的海关人员在边界处拦住了马车。国王从窗户里塞给他装有金币的钱包。在金币上印有他的侧脸。海关人员认出了国王并叫来了卫兵。原以为带有国王头像的钱币可以救国王的命,但是没有救成,因为人们想让他死。海关人员没有收下钱包,尽管他可以收下。罗曼诺夫王朝在1918年也发生了这样的事。不论当初为了自救花了多少钱,他们最终还是被杀了。"斯维亚托斯拉夫·伊戈列维奇把"古董"菜单还给了服务员。他点了矿泉水、羊奶干酪和青菜……

"我本着一致和对立斗争的精神来辩证地发展您的理论。"阿弗列莉娅看着窗外沉思。

饭店位于时尚贸易休闲中心的顶层。春天,暴风雨前的乌云使天空变成了黑色,就像今时看待往日的错误。预报最近有大雨。如果不夹杂着冰雹就好了。阿弗列莉娅漫不经心地想着。

"在一定的情况下,"她继续道,"钱并不是万能的。路易十六和尼古拉·罗曼诺夫没有获救就可以证明这点。我同意,但是那是在另一种情况下,更准确地说,在无形的社会意志框架下,可以为了点小钱就随便打死任何人吗?难道无形的社会意志也是那个总是驱动着一切但不需要支付任何费用的发动机吗?那么施加于无形意志上的暴力就是永久的制动器?"

"您忘了三十个银匠。"斯维亚托斯拉夫·伊戈列维奇说,"还有一点是金钱最矛盾的计量办法。但是,这种计量方法既不能废除永久的制动器,也不能废除永久的发动机。尽管有时会比永久制动器制动更有效,会比永久发动机驱动得更好。"

"我们不希望任何人死亡,我们也不出卖任何人,只想按自己的进度前行——什么时候刹车,什么时候加快速度。这该多幸福。但前提是要遵守规则。"阿弗列莉娅从皮包里掏出装有合同的文件夹,潇洒地在最后一页上写满东西,塑料印章自动发出叮当的声音。"我们的想法很单纯,就像水蒸气一样,我们想把俄罗斯及其人民变得更纯洁。区别于佩皮尼昂市的面包师、印刷业专家、革命的海关人员和福音的犹太，我们在玩着"光明的游戏"。顺便问一下，这个水蒸气是什么颜色？为什么我看不见，就像社会的意志一样。社会的意志也是上帝创造的行业？

阿弗列莉娅终于明白了合同中的什么使她不安：它像"水蒸气"一样干净，无可指责，简单又合乎逻辑，就像前总统喜爱的"Deeppurple""Smokeonthewater"组合。在这个"Smoke"下面缺少暗礁。税收机构、海关机构和其他的检察机关完全无可挑剔。虽然，对他们来说，这并不是不可逾越的障碍。伴随着法国大革命，海关人员（特别是俄罗斯的）愈变愈坏。如果他们也表达未说出来的社会意志，这个意志完美地融合在几个词里，即"都偷起来吧！"。当代俄罗斯海关人员如果处在革命的法国人的位置上，他就能抓起钱包并把国王的马车放行。也许，先拿起钱包，然后把国王交给卫兵，而自己坐着国王的马车回家……

阿弗列莉娅的眼睛不安地注视着镜子里的自己，"难道我的青春美貌就那样消失在了岛上？那就去他的'清洁城市''纯洁居民'吧！汤豪舍，是"М"还是"Ж"不重要，可以把开花的手杖藏到自己的屁股后面！我才不管什么国王呢！让'自由犁'开垦所有的土地吧！我罪孽的钱应该给我带来快乐！或者我退出游戏！"

不，阿弗列莉娅喘了口气，认真地看向远处酒吧小桌后面那昏暗镜子里的自己，青春的热血暂时还在她体内沸腾着，就像БТ烟一样，没有岁月的痕迹（或者简单点说，人之将老的征兆）。酒吧小桌后那面昏暗的镜子慷慨地告诉阿弗列莉娅，二十四岁，最多二十四岁。

虽然饭店的镜子总是说谎。甚至是最没有教养的：大腹便便、秃顶的、长有巨齿獠牙的野猪一般的顾客在镜子里看起来都是有修养、穿戴整齐、精神饱满的人，而且还有些男子气概。他们应该为生活高兴。那在饭店里的生活怎么才能开心起来呢？除了吃喝，还是吃喝！

尽情地照诚实的镜子吧。正常人不会和女士去饭店，而是去厨房喝伏特加。先朝这面镜子吐一口痰。但是所有的家里的镜子都被主人"喂饱了"，因此它也会修正主人明显的缺点，使主人感到满意。"难道，"阿弗列莉娅瞟了一眼斯维亚托斯拉夫·伊戈列维奇，"他想夺走我的青春和美貌吗？"

自由

"我喜欢您的观点。"斯维亚托斯拉夫·伊戈列维奇打电话叫了一个司机——也许是保镖或助手。

这个年轻人穿着西服,身材健壮,长着一张大众脸而且沉默寡言。他应该就住在这附近,因为他几乎是瞬间就出现了。斯维亚托斯拉夫·伊戈列维奇给了他一个装有几份合同的文件夹。

"今天,"斯维亚托斯拉夫·伊戈列维奇转向阿弗列莉娅,"我们的法律机构将会审核合同,明天公司总裁签字,后天钱会汇到指定账号。""哦,我知道,我知道。"斯维亚托斯拉夫·伊戈列维奇敷衍地同服务员打了一下招呼,看着他摆弄盘子、刀、叉子、装有淡和浓橄榄油和南瓜油的水晶瓶子。"哪里能长出这样的蔬菜,哪里能做出这样的羊奶干酪啊!"他说到了爱琴海上的一个小岛,在这个小岛的蔬菜小畦和爱顶人的羊之间住着乌克罗普奇克女神。

情况有所改变。

阿弗列莉娅没准备好和斯维亚托斯拉夫·伊戈列维奇讨论自己这个(按账号汇多少)藏在悬崖和大海之间的生活。她喜欢在乌克罗普奇克的别墅里做客,在别墅那伸到海里的极小的沙滩天台上晒太阳。她来小岛上的时候很白,像羊奶干酪,她离开的时候,肤色有些金黄,像熏了的干奶酪。顺便说一下,乌克罗普奇克把这个奶酪也送到饭店。她的女朋友不仅酷爱蔬菜栽培,还很喜欢摄影和画画。在旁边的(按照当地的概念算是大的)岛上有个花白胡子的希腊人守着某个类似画廊的东西,在这个画廊里乌克罗普奇克展出了自己的水彩画和照片。

"我请求希腊给我提供创作庇护。"她对向她出示国际刑警组织协议的警官说道。在协议里"违法"一栏中出现了希腊人能看懂的术语"欺诈"和不太明白的词组"水平面"。

"在俄罗斯没有政治自由,也没有创作自由。"乌克罗普奇克解释道,"正在追捕我是因为我力图表达水的自然力。'水平面'是风暴和平静之间的一种状态,相当于社会生活——加快动态自由的一种状态。我在俄罗斯已经确定一种新的艺术风格——'水平面'。沙皇俄国时期伟大的无产阶级作家高尔基因为《海燕之歌》而被抓捕。在当代寡头犯罪的俄罗斯,抓捕我是因为《'水平面'之歌》。您可以参观科斯塔基斯先生画廊里我的作品展览。展览也叫作'水平面'"。

很快乌克罗普奇克的"案件"从国际刑事警察组织移交至欧洲人权与民主发展问题委员会。乌克罗普奇克已经打算通过斯特拉斯堡的欧洲法院向俄罗斯追索物质赔偿。

5

阿弗列莉娅不让乌克罗普奇克给自己脱光,但是他从背后、从侧面脱掉了阿弗列莉娅的衣服,当阿弗列莉娅仰着的时候,她用头巾或者帽子盖住了脸。

"世界应该看见你的身体!"乌克罗普奇克把阿弗列莉娅的身体献给了科斯塔基斯先生画廊里的专题展览"身体与大海"。

深秋,岛上没有游客。海水远远不是"温的",因此轮渡不通航。当然可以使用直升机,但大部分游客花不起这个钱。画廊入口处摆放着一堆当地自酿酒的酒瓶,科斯塔基斯先生坐在门口的摇椅上,把毡帽放在脸上,打起了盹儿,表现出了一种看见阿弗列莉娅的身体时的平静心态。毡帽下露出了他那如铁丝一般的灰白大胡子。这种平静(这是他唯一的状态)让人想起了凶猛豪猪的嘴脸。

其他"平静的代表们"的缺席完全没有使阿弗列莉娅感到不安。她知道不是"美貌在挽救世界",而是世界依次地、目的明确地在消灭着美貌。她那美好而富有弹性的身体终将变老,变成装有骨灰的皱皱巴巴的口袋,变成了干透了的不能食用的杏干。但是和大部分人不同,阿弗列莉娅拥有抵抗杏干的机会。她努力不去想,这个机会怎么会给她,又是出于什么目的。我的长篇小说很早以前就决定了,不叫《战争与和平》,而叫《战争反对和平》,或者《战争反对杏干》。

阿弗列莉娅不喜欢拍照。因为从旁观者的角度看自己总是跟想象中的自己感觉不一样。说得再明确些,一点儿也不像。人的大部分生活都处在其他人毫不关心的变色龙——隐形人的状态中。如果事情出现就从隐形(或

自由

者小人物，没有区别）状态中把变色龙拖出来（拽着尾巴，拽着胡子？）。从今以后，他看起来应该像拖他出来的那些人希望的那样。他们想让阿弗列莉娅或者乌克罗普奇克看起来像羊奶干酪那样；他们想让她们像熏了的干奶酪那样；她们想让她们像茄子那样……

阿弗列莉娅想起了一道菜，乌克罗普奇克在岛上招待她的那道菜——切得薄薄的炸茄子，配有像雪一样白的羊奶干酪。她记得，当时飞来了一只黄蜂，乌克罗普奇克迅速用编制的凉鞋打死了它。乌克罗普奇克解释说，如不打死它，它就会给其他的黄蜂发信号，谁知道还会出现什么事情。人也是像昆虫一样容易死去。不知为何阿弗列莉娅突然这样想到。但和人不同的是，昆虫活着的时候，不会感知到死亡，往往是因为违反了某些人的规则，而被惩罚致死。虽然人们能感知到死亡，但这并不能阻止他们死去。

阿弗列莉娅建议朋友给昆虫拍照。

但乌克罗普奇克反对，除了辛勤劳作的蜜蜂和可能引起辩证浪漫联想的扑火飞蛾，昆虫存在本身就与伟大的歌德在发明照相机那个年代形成的摄影基本原则相矛盾："停留在这一瞬间，你便美妙！"

"那时人的样子（照片），"阿弗列莉娅心里继续着和乌克罗普奇克很久以前的谈话，"与这个原则更矛盾。"照片是人定格瞬间的视觉形象。如果永恒是由瞬间的拼图组成的话，那么人的照片就是侮辱永恒，拼出来的图感觉像人们在不断地从身上抖掉虱子那样。"按照您的观点，"阿弗列莉娅想起了一个诗人的诗，"就像是红肠上面的蟑螂。"阿弗列莉娅叹了口气，"人类的意识是不断地变永恒为垃圾堆的永动机。否则从哪里来的虱子、蟑螂、变色龙、黄蜂、炸配有羊奶干酪的茄子和某种红肠？虽然有时发动机在改变着规则：把垃圾加工成永恒。阿弗列莉娅想起了其他几行字：当您知道，诗从什么样的垃圾中不知道羞耻地产生……"不仅是诗，"她又忧郁地补充了阿赫马托娃的话，"还有勇敢、意志、世上的一切……因为……诗再也没地方可产生了！"

她是一张牌的保管者，在这张牌的帮助下可以在另一张（与世界大小相等的）牌——"存在"上找到一个小小的绿色沙粒——乌克罗普奇克。还能找到一个，不是沙粒，而是一滴水。阿弗列莉娅不准备向斯维亚托斯拉夫·伊戈列维奇摊开自己的牌。她想起了"人是上帝手中的牌"。上帝想打开它就打开，不想叫牌就说"过"，生气了就把牌甩在桌子上，抄起烛台打对面的骗子。

"让我们回到原先的话题上来吧。"阿弗列莉娅让斯维亚托斯拉夫·伊戈列维奇自己决定说话的场所。当然最好是让他们在户外的某个地方——在牧场里，而不是在散发着臭味的畜栏里。

"它们像佩皮尼昂市的面包师那样，好像明白了什么。"他回答道，"现在在不安地咩咩叫，头向四处转动，看清楚，谁将向它们解释并带领它们去……"

"去屠宰场？"阿弗列莉娅打断了斯维亚托斯拉夫·伊戈列维奇的话。

乌克罗普奇克的牌和水滴的牌无论如何也不能处于分散的牌阵中。"难道，"她黯然想到，"他将会给我提供带有乌克罗普奇克侧脸的金币，或者水滴，而我……像那个海关人员一样拒绝吗？或者……收下？"不管阿弗列莉娅多么想在脑海中读出她女朋友(或者姐妹)那未说出口的社会意志，她还是没这样做。当然，如果不接受乌克罗普奇克在州法院对出狱的上诉(有条件的提前释放)。"水平面"不会让退休者平静，就像黄蜂不让配有羊奶干酪的炸茄子平静一样。但是会有斯特拉斯堡法院。

阿弗列莉娅立刻又想到了另一件事。

"屠宰场是羊的目的地。"斯维亚托斯拉夫·伊戈列维奇认真地研究了好久盘子里加上橄榄油的香芹菜。仿佛他担心盘子里藏着黄蜂或者小小圆圆的羊的忧伤，没有一只公羊从旁边经过。"但是先要剪毛，您忘了羊毛！"

"我弄错了。"阿弗列莉娅摊开双手说道，"羊到了目的地应该会变得一贫如洗了，羊角也被锯掉。还是说羊角现在不是商品？"

"这些不知被谁提出的法案，本质上不是那样的荒唐。"斯维亚托斯拉夫·伊戈列维奇放弃了讨论羊角的商品优点，"法案来自于歌剧，像佩皮尼昂市的面包师的小册子。我不争辩歌剧怎么不好、多么危险，但是乐队已经在坑里，而演出者在舞台上，观众在大厅里。"

"羊是观众吗？"阿弗列莉娅明确道。

自由

"我们大家都是羊。"斯维亚托斯拉夫·伊戈列维奇微微一笑,"我们大家是各种各样的羊,不应该失了群。"从他的声音里清楚地感觉到对歌剧的剧院大厅里那些暂时还没被改装到公羊屠宰场的人群有一些好感。只有在失了群之后,才可以对他们有好感。好像,斯维亚托斯拉夫·伊戈列维奇设想自己是个放牧人,也许是个兽医,或者再高级一点儿,新品种羊的羊厂厂主。

"看到了什么?"阿弗列莉娅急忙地问他。

"什么?"斯维亚托斯拉夫·伊戈列维奇看了一眼手表。

"紧急号召击溃突厥汗国?"

"汗国,应该像迦太基一样被摧毁。"斯维亚托斯拉夫·伊戈列维奇不再搪塞,"但首先我们应该把汤豪舍放到他们那……"斯维亚托斯拉夫·伊戈列维奇充满梦幻地说道,就好像他曾多次和最高统帅坐在餐桌旁享用羊肉,"一切极其简单。存在着的发展模式已经耗尽。如果不像击溃可萨汗国那样击溃这个模式,那么它就会毁灭整个星球。在有限的生命中,无止境的需求是谬论。需求使少数特等人物吃饱,没给他们带来幸福,却使资源耗尽,绝大部分的人类失去了未来。这些少数的特等人物仅仅将进步视为延长个人来到地球期限的机会。上帝不给人永久的生命,但是这些称自己为'精英'的浑蛋并不想安分于此。他们起来反抗上帝!现在浪费十亿财产来寻找毫无意义的'衰老基因',万能的'不会衰老的细胞,这是不可能合成的'……不知道为什么俄罗斯的统治者对这件事特别感兴趣。并不会像安排的那样,他们可能还来不及花完偷来的钱就提前死去。他们偷了那么多的钱,就是为了花光它们,但是过什么样的日子都花不完,因此他们的钱注定在他们生前就会消失。这是规律,但是他们不相信,因此他们带着这样的狂怒紧紧地抓住权力……"斯维亚托斯拉夫·伊戈列维奇说得很快,像大学教师在课堂快结束的时候却还没来得及说完他想说的话一样,更确切地说,是他一定要说完的话。

阿弗列莉娅不太愿意听他说的话,他说的都是尽人皆知的事。同"清洁城市——纯洁居民"这一方案的联系暂时还没有考虑。斯维亚托斯拉夫·伊戈列维奇也没有考虑,在移动的水上综合体里洗掉罪恶的俄罗斯统治者们会把钱还给人民吗？

"文章是给那些不盲目的人发出的一个信号，"斯维亚托斯拉夫·伊戈列维奇回到了那确定不移的逻辑，"当今俄罗斯政权支撑不了多少日子了，在任何方面、任何情况下都不能支持它。只有抵抗，为了新思想夺回按毫米计算的空间。但是在这种情况下不要忽视，一个成功的战役可以占据整个进攻基地。说实话，我同情这个政权里的孩子们。他们的不幸在于，他们无法成为别的样子。不可能改造蛾子，使它不再吃挂在衣橱里的衣服。只有消灭它，否则它会吞完一切。当蛾子像雪花一样在周围飞着的时候，说起这件新衣服对人民来说很可笑。也可以说，这篇文章是按照上帝意愿看到的未来疯癫盲人的呐喊。他荒谬的想法是建设新现实的材料，这个新现实将次于现有的，但不能消除它。观念陈腐的人注定失败。当然可以说，治疗总是一开始次于疾病，但这不是治疗，这是一种病替代了另一种病。当这些思想不共存时，就像装在各种瓦罐里的室内植物，它们是无害的。但是如果有人把它移种到土里，它们的根茎就会缠在一起并会移动，就像科幻电影里的怪物树，来征服世界。人们感觉到了真理。他不憎恨飞蛾，也不怕怪物树。吸血鬼与约瑟夫·布罗茨基的遗训相反，他比小偷更可爱。从今以后同政权妥协是不可能的。存在（即使它是消极的）的事实本身，在感受到真理的人们的政治生活中，正在改变内部滋生了观念陈腐的人（即权力）的环境。

只要那样的人达到一定的数量，就会出现一个领袖，他会打死观念陈腐的人。没有通向真理的其他道路。这实际上就是法案预告的内容。"斯维亚托斯拉夫·伊戈列维奇看了一眼报纸，"'关于思想竞争与道路选择'。至于'电子司法'，我认为一切也都很清楚了。这使人想起了人的忍耐极限。可以理解为，永远不会有什么'电子司法'。但首先将不会再有现在那些负责司法的人，不会再有这些出卖灵魂的侦查员、检察官、法官们。那还有什么？"

"'关于消除腐败，强制诚信'，"阿弗列莉娅换了只手拿着报纸，"才10万美元？真是少得可笑！"

"关于这个我们已经说过了。"斯维亚托斯拉夫·伊戈列维奇打开了

自由

平板电脑。"我们谈的不是具体的数目，而是金钱文明不可避免的结局。您瞧，现在网上的论坛里正在引用和讨论着什么……"他把电脑挪向阿弗列莉娅。

"时间就是金钱。"阿弗列莉娅读到，"写在他的脸上和单位墙上的座右铭。"他不明白，时间并不是金钱，而金钱是被浓缩了的、被明确了的时间，为了献给上帝和亲人而在人的手里增加了的时间……通过爱，物质财富变成了精神财富。时间比金钱珍贵得多，金钱只对于知道了精神秘密的人才具有价值。善把所有的钱用到爱上，以此来增加爱的时间。而恶却想把人们为增加耶稣的爱而获得的所有地球时间都变成金钱。世界就是如此，当没有被人们把善和爱换成太多钱时，这些钱便会失去自己的价值，就会发生所谓的"货币贬值"，货币收缩，为了爱，时间又空了出来。可是人们又纷纷去把时间变成钱。然后一而再，再而三地担心"失去时间"。为了钱，人类奔波忙碌着，他们害怕来不及抓住更多的看不见摸不着的东西……"

"这出自约翰·沙霍夫斯基——旧金山大主教的《信仰的时间》一书。"斯维亚托斯拉夫·伊戈列维奇关上了电脑。"我们所有人都需要伟大的俄罗斯，"他看了看阿弗列莉娅，"但是伟大的俄罗斯只有在伟大的动荡中才能出现。当代文明的基础是欺诈。它早就变成了社会存在的工具，欺诈的存在决定了当代人的意识。否则还能怎么做呢？如果社会的意识形态本质是欺诈、替换概念和嘲讽真理，那么日常生活的及其他的欺诈——就是政权强加于国民生活的。"

"行骗、偷盗和欺诈是目前俄罗斯所有进程的唯一驱动力和一切所遵循的核心。如果拿掉这个中轴（核心），一切都将散架。挽救国家的最后机会是快速用……开花的手杖替换掉腐烂的中轴。"斯维亚托斯拉夫·伊戈列维奇看了看阿弗列莉娅，就像在看一只从隐形的反物质世界中拖出来的变色龙一样。"所以，让我们总结一下我们的会面吧，您可能并不认为，几千万美元掉到您的头上只是因为您那么的好，因为您，"他聚精会神地看着她，"有许多生活……因为在生活中我同您在此刻共同经历的事无论如何都是不常用的。"

自由

阿弗列莉娅说道："就像我刚刚签的合同，自从贝里亚人被逮捕以后，人们想出了流行歌谣：'在第比利斯开着樱桃树拉夫连季·帕雷奇……'"

"而对于克利门特·耶夫列梅奇和维亚切斯拉夫·米哈雷奇，"斯维亚托斯拉夫·伊戈列维奇轻松地继续说道，"人们错了。它开花了……就像……尼基塔·谢尔盖耶维奇的手杖。但是花开的时间不会太长。"

"人们忽略了真理了吗？"阿弗列莉娅问道。

"我不能替人们说。"斯维亚托斯拉夫·伊戈列维奇把双手放到了桌子上，"我和您的真理在于，把'通常没有'变成'通常有'，就像把缺点变成优点。"

"您给我引用了约翰·沙霍夫斯基关于金钱的言论。"阿弗列莉娅决定先沉住气，让斯维亚托斯拉夫·伊戈列维奇去摧毁突厥汗国，消灭思想陈腐的人，而她将留在饭店里，"我将给您引用陀思妥耶夫斯基关于真理的话：'别人用数学方法证明给我看，真理在耶稣心里——我将和耶稣在一起，而不是和真理在一起。'"

"人类的真理，至少不能在耶稣的内心里。"斯维亚托斯拉夫·伊戈列维奇若有所思地说道，"耶稣是上帝的儿子，从这个词组的第一个希腊字母得到的单词'鱼'——基督教的象征。而鱼在哪里生存呢？在水里！也就是说在耶稣的内心和水里没有真理！"

斯维亚托斯拉夫·伊戈列维奇从桌子上拿起了报纸，其中一篇文章涉及人们避而不谈的法案。他让阿弗列莉娅看了看在报纸版面角落的小照片。照片上有第一副总理。他抬起戴着安全帽的头站在那里。他应该是在看石油井架，或许是在看输电管线的支架，但也可能是天上高悬的不明飞行物。

"给他送一封讲述我们方案的信。"斯维亚托斯拉夫·伊戈列维奇说道，"他应该在信上签署：'同意''请求支持''尽快完成'，并把信转交给财政部。"

"他会签字的。"阿弗列莉娅耸耸肩，"但是为什么要转交到财政部呢？您可没有请求预算。"

"很遗憾，我们请求了。"斯维亚托斯拉夫·伊戈列维奇叹了口气，"虽然不多，我们被迫申请了，没有国家参与我们会被榨取、被践踏的。任何

121

的强盗都会截获投标，挖坑，搭建木制茅房……您不清楚在俄罗斯是怎样做生意的：如果你不从国家那里偷东西，那么国家就会偷你的。我们向国家要一卢布是为了给国家一千卢布，但这还没完。他应该必须参加开幕式。您知道这个人吗？"

"就像你一样。"她想了想，"否则为什么你在这里，我们的事情你能顾得上什么？总之，你从哪儿着手？一个肃反的想法出现在阿弗列莉娅的脑海中（不能不想）：谁派你到这里来的？"

"不是为了强迫他接受革命，"她回答道，"况且我不确定他的职位能保到手杖开花吗？"

"应该能。"斯维亚托斯拉夫·伊戈列维奇说。

"发了这种文章之后还能？"阿弗列莉娅指了指报纸。

"他和文章没有关系。"

"这什么都不意味着。"

"他在他的职位上工作多长时间——不是您该问的问题。"

"我希望，"阿弗列莉娅冷冷地回答道，"期待我的问题能有解释。"

斯维亚托斯拉夫·伊戈列维奇重新打开了电脑给阿弗列莉娅看了一个站在游泳馆旁边、穿着泳衣的年轻女人的照片。她有着完美的身材，头发塞到了泳帽下面。耳朵下面做美容拆掉的线痕消失了。但是以她的年纪做整形手术还太早，与其说这是拆线的线痕，倒不如说是个伤疤。在照片上它被红色的麦克笔画了一个圈。

"他的妻子。"斯维亚托斯拉夫·伊戈列维奇说，"是欧洲跳水跳板冠军。据说她很寂寞，我们可以建议她从事有意义的好事。比如说，领导名为"水体"的社会运动。女运动员、政治家的妻子，她完全可以倡导'水上乐园——致每一个俄罗斯学校！'的活动。"

"那时丈夫立刻会跳到一旁。"阿弗列莉娅说道。

"感谢上帝。"斯维亚托斯拉夫·伊戈列维奇说道，"他只需要签证和参加开幕式。您……认识这个女人吗？"

阿弗列莉娅沉默不语。

"您认识。"他重复道。"您还知道接下来做什么。您像我一样没指望在魅力中实现自我。也就是在ТВ·羊的世界变成著名的、成功的人。或者,也可以说,羊·ТВ。我们的БТ世界没有周围卑鄙行为的摩擦冲突。我们的方案是赔偿,也可以说,给可耻的世界一嘴巴,给没有权利存在却实际存在并使我们被迫接受荒谬规则的世界打一嘴巴。它的实质在那里——在转播真人秀时屏幕上滚动的字幕里。是的,就是它,这个世界。"斯维亚托斯拉夫·伊戈列维奇看了看饭店墙上的无声3D屏幕:"我爱普夏,我的小老鼠在哪里?请回答,莫赫纳奇!"斯维亚托斯拉夫·伊戈列维奇耸了耸肩。"不想生活在这个世界上,那就改变它吧!这就是我们的标语!我正在期待给予希望的消息。"斯维亚托斯拉夫·伊戈列维奇微笑了一下,朝阿弗列莉娅伸出手,"谢谢您的招待,我好像到了伊奥尼亚海中那漂亮的岛上……"

"谁写的文章?"阿弗列莉娅打断了斯维亚托斯拉夫·伊戈列维奇的话。

"也许是写了这个诗句的那个人。"斯维亚托斯拉夫·伊戈列维奇看了一眼平板电脑:

"耶稣和真理联合在一起

在没有冲突的烟雾里

这整整一天

快速从身边消逝

徒然,徒然,徒然,徒然……"

他关上了电脑。

"我一定响应,很快。小老鼠不需等自己的莫赫纳奇太久。"阿弗列莉娅也向他伸出了手。

"那普夏怎么办?"斯维亚托斯拉夫·伊戈列维奇握住了她的手说。

"请转告他,我也爱他。"阿弗列莉娅说道,"尽管我不认为这件事会让他不安。"

韦尔吉利耶夫一次又一次地拿起电话,将通话记录翻到最近联系人,并拨通了这个号码。读完上司制定的"金科玉律"后,他明白了,需要立即和上司见上一面,哪怕是通个电话也好。韦尔吉利耶夫知道究竟是因为什么出现了类似文章。他还知道,接下来需要马上做些什么,才能"不因

自　由

虚度年华而悔恨"。但不与领导协商的话，他什么都不能做。更何况，他已经在神秘的"水务局"意外得到了五千大钞堆成的一摞又一摞红色"砖头"。所谓的"水务局"就像是一个巨大的喷泉，向莫斯科源源不断地释放资金流。在这种情况下，他更是什么都不能做。

"水务局"坐落在莫斯科城，位于莫斯科河河畔的一座塔中的第六十七层。透过水务局办公室的窗户可以俯瞰整个莫斯科。从这里望去，莫斯科就像是一堆垃圾。一些地方被雾霾掩盖，就像是覆盖了一层塑料。就是在这间办公室里，公司的执行主席斯维亚托斯拉夫·伊戈列维奇·莫洛兹接待了他。韦尔吉利耶夫以前就认识斯维亚托斯拉夫。两人相识时，韦尔吉利耶夫叫他斯拉瓦。当时的他还是一名职业猎手，专门在加拿大北极圈以北的努纳武特省猎杀北极熊。

薄薄的烟雾笼罩着莫斯科，悬浮在那些庙宇与教堂之上。有时风会吹散天空中的薄雾，于是就能看见下面参差不齐的房顶和曲曲折折的胡同。大街小巷就像是塞满礼物的圣诞节袜子，塞满了五颜六色的汽车。莫斯科河也如弯折了的钝刀一般，将莫斯科分成了一块又一块。

"斯拉瓦，你为什么不改个姓呢？莫洛兹是加拿大的姓。它更适合漫山遍野都是冰雪与北极熊的加拿大。但是在莫斯科沃达这个姓更适合你。斯维亚托斯拉夫·伊格列维奇·沃达听起来难道不好吗？"

"我不改姓是不想所有的人乱七八糟地称呼我。或许，复姓更好一些，莫洛兹沃耶沃达。"斯拉瓦回答。

韦尔吉利耶夫并不反对："有道理，但这更像是战役的名称。"

"像我们得在九月初之前取得胜利的战役名称一样。"斯拉瓦说。在这位于云端的办公室里，他身着昂贵的西服，侃侃而谈。办公室里还有一个给他端茶倒水的女秘书和一个戴着眼镜坐在电脑前的女助手。因此，斯维亚托斯拉夫·伊格里耶维奇·莫洛兹看起来并不像是猎获北极熊的猎手，而更像是一个给猎手开工资的老板。

韦尔吉利耶夫常常与平步青云的人打交道，比如说一夜暴富的人、官职骤升的人、富有的包工头等等。韦尔吉利耶夫也知道这些人的过去。在极少数情况下，他们会认为，一个人能够获得连连赞许和巧言恭维的秘诀在于他自己要从旁观者的角度看待自己。比如年轻貌美的女秘书打个唇洞或者鼻洞并带上铁圈，再或者，要是这个姑娘足够有想象力的话，她会在自己的隐私部位弄一个文身。为了看看自己的样子，也为了看看文身的效果，她会一次又一次地往厕所里跑。当然，这只能是在有条件的情况下。（比如厕所只供单人使用，能反锁的那种，厕所里还有镜子等等。）

然而，斯拉瓦，却像一个经验丰富的演员在演绎着新角色，从容淡定，应对自如。

韦尔吉利耶夫则认为自己就像是被分到去饰演一个从未读过的剧本中的角色，而且导演他也不认识。令人好奇的是，究竟会不会有"对台词"的机会呢？还是说他的角色实在是无足轻重，所以可以"直接上场"呢？显而易见，斯拉瓦一定是得到了比他想的要重要得多的角色。韦尔吉利耶夫已经不敢相信，他和这个人曾一起在北极皑皑的白雪上用雪橇拉过装着打猎道具的车子。

不知为何，他还能想起装满被割下来的北极熊生殖器官的塑料袋子，很令人恶心。上司和斯拉瓦还看了很久塑料袋里那些血迹斑驳的东西。他们甚至还试着用卷尺量里面的那些东西的长度，用胳膊掂量着估计着袋子的重量。当韦尔吉利耶夫想起这些事情的时候差点没吐了。

斯拉瓦的新角色本就由两个互相矛盾的部分组成：阳光照耀下的皑皑白雪和装在袋子里那些鲜血淋淋的北极熊器官。

随后，坐在飞行在冻土带上空的直升机上，韦尔吉利耶夫脑子里有个想法一闪而过：塑料袋的接收者好像并不是那些能够根据器官判断北极熊年龄和个头的神秘的动物学家，而是某些药剂师，收到袋子以后他们将用这些不幸的动物制作中药饮片。

莫斯科有一位消息灵通的先生曾跟韦尔吉利耶夫说过——自古以来，有一种医学手段，可以在一个疗程内使人年轻二十至三十岁。要是这位先生的话可信呢，那么亿万富翁和国家统治者一定会排起长长的队，不惜等待好几年，只为得到这种药剂。这位消息灵通的先生把药剂的价格定在了两千六百万到两千八百万欧元之间。但是，韦尔吉利耶夫又生好奇之心：是什么导致这种药剂没有批量生产呢？怎么会排这么长的队呢？

自 由

对此，这位先生解释道："不知是由于某些果实的成熟季节，还是动物腺体浸出液质量的原因，一年里只能生产出一剂方药。因此，队早就排到了几十年以后。"这位先生还说，下一个幸运儿（也就是说下一个符合程序规定的排队者）是意大利总理。然后应该是俄罗斯总统。正是因为这样俄罗斯总统才没有交出权力。在分析给总统进行的占星结果时这位先生说，总统想要在自己还在世的时候让整个国家变得更加幸福。韦尔吉利耶夫又问："那总统打算给自己增寿多少呢？""不少于五十年。"先生答道。

韦尔吉利耶夫给自己的上司讲了这个故事，但他只是疑惑地耸了耸肩，说这就是胡扯。

韦尔吉利耶夫看着斯拉瓦，自言自语道："难道北极熊的器官真的是制作长生不老药必不可少的材料吗？"

"什么能阻碍我们呢？过去严寒总是能拯救俄罗斯，即使在九月……"韦尔吉利耶夫说。

"但是水总是能拯救美国与加拿大。那些败类通过海洋统治了世界。我们应该灭一灭海洋带给他们的威风。"

"想法是好的，"韦尔吉利耶夫点头称赞，"但是实现起来很难。"

"为什么呢？"斯拉瓦问道。

韦尔吉利耶夫解释说："只有自己强大了才能灭掉别人的威风。俄罗斯现在还比较弱小。"

"情况还没有这么糟糕。"斯拉瓦三步并作两步，走到保险柜前，输入密码，打开了保险柜的小门，从里面取出了一沓装在塑料袋里的五千卢布大钞，说道，"跌倒并不痛苦，还有机会向上走，争当第一名。"

韦尔吉利耶夫差点没昏过去。他还以为斯拉瓦递给他的是那个装满北极熊器官的塑料袋呢。

斯拉瓦并没有说，袋子里一共有多少钱，没有让韦尔吉利耶夫签什么协议，也没有做报表。这意味着，韦尔吉利耶夫可以自己决定投入多少——既可以全身心投入，也可以在舞台上无精打采地说："饭好了！"甚至他可以不用上台，只要拿到以前的工资就万事大吉了。

斯拉瓦说："公司可以启动这一计划，直至达成最终一致。我呢，则会开始拍这样的广告，比如说，印度人在恒河里洗澡，黑人与荷马一起在林波波河里戏水，澳大利亚土著人在有鳄鱼的水里洗澡等等。然后，镜头转到现代化的欧洲都市，人们在炎热的夏天爬进喷泉里。广告的主旨在于：无论何时，无论何地，人们都追求洁净与凉爽。对了，池塘在这里不适合。池塘好像是死水。总之，圣歌是必不可少的。不需要任何超自然的东西。很高兴咱们见了面。毋庸置疑，咱们的征途会很顺利。"

"我只是想知道咱们的猎物是什么。"韦尔吉利耶夫将钱摞装进了公文包。公文包鼓起来了，就像是被气大了的头。要是公文包也有牙的话，我们会以为它的牙龈脓肿了。

"一直以来，人们都只捕杀一种动物。我们知道这是什么动物。但是我们还不知道怎么能捕到它们。顺便说一句，它们就像我们用的工具一样，每次都是新的。我还是和以前一样，是个专职猎手，虽然我现在的权利比以前大得多。我只知道，打猎应根据季节而动，应在九月初结束。"斯维亚托斯拉夫·伊格里耶维奇·莫洛兹看着韦尔吉利耶夫的眼睛说，"除此之外，我什么都不想知道。"

"引用一句斯坦尼斯拉夫斯基说过的话——我不相信！"韦尔吉利耶夫拿起公文包，说道。

"你还是信我说的话吧。令人心醉的幸福之水还会有的……"斯维亚托斯拉夫·伊格里耶维奇·莫洛兹讥笑着说，"对了，差点忘了。"他补充道。

韦尔吉利耶夫停下了脚步。

剧情按照常理发展。

好戏往往在后头。

韦尔吉利耶夫想到，从最开始火枪就挂在墙上，为结尾的射击做好铺垫。或者说……有新的、看不见的武器？谁都不知道它挂在哪里，或者说不知道它是否挂着、射击情况如何等等。

"关注一下媒体动向。如果发现了什么重大问题，你应该采取相应措施，而不是我来教你怎么做。"

"根据协商好的事项行动吗？"韦尔吉利耶夫想要进一步确定一下。

自由

斯拉瓦回答道："最好是。但如果没有机会立即与我取得联系的话，自己酌情而定吧。这就是别人请我转达的话。"

在直接给上司打电话之前，韦尔吉利耶夫总是感觉极其不舒服。假如有机会避免给他打电话，或者能把这件事交给别人，即使会漏掉重要的信息，韦尔吉利耶夫也会这么做的。

在这篇奇怪的文章出现之前，韦尔吉利耶夫已经处于"权力真空区"好几个月了。在这段时间里大家的电话号码可能会换。别人不熟悉他的号码，所以有可能毫不客气地拒接。拨通与上司整天"形影不离"的保安的电话后，韦尔吉利耶夫听到的是长长的等待音。保安有时还充当随员的角色。通常，保安都会立即接电话，并且如果有机会的话，他会马上把话筒递给上司。如果没有机会的话，他也会告诉上司韦尔吉利耶夫打过电话。然后上司便会亲自联系韦尔吉利耶夫。然而现在电话久久没人接听，如同石沉大海一般。电话里好听的女声既没有用俄语，也没有用英语对韦尔吉利耶夫作解释。

吐几口唾沫，骂几句脏话，生一会儿气，然后忘记这一切，这看起来好像更容易一些。但是韦尔吉利耶夫惦记着刚得到的大把钞票，于是他一边骂自己对上司过于忠诚，一边拨通了上司的助手列夫·伊万诺维奇的电话。列夫·伊万诺维奇总是对上司的工作计划了如指掌。韦尔吉利耶夫不确定列夫伊万诺维奇是否会接听。即使恢复了部分名誉，对于列夫伊万诺维奇来说，韦尔吉利耶夫也只是个小人物。但是列夫伊万诺维奇接听了他的电话。

还没等到电话那头问话，列夫伊万诺维便在飞机马达的轰鸣声中喊道："飞机刚刚起飞，去往圣彼得堡，明天早上返程。"送走领导后的列夫·伊万诺维奇心情大好。韦尔吉利耶夫也体会过这种心情，当上司不在的时候，尤其是当他去庆祝什么狗屁复活节的时候。

"上司去彼得堡要干什么呀？"韦尔吉利耶夫问。"我有要紧的事情需要马上跟他商量。"

"等一下，我看看。"电话里传来列夫·伊万诺维奇翻纸的声音。听筒里的发动机的轰鸣声停止了。列夫·伊万诺维奇离开飞机场到了弗努科夫第三航站楼。"好的，我现在跟你说一下上司的行程。首先他要会见省长和全权代表。肯定没时间接你电话。然后将参加在斯莫尔尼宫举行的座谈会。他们很可能会乘坐一辆车前往。在斯莫尔尼宫的会谈结束后将立即举行国际投资论坛，主持圆桌会议，然后是中场休息，但你也无法跟他联系，因为在中场休息期间将进行三个国际会晤。午饭只有十分钟的时间。午饭后圆桌会议继续，并将就圆桌会议讨论结果作报告。再然后就是新闻发布会。还要接受《时间》栏目组的访谈。随后移步至大学，他将以《俄罗斯会存活至2020年吗？》为主题作一场报告。"靠！"列夫·伊万诺维奇骂了一句。"我都说了一千遍了，就不能换个题目吗？！什么？谁？靠！哪个克里沃舍因！让他滚他妈蛋！"列夫·伊万诺维奇回来继续跟韦尔吉利耶夫打电话，并没注意到别人的辩解。"对不起，都是手下们瞎搞的。上司然后将与经济系的老师和同学们进行辩论……"但是列夫·伊万诺维奇又一次将注意力转移到了别处：你这个蠢货！他们要讨论什么，俄罗斯会生存至哪一年吗？明日的报纸又会怎么报道这件事！得了！我靠！给大学里打电话，让他们换个主题！把网上那些破事都删掉！快点删掉！这他妈都这么晚了！这群傻子！对不起，韦尔吉利耶夫。二十点整，他们将转战塔夫里切斯基宫。然后要在管风琴大厅举行的开幕仪式上致辞。这之后是管乐器音乐会。二十二点三十，将在阿斯托利亚宾馆举行的国际投资论坛闭幕晚会上致辞。"列夫·伊万诺维奇迟疑地说："我都不知道你什么时候能联系上他……"

"一般人只有要退休的前一天才会这么拼命工作。"韦尔吉利耶夫忧郁地总结道。

"净瞎说，你舌头上长毒瘤了么！"列夫·伊万诺维奇不确定地说。韦尔吉利耶夫明白了，对于列夫·伊万诺维奇来说这个想法也并不荒谬。

"文章读了吗？"韦尔吉利耶夫问道。

"读了。"列夫·伊万诺维奇不情愿地说。

"你怎么看？"

"没什么。"列夫·伊万诺维奇叹了口气。沉默了一会又补充道："他给总统打电话了。"

自　由

"说什么了？"

"没打通。"

为了以防万一，韦尔吉利耶夫向列夫·伊万诺维奇确认了上司的电话号码后便没再打扰他。他决定不打电话。

最终，那一沓钱到了他的手里，而上司却没有办法惩罚他。

不知怎么着韦尔吉利耶夫就变成了上司的亲信。也正是因为这一点，有的人处心积虑地想要把他撵走。但现在，韦尔吉利耶夫并不想去想这些小事。不想给上司打电话的想法占据了他的内心，他就像一个红酒杯，装满了黑暗的、富有创造力的能量。以他的经验，对一个人长时间的积怨，无论是对喜欢的女人、对朋友、对亲人，还是对领导，要么会变为强烈的恨，要么就会慢慢在心里融化，就像是毒品一样，给人一种病态的满足感。也正是因为如此，人们才会触碰正在愈合的伤口。

幸好对上司的积怨并没有给韦尔吉利耶夫带来毒品一般梦幻的感觉。韦尔吉利耶夫大部分时间还是被紧张的事情填满。这就让他不能像正常人一样去思考，从而在周而复始的痛苦中挣扎。

还有一件事情令他很生气。韦尔吉利耶夫认为，他比他的上司更清楚应该如何当领导。虽然这是不对的，但是这种想法在韦尔吉利耶夫的心中已经根深蒂固，不可动摇。

自然，他只把这种想法藏在心底，尽量不表现出来。但上司仿佛有火眼金睛，一次，他对韦尔吉利耶夫说，自己的错误会毁了一个人的前程，下属对上司的狂热忠诚也同样会导致这一后果。他们像野兽一般的忠心会使他们即使是在做美好的创举时，也会把领导自动地变成傻子。韦尔吉利耶夫说道："如果不涉及生与死的话，这句话还是对的。斯大林在三十七岁的时候没有被任何人当成傻子。正相反，他正是在那时成为神一般的存在。"上司回答道："所有接受血淋淋祭祀的神都无法得到百分之百的永生。他们共同的名字是：偶像。能够永生的只能是那些牺牲自己的神。"韦尔吉利耶夫叹息了一下，说："我们还达不到这个高度，我们也不必达到这么高的标准，低一些就可以。"上司兴趣盎然地问："低多少呢？"韦尔吉利耶夫回答道："不血流成河，自己不被钉在十字架上就可以。"上司摇着头说:"俄语中'历史'一词是阴性的,它并不会可怜这些人。也许有几次会可怜像科伦斯基、戈尔巴乔夫这样的人。但是只有列宁和斯大林这样的人物才会被历史称作真正的男人。"

气恼也只是暂时的,只要上司让韦尔吉利耶夫回到工作岗位,这种气恼就会像夏天放在沥青路上的冰块一样瞬间消失不见。其实这并不是气愤,而是对上司忠心的暂时动摇。准确地说甚至不是对上司的忠心,而是韦尔吉利耶夫意识中的化身对上司的某种想法的忠心。也就是说,是对自己的忠诚,对自己想法的忠诚。而上司便是确认这种信念的工具,也许只是把单薄的螺丝刀,但是在他的信念里,却是把斧头。

韦尔吉利耶夫常被恐惧包围着,因为他无法一个人形成这种思想。每当这时他就会带着便条簿冲向自己的上司,记录下他的每一句话,就像马太追随着耶稣一样,只为在他的话中找到能证实自己想法的东西。

而有时,就比如说现在,某种想法就像是一个神童,不用上司就可自生。

韦尔吉利耶夫再次因害怕、恐惧才思考上司"不知方向"的问题,以致得出"不知其然"的结论。他给自己做了个总结:他发现自己早就不把上司当作一个活生生的人。他的意识中那种大脑臆想出的形象早已根深蒂固。这种形象可能已经同真正的上司本人没有任何共同之处了。有时,由于各种原因,人们的思维差距很大,无法克服(虽然只是看上去无法克服)。在迎面而来的情感之光中这些存储在意识里的原因有时会变成非常好的幻想,而有时则会非常坏。但是大多数时候都是这两种特征的混合体。

韦尔吉利耶夫暂时还不知如何着手,但他知道,不管之后事情发展如何,上司都无法责备他。他会想尽一切办法来改变现状。如果形式本身不想变好的话,对于形式来说就更坏了。其实世界上并没有债,但还债的方式却是多种多样的。"他让我丢了工作,无所谓,我才不在乎!"韦尔吉利耶夫想。也就是说,把他辞了之后,上司仿佛给他松了绑,为的是……

韦尔吉利耶夫可以用绳子勒住上司的脖子。

或者他可以像魔术师一样,将一条看不见的绳子变成竹竿,上司可以靠着这根竹竿躲到政治的庇护下。

自 由

"豁出去了！这些文章已经出现了，现在谨慎小心已经晚了。"韦尔吉利耶夫这样想。说怪也不怪，这样一来他一下子还了两个债：第一个是对上司的积怨，虽然还没有忘记，但已经逐步消除。第二个是不知为何已没有冲动再为他创造奇迹。

韦尔吉利耶夫从报刊网上下载了这篇文章的电子版。迅速改动了一下，使它看起来更像是从总统及其亲信某次秘密会议上泄露出来的材料。从"秘密文档"中可以发现，总统不仅对当前的国家管理体制完全丧失了信心，对人类文明也产生了怀疑。他认为，国际社会进入了一个混乱、贫穷、充满战争的发展阶段。所有神的戒律，特别是人类对社会公平的期待被肆意践踏。如今的世界就像是一个大圆桶，桶箍上生满了重新瓜分领土、资源、资本的铁锈，变得越来越细。这个大桶眼看着就要散架了。这还是最好的情况。若是在最坏的情况下，桶就要爆炸了。总统曾认真地思考过，如何将俄罗斯这节车厢从全速朝深渊前进的世界金融资本列车上解下来。他很清楚，自己的任何行动都会遭受极大的阻力。但他准备好放手一搏，因为他知道，除此之外没有别的方法能拯救俄罗斯。如果我们在摆脱这趟列车，在与旧世界断绝关系以前还没有被消灭，就像总统在秘密会晤上说的那样，那么我们就还有机会。他继续说道："为了使之能够得以利用，我们还得松一松土。首先，要让全社会讨论这种看似荒谬，但事实上很有前景的信念，就像新纪元时宣传的基督思想一样。第二，在政权内部打击"第五纵队"，也就是说所谓的"精英"，迅速而又有效地削弱那些与西方有染的恶势力。还需要一个借口。不是形式上的，而是宗教层面上的，就像是基督出现在人群中一样，仅仅一个小时就能改变根深蒂固的社会思想。"总统用命令的语气对同事们说："想一想，提点建议！拖延等于死亡！"

又读了一遍文章，韦尔吉利耶夫感到十分满意。在他眼前浮现出了总统那张精心保养过的脸。在和民众见面时，他的脸看上去因操劳政务而疲惫不堪，又十分腼腆，有时又十分普通，就像出租车司机、收款员，或是紧急事务部里的救援人员。但是要是会谈进行得不畅快，总统的脸就会变得又尖又瘦，露出令人恐惧的伪善笑容。某些人在集市上被查证件时就这样笑；罪犯在深夜流浪时听到地下走廊里戴眼镜的男人拒绝"以金钱相助"时的诡笑；思考要不要宰客的出租车司机的坏笑也是这样的。有两个问题总是使得总统震怒不已：为什么他对身价过亿的寡头们这么温柔呢？正是这些寡头巧取豪夺，抢占了所有。为什么他对自由主义者如此亲切？要知道，正是这些自由主义者被失业、微薄的退休金、住宅公用事业的巨额税收、自费医疗、可恶的电视节目和全国统一入学考试逼得走投无路。与此同时，自由党人也毫不遮掩地痛恨总统。比起他们痛恨总统的程度，人民对自由主义者更加恨之入骨。是什么影响了总统站在人民这一边，使他将从寡头手中夺取工厂、企业、轮船公司、海上钻井平台所获取的利益不用于给工人涨微薄工资的呢？

总统并不喜欢知识渊博的选举人在图书馆会谈时引用上20世纪自由主义者的话。对于整个国家来说最悲惨的事情莫过于总统完全不明白为什么即使是在偏远的乡村，在除了电视没有任何信息的情况下，人们都能准确地判断出谁是政治家中的自由主义者。还有，为什么人们对其不恨之入骨呢？

当然，韦尔吉利耶夫提出的思路对总统来说是不同寻常的，就像是溜蹄马的步幅对于英国矮马一样。但是，总统不是没有感觉到，权力正与他渐行渐远，他头上的乌云又变密了，各方的压力同时向他袭来。近有俄罗斯，远有整个世界，上有上帝。不过在山的边缘，总统未必会为庆祝宗教节日而走进教堂，举着蜡烛站在教徒中间，像一只羊群中的狼一样。

在大选前夕，人民需要秩序和坚强的臂膀。

总统也基本上准备好了整顿国家秩序，像紧急事务部的救援人员一样，将自己强大的手放在人民的肩膀上。

然而，人民更希望这只手先放到寡头和自由主义者的肩上。总统应该对这些人说："不准放纵！"，而不是对人民。

但是由于一系列原因，他不能这样做。所以人民十分不满，就好比退休金基金会的钱被送去洗钱，由"强权与秩序"变为了"自由、民主、公正选举、法律面前人人平等"。

早在二月革命前夕，马雅可夫斯基就说过："市民阶层在有口不能言地隐忍。"但市民阶层从来不曾如此。俄罗斯的市民阶层可以以俄罗斯人

自由

民的名义用俄语说话。无论是1917年还是现在，人们总是以法西斯主义、纳粹主义、黑色百人团主义、反犹太主义等为借口指责市民阶层。所以，市民阶层只能选择所有可能实施的战略中最危险的一个：越坏越好。

他们准备好了支持总统。总统正想要用自己强大的手整顿秩序，与此同时整治那些对自由和民主不够坚定而要求其下台的人。国家就像是一个梦游的人，虽然能预感到不幸，却无法完全醒来。所以，整个国家在朝着革命的深渊走去。唯一能争论的问题是：国家能否平稳度过革命时期？或者说，革命结束以后，国家是否会变得无可救药？

韦尔吉利耶夫想唤醒这个"梦游的人"，把他叫醒，让他回到自己一贫如洗的屋子里，躺在自己破旧的床上，好好睡着。明天醒来时，或许就会开启一段新的人生：奋力疾呼，指出谁是错的，卷起袖子，弄清楚怎么办。或许这也是一场革命，一场人民梦寐以求、却从未付诸实践的革命。

悬而未决的问题是：韦尔吉利耶夫想去解决这些问题，已经从"不知去哪"走到了"不知是什么"。

"天啊，我这是在拯救俄罗斯吗？"他突然意识到了这一点。但他马上就惊恐地打消了这一念头，像是一只无意间飞入气窗的小鸟。但转念一想又因为打消了这一念头而懊悔不已，毕竟它曾是一只神奇的鸟。韦尔吉利耶夫变得特别恐惧。难道这就是俄罗斯之魂？他本应该好好喂养这只"神奇的鸟"，让它住在舒服的、没上锁的笼子里。或许那时，这只有口不能言的鸟就会唱起美妙的歌，告诉韦尔吉利耶夫真理……"上帝啊，"韦尔吉利耶夫突然发现了自己的失误，说道："请宽恕我这个罪人吧！我把俄罗斯人民之魂比作鹦鹉。鹦鹉也是上帝的使者，活跃在没有鸽子的地方。"

韦尔吉利耶夫最后又读了一遍这篇文章，然后从床头柜里取出了一个落满灰尘的笔记本电脑，将它发了出去。他这台电脑运行得奇慢无比，还发出嗡嗡的声响，简直都可以送到博物馆珍藏了。这台电脑一开始就没有驱动器，所以，用别的机器无法确认这台电脑的消息发送者。电脑嗡嗡直响，攒足力气来完成超负荷的工作。

韦尔吉利耶夫的电脑是很久以前买的。当时他陪同上司在对多哥进行国事访问，他在多哥的旧货市场里买下了它。卖给他电脑的小男孩脸上有宗教祭祀时留下的道道伤疤。看上去他并不知道这是电脑，只是不停地东张西望，警觉地看着警察们，沿着货摊慢慢走动。警察走得越近，和他讨价还价也越容易。当警察们走得很近的时候，小男孩挥了挥手，接受了韦尔吉利耶夫给出的价格。

  这台电脑的系统早已过时了，恐怕都快和恐龙同时代了。因为韦尔吉利耶夫是为了政治目的而使用这台电脑，所以他把电脑比作绕过资本主义、从封建主义直接转变为社会主义的国家。这台电脑是在互联网时代到来之前就被生产出来的，所以它可以避开因特网直接进入世界网络。这点很重要，就像是黑夜对于贼来说一样重要。

  然后韦尔吉利耶夫出了门，费了好大工夫才找到了有话筒的电话亭。确实，较之于电话，街道的确是无声的。他和电脑员约好了二十分钟后在库图佐夫大街的咖啡屋见面，那儿的无线网信号比较好。他就住在那附近，因为有钱赚，所以也乐于起床。

  在电脑员整理自己乱七八糟的 U 盘和调制解调器、笔记本电脑的时候，韦尔吉利耶夫说出了他的技术请求：将前天的文章放到该地区的某个网站上。看看总统的前助手们都是哪里的人、在哪里学习过、何时为总统秘密工作过等等，要知道他们并不都是莫斯科人，然后选择相应的地区。这会降低对材料真实性的怀疑程度。然后还要把昨天修改过的文章群发到十至十五个记者、政治学家的邮箱里。不是所有的人都会看邮箱的。为保险起见，最好在发送邮件时，将其设置为已读状态。最好能够让他们觉得当时看邮箱时没有注意，现在才发现这封邮件。昨天白天应该在外省网站上组织关于该文章的讨论。

  中心思想如下：有消息透露，将要发生国家政变，这对总统来说是很危险的。总统周边的官员必须采取相关措施，对该事件展开调查。总统的"战友们"中，有谁会成为牺牲品呢？最好应选出一位民主主义和社会公正的坚决支持者，一位有经验的管理者，一个懂得民众期许的人，一个能保护劳动人民免受私有者欺压的人，一位农业改革的支持者。这样一来，总统就可以解决两个难题：摆脱危险的竞争，避免国家政变。这些论题能像黏

自　由

土一样，把各种胡扯、各种类似的历史事件揉在一起：亚历山大一世和斯佩兰斯基、尼古拉二世和斯托雷平、斯大林和……不，斯大林最好不要提。总之，越混乱越好。让看的人自己理清其中的关系吧。

"你的任务都清楚了吗？"韦尔吉利耶夫冲着伏在键盘上的布宁（电脑员）问道。

"已经开始了。"电脑员回答说，"'秘密信息'于前天发布在乌苏里斯克的一个网站。该网站的名称是'不闲聊'。近几天在网站上正好有一篇总统办公厅的文章。毕竟总统办公厅掌管着电视媒体。总统是三个远东商业电台的实际股权人，但股权记在了他妻子妹妹的名下，就让人们这么想吧。网站在远东地区广为人知。'东北虎生存现状和远东政府的真实报道'是他们的口号。该地区同莫斯科有十个小时的时差，所以发往其他地址的邮件只能在夜间进行。消息刚一发出就有了 54 条评论。还会再多的。"

"可以啊，这么快！"

"就是！"布宁把笔记本电脑转向韦尔吉利耶夫，"网站上的时间只是相对的。在过去的消息中要是发现了什么有意思的，那么这些消息就会像肿瘤一样吞噬着现在。但当前发生的才是真实的，过去、现在和将来都不重要。"

网络就是这样吞噬现实世界的，韦尔吉利耶夫想。

"回家再看，现在没空。"

为了不破坏布宁的工作热情，他决定晚一些再谈钱的事。他总是害怕那些有天马行空的想法的人，他们总是能马上完成任务。他们这些人往往要么是天才，要么是无赖。布宁貌似处于两者之间，不算是真正的无赖。他一次也没让韦尔吉利耶夫感到尴尬。如果说布宁是个天才的话，那他一定是被琐碎的生活折磨，而在天才中没有了一席之地。也许韦尔吉利耶夫是嫉妒比他聪明的人？而且说不上为什么，但就是觉得布宁比他聪明。又酸又臭、乱蓬蓬的头发、长满粉刺的脸、绷得过紧的衣服、脏兮兮的白鞋、露出来的鞋舌头、三天没刮的胡子——这一切看起来都不像是一个天才的外表。

韦尔吉利耶夫假设，如果这些细节有意义的话，那么他就是一个傻子。他的愚蠢多多少少源于他的年龄和对时代的不了解。布宁则是新时代的人。或许，所谓现实世界的价值对他没有任何意义，虽然他在乎钱。布宁很会讨价还价，很会省钱。每次韦尔吉利耶夫只要看到他的衣着就不会想跟他深入交流，即使他十分有头脑。两人都积极思考以便完成这项任务，但他们的想法从未达到过统一，无论是在对这个任务的理解上，还是其他什么方面。

有时韦尔吉利耶夫为了支持行业协会中政治家们的威望，会在报纸或者网站上发表自己的文章。

有一篇文章曾经极其精准地预言了宇宙领域的令人崩溃、多次代价高昂的卫星事故，以及负责宇宙工作的副总理离职，还曾揭露卫星研发中心领导偷梁换柱的罪行。这些人（其中两个不是俄罗斯公民）赚了数十亿，向太空中发射的只是空的卫星。他们设计的卫星会坠入大洋深处，使得人们永远也找不到，或者在宇宙中燃尽，再或者偏离原来的轨道，向天狼星飞去。

其他跨部门的人在研究失事原因的时候会举出一系列的客观原因：外星人的阴谋、美国秘密光感武器的侵袭、加琳娜工程师的双曲面武器等等。但是钱会正常支付，而且会马上投入更多的钱。"没有宇宙的俄罗斯，就像是没人爱的女人。"

这是总统常爱说的一句话。好像总统童年时就想当宇航员，或者他了解俄罗斯哲学家费奥多罗夫关于先人在宇宙空间复活的理论。在那里，所有人都有一席之地。

韦尔吉利耶夫曾期望，媒体会因他敏锐的分析、精准的预测而震惊不已。他的这篇文章是在丑闻发生的前一个月问世的。那时还没人揭露这些事情。然而媒体界却像死一般的沉静，就像这篇文章从未出现过一样。

"我都预测到了，但是没有人引用。"韦尔吉利耶夫对布宁抱怨道。有人还非常羞愧地抱怨，但是布宁却不以为意。他并不在意韦尔吉利耶夫，更不在意他的文章。况且那篇文章怎么也没有抓住现在光滑的边，而是跌入了过去的深渊。

在写完的时候它就已经不存在了。

韦尔吉利耶夫和布宁曾因为某件事在这间咖啡屋里见过面。

"这是什么……"韦尔吉利耶夫刚刚想说"世界",但是停住了——为什么要在布宁前面说这些呢?但是布宁却意外地回答:"中世纪的魅力正在于此。"

"什么样的魅力呢?"韦尔吉利耶夫很好奇。

"介于现实与虚拟之间。这是主要的世界。它会实现人的愿望。"

"魅力"一词就像手术刀一样剖开了韦尔吉利耶夫心底隐藏的欲望,同时还试图以一己之力吸引整个世界。用半虚半实世界的缺点乘以自己的不完美,来得到满足。要么所有,要么一无所有,这就是魅力的代价。

人类像水银球一样穿梭在中世纪的标尺里,抱怨着各种压力。

当布宁离开咖啡屋的时候,韦尔吉利耶夫忽然明白了,布宁代表中级阶层拒绝了他有关"魅力"的想法。世界不是为了将人送上太空的,而是为了盗取建设宇宙飞船的资金。

他们是靠网络生存的人,或者说,不是真正意义上的人。韦尔吉利耶夫不知道布宁有没有家、有没有孩子、在哪里工作,要是读书的话,他喜欢读什么书。他不了解布宁的政治倾向。看上去不论谁来统治俄罗斯、社会对此怎么看,对布宁来说都无所谓。

在网络上能看见美女、肌肉男、在海面上飞驰的帆艇。网络头条总是花花绿绿的,还闪着光。同时,网络的"人肉炮弹"具有无色、无表现力、致死等特质,就像花蝴蝶一样,吸引着观众。对于他们来说,"没有自己特点的人"这一概念是可以存在的。有时韦尔吉利耶夫感觉,他们附属于某种人造的电脑思维,它统治着他们,会告知适当的决定,韦尔吉利耶夫头脑中闪过的第一个念头就是网络思维。所以,韦尔吉利耶夫对网络保持着高度警觉,不想让它像蝴蝶一样猎杀自己。

他看着凶恶地注视着屏幕的布宁,看着从虚拟世界中伸向现实世界的一双灰色的触须。奇怪的信号从虚拟世界里传向地球,就像是空空的卫星飞入太空一样。突然,出现了特洛落落先生。50年前他唱过一首无词的歌。各国的人们都在听他的"哈哈哈""哒哒哒"的声音,试着从这简单至极的声音中找到更深的思想。这些人成天在线看《老鼠的一天》《鸽子的一天》《鱼的一天》，甚至是《蟑螂的一天》。描绘人类"邻居"生活的节目在城市里特别流行，尤其是对于年轻人而言。

但是韦尔吉利耶夫几乎毫不掩饰地讨厌布宁。他的满足又是从哪里获得的呢？不是从我不定期给他的这点钱中获得的吗？他常在哪里？吃什么？不知为何，韦尔吉利耶夫确信，布宁从落满灰的冰箱中拿出了什么东西，然后整块地吃，连刀叉都不用，和老鼠一样。是什么能给他带来真正的满足呢？想到这里，韦尔吉利耶夫感到很恐怖。

"你读过《安娜·卡列尼娜》吗？"韦尔吉利耶夫问布宁。

"只看过封面。没劲。"布宁头也不抬地说。

"为什么呢？"韦尔吉利耶夫很震惊。

"空降兵部队那些戴着贝雷帽的人唱着反对政府的歌。还有总统办公厅的钱……"

"我明白了。你工作吧。明天结算。今晚给你打电话，约定明天见面的事。"韦尔吉利耶夫起身说道。

当韦尔吉利耶夫还很年轻，刚开始为国家工作的时候，曾和三个姑娘同时交往。他叫这些姑娘"小老鼠""小鸽子"（那个姑娘的姓就是鸽子的意思）和"小鱼"。

他还没叫过谁"蟑螂姑娘"。

韦尔吉利耶夫就像浮士德一样，借助爱的力量可以参透宇宙的奥秘。

在水里和"鱼儿"在一起。

在空中和"小鸽子"在一起。

在地上和"小老鼠"在一起。

在地下也和"小老鼠"在一起。

所以，世界便被占满了。

但是他置身天堂的日子过得很快。

就像是开关一样，一个灯开了，另一个灯就灭了。置身天堂的瞬间，也是即将离开天堂的瞬间。抓住满是果实与鲜花的树枝没有任何意义。"小鸽子"是第一个离开的，她借了韦尔吉利耶夫一些钱，再也没还。然后"小

自　由

鱼儿"也摆着尾巴游远了，留下韦尔吉利耶夫一人。"小老鼠"是留下最久的，她不需要韦尔吉利耶夫付出什么。但是她有很多问题无法解决，比如生病的母亲、一事无成的女儿、在拉脱维亚漂泊的姐姐、一楼年久失修的破屋子、体弱多病等等。和韦尔吉利耶夫交往占据了她可以用来解决这些问题的时间。这些问题冲淡了她和韦尔吉利耶夫交往的快乐，于是"小老鼠"不再给他打电话，也不再回他的电话，就像是藏到了地下一样。

除此之外，韦尔吉利耶夫还是个冥顽不灵的反网络者，是新世界的敌人。他还是将死的丑陋的人类中的一员。如果女人像"小鸽子"一样要钱，那么他就会抛弃她。他对一些东西还抱有幻想，并的确尝试了，他还对有些东西（布宁莫名觉得恶心的东西）抱有希望，尝试以自己之力吸引整个世界。但是从另一方面来说，要知道他已经完全被特洛落落先生迷住了。

现在他孑然一身。

所以，他想的是女人，而不是乌苏里斯克的"不闲聊"网站。

韦尔吉利耶夫感觉此生所有认识的女人，包括从来没有过的"蟑螂小姐"，突然地压在他身上，既轻又重，既干净又浑浊，既能给人力量，又能使人无力。

偶然输入检索系统的两个字母——"БТ"，像两个物体，充斥着网络，屏幕上的搜索结果就像无边无际宇宙中的数不尽的电子一般，而韦尔吉利耶夫没有时间思考。他不知道自己为何用弯曲的手指敲出了"БТ"这两个字母。

"拒绝烟草网"。按照韦尔吉利耶夫的理解，这个网站联合起了反对吸烟的人。

"拒绝电视网"。韦尔吉利耶夫不喜欢电视节目，但因为工作上的需要，他不得不跟电视台的领导有所交流。他认为电视和那些不听话的家养宠物一样。它们能带来益处，但也可能咬到你。

"伟人战役网"。在屏幕上自动播放着伟人们的事迹。亚历山大·马其顿斯基、汉尼拔、尤里乌斯·凯撒、拿破仑、库图佐夫、斯大林、朱可夫元帅，还有一些其他的、韦尔吉利耶夫所不知道的伟人。

"裸聊网"。在这里，信徒们给自己铸造了一个心与心的性爱巢穴，享受无与伦比的快乐，尽管这些伙伴们相隔了几千公里。

"草项链网"。是一个亲近自然的色情网站，上边都是些姑娘们在草地上的照片和视频。

"大胸脯网"。这是做给高中生看的网站？

"废弃的剧院网"。韦尔吉利耶夫深吸一口气，这里，难道是自己生活的写照？

"金枪鱼的围栏网"。确实，谁能够禁止这种贪婪的、在水中立起围栏捕捞金枪鱼的行为呢？沉入水中的人不应该抱怨鱼儿把它们吃了。要知道每个人都应该了解，自己的一生里曾贪婪地吃掉了多少的鱼。

"天空的坩埚"。这是一个关于人类文明史的启蒙网站。只是坩埚中最后的产物是一种奇怪的、像猴子一样、无性的东西。它存在于耳机中，在一只手的 iPad 中，在另一只手的 iPhone 里。然而，它并没有让韦尔吉利耶夫看到智能进化的顶峰。

"打蟑螂吧"。这里打的是一个驱赶昆虫和一些类似于除蟑螂服务的广告。据说这是一个古老的职业。他们只要通过某种仪式就能压死房子里的一只蟑螂，直到剩下的全部都逃出屋子。

"鲍里斯·捷捷琳网"。（顾不上你啊，小鲍里，没空看你……）

"绝世高手网"。这里聚集着玩牌的骗子。韦尔吉利耶夫什么也没看懂。骗子们用行话秘密交流着。

"多嘴的懦夫网"。韦尔吉利耶夫想，这指的是关于我，关于我的公民地位，还是指我的内裤？

"你个球网"。这是一些低能儿的聚集地。

"孟加拉虎网"。韦尔吉利耶夫完全支持保护这些可爱的动物。

"白俄罗斯交通网"。天啊，终于有一个正常的了。

"精力充沛的雄狮网"。韦尔吉利耶夫不知为何想起了自己的同事们。不过，想要形容他们"精力充沛"的确不太贴切。

"小心胆小鬼网"。确实，胆小鬼不玩冰球，不去捕杀金枪鱼，不说真话。难道我应该害怕自己吗？韦尔吉利耶夫胆战心惊地想。

他明白了，天不亮他是没法从对"БТ"这两个字母的纠结中跳出来了。

自 由

有趣的是，韦尔吉利耶夫想到，如果我不是纠结于"БТ"而是"МП"或是"ДХ"的话，难道结果就会不一样？但是别的字母，还是和"БТ"有区别的，这两个字母就像为他而生一样。字母"Б"和"Т"舒舒服服地躺在他的心上，就好像他的心是一床由鹅毛制成的褥子。韦尔吉利耶夫想一直坚持到底，虽然他明白根本没有尽头。有的只是如星星般在宇宙中飘散的无尽羽毛。一旦这床绒毛褥子被扯破，里边的羽毛就会四散飘落，但愿可别从上司办公室的窗外飘到政府大楼里。韦尔吉利耶夫想，这意味着，意味着我最终将会在某处遇到一个阻碍，而它，就是一种理解的局限，就如我一头陷在了字母"БТ"里头。

他的思绪如同从冰道上滚落到了山下的雪堆里，迷失在一堆首字母"БТ"的网站名中。

取盘子（失败者的游戏）。

"拿好了！"暴怒中的韦尔吉利耶夫对看不见的庄家说道。

"请选3道菜。"有队伍加入进来。在屏幕上出现了盘子。在每个盘子上都有字母"БТ"和一直延续到无限的数字。带数字的盘子就像是照亮公路的灯一般。这条路通向哪里呢？

韦尔吉利耶夫蛮横地选了带有数字1，2，3的盘子。（在这个失败者的游戏里未必不能有成功。所以也用不着客气了）3道菜，来吧！——他恶狠狠地想。

有一段时间，屏幕上什么都没有，但之后出现了一个拿着小提琴的白痴。他穿着紧腿裤，戴着旧式的化装舞会面具。他挖苦着那个白痴和柴可夫斯基，刚刚登场的X先生表演着选自格尔曼的咏叹调《黑桃皇后》。只是他没有按剧本说："三张纸牌"，而是像乌鸦一般怪叫道："三个网站！"

"拿着你的盘子。"屏幕上出现了这句话。

"第一道菜：没有你。"

韦尔吉利耶夫原则上打算不再上这个网站了。这个世界上有太多的东西，甚至可以说全部的东西都没有他的参与。在这个失败者的游戏中，也能看出他的生活。早在进入游戏之前他就输掉了一切，因为这个游戏从一开始就没有接纳他。

自由

　　他记得，入学仪式是在少先队营里举行的。在少先队营的时候，戴着红领巾和软木头盔（在苏联时期是非常稀罕的东西），身材瘦削的少先队辅导员把队伍分成两部分，对韦尔吉利耶夫说，"你不许玩！""为什么？"韦尔吉利耶夫愣住了，问道。那时，他在这世上最大的愿望就是加入少先队。"因为不需要你！"辅导员打断他的话。辅导员不知为何很快就不喜欢韦尔吉利耶夫了，即使他看上去和其他孩子没什么区别。但是辅导员就像看出了他身上某种看不见的特质。随着时间的流逝，韦尔吉利耶夫猜到，辅导员早就已经决定不接纳他入队。随后他又多次听到老师，学院的讲师，或是身处高位的联邦官员的秘书说，最后，还听到那个上司和其他的几百个人对他重复道："不需要你！"而他依然想弄明白些什么，想要些什么，询问些什么。他从世界中获取了多少恶意啊！"为什么我现在还活着？"韦尔吉利耶夫想。

　　"第二道菜：我打你。"

　　在网页上出现了一些人（主要是各年龄段的女性）讲述她们如何被打，因什么被打。她们看起来都非常的体面，也就是说她们即使被打，也并不是天天挨打。另一些人，展示着自己刚落下的瘀青和伤痕。这些循环播放的画面不长，大都是几分钟。一些女人被打，是因为她们被爱着；另一些，是因为她们被恨着；第三种呢，因为男人太无聊；第四种，没什么原因；第五类，每逢周四就挨打；第六类，被捆起来的湿毛巾打；第七类，天天挨打；第八类，纯属偶然；第九类，瘀青位于大腿和胸部，同样还有浮肿的嘴唇；第十类，因为对喝酒的干预，就如在警察局的笔录中常常见到的那样——因为酒精饮料的作用。第四十一个，还有，第一百○二个：妻子被丈夫打是因为她在酱菜上小便，然后端上桌给丈夫吃。他吃了酱菜后，没有皱眉头，但是她让上小学的女儿蹲在厨房正中的锅上。

　　看完好几个视频，韦尔吉利耶夫明白了，在"我打你"网站上的女人们，遭受的是生活中失败者们对她们的惩罚。但这里不是所有的，远不是所有的女人，是这种惩罚的无辜的牺牲者。第六十四个女人不知为何剪掉了丈夫所有冬季帽子的耳朵。第七十六个女人在夜里将丈夫绑在床边，她要勒死他。就像普罗米修斯挣脱了脚上的镣铐一般，这个男人也挣脱了绳子，跳起来打这个女人，但他还是死了——死于突发的心脏病。第八十一个"朋友"（女人这么称呼他）打人，是因为他妻子的胸看起来像是两个腐烂了的梨子。这个男人小的时候曾因为那种梨子中过毒。而第九十二个，则是因为白人女人身上的味道，然而她无论如何都去不掉这种味道。

"可以这样，也可以……也许我最好是置身于这闹剧之外？"韦尔吉利耶夫想。

他决定不再上网了，但他双眼无神地盯着循环播放的视频。屏幕上出现了一张年轻的脸，透过瘀青、伤痕、打破的鼻子和浮肿的眼睛仔细端详，韦尔吉利耶夫觉得这张脸很面熟。这是上司的妻子。她一丝不挂地躺在医疗担架上。周围忙碌着身穿肥大绿色工作服的医生。有两个激动的女人在科室里叽叽喳喳地说着俄语。韦尔吉利耶夫大概明白了，这件事发生在俄罗斯南边的某个国家。这两个女人要么是在休假的银行家，要么是旅游公司的领导，韦尔吉利耶夫没有一下子认出来从海里捞起的这个女孩。她从山崖上跌落，但更可能是被谁推下来的。女人本应被摔死，或是淹死——在这山崖旁是湍急的水流，它会带着水中的一切流向远海。但女孩活了下来，这是个奇迹。然而她失去了记忆。因此两个女人请求那些可能认识她的人，赶快打个电话。"我们不知道她经历了些什么，一个人在岸边叫喊，闷闷不乐的希腊医生把担架推进手术室，但是我们相信，等她恢复了记忆，她会说出那个凶手的名字，那个把她从山崖上推下来的人的名字。她本应该已经死了，从如此高的地方摔下来还能够呼喊简直是不可能的！上帝救了她，是为了她……"这个女人停顿了几秒钟接着说，"上帝救了我们所有人，他拯救了俄罗斯！没有什么其他更好的解释了！"

韦尔吉利耶夫看了看日期。网站上标记的时间已经是二十年之前了。那时上司和他的妻子还没有结婚，她只是一个十六七岁的姑娘。

韦尔吉利耶夫耸了耸肩，开始看——

"第三道菜：保加利亚烟草。"

"在水中你找寻着自己的幸福，

抽烟吧，抽吧——什么都帮不了你，

没有你，没有他，也没有了她，

去你的，这个世界！最终你没有和他在一起。"

一派胡言！韦尔吉利耶夫愤怒地关掉了电脑。

然后，又再一次打开了。

现在他知道了之后的情形——列夫·伊万诺维奇告诉他，上司要求他再考虑考虑。

但是这还不是结束，韦尔吉利耶夫想，这远不是最后的结局。

6

早在很久以前，从他刚成为心理医生时起，叶戈罗夫就总结了两条这个世界的法则。第一条：人类文明是跨越时间和空间的历史，也是一种特定的心理紊乱、性失调的历史。第二条：这一历史的转折点是一些无法预见的事件。也就是说，理论上能够预见转折性事件的发生，但又完全不能精确预见到底是哪个事件。意外、突然事件或恍然大悟后精神力量和社会气质的大增将会成为一系列不可挽回事件的导火索。同样也无法确定使某个人突然疯狂的导火索。也许根本不存在这种导火索。也就是说，对于精神病人来说，一些人就好比没有扳机的枪。这种枪可以用来翻土刨地，打下树枝上的苹果，当作木棍用来打架，但他们就是不能射击。

一次，有一对夫妇带着自己家女儿来找叶戈罗夫进行心理咨询，原因是小女孩儿突然就一言不发了。他们确信，女孩儿不开口说话的原因是她早上在厨房看到好久没有出现过的大胡子爸爸，她被吓到了。她爸爸去英国银行进修刚回来，走的时候没留胡须，回来的时候却变成了大胡子。在西方许多人都蓄须，特别是金融资本家们。他们认为蓄须是富裕的象征，没有胡须就是没有财富。他冲过去拥抱女儿，但她却晕倒了。他女儿苏醒之后就一言不发，好像嘴里含着水一样。

叶戈罗夫第二次给女孩子做心理咨询的时候，他劝说女孩别让她的父母失望，同意父母的推测。或者说是你梦到了蓝胡子，被吓到了。"蓝胡子？"女孩一脸迷惑地看着叶戈罗夫。叶戈罗夫猜到了现在的年轻人存在于另一个文化环境中，但是他没有想到是，文化差异如此之大。小圆面包、

自 由

穿靴子的猫、灰姑娘、拇指姑娘、蓝胡子对他来说似乎是永存的形象。"我会说在狂人网站上看见了一张留着大胡子、有恋童癖的人的照片。"女孩儿说出了自己的想法。"但你要小心一点,"叶戈罗夫提醒道:"否则会被人怀疑你爸爸就是那个有恋童癖的人。最好只说做了一个噩梦,其他不用具体说。谁知道会梦见什么呢?"

在同女孩告别的时候,他还是没忍住好奇问了女孩到底是怎么了。

女孩说厌倦了一切。什么是教养?教养是对你所说话的回应。不回应就没有教养。"我决定试试,但是……没什么,"她叹了一口气说,"我要去上社交网站'生命后记'"。"在那个网站上大家是如何交流的呢?"叶戈罗夫问道,他有点不喜欢这个网站的名称。女孩回答说,"没什么,只要看屏幕就好了。""就这样?"叶戈罗夫震惊地问道。"哪有什么社交,不过是屏幕看着你,"女孩继续说道:"那里只是看上去什么都没有,其实有非常非常……"女孩压低了嗓音说,"有很多有趣的事情,那种……"她不再说了。

当叶戈罗夫在心理疾病研究所工作的时候,他常会去一家医院,一周三次。医院里的一个卫生员他很熟,他的名字、父称和姓像三组重复的镜头——他叫彼得·彼得罗维奇·彼得罗维奇。

叶戈罗夫认为彼得罗维奇是真正健康思想的化身。他已经不再年轻了。虽然他仅念了三年小学,但是他的认真、庄重的举止和通情达理的性情使他远胜过很多大学教授。他从未生过病,从未抢夺过别人的东西和食物,也从不在女人身上纵欲。他经常去教堂礼拜、敬拜上帝,并从那里获得圣水。如此一来,好像整个俄罗斯民族的优秀精神都体现在彼得罗维奇这样的人身上,叶戈罗夫也把自己归为这类知识分子:安静沉稳、勤劳善良、淡泊名利。诚然,彼得罗维奇也有自己的问题,而且,按照民族来说,他是白俄罗斯人,不是俄罗斯人。

叶戈罗夫常常和彼得罗维奇坐在医院附近的一个公园长椅上交谈。那里生长着古老的椴树。医院处位于一个被多次重建的大主教会馆内。叶戈罗夫很喜欢这种安逸悠闲的环境。没有匆匆而过的人流,若有人着急也是心里着急而已。比如说大力挥动手臂,做出用拳头砸空气中的钉子的动作,或是用脚丈量从一棵椴树到另一科椴树的距离。"他们比我们离上帝更近。"卫生员应该是在替屋里的那些病人悲痛。

"那里并不是所有人都如此。"叶戈罗夫反驳道。叶戈罗夫颇为不满地看着一个蓬头垢面的老爷爷像狗一样捡起半块别人剩下的面包，跑到树下藏了起来。

无论叶戈罗夫怎样劝他不要这样做，老爷爷都从来不听他的话。叶戈罗夫说："面包在土地里会消失的。"老人家不同意，他说："土地和面包相互供养！我喂土地面包是为了以后能在里面待得舒服！"

"所有人。"彼得罗维奇坚持自己的看法。"在他们之间，生死之间，只有上帝。而在我们之间……"他用头点了点主楼入口上方褪色了的标语，"全是屁话。"

"你一直是跟那个抛弃家庭子女的囚犯混在一起吗？"一次，一个主治医生抓着叶戈罗夫白大褂的扣子说道。"抛弃家庭子女的囚犯？"叶戈罗夫惊讶地说。不应该说他是抛弃家庭孩子的囚犯，他只不过是在战后因为什么事情坐了五年牢，但叶戈罗夫没和主治医生争论这件事。"战争年代他多大？"叶戈罗夫问道。"干不干坏事跟年龄大小无关。"主治医生松开了他的衣扣，睿智地说。"他非要把医用酒精倒在红醋栗上面，然后再用彼得罗维奇带回的圣水稀释一下，做成一种看着还不赖的东西。所以在这个可祈祷的地方，不只是接近上帝的患者，医生也一样。"

叶戈罗夫并没有问彼得罗维奇的过去。

是彼得罗维奇自己告诉叶戈罗夫的。

伊戈尔坐在椴树下的长椅上，面无表情地翻看一本德国杂志——《精神病学家日记》。应该是叫这个名字。叶戈罗夫对其中一篇文章很感兴趣，但是没有词典他又没办法看懂。词典的厚度和很多专业词语的一词多义使得叶戈罗夫十分恼火。碰巧路过的彼得罗维奇也不查词典就毫不费力地给他解释了所有看不明白的地方，其中有很多科学、医学和解剖学术语。

叶戈罗夫问他为什么德语这么好，彼得罗维奇回答说，41岁那年夏天他被赶出了维杰布斯布，到了德国。他在的拉文斯布吕克妇女集中营里工作了一段时间，一直到45岁。"你在那里做什么？"想起主治医生的话

自 由

叶戈罗夫问道。叶戈罗夫其实并不喜欢彼得罗维奇用的词"工作了一段时间"。他想象着一幅描绘集中营日常的奇怪画面（就像是戈伊金的《随想曲》）。彼得罗维奇回答说他所有时间都用在了"家务事上"，煮一些医学研究用的骷髅骨骼。

德国和其他欧洲国家的一些医学院寄来很多索求女性骨骼的申请信。在集中营有一个作坊专供他们在那里制作骨骼。"那你都负责做些什么呢？"叶戈罗夫惊恐地问道，并悄悄地稍微坐得离彼得罗维奇远一些。"没有什么特别的，"彼得罗维奇耸了耸肩，"就是把死尸剃干净，然后扔进高压闷罐中，眼睛还不时向里面张望，看看是不是蒸煮得太过火了，不然骨骼就脱落了。据彼得罗维奇说，要煮到脆骨，脆骨就像胶条一样黏合着骨骼。看了一眼吓破胆的叶戈罗夫，彼得罗维奇继续说："我参与了生命力再生实验。""怎样实验？"叶戈罗夫已经见怪不怪了。他只是惊讶于自己的无知。他在谁身上看到了柏拉图·卡拉塔耶夫的身影？去他妈的，他除了是个精神病医生，到底还是个啥？"你是个医生，"彼得罗维奇平静地继续说道，"你应该会感兴趣的。他们掐死或用电击女孩，猛击心脏造成死亡，然后迫使一些被选拔出的男性与她进行性行为来做实验。""为什么要这样做呢？"叶戈罗夫恐惧地问。

他毫不怀疑彼得罗维奇所说的这一切的真实性。彼得罗维奇解释说："这好像和他们所做的关于命运的研究有关。他们认为，如果本应死去的女孩引起上天的兴趣，而天意让她怀孕了的话，那么她就不会死去，而会复活。"成功了吗？"叶戈罗夫问。"我当然成功了。"彼得罗维奇不无自豪地回答道，"在一百一十二个里面有十四个案例是成功的。1∶8的比例。就像孟德尔研究豌豆一样精准。叶戈罗夫看了看椴树和天空中飘浮的云朵。他看见有个小男孩站在铁栅栏旁喊道："疯子！作个诗！"疯子跟作诗有什么关系呢，叶戈罗夫想，但他觉得地狱好像在他面前裂开了一个口子，一个有着人类容貌的怪物不知是想把他向下拉去，还是想借助他的力量爬上来。"你……"叶戈罗夫重新镇定下来，作为一个医生，他对彼得洛维奇说："你有没有发过疯，有没有想过要结束自己的生命？晚上有没有梦见什么？对不起，你有没有因为这种事勃起过呢？那根本不可能！"

"他们说过，"彼得罗维奇说："如果女孩活过来了，那么他们会把她送到一个更专业的疗养院，让女孩在良好的条件下生产分娩。如果女孩没有怀孕的话，那她就会被派遣到包埃尔的农庄去干活。当我做这些事的时候——我接吻其实是想让她们吸入空气，我抓她们的胸其实是想按摩她们的心脏。"我曾想过上吊自尽，但转念一想，上帝为什么要给我这种历练？你知道，"彼得罗维奇平静地感叹道，"那一瞬间我明白了最重要的事情——上帝无所不在！"因此他看着叶戈罗夫的眼睛，没有急于和他辩解。

"我同意，你是个英雄。"叶戈罗夫疲倦地说，"但是这一切又都是为了什么？"

"没有什么能阻碍我的，"彼得罗维奇耸耸肩说道，"所有的证词都对我有利都几乎要签证明文件了，但军事检察院的大尉故意找我的茬，说我在集中营里竟然还长膘了，所有人都快饿死了，我却吃得很好。既然能够大吃特吃，就意味着我要么告密了，要么选择了合作。德国人决不会让人吃白食！于是就以查无实据的罪名判了我五年的刑。"

叶戈罗夫想问彼得罗维奇，为什么看起来如此平静，但后来决定还是不问了。

深夜的时候，他迈着并不坚定的步伐往楼上走，去在医院过夜要住的那个房间。叶戈罗夫想，那个写到奥斯维辛事件之后禁止写关于玫瑰之事的人是错的。如果彼得罗维奇是对的，上帝是无处不在的，那么上帝是不是也存在于奥斯维辛呢？叶戈罗夫想起来，他曾读过一个奥斯威辛集中营囚犯写的回忆录。他还记得那个写回忆录的人用了"肥美"这个形容词来形容那些生长在办公大楼和工作人员住所前面的玫瑰花。

"伊戈尔·瓦连京诺维奇找您！"他还没有跨过诊所的门槛，护士的话就使叶戈罗夫很开心，"一早上都打不通您的电话！"

叶戈罗夫看了看表，刚好10点钟，"难道从早上6点钟就开始打了吗？"他用手拍了拍口袋，里面没有电话。也许是落在车里，不过更可能在家。他想起来手机没电了。昨天他给手机充电了，但早上起来的时候发现手机

自 由

打不开，那10个插座就像是被轰炸机长时间地轰炸过一样。

他想伊戈尔肯定是在忙，否则早就过来了，也有可能事情已经解决了。他打开电脑，查看了一下今天的挂号记录。

第一个是，一个大学生过分依赖电脑，他是在母亲的请求下来接受咨询的，他母亲本人也曾不止一次来这里心理咨询。他完全能想象出这个大学生的形象。从早上开始这名学生就打开电脑，根据电脑的意见进行活动。为了这些，他建立了整套的体系：最简单的方法是运用游戏，数标题中的清浊辅音数量，也就是说不受社交网络的制约，他并不在那里跟任何人交谈，只跟电脑沟通。电脑对他来说不是交际的手段，就像许多人眼中的电脑一样。对于他来说，电脑是一个个体，一个谈话的对象。有时，如果电脑根据综合数据给出不是很好的预测，那小伙就不出门，旷课，拒绝和朋友们见面。有的时候还恰恰相反，整夜去哪个地方消费消遣，他的母亲曾经在旧货市场倒卖过二手办公家具，参与什么表达不满的示威游行，也因此惹上了护法机构。或者没有任何原因得关掉电脑，并一直坐到天亮。母亲问他为什么？他回答："很遗憾我们分手了，他不让我走，请求我再陪他一会儿。"

说实话，叶戈罗夫没在类似的行为中看到不正常的现象。人们从很久之前就十分关注横穿马路的猫、死死盯着立在灌木丛或柱子之上的乌鸦，如果遇见驼背的人或者小矮人就会不高兴。人的一生就像硬币的两面——也许这就是人类生命的本质所在。用硬币或是电脑作为"源代码"有什么区别呢？叶戈罗夫自己的一天通常也是从摆纸牌的游戏开始的，然后他还玩一会儿一个过时的游戏——射击在地上蹦的、或是在天上飞的母鸡。如果他获得超过500分，那么就预示着这一天会是成功的一天。如果接近1000分那么他就会得到意外的礼物。最令人惊讶的是，电脑从未欺骗过他。甚至在社交网站以外，也就是在"人的内心世界"以外电脑也成为他的朋友、参谋、预言者、守护天使、心理学家，一句话就是代替一切，或者说几乎代替了所有。

而后是一位妈妈故去后，女儿非要带着坚持拒绝花费昂贵手术费的父亲去以色列做手术。当地的专家保证术后还能至少继续生活5年的时间，但是如果不进行手术，那么病魔随时会夺走他的生命。他不想花费自己的养老金，（退休前他曾是一家大型国家汽车运输企业的领导）而是把自己的健康交给了上帝。女儿请求叶戈罗夫说服这位老人，再贪婪也要珍视生命……

叶戈罗夫觉得翻阅部分病例摘录似乎也不是什么坏事。突然之间觉得这位退休老人的想法也没什么错。在国外已经做了许多做不做都行的手术。然而，如果没有钱的话，无论如何也躲不过中间人和骗子的圈套。一个年轻的女人劝说叶戈罗夫来帮助她正准备分娩第四个孩子的姐姐。这本是一个值得恭喜的事情，但这个年轻女人告诉叶戈罗夫，她姐姐只有在孩子五岁之前是个好妈妈，之后她便突然没有了养孩子的耐心和兴趣，把孩子交给亲戚抚养。"一个交给我们的妈妈抚养"，她惊恐不安地说，"第二个交给她婆婆抚养，第三个孩子是个女孩，今年刚好五岁。我感觉她好像要把孩子交给我，她已经基本上劝通了我丈夫。"

还有一对夫妻也挂了号。据叶戈罗夫所知，这位丈夫和岳母的关系糟透了。他认为他的妻子对母亲言听计从。即使母亲沉默不语，看上去没有干涉任何事情的时候，她也一直把自己的意志强加在他妻子身上。而妻子怀疑丈夫对自己母亲有"性"趣。她觉得丈夫总是弄一些麻烦事，就是为了让母亲介入他们的关系，以便能更经常看见她，离她更近。叶戈罗夫要求看一看这位岳母的照片。她五十多岁，看起来依然很可爱，完全适合发展浪漫的关系。进一步了解后，他知道了这位岳母很早以前就离婚了。按照她女儿的说法，大约每五年就换一次朋友。叶戈罗夫好奇的是，她通常是怎么办到的。"每次都是一样的剧本，"她女儿回答说，"她切断了所有和他们的关系。对她来说他们就像死了一样。""难道没有过例外吗？"叶戈罗夫震惊地问。"据我所知，没有。"她女儿回答道。"她总是自作主张，朋友的感受对于她来说没有任何的意义。我觉得她甚至能从切断关系的行为中获得一种满足感。"她女儿注意到。

也就是说她的意志十分坚定，叶戈罗夫如此想到，而且她还是个狐狸精。软弱的男人总是容易陷在漂亮且意志坚定的女人中不能自拔。他们不明白，当这种狐狸精看到"朋友"受到痛苦折磨的时候她们总能获得最大的满足感。她们认为,爱不过是随着时间推移的过程,在某一个时间点分手,然后继续寻找下一个目标。

叶戈罗夫明白了,所有今天要来接受咨询的人,总体来说,都是正常人。但他对用心理疗法解决他们的问题并没有信心。

如果说他都要通过摆纸牌和打母鸡的游戏来猜测新来的女护士会不会跟他在一起的话,他又能给那个大学生什么意见呢?

不知为什么,当她弯腰拿走他桌子上的医疗卡和处方的时候,叶戈罗夫总是不由自主地想从后面抱住她。她的护士服十分修身,他怎么也无法判断出那身护士服下面有没有穿内裤。当她弯腰拿东西的时候,她靓丽光滑的护士服上一点褶皱也没有。

他又能对那个对昂贵手术望而却步的退休者说些什么呢?叶戈罗夫知道不少人,他们欺骗自己在心理上还年轻。正如哲学家费奥多尔·斯捷普恩所认为,年轻人则"闭上眼睛等死"。叶戈罗夫把自己归为老人。因此,对于那些希望青春永驻的老年来说,老去要比死亡更加可怕。他们在"老去"当中看不见任何乐趣:微薄的退休金,疾病缠身,又孤身一人。他们无意识的、但却又固执地走在通向死亡的路上。叶戈罗夫很理解这些人,因为他自己也常常看不到生活的意义,即时他距离退休还有很远。

对于"布谷妈妈"(指将新生儿抛弃在产房的母亲),他更没什么可说的。一些母亲一生都爱自己的孩子,而另一些母亲只在孩子小的时候爱他们。如果一个男人准备为一个女人奉献一切,那么他一定是爱她的——叶戈罗夫想起了一个童话的开头——如果一个女人准备为一个男人奉献一切,那么她一定是他的母亲。事实证明,也有例外。夫妻不应该被任何东西愚弄。应该把狐狸精岳母叫过来,跟她说:如果希望你的女儿一切幸福,那就把她交给她的丈夫,让她把丈夫这头小牛拴住。你可以对她丈夫说,"浑蛋,你要是做个模范丈夫、模范父亲,你一周可以拥有我一次,一个月,或者一个季度,这取决于你的表现。或者说,"不,滚蛋吧,浑蛋,我会给女儿找个新老公的!"

叶戈罗夫突然之间想起了他的第二段婚姻。有一次他喝醉了,想跟岳母上床,但岳母没有同意,那时候他的妻子正在产院。更令人震惊的是,第二天早上他这个下流坯子还不老实，站在厕所的马桶上透过小小窗户，手抓住上面的栅栏偷看岳母洗澡。浴室跟卫生间仅有一墙之隔。那里天花板很高，不知为什么开了一个小窗户。大概就是为这种宿醉后的变态预备的。

7

伊戈尔在快下班的时候才想起来找叶戈罗夫。他看见大屁股的护士带着令人欣慰的笑容离开了房间。叶戈罗夫本来有机会在走廊里赶上她，邀请她在附近的咖啡馆（店名很搞笑，叫作"搅拌机"）来上一杯咖啡。哎，但是十分钟前他玩打母鸡游戏的结果告诉他今天他们俩没戏。

伊戈尔的办公室十分凉爽、干净、井井有条。就好像主人想要最后收拾一次办公室，然后再也不回来了一般。那个巨大的水晶虾，是在他生日那天，议员（他被选出为弗拉基米尔州古西赫鲁斯塔利内市代表）为感谢选民而赠送的礼物。这个水晶虾在傍晚透过百叶窗阳光的照射好像被煮熟了，像马林果一样红彤彤的，似乎马上就能配啤酒。伊戈尔没有拿啤酒，而是拿了一瓶威士忌。他慷慨地给自己倒了一杯，也给叶戈罗夫倒了一杯。

"一天到晚，"伊戈尔犹豫地说，"一整天就这么过去了。"他一下子干了这杯酒。

这么多年了，叶戈罗夫已经把既是自己的朋友也是雇主的伊戈尔·瓦连京诺维奇·拉科夫研究透了。

如果叶戈罗夫想要提出索赔的话，他就会先让叶戈罗夫在接待室等一等。然后，等进了他的办公室，他就会盯着叶戈罗夫看，像一个贵族看着一个犯错了的农民，或者像山羊看着新大门那样的困惑不解。叶戈罗夫知道游戏规则，也从未反对过做副手。必须承认，伊戈尔作为"大哥大"从未输过，他对要求赔偿登记簿上的内容很清楚。叶戈罗夫一般情况下不去挑战伊戈尔。伊戈尔知道，他能要求叶戈罗夫做什么，也知道不能要求什么。叶戈罗夫也知道自己能够做成什么（即使他不是很想做）和在什么情况下拒绝执行。

如果伊戈尔准备夸奖叶戈罗夫工作认真，想法得当，及时提供了合理建议，那么他就会在办公室接见他，跟他共同回忆美好的往事，或是那些他们共同经历过的、有趣的、可笑的往事。要知道开心的笑容是会传染的。然后他才重新回到工作中去。

他们就是这样工作的。

不过现在伊戈尔既不准备训斥叶戈罗夫，也不准备夸奖他。

他重新给自己倒满了一杯威士忌，很快就喝完了。

叶戈罗夫把自己的杯子放在了桌上。

通常伊戈尔总是看着对方，两个人必须喝得一样多。现在他却慢慢举起杯，晃了晃，仿佛在梦中。窗边桌上的水晶虾用尽最后的力量发着光。

太阳光像被刺穿的飞船逐渐消失在花园环形路的塔尖和屋顶上。水晶虾变得暗淡无光、模糊不清，就像刑讯室里的革命者。

伊戈尔大概在这种时候也像平常一样精力充沛，干劲十足。叶戈罗夫猜测他在酒精里掺了强力的镇静剂。这是个不好的组合，通常伊戈尔不会用的，因为他特别注意自己的健康。

叶戈罗夫想要弄清楚为什么伊戈尔会这样，恐慌、害怕还是威胁？刑事案件、账目冻结，还是家里某个人被绑架了？总之是发生了一些事情。伊戈尔曾是个骗子，但他从未曾是个胆小鬼。

沉默仍在继续。

"说话！或者……"叶戈罗夫想让朋友从药物和酒精中清醒过来。他突然想起来，那个有着灯泡一样的大屁股，身穿如灯罩一般紫色制服的女护士曾给他留过电话号码。她曾在医学院上三年级，需要一个什么创伤后心理的手册。八月份的晚上，莫斯科市中心堵车异常厉害，一个车跟着一个车。但是这不妨碍叶戈罗夫去买医疗手册。然后他给那个留下电话号码的护士打电话，接到了她，然后他们驶往目的地，到达他们还没有来得及收拾的住处，才不管打母鸡的游戏有没有得到足够的分数。

伊戈尔沉默地看着自己的朋友叶戈罗夫。

"如果我相信所有人的话，"他开玩笑地说，"那我就不可能像现在这么富有。"

"同志，你相信吧……"叶戈罗夫给他使了个眼色说道。

"汤豪舍，"伊戈尔用几乎听不到的声音说道，"你去普希金广场听歌剧吗？"

是什么把照明和人还有政治的东西搞在一起的呢？他不合时宜地回忆起了那些著名伟人，例如莱昂纳多·达芬奇、歌德，他们都认真地研究过光线。叶戈罗夫想，也许光和性欲之间有着某些共同之处。

等待患者的时候，叶戈罗夫开始浏览"БТ"网站。

从洞出来的维纳斯，

前行的开拓者，

汤豪舍的诗，

响起来。

美妙的一切还没响起，

世界就分裂开来，

邪恶的烟雾笼罩大地。

叶戈罗夫想了很久，应该如何应对这复杂又庞大的题目，如何复制到网上，但是除了八月末柏林歌剧团将在莫斯科普希金广场上表演《汤豪舍》之外，没有什么特别的。他在"БТ"网上什么都没有写。

"这很重要吗？"叶戈罗夫来了兴致，"这能起到什么决定性作用吗？"

"特别重要，就像莱昂纳多·达芬奇说过的那样。"

伊戈尔把空酒杯放在书架上，然后突然栽倒在皮沙发上。"我现在……"他闭上了眼睛，"别走，就两分钟……"然后他就也不知道是睡着了，还是失去了知觉。

叶戈罗夫检查了一下他的脉搏。伊戈尔呼吸沉重而平稳。需要测测血压吗？如果是中风的话，那就已经晚了。还好他不是在浴缸里，叶戈罗夫想，然后他帮伊戈尔解开了衬衫领口的口子，松了领带。

"我现在……"伊戈尔蜷在沙发上，含糊不清地嘟哝着。

他为什么会问汤豪舍的事呢？难道他也关注了"БТ"网？还是说……叶戈罗夫用手探了一下他鼻孔的气息，没有什么异常。

自由

汤豪舍的歌曲在回荡着。

叶戈罗夫想起了今天的患者们。

他对那个大学生说，生活不是空洞，而电脑也不是汤豪舍爱的那个维纳斯。"你还年轻呢，"叶戈罗夫对他说，"你的世界才刚刚开花结果，不要让它们在键盘和屏幕的小片草地上风干。应该从《汤豪舍》开始，重新开始你的生活。"叶戈罗夫的劝说惊呆了男孩，"去普希金广场听柏林歌剧团表演的《汤豪舍》。那里会有许多漂亮的女孩子。认识一个，请她做做客，来一次心灵深处的交流！你害怕失败？没关系，现在有很多途径。女人是生活也是冒险。而电脑带来的只是空洞和梦境。醒醒吧，电脑填补不了你空洞的心灵。"

对于吝啬的退休者，叶戈罗夫建议他最好用"爱"治一下贪心这种病。既然不舍得花钱做手术，那就把这些钱花在女人身上吧。你多大岁数了？六十五岁吗？所有四十岁到五十五岁之间的女人都是你的。只要心是鲜活的，就没有什么能够束缚你的生活。汤豪舍在自己空洞的内心里装下了维纳斯，学一学他！每个女人身体里都住着一个仙女，你需要做的就是算出并解压。"当你的手杖开出鲜花的时候，"叶戈罗夫对一脸惊讶的退休者说，"你就能判断你是否想继续活下去，是去做手术还是放弃。在普希金广场上歌剧依旧上演着，那里聚集了莫斯科所有女性。看看女性网站上都写了什么！在歌剧中你会等到缪斯的出现。女人们像飞舞的蜜蜂飞向花儿一样，散发着幸福的芬芳。""不仅仅是女人们。"退休者说道。"还有谁？"叶戈罗夫疑惑地看着他并问道，"自弹自唱的人，唱着民族歌曲的人？"

像他这样的人不多。"德拉科奥尼神父常跟参加选举的人们在教堂旁的公园里见面。"退休者恭敬地告诉叶戈罗夫。"我一定去，一切都正好。"叶戈罗夫心里如此想。

一切权利属于联盟！德拉科奥尼神父和女神维纳斯。信念、公平、诚实、家庭！叶戈罗夫想了想，但那些听见的东西只是一闪而过，没有给他留下什么印象。除了他们自己，还能有什么能够治疗别人的疯癫呢？

叶戈罗夫并没有在那个"布谷妈妈"身上浪费太多的时间。他把严厉的德拉科奥尼神父拿来给她举例子。其实汤豪舍也是有孩子的，但他的心灵城堡是阴沉幽暗的。当他与缪斯在空洞中享乐时,他还记得他们!"我知道,"叶戈罗夫继续说,催眠式地盯着"布谷妈妈"的眼睛,"孩子们妨碍纵欲。"不知为何,他认为她把孩子寄养在亲戚家是因为自己想要没有任何罪恶感地纵欲。小孩子们不懂得什么是纵欲,自然也就不能揭发此事。五岁以后开始懂了,因此她就……。"你去一趟普希金广场,"叶戈罗夫理性地总结道,"听一听歌剧,请求仙女的宽恕。孩子才是你生活的全部。如果他在你的手中成长,那么他也会在你的手中开花结果的。你生活的意义在于孩子们,而不在于无尽的欲望。走吧,别再作孽了!"叶戈罗夫疲惫地瘫在椅子上,闭上了眼睛。他觉得自己身上不是身穿紫色护士服的小护士,而是一身黑色长袍、带着镰刀的死神。他觉得自己不是四十五岁,而是七十岁。长着浓密的银眉毛和相同颜色的尖胡子。

受到惊吓的"布谷妈妈"夺门而去。叶戈罗夫又愤怒地皱了好一会儿眉,毋庸置疑,德拉科奥尼神父在这种情况下也会这样皱眉。

当有心理困难的年轻夫妇走进来的时候他才醒,强忍住没大声骂出来:"你们这些罪人为什么要偷窃我的时间?"叶戈罗夫建议他们跟汤豪舍和维纳斯学习如何相爱。在爱里,什么最重要呢?叶戈罗夫自问自答道:"能够互相忍让""像马雅可夫斯基一样?"丈夫用讽刺的语调说道。

叶戈罗夫一下子就不喜欢他了。首先,叶戈罗夫提醒他,他还很年轻。叶戈罗夫年轻时候也喜欢用讽刺的语调说话,并且对自己充满自信,认为世界上没有人比自己聪明。但周围的人其实都把他当作腐烂了的东西。第二,与叶戈罗夫不同的是,他的人生才刚开始,但叶戈罗夫怀疑他不会加以改正,依旧会用讽刺的语调说话,看中年妇女的底裤。"好了,"叶戈罗夫瞬间就收回了思绪,说道:"现在我们来把问题搞清楚。你们准备去普希金广场听柏林歌剧团的表演吗?年轻夫妇交换了一下眼神。"当然会去!"叶戈罗夫高声喊道,然后接着说:"汤豪舍让步了,因为这么多年以来,维纳斯只有从自己喜欢的歌曲中能够得到快乐。你难道不知道吗?"叶戈罗夫紧张地对安静下来的年轻夫妇说:"汤豪舍是天生的宗教反叛者,准确地说是反对天主教。但他并没有将自己的想法强加到维纳斯身上,也正是因为这样,他得到了所有能得到的东西。维纳斯也是一样……"叶戈

自 由

罗夫陷入了深思。

"维纳斯怎么了？"丈夫兴致盎然地看着他问道。"正如我们所知，维纳斯，"叶戈罗夫回答说，这个想法也是他刚想到的，所以没有人知道，"每一个男人，一生总会遇到一个维纳斯一般的女人。她仿佛在评价这些男人，如果评价结果合格的话，她就会再次出现。说得通俗一些她拥有丰富的经验，数千年来感情淡漠后，爱上了汤豪舍，就像一个忠心的女孩，从未对别的男人动过心。"

"你们应该自己决定，在哪些事上让步。至于这位丈夫，有可以让步的地方。歌剧《汤豪舍》，"叶戈罗夫又意味深长地竖起一根手指，"就像是可以消除男女之间紧张感的'БТ'烟雾。"

"БТ？"丈夫又问道，这一次语气里没有一点讽刺的意味。"没有折磨，"叶戈罗夫解释道。他第一时间就想到了这个解释。"或者说你有什么其他的扩展方式？"叶戈罗夫目不转睛地盯着这位丈夫，猜到了他也在一个常登陆"БТ"开头的网站。"创作的痛苦，"这位丈夫回答说："但也可能是没有折磨。"顺便说一下，让妻子到走廊之后，叶戈罗夫拽着丈夫的手肘，低声在他耳边说："岳母是家里的第二根开花的拐杖，而且常开不败。好好对岳母，她会一直为你绽放，同时也会为了女儿的兴趣卖花。你可以挂着两根拐杖行走，"叶戈罗夫对丈夫使了个眼神，"一个柔软、温柔、年轻，另一个结实、炽热、持久……你真是个幸运的人。维纳斯以双重身份来到了你的身边——妻子、岳母和女儿、母亲。不要有压力，不要去解释发生了什么事情，也不用去揣摩自己的心思，一切都会变得简单，一切都会好起来的。然后你自己也会绽放，就像第三根拐杖，就像天使一样，用开满鲜花的翅膀飞走。

这对夫妇离开了。

叶戈罗夫疲惫不堪地蜷曲在沙发上。那是一种因性欲而带来的奇怪而又抽象的疲倦感。叶戈罗夫感觉自己就像一个处于失重状态的宇航员。如果这个时候护士走进办公室的话，他就会像处于失重状态的宇航员，抓住她的手说："救救我！"

但此时护士正在和其他同事在"搅拌器"餐厅吃饭。

自由

挂号处的瓦连京娜·萨穆伊洛夫娜没有走。她有些上年纪了，吸烟，嗓音沙哑，留着黄灰色刘海，是斯大林统治时期被镇压的布尔什维克党人的女儿。苏维埃时期，她曾送给女伴一本索尔仁尼琴的《古拉格群岛》。女伴的丈夫是热工厂工程师，因为这本具有自由思想倾向的书，在任职区域被工厂警卫降职处理。他在晚上值班的时候读这本书。值班过后他总是和搭档一起吃饺子。小吃铺的服务员和他们的关系很好，帮他们私藏了一瓶用波尔多矿泉水的瓶子装着的伏特加。那个倒霉的早晨，他们一边激烈地讨论着《古拉格群岛》的内容，一边喝两杯"波尔多矿泉水"。然后两个人在门口的长椅上美美地睡了一会儿。巡逻的警察看见了他们，就把他们抓了起来。在工程师的包裹里发现了索尔仁尼琴的禁书。弗拉德连娜被判五年不能去看望身在巴黎的姐姐。工程师被判在劳教所接受改造。不允许他的妻子，弗拉德连娜·萨穆伊洛夫娜的朋友参加论文答辩。

《古拉格群岛》这本书现在已被允许在各个商店公开售卖（而且价格极低），也已被列入中学生必读书目。叶戈罗夫有一次在书店亲耳听到：谁购买克谢尼娅·索布恰克的书就能获得《古拉格群岛》全套三卷。

弗拉德连娜·萨穆伊洛夫娜完全可以找一个什么理由就从挂号处来看叶戈罗夫一眼。叶戈罗夫已经眯着眼睛做好了准备，就像那个丈夫和他的岳母一样，把她也收入囊中。但他毫不怀疑，弗拉德连娜·萨穆伊洛夫娜是为了自己的事情。她是个活跃的人权主义者，甚至在午饭时间都守着电话。

如果他们到卫生局投诉我的话，叶戈罗夫想起今天的患者们，那伊戈尔就会不高兴，我很有可能就被解雇了。

依然播放着《汤豪舍》的歌曲。

"我一定是疯了，"叶戈罗夫从性幻想中苏醒过来了，从沙发上坐了起来，"这跟汤豪舍有什么关系？"

为了分散注意力，他给半年没见的布奇洛爷爷打了个电话。如果说你很长时间没有一个人的消息，他想起伊戈尔对他说过的一句话，那就表明要么就是他一切都好，要么就是他已经死了。从爷爷的声音判断，他一切都好，没有听说歌剧的事。

自由

但他说他们小组自己排了一小段《汤豪舍》。"我们克拉斯诺图林斯克有一个音乐小组，"爷爷说："男中音是新西伯利亚歌剧院来的；编剧主管外汇投机倒把；钢琴师来自公家音乐中心；还有两个同性恋的小提琴手。我演的是罗马教皇，身穿白色皮袄，带着红帽子，站住舞台上，用手杖敲击着地面，但是没唱歌。"

而手杖还没有开花，没有发出响声。

叶戈罗夫明白了，他会被这个世界逼疯。为了使这种情况不出现，他强迫自己冷静下来。他甚至觉得自己十分病态，因为他对眼前发生的事情感兴趣，好像世界就是那个独立的岳母或是瓦连京娜·萨穆伊洛夫娜，而叶戈罗夫就是想跟她（她们）上床的女婿。

但岳母（或瓦连京娜·萨穆伊洛夫娜）有着自己的原则——如果叶戈罗夫上床的话那也只会在歌剧结尾时响起的雷鸣般的掌声中和在雾中手杖发出的胜利的响声中。她为什么不抽"БТ"呢，叶戈罗夫想。

爷爷告诉叶戈罗夫那天他会去普希金广场，要去参加一个会议。"在德拉科奥尼神父那儿吗？"叶戈罗夫问道。"他们有自己的歌，我们有我们的歌，"布齐拉爷爷回答道："那里有个百万人的大集会。""这怎么能实现呢？"叶戈罗夫吃惊地说，"那里怎么容得下那么多人呢？""让政府想办法去吧。"爷爷回答说，"德拉科奥尼神父支持政府、东正教和共产党。而我们反对政权，崇尚自由。那天所有人都会去，总统、政府成员、立法者和特种警察。""去听歌剧吗？"叶戈罗夫惊讶地说道。"他们将会开设一个带泳池的厕所。"爷爷说，"我的女儿——管理处的订货人，发誓，八月末会建成。"是这样的，叶戈罗夫想起来了，在普希金广场挖沟，就像……横沟。

走出维纳斯洞穴的先锋。

"他们一共多少人？"叶戈罗夫想。"他们要去哪里？难道是去浴池么？"或者说……去厕所？能否跨越鸿沟呢？

他们继续讨论着这个话题，叶戈罗夫好奇地问爷爷那个药对他有没有用。爷爷说，他有种重获新生的感觉，能像罗马教皇手里的权杖一般站立。

"事实上,"在同爷爷道别时叶戈罗夫说,"我们都是走出维纳斯洞穴的先锋。"

与此同时,伊戈尔(也在维纳斯那里结束了自己见不得人的勾当)从春梦里醒了过来,坐在皮沙发上,也不只是打着哈欠还是只是张大着嘴。

叶戈罗夫饶有兴致地看着他,难道他想唱《汤豪舍》的咏叹调吗?已经没有什么能使他感到惊讶了。他仅仅在被暴风卷走的小鸟和被河流冲走的木屑中得到阴郁的满足罢了。他并没有感到惊讶,一只被飓风袭击的鸟类从事件的河流所带走的树枝的画面中得到了阴郁的满足。

"你对自己的工资满意吗?"伊戈尔突然问道,目光平静地游离在他的酒杯和威士忌酒瓶之间。

"完全满意。"叶戈罗夫非常惊讶地看着他,回答说。

"难道你就没有什么想抱怨的吗?"

"你觉得咱们诊所的位置怎么样?"伊戈尔继续问着奇怪的问题,"容易到达吗?"

"我们是要搬家了吗?"叶戈罗夫问。

"你已经习惯拿分红了。"带着长期以来富人对穷人的鄙视,贫穷但是又将贪婪的双手伸向金钱,伊戈尔确信,"我不是让你成为'Nanomed'公司的股东了吗,你手里有多少股份呢?"

"大概百分之四吧。"叶戈罗夫回答,"需要让给你吗?"

"不需要,"伊戈尔晃了晃手指说,"在这个公司中只有一个人总是让着别人,那就是我。"

"你让给谁什么了呢?"叶戈罗夫具体地问道。

"就是你们,所有人。"伊戈尔回答说。"你生活得不好吗?一周只工作三天却有优厚的待遇,有小护士可以搞,在健身房潇洒,对其他的一切都不屑一顾。"

"第一,我没有和小护士乱搞!"叶戈罗夫有些生气了。"第二,我早就不⋯⋯了。第三,你说我对其他的东西不屑一顾,这些东西到底是什么呢?"

难道,叶戈罗夫一脸惊讶地看着伊戈尔,他指的是瓦连京娜·萨穆伊

自由

洛夫娜？

"这个建筑，"伊戈尔弯起大拇指，"你想，通过剩余价值得到的资金租用这个建筑49年，这容易吗？这块地是属于城市的。按照法律规定，我们没有所有权。你觉得市政府会让我们安宁吗？交通、重新规划、装修、获得相关设备还有海，"一只手很快数完了，然后开始用另一只手数，"还有一些税务的、卫生防疫的、消防安全……"

"你想干什么？让我给你磕头吗？"叶戈罗夫问，"这也容易！"

"你真是个天才！你是我们的太阳，是我们的全部，伊戈尔·瓦连京诺维奇·拉科夫！还有什么？"

"你问我，我是怎么做到的？"

叶戈罗夫不想问。他大概装了一下样子。但他也不想用一些不合时宜的表现伤伊戈尔的心。他说的对，自己确实是在他手下做事，靠他吃饭。伊戈尔知道这一点，出于强烈的好奇心（如果存在的话）他把手伸向叶戈罗夫，说道："你咬吧，使劲儿咬！"

"好吧，"叶戈罗夫用低沉的嗓音问道，"你是怎么做到的呢？"

"不，"伊戈尔摇着头说道，"你绝对想象不到我是怎么做到的，没有人能想象得到……"他张着嘴，但忽然没了动静，就像是一个忽然被切断了电源的生物机器人。

"矿泉水，"叶戈罗夫紧随着他的目光说道，"或是绿茶，但就是不能是威士忌。"

"就只要威士忌。"伊戈尔反驳道。

"不要任性，"叶戈罗夫说，"控制好你自己，你还年轻呢，你充满了力量，你拥有一切，而且以后还会得到更多。到底怎么了？"

"你还记得那个在希腊海岸跳崖的女孩吗？她现在失忆了。摔下山崖本来是必死无疑的，本来在医院已经宣布她临床死亡了，但是她幸运地活了下来。你当时在我的麻醉中心做咨询师，她母亲把她送到你那里进行催眠治疗。"

"记不清了。"

叶戈罗夫当然一下子就想起来了那个女孩，她是那么柔软。在候诊的时候，她读的是一本恩培多克勒的哲学书，名叫《净化》。在女孩被催眠之后，叶戈罗夫翻看了一会儿这本书。古希腊的智者在被从他心爱的小岛上赶出来以后如此抱怨生活道："现在我被上帝放逐，剩下的只是震怒、徘徊和迷茫。看不到熟悉的国家，我号啕大哭。"他目前还没有涉及政治领域。一个女孩读这种书真的很奇怪。他对他的母亲含糊不清地讲述着发生的奇怪事情。

"让她静一静吧！"叶戈罗夫建议道。"然后她就会想起那些让她痛苦的事情，她真的想想起这些事情吗？"但她母亲一直坚持己见。

叶戈罗夫那一年独立门户了，住在租的房子里。卖了所有能卖的东西，借了一圈儿钱，最后他只有一个可悲的选择——是住在集体房里，还是住在赫鲁晓夫楼一楼。

所以，当女孩的妈妈承诺每个疗程付给他1000美金的时候，叶戈罗夫动摇了。他提供的治疗并不能保证女孩完全恢复记忆。"她有可能会想起那天发生的一些片段和感受，但不太可能清楚地想起所有发生过的事情。"叶戈罗夫向女孩的母亲解释道。"临床死亡很容易改变一个人，"叶戈罗夫继续说道，"她会变得跟以前完全不一样。上帝把她的生命还给了她，这就够了。你们应该去教堂找圣僧，而不是来医院看心理医生。"

叶戈罗夫想起来，当女孩的妈妈提出停止治疗的时候，他已经做了不少治疗。最后一次治疗之前，女孩的母亲给了他一张名字清单。"我女儿跟这些孩子关系很好，也许她跟他们说过些什么呢？我当时在乌克兰的妹妹那里，回来的时候看见女儿留的便签：妈妈，我在德国，不用担心，我什么都不缺！然后……"

叶戈罗夫慢慢地把这些名字读给女孩，女孩跟着一个一个重复，但是什么也没想起来。

"你是对的，"女孩的母亲说道，"还是不要再折磨她了。"

叶戈罗夫同意了。

而且当时伊戈尔休假回来了，他通过一个杜马的朋友获得了一笔无息贷款。简陋的大环外一居室变成了西南地区的体面两居室。

"在岛上发生的那些事，"叶戈罗夫向女孩母亲解释道，"会留在她的意识中，就像留在外膜、软骨囊里的子弹。人基本感觉不到子弹的存在，但如果做手术的话就会引起并发症。确实，在她的意识里正进行着一种对水和所有跟水有关的东西的感知。说来也奇怪，水跟她的个性相连，更确切地说是跟她个性中美德的那部分相连，还是说她的个性在水中分解呢，我不知道。您女儿的心理上很健康。"叶戈罗夫说。"她不记得那天在岛上发生了什么，也不需要记得。至于水……但是我完全可以向您保证，她不会溺死的，水是一个能让她找到自信的环境。"

"我知道你在想什么。"伊戈尔冷笑着说道。

"跟我有什么关系，女孩的母亲可是带着她来找你的。我跟他们可没有任何关系。"

"你打电话了，问了这件事情。"

"而你当时回答：你自己看着办吧，"叶戈罗夫继续说道，"把她们撵走，别打扰我休假！你当时是这么说的。"

"但是你给她进行了几个疗程的催眠。"伊戈尔嘲讽地说。

"一点儿用也没有，"叶戈罗夫说，"除了那天下了雨，她穿着湿透的裙子在路上拦下了一辆车，请求司机师傅带她到市里之外就什么都不记得了。然后就全是水。她当时说一双湿漉漉的手把她拽到沙子上，水和她的心融为了一体。她没有说当时是谁开的车，也没有说关于被强奸的事。"

"我知道，"伊戈尔点了点头，"你的办公室里当时装了监控器，就只有一个纽扣那么大。"

"为什么？"叶戈罗夫大吃一惊。

"这是个有趣的问题，"伊戈尔叹了一口气，"但这跟我没关系，我当时在度假，没在莫斯科。"

"你在西班牙，"叶戈罗夫想起来了，"我忘了，她是怎么……啊，她后来被送去了医疗体操中心。"

"我当时在希腊，"伊戈尔说，"就在她被推下悬崖的那个岛上。对了，你知道那些疯狂的游客发现她的地方叫什么吗？叫维纳斯洞。是不是很搞笑？也难怪她既不记得第一次，也不记得第二次被强奸的事。"

"难道是《汤豪舍》吗？"叶戈罗夫饶有兴致地小声嘟囔道。

"第一次是那个开车的人，第二次是《汤豪舍》！"

"本来是不可能被救活的。"伊戈尔好像没有听见他的那些胡话。她已经被判定了死亡，被盖上了床单，推到了地下的停尸间。过了一段时间，她自己坐电梯回到了一层。虽然失去了记忆，但是她还活着。值班医生给她做了基本的检查。你要知道他得出了什么结论吗？"叶戈罗夫耸了耸肩膀，表示不知道。"几分钟前女孩儿被强奸了，身体里留下了被侵害的痕迹。保安跑到停尸间，但却没有看见任何人。有人好像听到了有车从医院离开的声音，但是他们没有报警，因为女孩儿的很多体貌特征都显示她已经死亡了，但是她又奇迹般地活了过来！希腊人都是我们的兄弟，也信仰东正教。如果她留在岛上，那么他们就会把她当作神一样供起来。""但这跟你有什么关系呢？你想办个脱口秀节目吗？——女孩儿死后在停尸间被强奸后复活，希腊人认为是天使做的。"叶戈罗夫想，可能威士忌已经对伊戈尔没什么用了。

伊戈尔清醒了过来。

叶戈罗夫只给自己倒了酒。

"给我也倒点儿。"伊戈尔要求道。

"象征性地。"叶戈罗夫说。

"天使不可能做这种事，"伊戈尔说道，"你看到没，天使没有性器官。"

"那一定不是天使做的，"叶戈罗夫叹气，说道："谁需要这段影像呢，为什么要安装摄像头？"

"这是一段悲伤的历史，"伊戈尔叹气道，"就像俄罗斯所有的历史一样。杜马最后一年运行，有人跟我说，我没有获得一席之地。然后突然又说要搜查麻醉中心的各种文件。这些文件中能发现什么呢？什么都能发现！收取中情局资金的收据、恐怖行动的指示、国家变革的计划。我都明白，但我不想明白的是，这一切有什么过错？一切按部就班地进行，我不准备投奔任何人。我在西班牙郊外有个别墅，你知道的，我决定在那里待几年，休息一下，看看以后怎么办。安静地待着，做准备，把莫斯科的事弄完。但我的电话都被监听了，还有人跟踪我。副议长找我谈话，他说我不必惊

自 由

慌，所有的问题都能清楚，但是我必须为国家的安全做些什么。他提议让我跟负责国家安全的人见一面。那个人请求我为那个失去记忆的女孩安排催眠治疗并录下视频。他说女孩的母亲对此没有任何疑义。他还请求我去到小岛上一趟，看看能不能找到一些蛛丝马迹。他说如果我同意的话，那么这一切将被视为我自愿的决定，我们的会面是非正式的，他把我当作是俄罗斯的爱国者。"一切都是为了爱国主义，不会有人给钱，不会有职称，也不会发勋章，你自己决定吧！"他说。

"不会发勋章。"叶戈罗夫想到了自己的胆小，"我们也不。"他想，就像是在农村的朋友面前忏悔。

"爱国主义都包含什么呢？"叶戈罗夫问道，"难道他们决定找出并惩罚这个强奸犯吗？"

"对，他们是要找到他，但是不是会惩罚他，这个我不知道。"伊戈尔忧郁地盯着酒杯，回答说。

"后来发生了什么吗？"他好奇地问叶戈罗夫，"还是说你把我也催眠了，就像催眠那个小女孩一样。"

"我那个时候并没有成功催眠她，"叶戈罗夫长叹一口气，"你可以保守住国家的秘密。"

"也许这就是我被选中的原因，因为我在政治里一文不值。"伊戈尔意味深长地看着叶戈罗夫。

"做生意，或者说开诊所是我喜欢的事情，而政治……"他摇了摇头。

"但在我看来，这件事情有着医疗和政治意义，"叶戈罗夫因伊戈尔表现出了与商人不符的忧虑而焦急起来。"至于国家安全，我现在……"

"我也是。"伊戈尔走到写字台旁边，拿了一本带插画的杂志，"我现在还没看见。"他给叶戈罗夫展示了一张图片。

叶戈罗夫认出了女孩，她长大了。就像美国作家杰写的那样，是一个顶级的大美女。

虽然叶戈罗夫怀疑这个顶级是否存在。女性之美的最顶点是各种各样的，不可捉摸的，分散在不同的平行世界。叶戈罗夫，像一个长角的甲虫，不可抑制地被大屁股的护士所吸引。不久前来找他咨询的那对年轻夫妇，丈夫被冻了的秋苹果一般长着皱纹的岳母所吸引。也许某个人会被挂号处的人权卫士、那个因为索尔仁尼琴而受折磨的布拉德琳娜·萨姆伊洛夫娜所吸引。

那个穿着黑色连衣裙、闪闪发光的女孩儿，站在铺着大理石地面、挂着拱形吊灯的特列季亚科夫画廊的一个大厅里。她正在出席阿伊娃佐夫斯基部分画作展览的盛大开幕仪式。

这次展览会是总统提出的倡议，他对大商人和认识的有钱人提出了友好的建议，希望他们能够使艾依佐夫斯基的画作回归俄罗斯。他们都没有客气。所有画作上都是悬挂着的水流，充满了对攀缘飞船碎石的人们的怒火与厌恶。仿佛是油画用尽全力向她逼近。一瞬间，蓝绿色的波浪，像大理石的碎屑淹没了众人。站在女孩儿旁边的是总统和副总理（都说他马上就要取代总统了）。第一夫人也在照片上，她心不在焉地看着别处，明显不是很美，至少在这一刻，在这张照片上是这个样子。

"这张照片怎么了？"叶戈罗夫问道，"小女孩很幸运，她是……这个男人的妻子？"他指了指副总理。"不知道。"他看了看那张十分不友善、五官挤在一起的脸。副总理刚理完发不久，看起来像一个上了年纪的拳击教练。

"为什么人民喜欢他？他做了什么好事吗？"叶戈罗夫耸了耸肩。

"他正在莫斯科建设公厕网，除此之外，还在运行健康水系统，以及社会计划'洁净的城市，干净的市民'。"伊戈尔回答说，"还有，"他停顿了一会儿补充说道，"他十二年前也在岛上，"伊戈尔又指了指照片上的总统说："他也在。"

"那又怎么样呢？"叶戈罗夫又仔细地看了看照片说道："我觉得这个事情已经得到了妥善的解决。他们又重新聚在了一起，而且看上去都不错。"

"他们把那里的什么东西搞乱了。"伊戈尔用几乎听不见的声音说，但是叶戈罗夫听清了。

"谁？哪里？"叶戈罗夫问。

"那里。"伊戈尔向窗户那边挥了一下手。那里看上去有一条通往过

自 由

去的路。

"还有这里。"他指了指挂在墙上的画——瓦西里大教堂旁,一群身穿粗呢上衣的农民和头戴盾状头饰的女人正毕恭毕敬地欢迎一个重要的人物,那人穿着古罗斯的大袍,留着长胡子,好像是一个贵族,也有可能就是沙皇本人。

早秋时节,人们不会白白地错过普希金广场,如果说他们要去哪里的话,那么就一定是那里。阿弗列莉娅望着办公室窗外,形形色色的人流沿着彼得罗夫卡大街走向普希金广场。初秋的莫斯科其实和夏末时节没什么区别。只有感觉到了秋天的树心不甘情不愿地抖动着身上泛黄的、手掌大小的叶子,就像是参加某个会议时被迫投自己觉得不赞成的一方一票一样。临近傍晚的时候,整个城市像被罩上了一个枕头,越发地炎热。

枕头的边缘镶着黛色的雷电花边。但由于没有风,所以暴风雨也下不下来,只把人心弄得很烦躁。这种天气很难找到一个合适的时间来举行莫斯科市"洁净的城市,干净的市民"首个水系项目隆重的开幕式。

阿弗列莉娅打开了窗户。人群沿着彼得罗夫卡大街静悄悄地有序前行着。只有那些踩在沥青路上沙沙的脚步声打破了炎热秋季的宁静。人们的低声轻语好像水面上的滑动的涟漪一样,打破了宁静。随后从一方传来偶蹄动物的蹄子踩踏石板上发出的咯噔咯噔有节奏的声音。阿弗列莉娅叹了一口气,虽然可以对现在的青年抱有期望。阿弗列莉娅想,自己没有必要出现在广场上了。她自己的工作已经完成了。有限责任公司"水线"和订货商之间关于项目的执行条件协议已签署。之后所有"洁净的城市,干净的市民"项目的相关工作都将交给政府。

莫斯科历史上第一个净水项目开幕式即将开始,发表演说的人选已经确定好了。开幕式不能有任何差错。总统会做一个两分钟的讲话,然后到广场上和群众进行近距离交流;跟记者朋友们说他本人很喜欢传统的俄罗斯澡堂,有桦树或是橡树枝抽打身体的那种,最好旁边再有个水池,这样洗完澡能直接跳进去;然后就可以打道回府了。

韦尔吉利耶夫曾是"水线"公司的一个官员,现在是政府的一名公关人员,他通过自己以前的关系跟总统新闻部的人取得了联系,想劝说总统短暂地参与一下歌剧《汤豪舍》。"没有什么群众场面,"韦尔吉利耶夫继续说道:"就是一个由三部分组成的电视纪录片。画面淡入,先是教皇大发雷霆地用手杖赶走一众神仙的片段。对了,顺便说一句,他们中有的人将穿橙色的衣服。然后是一个鸟瞰的镜头,广场上有零星的几个人。之后是一个特写镜头,总统沉思的脸,严肃的表情,周围是那总不带鼻环的、头发也不染色的可爱年轻人,俄罗斯的未来。"

他的想法得到了认可。

但安全局很快就获得了消息,有两个所谓的表演小组,一个叫"撕裂我",另一个叫"饥渴就不是叔叔"。他们正计划当教皇的手杖开出花时,他们将通过 USB 播放出集体性交的画面来破坏《汤豪舍》的演出。据安全局的消息称,歌剧的导演和头发剃得像斑马线一样的乐队指挥也与这一蓄谋有关,表示并不反对。各国的大使都将出席歌剧的首演,而且 CNN 电视台会全球直播。

因此总统新闻部的人决定不去冒这个险。

斯拉瓦负责管理"洁净的城市,干净的市民"项目资金。用水制雾气的发电机已经用民防、非常局势与救灾事务部的飞机从加拿大运到了,昨天晚上安装到了普希金广场上。按合同规定,这项工作由斯维亚托斯拉夫·伊戈列维奇手下的人负责。

阿弗列莉娅多次把水线公司的钱放入乌克罗普奇克在塞浦路斯注册的境外公司账户。然后唯一一个与乌合作的公司便刻不容缓地将这些钱按股份分配给这些股份的持有者。这些股票在欧盟国家和德国被认为是合法的支付手段。一大早,乌克罗普奇克向阿弗列莉娅通报了关于与当地公社签署一个买卖爱琴海上无主小岛的文件。这个小岛离乌的别墅坐汽艇 20 分钟到达。因为岛上还没有通电,也没有安装通信设施,所以价格不是很贵。由于水下有锋利的悬崖做屏障,所以只有乘坐橡胶底的轻型汽艇才能到达。而且只能在涨潮的时候靠近,但并不敢保证这个时候水下的悬崖不会划坏汽艇的橡胶底。

小岛就是一个被茂密森林覆盖的山,一条银色的瀑布悬挂在其上,就像是一把长长的胡子。欧盟下属的未开发区域委员会认为,在这座小岛上

自由

建直升机停机坪的想法跟其他任何活动一样，不论从经济角度还是从生态角度上考虑都是不合适的。决定在岛上建一个不大的两层小房，安装一个柴油发电机。阿弗列莉娅早就盯上了这个小岛。对于岛的主人，或者是岛的租赁者来说，唯一的担忧就是一种稀有动物——北螺。它们平日里十分安静，很难被发现，但一到交配的季节——八月末，他们就会发出一种独特的声音。一些古希腊的作家将其描述为"大地的呻吟"，另一些将其描述为"海洋的哭声"。

阿弗列莉娅承诺了不去打扰北螺虫，也不会不顾规定在岛上建任何东西。房契中指出，该岛将被用于对负责伊奥尼亚海、马尔马拉海和爱琴海生态状况的欧洲宇宙卫星"波塞冬号"的观测。

收回看向窗外的目光，阿弗列莉娅自己也对自己此刻的平静感到惊奇。她想起乌克罗普奇克的话：一切都自有定数，为命运忧虑和痛苦都是徒劳的。

今天"БТ"网上的主题也附和了乌克罗普奇克老生常谈的论断：

只给了政府半个小时，就想用一个命运匆忙来容纳另一个。抱着对命运十足的尊敬，阿弗列莉娅完全不认为这是最终目的。难道高层真的是受不了莫斯科的臭气，一本正经地想把我们的首都变成一个清洁的城市？

没有傻子不能奏效，阿弗列莉娅叹了一口气，除非没有特别臭的傻子。她想起和"Nanomed"诊所那个叫叶戈罗夫的心理医生的会面。在叶戈罗夫看来，她是一个值得尊敬的金融学家，是他那位消瘦高龄患者的女儿，叫索菲娅，是"БТ"网上看不见的战友。但他不知道她叫阿弗列莉娅，而且是封闭式股份有限公司水线公司的总经理，也不知道她是……

她考虑了很久要以什么身份出现在他面前。这个叶戈罗夫不是个简单的人物。他在科学杂志上发表过文章，在全俄罗斯心理医生会议催眠分会议上担任主席，并参加了许多国际座谈会。他是第一个在该领域运用饱受争议但很深入的术语——"意识的臭气"的医生。

阿弗列莉娅觉得这个术语很粗鲁，但却有其存在的意义。叶戈罗夫认为催眠就好比板锹。患者的潜意识就像是一个污水池。他就是用催眠这把板锹将污水池里各种各样的脏东西挖出来。这一研究的内容就在于叶戈罗夫提出了"意识的臭气"这一术语。直肠病学医生和妇科医生在某些情况下不会反对这一术语。能想出这种术语的人，只能是一个聪明、对生活感到失望、愤世嫉俗的人。这样的人往往是"最具人道主义的职业"的代表。

阿弗列莉娅不知道，应该列举出所有特点，并将它们分为优缺点。她本人也是一个聪明、对生活感到失望、愤世嫉俗的人。但是她还是不够聪明。她的聪明是由那个伊奥尼亚海中那个被水下悬崖围绕着的无主小岛支持着。对她来说，那里就像某条路的终点。但她还不知道这个小岛对她的意义在于什么。也许在于可以聆听"大地的呻吟"或"大海的哭声"？还是说在于可以观看每年爬到岸上一次的北螈虫？

阿弗列莉娅决定以自己的真正面目出现在叶戈罗夫面前。也就是说叶戈罗夫需要自己决定把她当作谁来交往，是当作消瘦高龄患者的有钱女儿呢，还是无所不知的神秘索菲娅或是素昧平生的阿弗列莉娅呢？

到了"Nanomed"诊所，假想的臭气跟了她一整路。有趣的是，她盯着那个头剃得像个香瓜一样的司机的后脑勺，他能不能感觉到这种臭味呢？司机没什么反应。他感觉不到，也有可能是已经习惯了这种恶臭，阿弗列莉娅想。

他们约好在诊所附近的小公园见面，之后可能会去附近的咖啡厅喝一杯咖啡。这个咖啡厅的名字十分奇怪，叫"搅拌器"。说这个名字的时候叶戈罗夫停顿了一下，等待着阿弗列莉娅的反应。阿弗列莉娅毫不怀疑，这个"搅拌器"通过一些水龙头来控制，她可以调节到需要的水温。

她不喜欢叶戈罗夫在街心公园等她时候的样子。很显然他是宿醉而归，也没刮胡子，蓬头垢面的，穿着那皱皱巴巴的绿色裤子。裤子上的口袋松松的，感觉更适合锁匠或者是水暖工穿。他的头上戴着一顶带流苏的帽子。阿弗列莉娅觉得，如果她是这家诊所的主人的话，是绝对不会雇佣这种心理医生的。

一次，阿弗列莉娅和父亲一起整理那些装订好的旧杂志。这些杂志是他爸爸从区博物馆带回来的，他们总是从那儿借书。阿弗列莉娅突然想起了一句关于擦肩而过的东西的诗句，但在人们的晚年依旧是徒劳，她想起了俄罗斯当今的掌权者们。

他们从未错过水槽。如果说他们选择了哪个水槽,那么一定不是平白无故的,一定是已经盯了好久。

"我看你已经为去搅拌器咖啡厅做好了十足的准备,"阿弗列莉娅用头指了指叶戈罗的裤子,饶有兴致地说。

"您……"叶戈罗夫从长椅上站了起来。他认出了她,先是认出了她是那位高龄患者的女儿,然后发现她是神秘的索菲娅,再然后是素昧平生的阿弗列莉娅,水线有限责任公司的总经理。有可能……阿弗列莉娅不能确定。

她的心就像是一个沉重的铁门。她很少打开自己的心扉,也不愿意这样做。她自愿不再去看那被锋利的水下悬崖包围的小岛。

对于这个心理医生来说,认知的边界就在于那种恶臭。

但她低估了叶戈罗夫。

"我的上帝啊,我以为这一切都是我的臆想,是疯子们的想象……你在我们的世界里干什么?"阿弗列莉娅突然发现自己和他一起坐在长椅上。不只是坐着,竟然允许心理医生抓着她的手!

叶戈罗夫用紧张的手指有节奏地抚摸着阿弗列莉娅的手,用自己深绿色的眼睛热切地看着她。那双眼睛好像能把周围的一切都吸进去一般。

阿弗列莉娅感到温暖的海水向她涌来,像盐或者说眼泪一般融化其中。浑蛋,她想到叶戈罗夫,他就是个放弃嫉妒救赎的大浑蛋。

"您难道准备催眠我吗?"她困惑地问。

"我知道这是不可能的。"叶戈罗夫长叹一口气。他慢慢抬起手正了正带流苏的帽子。"恶臭……"他喃喃地说。"你能闻到臭味?还是只有我这么觉得?"阿弗列莉娅点点头。

这个怪人开始拿她娱乐了。他就像随便一种器皿里的水,身体充满了各种各样疯狂的举动,甚至是不符合这种定义的水。此时此刻,叶戈罗夫充满了勇气,仿佛飞到了炙热的火炉表面。他不害怕自己瞬间蒸发,也就是说,他已经准备好把自己的生活融入别人的癫狂中。阿弗列莉娅不得不承认,叶戈罗夫是个优秀的心理医生。

"不可能这样……"叶戈罗夫问了问自己的手掌,"我有口臭吗?"

阿弗列莉娅耸耸肩,为了以防万一,还是坐得离他稍远一点。

"也就是说,"叶戈罗夫十分伤心,他肯定地说:"我确实是充满恶臭!这样可怎么活呢?"

这一点还不能确定,但他无耻的双眼中已经充满了泪水。

"真是个少有的浑蛋!"阿弗列莉娅再一次在心里感叹道。

"请冷静一下,"阿弗列莉娅对叶戈罗夫说,"您不是麦克佩斯。是不是他说过,他的罪恶臭气熏天?"

"但是您闻到了他的气味,"叶戈罗夫反驳道,"然后循着气味而至,就像苍蝇……"

"风会吹散罪恶。这样会更简单些。我很少关心您认知方式的道德层面。您想要让我给您催眠的话,"她直视着叶戈罗夫的眼睛,"您告诉我,为什么做那些事情,或者……"她停顿了片刻,说,"您是不是怀疑我不会成功?"

"我毫不怀疑。"叶戈罗夫说,"我应该向您坦白些什么呢?你想从我这里得到些什么?""我想要您在家里给那个小女孩进行催眠治疗的视频文件。"

"这需要双方都同意。"叶戈罗夫快速地回答道。

"但她当时还未满18周岁。"她强调说,"叶戈罗夫先生,再说了,这是法律,此外,也不知道时效。"

"但是没有证据,谁也不能证明她当时未满18周岁。"叶戈罗夫耸了耸肩。

"但她确实是受害者。"阿弗列莉娅反驳道。

"除此之外,"叶戈罗夫说,"你知道她是谁的妻子,他们不希望在网上出现任何丑闻,更何况是性丑闻。"

"您到底是怎么卷到这件事情当中的呢?"阿弗列莉娅从长椅上站了起来,友好地向叶戈罗夫伸出手去。

她觉得应该去那家叫"搅拌器"的咖啡厅坐一坐,讨论一下"商品——钱——水"这一公式了。

自 由

　　心理医生设置的商品价格的高温应该用阿弗列莉娅的冷水理论来指导降温。她不在乎用什么手段，能满足叶戈罗夫开出的任何价钱。但她早都明白，大多数人都能接受违背原则的事情，不喜欢别人跟自己讨价还价，觉得这是胆小、愚蠢或者欺骗。叶戈罗夫显然不属于大多数人的行列，但她不想验证这一点。世界就是这样，能变成富人的人十分有限。

　　"我不知道。"叶戈罗夫把她的手翻过来，手心向上，仔细地看上面密密麻麻的所谓的"线"。"我不喜欢别人拿我当傻子。只想当下面两者之一，"他放开了阿弗列莉娅的手，"要么是永生，要么就是早都死了。"

　　"你更倾向于哪一个？"阿弗列莉娅问道。

　　"她是你的妹妹吗？"叶戈罗夫问。

　　"可以这么说，"阿弗列莉娅回答，"尽管我们不是亲生姐妹。咱们去咖啡店继续聊怎么样？"

　　"悉听尊便。"叶戈罗夫礼貌地鞠了一躬，帽子上的流苏垂了下来，"我会完成您的所有吩咐。"

　　"那就言归正传，你要多少钱？"阿弗列莉娅想要缩短待在这里的时间。

　　"什么多少钱？"叶戈罗夫对她有些失望，惊讶地说。

　　"您不是匹诺曹，"她回答说，"我也不是狐狸阿利萨。我们也不在傻瓜国。说吧，您想要多少钱？"

　　"不在傻瓜国的话，那我们在哪里呢？"叶戈罗夫感兴趣地说。

　　"现在我们在被侮辱的女人国。"阿弗列莉娅说。

　　"女人是任何社会群体中最保守的一部分，"叶戈罗夫若有所思地说，"女人的委屈是孕育革命的沃土。女人的耐心被消耗光的时候就是革命开始的时候。您是想要收获什么吗？"

　　"多少钱？"阿弗列莉娅重复道。

　　"我一分钱都不要。我什么都不需要。"他举起双手，就像一个投降的士兵。确实，正如您所见，我总是会被卷进各种各样的事件里，有时是因为职业的原因，而有时是为了钱。也许，正是因为如此……"片刻停顿后，他补充说道，"我才能活到现在。我们现在去我家，我给你取那个存有文件的U盘。但是，请您听我说，这太好笑了！"

"是，我有这种爱好，我稀罕记录跟女性的交谈，但您已经发现了，并不是跟所有的女性，也不是用录像的形式。这是违法的。没有一个法院会承认这是一个证据。相反，这一过程会被认为是在双方同意的情况下进行的。而这些话……您知道的，女人在被爱情冲昏了头脑的时候什么说不出来？"

"然而，正是您所谓的被爱情冲昏头脑的时候说的一些话，"阿弗列莉娅继续说，"能够挽救生命。生活是什么？除此之外，"她厌恶地看着叶戈罗夫说："它是认知的恶臭吗？真相总是在最后，确切地说是在神圣的维度中。没有生命就没有人类，没有真相。您决定要追寻那个实际上并不需要的真理，它使你走入了死胡同。"

"我不觉得这是一个死胡同。"叶戈罗夫反驳道，"男人的崇高美德之一是延长女人忍耐时间的途径，但与此同时，它也会激化革命。我不得不服用两倍剂量的……您是对的，我确实是找到了对我来说无用的，甚至是危险的真相。但这其实是一个意外，它发生在实验期间。别忘了，我既是一个从业医生，也是一个学者！"

"别害怕，"阿弗列莉娅厌恶地离叶戈罗夫远了一些，"您不会因此受到折磨的。"

"我的老伙计，"叶戈罗夫对她使了个眼神，"还有就是对知识的渴望。"

"录像不会让你失望的。"

阿弗列莉娅不屑地看着车里坐在她旁边的叶戈罗夫，命令他坐到前面去。

在乘车去叶戈罗夫家的路上（他家住在基督救世主大教堂的旁边），她脑海里想到了长着香瓜头的司机兼保安因叶戈罗夫那令人厌恶的行为而臭扁了他一顿。

看着车窗外那些落满灰尘的房屋和树木。大屏幕上正转播着一个什么重要的足球比赛。阿弗列莉娅很享受在脑海里幻想痛殴固执的骗子心理医师的场景。她甚至检查过她的鞋跟是否足够好。看起来，它们非常好，金属铸造的，带有胶皮后掌。阿弗列莉娅是一个尊重自我的艺术家，她想用

自 由

高跟鞋踢叶戈罗夫的睾丸来完成这幅自画像。

即使那个头剃得像香瓜一样的司机感觉不到恶臭，但他能够读出女主人大脑里的想法。他一言不发地跟着阿弗列莉娅和叶戈罗夫上了电梯。在楼梯间用一把手枪顶在了叶戈罗夫的后背上。而另一只手使劲地揪住叶戈罗夫的衣领，就像抓一只顽皮的猫一般。奇怪的是，阿弗列莉娅觉得叶戈罗夫这时更像……一只野兔。但与猫不同，兔子永远不会让人抓住它。

是猫还是兔子又有什么区别呢，阿弗列莉娅嫌弃地想。

如果叶戈罗夫当时回头看的话，他就会发现那个司机变样了：他的双手变长了，脸上的两只眼睛汇合成一个，背上形成一个肌肉的小丘。但叶戈罗夫并没有回头看。

向命运投降意味着无条件接受任何命运。阿弗列莉娅又一次注意到了叶戈罗夫的特殊性，但这次对这一点比较满意。在这些情况下，命运一般不会忍受额外的测验。

叶戈罗夫慢慢抬起手，打开了走廊的灯。阿弗列莉娅那双前一秒还像火焰一样欢乐作响的高跟鞋不响了。狡猾的心理医生，就好像是……海里的北鲹？逃过了惩罚。

"在这里等我们一会儿。"阿弗列莉娅吩咐保安。

"你要是找不到，我就杀了你，我都看得见。"保安低声说道，这声音仿佛是从地底下发出来的，而不是人类声音。为了警告叶戈罗夫，他抖了抖驯服的猫（兔子？——心理医生心想），然后留在了过道。

叶戈罗夫默默地从房间的沙发下边取出了一个落满灰尘的工具箱。

打开了它。

这个箱子装得满满的，全是各种光盘、《汤豪舍》和储存卡等电子设备。

"难道这全都是？"阿弗列莉娅生气地说。

看着叶戈罗夫打开箱子，取出所需的 U 盘的样子，阿弗列莉娅想，只有傻瓜才相信 Ipad，Iphone 和社交网站这些无聊的玩具会有未来，这样组合出的未来，像用"有座"替换"座有"这样把一样意思的字母凑在一起，没有什么意义。"这儿呢，这儿呢。"前总统照片背面的签名让阿弗列莉娅想起了前总统——一个狂热的互联网用户和推特用户、苹果粉。可以说是一个陷入幻想的北螈,阿弗列莉娅如此想到。很显然,今天这个北螈也没有让她歇着。照片上,前总统身穿一件儿童衬衫,手里拿着一根用来打高尔夫球的短棍。

"快了吗?"阿弗列莉娅走到固定在墙上的木雕框镜子旁。她能看见自己的全身,踩着高跟鞋,个子高挑,像一个双耳罐。她几乎是抽泣着说了这么一句。这之前她还好好的。为什么是岛和北螈呢?阿弗列莉娅悲伤地想,什么时候世界才能伟大而美好,才能有许多美丽的事物和许多愿意为我献身的男人呢?

"已经弄好了!"叶戈罗夫走到她的身后,小心翼翼而又温柔地抱住了她。

他拿着 U 盘的手像蛇一样伸进她的衬衫,伸到阿弗列莉娅的胸前,小心地将 U 盘放到她的文胸里。她整理了一下文胸,U 盘像小鸟一样在那里安了家,"如果出什么问题,你就只有死路一条。"她在几乎失去意识的情况下气喘吁吁地低声说。

8

韦尔吉利耶夫凭借着自己以往的记忆,像很久以前在部里工作时负责这类活动一样,比上司提前半个小时就到达了普希金广场。上司会偕妻子一同到场。他的妻子是"洁净的城市,干净的市民"项目的主管,负责从各种基金会、银行和私人投资者处获取额外资金支持。因为公事,韦尔吉利耶夫曾在斯拉瓦和阿弗列莉娅的办公室里跟她见过几面。

上司夫人很重视这个项目。她会逐个看完已完成工作的汇报,仔细阅读那些韦尔吉利耶夫以她的名义写给银行家、企业领导和一些重要人士的信。夫人认为不需要给其中一些人写信,给其中的另一部分人写信则需要换种口吻。韦尔吉利耶夫甚至都对夫人如此积极地参与这个荒谬的活动感到很不解。他有时觉得这项活动没有任何意义。而且还时常出现资金漏洞,在很大程度上,这跟他获得的那一大摞钱有关。

韦尔吉利耶夫渐渐确信,至少这个项目中所有他接触到的人——上司

自 由

夫人、斯拉瓦、阿弗列莉娅，都不是因为恐惧而工作，而是为了问心无愧。更何况项目预算本来就少，还处于审计署监督下。项目处于如此之高的社会关注下，很难腐败。韦尔吉利耶夫怀疑只有他自己被收买了，这种想法让他感到恶心。他不喜欢这种感觉。他知道这种事不是偶然发生的，并绞尽脑汁想找到这个从古罗马时期就存在的问题的答案：这对谁有利呢？答案当然是对所有人有利。

像一次斯拉瓦呼唤的项目，韦尔吉利耶夫几次违背良心、斯达汉诺夫式（不求回报的）劳动（马雅可夫斯基观点），然后被强大的河水冲进了水共和国的杰作中。韦尔吉利耶夫记得自己当时很是惊讶，但斯拉瓦向他解释说："比起'洁净的城市，干净的市民'来说，外国企业的代表们更喜欢这个名字。他们不会明白，是什么力量妨碍着生活在城里的人变得干净，简单地说——洗澡。"斯拉瓦继续说："共和国因盎格鲁撒克逊人参与议会民主而对此产生疑问。水暗示着真正的民主总是能自己找到最合适的表现形式。水滴会穿透独裁主义的石头。有这样一句古不列颠俗语，"斯拉瓦最后说道："有水的地方就有胜利。这是对我们水共和国人最好的诠释。"

回到家后，韦尔吉利耶夫在电脑前面坐了一个小时。即使他连纳尔逊海军中将的夫人哈密尔顿的信都仔细研究了，也还是没有在网上查到这个俗语的痕迹。

就像米哈伊尔·布尔加科夫在他创作的不朽长篇小说中描写的彼拉多一样，项目也接近了尾声。没有人敢不理上司夫人的信件，不论是有伤风化的节目主持人、演员、电视主持人还是其他医务人员。

韦尔吉利耶夫那一摞钱像在娘胎里一样，还放在塑料袋里没有拆开。

上司夫人盯了韦尔吉利耶夫准备寄发给"医务人员"的一堆信许久，一动未动。

"您有什么疑虑吗？"韦尔吉利耶夫问道。

"只有一件，"她回答说："寄这些信证明我认识这些人。而他们不管认不认识我，收到信之后都会认识的。"

"这……对于起草商务信函来说是多余的思考，"韦尔吉利耶夫表示，

"他们是否认识您都无所谓,最终还是会接受您的请求。"

上司夫人若有所思地说:"我跟这些人交往一直都坚持另一个原则。"

"什么原则呢?"

难道,韦尔吉利耶夫想,不得不对那摞钱进行"剖腹产手术"了?

"他们令我恶心,而我又根本不认识他们。"上司夫人回答。

"真是个黄金原则,"韦尔吉利耶夫惶恐地表示赞同,"但是信该写还是要写,写完就忘掉!"他想起了神经语言学编程的课程。

上司夫人还惊到过韦尔吉利耶夫一次。那天他接到负责总统行政的人打来的电话,说总统的行程实在太紧张,不能来参加洁净水系统的开幕仪式。那是韦尔吉利耶夫网上的政治谣言疯狂讨论上司向国家杜马提出的法规以及总统对该挑衅行为的反应开始几天后。

电话铃突然响起的时候,韦尔吉利耶夫和上司夫人刚从斯拉瓦办公室出来,乘上了下行的电梯。

韦尔吉利耶夫一下子腿就软了。他知道,自己的计划失败了。但他不明白,这是为什么?浑蛋,他自己像评价不相关的人一样评价自己,拿了钱却坏了事。

"您的脸色苍白,怎么了?"走出电梯的时候上司夫人礼貌性地问道。她用那双灰蓝色的眼睛平静而严肃地看着他,韦尔吉利耶夫怀疑她知道了钱的事情。他忽然成了陀思妥耶夫笔下主人公的亲戚,一会儿把钱扔到水中,一会儿从壁炉中掏出烧着的钱。韦尔吉利耶夫和上司夫人一路无话,走到了沿岸街。一辆装有警灯的奔驰车在那里等她。韦尔吉利耶夫是要去地铁"国际站"。要是现在那摞钱在身上的话,他会毫不犹豫地把它扔进莫斯科河。

他从来没和上司夫人谈过政治。只有一次,他记得他们讨论过上了年纪的人怎样在俄罗斯生活。(在收钱之前)韦尔吉利耶夫称俄罗斯的退休金系统是"种族大屠杀"。然后开始热情地向上司夫人证明,假如夫人生活在苏联时期,在童年的时候,苏联的退休金保障是很优越的。夫人默默地听完了韦尔吉利耶夫的理论,然后微微地耸了耸肩,好像他们是在舞会上,韦尔吉利耶夫想邀请她跳一支舞,但她不确定,是否值得和他跳舞。

自 由

"难道，"韦尔吉利耶夫用犀利的目光看着她那对钻石耳环说，"您认为现在的俄罗斯人比在苏联时期生活得要好？"

"您真的想听我的意见？"上司夫人惊讶地看着他。

"说实话，并不是特别想知道。对不起……"韦尔吉利耶夫冷淡起来。

"我回答你的问题，"上司夫人说，"在现在的俄罗斯一种毫无存在意义的体制会取代另一种毫无存在意义的体制，然后它又会被另一种毫无存在意义的体制所取代，就这么周而复始，没有尽头……"

不知道为什么，上司夫人的这席话让韦尔吉利耶夫想起了和上司夫人站在沿岸街上的场景。一艘雪白的大型游轮沿着莫斯科河游荡着。对于狭窄的河道来说，它显得如此巨大。游客们在音乐的伴奏下边吃边喝。一位头戴鸭舌帽的姑娘在向他们招手。当然，如果可以的话应该踏上游轮，但不是现在，不是今天。

"确实是发生了一些事，"韦尔吉利耶夫叹了一口气说道，"总统不会来参加开幕式了。糟透了。"

"糟透了？"上司夫人重复问道，"难道这真的很重要吗？"

"非常重要。"韦尔吉利耶夫难受地说。时间在流逝。必须做些什么，去哪儿找找什么人，但他能做什么呢？他只是一个从岗位上被辞退的人，没有证件，没有办公用车。

"为什么？"上司夫人看着韦尔吉利耶夫，好像小妹妹看着大哥哥一样。哥哥比妹妹知道得多，所以自然可以给妹妹答疑解惑。夫人此时并非是一个不食人间烟火的仙女，而实在是韦尔吉利耶夫不怎么懂游戏规则。或者说夫人是另一个游戏的玩家，那个游戏有着自己的规则，从她的高度看来，韦尔吉利耶夫眼中"糟糕的事"不过是小事一桩。

"那就从咱们那些一文不值的幸运信说起吧……"叹口气后，韦尔吉利耶夫开始解释，"没有一个浑蛋响应，没有派一名记者来。如果行政当局有人命令其他人沉默的话，完全不会有一个人知道我们这么棒的活动。但这不是最主要的原因。我再强调一次，总统一定要出现在开幕式上！而且不仅仅是出现，更要和您的丈夫站在一起，来证明政权的稳定。如果总统不来，那么……"韦尔吉利耶夫挥了挥手。

自　由

让"小妹妹"自己想去吧。

"但还有挽回的余地，"上司夫人从包里拿出电话，找到需要的号码后拨了出去。没等很久电话就接通了："是我，"她说，"我希望能在洁净水系统的开幕式上看见你。"韦尔吉利耶夫当然没有听到总统说了什么，但他发誓，总统会问："能不能早一点？""可以，"上司夫人说，"你不来的话一切都会没有意义的。那就这么说定了。"她把电话放回包里。"一切都安排好了，"她向韦尔吉利耶夫使了使眼色，"'急救车'及时到达，幸运信已经收到了回复。"

上司夫人坐上奔驰离开以后，韦尔吉利耶夫就一直在想这想那。他一直觉得自己不应该听到这段话。对于他来说不存在什么"一切都安排好了"。许婚不是结婚，承诺可不是事实。

人群都聚集在普希金广场上。韦尔吉利耶夫注意到，在场的许多人都比他小，几乎没有一个人比他的年龄大。他感到忧伤，想唾弃这一切，离开这里。没有什么更显而易见的证据能从本质上证明过去的人生，证明《汤豪舍》不是为了韦尔吉利耶夫而演，洁净水工程不是为了韦尔吉利耶夫而开展，那个身穿短裤的可爱女孩也显然不是躲在树后偷偷看他。

在欣赏纳米技术带来的奇迹之前，首先映入眼帘的是一个小舞台，上面挂着项目的标语——"洁净的城市，干净的市民"。

韦尔吉利耶夫看了看手表。再过二十分钟歌剧将进行幕间休息。在幕间休息时应该举行水系统的开幕式。如果开幕式耽误了歌剧的演出时间，没有关系，歌剧可以被延后。"汤豪舍"又不着急。

记者们在摄像机附近的规定区域内踱来踱去。总统新闻厅的工作人员在忙乱着。在舞台被保护区的侧面有一间全金属的环保厕所，事实上，没有任何标志在上面。这是个新东西。之前总统从来不自带可移动厕所。厕所的门被打开了，从里面出来了一个穿工作服的人。韦尔吉利耶夫看见里面不是厕所，而是一个像太空飞行管理中心的复杂电子仪器之类的东西。穿着工作服的人把什么东西快速地交给另一个人，那人穿着西服打着领带，韦尔吉利耶夫认出了他——是斯拉瓦。当时的斯拉瓦是一个在加拿大猎杀白熊的猎人，而现在斯拉瓦·伊戈尔维奇·莫洛佐姆先生是一位令人尊敬

自　由

的商人，是"洁净的城市，干净的市民"项目的投资人之一。

"那是什么？"韦尔吉利耶夫同斯拉瓦打过招呼后，用头示意了一下那个"厕所"问道。

"管理水系统的移动站。"斯拉瓦答道。

"把它拿来干什么？"韦尔吉利耶夫惊讶地说。

"问得这么轻松，我哪知道干什么！"斯拉瓦愤怒地正了正领结。"见鬼！昨晚接了个电话……"斯拉瓦说出了管理总统备忘录那个人的名字，"他吩咐一定要这样做，为了让总统能够按什么按钮，而且，最有意思的是，"斯拉瓦阴险地笑了起来，"这个启动按钮没有被安装在洁净水系统中，而是安装在了一个总统可能会在的地方。真是厉害，是吧？"斯拉瓦问道。

韦尔吉利耶夫只是摊了摊手。

管理总统备忘录的人有着自己的时间概念和空间概念。他仿佛生活在一个神奇的国度。那里的天气、昼夜时间、周围的环境、内部装饰、房间的内部摆设，还有那里的人们都根据他的想法而变化。或者说是根据总统的想法而变？他一会儿吩咐毒死总统官邸附近的蚊子。这个官邸只是总统在视察州中心时短暂歇息停留的地方。一会儿吩咐在总统散步路过的树林中安装一个不停发出咕咕声的设备。总统喜欢数他还能活多少年，还能管理俄罗斯多少年。按管理总统备忘录人的意思，总统应该是永生的。

"但这还没完，"斯拉瓦继续说道，"他没有告诉我该把这个鬼按钮安在哪里，只说要安在一步之遥的地方就行。"

"这可比一步大得多，"韦尔吉利耶夫用眼睛丈量了一下从舞台到"厕所"的距离。

"一共六步半，"斯拉瓦忧郁地说，"我会被怎么样呢？"

"被枪决。"韦尔吉利耶夫叹了口气说。

"挖了一整夜。"斯拉瓦没有对韦尔吉利耶夫的玩笑作出反应。可能是在听到领导的命令后幽默感变迟钝了，"在水蒸气发电机的帮助下接通了电缆，把这个鬼按钮安到了操纵台上。浑身都湿透了。"他挥了挥手，"谁需要这个东西？难道他会去那儿按按钮吗？"他厌恶地看了看"厕所"，就好像那里真的是一个臭气熏天的厕所一样。

"嗯，会按的，然后呢？"韦尔吉利耶夫问道。

"一开始我想用彩灯来装饰入口处和大树。"斯拉瓦解释说，"但要在白天……而不是晚上，要冲洗。"他压低声音说，"取下按钮，对设备冲洗消毒。就是……冲洗，万一那儿没安排人怎么办？"

"别担心。"韦尔吉利耶夫安慰斯拉瓦道。"他不会按按钮的。最好是这样。"他看了看天空，"没准会突然下雨呢。"

"下雨的话我也会被枪决吗？"斯拉瓦好奇地问。

"先阉割再枪决。"韦尔吉利耶夫愉快地朝他使了使眼色，"还记得米哈尔·米哈雷奇吗？"

特维尔大街被封路了。只用金属栅栏围出了一个"走廊"。不满政府的公民就像围在"走廊"里的鱼一样。警察（目前）还礼貌地建议他们走地下通道。韦尔吉利耶夫懂了，总统乘车会就到这儿，然后从"走廊"走到舞台上。

但上司应该会先到。

就像是枕头跑毛了一样，歌剧中传来了几声毫不相干的声音。一个发言的人说他们可能是小偷。这个人是谁呢？韦尔吉利耶夫想了想，难道是……总统？根据有时甚至能够盖过德国乐团的声音判断，哎，那里聚集了不少人。

天忽然暗了下来，就像科尔涅伊·楚科夫斯基儿童诗里的鳄鱼把太阳吞下了一样。鳄鱼也吞下了天空上那蓝黑色的乌云。那块乌云让人联想到背上立着一只鸟的鳄鱼（如果有可能的话），又像古希腊三层桡船，帆被骇人地旋入空中。乌云其实很少，即使下雨也不会下很长时间。而且这条"鳄鱼"还要很久才能游到广场上空。它在往林荫路方向游，似乎对"汤豪舍"很感兴趣。

特维尔大街负责封路的安保人员拿着对讲机。到了栅栏那里，韦尔吉利耶夫碰到了一个认识的小伙子，他是负责陪同上司的。小伙子认出了韦尔吉利耶夫，并放他过来。

"总统在路上耽搁了。"他说道，"我们的人现在过去。"

很快有几个车队飞驰到了广场上——它们分别是从特维尔街、德米

自由

特洛夫卡路、特维尔林荫路和白俄罗斯火车站方向赶来的。总统护卫队员显然没有预料到这些,但很快了解了情况,给这些人:总检察长、国防部长、莫斯科市长、能源与油气项目副总理安排了贵宾通道。这之后上司才来。

"怎么这么混乱?"韦尔吉利耶夫在车旁边抓着上司的手问道。

"他签署了解散内阁的命令,"上司毫不留情地撵走了夹着公文包走过来的助手。"早上他召见了宪法法院代表们来表决总统直属权利的变更。这是……几乎是国家层面的政变。我不清楚,可能已经签完了。如果已经签完了的话,那么就会在这里直接宣布。如果,当然"他看了看被封路的特维尔大街,"他来的话。我就会坐上他的位置……"

特维尔斯基响起了总统车队的警报声。

抵达开幕式现场的领导们,像往常一样,一路跟随着很多保镖。走廊很窄,因此保镖们把不相干的人请到了另一侧,其中就包括韦尔吉利耶夫。他挪到了靠近舞台的一侧。

歌剧停了。

如果革命水手热烈兹尼亚克现在还活着的话,他会告诉现代指挥"汤豪舍"累了。

广场上空十分安静,只能听到风和树叶的声音。

鳄鱼状的乌云像一把锋利的刀,将小圆面包般的太阳一切两半。广场、林荫路、小德米特罗夫卡的一半都陷入了雷雨前的黑暗中,而另一半却十分明亮。总统此时正沿路向舞台走去。总统的表情是那么平静,脸上没有一丝皱纹。他礼貌性地腼腆微笑着,仿佛想对在座的各位说些什么好话、鼓舞人心的话,但却又羞于说出口。一反常态的是,只有两个保安跟着他。

总统运动员般的好身材隐藏了自己的年龄。他体态轻盈,走路的时候肩部微微向前倾,有些像小流氓。总统像年轻人一样喜欢运动。没有他不会用的体育器械,没有他不会玩儿的集体运动项目。

韦尔吉利耶夫想起自己的一个朋友,她对着镜子里赤裸的自己,忧郁地说道"我的身体输给了时间"。"不要伤心,"韦尔吉利耶夫记得当时自己如此安慰她道,"这是一场注定失败的游戏。"然而当时这个自我批评的朋友还没满五十岁。

  总统要比她大很多，但他想为自己赢得更多的时间。或者说，如果人不可能超越自然规律，最终都会输给时间，但那么至少可以输得慢一些。可能他希望，时间会厌倦长久的游戏，放过他的身体，然后离开。

  韦尔吉利耶夫听说过总统的作息时间表。早上总统会在泳池中游很久。离开城郊的总统官邸之前一定会先在健身房拉一拉筋。他的午饭很简单，他喜欢新鲜蔬菜和煮过的肉，午饭后，他会去蒸个桑拿，做个按摩。返回总统府后，一定会骑很长时间马。然后吃晚饭，看电视，即便总统可以选择其他节目，但看的还全是体育类节目，然后以游泳结束一天的生活。

  韦尔吉利耶夫想得太入迷了，以至于看丢了总统。

  而总统已经迈着轻盈的步伐走到了舞台上，上司夫人在那里等着他。总统吻了吻她的手。上司夫人穿着一件薄薄的紧身连衣裙。韦尔吉利耶夫觉得，这件连衣裙跟雨是一个颜色的。就好像它是由细细的水线编织的一般。她不但没有输给时间，而且是以绝对优势为自己的身体赢得了时间。韦尔吉利耶夫怎么也无法想象在这样的年龄她还能健步如飞，不知为什么，就像神和恶人不搭，他觉得年迈这个词和上司夫人不搭。韦尔吉利耶夫很尊重上司夫人，虽然她不是神。而年迈相对于童年、少年、青年和成年来说，也就是说和生命本身相比，即使它是恶人也不会是大恶人。

  总统和上司夫人说了些什么，完全没有在意离他们周围几步远的人。韦尔吉利耶夫不得不承认，总统在和时间的游戏中胜出了。他和上司夫人站在一起很好看。也许甚至比上司和夫人站在一起更好看，韦尔吉利耶夫叛逆地想。

  其实他觉得政权的更迭没什么不好的。第一，上司不会很委屈，因为不止他自己委屈，大家都这样。第二，韦尔吉利耶夫和这些人搭班子工作了很久，像布宁，好像政府倒台一样对待上司。第三，观察到总统和上司夫人耳语，韦尔吉利耶夫得出结论，上司还是有储备来续航的。

  总统步伐轻盈，像被插上了翅膀一样，飞到了舞台上。他一身轻松，也没有拿稿就开始演讲，并且引用了文选当中的句子："没有水寸步难行。"

自　由

之后又改写了著名的歌词："害人的不是啤酒——害人的是水！"而按总统的说法，正是啤酒害了他们，使俄罗斯的年轻人变弱，而洁净水系统和水上运动则激励着他们，召唤他们增强体魄，提高品德。他这样结束自己的演讲："水线开启了永恒之门。俄罗斯毅然地走进这个门。谁反对水，就是反对俄罗斯！谁反对俄罗斯，就是反对我们！谁反对我们，就会立刻走向灭亡！"

台下的观众一阵欢呼。人们一直很喜欢总统的即兴演讲。

但是林荫路上好像发生了什么比总统关于水的即兴演讲更受人们喜欢的事情。或者说那里聚集了更多的人，最重要的是那些人更加有同情心。幕间怒吼中能感觉到那种胜利的喜悦，肆无忌惮。不合时宜的号叫和狂喜跟瓦格纳伟大的音乐一点儿也不协调。

韦尔吉利耶夫猜到了这些号叫是怎么产生的，也知道……他感到十分可笑：内阁解散是在歌剧舞台上性行为的伴奏下完成的。

这时，天空中的"鳄鱼"吞掉了另一半太阳。但这样还不够，它用自己代替了天空，把天空变成了密密的水线。总统说过，水线会开启"永恒之门"。鳄鱼敞开了这扇门。水（和鳄鱼一起？）垂落了下来。

特维尔大街上的行人们推翻了金属围墙。整个广场湿成一片，成群的人们根本找不到地方避雨。瞬间而落的瓢泼大雨将地面上的人们淋了个湿透。保镖们围着总统，但想通过乱窜的混乱人群到达车队是不可能的。这时，歌剧中响起了警钟的咆哮声，隐约听得到，却看不见哪出的声音，显然，是和普希金战斗的那个突然出现在了普希金广场上？——带着耳环的鲁斯兰。

一大群年轻人顶着大雨，伴着钟声，从林荫路飞奔向普希金广场。

韦尔吉利耶夫判断总统会第一时间离开，于是决定和上司靠得近一些。而上司和被免去政府职务的官员们紧跟着总统……

总统必须表现得特别平静。保镖几次想给总统打伞，但因雨下得太大，都没有成功。可以说是，伞变成了软水带，保镖把伞上的雨水淋到了总统身上，就像是在给蔬菜或者鲜花浇水一样。总统讨厌这样，于是他让保镖都散开。"咱们不可能冲出人群了。"韦尔吉利耶夫听到总统说，"哎呵，从陆地上不可能了。"他示意了一下一个拿着公文包的保安，那人从公文包里取出望远镜，递给了总统。

总统用望远镜望了望广场的方向，看那里发生了什么。

"没想到，"他把望远镜递给了上司夫人，"年轻人对我所说的水仪式的理解如此肤浅。是谁在那里暗指我国的青年丧失了激情，难道在你们国家的海德公园能发生这种事情吗？"他严厉地对正在摄像的英国BBC团队说。BBC团队对此没有丝毫准备，吓坏了，而且他们也没有暗示什么。

保镖们赶走了记者，想给总统辟出一条通往护卫队的路。忽然舞台附近的圆环重新像蟒蛇一样扭曲起来。雨下得更大了。

特维尔大街那些穿着衣服、但到处躲雨的市民们也走向舞台。

从小德米特洛夫卡街上过来的示威者们拿着扩音器，举着裁剪的布条高喊，似乎明晰的雨下得更大了，如同一个贪吃的巨鳄。一同落下的还有幽默：其中一个完好无损，写着神圣标语"自由向着……'水'"的布条被雨水抹去了几个字。另一个上面一下子能让人想到民主斗士、领导者萨哈罗夫院士，整个字母被抹掉，只剩讽刺性的字眼"撒哈尔（糖的意思）。"

从林荫路的另一面，那个刚翻修完的教堂里，以穿着长袍，挂着拐杖，留着长胡子的神甫为首的信徒们举着神幡走来。神甫像被淋湿的乌鸦沿着沥青石跳着，而不是强大地向上飞。他正追着猴子？

不是。

韦尔吉利耶夫又看了一眼，发现跟在以神甫为首的信徒队伍后面的并不是猴子。韦尔吉利耶夫想起了神甫的名字——德拉科奥尼神父，他曾是检察长，现在是国家杜马议员。从旁观者的角度看，好像这些不幸的"褐泣猴"或者"鬼"试图躲避，拯救这些如同深处地狱一般的正在做爱的年轻人，而德拉科奥尼神父正带领着自己的人马准备摧毁这罪恶之地。眼睛盯着那些龙套演员，神父没有忘记用拐杖开导自己身边那些赤裸的人。

看到这样的事情，一些保镖掏出了手枪。

"收起武器！我们走！"总统作出了决定，"咱们下到这个……它叫什么来着……这个洁净水系统中去！打开它！"

先是被辞退的政府官员们，紧跟着是审判官员（司法人员），然后是

自由

一些来的不是时候的人，都跟着总统下到了洁净水系统中。

"真的有洁净水系统吗？"韦尔吉利耶夫好奇地问身边的斯拉瓦。

"你在侮辱人，"斯拉瓦说。"水池都放满了，桑拿也烧好了，要么，我们也能被放进去一试？"

"我不知道。"韦尔吉利耶夫诚实地回答道，"当保镖都开始坐立不安的时候，没有什么是能够确定的……就像看向水里一般（为什么说像是呢，本来就是这样）。

"好了，够了！已经满了！"总统的护卫队长连军衔都没有考虑就把想要爬进来的人推出了门外，也不知是副部长还是杜马委员会的主席。"我要关门了！"他对外面的同事说，"护卫队到这来！快！"

门被关上了。

"我们要待在水线这儿吗？"韦尔吉利耶夫听到上司在他背后说。

"您怎么在这儿？"他十分惊讶地说。

"我刚才去观众席后面上了个厕所。"上司解释说。

"您妻子在哪？"韦尔吉利耶夫四下望了望。

"不知道。"上司忧郁地回答说。然后，看到了斯拉瓦，问到，"我们要这样在这儿流过去吗？"

"快到操控室里来。"斯拉瓦快速判定出了方位。"没关系，能容得下！"

没有保镖的帮助想要到达操控室并不是很容易。当广场上的人群时而变得紧凑，这时呼吸都会变得十分困难，更不用说走路了。时而又会像一个被松开的拳头，这时就能向前走几步。

斯拉瓦走在最前面。

上司抓着斯拉瓦的腰带跟在后面。

韦尔吉利耶夫紧紧抓着上司的腰带走在最后面。

封锁防线好像崩溃了。

人们蜂拥般地跑向被封锁的特维尔大街能够通行的部分。

成功避免了新版霍登场事件（踩踏事件）的发生。

现在就只需等人流过去。

终于，他们勉强挤到了操控室，但门却关不上，有个不会说俄语的东西卡在了门口。他头发蓬乱、浑身通红,也不会说俄语。韦尔吉利耶夫非常惊讶地认出了他。

"他是谁?他要干什么?为什么他……在骂人?"上司问。

那个鬼东西不停地叫着"呼哎""呼伊"和"呼呦"。

"他不是在骂人,"斯拉瓦解释说,"他在和我们讲佛兰德语。他们那儿全是……这种语言。"

"什么?"上司惊奇地问,"为什么他要和我们讲佛兰德语?他怎么回事,可是我认识的佛兰芒人都会说英语。"

"他很紧张,"斯拉瓦说,"因为有一个疯老头在后面追他,他也不知道为什么。"

"好吧,"上司耸了耸肩,不再堵在门口,"让他进来吧。那个疯老头在哪?"

高兴过头的龙套演员闯入操作间,但在门槛上滑了一下,所以门还是没能一下子关上。

"看招,小偷!"德拉科奥尼神父雷鸣般的嗓音响彻广场上空。在下一瞬间权杖像亚历山大·马克东斯基掷出的长矛一样飞向操控室,奇迹般地没有伤到任何人,而是直接刺穿了操控台。那上面安装着总统本应按下的启动按钮。操作台上爆出了一束白色的火花。德拉科尼神父的权杖插在操作台上,就像鲸鱼背上的大鱼叉。它开始发光,它旁边好像开满了电花。操控室开始颤动起来,像起飞前的火箭一样。斯拉瓦、上司、韦尔吉利耶夫和吓坏的龙套演员差点没来得及跳出去。操控室里传来了噼里啪啦的声音,好像一个看不见的人在鼓掌。随后它往上一窜,像一道白烟一样射向天空,然后熄灭了,就像死了一样。广场上显得异常安静,就像是在墓地上一样。

但谁(除了操控室)都没有死。

所有人都活着。

"我去看看那边发生了什么。"斯拉瓦忧郁地说。

空气中充满了臭氧。

雨神奇地停了。

自 由

"神父，请冷静一下，他不过是个演员。"上司对德拉科尼神父说。

那个人不知为什么跪在了他面前，对着他猛画十字。

"不用这样，"上司微微皱了皱眉。

"在那儿……"德拉科尼神父伸手指向天空，"天使……我看见了天使。他从天上下来了……"

醒悟过来的记者们纷纷按动了相机快门。韦尔吉利耶夫好像看到了明天的头版头条照片：德拉科尼神父穿着黑色长袍，胸前戴着大十字架，手向上伸着……

他看了一眼德拉科奥尼神父指着的方向。

上司夫人站在舞台上，然而她现在身穿的不再是大雨一般灰色的、而是彩虹一般的连衣裙。韦尔吉利耶夫发誓，当他们冲入操控室里时她没在那里。难道，他想，她藏在了舞台底下？这个大滑头……

斯拉瓦好不容易从让人联想起老妖婆建在鸡腿上的小木屋里出来了。他被烟灰弄脏的双手里拿着德拉科尼神父的权杖。

"这个白痴，"斯拉瓦悄悄对上司说，但韦尔吉利耶夫听到了，"他不只是用自己的破棒子狠狠打了一下操控台。要是这样也就算了。他……打穿了"水烟"发动机的电缆。在这个开阔的空间里怎么够用，只是雨停了，但是那边那个……"他向洁净水系统那侧点了点头。

"没懂。"上司愁眉不展地说。

"水烟，"斯拉瓦解释说，"是一种最新的纳米技术。它能改变物质，将其分解成原子。发电机能为净化水和水压系统提供能量。而神父用权杖……穿透了电缆。所有的能量都去了那边……"斯拉瓦向洁净水系统方向点了下头，"我……不知道那边怎么样……快速中子反应堆工作台上的碎块清不清除都没什么用。看，"斯拉瓦让上司看权杖，"底部是铁皮做成的，像鱼叉一样……他哪来的这么大劲呢？伊利亚·穆罗梅茨，为什么要用这个便携操控台！简直是胡闹！"他挥了挥手。

上司夫人仍然穿着彩虹连衣裙站在舞台上，但是她的脚好像并没有接触到舞台。韦尔吉利耶夫想起来，他当时确实看到上司夫人和总统下到了洁净水系统中。"走吧！钥匙在哪？"推开广场上期待着"继续狂欢"的人们，上司三两步就跳到了洁净水系统旁。"所有人都站住！我自己去！"他对保镖命令到，"你们一会儿再去！"他从斯拉瓦手中抓过钥匙，打开门，进入了里面。

"任何人都不能进去！"韦尔吉利耶夫立马进入了角色，吩咐说。"他和我们一起！"韦尔吉利耶夫把斯拉瓦塞到前面。

保镖表示听令。

洁净水系统是如此干净和空旷，让人想起外科医生手术前，昏迷的患者被轮椅推来时的情景。

上司、斯拉瓦和韦尔吉利耶夫走遍了所有地方，检查了一切，包括为"洁净的城市"中"干净的市民"而设立的衣柜。

"水烟，"斯拉瓦悄悄地跟韦尔吉利耶夫说，"就像马桶里的水，所有这些……都被冲走了。在厕所里泡了泡。"

"怎么样，小伙子们，咱们在池子里游一会儿？"上司的声音很大，仿佛是用麦克风在十分寂静的地方讲话一样。或者你们更喜欢贱货们跟这在一块儿……它叫什么来着……'水烟'？"

"不要管我了，你们先游吧！"韦尔吉利耶夫就像刚刚苏醒一般恍然大悟，拖延就是死亡。

一种神秘的力量吸引着他走出了洁净水系统，走向广场上默不作声的民众。

广场上充满阳光。人们安静地沿着特维尔大街走着，而车道上汽车飞驰着。这本是完全不可能的，但在林荫路上的林子后面，柏林歌剧乐队正调试着乐器，打算将《汤豪舍》演奏完。韦尔吉利耶夫心不在焉地想，真应该和德国人交朋友，成为真正的伙伴，特别是在斯大林格勒保卫战之后。德拉科奥尼神父严肃但又和睦地和那个龙套演员说着什么。真有趣，韦尔吉利耶夫想，他们用什么语言交谈呢？林荫路上响起了定音鼓的声音。龙套演员抓起尾巴后，跟德拉科奥尼神父告了别，匆忙奔向了工作地。

韦尔吉利耶夫在万众瞩目下慢慢且意味深长地登上舞台。他潜意识里觉得应该这样。刚刚穿着彩虹连衣裙，仿佛飘在空中的上司夫人还站在这里，现在她不在这了。她上哪去了？韦尔吉利耶夫不知道，也没有时间去

自由

思考。

"俄罗斯的公民们！"他从在太阳下冒着烟的舞台上接过可以让他的声音扩散到寂静广场上的麦克风。"我国最优秀的同胞们日夜期盼的那种没有流血的民主革命终于完成了！"韦尔吉利耶夫不知道该从何讲起。但关于这点，就像不知上司夫人的去处一样，他也没有时间去想。

他向上举起一只手，示意惶惶不安的听众别激动。

"总统，"他继续用石头般沉重的声音说道，"认识到了他们所推行政策的致命性，跟自己的亲信一起永远离开了俄罗斯！"台下的群众嗡嗡地讨论着，韦尔吉利耶夫察觉到了，于是进一步说道，"他完全是自愿离开的，所有手续都已经办完，并且符合宪法规定。接下来将是长期且艰难的国家秩序和民主恢复时期。但我们不是在早晨的阴暗中，而是在暴雨过后的晴天里踏上革新之路的！我毫不怀疑，这条革新之路将是公开的、光荣的，绝对遵守我们伟大祖国的法律。暂时履行国家元首职务的人是……"韦尔吉利耶夫深吸一口气，大声喊出了上司的姓氏，引起广场上一阵惊讶的呼声。就在这里划诱人的十字架尽力维持集会的时候，林荫路上突然响起了高昂的乐曲《汤豪舍》。

韦尔吉利耶夫走了下来。他想起不知是谁说的一句话——一切决定命运的时刻都过得很快。

舞台旁，上司正在打电话在安排着什么。总统的车队已经直接赶到了水系统中。

"好样的，"打完电话后上司拍了拍韦尔吉利耶夫的肩膀。"你刚才说的都很正确。去写入职申请吧。"

早上，叶戈罗夫是被"Nanomed"医疗中心总经理伊戈尔·瓦连京诺维奇的电话铃声叫醒的。

"难道我们周六也工作吗？"叶戈罗夫对着话筒声音嘶哑地说。他清楚地记得昨天是星期五。每周五女邻居都到他家做客。其他时间她也会跑到他这来坐坐，但基本是在星期五，因为周末她会把儿子和女儿送到碧比列沃的母亲那里去，在那儿他们可以在森林公园里呼吸新鲜空气。

"看电视了吗？"伊戈尔好奇地问。

"你明知道我从来不看电视的。"

叶戈罗夫记得，正好他昨天和女邻居一起在 Рен——тв 看了色情电影。他懒得从自己的影片库找刺激性强的电影，正好在 Рен——тв 碰到了。他还很惊讶，这个频道怎么还播放这么有质量的色情电影。没有色情电影叶戈罗夫不会对女邻居有感觉。他记得她当时开过一个奇怪的玩笑，说今天所有频道都在播放普希金广场上的色情电影。

"我们的所有问题都解决了，"伊戈尔说，根本不相信叶戈罗夫不看电视。"谁会在烧毁的房子里找蜡烛呢？"他提出了一个奇怪的问题。

"Nanomed……被烧毁了？"叶戈罗夫吓呆了。

"我只是举例子！"伊戈尔大笑。"我们一切都很好，你明白吗？而且会变得更好的……"

叶戈罗夫沉默了，他在想他们昨晚喝了多少酒，她什么时候走的。

"听着，我想问作为心理医生的你一个问题"，伊戈尔突然转变了话题。"梦见很多海洋生物意味着什么呢？"

"你梦见的？"叶戈罗夫进一步确认道。

"是我，是我。"伊戈尔不满意地说。

"意味着尿床。"叶戈罗夫说。

"很自然就梦到了这些，"伊戈尔把叶戈罗夫对自己泌尿系统的诊断当作耳旁风，"我感觉自己好像是他们中的一个。我完全不明白，可能，我是海中的生物，而这个人是我梦中的。"

"是什么样的野兽？"叶戈罗夫觉得十分搞笑。

"鬼知道！"伊戈尔急了。"长着尾巴，很健壮，舌头像蛇一样……爬到石头上大吼大叫着。"

"巨蜥？"叶戈罗夫推测说。

"巨蜥？"伊戈尔疑惑地重复道。"不是……巨蜥是在沙漠中的，而这个是在岸边的石头上吼叫。"

"忘记它吧，"叶戈罗夫在电话中打了个哈欠，"你的姓氏是拉科夫（意思是螃蟹），水陆两栖。"

自 由

"那么你会梦到什么呢？既然你姓叶戈罗夫？"伊戈尔不满意他的解释。

"痛苦。"叶戈罗夫叹了一口气，"我梦见了痛苦和连绵的山。"叶戈罗夫补充说，完全出乎伊戈尔的意料，"阿那克萨哥拉！"惊讶地挂断电话，他在想，谁是阿那克萨哥拉？

"亲爱的，我来了！"叶戈罗夫听到了女邻居的开门声。

网上满是对昨天普希金广场上相互排斥事件的评论。

叶戈罗夫输入自己的"БТ网"密码，但没有马上登录成功，在被允许进入论坛之前，管理员检验了三次叶戈罗夫的账号。论坛看起来很奇怪。第一，没有诗歌。第二，讨论的参与者不是按自己的账号来发言，而是按顺序。

管理人发来一条消息，叶戈罗夫（作为一个例外，因为他迟到了！）被允许进入线上游戏中。游戏规则很简单：每一个参与者可以以一条信息作为评论昨天在普希金广场上发生的事情。并且不能对早先的评论作回答，直到抽到签为止。也就是说叶戈罗夫应该去读其他"БТ网"网友的评论，等着什么时候能轮到自己时才能发言。在所有人都发言之后，"БТ网"网络协会将进行投票选出获胜者，这个人将获得奖励。

耸了耸肩后，叶戈罗夫开始读那些评论。

第一条："泰勒斯认为水是万物之源，物质是液态的。按他的想法，哲学不应该在宗教中寻找自然解释，而应该在现实实际中去研究。他把物质称为'基本存在'，或者'基本自然'。任何东西都不会产生，也不会消亡，因为'基本自然'永存。"

第二条："一切从水中开始又回到水中去。水蒸气供养着天空中的火焰（太阳和其他的天体），又以雨水的形式返回到土地上并沉淀（沉淀——积聚）成河流。接着，在大地上又以地下河流、雾、露水等形式出现。"

第三条："亚里士多德使用了两个术语：'stojhejon'和'arhje'。Stojhejon（元素、基本元素）是一般性的本源、所有物质的基质，是不同状态下物质变化发展的终点。Arhje则是物质状态的起点，能够产生不同的形态，不同的实在物质。"

叶戈罗夫想，线上游戏就是集体精神病的结果，或者说是集体受虐的结果。但侮辱针对谁？又是针对什么的侮辱？难道……

第四条："'stojhejon'和'arhje'元素之间并没有什么本质区别。只有详细解释后才能明白，为什么亚里士多德一开始说任何事物都会产出和消亡，然后又说任何事物都不会产生，也不会消亡。这其实是矛盾的，如果不考虑它的意义，那么就会得出这一结论：一切事物都能产生，也会消亡，但液态的物质是永恒的，是世界的本原，所以，可以理解成任何物质都不会产生和消亡。"

第五条："亚里士多德在《关于灵魂》这一作品中阐述了关于证明泰勒斯学说的一系列问题。'一些人说，'他写道，'灵魂类似水一样洒在所有物质上。'同时，按他的意见，泰勒斯认为，'万物皆有灵'。他同时认为灵魂是运动的。磁石有灵，因为它能移动铁。"

第六条："按赫拉克利特的说法，灵魂就像空气、水、土地，或者是火一样，只是物质的一种转化形态。灵魂化为水，水化为土，土生水，水生灵。"

第七条："泰勒斯是古希腊唯物主义哲学家的鼻祖。唯物主义哲学家以统一的物质基质为基础，或者像他所写的一样：三种元素之一或者其他一种比火焰密实、比空气稀薄的物质，——剩余的一切物质都是因它硬化和缓和而产生，如此产生许多物质。"

第八条："阿纳克西曼德试图解决统一性和多样性的问题，这是第一个接近对立和统一的问题。对立性包含在统一性中，又在统一性中显现出来。热和冷、干燥和潮湿的对立现象，曾隐藏在统一的'无限'中，也就是对立性制约着物质从一种状态到另一种状态的转换。对立现象的分解和这种物质的减压与缓和有关。"

这些人是谁？叶戈罗夫想，他们在讨论什么？想做什么？

第九条："赛奥夫拉斯图斯保留的阿纳克西曼德真迹片段中指出：一切东西从哪里产生，就会根据需要，在哪里消亡。因为它们会为自己的渎神，在规定的时间内，受到惩罚。"

第十条："阿纳克西曼德确信，我们的星球在刚开始产生的时候，有两个永恒的开始——冷和热。由它们形成的几层火焰笼罩着空气和周围的土地，像树皮遮住树干一样。火焰层被破坏后便结成了几个环，便产生了太阳、月亮和星星。"

第十一条："阿纳克西曼德指出，人类起初时像鱼一样。第一批动物生于水中，长着带刺的鳞片。到了一定的年龄后他们开始到陆地上去。当身上的鳞片开始蜕去，他们便改变了生活方式。"

第十二条："《金色诗句》完全能够表达出毕达哥拉斯的思想。在这里我只引用一小部分：'首先要尊敬、热爱上帝、英雄、本质、上帝和英雄之间的人，但不要在自己的祷告中请求他们任何事；你自己也不知道什么对你是好的，只有他们清楚这些。'"

第十三条："对于人类来说，恶劣的证人是那些拥有拙劣心灵之人的眼睛和耳朵。"

这是说我呢，叶戈罗夫想着，然后开了一瓶啤酒。他决定，如果现在让他发言，他会写："去见鬼吧！"然后永远忘记这个网站。

第十四条："恩培多克勒将世界演变分为了四个时期。首先是无可挑剔的 Sfayros 时期，这个时期是天体演化的起点，元素聚合的本原，它们是因相吸而产生的最完美的混合体。该时期的相斥游离于相吸的世界之外。第二个时期相斥开始取代相吸的地位，这一时期一部分元素聚合一体，一部分元素分离开来，单个物质开始产生。在第三个时期，元素完全分离。该时期被相斥完全控制，相吸被边缘化。最后，在第四个时期，相吸重新聚合各个元素，相斥被驱离。这样一种相吸相斥交替主导的方式决定了宇宙变化的周期循环性。"

第十五条："阿那克萨哥拉认为，古希腊人对'产生'和'消亡'两个词使用的不正确。因为实际上任何东西都不会产生，也不会消亡，但能由混合物组成，或者从混合物中分解。这样一来，用'混合'代替'产生'，'分解'代替'消亡'就对了。"

第十六条："根据埃利亚学派关于存在（本质）的认识，阿那克萨哥拉认为物质初始状态下是有惯性质量的。一定存在一种特殊的动力推动这种质量。同恩培多克勒一样，阿那克萨哥拉认为是一种外力，他在'努斯

（即心灵，理性；阿那克萨哥拉认为努斯是能动的、最精细的、物质的东西）'理性中发现了这种外力。他认为，'这是最轻便的物体，是最洁净的'。在阿那克萨哥拉的理论体系中将其定义为——其作为一种外力作用于物质，与物质相分离，给物质带来原始碰撞，从而引起普遍的圆周运动，是运动的本源。"

下一条，也就是第十七条，轮到叶戈罗夫发言了。

"努斯，"喝了一大口啤酒后，他写道，"推动物质做圆周运动的是'БТ网'。是上帝还是英雄，他们用什么方式，又是先将人类灵魂的化身引向死亡，然后再引向重生，这都没有任何差别。重要的是惩罚和报复要在规定的时间内完成。但更重要的是，"叶戈罗夫把酒喝光了，说："任何人都永远不会知道，这两种存在中的哪一个会首先杀死灵魂，再促成它的新生。因为，"他从瓶中吸出啤酒的泡沫，"灵魂没有告诉我这一点。"

Исайка 许久没有反应，叶戈罗夫以为他死机了。

但 Исайка 没有死机。

屏幕上出现：17号败选。

9

当韦尔吉利耶夫来到办公室的时候，她正在收拾自己的办公桌。

"难道，"阿弗列莉娅惊讶地问，"您执意想要那笔奖金吗？您还要奖金干吗？现在整个国家都属于您了。"

韦尔吉利耶夫没有提及奖金的事，但他开始令人厌烦地谈论起俄罗斯的银行系统需要重组的事。

听他讲了十分钟后，阿弗列莉娅好奇地问道：

"您是想向我推荐财政部长的职位还是想问我什么？如果是第一个问题，那么我的回答是——不。如果是第二个问题，那现在就问吧。因为今天是我最后一天上班。我要去海边休假。五年左右没休假了，晚上就出发。"

"您对'БТ网'有什么了解？"韦尔吉利耶夫问。

阿弗列莉娅沉默了，而他解释说：

自 由

"我打你网。那里有一个视频,您……"

"是的,有一个视频,"她说,"我记得。怎么,这个视频让您不安了吗?"

"您自己最清楚,"韦尔吉利耶夫意味深长地说,"在现在这种情况下……我的意思是……"

"简单明了地说吧。"她请求道。

"我昨天和今天一直在网上找这个视频,它不见了。"

"好极了,"她大笑道,"网络能读懂您的想法。我赠送给您一个口号——网络秩序就是国家秩序。"

"谢谢,"韦尔吉利耶夫点了一下头,"但 БТ 网消失了,就好像从来没有存在过一样。БТ 网消散……到哪儿了?"

"您在等我接话吗?"她问。

"我想知道是谁毒打了我们的朋友,而又是谁用奇特的方法使她苏醒过来。您知道那时他们两人在岛上。顺便说一句,您也在那。"

"但现在,据我所知,他们中只剩下一个人了?"

"是的,只剩下一个人了。"韦尔吉利耶夫确认说。

"那就问问他。"阿弗列莉娅建议道。

"您见过他,"韦尔吉利耶夫说,"我看见了秘书手里的记录。您和他说了什么?他怎么回答您的?"

"您真的想知道吗?"阿弗列莉娅饶有兴致地看着他。

"想知道。"韦尔吉利耶夫说。

"但您跟我一样清楚地知道……"

"知道这些信息的人不会活太久。"韦尔吉利耶夫接着说完了她的话。

"好吧,"阿弗列莉娅耸了耸肩,"既然您坚持这么做。我到他那里告诉他说,他应该想尽办法让'洁净的城市,干净的市民'项目破产,因为那会伤害整个国家。如果他不听我的话,那么网上就会出现两个视频。第一个就是您提到的。第二个是新的,内容是他的妻子在催眠状态下想起了那天在岛上都发生了什么。一开始是谁强奸了她,然后把她从悬崖上推了下去,之后又是谁在停尸房跟她发生了性关系。"

"他肯定会要求您给他看一下视频的吧。"韦尔吉利耶夫说。

"当然，我给他看了消声后的版本。"

"为什么要消声呢？"

"我告诉他，他自己可以选择，他的妻子将会用什么方法指责谁。声音能被剪辑成几种版本。但版本数量有限。一种是一个人强奸了她并把她从山岩上扔了下去，另一个在停尸房中奸淫了尸体，但她都活了下来。或者相反。再或者他们一起干了这些事。在转存的时候部分地方可能有变化，但无论如何，最好不要出现在网上。"

"那么他选了哪个版本呢？"

"他说他无所谓。他说我可以在网络上上传任何东西。他无论如何都永远不会背叛自己的祖国和总统。"

邮鱼

1

　　一阵急促的电话铃声已经把维拉·兹韦列娃（兹韦列娃，姓氏，"野兽、动物"之意）烦透了，她可是议会国际事务委员会副主任的夫人。电话是从瑞士伯尔尼打来的，半夜三点，即使伯尔尼时间比这里早两个小时，也绝不是合适的通话时间呀！维拉心想："这家伙是疯了吗。"可她还是勉强从床上坐起，不情愿地把两脚塞进蜥蜴一般在床下趴着的拖鞋。凭这惊慌且催促的电话铃声，她已经猜出，是她在伯尔尼公出的丈夫打来的。这背后让人不解的是，从大老远的国外选了个不恰当的时间打来电话，难道就是为了表达对她的爱至死不渝？感觉好像出趟差，帕夫利克对她的爱如炼钢一般，经受着维拉身处莫斯科感受不到的无形考验。一般这种时刻，他都会说："你知道我有多爱你吗，我的小雨燕！"不过最近，的确在这因距离而加深的爱之表白上还多了一些即将到来的物质上的承诺：

　　"咱俩一切就会好起来的。维伦奇卡，你信不信，咱俩很快就要过上好日子了！"

　　维伦奇卡，也就是"小雨燕"，都是对维拉的爱称。因为大学体育课上她做燕子式体操动作做得飞快，不知怎地大家就都叫她"小雨燕"了，而不是毫无缘由地叫上的。当时留下来的一张泛黄的旧照片就可以证明"小雨燕"这个名字的由来。照片是为了做墙报拍的，后来作为传家宝被维拉保留了下来。她果断地决定，不去与丈夫分享他的乐观喜悦。"你到现在还不明白？"维拉温柔地回答道，"一个人如果四十岁以前都没赚到钱，那就意味着以后也就不会有钱。你难道还不懂吗，你这个成天就会多愁善感的酒鬼！"

"当然，理论上你没错，"帕夫利克毕业于哲学系，并且是个总是在微醺时试图洞察事物本质的人。于是他反驳道："大多数法则很严谨，但法则终归是法则，还是有很多例外，否则，法则就不可能存在。因为任何一个法则中的任何一个例外就是证明，世上还是有上帝庇佑的。我认识的人多了，有五六十岁的，甚至是七八十岁发家的；还有刚发财，才过了一周就死了的；有的特别年轻，刚赚点钱就彻底破产的；还有财富不断地失而复得的人。人生就是一条路，亲爱的小雨燕，"帕夫利克总结道，"人们在这条路上肆意游走。"

"甚至呀！可以像蚯蚓一样爬来爬去，像雨燕似的飞来飞去，像田鼠那样钻来钻去。"维拉心里虽然这样想，但其实她并不晓得如何与丈夫分享这种想法，"就是说法则中的例外指的就是四十岁发横财，或是多年的贫贱后获得权贵荣耀，但终归不是好的兆头，报应迟早会来的。"因此，她对丈夫说，要想这一路安安稳稳度过，最好还是随大流儿。就是多数人怎么做你就怎么做，不要做出头鸟，但也不能落下，重要的是学会四下观望，注意脚下。

"这是黄喉蛇之路，而非雄鹰之路，（高尔基《鹰之歌》）"帕夫利克想起了伟大的无产阶级作家马克西姆·高尔基的名言，并说道，"就信我的准没错，维伦奇卡，我一定会让咱们这辈子都荣华富贵的。让俄罗斯全国人民都学英语吧！任何外语都行，但是特别得学英语，学了就可以熟悉世界文化，学了就真正地迈向了现代文明社会。"

"你都已经飘飘然了，"维拉不由地担心起来，并对丈夫说道，"要是再喝点，你能感觉更爽！"说着，她果断地把酒瓶子从桌子上收走。

当时还记得，他俩坐在厨房，看着因岁月泛黄的吉尔牌电冰箱、熏得乌黑的灶台，上面还坐着一口装着红菜汤的锅。一个人要是能在这种破装潢的房子里待着，还幻想财富的，那也就只有那些最无可救药的乐天派了。维拉认为，她自己绝对不是这种人。

维拉早年攻读心理学专业，一毕业她就在社会学研究所上班，一干就是多年。她深知那句电视广播里不断重复、大肆宣扬的黑洞般的话语的真正含义。那句"会好的,一切都会好起来的!"它让人抑制自身的意愿,对任何事都产生一种憧憬。无论是个人的或是集体的意愿,都是可以用来实现"一切都很好"的唯一工具,而憧憬它自然而然就会发生。但那是绝对不能实现的。

作为搞心理学的她清楚,历史上也发生过众人向上苍祈雨或是祈求驱赶瘟疫之事。结果雨真的下了,瘟疫、霍乱也在最盛行时神奇地消失了。同时,历史上也常发生这样的事:个别人似乎是在为大众的福祉做努力,但结果却不尽人意,害人害己。感觉上好像集体的意愿与个人意图都是由方向各异、但却拥有同等机会实现愿望的各种力量操纵着的。

她身为心理学家,总是渴望测定时空中的那个点。当个人意图与个别人的尝试叠加在集体意愿之上,或是附加在大多数人不情愿的想法之上,就会发生某种被认定为朝着理性的社会行为的转变,这种社会行为的结果总是不清不楚,准确地说就是毫无结果可言。绝大多数情况下,集体就是一块儿湿毡毯,个人就是小火苗,从根源上火苗就没办法在湿毡毯上燃起。所幸的是,社会一直稳定发展,不要身在福中不知福!

维拉把自己归类为集体中的一员,也就是像湿毡毯那样的人,而不是像小火苗的那类人。因为恶臭的湿毡毯一成不变,而小火苗却转瞬即逝。小火苗能点燃湿毡毯的概率几乎是零,当然也有例外,比如,虚拟情况下,就是社会内部程式化的状况。打个比方来说,现在俄罗斯空气中总是充斥着"挺不错!"这样的说法,它如斧钺般疯狂砸向人们,而这与实际情况完全不符。因为,"妖魔鬼怪"当道算"挺不错!"的话,那又如何能切合实际呢?!看看那些穿着不男不女的男艺人,缩缩着脖子,隆起个假胸,带着毛皮围巾,还戴个眼镜?!简直就是畸形且可耻的"挺不错!"这正好证实了正常的"挺不错!"根本不复存在。然而,老百姓却随声附和这类艺人,完全不考虑这个时候谁还会"挺不错"?!当然就是这个报上说的疯狂捞金的不男不女的东西他"挺不错"。

维拉身为社会学者也明白一个道理。如果没有意愿去改变现实就等于表现出对死亡的意图,可是她已经厌倦了思考。对死亡的意图并没有毁掉"到处是生活"的原则,但却使其有所变化,变成一个赌局,赌注可以是任何东西，但最主要的还是金钱，那些不男不女的人和丑八怪捞走的金钱。

　　为了寻找金钱的藏身之处，维拉总是要花些时间的。无绳电话听筒在并不算宽敞的屋子里不断作响，原来晚上维拉把它放在浴室镜子下面的玻璃架子上。她打开灯，映在镜子中的是一副既惊讶又绝望的表情：灰头土脸，衬衫里的胸压得像擀平的饼一样。维拉冷漠地想，"小雨燕已经飞累了，现在她只把某些宝贵的对人的思念留给这个世上唯一的'鸟类学家'，她那个远在伯尔尼喝醉了的丈夫。当一个女人看见镜子里的这副模样而没想法，当她心里没有燃起改变自身的革命意愿，那么她的人生也就到了曲终人散的时刻了。"她不禁叹气。此时，她的一小块意识已经从那个正确的想法中神游出去，就好像她自己还保留了一段神曲一样。然而，这段神曲，无论是歌词还是曲调，她从没有想象过。

　　"有四种状况，人基本上都不会喜欢，"她回忆起同为心理学专业的大学同学伊格尔·林德尔的话。"钱很少，早晚都得死，变老且无法得到年轻异性喜爱，有时嘴里会有异味"。还记得，维拉多年以前只是蔑视地耸了耸肩。那时，林德尔的这席话对雨后鲜花、空气般清新又年轻貌美的维拉来说确是很不妥。确是有缺钱的时候，但是父母有工资，维拉有奖学金。同龄女孩子有的她都有，或是几乎都有。而林德尔这个败类小声地对她耳边猥亵地吟唱道："湿润的双唇，丰满的胸和双臀，大姑娘你要是认为这一切都是永恒的，那可就太天真了！等你五十岁，生活赤贫，但时而不得不和爱人温存，因为没有情爱的凄凉苦楚，无论什么年纪都不叫生活。到时候，你所想的就不是享受了，而是如何要点钱花，如何把青筋暴露的大腿隐藏好。"

　　此时，身处浴室的维拉已然明了，林德尔当初说得简直太正确了。这个古怪、圆滑的花花公子林德尔20世纪，90年代中期，要不就是去了美国，也可能是去了加拿大。早在大学时代，他就带着个钻石戒指。她还曾认为，林德尔的话也不是那么正确，这正是她突然发现的人类心理活动一个新维度。维拉·茨韦列娃当然不喜欢她钱不够花的时候，她也会死去，年轻男子也都不会多看她一眼了，也许她嘴里也有异味了。但这一切都几乎不能改变她的生活，因为生活就包括乖乖认识到她就是没有钱，她一定会死，她早就不是年轻貌美的大姑娘了,她嘴里也的确有异味(她总是希望异味不大,也不持久)。相较于没有钱这个状况,克服另外三种状况也并不容易。的确,在温存的时候,她也放过几次屁,简直太可怕了!她还咳嗽、翻转,把帕夫利克推倒墙上,这都是四十二岁时发生的事情。维拉在想,那五十岁以后可怎么办?!

不是有一个直观的所谓"意识层级"的例子嘛。想法和思维存在于意识的一个层级上,它们绝对不能与存在于意识其他层级的思维并存。这就好像一个层级里有地狱的孽畜,而另一个层次里有神鸟。虽然层次可以尽可能的多,但是实际上就只有三层。其它的大多是多余的构造。在第一层级人没有死去的想法。在第二层就一定会有这个想法。第三层是第一和第二层混合在一起,并且互相渗透,无论多少层级的建筑在显而易见不可避免的结果中消失,这一结果准确地决定意识,就跟存在最先决定意识一般。

当维拉把吱吱作响刺耳的话筒送到耳边,她试图弄清楚为什么总是想起伊格尔·林德尔,以前好多年可是想都没想过。说实在的,他们之间什么事也没发生过,除了常常一起出去玩,一次明智的对谈以及一次意外的亲密接触。记得当时维拉参加完系上在"布拉格"酒店举办的毕业舞会后,她在列宁大街一处房子留宿,一个初夏的清晨,在院子里的小亭子他们有过一次亲密接触。

林德尔去送她,照例没有放过这次机会。那次亲密接触后,维拉记忆里还留存着:鸟儿叽叽喳喳的叫声、摇摇欲坠的亭子,还有一大清早就出门倒垃圾的穿着大裤衩的男人。林德尔经验老到,非常专业地从背后抓住了维拉,她两手支撑着亭子的边沿,聆听着鸟儿的啼叫声,还看到了穿大裤衩的男人拎着摇摆的红塑料桶。她记得鸟儿们也发生了"亲密接触",是那么的迅猛、激烈。维拉隐约发现,那个拿着红桶的男人脸也红得跟手里的桶似的,于是就急忙转过头去。"败类,他也真好意思,穿个大裤衩到处瞎溜达!"林德尔从后面说道。

后来,维拉回家了。林德尔还企图再次把维拉约到单元门里的像柱子一样粗的垃圾通道旁。可是维拉失落地想到"为什么那个拿红塑料桶的男人不用垃圾通道倒垃圾",就制止了他的企图。

"咱们还会再约的，"多少有点灰心地说道："但不约在这里，也不是近期。"

"啥时候？"维拉问道："等我过五十岁的时候吗？"

"有些能够决定世界命运的急事等着去办呢！"林德尔正了正手指上的戒指说道。

维拉回忆起他温暖的手指，小心翼翼地在她腿上挪动着，戒指上的钻石硬得像妇科医生检查用的工具一般，冻的如刺刀一般，他手指头仿佛一瞬间便成了全副武装的士兵。

"花花肠子，"维拉不禁想到，轻巧地走上台阶，来到了家门前。林德尔就像插入地上的矛一样直直地立在垃圾通道旁。"明天一定，不，今天你就会打电话给我的，"维拉心想，打开了门。

然而，他一个电话也没打。

从此以后，维拉就再也没见过他。

"也就是说，"过了这么多年，现如今她痛苦地叹着气思索，"意识决定了情爱，也就是说，那个该死的黑暗的地下室是存在的，弗洛伊德（西格蒙德·弗洛伊德，奥地利精神病医师、心理学家、精神分析学派创始人）医生牵着手把人类带进去我又在这个地下室寻找什么呢？不会是……林德尔的钻戒吧。"

还记得，尽全力应付博士结业考试的同时，维拉还写了几篇文章。这些文章有条不紊地揭示弗洛伊德医生的思想和观念。这些思想在苏联时期是完全没有的。在《共产主义建设者道德法典》中绝对没有提到情爱，教研室书记还建议她来填补学术空白。

维拉想了很久，到底应该从何入手来深入到这一复杂的课题。因为她自己个人的这方面经验特别不理想。维拉在写文章的时候，把苏联社会对情爱的渴求比作人类对宇宙，对星辰以及对海底世界永恒的追求。人们既不是为了升迁，甚至也不为了物种延续，就是爱追求的一切。正如维拉坚信的那样，跟随心灵的呼唤，不断寻找可以改变一代代人生活的真理，让生命充满更高的意义。

"林德尔不会是死了吧？！"维拉突然产生了这个念头。"他那罪恶的灵魂此刻正划过天际，在那里，他的身体根本无暇自由自在地嬉戏。"她甚至感到空气在她脸上轻轻浮动，轻便的衬衫里一股舒适的凉意袭来。"你这个可怜虫，"维拉在和林德尔虚设的灵魂进行无声的对话，"你这是往哪儿摸……一切都在原处，"她心中却诚实地说道，"但是，的确已经再也不像那个清晨，伴随着鸟啼声的林间凉亭里那么快活、那么紧致了。"

维拉莫名地担心起来。林德尔的灵魂三天之内就得飞遍他所有前女友那里，好像真的来不及吧，应该很多女朋友吧！假使真的都飞到了，那每个人分得的时间也不会长的。她忽然察觉到，回忆跟一个死去的人的温存之事，简直就是唯一可以冲向宇宙星辰的突破口，是一种跟伴侣的飞升灵魂的一种陪伴。然而，这个突破口是那么的荒唐、可笑，既像是家里养大鹅看见飞翔的天鹅就吓跑了，又像是大清早提红桶奇怪的短裤男。

"也许，这通伯尔尼来的电话不是帕夫利克打来的，而是林德尔从另一个世界打来的吧？！"维拉心头一颤，甚至准备好为似乎故去的林德尔流几滴眼泪，可是突然间就像是有人摇晃了一下她的肩膀："林德尔没死，别犯傻，为谁伤心也不值得为他！"

以前她常想，"女子芳龄四十五，犹如野果圆鼓鼓（形容可爱）"这句俏皮话简直骗人骗得毫无羞耻心。毫无疑问，这句话一定是装嫩的"野果们"编的。维拉还不到四十五，但是在自己身上绝对没发现一丁点儿要变成晚熟的"野果"的特征。皮组织整片地布满了昔日蜡纸般柔韧光滑的大腿。接近四十岁了，身体动作也不自觉地变迟缓了，身上的肉不可避免的塌陷下去，勉强靠脊梁骨支撑才能站稳。最先垂下去的是胸部，紧接着哈密瓜般的肚子也显了出来，两瓣屁股也走了形，如同水牛的两个角天各一方。维拉把自己肆无忌惮散开的肉塞进特制的结实的连裤袜里，然后再把瘦瘦的裤子使劲儿拽上去穿好，就似乎显得又年轻，身材又好，然而它却是像肉冻一样不自然的形状。要是有人心血来潮，不去用铝盆儿来冻出形，而是放在香槟高脚杯里冷冻，那肉冻就不成样了，毋庸置疑，得卡在杯中，想把它磕倒出来很费劲。

邮 鱼

可是老百姓的智慧（那句关于四十五岁女人是野果的俏皮话）是不会骗人的，这可是人类原始生活经验的传承。梦中，在周而复始的毫不客气的梦中，维拉就是那个野果般的女人。但是却不是对她的丈夫而言，而是……正是当下，拿起电话听筒，维拉的汗水无耻地流下……

维拉差点没把电话筒掉在地上。

"帕夫利克，是我，你把我吵醒了。"因为害羞，还有那不合时宜的回忆，她嗓音有些嘶哑道。

然而，电话并不是她丈夫帕夫利克打来的。

打电话的人说，他是俄联邦驻瑞士使馆三秘亚当·格里高利耶维奇，姓什么维拉也没听清楚。只把注意力集中到了亚当这个圣经的名字上了。但是她又的确好像听到了普卡罗夫（普卡罗夫俄语为"屁"的意思），虽说这几乎不大可能。外交人员姓这个姓，简直了……绝对不可能有姓这个的外交官半夜给她打电话。不过，当她从亚当·普卡罗夫（还是别的姓氏？）嘴里得知那个消息的一瞬间，这些关于姓甚名谁的问题就再也提不起她的兴趣了。他用悲痛的嗓音说道："帕维尔·安那托利耶维奇·兹韦列夫（她爱人全称）一小时前在伯尔尼郊外的一场车祸中不幸去世。"

2

好一阵时间，维拉傻呆呆地看着天花板墙角下脱落的壁纸，还有墙上翘出的钉子。

帕夫利克曾不止一两次拿着不知是老虎钳还是什么钳子，爬上梯子去处理过它，可是这根钉子依然毫不屈服。帕夫利克甚至向邻居那个谢顶的专业技工借了起钉子的短铁棍，就是那种一头有蛇芯状分叉的起子，但它也没派上用场。钉子依旧像原先那样在那里翘着，可是"蛇芯"上却留下了豁口。

依稀记得，他们为钉子的顽强而兴奋不已，然后去了厨房，帕夫利克提议为钉子的"身体健康"喝上一杯。虽说很显然，钉子本身的物理属性完全可以说不受他们所控。拿着一小杯亚美尼亚香醇白兰地，他们在研究，这根钉子到底是什么金属做的,为何如此坚固,到底是谁这么大力气,主要是为什么要把它钉在天花板的水泥墙里?

苏联改革前的那些年,对于时而被派出国出差的人来说是有风险的。帕夫利克开玩笑道:"这简直就像燃烧的荆棘(圣经所载神迹)般怪哉;也许是圣灵那种奇事。"难怪诗中有云:"若是将这些人培养成钉子般的人,世上恐怕就再也找不到更坚硬的钉子了。"按照帕夫利克所想,如此坚硬的钉子正好他家天花板上就牢牢地钉着一根。

1992 年,帕夫利克被从飓风般私有化的拖拉机出口厂挤了出去。他曾任那个形同虚设的劳动关系社会调查部门的主任。那位不知不觉就成了非国家委员会的,而是私有控股大股东的总经理对帕夫利克说道:"都什么年代了,还什么鬼劳动关系。你都看到了,我得雇保镖出行,三个副手都像杀只狗一样容易被枪杀了。部里、档案局有的文件也都被一把火烧了。你要是懂点怎么做买卖,我就把你留下了,可是我还得雇扫地的和会电脑的。可能再过个十年、十五年还能有人记得劳动关系是个啥玩意?"他又若有所思地补充道,"当然了,要是到时候俄罗斯还能生产拖拉机再说吧!"在勃列日涅夫年代,帕夫利克为一颗钉子耍过嘴皮子,在群众集会上大喊大叫过,在无数次的游行中磨破过无数双鞋。然而,就是这样的他却没有准备好,没想到如磨盘般的新生活把他磨成市场经济的粉末。他就跟多数的苏联人一样,完全没有想到,物价会涨上百倍,人们会被解雇,无论你死活都得交房费和电费,而且费用还逐月上涨。

帕夫利克开始参加那些游行。游行回来,要不就是拿着斯大林的肖像,要不就是尼古拉二世这个俄罗斯末代帝王的肖像,要不就是温甘伦男爵的,要不就是忧伤的谢拉菲莫·萨洛夫斯基的圣像。还有一次他从集会拖回来一本特别重的亮皮书,书名就一个简练的词《道》。书的作者是日本人,也许是韩国人,他的头发编成辫子,鼻子和耳朵上还带着大铁环。

"我知道你到底想要什么,我会给你你所要的。跟我走,你这个卑鄙的孽畜,这样你就会变成神了!"就是这么一个标题,印在这个神秘领袖彩照下面。帕夫利克一连好几天都在努力攻读《道》这本书,甚至在一段话的空白处上标上感叹号。这段话如下:"让鱼儿在天上飞,鸟儿就会相

邮 鱼

信鱼儿会长出翅膀。"后来，他对这门前景广阔的学术失去了兴趣，转而开始攻读当时大量出版的地下出版物。

由于失去了社会地位，总是喝些劣质酒，他的思想和生活都陷入了绝境。

"亲爱的维拉，我明白了，"有一天半夜帕夫利克把她叫醒，"那颗钉子到底有啥用！"

"什么，哪里？"维拉受到惊吓并问道。她警觉地看着像练瑜伽似的坐在床中间的丈夫。

"想让我在钉子上吊死？"没事儿，即使现在我们的旗帜无精打采地悬挂，但是我们这条街上终究也会迎来节日。我们的路朝着那个方向，"帕夫利克把手指向钉子的方向道，"路是丈量好的、固定的，但却不短，要经过南美洲及爪哇和苏门答腊。我感觉到正义的风，它改变了大地的风景，像马儿那样腾起前蹄，让俄罗斯平原与邪恶斗争。"

哪怕是此时，对于一个男人来说，他的自尊心受损的时候，他也不失幽默感及预示性地即兴表演起来。

维拉作为心理学家，对丈夫奇怪的状态表现出一种专业兴趣。她心里把他设定为一种"对未到的正义渐弱的期待屈从状态。"

"当上头的不去做，下面的不想做，"帕夫利克绕有兴致的讲道，"自然界的乱象就出现了。谁都不知道，上面在哪里，下面在哪里。剩下的就只有一个万能的，但却虚假的维度，"他紧紧地抱住维拉，把她的头脸朝下贴在自己的胸前。

"什么维度？"维拉被抱得紧紧地。

"金钱，"帕夫利克松了松怀里的维拉说道，"只不过这些混蛋不懂得，金钱一定会在他们没等完全享用之前就毁了他们，就像最终也会毁了我们一样。"停顿过后，他又忧郁地补充道。

定然，帕夫利克对无法解决的矛盾中摇摆不定的存在有所准备：他明知道金钱带不来什么好事，却要努力赚钱。尽管对钱的认知当然是笼统、抽象的，金钱甚至与认知一样抽象（意思是根本见不到钱）。意思是说，不知钱从哪里掉到他们头上，再让这些钱毁了他们。一直都没赚到钱，确切地说，连生活都难维持，仅此而已。

于是，很快帕夫利克就不再犯傻了。再也不去参加游行示威了，再也不看那些油印把手弄脏的印着幼稚的儿童漫画的反对党的报纸了，而是去当了经济杂志的评论员。虽然杂志社时常把稿酬压个把月儿，但最后总归是会发的。这本杂志支持自由的经济模式，但有时也刊登一些批评这种模式的文章。"事实上，"这个不久前曾任苏共中央演讲团顾问的主编对帕夫利克解释道，"经济就像天气，世界上没谁能准确地预报出来。经济该是什么样，为什么它时而增强时而衰弱，为什么价格时而上涨时而下降？所以嘛，文章随便你发，错不了。现在呀，人都为了美元发疯，你就写，过个十年美元就要完蛋了，人们就会茫然，盘算如何将它脱手。大家都欣然接受资本主义，你就写资本主义是死胡同，五年以后，最好写十年以后，它会使全球陷入危机，导致工业停滞不前，到处都会因饥荒暴动。任何预测，哪怕是最荒谬的，早晚都有可能变成现实。"

后来，苏联解体，新议会就产生了，帕夫利克被调到国际事务委员会上班。很快，竟然完全没想到会这么快，就升到了办公室副主任的职务。

维拉呆呆地望着墙想，"他预感到自己未来的命运，就想要提前预支掉呢。"

她回忆起，在去伯尔尼前，丈夫在门厅跟她告别时，一直看着天花板下突出的钉子说，肯定是外星人把它钉进去的。

帕夫利克举起拳头吓唬那颗钉子道："这帮蓝色的丑八怪到处插天线，给我们发信号，把我们都当成试验用的小白鼠了。"

"什么信号？"维拉惊叹道。她坚信，世上不可能有比俄罗斯天天电视里转播的信号更差的了。

"就是根本没有上帝，有的只是凡尘俗世的金钱、权力和虚荣。"帕夫利克答道。

"外星人做这个干啥？"维拉兴致勃勃问道。

"他们想，"帕夫利克把小黑轮行李箱垂直拎在手上道，"让我们因个人原因，当然了，凭自己的水平，每个人都要走到最底层。他们想让我们按照地狱法则生存，但与此同时让我们以为只是在适应周围环境。"

邮 鱼

带着这种想法帕夫利克出了家门,现在却永远不会回来了。

她抬眼望着钉子,脑海中再次诠释着钉子的存在,就像是无迹可寻的死亡的预兆到处存在一般。维拉想,"钉子上面早晚都要挂上某个性命,就像衣架上面要挂上破旧的或是耐穿的大衣一样。"她哽咽一下,"就是不懂,为啥要把这件大衣从莫斯科挂到伯尔尼呢?"死亡在她看来就是委靡、呆板衣帽间的服务员,对待大衣都是千篇一律的。

维拉看了衣帽间服务员的双眼一阵子,它们冰冷而深邃,像是不存在一般,这段时间正好够她得到三个没有发问的问题的答案。

第一,大衣从莫斯科转挂到伯尔尼,因为必须得这样做,没别的办法。维拉想起了沿着月光之路飞驰去伊斯法罕的园丁的故事,在那里,死神"服务员"早就给他指定了一场约会(古波斯《园丁与死神》的故事)。于是,帕夫利克的约会就被指定在了伯尔尼。衣帽间服务员就让维拉对这个极其粗浅的问题困惑不解。况且维拉自己不是已经不止一次以文艺形式给出了答案,比如,故事、小说、风景画和电影。

第二,人的死亡总是很突然的,虽说是可预期的。

第三,死亡总是伴随着原因。有些情况下可以解释,一些情况下完全没法解释。原因无处可寻,就像从大衣口袋掉出的硬币,落在了存衣间的地板上,就永远消失了一样。为的就是谁有需要谁就能捡到,不需要的人想都不会想。

然而,就连这些极具争议的推论,无论如何,也没让维拉理清头绪:怎么办,谁的过错,谁得了利,往哪里逃,如何应付官僚手续,而最主要的,是如何继续活下去?

除了疯狂地用问题来轰炸那个不知哪儿冒出来的普卡洛夫的脑袋,她也想不出别的好办法了。

他好像对这一变故也准备好了。普卡洛夫轻松地告诉维拉,她要先和丈夫的上级取得联系,然后让他们在瑞士大使馆帮着办丧葬签证,提前在莫斯科就解决出殡的问题,先搞到补助款,然后再飞去伯尔尼。首先要确认尸体,其次要租或者买运送尸体的金属柜子,最后再办手续,把柜子从伯尔尼运回莫斯科。因此,这就得需要手头提前准备些钱。

"您可以在我们的东正教教堂里预定安魂弥撒，"普卡洛夫建议道，"咱们再跟神甫商量打个折，直接从舍列梅捷沃机场把棺材运到墓地或是火葬场，这样既简便又快捷。"

"钱，"维拉用低沉的嗓音关切问道，"他身上有钱吗？"普卡洛夫答道："警察笔录上说有1500瑞士法郎和200欧元，您只要一认领完尸体就可以拿到这些钱。他钱包里还有一张工信银行卡，咱们的安全官和银行联系上了，您爱人账上有739.9美元。您可以打这个电话号码，都已经说好了，他们会把钱给您。当然，这些钱也……"

"办这些事要花多少钱？"维拉打断了他的话道。

"我想，5000欧元够了。"普卡洛夫礼貌地停顿了一下，就像是在脑子里算术一样，回答道："好好计划一下吧，这不就已经有一千多块钱了。您把我的手机号记一下，买好票告诉我一声航班信息。到时会有人接您，把您送到宾馆。请再次节哀！"

"到底是怎么发生的？"维拉突然想起问道。

"事发地旁边有个酒馆，"普卡洛夫说，"好像他喝多了，天气很糟糕，刮风、起雾、路面结冰，而当地十月一号以后才会换上防滑胎。他以为自己在人行道上走，其实走到了大马路。那个撞人的浑蛋司机还在找，只不过他们这里怎么找就不知道了。首先一个问题就是，这个司机到底保险过没有，保了多少，在哪家公司投保的？警察先确认保险生效，然后保险公司找到人定价，才能刑事立案。您爱人是公派，所以当然保过险，尽管保额不大，我想您能得到大概一万欧元吧，但不可能马上就拿到钱。"

维拉若有所思地放下电话，哇的一声，终于像所有女人那样大哭起来。她竟然神奇地忍住不去撕碎自己的睡衣，不用指甲去抓脸，不用手把头发一绺绺揪下来。如果旁边有炉子，她一定会把炉灰散满头，然后满地打滚，直到别人安慰把她哄住为止。

可惜没人大半夜去安慰她、哄她。谁都看不到她的痛苦，她像是度过了圣经中描述的苦难一般，跟跄地把自己拖到沙发上，摊在上面，完全感觉不到双脚的存在。

她也设想过，男人们有时会英年早逝，但完全没想到会是自己的丈夫。

这正是人的命运所摆脱不了的异数，命运中的一个维度就是自己或亲人的突然辞世。

接下来一段时间，维拉不是睡着了，就是失去了意识。

她做了个梦：好像她身处帕夫利克住在农村的叔叔家里。他们夫妻俩在二楼的一个房间睡觉。窗外可以看到森林，湖泊和毫无意义存在的草场，因为村里根本没人养家禽家畜。然而，我们都了解，大自然接受不了空窗期。有时维拉会从楼上看到草丛里泛起缓缓地乱窜的波浪，帕夫利克笃定地告诉她，那是野猪，可是维拉却认为是兔子在蹿跳。

她还梦到：她在睡觉，梦中听到在湖对岸参加夏令营的孩子们的歌声。孩子们经常半夜在村子里溜达。小小子抓小姑娘，小姑娘兴奋地惊声尖叫。而当他们多愁善感起来时，便会唱起歌来。维拉在梦中听着歌声，对这些孩子很是愤怒，可是却不知为何一个词都听不懂。然后她明白了，孩子们不知在用哪种语言唱歌，而且唱歌的声音清脆，使人心灵震撼，且带有不可掩饰的忧郁，就好像有专人指导的合唱团一般。可是半夜三更，村子里哪来的合唱团，更不可能有指挥了？维拉睁开双眼，仿佛钢针穿过叠好的布匹，也许是穿过一垛干草，穿过一个梦境的两个平面：虚境是农村发生的，实境是莫斯科的一切。好一阵子，她呆呆地望着天花板，然后茅塞顿开，她听到的是天使的歌声。只不过不太理解，为什么天使的歌声百转千回，通过双重梦境，到了她耳边，这究竟是什么意思？

难道说帕夫利克就在这些天使当中？一想到她那个有点谢顶、挺着大肚子、立着小短腿、爱喝伏特加，也在天使合唱团里，维拉甚至含泪而笑。她想象，可能上帝给他一对很大的翅膀，让他飞上天空。

感觉哪里有些不对头，只是不知道什么地方不对？

世界建立在矛盾之上，就像房子建在基石之上。因此，既然房子到现在都还没垮塌，那么世上就没有什么比矛盾更坚固可靠的了。

一方面，维拉在这一刻承受着不可言喻的苦痛，能够跟她从没感受过的分娩相比的痛。另一方面，在苦痛之外产生了某种病态的、反常的豁然。结束了，帕夫利克不再痛苦了，解脱了，获得自由了，一切都无所谓了。于是，维拉她也摆脱痛苦，获得了自由。他们二人就都可以开始新的生活了。

他在那里（天上），而她在这里（俗世）。

对活着的帕夫利克而言，这简直就是侮辱，而对死去的他来说，就完全合乎情理了。某种意义上，死亡是一个人从另一个人或者很多人、所有人那里获得自由。在奴隶制时期，自由与妻妾和仆从一起被陪葬在主人的墓冢里。但是，随着人类逐步摆脱不完善的社会政治各个阶段的重担，个体对自由（就像死亡的自由）的认知过程也在发展，也就是公民个人的死亡自由化的过程。世界上的一切属于个人，对死亡的个人权利也是很自然的，就像是对土地、空气、水和火的私有权一样。当然，在这个股份制公司里，大股权到底属于上帝还是国家就不得而知了。

维拉歇斯底里地哈哈大笑起来。丈夫去世后，回到维拉身边的是个人生活的财产权。然而，暂时她还没彻底想过，如何要享用这突然到访的自由。目前，她要做的是如何在钢琴键上反复地练习将她与帕夫利克连接的情感音节，为了让那些副旋律不再作响，最后只剩唯一的让他俩生活统一的主旋律响起。在维拉·巴甫洛夫娜的双重梦境中，那些少先队天使歌唱的正是这个旋律。她笑了，因为，她家那个对车尔尼雪夫斯基的名著痴迷的帕夫利克，有时候也会这样（维拉·巴甫洛夫娜）称呼她。

维拉突然明白了，她为什么爱帕夫利克。大夫建议做试管婴儿，但是神婆劝说要等一阵，承诺可以把帕夫利克的精子恢复正常，自然这是不可能免费的。必要的草药也买了，汤药的服用方法也有了。但是事情却耽误了，因为只差一味很贵的，经部落巫师认定的含有河马睾丸萃取物的药丸。就连这个最后通过俄罗斯驻达喀尔商务代表处也给解决了。药丸十一月份前就能弄到了，也就是过两个月光景。尽管帕夫利克最近喝酒很凶，而且大肚子简直就是与时俱增。但是，维拉跟他在一起很放松，不害怕，而且还有乐趣。

这就是她的幸福，因此而喜爱帕夫利克，也因此女人会不自觉地爱上那些看上去完全不值得被爱的男人。

人总是本能地用围墙把自己的世界围起来，把自己与那些烦恼的生活隔绝。这堵墙，有些人在用金钱筑造，有些人则用权力，有些人用挥之不去的悲伤，而有些人则用绝对的工作热情来筑起。帕夫利克为他们的小家筑的这道墙的材料是日常生活的轻松感和对生活中无止境的缺德事的无比蔑视。对于维拉来说,这件事在他们共同生存的天平上重于世上的一切。

可是,生活本身也不能无止境地忍受那种对自己蔑视、滑稽的态度,它迟早是要被戏弄回去的。

于是,它也真这么做了。

的确,现在维拉心里很沉重、很害怕。生活对她的戏弄还真可笑。维拉也并非偶然听到了双重梦境中少先队天使的歌声。这就是帕夫利克从另一个世界给她发来的消息,在那里,如果放他去联络处的话,他那轻率的个性都会被当作是优点。

维拉用穿脏的睡衣角擦了擦眼泪,斜眼看了看帕夫利克放在书架上的圣像,甚至不清不楚地划出了十字架的动作。

一个不熟知的圣人从金闪闪的圣像上严肃地看着她。他蓄着很短的白雪般的山羊胡,看上去更像故意留的当下时髦的胡须。仔细一看,维拉惊讶地发现,他穿的不是僧袍,而是钉着闪闪发光的金属扣子的披风。他站在樱桃树间的草地上,正值樱桃成熟季节,林间洒满阳光。樱桃一嘟噜一嘟噜耷拉在枝头,树木看上去就像绿色的空气,而红彤彤的樱桃就像不知从哪里迸发出的烟火。

"杰门吉樱桃园",维拉看到,圣像一角上写着这些字样。她从来没听说过有这么一个圣人。也许,她认为这个圣人是普斯科夫州当地人才熟知的;也许帕夫利克叔叔家所在的那片草丛里有野猪、兔子,半夜里出现天使般歌声农村的少先队员?让她更吃惊的是,圣像上的字不是用教会斯拉夫语写的,而是用现代俄语写的。"翻新的,"维拉想,"这种翻新的谁会买?"

这时,她变得既紧张、又平静,就好像坐火车前行,但是轰隆作响的车轮下的轨道突然消失,火车不是上天了,就是入地了。紧张的是,因为她并不知道火车接下来会怎样。平静的是,因为火车无论是上天还是入地,直到目的地她都不会和这辆车分开,尽管她并不知道目的地在哪里。

维拉突然感觉到,她的生活中,就好像从来没出现过帕夫利克这个人一样。可是,她还是有那些想法:帕夫利克是少先队天使合唱团中的一员;

还有，当她接电话得知丈夫的死讯时，正好误以为那个早就淡忘的大学同学林德尔也死了。维拉认为，如果相信萨尔瓦多·达利（西班牙画家）的话："信件寄的时间太长了。"那只有在地址和信件内容视情况变化时，人间联络处才会上班工作。她坚信，最先得到的应当是关于林德尔的坏消息，尽管谁都搞不清楚她是从哪里来的自信。可是，最后她却得到了帕夫利克的消息。"浑蛋，你还活着，可我的帕夫利克却死了。"维拉不甘心地想到在她面前那个完全无罪的林德尔。她又一次看向白胡子的杰门吉樱桃园圣像，她明白了，原来自己已经开始因为痛苦而发疯。与林德尔有什么关系？他跟帕夫利克的死有什么关系？

"当你感觉接近疯狂时，"她想起了帕夫利克的话，"就得赶紧去做点简单且有意义的事。擦擦灰，擦擦厨房地，拍拍苍蝇，打打蟑螂。这些事儿都会让人不由自主地回归生活。"可是苍蝇半夜也睡觉了，房间是有蟑螂，可也不经常出现。维拉发现书架上的一条灰尘带，兴奋地用万劫不复的睡衣角把它拭去，就仿佛灰尘就是通往疯狂的纽带，但是必须得把杰门吉樱桃园圣像挪开才能擦到。灰尘像一个阶级一样被肃清了，维拉打算把圣像请回去，但是，突然发现，书架上圣像后面是一本樱桃色的契诃夫的剧本《樱桃园》。

的确，从通往疯狂的道路上下来，并不是件容易的事。疯狂以几何级数增长，就像园子里的樱桃，不是长在万尼亚叔叔家，又是契诃夫？而是长在杰门吉樱桃园。

半梦半醒间，维拉慢慢地把喝醉了一般颤抖的手伸向了那本书。她发觉，帕夫利克最近好像翻看了这个伟大的俄罗斯作家的剧本，甚至在书里还放了书签。维拉打开放书签的地方，发现32到33页之间放的并不是书签，帕夫利克用的竟然又是樱桃色的标有 VISA GOLD（维萨金卡）的俄罗斯储蓄银行的卡。她突然觉得，好像帕夫利克就站在她背后，边笑着、边提示她接下来该怎么办。可是她刚一想到这个事，刚要开始的提示就停止了。帕夫利克现在所处的空间，就像苏联的中学一样，只要提示别人，你就会被赶出课堂。

"唉，有意思，我家哪儿有蟑螂呢！"维拉向卫生间看去。可能半夜

邮 鱼

的时候在那里很容易抓到特别大的蟑螂，白色斑点布满它黑色的背部。"它不会是樱桃色的吧？"她心里恐惧道。蟑螂大到打死以后清理残骸都要有一系列步骤。尽管，维拉半夜很少光顾洗手间，但她现在也不想进去，所以，她就装作没发现它们，肆意让它们爪子贴住地面一动不动，伪装在地板和马桶的水泥地的缝隙中，可是触角却像天线一样翘着。如果按帕夫利克的话来理解，到处都安插着蓝色的外星人。它们的触角长得都能抓住，于是，有一天，维拉强忍住厌恶，抓着蟑螂的触角将它扔到马桶冲走了。可是它却没被淹死，过了两天，在同一时间，同一地点，维拉又发现了熟悉的白斑外壳带触角的家伙。也许，假如说蟑螂不是外星人的话，那在蟑螂的世界，它就是战斗蛙人部队的指挥官，而白斑就好像是军衔肩章。

可是，今夜它没有来。

维拉仔细地察看了一下银行卡，原来卡是不久前刚办好的，就是上个月领的。在收入微薄的政府供职的帕夫利克竟然有两张卡？一张是在断了气的帕夫利克口袋里找到的，按照瑞士警方和俄罗斯外交官普卡洛夫的话说，卡里还有739.9美元；另一张是帕夫利克藏在时髦的白胡子杰门吉樱桃园圣像背后的《樱桃园》这本书里面的。

接下来，维拉行动得又快、又坚决，就好像有人让帕夫利克回到了课堂上，神不知鬼不觉地不让老师发现给她提示一般。维拉像丧尸，或者说像魔像，也不知道魔像有女的没有。她的脑中一片真空般的死寂，而身体却同时在激烈地运动。

维拉自己都没发觉，她怎么就穿上衣服走到街上了。九月的深夜，走在莫斯科某处的院子里，树上的叶子纷纷掉落，沙沙作响，树丛里的枝条像八爪鱼触角一样紧张地晃动着。大都市的夜晚冷漠地接纳了维拉，把她融入其中，都市的路灯、闪闪发光的牌匾、几扇亮灯的窗户和天空中模糊不清的星光，为她照亮院子里树下面的那把长椅。以前，她总是跟丈夫坐在上面，一口一口呷着袋装的、可口的、最主要是很便宜的、塞浦路斯或是西班牙产的干型葡萄酒。到了中年，帕夫利克竟变得浪漫起来，竟然更喜欢跟心爱的女人喝葡萄酒，而且既不是在餐厅，或是到别人家做客时，也不是在自己家，而是在院子里的长椅上，就仿佛他们还依然年轻，前途还一片光明。维拉不适时地回想起,第一次喝酒也是半夜在院子里,只不过是在另一个院子,她以前12岁的时候住过的大院。她当时还把酒滴到了裙子上,一开始妈妈就是打了一下后脑勺,可是闻到了酒味儿后,就扇了她耳光。从那时起,她就不敢在院子里喝酒了,可是帕夫利克愣是硬生生把她带进了也不太适合他俩年龄的浪漫生活当中。

当时,跟丈夫坐在长椅上,维拉很是难为情,因为很多邻居她都认识,不是下班回家的,就是出门散步的,人们在院子里来来往往。有人带孩子,有人遛狗,有人孩子和狗都带着。但是,随着塑料袋里的酒在减少,维拉就不再紧张了,管他认识的人怎么想,她都无所谓了。她对那个可以在一贫如洗的地方让人心情愉悦的帕夫利克的爱又加深了。

在一个单元门口的门斗上霓虹灯牌不停地闪烁着,上面写着"古咔唎谷(俄语为雄鸡打鸣"喔喔喔"的拟声词)酒吧"。维拉时常路过这家酒吧,但是一次也没想过要进去。光看名字就能猜出这个地方尽干些淫秽、下流之事。很多边缘族群喜欢光顾这里:摇滚族、飞车党、扎着辫子的年轻人,好像他们被称为拉斯塔曼族,都是些从独联体国家来的外劳,当然,还有一些中国人和印度人。然而,不单是这些人。有一次,维拉正好经过,有个老头就像吞了拐杖那样,果断地径直走了进去。他穿着昂贵的克什米尔羊绒大衣,眼神火热,戴着巴拉圭或是阿根廷风格的大格皮帽,绝对不是俄罗斯产的就是了。就在不久前,在近处的蔬菜摊,买完好多袋东西离开时,维拉余光看到一道像刀一样锋利的背影,在夜幕中溜进了酒吧,就仿佛它溜进了深色大衣的口袋一般。她简直都要发誓了,这个背影绝对是林德尔的,但这又绝不可能。理论上是可以实现的,林德尔从加拿大或者他去的那个国家回到了莫斯科,但是也不大可能吧,20年前就带上钻戒的他,还往语意双关的古咔唎谷酒吧里钻。

也许,他还真的想去这种地方呢?因为这个酒吧里虽然有各种风格迥异的人,但是他们有着共同的秘密。维拉并不怀疑,她的名字(在俄语中维拉是信仰之意)就是灵魂堕落的污点。这一污点的里面,就像万花筒中邪恶的、最神奇的、任意组合。她深信,假如有人开一个叫"地狱"的夜店或酒店,再找都是一路货色的广告公司宣传一下,那一定立马就有一些能装蒜的车牌号三个6（魔鬼之意）的豪车的下流坯子前去光顾，当然，还有那些专门寻找富人的姑娘也会去玩耍。帕夫利克说，你想要弄到这种车牌号，也得给交管局不少钱。他还说过，类似的娱乐场所，就像是车牌号三个6的车一样，早晚都要被烧掉，烧得如同是地狱的残垣断壁般惨烈。而且，那些姑娘也会像干柴一样燃烧殆尽，可是，那样的车主通常却不会受到任何伤害。

出于一些冒险的想法，以及经不住这个古怪地方的诱惑，帕夫利克总是叫妻子去古咔唎谷酒吧转转。他坚定地说，这种地方一定有让人瞠目结舌的事情发生。

"能有啥事儿？"维拉难为情地说，"除了买卖毒品、卖淫，还能有什么事情发生呢？！"

有一次，帕夫利克差点把维拉劝了进去。可是，他们面前酒吧门口站着一长队印度教信徒，他们身穿麻布大褂，光着脚，敲着白色鼓。那震耳欲聋的干脆的响声让队伍又变得蛇形一样细长。于是，门上马上挂上牌子，牌子上写着"间休"二字。这更加坚定了维拉的想法：这个酒吧就是个危险地带。

酒吧所处的房子是被一个院子和直角的城堡式围墙围着的，房顶角落处还有一些塔楼。其中一个塔楼灯火通明，透过丁香色的光线，可以看见房顶立着"飞利浦"广告牌，仿佛外星（蓝色的，到处安着天线的丑八怪）飞船在那里迂回。

维拉回想起，就在前不久，刚从地铁出来，她和帕夫利克看见了这样一幕：老鹰和乌鸦在这个广告牌子上打架。一群乌鸦攻击三只老鹰，把它们堵在了塔楼上，最后，老鹰不得不冲上天，才消失不见。帕夫利克说，这些还是雏鹰，刚学会振翅高飞，乌鸦坚决要把它们驱逐出塔楼，就是不让老鹰明年再想回来占位子来繁衍后代。

"我们活在了乌鸦的时代。"帕夫利克忧愁地说道。

"为什么？"维拉惊讶道。

其中的一只雏鹰在余晖的照耀下呈现古铜色，破竹之势的镰刀般从天上冲到乌鸦群最密集的地方。震怒着发出令人讨厌的叫声，这群乌鸦四散成一块块破碎的黑布，但是，又马上飞到下一层气流中聚到一起，就像是魔鬼的长礼服，想用长长的袖筒抓住那只雏鹰。而雏鹰则要把速度提到极致，好摆脱伸向它的袖筒的牵制。

"老鹰是不会屈服的。"维拉则为这种雄伟的鸟类喜悦道。

"对，"帕夫利克也如此认为道，"可是，乌鸦太多，它们是食腐鸟类，哪里都能生存。它们的机会无限大，最后总是会把老鹰赶跑，莫斯科正是它们生存的城市。"

和煦而厚重的风，卷着干树叶、夹杂着汽油味，垃圾吹着维拉的脸。天空被地表的光线照亮，让人想起深色的摆动着的筛子，筛子底下是微微摆动的零星的星星。一种深不见底的、不舒服的、接近痴呆的安谧降临到维拉身上。她明白了，她再也不用着急，从现在到永远她都自由了，就像蜡烛的火苗很容易被熄灭，但却不能使之屈服一般，就像雄鹰可以被赶到空中，但却不可战胜一般。

走过垃圾箱时，维拉看到两个年龄、性别不明的生物拿着手电筒在调查着垃圾箱里面的情况。她心怀帕夫利克，毅然走向了古咔咧谷酒吧。也许是帕夫利克带着维拉过去的，因为他们现在处于完全不同的两个世界。总之，就算帕夫利克想进酒吧，他自己也不需要打开那扇沉重的、金属的、好像有人用散弹枪射击过，变得到处小孔儿的大门了。

酒吧门口停了两台半夜还闪闪发光的大摩托车。"去他的吧！"维拉心想着，坚决走向大门。她不喜欢摩托党，但俄罗斯没有哪条规定说，摩托党就不能进古咔咧谷酒吧。

"酒吧安静得像墓穴，像华丽的墓穴。"维拉心想，"跟预想的完全不一样，在这么罪恶的深夜时刻，酒吧里看上去竟然如此文明。"只有放着瓶子和杯子的吧台发着光，酒桌上摆放着圆的磨砂器皿，里面装着蜡烛，需要客人凭意愿自行点燃。幸运的是客人当中并没有摩托党的。

酒保从柜台那边疑惑地向维拉点头示意。他两边头发剃光，头顶中间留出一道头发，看上去发型像是个鸡冠子。对，就是所谓"私密发型"那么个造型。维拉隔空用手指比量了一下要多少酒，酒保指了一下威士忌酒瓶，维拉没有反对，酒保再指向冰桶，维拉摇了摇头，酒保转过身去拿酒瓶，

邮　鱼

维拉在远处的一个桌子坐下后,看清了酒保华丽的布满整个脖子的纹身,就像带着颈圈一般。这个纹身由符号,或许是不认识的字母组成。可能是地狱的字母,那些下地狱的罪人才能懂,才能读懂当局颁布的命令。"意思就是,地狱从这里开始。"总之,维拉完全不感到绝望,甚至有些冷漠地这样盘算着。

随着时间推移,古咔唎谷酒吧越来越受维拉喜爱。这里绝对没有多余的话,也没有不必要的灯饰。说实在的,这一刻美好的沉寂犹如瞌睡的撒旦的鸡窝,能够打破这沉寂的只有四个人:剃光头还留着私密发型,脖子上有纹身的酒保;维拉本人;好像刚指挥完音乐会,还穿着燕尾服没来得及换衣服的帅气的高加索人;像等腰三角形,憔悴不堪的妇人,她颤抖的手指戴满戒指,还有一双乌鸦般贼亮的眼睛。好像她刚把老鹰赶到天上去,现在在鸡窝里歇一会,应该说是乌鸦窝。如此这般,古咔唎谷(喔喔喔)就要变成哇哇哇了,可这根本不重要。维拉深信某处也一定有这么个叫哇哇哇的娱乐场所。

这个妇人是和修房子的塔吉克建筑工们同时出现在大院里的。过去的房管所摇身一变,变成了物业,是他们雇的这些工人。整修是免费的,就像曾几何时的房管所,现如今的物业公司在为他们的善举和诚意做的掩饰。曾经一贯允诺的金山银山,也变成了破旧不堪的,还是苏联产的马桶,变成了弯弯曲曲的天然气管道,苏联产的铁暖气片。但是也没别的办法,居民们都图个免费的便宜,这一栋楼可有22个单元呢!

光第一个单元一翻修就是一年!塔吉克工人竟然就这么住了下来,随后他们的家人、亲戚也都搬来了。有些单元的住户试图用暴动来反对永无止境的翻修,然而,物业公司偷偷把暴动带头人家里的暖气和马桶都换成了高级的,这股"革命"之风就自然被熄灭了。看来,物业为达到目的还是留有后手的。

三角形妇人家里的墙也没刷,壁纸也没贴,门也没漆。维拉从某人那里听说,这个妇人是帕米尔茨冈人。维拉概念很模糊,帕米尔茨冈人跟其他普通人有什么区别?但是,在观察了这一不熟知部族的女性代表后,不难发现一些区别。首先,这个茨冈女人,若她真是茨冈人,有一定年纪了,活到了一般茨冈人活不到的年纪。即便他们活到了这个年纪，也决不会出门干活，不会在别人面前出现，不会出现在非茨冈人面前，她绝对有五十几岁了。其次，维拉从没见过她烦着别人算卦。她在布店旁边卖护身符，尽管维拉不止一次在摆着盖着毛巾的箱子的摊位上停脚，这些护身符就摆在箱子上，可是这些护身符的模样，不知怎的她就是不记得。

事实上，这些护身符没有参照物可比。黑色三角形石头很平滑，上头还有三个不对称的眼儿，十字架是陌生的鸟羽毛做的，一块亮陶土，干草编的环，跟什么比较呢？

人们对世界认知的基本原则是事物的相似性。人沿着这相似的阶梯往上走，去找上帝，往下走，就背弃上帝。帕米尔妇人卖的护身符在人世上没有相似可比，也因此，它们让人毫无印象，就好像任何没有名称的事物，结果就不复存在了。

但是，护身符却很受欢迎。飞车党和某些疯狂的异教徒都争相购买。这些异教徒身穿长长的袍服，腰间系着锁链，袍服上还缝着用麻线加固的口袋。他们非常清楚如何保护自己，在这儿附近猎物的警察，即使斜眼看到他们的链子，也从不检查他们的证件。可是，还是有这么一次，维拉看见，一个年轻警察在地下通道盘问一个像竹竿一样细长、干瘪的异教徒，问他是不是外籍劳工？

"我是神的外籍劳工，"异教徒严肃地承认道，并且加大步伐，"而你就是被外劳赶得到处跑的蚜虫！"警察的手伸向挂在腰间的橡胶警棍，但是异教徒的眼神又使他犹豫不前。

法律可以制止极端过激现象，但却不能阻止长袍腰间挂链子。

说实话，维拉对这些身上用麻线加固口袋的人到底有没有证件，深表怀疑。

脖子上纹饰的酒保点着了打火机，把桌子上的蜡烛点燃，在维拉面前放了一杯威士忌，像模像样地把机打小票放在一旁。如果当今的俄罗斯还有流动红旗奖的话，古咔咧谷酒吧就可以申请参评最佳大众宵夜奖了。

维拉回忆起，悼念故人时一定要把酒一口气全干掉。更何况，帕夫利克还是个不分场合就能自己把酒全干的人，悼念他必须这样。

于是，她就一口都干了。

当她把空杯放到桌上，看见桌子另一边三角形帕米尔妇人走了过来。她应该是在空气中飘过来的，否则维拉怎能没发现她。明白了，维拉内心明白了，有需要的时候，他们就会悄无声息、不被察觉地飞过来。

"我同情你，知道你的痛苦和秘密。"茨冈女人对着蜡烛肆意喷射的火焰点着了烟道，同时她又能用思想轻松地掌控火焰。

"秘密？"维拉感觉到一杯酒还不够，因为她可是一个人要喝两个人的酒，自己的和帕夫利克的。可是，脑袋里所谓上帝庇护的声名狼藉的三位一体已经打转转了。"什么秘密？"

"你知道我说的是什么！"茨冈女人说。

"不知道，准确地说，从现在起我所有的秘密没有任何意义，也都无趣了。"维拉答道。

"除了一个今天，不对，已经是昨天的秘密。"茨冈妇人看了看表说道，"还有什么能在半夜，就好像从信封里抽信一样简单，把一个女人从暖床上拽到古咔咧谷酒吧呢？只有痛苦的秘密了，因为它像刀斧般悬挂在头顶。"

"就算是痛苦吧，"维拉看了一眼对方，目光就像身无分文、大口袋长袍、腰间缠着链子的异教徒，看着要检查证件的小蚜虫警察的眼神一般，"死亡永远代表一种秘密，我懂，而秘密并不仅仅就指死亡，死亡也不仅是刀斧，死亡就像水，把它倒在什么容器，就会出现什么形状。"维拉给酒保示意了一下说道。

"那痛苦是……"茨冈女人饶有兴趣地问。

"痛苦也跟水似的，但不是死水，是活水。它能渗透任何堤防、锁住的门、封闭的舱口、干涩的双眼等等。"维拉讲道。

"可是刀斧却能把连接秘密的线砍断。"帕米尔女儿的眼睛，就像酒保倒酒时的酒瓶上的标签一样紧贴在瓶子上说道。维拉束手无策，只能让酒保也给她倒一杯。

维拉想，真有意思！为啥能算命预知未来的人总是连买酒的钱都没有？她回忆起邻居杜霞阿姨，有一点儿事就用手指指着天上，郑重其事地说:"上帝都看在眼里!"可是杜霞阿姨却没被上帝发现,她完全没有自觉,总是忘记把欠维拉的钱还回来:一百卢布?商店?买伏特加?我?借的?前天?我都不记得,我会还的,哪怕没借过也要还,上帝洞悉万物!

"森林是用来砍伐的,秘密是用来揭开的!"突然间维拉大声说道,同时丑陋地打了个嗝儿,虽说没谁能打得好看。她觉得自己简直就是信封中抽出的信,是苍蝇看到了蜂蜜,立刻飞来了一大堆读者,其中不乏没什么文化的,但又积极好用的剁头的刀斧。

"世上没有比人类历史上最古老的劝诫睿智的了。上帝告诉亚当和夏娃不要越界。我补充一下,就是不要随便和人攀谈,四下看看,事先想好每一步,那你就可以被救赎,去发现真相,与这个邪恶的世界共存。"茨冈女人停顿了一下继续说道,"当然,关于真相我就是那么一说,人嘛,总喜欢把话说得华丽些。"

"那我该咋办,出家去修道院吗?"维拉又大声地打了嗝儿问道。她心里却寻思着,"那又能怎样,酒钱可是我付的。华丽而蒙昧,我要是亲耳听到真相,马上得去检查一下钱包是否还在原处。"

"去修道院也不错,"深夜的攀谈者回答道,"但是,您可能不情愿地偶然加入了我们罪恶世界的救赎者的队伍。因此,就要遵守游戏规则。"

"什么救赎者?什么规则?"对话越持续,让维拉越加反感,"我没有报名参加游戏,没加入任何队伍,总之……"维拉本不想,但却说出了帕夫利克的话。他确信,俄罗斯有两条寻求真相的路。一群人,就是大部分人的真相是在酒里找到的。另一些人,就是少数人通过刀斧找到的。维拉已经说过了,"第三类,就是在别人的钱包中寻求真相的。"

一战开始时,就出台了禁酒令。结果怎样呢?老百姓暴动了!所以说,帕夫利克总结道,政府得警惕,无论赚多少钱的人或者什么身份的人,得让俄罗斯酒够老百姓喝的。任何一届俄罗斯政府都要提倡这个"我们来把刀斧泡在酒里"的口号,这是帕夫利克的主意。"从哲学角度看,俄语绝对是自足的,"茨冈女人欣然地继续说道,"它的每一条路上都标记上各种符号。"但是,真相还有一个维度。这个维度不是在从瓶子倒出的酒里,而是在我们每个人从出生起心里就承担的罪过之中,刀斧就是这种罪过的救赎。

欺骗也不过如此。维拉不适时地回想起,茨冈是世界上少数在本族语言中没有神的分类的民族。他们不受宗教束缚,因此,他们不知罪恶,更别说忏悔了。正因如此,他们世世代代都活在欺骗当中。

直到昨天半夜前,维拉只知道,假如酒精这个定义用对地方,苦痛会逐步缓解,但她从没想到,夹杂了神秘内容的、富有哲理的交谈也能解痛。她把不幸的帕夫利克忘得一干二净。"酒精,维拉计算出了对抗痛苦的化学公式,加上假装得到真理,那个要是信了杜霞阿姨的'上帝洞悉万物'的话,痛苦就会消失的真理!因此,真理到处都在,包括罪过当中也存在真理。更准确地说,存在于人想掩埋的罪过当中。酒友就是命运的声音。有时候,人的守护天使不愿意或者没机会直接联系他,事态发展得太快。比如,间谍在紧急情况下,不用编码,直接用普通文本传达信息。比如,命运不通过梦境、征兆或其他一些暗示,而是通过这个偶遇的、翻阅无稽信件的不速之客酒友的嘴向你发声。我的命运就是刀斧。"维拉阐释道。

"时间不早了,"维拉打算脱身,便说道,"俗话说,早上要比晚上明智得多。我来付酒钱,买你一个护身符,咱们交个朋友,就此话别。"

"半夜我不卖护身符,"这个三角形的东方妇人委屈地说。

"谁说的?"维拉惊讶道,"我亲眼看到您半夜把护身符卖给穿盖世太保皮衣的摩托手,除非那不是护身符。"

"给那些骑摩托的,是特例,因为有时候通过时空缺口,他们能迅速飞进另一些世界,到那里,护身符就像某种保护的文书,能帮助到他们。"茨冈女人解释道。

"啊哈,就是说有了护身符,他们就可以回到我们的世界了?"维拉明白了,什么上帝爱戴的三位一体降临的时刻到来了,看样是要喝第三杯威士忌了。

"有可能,"这个茨冈女人并没有详细说下去。

"懂了。"维拉回答道,她又感到自己像是与病患寻找沟通点的心理医师。三角形的女骗子"召唤她的情感"纯粹是为了骗钱。她在醉意中,突然傲慢地提到"维拉"(信念)这个名字的双关意思,若有所指地说:

"飞车党买护身符是因为他们相信它的神效，信念高于生命。这可是武士的戒律"。

"那些不骑马，而是骑摩托车的武士，"茨冈女人微笑道。

"只不过不都是武士吧，"维拉不禁想到那些醉醺醺，红彤彤的戴着头盔的嘴脸的人。他们身穿铆钉黑色上衣，在人行道上开着镀镍的摩托车，车身像崭新的搅拌机一样锃亮，差点没撞到她。要是把维拉比作垃圾，那他们就是铁铲。"死老鼠，找死，躲开！"从头盔中肆意喊出一个声音，就像用喇叭喊出来的，将满脸的酒气泼向维拉。维拉并不怀疑，这个摩托车对于这个坏蛋来说，要高于人（飞车党眼中的老鼠）的生命（维拉的命）。

尽管，维拉的思绪在醉醺醺的空间翻来覆去，就像夜晚空中被乌鸦驱赶的雄鹰，但她目前还是能控制住局面的。虽说维拉不是那种人，但她还是摆出了有钱时女人轻佻的样子，叫来酒保买单。她手术刀一样严肃、犀利的眼神，划到了在她们桌边停住脚步的穿燕尾服、知识分子模样的高加索人身上。

"大师，家人在家等你回去呢。"维拉说道。

"我住在音乐厅，"高加索人客气地向她鞠了个躬道，"我的家人就是乐团。希望您也能参与演奏。"

"别指望了，"维拉在空气中挥了一下无形的指挥棒道，"我根本就是个音痴。"

"每个人都可以辨别音律，"这个被封的艺术大师反对道，"隐形的乐章，想在哪里奏响就在哪里奏响。您一定会听到！"他把五千卢布的纸钞放在吧台上，然后就走出了酒吧。

"没喝多吧？"维拉想，"喝什么能喝五千块钱？"

一切变得很沉静，接着扬长而去的摩托车的怒吼打破了这深夜的沉寂。"难道大师也……"维拉惊讶地想到。

但这完全不可能呀。

"立马走人！"维拉向茨冈女人使了个眼神，告诉她免费酒水的时间结束了。

而那个女人完全没反应。

"护身符都是您自己做的?"维拉表达出对她的傲慢的敬意,礼貌地问了一句。

"不是,都是别人通过邮局寄来的。"

"代收货款那种吗?"

"延迟付款。"骄傲的三角形靠别人请客嗜酒的妇女确定地说。

"难不成还有这种付款方式?"

"不同世界间,邮递系统付费方式都是延迟的。"茨冈女人不悦地说道。

"明白了,"维拉惯性地把手伸向空杯子,毋庸置疑感到她自己已经绝对控制住局面,说道,"痛苦归痛苦,但是我觉得,我的帕夫利克就像邮寄品一样,还能从另一个世界,其他境界回来的!至于怎么回来呢,明摆着,没您帮忙肯定是不行的。当然了,您不可能白把他带回来,一定得付费吧,而且费用不少,还要定期给!我说得都对吗?"

"不对,"这个帕米尔女人抹掉了在维拉脑中几近形成的步骤,让她失望道,"死亡不是世界间可交换的商品。"

"跟护身符不一样,海关不放行吗?"维拉推测道。

"护身符邮局可以寄,可是行尸和信件就绝对得靠走私了,"茨冈女人说,"可是您很幸运,您可以失而复得,只不过收到的是变样的,就是简易版的,还有,你会因此得到一笔可观的收入。"

"什么收入?为啥会给这笔钱?什么信件?"维拉自己都没搞清楚,为什么她会对茨冈女人酒后胡言乱语这么饶有兴致。有人会为某事给她钱,还有不明不白的信件。但是虚构的行尸就完全没提起她的兴致。

"有需求,就一定有人会出钱,"茨冈女人结束了关于钱的话题说道,"那些信件也不知从何而来,但会准确无误地送达,就像昨夜你找到的那封一样,把已经送达的信件再退回去是不可能的了。"

"但真想退回去,"维拉忧郁地看了一眼蜡烛道。蜡烛的火焰分岔了,就像蛇芯一样。"我该走了。"维拉扶着椅背,果断但又不坚决地从桌后站起来。"对了,这些帕米尔茨冈人的信仰是什么?"尽管她对这些语言中连神一词都不存在的帕米尔茨冈人毫不在意,但维拉却偏偏起了兴致,产生了这个念头。

"帕米尔茨冈人是地球上最古老的民族之一。几千年来他们在世界各地繁衍生息，见证了人类对不同神明的崇拜，不同的信仰，"三角形的酒友像照本宣读那样说道，"从人类的宗教经验中，我们只总结出唯一一条，那就是祭祀，而从人类群居的经验中，了解到了唯一的渴望，就是要住在没有人的地方，最好是住在月球上，"这个没能成为月球部落居民的女人叹气道，"可是月球上也没空气，所以我们不得不定居在世界的屋顶，帕米尔高原之上，差点就到了"共产主义峰"了，现在改名叫"索莫尼峰"了，他是塔吉克人民旧时的领导。那上面空气稀薄，但却是地球上最洁净、最安静的地方。除了帕米尔茨冈人，谁在那里都生存不了。有时候，总是有些登山运动者来登顶，但必须得戴氧气面罩。茨冈女人若有所思且精准地补充道。

"希望这些登山客不会被当成祭祀品！"维拉轻轻地摇了一下头，用嘶哑的嗓音笑道。她感到自己无比的可怜。"我到底在这里干什么，"她是这样想的，但也许她是真的呜咽嘟囔说出声来了。"一个人，大半夜没梳头、没洗脸，我为啥要在这里？他只不过就是被车轧了过去……"她含糊不清说道，并且看着茨冈女人"如共产主义峰"顶的冰一样耀眼的双目。"被命运的车轮碾压了过去……谢谢您告诉我关于帕米尔茨冈人的事情。多伟大的民族，最主要的是他们有自身的智慧。这样的民族又怎能覆灭呢？"

"命运的车轮是按照设定好的轨迹行进的，"茨冈女人反驳道，而维拉对他们民族不真诚的夸赞之词，完全从她耳旁飞过。

然而，维拉已经不在乎了。她不能想象，她现在要去往何处，但她感觉到了，哪里需要就要到哪里去。仿佛帕夫利克就陪伴在她身边。维拉心想，好奇怪，我喝得越多就离帕夫利克越近，就离"共产主义峰"越近。

她突然回忆起，以前共居过一间房的邻居。一对知识分子模样，像兔子一样洁白的老爷爷、老奶奶。房子里只有一层薄薄的间壁墙，但他们一点声音都没有，就好像他俩完全不住那里似的，就算是住也是遁于空气，无影无形的存在。他们总是干干净净、整洁如新地一同出行，坐在小长凳上看同一本书，一起去银行取养老金，排队也要一起。他们不受把人残忍地变成朽木的时间约束，不受众所周知的"老了就不快乐了"的真理约束。遇到他们，维拉想，要是她和帕夫利克到时候也这样两个人一起散步，除了彼此，他们什么都不需要，那该多好。后来，爷爷奶奶悄然地离世了，像蜡烛一样渐渐消失。她先去的，他也随后跟着去了。他们的侄子继承了他们的房子，然后，马上要不就是卖了，要不就是换成了摩尔曼斯克市的一处房子。维拉和帕夫利克坚信，爷爷奶奶就是简朴、幸福的养老生活的化身，老年人无可比拟的和谐的化身，可是社区医院大夫（那时还有上门医生）告诉他们，老夫妇已经永远睡过去了。曾经，他们每天服药，大夫也常来看看，他的养老金是上将级别，所以买个伏特加和好点的下酒菜是不成问题的。然而，到了戈尔巴乔夫下台，叶利钦执政这个过渡时期，他们只能从市场上买最次的东西，所以半年光景也就丢了性命。大夫说，就连年轻人天天吃这些次品，也活不过两年就蹬腿了，更别说退休老人了。

维拉搞不懂，这些回忆到底有什么用？跟帕夫利克一起睡过去，她已经没有这个命了。从现在起，她只能一个人睡过去了，或者和别人，但肯定不是跟帕夫利克了。

"要看到事物的本质。"茨冈女人明确地在奉承维拉，因为维拉弑杀了神明，没能看到任何根源。即使看到了，也是看到了放在吧台上长得像大虾，泡在尿黄色中国白酒里的人参根茎（俄语根源与根茎为同一个词）。"说点主要的，"三角形帕米尔女儿向维拉挤眼示意道，"我们所谓的生活一切根源是什么？"她提了个启发性的问题。维拉默不作声，就像被苏格拉底智慧般的问题摧毁了，于是茨冈女人细述道："战争与和平，富有与贫穷，法治与无序，伟大与渺小，希望与失望，公众的正义与少数人实现的愿望？"维拉照旧一声不发，无力将眼神从尿黄色的瓶子上挪开，里面可是人参，它也是大虾，它绝对想尝试变成一只小八爪鱼，"难道是……八爪鱼？"维拉差点没问出声来，但还是憋住了。于是，茨冈女人就得自己回答这个问题了："国家！它制定所谓生活这个游戏的规则，也只不过就问我们到底想玩不想玩！它就是唯一的、无与伦比的、每天的神明，孜孜不倦地要求人们供奉！我们可悲的世界，"茨冈女人在空气中挥动着细长的手指道，就像要把这个最可悲的世界如用过的纸巾一样揉皱，"只是让国家回光返照，金钱与权力正是它的化身，而我们全都是……"

"消耗品，被榨干钱物的人，这个物种构成了不完美社会的金字塔，"维拉松口气继续说道。她深知，如果不把这次相遇，与这个眼前蹩脚的社会哲学家的相遇，当成一次新发现的话，就不会有意外发现的。

"在金字塔的顶端是绝对的邪恶，"茨冈女人平淡地总结了讨论的初步结果，"这是谁都不愿看见的规律，因为，顶点被黑暗笼罩。现有的国家，那些可笑的领导层都只是幌子、幕帘，用来掩盖发生在看不见的顶端那些骇人听闻的事儿。"

"蜜蜂和蚂蚁就没有权利与金钱的概念，但却有国别之分，蜂巢和蚁穴，也都相安无事，它们也活得挺好。"维拉反驳道。

"蜂巢和蚁穴是这类昆虫生活的组织的物理形态，里边不存在犯罪要素。"帕米尔女儿回答道。

"那人类社会就有犯罪要素了吗？"维拉惊讶道。原来，帕米尔茨冈人不只是天生的无神论者，还是天生的无政府主义者。

"犯罪要素总是存在，无论你反对与否，还是会有各种犯罪。"没成为月球居民的茨冈女人直接把烟吐到蜡烛的火焰上，就好像它就是国家似的，应该被消灭一样。

可是火焰并没有熄灭，国家也站住了脚。

"大致上，您认为，国家作为在一定区域内一种人类社会与精神生活的组织形式，它从一开始就是犯罪吗？"维拉为这次不期而遇的争辩下了结论道。

"不是开始就有，也不是在一定区域内，"茨冈女人解释道，"虽说，人类历史上也有一开始就犯罪的，但是发展到最后，当金字塔顶端，黑暗中出现了人看不清的国家，并且赋予自己上帝的功能，但同时，本质上却与上帝绝对对立。不知为啥，作为全球化时代的国家进化课题，谁都不去研究它。它还要往哪里进化呢？"

"向世界政府方向进化吧，"维拉打个哈欠道，"这在好多书上都写着呢，这个世界政府边睡觉、边观察，如何把俄罗斯毁掉。"

"不过，体验过才能认识到，对人类来说这是唯一的普遍经验。"算不上可怜的眼神,但茨冈女人却怀着歉意看了一眼维拉道。

"平行的世界、幸福信件、活死人、月球茨冈人、背叛人类的阴谋、神秘的世界政府,这一切,如果说不算是胡话,那就是粗俗的阴谋论。"维拉教训道,"让老百姓的意识脱离现实问题。我以为早就没人会相信这些胡话,但看来,塔吉克斯坦是那个幸运的例外。您应是从那里来的吧?国家要是不制止、不限制,世界上犯罪和死亡就会多得多。想象一下,如果不注射天花疫苗,不把强奸犯关起来,那……"维拉感到身边一股空气的波浪云涌动,好像帕夫利克站在旁边,愤慨地挥着双手。也许,他只是想抓住这个卖护身符的身穿大花裙子的女人而已。在政府办公厅上班的帕夫利克,曾认为自己是专业的国务工作者、秩序的捍卫者,他当然不会喜欢这个看法极端、半夜陪维拉聊天的人。

"您说得对,"像制作干尸一样,把抽完的烟嘴在化开的蜡烛里熄掉,茨冈女人笑道,"除了国家,谁还能捍卫女性的尊严?我要反驳你说的,国家搞的限制很奇怪,但有种情况却不适用:就是无限制地发明更多新方法,来毁掉那些被限制所拘束的人。由此,可以得出结论,人类正在筹措某种大规模的祭祀,但是您说得完全正确,这一切都是粗俗的阴谋论。感谢您的酒!"茨冈女人轻盈地像一阵色彩斑斓的清风飘到了门口。

维拉还是检查了一下她的钱包是否还在原处。

于是,夜晚的寂静,就像黑色的玻璃,又被摩托车加速的吼叫声给震碎了。

在种满树的院子里,轻盈的夜风被酒精温暖过的维拉冷静了下来。它仿佛吹动了混浊的天空,也吹动了这醉醺醺的娘们儿的步伐,灰蓝色的乌云被吹散,天空中只留给那些无心睡眠的人才看得到的一轮金黄色的巨大月亮。她貌似具有洞悉一切的眼睛,看到了神明的一些瑕疵本质。那个造物主环视它主宰的世界,在世界的尽头腼腆地凝固在十字架上。沐浴着天空撒下的金色月光,维拉感觉自己就像蝴蝶,她迎面扑向的绝不是财富,而是湮灭。

她绕过楼房,走到街上那片被照亮的空地,那里有两个24小时营业的机构:一个是贵得离谱的叫"新奶"的商店,另一个是邮政快捷银行分理处。"新奶"商店的牛奶价格贵得离谱，就像奶牛吃的不是草而是金子似的，所以这个商店叫"金奶"也不为过。邮政快捷银行的 ATM 机很多，可以满足人们半夜迫切的意图：从卡上取了钱，在"新奶"商店里买点儿吃吃喝喝什么的；也可以让男人放松，去跟街边溜达的小姐商量个价钱，坐上能提供各种便捷服务的汽车，爱去哪里去哪里。

"可是，除了国家，还有谁能在半夜瞬间满足人类这些自然需求呢？"走进邮政快捷银行，维拉想到这里。在她眼里，国家就像是严厉而慈祥的母亲。她会把耳环分给每个女儿，哪怕儿女做得不够好，也不论儿女善恶与否。维拉还认为，天堂和地狱也是按照国家的原则构建的，那个宇宙可能也如此。只不过，月球上的情况，维拉不知为何就不确定了。月球就像一个被揍得满脸瘀青的贱女人，她躲着那个无处不在的，甚至是坟墓都管得着的国家。受尊敬的人在墓园里下葬选的地方就好，而其他人就只能葬在别的地方了。

维拉也不太明确，到底接下来该怎么办。

银行大厅里，除了透明围栏后面打着瞌睡的保安，一个人也没有。

维拉刷刷地淌过满地纸屑的地板，走到 ATM 机跟前。

她把樱桃色的银行卡塞进闪亮的卡槽里。

按提示输入密码，维拉输入的数字，正是找到维萨金卡时，夹着卡的两页书的页码 32 和 33。

"谢谢，亲爱的！"维拉对帕夫利克的细心与照料感谢道。难道帕夫利克就肯定知道自己会在伯尔尼度过最后几日，但是他没有表露出来？这么说来，一方面，说明他简直就是天才，另一方面，说明他对妻子的爱之深。

维拉嘟囔："亲爱的，我们查查账户余额吧！看看你到底给我留下了多大一片樱桃园。"

在白色的回单上清楚地印着 1000000 欧元。

收件人信已收悉！

邮鱼

3

　　政府议会早上9点上班。因为要通过这无休止的、有如行政改革般的、例行的重重安检，公务员都排着队，焦急等待通过X光检验仪的门框，他们的皮包、公文包和各种手提包还时不时地在仪器皮带上慢慢儿爬过。联邦保安署的尉官们用训练有素的眼神审查通行者的证件，有些人用的是单次通行证。

　　这个阶段的改革，议会机构的在职人员都被划分为两类："纯的"和"不纯的"。"纯的"是指真正的国家公务员，他们的特权是享受免费、但很正规的医疗服务，也享受自己和家属去疗养胜地的折扣旅游套餐，孩子也可以送到最好的幼儿园。"不纯的"那些，国家公务员的身份就没了，他们变成所谓的"服务人员"。尽管人事部门说，这都是暂时的，谁都不会剥夺他们医疗、旅游的机会，但是人们并没信，说到底，进行改革的唯一意义不就是这个嘛！按照上面的指示，把做一样工作的人分成"纯的"和"不纯的"两种职员。就是说，除了用主观的标准和瞎想出来的标准，把机构里的劳动者分成不同范畴，根本就完全没有理据可言嘛。对于实时检查进出人员，检查职员寸步不离工作岗位的这种做法，纯粹是为完成各种人事决定，好以便向领导上报业绩。

　　无休止的行政工作的职业性痉挛将人们置于紧张情绪中，这其中一定有某种最初就毫无意义，又再次导致国家日常管理体系毁灭、错乱的事儿。好像革命的开拓者忘记了圣经中的真谛，内心的国度在陷落；也许相反，人们把这个真谛别出心裁地延续下去：凝结在内心的石化国度陷落得更快，因此必须要把它整治一番。

　　一直以来，国家，哪怕是它的最基层，都不曾长时间被同样的一批人来管理。他们像扁豆一样，时不时地一个个被挑拣出来。可是扁豆被挑拣得太勤了，按惯例，好的被淘汰的同时，要大方地随机装满扁豆，有时装进的还完全不是扁豆，而是垃圾和小石子。它们让国家机器的齿轮不能运转，堵住了过滤器，把通风系统也堵上了。以革命为名所实施的混乱使基本上不可能的事儿变成某种有理的管理工作。机器摩擦转动、过热，做出了不正确的需要执行的决定，因为国家并没有其他的机器可以操作。为什么会发生这样的事？为什么对俄罗斯来说，一会儿只有一个部委的巴西管理模式适合；一会儿有好几百个部委，而且每个部委还要分成五个部落署的尼日利亚的模式适合；一会儿完全没有部委的利比亚模式适合了，利比亚可是不可替代的"人民意志"决定一切的。谁都搞不清楚！由此可见，公务员也只能顺从。对他们来说，造反的话，就像是从温暖的、有酒有菜、有吃有喝的地方走到夜半星空的严寒当中，那里还有农民、不确定因素和狼。人类天性根本没法拒绝温饱和珍馐。

所有的劳动集体就像幸福的家庭一般，彼此相像，它们的存在就是要逐步歪曲规定任务。要想让工作带来愉悦感，那么首先，工作的时间不能太长，其次，就是让别人去做这份工作。正是这样，在任何一个集体里自由劳动的标准都在不断变化。就拿个别国家来说，这一过程导致大批外籍劳工涌入，原生居民减少，大街上与外籍劳工后代斗殴，失去对神的信仰，以及民族文化堕落现象比比皆是。没有意愿劳动的民族就没有未来。一个民族或者劳动集体，从劳动到无所事事、堕落的过程很容易，甚至几乎不被察觉，回到每日的理智地劳作就很难，而且（没有革命或败北的经历）几乎做不到。不过事实上，让人民革命战斗要比强迫他们劳动更容易些。在和平时期，号召人民劳动的政治家是没有机会成为领袖的。

任何对步入正轨的事情的图谋，都会引起人们不适的反应。无论是人类的大团体，还是小团体，内部的任何变化都会被当作对事情已有秩序的破坏。人在世上最怕的也就是这件事了，但又暗地里全身心地渴求这件事。在个体与大众意识的两个对立面之间，就像保险箱的铜墙铁壁间一样，一定能找到掌握事情进程的关键。

自古以来，人们就渴望物质上的稳定和可预见性，但是每一代人生活过程中一定会遇到一个时期，他们亲手破坏了物质稳定与可预见性。因此，约翰福音中预言的天启，就是让人类最富激情的意愿达到顶点，即要改变的意愿。

对自由的意愿，无论是政治上的、经济上的、宗教的等等，都是通过

邮 鱼

可以使财产再分配的变革而来。这样，就可以构建任何变革的本质了。

人们把每一个完成的或是即将到来的变革当作一次小规模的天启。尽管，天启过后生活很快就把一切复位。新参加工作的和失业的人，过不上一周就会忘记曾经工作过的地方，忘记曾经一起朝九晚六的同事。

而很多路过围着栅栏的布列斯涅公园（公园里矗立着一幢叫俄罗斯议会大楼的玻璃塔式建筑）的人们完全没有概念，俄罗斯竟然还有个议会，里面还有 2500 个国家高级管理机构的工作人员。就算有人告诉那里有个议会，得到的回答也会是，这些无所事事的贪污犯就应该赶快解雇，否则这个所谓的议会只能摧残、陷害人民，给老百姓丢脸。

尽管出入检查这个规定跟媒体新闻处处长彼得·雷宾（俄语中该姓氏为"鱼"的意思）没有直接关系。因为这些坐专车来上班的领导们都可以绕过检查，就像大鱼都从网上面溜过去一样，但是他还是马上扫了一眼，发现今天检查的那些人没出来。那些如拿着白色记事本的灰老鼠一般，不易察觉的人事处同事，并没在检查证件的联邦保安署的士官背后晃来晃去。雷宾走近金属检测门心想，"每个领导内心都住着一个胆怯的下属，因为，如果还能往上爬的话，那这就是升迁的无限动力。"

"抬一下大手蹼，你个新闻人物！"联邦保安署女准尉对雷宾问好道。她的红头发上戴着船形帽，帽子下火红的大卷发就像炼钢炉里熔掉的金属般迸射出来，脸上的雀斑就像溶液冷却凝固而成。她认识雷宾，也就没在他身上花时间检查证件。有时雷宾会觉得，女准尉很乐意用她绿色军装下紧绷漫溢的胸把他压在金属检测门上，但绝不是出于淘气或用力过猛。这个女准尉的名字跟神话故事人物一样，叫阿里亚德娜。她差不多比雷宾要小个 20 岁。他根本不相信，这个军队的红发女郎，身边围着很多年轻壮硕的同事，会对他感兴趣，就是那种什么也不图的喜爱。她线团里的魔法线绝不是为他准备的。

"正正你的帽子，不然就掉了！"雷宾严肃地对女准尉答道，"你知道像个什么样子？"

"懒得弄了，"她回答道，"要不缝上得了。"

"然后就送修道院去，"雷宾道。

邮 鱼

"去就去呗，"女准尉叹气道，不满地把眼睛捎到正在靠近检测门，顶着冒烟的火山般复杂发型的香气扑鼻的女士身上，"也许，那地方最适合我？！"

雷宾想说，修道院可不是红毛、斜眼的人能去的，但却改变了主意没说出来。更何况，阿里亚德娜眼睛也不斜。

"好自为之，"他没有跟她斗嘴下去。

这种身穿制服、上岗服役的女人身上绝对有秘密，煎熬着真想把它揭开。虽说这个秘密就像世界一样古老，把制服脱掉的瞬间，秘密自然也就揭晓了。但是，雷宾在某处看到过，女性有朝一日有幸穿上制服，无论啥样的制服，总是能顺顺利利地嫁人，并且生活得长久美满。雷宾想，也许她们找的都是些守规矩的、可内心脆弱、嗜酒如命的、想要别人呵护的男人。根据他的观察，在俄罗斯这种男人还真不少。这些男人要得到公正和有序的待遇，可是只要一有伏特加和穿制服的老娘们儿，立马忘了指挥官是谁，就满足了。

"把包放在滚动带上！"阿里亚德娜厌恶地对那位女士说道，心想，真不明白她出于什么目的，选了个对外来人员来说这么早、这么不合时宜的时间，溜进国家机关。"您有钱了一般会怎么花，彼得•安纳托利耶维奇？"她突然问道，说着将这位女士从检测门放过去，就像放走一只毫无用处的害虫一般。

"瞧，她竟然还记得我的父称。"雷宾讶异地想。

"因为钱，所以世上的一切都变得邪恶，"他用教育的口吻说道。

"就是，"她叹气道，"那要是有钱的女人呢，就是双重邪恶，您可得防着点，彼得•安纳托利耶维奇！"

"啥玩意儿？"雷宾讶异道，"有钱的女人？"

"您看上去好像不太好，"阿里亚德娜摇头道，"不行，快回家吧！今天您不在状态。哎呀，我这是说啥呢！"她突然诚实地讶异道。

"阿里亚德娜，你想点好事，别瞎寻思！"雷宾建议她道。

"我倒是想，"阿里亚德娜突然略带悲伤承认，"可是，做不到呀，目前整个生活都是彻头彻尾的罪过，罪过中间，要是没有钱，日子就过

239

不了。"

"你们保安都是这么认为的吗？"雷宾边走向电梯，边把大衣解开道，心里还猥琐地想着，这个红发女准尉对他来说，实在太年轻、太倔强。雷宾想，"为啥总是有一只无形的手，在我自己要抓住美女……帽子的瞬间，却抓住我领子？我可是正在跟姑娘进行救赎心灵的交谈，告诉她幸福不是钱能带来的。可是，我好像被那只手指挥着，它力量不大，却胆怯、悲哀。"

雷宾已经四十好几了，并且他早就不幻想，身边的人如何看待他，他自己还能胜任点什么！

苏联时期，他曾是"墙头草"记者，靠写些关于不断改善的生活之类的文章赚钱过活。写的净是那些超额完成计划的先进生产者，收了空前多庄稼的集体农庄庄员，做出无与伦比发明的科学家和创造出独一无二器械的工程师的生活。

中央的决议规定了产房孕妇和婴儿的用餐标准；建立了苏联各州和阿富汗各邦坚不可摧的友谊；阐明了职业技校和精神病院的缺陷；熄灭了要在板材房附近盖烘房的个别园艺社团成员的热情。

在《每周画报》工作时，雷宾全苏联走了个遍，大自然的不同景观和日常单调的生活让他感到惊异。空荡荡的商店货架从加里宁格勒一直能排到海参崴，可是人们却并没有因此而饿死。火车站、飞机场都买不到票，可是人们，特别是夏天，还能到处跑来跑去。城里和农村的成年人都醉醺醺的，可是工厂里还是可以生产产品，田野里作物就是能长出来。在这个充满暴力凶残的、藏着成千上万个核弹的国度里，到处充斥着萎靡不振的惰性，丧失了意志力和创造力。人们为物质生活发愁，甚至准备用导弹去换牛仔裤。这种交换越发不可能，就越无法阻止。

"苏联是永恒的，"记得这是雷宾的父亲对他说过的。当时，雷宾对苏联秩序的评论跑偏了。

雷宾的父母离异时，他刚中学毕业。母亲很快就改嫁了，父亲一直怕新家庭会带来麻烦，而未再娶。苏联时期，他升到了"政治出版社"副主编一职，负责历史文献方面事务。职位算是中央直接任命的，所以父亲物质生活很优越。总之，他想办法把在"政治出版社"工作的年头转成了国家公务员的年资，直到去世，他的退休金在当时来说，都很丰厚。况且，他还被出版社返聘，赚点额外收入，发表一些惊悚小说。当中的一些事件都发生在过去，父亲把手稿改成了符合各个时期历史事实的对象。去世前不久，他自己还尝试过写散文。

"甚至是宇宙都不能永恒存在，永恒存在的只有上帝。"雷宾反驳道。曾几何时，他心灵的深处也曾因毫无缘由就禁止到国外出差而愤怒、委屈。"是永恒的上帝做出的不切实际地决定嘛？"也不知道谁告诉的雷宾。让他特别震惊的是，这件事就这么发生了。在去老广场的中央委员会时，他脸上表现出相当的理解，并在厚厚的守则上签了字。守则规定要如何端正自身行为，不可以去哪里，在外国不能干啥。还记得里面有一条，假如苏联公民必须要在外国领土上坐火车，那禁止该公民和年轻不相识的女子在双人软卧车厢过夜。要是遇到这样的情况，苏联公民就要跟列车员要求立马调换包厢。雷宾好像对这条规定若有所思，甚至把笔停顿了一下。在他旁边，一个填表的眼镜男，好像要去西班牙参加奥数决赛，悄悄说道，他上次遇到这种情况怎样对列车员说的。列车员还愤愤不平道："先生，你喜欢男人！"

父亲对苏联政权的态度不言而喻。最主要的是，父亲认为政权不能太过火，不采取公开失去理智的行为。其他一切都会被忘记、被磨灭。1979年12月苏联出兵阿富汗，他认为就是公开失去理智的行为。

"显然是败局已定。"父亲说。

"可是你说过苏联是永恒的，"雷宾想起来他不久前说的话道。

父亲说道，"俄罗斯来说，苏联曾是所有可能存在的最佳方式。只要老百姓有自我保护的本能，国家就会存在。政权是这种本能的体现，它也能限制或促进本能扩大。但是，好像系统跑单了。鱼臭先臭头。对臭鱼头可以有很多联想：扔到岸上，丢到鲨鱼嘴里，不再用鳃呼吸，咬住自己的尾巴。只要苏联有坦克和导弹，就不会有人动我们，谁都不会乱闯到我们这里。只要苏联不复存在，我们就会被摧毁，拆得四分五裂。"

"我们自己就把自己毁了，"雷宾自己都没想到会说出这样的话，突然说道，"苏联会解体，不是因为阿富汗战争，而是……"

邮 鱼

"人任何时候都是要被消耗的,"父亲耸肩道,"想让一切变得人性化还为时不晚。可是,苏联之后,看着吧,好不了。"

"可是,到时人们就不再被消耗了吗?"雷宾想确认道。

"人们会变成无主的消耗品,"父亲解释道,"这就会更糟,因为谁不懒,谁就开始以无须有的名义进行消耗。就比如说,上厕所都不用纸,而是用布擦。"

"不可能更糟吧,"雷宾反驳道,"都两星期买不到奶酪了。"

他工作的杂志社里,有上了年纪的摄影记者、流派作家、苏联摄影的鼻祖。一个时代的经历都被他们铭刻在的那个年代杂志的黄页上。他们还记得,斯大林的照片总是要修的。他们按动手中的相机的同时,甚至都不敢去看。他们经历过战争,经历过国家恢复时期和与世界主义的斗争。直到头发花白或是秃了顶,嘴里也有了异味儿,他们中也没几个人能达到年轻一辈应该尊敬的智慧顶峰。然而,他们却活在雷宾感兴趣的年代。

跟着老摄影师们全国旅行时,雷宾问了他们关于斯大林的一切一切,关于新经济政策的尾声,集体化和1937年的事。这些俄罗斯大摄影家们的眼睛变得无神,就像铅做的勺儿一样,空洞得像是没有爱恋的生活或是苟延残喘的显影剂。从他们的回忆中,雷宾除了不重要的细节,自己对那个时代的理解没有任何可以补充的。在布哈林担任消息社主编时,休息室里放了一台留声机。大家都对布哈林说,他马上就会被逮捕,让他要赶紧去找人说情,可是布哈林却在听英国狐步舞曲,哪里都没去。这时,他的随员很少,摄影师就可以不被干扰,为人拍照了。去维申斯克镇肖洛霍夫家取《静静的顿河》几章手稿,拿到《真理报》发表的飞行员,曾经劝作家本人别把阿克西尼亚写死,可是肖洛霍夫往草地上做出唾弃的动作道:"她一定得牺牲。我们都会牺牲。人出生就要面对死亡,而不是一直活着。可是到死之前,人都得饱受苦难,为了让死亡显得像节日般庄重。"

摄影记者们的灵魂凝结在往昔的时光,就像冻在冰中的蝶螈,所以雷宾只能幻想它们是如何在温暖的活水中游泳的,情愿被吞噬,抑或是不得不互相吞噬。他们加入自己的意志,同时获得了某种冰凌般的坚韧性,看到了在领袖死后发生的变化,无论是雪顶,普通人到不了的俯拍。

邮 鱼

只有当中的一位摄影记者，老态龙钟，像被蚜虫啃过的秋天的叶子，灰黄色，像被踩踏的蒲公英，有幸给雷宾讲了些事情。他叫伊萨克，常年带着一副深色眼镜，双手总是颤抖，嘴唇总是歪斜成傲慢的冷笑样。可这不代表他是个恶毒的老头，而是中风后遗症。

"我们曾居住在隆隆作响的排水管里。

那个时期如此紧张、残酷"，他向咚咚敲打铁轨的车厢窗外望去，对雷宾说，"人身体上的，心智上的，其他的，甚至包括超自然的能力都无休止地加剧。人们为了生存都变疯狂了。有些人还为了死亡而发疯。"他若有所思地补充道，"生命是宝贵的，同时也是一文不值的。战争胜利，科学发明的伟大成就，都是由那些，如图波列夫，科罗廖夫，洛克索夫斯基，古尔恰托夫和其他成千上万的人来保障的。"

雷宾不久前偷偷看过《古拉格群岛》，现在在商场连个皮毛一体大衣都买不到，买台"日古力"轿车都要排上五十年的队。

"伟人的事业，"伊萨克打了个哈欠道，"就是永恒的活照片，上面的图景总是不断变化。一类人看到的是一个样子，另一类人就能看到另一种景象。很难猜到哪个景象是真实的，是最终的。老百姓的心理是不讲理的：付出的人的手总是被啃，坏人的手总是被舔。斯大林做的都是老百姓要的，这大家都清楚。但是现在大家都装样子，自己是孤家寡人为所欲为。"在雷宾内心，苏联永恒和苏联就要覆灭的感觉和平共处。互相排斥的感觉让生命中充斥着直观的冷漠，雷宾仿佛是个时间旅行者、见证者以及这个伟大时代终结的共同参与者。20世纪80年代末，雷宾开始为苏联惋惜，就像为过往失去的尊严和抵抗的意志，以及被迫的软弱和善良而惋惜。选择消失殆尽，而苏联归根结底是其他世界的二选一的抉择，意思就是走在分叉路口上了。圣灵被赋予不同形式，曾就是时代终结的预兆。

然而相反，大多数苏联人认为，一个时期的终结就是这个时期本身新幸福时光的开始。

苏联存在的最后几年，雷宾的文章题材上和艺术风格上都变得更复杂。他就像徘徊于某种真理，但是并不是浮在空中太高，为了把真理看得更清楚，就是为紧紧地靠近它，并且不能把它整个抓住，仅仅是抓住一小部分。

邮 鱼

如果说，以前他的文章中多少有些反动情怀，那么现在，在他的文章中却明显流露出苏联情怀。

"你疯了吗？"《每周画报》新任编辑在摄像机面前，当众把自己的党证扔进了街上的痰盂里，问雷宾。编辑以前是个诗人，也是时评家，他曾写过类似"他们为啥憎恨我们？"题材的反美文章，因此就很喜欢引用马雅可夫斯基的辞藻，脑子里任何想法在马雅可夫斯基的文中基本上都可以找到恰当比喻。比方说，编辑绝对可以不用说"你疯了吗？"，而是"脑袋是有问题吗？那么空。"。

"这可不是石头般坚硬的废物，"雷宾答道，"这是人类对时代终结的态度。现在人心都学会了背叛和贪婪，但总会有美好，有精神力量。"

"晚霞中雪白的邮轮沉没之美好，"新任主编轻佻地继续解读道，"悬崖边被白近卫军枪决的政委的精神力量。""这艘船内部早就腐烂了，雷宾，你还不知道吗？它臭气熏天，像麦克白的罪！在脱钩的车厢里当然可以生活得很舒适，"编辑把关于俄罗斯可悲的交通状况的文章校稿放在一边，若有所思地继续道。"车厢可是原封不动，哪也没去，它下面的轨道都被拆了卖废铁了，路堤都长出了野草。醒悟吧，雷宾！趁热打铁，为时不晚！现在你啥也不拿，以后噬脐莫及！"

可是雷宾没有醒悟过来，并没有去打铁，并没去弄所说的烫手的铜钱。相反，总是在《每周画报》每期都在拿苏联体制制度说事。苏联刊物的主编们把自己称为编辑社承包人或是股东，或者叫出版社老板。

记者一边怒气冲天地揭发社会的种种行径，可是另一边，这些"小杜鹃鸟"（线人）却收买了出版社老板。从苏联时代起，对这些主编来说，1000美元是很大一笔钱。他们对纸张价钱、印刷设备消耗、发行量多少、生活缴费都没有什么概念。国家呀，饱受自己的媒体折磨和唾弃，就退出经营者的辩论，给予媒体最终的、坚定的自由。

维利米尔·赫列勃尼科夫（俄国诗人、散文家）说："自由到来时是赤裸裸的……"

很多在游行时为自由大声呐喊的人，自己都没发现，他们是多么的赤裸和卑贱。

可是雷宾，这边新任主编与闷闷不乐的阿拉伯富商商讨转让一般的出版社场地条件的时候，他却一直在写到列宁那里请愿的代表们的子孙后代的事。他们生活在别尔姆州偏远旮旯，还打算像当年他们的曾祖那样去莫斯科讨个公道。

国家紧急状态委员会刚成立前几天，雷宾发表了一篇关于一个老太太的随笔。她保管了一把柯托夫斯基的毛瑟枪。70多年来，这把枪一直放在斯塔夫罗波尔市一个哥萨克集镇她家的鸡舍里。毛瑟枪在常年累积的鸡粪下安息着，鸡粪像冷却的火山熔岩般又硬又厚，这东西竟然神奇地成为镇舍之宝。母鸡蛋下得跟流水线似的，公鸡前所未有的雷厉风行。镇上其他公鸡，甚至公鹅见到她家公鸡出笼都赶紧躲起来。老太太给雷宾看了鸡蛋产量破纪录的各种奖状，其中一张（区级）上面还拼错了一个字母。老太太告诉雷宾，她年轻时，柯托夫斯基追过她，她没同意。后来，柯托夫斯基大步冲进鸡舍，内战英雄气愤地用毛瑟枪射向鸡舍"全体成员"，最后就剩了两只小鸡幸存，它们后来繁衍出了新的品种——"柯托夫斯基"杂毛鸡。

苏联改革刚开始的时候，老太太就把毛瑟枪从石化的鸡粪中挖了出来，擦干净，上油，于是枪锃光瓦亮，跟新的似的，就像马上能参加战斗或是进行狙击一样。老太太曾想把这把枪卖给革命博物馆，可是博物馆也在出售内战的文物，所以不需要多个竞争对手。博物馆竟然把她的"商业提案"转给了当地警察局，于是警察还因她私藏枪械备了案，去她家搜查。她用最高礼仪面包加盐欢迎警察的到来，而且还唱起了哥萨克老赞歌。后来，就没有人理她了，因为都以为她是个疯子。对雷宾信任后，她把这把长枪管黑色毛瑟枪拿给他看。她哆嗦着哄着包裹在毛巾里的枪，就好像它是个婴儿一般，老太太还给雷宾看了三个黄儿的大白鸡蛋，就是那些"柯托夫斯基"杂毛鸡下的。她盛邀雷宾去胜地——毛瑟枪公庙，也就是鸡舍去看看，可是迎面兴致勃勃来了一只雪堆般的大白公鸡，头上顶的似乎不是鸡冠子，而是红色按摩刷。雷宾看到了它的喙（老太太说这只鸡嗑核桃跟嗑瓜子似的轻松），抓鳄鱼都不费劲的爪子，还有透着虚伪的担心为母鸡找寻食物而露出凶光的眼睛，就放弃了参观鸡舍。得考虑，别让公鸡生气。

用内战文物毛瑟枪换钱，老太太早就不抱希望了。况且当时，还听说柯托夫斯基根本不是什么英雄，而是半路跑出来的土匪。她开始靠产蛋量，同时和毛瑟枪的带蛋量来生存。据说，枪里不知怎的，被赋予了革命英雄天赐般的成果和……鸡神。雷宾表示怀疑道："难道有这样的神？有的话，它跟革命和枪炮有啥关系？"老太太振振有词道："我们俄罗斯一切都和革命和枪炮有关系。"

毛瑟枪价格飙升了，还多亏了它能增加鸡蛋产量这个新属性。"圣物是无价的。"老太婆解释道。她想把它卖个100万美元。好像一个中国青岛来的大官到访过斯塔夫罗波尔，他们可不像俄罗斯领导那样，不顾及百姓的福祉，这些中国人也就着煮三黄鸡蛋，喝过老太太自酿鸡屎过滤过的白干儿。他们也问了毛瑟枪价钱，然后就走了，估计是凑钱去了。

雷宾也写过一个心理学家的事情。他编写过苏联梦境大百科，书中按年代把苏联人民最典型的梦境分类，从1917年10月25日起开始。在这个对于俄罗斯命运攸关的夜晚，比如说，萨拉托夫的白鹭饭店的迎宾员做的梦是：饥饿的孩子们排队取米饭；而"威武号"驱逐舰上的水手们梦到的是：猴子。一些猴子很淫荡，当然如果这个词要是对猴子合适的话；另一些猴子则吹奏着某些史前动物的颅骨，就像吹小号一样，因此地面上飘起了渗入心底的忧郁的嘈杂声。伊尔库茨克省（旧时为省）的一个富农就梦见了某个新流行的西部片儿片段。他梦到两个在又宽又平的公路上疯狂飙车的男人，这样的路当时俄罗斯根本就没有，实际现在这种好路也不多。当时速度表指针达到210公里/时（农民硬要这样梦见），其中一个男的说："他们都是好小伙子，"第二个人补充道："只有他们这辈子才不这么幸运，没能还清贷款。"然后农民醒了，可是过了50年后，也就是1967年，他确信事情是发生在1998年8月，瞬间他们的车就要像一块铁制奶油撞上切开的水泥面包一样，撞上把公路隔开的宽桥墩。

在梦境实验室，科学家在做教学计划，梦中教给人们各种有益的职业。包括厨师、水暖工和领港员。可是研究在第一次田野测试后就中断了：因为实验都是在幼儿园和精神病院做的。

孩子们醒过来后，因为某种原因，就不再说话了。惊慌的家长们要去省委告状，可是过一晚，幸运的是，孩子们又可以说话了，尽管说的话措辞奇怪、声音不寻常。找人鉴定过，原来孩子们想要用古玛雅语说话。照例，他们让家长们集体签保密书，孩子们被观察了一段时间，也就一周光景，他们就完全会说俄语和其他苏联民族的语言了，这些语言就是实验以前他们会说的语言。

还记得，雷宾问过，为啥离开的主编不去抗争，而选择沉默？

他回答道："抗争也无济于事。"他轻蔑地用头往天花板上点了一下，意思是指新政权，"可笑，他们那些要被替换的人，很快就要过来讨好我们了。"接着他若有所思地说，"可惜我活不到那个时候了。"

"他们干啥要讨好我们？"雷宾惊讶道。

"任何一个小人物都可以来治理俄罗斯。"卸任的主编答道，"可是一定长远不了。当这个小人物意识到，或者说，这个位置上上来一个一般人物，那么他既要开始寻求盗窃者的支持，更要借助那些懂得如何治国的人的力量。国家不仅仅是经济、军队等等。它是歌曲，心跳会为之停息；它是小说，精神会为之牵动；它是乐章，心灵会为之颤抖。我们不仅需要会写、会创作的人，也需要那些可以凝聚人民力量的人，好让大家高声同唱这首歌曲。我为活不到这一天感到遗憾，等那些废物来我这里的时候，我……让他们滚蛋！"

苏联快解体的时候，雷宾了解到，原来还有另一种生活。那里空泛奇怪的思潮不断，对各种奇怪的技术进行各种试验，也搞些奇怪得不能再奇怪的研究。

这是来自深处的信号，肚子里的声音，胎盘的心灵感应，无意识的暗号。第一眼看上去荒谬的平行的世界，正是那个"黑屋"，在里面还必须得抓住"正确决定"的"黑猫"。无论新旧迷信里、疯人的胡话里、童话故事里、学生本子上的手抄哲理中、伪科学研究不符逻辑的结论中，还是大家就是乐意听信的骗子和假先知的启示录中，以及真心的忤逆和多变的恒量中，都表现出老百姓的心灵。也许不是心灵，而是"原生心灵"，就是像烘焙师一样的上帝，用那块面团在自己的爱炉里烤出的一块块的心灵。

可是在世上，生面团这种生物质，要比烤出来的面包数量多得多。面团边找酵母，边发酵，乱滚，要向全世界诉说它的悲哀。要是能学会认识几个字，聆听肚子里的咕噜声，不害怕吸入它的臭气，并且对人民的"原生心灵"的不一致问题都应有不一致的答复。

比如说，把请愿者给毙了，或是实际点，就散布这种谣言也好。

产蛋毛瑟枪挂在气球上放到俄罗斯半空悬挂着，让这个神救的空间里一切生灵都开花结果、繁衍下去。

把苏联梦境大百科都列入中学教程，让大家知道，人的内心世界是多么的古怪、丑陋、善变和肮脏。

雷宾所理解的是，历史的秘密正在于一定可逆转的过程。所有的过程都是可逆的。历史的基本定律是没有任何规律，就是纯粹的无序，一切虚伪的、被认为是邪恶的存在都会终结，必然自我毁灭。邪恶，如同善良，就像世界上的一切，包括世界本身，当然就存在这时空当之中。

在当时的苏联国内旅行时，雷宾有了一个能够解释世界构造的想法：对某个东西爱到最深，爱到最后，就要把它毁掉。拿破仑·波拿巴一定很爱法国，他把它变成了强大的帝国，可是却在战争中断送了国家。希特勒，可以认为，他也爱自己创建的第三帝国，但是最终他也把它埋葬在了废墟之中。爱情是不能永恒的，于是找到了唯一正确的公式。公式里用一份份的毁灭来延续对东西的爱。这些毁灭逐渐被锻造，牢固起来，它把东西周围各种软金属变成了钢铁。

爱情的终点是精神绝对，因为精神绝对与圣灵背道而驰，所以这种绝对基本上到达不了。斯大林他没有在1945年把战无不胜的俄罗斯军队扔到拉芒什海峡，没有让老美从德国撤走，而后也没开始核战。他顺从于必然，承认圣灵的首要位置，并且，以此创造了时空中永恒爱情的先例。

历史的车轮滚滚向前，想去哪里去哪里，想怎样就怎样。时空中任何被人建构的东西都注定幻灭。不是通过革命，就是靠战争；不是靠战争，就要靠致命的病毒；不靠致命的病毒，就是靠偏离轨道向地球强烈撞击的陨石。确实，在这个游戏中，历史的车轮没办法重蹈覆辙，不能把慢条斯理的构思安插在车上。最好的情况是，躲到一边去，不要被碾轧，也许可以幸运地跳到车上，就像跨上了一匹难以驾驭的马，或是麻雀变凤凰。一无所有的人将来定会成为天下的主人。

这个想法竟然让雷宾欣慰。"人总是为某事抱憾，"他想，"特别是对青春，对指尖流水般逝去的生命抱憾。如果连姑娘们都像看穿变质的空气，把你看穿，那活着还有什么用。一切都看穿！不断的灾难就是人类文明的原始状态，因此，它也是人类灵魂的原始状态。"

雷宾明白了，像历史的铁轮般，碾轧过他这一生的，最主要的事儿是苏联帝国的终结。它不仅改变了世界政治格局，还改变了地球上六分之一人口的态度，对一个时代的终结，对未来的态度。苏联时期，老人们都配给退休金，而且够生活用的，也不用交水费、电费、房租。新的俄罗斯，退休金所剩无几，还要交水费、电费、房租不说，还有些老年人，因被人觊觎房产被伤害。苏联时期，无家可归的孩子都可以去孤儿院，尽管吃得、穿得不很好，但都可以果腹，有个温饱。新俄罗斯，无家可归的孩子都被卖到贼窝去，或者被分尸，卖了器官。人们在家庭生活、工作和两性之间经受了更多的痛苦变故。

雷宾生存的世界就是这样的。无所作为就去拒绝，这就是雷宾对这个世界的态度。就像他的前任主编一样，雷宾才不信：政府愿意把国家的生活带入老百姓都懂的体系里去，而因此，还要向深知国家到底是什么玩意儿的人民低头。目前相反，国家残余的实力都被人们用在权力的内讧当中了，而权力外的任何中肯的组织，无论是商界、党派，还是社会团体，都有体系地被政权占为己有，如果没能侵占的，那就毁掉。

以前，政权都要对爱情宣誓，因为政权是最先进的、共产的、最公平的，诸如此类。现在政权的爱之宣誓，是因为只要它想，就能够剥夺一切。只有那些一无所有的人才敢辱骂政府，因为他们已经没什么可以被剥夺的了。

雷宾终归还是没加入共产主义的军队。未完成的社会项目，就像一块不中用的盖布一样，劈天盖地地蒙在醉醺醺的苏联劳力阴沉的脸上，他们就像在煎锅上哈喇味的肥肉，干煸出烟。宇宙飞船依旧飞往外太空，开源节流，修建各种水电站，铺设了铁路，成千上万米的装配线投入使用，可是苏联还是解体了。在看不见的天平上，怀念那些无辜被害的灵魂要比免费医疗、教育和全民就业更沉重。法律，就好比是毒蛇，它咬住了自己的尾巴，变得无法无天。

谁都没有给老百姓解释过，有利自然就有弊。人们垂涎欲滴的商品是越来越多，出国护照随便办，杂志上都是裸露女郎，书店里充满了索尔仁尼琴和纳博科夫的书籍。然而，逐渐消失的却是幼儿园、体校、少年宫设的兴趣小组、医院、诊所、工会疗养福利、退休金、免费高校和住所等诸如此类的东西。

20世纪90年代初，雷宾已经觉得自己是作家了，整晚坐在厨房，望着漆黑的窗外，思考着关于永恒的东西。有时候，更确切地说，几乎总是从三升的大伏特加酒瓶倒一口杯。瓶子得拿去换，因为公民都可以用换来的券再到商铺打酒。对于嗜酒的俄罗斯人来说，可能没有比这更差的侮辱了。

雷宾打算飞去"文学国度"。出版社里有一本他的故事集正准备发行，还起了一个田园诗般的名字，叫《路灯与雪橇》。雷宾自然从没怀疑过，这本书可以让世界震惊。然而，国家紧急状态委员会成立了，然后，苏联解体，就像是烟消云散般，变成了普遍的痛苦，对以前拥有，而以后永远不会再有的东西的苦楚。于是，要发行雷宾这本书的出版社也就不复存在了。

直到现在，他都在回忆着自己编好的，但没有印刷的书。书里移动的路灯，为冬日街上偷雪橇的孩子们照亮前路。孩子们在白色的坡道上跑跳，后边跟着一连串雪橇。其他路灯没有动地方，但只有一盏，不知为何跟着他们走，照亮黑暗。一切都按照应有的样子结束了：孩子们把雪橇拴在路灯上，然后把它推向了深渊。蠢货路灯代表的形象是自己？孩子是人民？被盗的雪橇是国有资产？雷宾用这些形象与苏联逝去的写照说永别。

苏联时，雷宾没当上作家，可是俄罗斯时代，他却成了官员。假使每个，甚至最奇怪的作家都可以找到拥护者，那么下属不可能爱戴领导，绝对不能。

雷宾不是那类把女人弄得甜美陶醉，甜言蜜语夸夸其谈的男人。不过，女人总喜欢谎言，确切地说，总是爱与真相背道而驰，看不见实质，只看见莫须有的。女人们在雷宾身上就没发现任何闪光点，除了理性的冷漠和嫉妒的自私。因此，她们都像鸡看到空空如也的饲料槽就飞走了一样，离开了雷宾。

然而，她们中有些人也不惧怕空空的饲料槽。她们乐意与雷宾做伴，不想从他那里得到什么，除了默许的猜忌意外，根本也不会与他分享什么。他在她们的生活里是备胎，就像她们在他生活中的地位一样。

雷宾认为，男性朋友都很无聊。儿时和年轻时的伙伴，现在几乎也不联络了，后来也没有什么新朋友。他不会，也不想跟任何人交友，更喜欢独处。

思想把情绪的无稽，说出的、没说出的瞎话，从生活的情景剥离开来，这一过程使他产生悲观的快感。雷宾通过所说出的瞎话，让自己习惯于弄清楚自己和别人处事行径仅有的那一点实质。不知为何，每一次这个实质都极度原始、痛苦。众所周知生活在臆造出来的世界，不存在的贪欲当中。当然，也可以把它们简化、分离，然后生活在整片荒芜的沙漠之上，就像石头般毫无结果，像沙子一样松散。有时雷宾觉得，天堂是无止境地放大实质，而地狱就是它们的最小值。

任何人的意图都可以用乘法（放大）、除法（缩小）运算。而有时，两个步骤可以同时进行。

女准尉（乘法）想要把他掂量成富有的中年朋友的角色。有啥玩笑是魔鬼不能开的吗？可是，他雷宾要加入这个游戏，就实在太小心谨慎、太贪婪、太胆小了。他情愿要亲身体验过的独处，也不想跟女准尉假装亲近一下。女准尉（除法）可以欺骗、背叛、盗窃，可是孤独却永远不会这么做。

可是，从另一方面讲，女准尉（乘法）能让他幸福。他们能结婚、生子、在乡下买房子，朴实地生活在那里。而且，只有中年男子与年轻女子闪婚时，他才会幸福，雷宾也许会幸福地跟她过一辈子，直到老去。

可是雷宾的程序中没有此生到天堂这一项，他也不相信那些意外赢家。他的程序被设定为黄昏状态，完全排除了输赢。怀疑和猜忌是他生命程序的基础。

中学地理教研室里，雷宾坐的桌边立着一个月球仪。像是支架上插了

邮 鱼

一颗南瓜，斜插在冷清的立座上。无聊时，雷宾用敏锐的孩子的目光注视它，而月球仪本身也用它"疑惑之海"的空洞眼盯着雷宾。

长大了以后，雷宾搞明白了，基本上人都可以比作物体，包括比作月球仪。雷宾的月球仪由连成一片的"疑惑之海"和其他零星分布的"情感群岛"而构成。除了临时搭建的稻草屋，这些岛屿上是不能建造任何坚固东西的。

因此，雷宾生命中的一切都是摇摆不定的，可以相互替换的，可是最后却是始终不渝的。这就是他生命的不可动摇的永恒。什么都不属于或者几乎不属于他，因此他也不属于任何人和物。的确，雷宾孤独、不知所措、贪婪。可是他又无拘无束，不亏欠任何人。

雷宾一生中都由疑惑牵引着，这样，避免他身上发生性命攸关的亏损。可是，每次不得不在严肃的，或是奇异的琐事里发生亏损。用这些小事，就像用纤维一样，编织出了冷酷的生活麻布袋。在标准的生活情况下，就像他刚刚在检测框旁跟红发女准尉的对话，他以前总是做出错误的选择。从没用的战术中诞生了最佳的战略。

走进议会玻璃大楼，他常常想起奥维尔的名言。尽管这个名言过时老旧，但不失文雅，尽管它已成为过去，不会变成未来，但它能准确地表达出像铅做的、无情的国家与公务员的情感实质。那是四月寒冷、晴朗的一天，时钟正好停在午后 1 点。温斯顿·斯密特下巴紧贴着前胸来抵御寒风，焦急地钻进"胜利"住宅楼的玻璃门里，然而，还是随手把一涡大粒的灰尘带了进去。

现实生活中，不可能出现的一涡大粒灰尘，对雷宾来说，变成了真正的魔力。直到现在，他都觉得自己是一粒尘埃，15 年前偶然地被这股命运的漩涡带入了官阶机关，对雷宾来说，"胜利"的玻璃门住宅就是议会大厦。

雷宾全身，甚至是每个鳞片都感到跟这个温斯顿有摆脱不了的亲缘。他是一个不受时间限制的人物，体系内的小螺丝，他曾心里盘算要毁了这个体系，而不是好好服务赚钱。

不过，在当前的俄罗斯，雷宾要服务的可不仅仅是体系，也要为自己。20 世纪 90 年代初，全民的国家就像巨大的有很多出入口的成品仓库，保安几乎同时都离开了。库管必须要面对二选一的抉择：要不就找保安保护仓库，要么就趁别人没来之前，自己先偷点东西走人。有时候，他们选择留在仓库，摇身变成合法的主人。库管决定换保安，把还没盗干净的财务库留给了自己。

在俄罗斯，大多数人都觉得，国家早就不复存在了。

可事实并非如此。

国家的法规为主，人的欲望为次，特别是对通过毁掉多数人的饭碗，个别人获得财富的欲望。国家用巨大的千年经验的圆规画了一个自我存在的魔法环，环里吸入了一切，包括人的欲望。实际上，国家就是一台以永动机驱动的机器。永动机靠永远消耗不完的材料运转。这些耗材就是人，那些闪电般突如其来的高尚，秋雨般恒久下流的人们。

只有最蠢，或者因为突如其来的财富而丧失理智的人，才能够接受圆规临时的中心转移，或者因国家消失，而改变的圆周直径。

"一个国家里不可能有超出人身上固有的东西。"雷宾（温斯顿·斯密特）想到。国家就是优缺点兼具之人。一种情况就是，有优点占了上风，于是国家昌盛；反之缺陷滋生，那国家就瓦解。身边的人接连不断地偷盗、横行霸市、损害社会。为什么这些鸡鸣狗盗之辈不能随心所愿地掌权，来组建所谓的特权阶级？

他们如了愿，也组建了这种阶级。

可是雷宾对反其道而行之深信不疑，相信那个高于人类陋习，返回转型原路的国家，它漫无边际的地理位置的实力。目前，国家的地壳构造编码主宰人类横行霸道的一切行为。国家存在，民族就存在。国家是保护民族的唯一方法。民族透过国家来自我保卫、维持及发展。

这个钥匙周围，确切地说，在它的秘密周围，哲社理论书籍堆成了金字塔般，无数的研究迷环盘踞着，就像无果的希望中接近真理，就像吸入漩涡般，把真理吸引了进去。

从前，雷宾就像一个登山探险家，突破了金字塔陡峭的岩壁，就像洞穴探险家，在神秘重重的洞穴中徘徊。

可是真理溜掉了，各种开诚布公的想法，像碎玻璃渣般的夜空，让人

邮鱼

眼花缭乱。只沿着碎片找方向是飞不到星星上去的。

雷宾自己也不知道为啥,可是真理的概念总是让他联想到星空。他认为,晴朗时开阔的夜晚的星空是赋予人类的不可言喻的礼物。就像上帝凝成冰的泪水一般。在闪烁的星空下,封闭自我,同时向星星敞开心扉,如果不说的话,它的实质是那么原始,而又绝对的质朴。

天空面前,雷宾无比惭愧。封闭同时,他发现自己有一套标准的原始癖好,用这些癖好组合几乎不能构建某种反常的值得为此封闭的事。打开心扉同时,无论在思想里,还是心灵里他都没发现任何那个满是星星螨虫的宇宙大耳朵值得听到的东西。

按雷宾的说法,在现阶段,这个建国过程,像蛇芯子一样,分了叉。一方面,世上唯一剩下的帝国警惕监视,不让别的帝国再现。另一方面,很显然,只有永远确定这个全球帝国后,像泡在福尔马林里一般,把民族国家沉浸在帝国内,那一下子就能把人类永远安抚下来。这样的话,冲突纷争就不是蛇芯那样分两叉,而是如魔鬼的舌头,分成三叉。矛盾是一致的,所以就解决不了。一些有影响力的人想要在民族国家内部生活并掌权。另一些则全身心地延续唯一仅存帝国的寿命。还有一些人在原有帝国基础上建立了一个全球帝国,并承诺要成为最无怜悯心,最任意妄为的帝国,因为地球上人太多了,不可能全都被喂饱、被照顾到。就如许多苍蝇拉在玻璃窗上,控制不住繁育的人口把地球拉得到处都是。唯一可以解决问题的办法可能会在这里的某处闪现,因为居民数量急剧减少嘛。按照雷宾的想法来看,再也找不到其他可以延续人类文明存在的办法了。可是,在两千多年对基督的信仰之后,再对任何事直言不讳,这的确就有些难为情。因此,也就只能谈些关于历史的终结、哲学的终结、信仰的终结、文明社会矛盾等话题。这简直就像给人安乐死之前注射的麻醉剂。

这里分布着全球政治与社会生活的重要神经系统。雷宾愁的是,他离人道与道德越来越远,有如宇宙般遥远。

国家的原则因对抗全球化的原则而逐渐坚定起来。

国家的原则因全球化的原则的盛况而失去意义。

两种相反的过程在国家的机体中同时流淌。正因如此,一个国家可以比作一个被轮流注射不同剂量兴奋剂和镇静剂的人。

可是有时，机体要比药物厉害，国家死而复生，抗住了有害的注射剂而恢复了元气。

雷宾绝对了解，为啥会发生这样的事。当人们冒险地处在轮盘旁时，就能清楚地意识到，权力、力量和财富都直接取决于他们掌控的国家的强度。通常，他们尽情盗窃，并且无休止地削弱这个国家之后，才会逐渐意识到这一点。不可估算的财富，一方面，把他们变成像天神一般，另一方面，这些人一出了国就漏洞百出，外国人都把他们当成罪犯。世界从最初就不公平，可是却存在着某种至公。就上述情况而言，公平就表现在，哪里的人都鄙视、痛恨那些穷国来的富人。

至公实现了，并没有受人的意志力和意愿驱使。靠旁门左道得来的财物，在其所有者操控不了的地方不能给予他任何保障。如果那些人一直让这样的事情发生，那对这些有钱的人来说，已经无法忍受了。那些人比被他们列入"黑名单"的这些人也好不到哪里去，甚至往往比这些人还坏。诚然，世界的运行就是按照宿舍的规矩：显富的人总是被痛恨，而且还尽可能地被骗光财物。也许是不可避免地报复规则的效力吧？于是，显摆的人除了把自己的后方（即自己国家）做得强大，并令人畏惧，否则根本没机会保护自己的财富。

无论是恐怕失去抢来财物、憎恨世界，还是不承认有钱新贵，都像酵素一般，现下混入俄罗斯国家内部。雷宾回想起安娜•阿赫玛托娃著名的诗句："不懂得羞耻，你们又怎会晓得诗歌是从什么垃圾中衍生出来的……"从不能再肮脏、再嗜血、再凶恶的"垃圾"中滋生出了国家，并且壮大起来。

它茁壮成长，就像起泡酒的瓶塞一般，慢慢被从破坏者原本的气孔挤出去，填充那些空出的执行者的位置。国家机器内部进行着隐性的重新调整，新齿轮把以前按照另一种程序运行（按机制运行的反程序）部件磨成粉末。

雷宾观察过，这样的工作如何进行。甚至可以说，他多少也参与过这种工作。然而，不能低估了反程序的稳定性和受摩擦部件的坚固性。

鲕 鱼

这是移动的玻璃城堡，它可以变成任意形状，充满任何空间。这些部件容易倒行逆施、退缩、移动到了新的据点，就连国家结实的手都伸不到那里。矛盾就在于，结实的手并不能抓住破坏者的喉咙，因为，这只手本身一直就没去搞建设，没去处罚他们，而相反，去破坏、去偷盗。这只手的指头上一直有对往昔勾当的记忆，因此手指太软弱、太不自信了。

只有在两个对阵之间产生一条不可逾越的道德深渊时，手指才会变得钢铁般坚硬无比。对于一些人来说，如果一切是好事，那对另一些人来说，绝对就是坏事，反之亦然。在俄罗斯，各个阵营总是分歧不断，在他们之间并不是深渊，不过是一道不深的沟，大家都在沟上面向对面使劲跳。

"也许，不应该把现在发生的情况往任何诠释的体系上靠，包括类似操纵世界和平的普通惩罚，以及罪恶的自我摧毁规则？"雷宾想。

雷宾相信那些更直观的规则，即蜂箱、蚁巢、白蚁巢等的规则。这就是大自然的生物群居规律。只有把人类都摧毁了，才能取缔这些规律，或者可以从基因上改变人的社会属性，就当作人类绝对不是从猿人演变而来嘛。但如果这些规则在国家组织层面是好的，那么它们在精神层面就极其恶劣。肉体凡胎渴求组建国家，不朽的灵魂在蜂箱、蚁巢这样的地方不会感到舒适。不朽的灵魂寻找天堂，可却没能找到，无论是在国家，还是地球上都找不到。于是，在它失望后，就想去摧毁蚁巢。

任何一个无懈可击的国家的弱点就是在分群那一刻，这时就证明了，人类不仅仅是从猿人进化而来，也是从昆虫进化来的。

两种势力相互对立，并存在于决定社会发展的过程中。富有创造性的势力要把白蚁穴加固、呵护好，让它定期通风；毁灭性的势力就把垃圾工和清洁工的工作拒之门外。天然潜在的腐物把国家的环境毒害了。一切无可厚非的、理性的东西在阵阵密实的垃圾风中，都变得无用、敌对。垃圾和腐物并没有被收拾掉，因为，要让人民大众树立起意识，就像仇恨垃圾和腐物的根源一般，团结在对白蚁穴的仇恨和蔑视当中。

各种始料未及的色彩在多变的格局中挑起激烈抗议，它用闪电的锋刃武装自己，穿上了响雷的战衣。大家对之前还并非算作邪恶的势力已经忍无可忍，因此，团结在唯一的阵营中，引出了上千人的示威游行。语言和比喻决定了尺度，它们获得自由，像是鸟儿从笼中被释放。但是，它们净是些特殊的鸟，用翅膀遮蔽了太阳，把常理的双眼啄瞎。集体无意识的国家在腐蚀中开始倾斜，就像破旧的棚子，其实危害它的还真不是暴风骤雨，而是空想。这种空想就像生活一样质朴，就像世界一样古老。这是个阶梯式的空想。腐蚀就是罪恶，罪恶就是权力，权力就是国家。只有把罪恶滋生的国家肃清，才能把罪恶消灭。人民被唆使去反对地狱般的政权。人民的愤怒是正义的。政权的缺憾显而易见。但是，这一过程的目的不是纠正缺憾，而是借人民之手来毁灭这个实质的国家。毁掉自己国家的人民，就像圣人，或是把自家大门给别人敞开的疯子，欢迎外人高兴地进来，把他们要的全都拿走。

其实，所谓的改革可以被称作持续不断的新型战争。之前的战役，当武装的军士们愤怒地相互扫射时，它显得更普通、更公平。这场战役中，胜利的是那些精神强大的人。英雄们高呼"开战，进击！"并且向敌人进击，不成功便成仁！从某时起，战争按照另一种方式进行。当这个敌人本身已经没有声息地倒下，并且认输，那"开战！"就变成了战争的最后阶段。

这场新型战争中，国家和人民通过偷换概念，甚至把典型的概念思维加个反义来解除武装。他们灵魂不可见的实质组成，应该是可见的、无法无天的，因此也就不是保护而要摧毁的。臭名昭著的"高贵的愤怒"应该去找那些尝试捍卫本应毁掉的东西的人。

然而，不断的新型战争将一般战争中被毁掉的东西完好地保留了下来，也就是那些物质的，天然的和其他的财富。它们的主人有所变化，就跟以前的概念偷换了意思一模一样。一个接着一个，夜以继日地无法阻止。

雷宾对阴谋论半信半疑。这么厉害！还不赶紧对什么"空气论"或者"树叶论"加以论断。阴谋的病毒在空气中蔓延，被人们吸进身体，它在树叶里滋生，树叶要不就变绿，要不就坠落，就好像有人给它指令似的。

阴谋就是人类存在的自然形态，就是整个社会，乃至社会中家庭这个"匣子"的关系基础。一个阶级利用一种阴谋反对社会，并且，比方说，它掌控了大部分财产或是自然财富。另一家孩子们利用一种阴谋反对家长，或者妈妈联合儿子反对父亲，女儿和父亲合伙去对付母亲之类的。家里有多少成员就有多少种组合，甚至更多。

　　任何一个国家、任何社会都可以被比作一个水池，里边水的功能由机体的意识代替。这个水意识的化学成分一用药剂就可以变化。因此，根本就不用对一个国家宣战，只要准确计算药剂的公式，并且蹚出一条向水的路，剩下的就仅仅只是技术问题了。

　　是否可以把不断的新型战争当作永不间断的阴谋呢？

　　雷宾坚信，当今一切皆由世界经济来主宰。

　　可是科技，那些不标准、参差不齐、上帝古训之外的科技，变成了不仅是强者武器，就连弱者也有的武器。更准确地说，弱者就是板子下面被宣判死亡之人。结果，世上打破的不仅仅是主从关系和统治关系的平衡，还有智人物种的存在逻辑的平衡，而最主要的是，把抑制住的力量当成恐惧的平衡。

　　比方说，一头狼并没有咬断另一头认输的狼的喉咙。智人的物种内部关系里缺少了类似的优雅。胜者让败者走投无路。胜者要永远统治败者。可是，败者没有准备好接受失败这一客观事实。败者的反击也是不平衡，就是因为不平衡，新的世界秩序才得以维持。敌人更厉害，所以只有把敌人的力量弄到错误的轨道上，最理想就是让它的力量吞噬敌人力量，这样才能战胜敌人。只要是敌人还能够计划好反击的步骤，那他们就都是不可战胜的。因此，就需要一个敌人理解不了的思维方式。因为，一切可以解释的都是平衡的，而且不会让人恐惧。

　　这是战争中的战争，它要把世界毁掉。但却不是马上就会发生。

　　雷宾厚颜无耻地希望他永远都可以来享用美食、好酒、汽油、无污染的空气、沙滩、海浪，甚至是一切钱可以买到的东西。

　　世界图景，就像在万花筒里一般，除了每个瞬间的转变，同时，也留下了不变的，有如生命的终结。

　　哲人们早就发明出的阶梯式空想控制着世界。

　　世界发展是靠着矛盾积累、矛盾解决和新矛盾积累。包括绝对的非逻辑和怪异矛盾在内，乃至不被政权注意的矛盾，这些矛盾泛滥，像龙齿般，从内向外突破了现实的组织。

这其中，有某种神秘的、深层的、跟"硬件"有关的东西，它是人类意识"腺体"。不知为啥，每个单独的个人，乃至整个社会早晚都要到这个界限，用一种莫名兴奋为变革而牺牲了个人、集体、经济和政治生涯的稳定与宁静。变革在诱惑大家，就像是悬崖边上的一块突出的崖壁，让全体人民的心灵甜蜜地呆然，在深渊面前头脑晕眩，这里是他们该掉下去的地方。在掉落深渊时，短暂自由的飞翔当中，人们变成的不是天堂鸟，而是地狱的野兽，互相撕咬，普通的兽类永远不会这般撕咬。

雷宾阅读过许多关于动荡以及时代更迭的事情。有些人把自己当先驱、当灾难预言家，他们其实就是到处都出现过的变态吃人的人。他们的罪行已经超出了人类意识的范围。残害儿童，残害妇女和落在他们手里的人。他们的出现，可以被形容成要喷发的火山上空的黑云。可是，相较于接受上帝的警告，制止奔向悬崖的国家四轮马车，社会却偏偏要怪罪政府的变态罪行，实际上政府根本不能制止、逮捕或是控告这些变态。然而，它却不能保护不幸的妇女、儿童不受杀人犯、吃人变态和暴徒的残害。

当革命袭来，继而其称为"战争"的姐妹入侵，变态们的行为就变得越发地频繁，简直变成了习以为常的事。在混沌（罪与罚之间的间歇）与革命的日子里，人们急于把所有的卑鄙行径发泄在周遭人的身上。那种卑鄙因长期被迫忍受直接的、毫无理据的怨恨，而积压在人们的心头。一些内战中，人们出于一些想法将对方歼灭。新的统治者总是显得比前人更残暴、更无耻。假如，因自由和个人原因而疲惫不堪的老百姓与法规对抗，他们哪怕做做样子也得去守法，可是，老百姓支持他们的话，这些统治者就认为自己绝对可以不遵守任何法规。上台以后，他们残暴地报复那些被自由怂恿的人民，处理国家事务的后果，只有靠本国的老百姓来买单。

如果说政权交替的底线是某种新的、确切地说，由某种全球化概念偷换的概念，就好像人类从未开辟的路径，无情的革命恐怖开始了。如果这种概念缺失了，那革命就会复辟，就会回到那个没有大规模的战争，并把一切都毁灭的往昔。就是说，无情的革命偷窃便开始了。当盗窃和腐败就像是铁锈腐蚀了支撑国家的架构，时代的终点也就来临了。国家要坍塌，并且一气儿就把大家埋葬在废墟下，不分穷人或是富人，诚实的人或是盗

> 邮 鱼

贼，英雄或是叛徒。

　　国家机器的惯性就是人类文明最后那点儿费解的资源。看来机器已经被拆零碎了，所有值钱的零件都被拧了下来，然后送到了金属收购站。可是在危急时刻，机器吱嘎作响恢复生机，就像坦克沿路爬行，同时还把它的虐待者和毁灭者缠在履带上。

　　必定是圣灵的助威，机器才得以逐渐地运转，开始把装甲炮台对准各处。变态狂魔都潜伏起来，社会也沉寂下来，那些一味追求完美的刺头也被削平，变得接近生活的自然纯朴。确切地说，所谓的稳定回归了一阵子，尽管绝对不如处子般稳定，但也已经孕育了新的变革。

　　按雷宾的想法，全球化就是试图摆脱所谓历史进程隐藏的本质，这一进程也可以是上帝正义的盛典。这个盛典在空间中延续，在时间中迷茫，它实质是每个社会"蛋糕派"的阶层，既要像奶油果脯和杏仁片一样放到上面去，也要像是处在革命的地狱磨盘中，添到里面来直接接触漆黑炽热的烤炉盘。

　　全球化进程是智库们合乎规律的、顺其自然的试验。试验目的是通过革命，把人先变成野兽，再变成阵营的、市场的尘埃，使前进的历史停摆。应该对这种全球化进行控制，于是，就有必要构建未来预警体系。借助于这一体系，就可以对历史进行管控。人类的属性需要固定在某种中间的位置，就是介于善恶之间，自由与约束之间，信仰与无神之间，真理与谎言之间，艺术与大众文化之间。只有这样，才能够控制住人不断变成野兽的进程，就像控制住不合时宜的逻辑混乱的过程和控制道德与公正的兴头那样。新型管理机器的任务是人为地降低人类顺从的度，不让全球振荡引发的隐性峰值发生。毋庸置疑，只有控制住人类文明的基本动力，即科学发明和自然资源，这机器所指定功能才可以完成。而掌控这些发展和消耗恰恰是通过金钱实现的。因此，地球上有一段时间，就是在最终改变不了的秩序得以确立之前，曾到处站住脚跟的是资本主义。一切违反资本主义的东西都应被人类当成是危险的状况，并以武力惩处。然而，使用武力的思想基础可以是任意妄为的。因此，其实就存在着大众传媒，就有荧屏上不同种族操完美英语的评论员。

邮　鱼

　　因此，雷宾认为，全球化就仅仅是过渡阶段，因此也是自相矛盾的阶段，它处于向普遍的世界秩序过渡之中，而这种秩序的实质和意义目前也只有少数人才了解。

　　的确，阴谋论曾就是历史进程的空气。而空气，众所周知，是看不见的，但却是无处不在的。

　　雷宾感兴趣的是，到底在哪里，如何，在谁的头脑里形成了未来的蓝图，在为成千上万人的生活做出决定？或是他们在绝对相互没有关系的智慧烧瓶中，按结晶体方式成长，然后晶体自身形成世界图景，或许就成为那些不可逆转的决定了？

　　同时，雷宾深深懂得，假如阴谋诡计超出了新约中阐释的真理和劝诫，那上帝的旨意就可以轻而易举地拆穿人类思想任何的阴谋诡计。事实上，这些阴谋的确也早就超出界限。

　　只要和谐存在，自然就没有改变，这是自然规律。就像革命一样，在不断的自然淘汰下，这样一些人就取得胜利：首先是最厉害的，然后是最聪明的，接下来是最狡猾的，最后在新的时期总是最卑鄙的获胜。正是这个典型的卑鄙之人决定了现在人类文明发展的道路。因此，竞争的胜者，打算解决的任务，也是非常的简单。其解决的方法自然也非常卑鄙。地球上的人太多了，为了让那些自认为最好的少数人过得很好，就要把"多余嘴"的数量大大减少。可是，要完成这样的事情，就得让那些"多余嘴"不去想要为生活而战斗。套用布尔加乔夫的话，就是他们在"刀架在脖子下也得提起精神"，唱着欢歌去另一个世界。最受欢迎的解决方式，是让"多余嘴"大量自相残杀。

　　自然界有非常有效的技术，"愉快地"毁灭那些因诺亚方舟得救的多余种群的整个群体。做这种事情最拿手的要数昆虫了。要想把这种技术运用在人的身上，就得把人搞到蜜蜂、马蜂或蚂蚁群的状态，在无数的空间中安排好，让它们尾随成千上万的不结果的电子母蜂，进行不间断的殊死飞行。尽管在现实中这些母蜂并不多：权力、金钱、性爱、荣耀。这些都被转瞬即逝、满足虚荣的大众意识接受。正是这些鲸鱼（俄语中这个词的意思为"富人"）分裂成了无数长翅膀的金鱼，人类群体渴望能够抓住的

邮 鱼

金鱼。

雷宾记起了三十年代的记录片：人们是如何建设马格尼托格尔斯克冶金工厂和第聂伯罗水电站的。到底那些开车、扛锹、穿梭的人们和采集蜜汁的蜜蜂区别在哪里呢？可以把一窝子蜂的程序设定为奋不顾身的无偿劳动。一窝子蜂可以成立国家。战争的时候，有组织的一窝子蜂捍卫自己的家园，战胜了不那么有组织的一窝峰。雷宾脑海里又闪现出了其它的画面：八十年代末九十年代初，千百万人走上街头举着模糊不清的口号"捍卫民主与公开"，抱着不具体的目标"构建公民社会"。这窝峰却又毁了那个曾几何时他们自己顽强构建，并且捍卫过的国家。

让头脑与社会精力接地气的技术成功地运用在所谓的大众文化"唐氏痴呆"当中，那些电视台的高管和制作人都这样称呼电视台的。然而，雷宾并没有怀疑过，必要时大众文化会摘下数码的桎梏，把荧屏溶解掉，融入到生活当中，确切地说，是文化自身变成生活。蜂窝在服从接收到的信号以后，朝空虚、真空的充满辐射的空间奔去，它们衰弱了以后，如死雨般洒向大地，又或者像绳套般相互套住脖颈，使人窒息。

生物废弃物净化后的地域上要盖起一个地球上的天堂。可惜，那里居住的也只是少数人，而且一定是人类物种中非优秀的代表。

雷宾的脑海里构建出来的就是这么一副既粗糙且大致的对未来的景象。他抱憾断定自己在这个天堂一定没有容身之处。雷宾也不能跟蜂群融入到死亡的激情当中，因为，他最清楚不过整个设计、生产和安装电子目标母蜂"到翅膀上"的过程。雷宾的命运就像有思想，却没有翅膀的雄蜂在爬行，这正是紧凑的地球天堂与多余人无垠的坟墓之交界。

人类到底能不能逃脱注定悲惨的遭遇呢？

雷宾的想法是：凭什么就不能呢？！世界是这样建构的：最初，一切计划好的、有明确方向的就被赋予了抵触行为，或者可以这么说，也就是反作用。任何生命中编入的程序都有内部自我摧毁编码，都有另一套程序的初始码。似乎一切都在掌握中，进行得比预期的要好时，自我摧毁程序在完全意想不到的瞬间就会被激活。

如果说国家正是人类历史上最强大、最包罗万象的蜂窝的话，那从圣经时代起，国家就吸收臣服于它的一切蜂窝，这其中就有看不到的带有自我摧毁程序的蜂窝。

那些人培养出了"科学怪人"弗兰肯斯坦，然后这个怪物反过来去摧毁自己的缔造者。这些人按照路线行进，按照往昔雷马克所说的，是"从布雷西亚来，到布雷西亚去"，就似圣经中那些狗一般原路返回，去吞噬自己的呕吐物。他们必须得自己去收拾烂摊子，强迫别人收拾，根本不可能。那些人竟然不假思索地妄想把老百姓的手剁掉，以后老百姓还怎么用手去劳作创造财富？！

雷宾一直沉思，如何架构摸不到却又看得见的伟大苏联梦？目前看来，他终归没能想到，其实这个梦就像生活那么简单：每个人都能够相信，理论上，他在这一生中，一定会因才智和成就得到应有的报偿。如果他要是规规矩矩生活，那他当然就可以幸运地在职场上谋得一个职位。

竞赛的大风、平等的幻想和最新鲜的血液输送都被金钱所取代。底层社会的机器开始跑单帮了。

上流社会，那些人想要享受西方国家的一切福利。可是同时，他们却不反对像奴隶般占有核弹武装的俄罗斯，因为，当那些人在西方时，武装的俄罗斯可以保障和支撑他们的威信。"用苏联的方式治国，伦敦的方式生活。"这就是给新俄罗斯政权起的矛盾的口号。这些人想要像亿万富翁（他们当中很多人就是亿万富翁）一样生活，可是同时，却想不被社会法律所伤害，他们想享受跟人民一样的福利，在享受之余他们还想管束人民。西方国家谁都不应该对他们的财富来源质疑，在俄罗斯人们要对他们绝对地服从。

可是，这是办不到的！

全世界，甚至每个人的命运是由最普通的、最终的真理来掌控的。其中的一个真理就是"叛徒不会得到报偿"。就是说，当然，叛徒总是得到了酬劳，多数的叛变正好都是因为金钱，可是最终等待叛徒的都是无果的裁决。上帝在世界上的存在就在于，每次犯罪都有隐性的，像钢筋水泥砖构一样的，被装进去的刻不容缓的或是缓期的惩罚。每次叛变都无果而终。任何生前的财富最终都变成裹尸布，我们都知道，布上完全没有口袋。上

邮 鱼

天的公平看来就在于，任何人的生命，最终都会以死亡告终。

苏联是叛徒们毁的，似乎是为了迎合为此付了钱的西方国家。可是在西方国家，对于叛徒并不止没付报酬，而且可以在任何时候剥夺其资产，在缠上裹尸布之前，就把他们的口袋掏空。在俄罗斯，对于叛徒都是用仇恨来补偿的。无论是那里，还是这里，叛徒都是格格不入的，尽管在西方，他们花钱如流水，从来不数，在俄罗斯边猖狂盗窃国家的底子，边管理国家。底子就是预算。因为他们根本不晓得还能用别的方式搞钱，也不清楚怎么去管理。

雷宾在议会工作的时候，因为工作需要，跟上流社会的代表们交流时，他感同身受这些代表像橡皮筋一样那么有弹性，像处于蛛网一样有黏性的十字路口，还在努力挣扎。鲑鱼破不了冰，獾不能用爪子刨出土包，宝剑砍不断矛盾的结。上流社会的人是一些解决不了，也不愿解决矛盾的人，因为金钱对他们来说高于国家。隐形的财主拿着糊弄畜牲的假收入证明，他们睡在用盗取的金钱做的冰面下，也许正做着幸福地生活在温暖海岛的美梦，尽管他们命运的纸牌并没有安排这一场景。这些冰下的人，把国家引领到有冰窟窿的地方，等待国家的尽是些黑色冰水和像马刀般锋利、断裂的冰碴。

上流社会没能够跟底层社会联合，因为，前者这些年来一直在对后者无视、鄙视、偷盗并且将其从世上驱赶。上流社会也不能够躲在痛恨它的西方世界的屋檐下，因为这是那么的反常，与自卫的基本本能背道而驰。西方国家，在有效期内，就承认唯一的合作形式，即完全毫无保留的投降。可是，接下来就要按他们的意愿办事了，有些人被送去海牙国际法庭，有些人就被当地警察严格监管在别墅、城堡里空虚地过活。

被分为两个部分的俄罗斯，看上去像个怪异、但暂时还是有活力的杂交品种。血脉中流淌的不是该如何把民众团结起来的想法，而奔流的却是石油。这个杂交品种，只要石油（即金钱）能取代智慧、荣誉、良心等等，那它都会一直活着。

这个所谓的精英应该被削掉，就像把有毒的花骨朵削掉一般。它被遗忘在国家的花丛中，它一定会把事情搞到新社会革命这一步，革命的结果是不可预期的。

可是现在发生的事所隐藏的含义，与此同时，大家又心知肚明的含义就是，削掉毒花骨朵的是这朵花的庇护养育之人，他就像又肥又毛的大黄蜂，吸饱了这朵花中石油、天然气做成的琼浆。那个人得给自身所在的阶级带来宝剑，而非和平。这就是历史必然性，只能延续却不能取消。

在所谓的广大农村地区，没有农业生产也很容易混日子过。以前郁郁葱葱抽穗的田野，如今长着一人高的野草，树丛横生。在茂密的草木丛生的热带丛林中，山鹑、鸭子、兔子拿各种生物自由繁衍。白天是鹞和鸢，晚上是像隐形飞机般察觉不到的猫头鹰，在曾经的田野上空盘旋，不让那些小动物放松警惕。农民都跑哪里去了？以前他们还养牲口呢？同样的，城里人呢？他们以前都把机床的轰隆声作为起床的闹钟，这点却没有人特别上心。充斥着石油钱的预算的河水，甚至很多人工水库填满水以后，也并没有变贫乏。在这些水库中，漂浮着世界上最长最贵的游艇，而岸边各大著名足球俱乐部都在度假。

雷宾对自身重要性特现实的感觉就是：假使没有议会机构主任的证件，在现代俄罗斯他就什么也不是，不会有人称呼他什么。好几年一直都让雷宾坚守岗位，不让离职，不让他干自己有兴趣的事，只让他继续对外联络与媒体互动。他一旦脱离了国家的奶头就完了，所有人就变成了像豪猪一般直立行走世界中的孤儿。

"人就是动物"，雷宾忧郁地想，"他习惯了拥有的，怕失去，就更愿意愚蠢，而又贪婪地绕过任何风险。不过，他安慰自己道，人还远不能总是随心所欲地决定，他自己到底需要啥，不需要啥？"

对于雷宾来说，生活越发地像龙卷风。什么马、人、车、别墅、钱、野心、地产、公司股票、不幸的老人、被抛弃的妇女儿童、高尚或可耻的情感等等都被卷入其中。龙卷风的手把这一切都磨成了泥土，然后，你们粘上了这些陶土被送进人类命运的欲望、虚荣以及最枉然的熔炉里烧制。

每个人的命运都可以比作一个和谐且丑陋的陶人。雷宾有时做梦会梦到，上帝把这些陶人端到他疲倦的眼前，然后把它们按照用途分类，大部分送去地狱之火，小部分永远存于乐土，在那里他们可以净化尘嚣，变成了更洁白、更完美的古代雕像。

尽管,雷宾不年轻了,但他还没有感觉,他的命运已经要走到最后要被上帝裁决的烧制时刻。

他是一个没有命运的人,确切说,命运飘忽不定之人。

没有命运的人,在变革时期就像泥巴,极容易从一种形态变成另一种状态。

苏联瓦解的时候,雷宾刚刚投身于职业作家甜蜜的生活,没媳妇、没钱、没工作,而最主要的是没有前途。他曾认为自己是体制的牺牲品,他甚至喜欢活在永恒沉闷的绝望当中。假如把苏联社会比作摔碎的罐子,那么处于绝望的人就是组成罐子的大碎片。这个大碎片里就像在生活中一样啥都有,同样的欲望、渴望和希望。然而,它们并没有变成新的质地,并不处于生活物品当中,因此,体制的牺牲品逐渐地被翻新成平凡,毫无任何希望成为新罐子,或者新陶器一部分的失败者。

雷宾不反对做高尚哲学意义上的失败者,也就是那些群众眼中不平凡的人,他们永远是失败者或者是疯子,可是他厌恶了做可怜生活的失败者,那个口袋里没钱坐出租车往家赶,那个没钱邀请心仪女子去饭店吃饭的失败者。因此,雷宾自己也没有察觉,他是怎么从一个沮丧的体制牺牲品变成体制消极的后盾。

他的国家公职人员的事业发展得很顺利,尽管说为了晋升自己连手指都没动过。与苏联时期的俄罗斯不同,新的俄罗斯职位晋升过程暂时无逻辑可循。因为新的俄罗斯本身不在逻辑之中,确切地说,是被一整套相互排斥的逻辑掌控。在很多国家,高级职务的委任让人恐慌,可是这并没让那些指派者特别担心,因为他们也处于逻辑之外。

雷宾的工资不少,乘坐的是私人轿车,出席的都是些讨论国家大事的会议,然而他的思维、想象及感觉的构造都还是原来的。

他不喜欢政权,却供职于当局。

他既是体制的牺牲品,也是体制的根基。在考虑到这点时,雷宾总结出,人就是国家血脉中奔流的血液,那么制度就是奔腾着血液的血脉。当血脉民主地松懈下来,血液就会汹涌澎湃,国家就承受不了它的压力,造成血栓。当血脉极度地紧缩，国家先是陷入萎靡不振（因为血液进入不到大脑），然后造成脑溢血。过分的民主和过度的极权都同样会把国家带向灭亡。

可是，国家不会彻底地灭亡，确切地说，只要有人在，就一定会劫后余生。

雷宾越发去思考俄罗斯当下出现的问题，他越发清楚俄罗斯正处于正确的复原之路。国家越稳固，里面那些自认为又是牺牲品又是基石的人就会越多。于是，就有了统一的法规来限制国家、社会及家庭。

从某时起，雷宾就不再相信俄罗斯的革命了。可是，他却认为，没人相信闹革命的时候就会发生革命。于是，革命成了国家对生活在其内部的人们发疯时的防御反应。疯狂要靠疯狂来治疗，为的是再一次摆脱疯狂的行为。

千百年来，人类抚书忏悔痛哭，可是完全不想按照其中的训诫去生活。

大多数人活着，就是自己喜欢怎样就怎样。如果国家不限制老百姓的行为，不给他们下圈套，那么，他们就会像野兽般肆无忌惮地互相伤害来维持生存。

这其中的一个圈套就是民主，按照丘吉尔的话说，它绝对是社会构造中最差的形式。

雷宾非常了解，除了实现人民政权，议会制的另一面就是，在特别等级的人群中分配钱财，就是说那些不想，也根本没必要从事体力劳动的人。他们的制服是西装、熨好的衬衫和领带。他们就像灰色的虫子一般，早晚时间都聚拢在国家机关、银行、石油等公司的大门口。西装就像骑师的铠甲，保护穿戴者不用做体力劳动。然而，时不时地如箭矢般的重组、破产和裁员的威胁也会穿透这铠甲。

可是国家机构中的每次裁员，最终都是以其干部人数增加三分之一而告终的。一些灰色虫子搬到了别的窝里，而他们的位置由那些迅速老练起来的新人占据了。所谓国家消亡的说法就是错误的。国家就像沙漠，从有生命的地方夺去越来越多的新空间。

可是国家并非沙漠，它就像雷宾认为的，是集体智慧化身的最高级阶段。除了通过巩固和发展国家，人类根本没有别的生存能力。唯一的阴谋

邮　鱼

诡计就在于，它会是一个什么样的国家，是唯一一个全球的，还是拥有如万花筒中色彩缤纷的、如水果硬糖散落般大大小小的民族的国家呢？

总之，现代世界到底是如何发展起来的还是个谜。或者，可以说是按照套娃方式构建的谜套谜的一个完整体系。

工业进步达到了一个程度。基本上，中国或者印尼在光秃秃的土地上用聚乙烯堆成的几个大工厂，就可以轻轻松松地为全球人民提供穿戴。同样的方法，用转基因食品就可以把全人类喂饱也完全不是问题。然而，多余的福利却不能直接被穷人获得，只有那些穿灰西装的人可以享受生活。

治理国家最好的方式是民主、议会制度、固定选举。这种方式的扮演者是喂不饱的，它如喉咙般可以吞食福利和金钱。为这个喉咙服务的人们，每次都要筹备如期而至的选举，就像每年要收庄稼一样。可是选举的结果却并不重要，重要的是，要拿着锹和口袋去撒落粮食的粮仓。选举的周围喂养的人越多，议会民主就有更多的机会生存。

而雷宾正好就是从事为喂不饱的喉咙服务工作的。例行的选举又要临近了，他非常指望所谓的专项资金，因为它应该可以让雷宾的福利大大地改善。目前，雷宾正在搞一个暂定叫"菌菇镜"的概念计划。他也不太理解这是个啥计划，为啥要叫"菌菇镜"，可是这都不重要。雷宾有参加竞选团队的经验，因此，他懂得，最好在专项中申报买卖一些异域的奇瓜异果。

"菌菇镜"的本质与意义目前都隐藏在雷宾的意识当中，就像胎儿藏在娘胎中一样。在钻石般发光的胎盘中，就像金鱼般，漂荡着不清晰的措辞，以至于要解释没有必要解释的东西。世界是用钻石般发光的胎盘来编织的。人们在其中游荡，像天生失明的鱼儿，用自己的激情、希望、失望以及幻想来毒害胎盘。每个人的心灵深处都懂得他想要的是什么，可是，并不是每个人都准备好为此而付出相应的，最终会高于所实现愿望的代价。

每个人渐渐地渴求宿命为其指派的职责。质朴支配着世界，它是日常生活、人类创造和上帝意愿的结合体。"菌菇镜"是一个可以穿透到质朴深处，同时也会凌驾于质朴而腾飞的工具。它要从无底深渊把大家都知道的。比方说，这个质朴的右手是空虚，左手是烦恼，有时它也被称为爱情。可以把这个东西比作从水底下把沉船打捞上来一般，实际上根本不是船，而是飞碟，里边隐藏着过去、现在、未来的所有秘密。

因此，"菌菇镜"就是再次尝试去认识世界，尝试吹通道路，在钻石般闪耀的胎盘内铺设轨道，一站上去就可以很轻松地滑到目的地。

"世界、过去、现在、未来、一切曾发生的，现在发生的和将要发生的都是一本打开的书，它为会阅读的人打开，于是"菌菇镜"就启动了。然而，谁都不愿意阅读隐形的文字。万物既有名称，万事都被预言，但谁都不愿意去相信实现的预言。科技进步、基因工程、纳米技术等等就是一种骄傲，就是再次建造巴比伦塔。人类借助器官移植和器官培植技术尝试延续生命，简直就是违背决定人类命运的上帝旨意。过分的骄傲就会被惩罚。"

接下来雷宾草率地转换到《上帝工艺导论》自己的版本，就是说转到了明目张胆的、无耻的"菌菇镜"的广告。

他意识到，在死亡的路上他并不是孤单一人，可是却不能停留，他安慰自己，他在线团里，而不是在外边寻找线头。征兆的存在是为了看见这些征兆，并做出总结，雷宾认为任何结果都会发生的。

他想起了音乐家谢尔盖·库廖辛的悲惨命运。他就是自由的光辉象征，就是苏联解体时期摇滚的光辉象征，他把全世界闻名的歌剧名伶带到了舞台上，她们身穿蕾丝边儿衣物，牵着惊恐地嘎嘎大叫的鹅和害怕地咩咩叫的山羊。20世纪90年代初，他拍了预言性的短片，是关于潜水艇毁灭的，过了十年，预言竟然实现了。后来，他想出了一个电视节目，叫《列宁菌》，这之后，他竟很快不解地因为不治之症死了，就是几个礼拜功夫，他的大脑就变成腐烂的纤维状四散的菌。

大概世界上存在有效的限制体系，就是为了遏制，并且使实现的预言失去威信。这其中最主要的那个体系，就是紧紧地包裹全世界的彩色虚构。虚构来自电视台、政经新闻、杂志、全球畅销书、体育赛事、音乐会、真人秀等各式大众节目。就是这些，某时被称为"精神生活"的东西取代了大多数人的生活。另一个预言之路上同样有效的"制动器"就是这个穷先知无故猝死。

菌，它的无孔性，通过孢子和与其相关联的一切繁殖，就是一种最具保护色彩的谜团。同一个菌类，在不同的情况下，可以用于讲究的食物，也可以作为致命的毒药。菌类可以治病强体，它也可以杀人，使人散失理智。婴儿也像是从地里冒出来的菌菇，从胎盘中挤出，来到这个神奇世界。

有这样一种观点认为，宇宙是按照菌菇的原理成型的，向空间喷射孢子，就是那些类星体。菌菇把腐烂的东西赶到黑洞里，天体制造出银河系自身资源。菌菇就是包罗万象的一切过程的测量单位。什么社会动荡、革命都可以比作蘑菇云爆炸，摧毁并扫除以往的真实存在。

而且，雷宾还想起来某个姓日吉别达（俄语一词为"等待灾难"之意）的业余哲人的著作，他出版的论文叫作《向旁边一步》，都是用自己的钱在州印刷厂印了 300 份。这本书还是印刷厂的厂长送给雷宾的，作为忠于他的国企的产品样品，看来，他想借助议会采购来改善经营状况。厂长笑着对雷宾说，他本人到现在都还没看完这本书。为了出版，这个日吉别达把郊区带地的很体面的别墅都卖掉了。书装订得的确豪华：光面护封、厚铜版纸作的封面。黑黑的字母排在白白的纸上，就像无谓的士兵向万物要面对的敌人走去。

雷宾盯着看了这个让人有其他猜想（精神病人的作品）的封面好久。他并没有怀疑，这里面像豆荚中的豆子一般，挤满了人头的椭圆形和球形是日吉别达画的。

"他是干啥的？"雷宾向印刷厂厂长打听道。

"他原来是州委讲师团一员，"厂长主动回答道，"讲过科学无神论。后来改革了，精神失常了。这不是家常便饭嘛吗。"

一般情况下，雷宾都把这类礼物留在宾馆，可是当他打开这本书，偶然看到一段时，很苦恼地决定把《向旁边一步》带回莫斯科，并且彻头彻尾地要看一遍。

"我克制住疼痛与因我心中真理即将与我一同消逝而挥不去的绝望在写这几行字。你们把他当作神的那个人就像毒蝎，用湿疹和疖子在鞭笞我。可是我决不会投降，无论付出什么代价，我都会将自己的工作进行到底。"

"为啥是我，"雷宾想道，"是谁指派我作为这必须掌握毫无意义的工作的三百斯巴达勇士之一的？"

这本书的中心思想就在于，不是上帝统治世界，而是某个凶恶可怕的东西，它取代了上帝。可是在什么时候发生的致命的替换，不得而知！日吉别达不知为啥认为，这事儿发生在他爱妻死亡的时刻，两周之内，她就被取代了上帝的凶恶东西从里到外烧得干干净净。"像烧掉库廖辛一样"，雷宾心不在焉地想了想，毫无招架之力地把眼睛从充满脑袋的豆荚上挪开。这个永恒的冲突为什么让雷宾想起了阿辽莎·卡拉马佐夫在佐西马老丈死后的苦恼。可是，好像日吉别达在伟大的陀思妥耶夫斯基走过的路上继续前行。按照日吉别达（雷宾也不知道他的姓需不需要变格）的想法，上帝又一次被真实地钉在了十字架上，可是不像两千年前那样，钉在人们设定的位格上，而是在自己的宇宙的三位一体中。日吉别达坚信没有什么力量能够拯救真神。同时，那个取代神的可怕东西也没有可能最终将神摧毁。最后的命运之矛不会刺出，因为这是一种仁慈的行为。所以日吉别达总结道，上帝的苦恼是永恒的，就像永恒地、得意杨杨地愚弄他的受难者。世界正是如此。

接下来，无人知晓的日吉别达把话锋转到了描写由邪恶的存在统治世界的日常实践活动。按照这位曾任州委讲师的说法，这个邪恶的存在在地球上引导着政治经济活动，它按照人为加速降低消耗的原理，就是不去延续，而相反要缩减人类寿命。"现代人就是要趁年轻快快乐乐地死去。"日吉别达就像给读者指明出路一样，帮助倒霉的雷宾成为三百个幸运儿其中一员来认清现实。不知为什么，没人报告到底当今全球整体平均寿命是多少。的确，加拿大、冰岛、卢森堡比较高，可要是把非洲、亚洲、特别是大洋洲，加到欧洲身上，那么充其量就三十三岁！这样的话，人在地球上要跟基督耶稣一个岁数，就该死去了！因此，日吉别达的结论是，这些按照上帝模样创造出的凡人的任务就是，出生——好好劳作——闲着看看电视——吃吃薯片——喝喝可乐——传宗接代，然后到了三十三岁就去另一个世界，别给现世留下任何医疗养老花销的负担。

日吉别达继续道："地球上，饮食规律就是要让刚降生的人一日千里地迈向死亡。食品，无论是替代母乳的合成品，还是有钱人吃的原生态营养丰富的即食麦片（瑞士木斯里牌），最初就含有某种'死亡编码'，它很少让人类跨越百岁门槛。那些用自己名字命名东西的，那些敢于理智地反对现有的理所当然的秩序的,几乎什么时候也活不过古稀之年。"他毅然断定道。"我也是一样,因为我的旁边一步,就会有痛苦不堪的死亡等着我。该死的核桃,该死的酸奶油!里面都是些微量元素,这会让我的皮肤变成鲜血淋漓的砂纸。"

他继续说道:"在我们这些理解情况的被选中的人身上,邪恶力量又增添了上帝的苦恼,逐渐地从我们身上剥夺人类与精神世界意义上最珍贵的东西。苏联的垮台,就像抬起了妖怪的眼皮,从邪恶力量怒冲冲的嘴脸上摘下嘴套,解放的不只是卑贱的肉体,还有社会经济最主要的财政来源……"因为财政中,日吉别达认为,隐藏着那把钥匙,它可以打开人面前的通往正义和谐生活的大门,同样也可以紧紧地锁上,让人吃个闭门羹,让头撞在紧锁的大门上。

这也就意味着,曾任党的教育体系讲师的日吉别达把自己的无神论引领到了至高的逻辑顶点,到了那片未开垦的,南极般洁白的地方。可以想象一下,上帝在那个地方让企鹅暂时待一会,他好定个初步的七日计划,包括创世日和休息日。日吉别达承认某个逻辑,就像承认逻辑中没有任何人的想法。

"要是,万一它是新圣经呢?"雷宾想,世上一切都是偶然的,但是有些偶然性,因为一些不得知的原因,变为不可变更的,神圣的教条训诫。既然不行,它们就随着时间变成了石头,就会有新的东西来取代它,照例会是意思相反的东西。也许《向旁边一步》正是这个内容呢?

它完全有可能就是这个内容,尽管也没啥能改变的。无论何地,在任何事当中,人们总想要《向旁边一步》,只不过人人方法不同。那些个人迈步的,也就是说,他单独而且与大多数人背道而驰的,有像日吉别达这样的作家。而对于大多数小人物来说,发明了脱口秀和真人秀,节目上人们用内心的缺点在交流;还发明了图片杂志,上面报道的都是明星、模特不正常的生活。

《向旁边一步》意思是群众迁到了比以前住的也就宽那么点,方便那么点的主干街道上。

《向旁边一步》是避而不谈的生存标准,而人的生活中一切最牢固、最长久的东西都是看破不说。这是人类最基本的生存法则。与第二条基本法则相应的是惩罚：就是鞭笞、钉十字架。而当今，由于风俗习惯减少，信息技术发展，变成了忽视，就是说一切归零，活着的时候把它从生活中剔除。那些像日吉别达的人受到以上惩罚，他们不再视而不见，当然也只能在允许的时候才能说出，皇帝不仅仅是没穿衣服，而且他也不配做皇帝。

实质上，整个人类社会就是避而不谈的文明。每个有思想的人，特别是他假使没有能力去对抗他与生俱来的某个缺陷或是一些缺陷，这个人就处于避而不谈的个人状态中。

最主要的避而不谈，从中又繁衍出了一切，雷宾认为是达尔文证实的事实。人不只是动物，而是无休止地繁衍的动物，就像万能的电脑病毒一样，他把一切都涵盖在自身，包括最怪异的、世界上不可思议的动植物的变种。

人群中会有嗜血者，而且他们很敏锐。有那种一定要在集体中才能找到自我的人，也有那种把自己与一切社会生活隔离的人，有一生生活在一起的眷侣，也有那类有着无数姘头的人。的确，唯一能限制称为"人类"这个文档扩大的就是死亡。在其他任何方面，这个文档都可以无限扩大，就像宇宙或者"黑洞"一般，它甚至可以吞噬宇宙。有这样的女人，像母蜘蛛交合之后，就把自己的另一半杀掉，也有像一些稀有雌性昆虫的女人，根本就抗拒性爱，她们一向什么都不想要。雄性昆虫埋伏在水边窥探它们，然后，扑上去把雌性欲火点燃，直到它失去意识，如果说"失去意识"这个术语可以用在虫子身上的话，就是她已经发疯失去控制。然后，雄性把它从水里拽出来，匆忙地做完了以后，带着完成义务的感觉爬走了。而后，雌性也许真心地因为受孕而惊讶。它完全有可能认为自己被外星昆虫强奸了。

人类像是排水沟，接纳了很多天然与非天然的垃圾，还给这道臭气熏天的"菜"添了味特别的调料。比如说，精神失常、心理疾病。这些当时早就被弗雷德医生敏锐地看透了。一些传记作家认为弗雷德乱伦、吸毒，并且说毒品是解决一切不适的万能药。

还有一个避而不谈的真理就是，大自然中自始至终就不存在完美的人。生活是这样的：哪怕是按照自身理解渴求完美之人，或是生来就正派诚实

邮 鱼

之人，往好了想也要受苦，往坏了想要牺牲。雷宾想，"难道日吉别达说得对：基督的受难是永恒的，而世界末日注定是因为耶稣被钉在十字架上，然后，必然要第二次，第一百次，一千次地降世吗？"雷宾悲观地认定，"这样的光明（注释：俄语中光明与世界是同一个词）没有权利长久存在，顶多就要在茅房亮亮，奇怪的是，它到现在还没有熄灭。"

人们不可能不懂得这个道理，因此，也就活着且行动着，就好像光亮已经熄灭，黑暗中根本看不透人们到底在干些啥。

比如说，雷宾在下各种决心的时候，会考虑要怎么做。他不在圣经中寻求建议，不在警句格言集中找寻，而是在电脑中寻求答案。一局游戏的偶然得分、通关或是死局，穿着暴露的美女用第几发弓箭把从草丛里跳出的长毛怪放倒之类的游戏，都是他的决定和行动的计算点和"起点"。

雷宾认为普遍的道德准则早就好像彻底被电脑世界吞噬，这也是上帝存在的第一个证据。

康德说，星空是上帝存在的第二个证据，到处都是运行的或者坏掉的卫星，核废料或各种废料罐堆成垃圾山。夜晚的星空处于不断变化的状态，天空中陈旧的星系互相联系，而清理过的地方盖起了一批闪亮高耸的新建筑。大城市里，比如说，莫斯科半夜都看不到星星。在模糊的反射光中，头发般在房顶上竖起了无数的广告牌，星星融化了，就像高汤里的盐一样，像道德准则融化在电脑世界里一样。

第三个上帝存在的证据也不妙，那就是语言，至少俄语是这样的。语言最初是上帝赋予人类的，它是最复杂，但随后必须要慢慢当成基本工作来破译，还要表现出官腔，是概念与含义的存档系统。人们应该学会表达自己的想法，把最好的想法保留，并且尽可能地遵照这些想法来生存。就好比拿着拐杖，在恶意地吧唧作响的臭气熏天的冒泡的沼泽地中行走。

但是，俄语早就不是那么回事了。

就像从凿穿的，应该是射穿的锅中流出一样，生活的喜悦就从俄语中流露出来。就像人们让抖动着艳丽翅膀的装进火柴盒的蝴蝶一直活下去，俄语中的借喻和象喻都已经磨成了灰色的粉尘。在书店柜台堆积如山的当代作家的作品中，决不可能出现那个用硬邦邦的手掌把亮灯上的飞蛾驱赶走的叫耶罗什卡的老哥萨克；既不会有叫玛丽亚娜的美女，冷淡地瞥眼瞧着离开村子的奥列宁；也不可能有那个乞乞科夫，透过窗户在大车店院子里看到的，半夜在镜子面前，费劲巴拉地试新靴子的稚嫩中尉。像是阿拉海一般干涸的俄语中，孤零零地活到头的是那个竟能够完全用明了、永恒精通的俄语来做诗写信的普希金，是那些从中学教学大纲中一一被踢出去的作家，经典作家及彼得一世。雷宾绝对深信，俄语伟大的作家已经没了。

语言的灵魂，犹如雾中蜡烛，在最初卑微的构成新文学本质的天性中微微燃着光亮。赤裸裸且内心感受并不激昂的情欲改变了文学，改变了那个冒充文学的东西。描述空间中的物体，往好了说是任意编造的下流或者侦探类的文字游戏，凭借人类天性的原始缺陷去破解它，对于谁来说都不早，什么时候都不晚。

俄语就像以前的卫队，保卫过立宪会议的它确实"累了"。实在太多的考验落在了它身上。语言多年的简化，它与思想离经叛道，最后脱离了事实，雷宾认为，当一大堆概念与比喻被强行植入大脑后，这都促使所谓的改革轻易就完成了。把这些符号从集体意识消除，就会导致那里出现"涡流空洞"，导致支撑社会的结构崩塌，导致被灌上大众模糊意识和不情愿的脑压急剧下降。

新时期俄罗斯语言不只是没有复活，而且彻底地退化了。领导们的发言非常死板，像灰呢子料，像睡着的百姓。发言很有技巧，就像解释水泵如何运转的说明书一般；发言很土气，就像是酩酊大醉的工作狂跟妻子解释的借口一样。让人忍无可忍的电视、广播等媒体广告，完全没有语言和思维逻辑，就是说非自然逻辑，像没有翅膀的鸟和会飞的蚯蚓一般。神奇的书法遗落在了上帝沉默的领土上。从这片土地上一切通往世界，包括这个世界在内，最后又回归这片领地。

雷宾深感，语言失去的已经不是褴褛的外衣，而是皮肤，上面长了很多湿疹、溃疡和结痂的疮疤，只是扑上了点儿丑陋的"网络语"和计算机伪英语做成的粉。当一个民族遇到危机，语言就像篝火般燃尽冒烟，里面早就不添柴火了，可是假使添的话，也是各种人工化学废料。即使是道德规范沉没在电脑当中，星空变成了地狱的版图，语言像被烘烤的粪便般

邮 鱼

石化了，上帝的精神也是永恒的，想在哪里飘就在哪里飘，它凭什么不飘呀……的确是爱在哪里就在哪里，哪怕是在日吉别达的创作里？

一直以来，词藻如枪矛刺穿世界，就像是钥匙打开心灵。可是今天，好像枪矛飞过了世界，就像穿过了天体的虚构幻想，撞上了上帝的小鸟，并且晕倒掉落在密不透风的墙上紧闭的大门旁，门上并没有可以插钥匙的锁孔。

世界是那么显而易见、理智地向末日行进。比如像一瓶伏特加，一个好的谈伴，一本好书，一位好说话、乐观的姑娘，一次任意的出国旅行，一次在平整的道路上出行经历，这种最简单的喜悦都变成了前所未有的快乐，因为它们是从正常生活消失的世界而来的。

从某时起，雷宾就不给自己构建幻想，不用希望去安慰自己。难道世界会改变，他会种棵树，把儿子抚养长大，会策马奔腾，写出完美的小说，成为俄罗斯总统？他发现大多数人活在"延续的生活"里，里面一定会发生那个目前每天生活中不期望发生的事儿。

对于年轻人来说，这就是他们会取得一切成功的未来。

对于那些岁数大一些的，就是他们好像啥都有的，可是现在却啥也没剩的过去。过去他们啥也没有，这并不重要。这只是"延续的过去"，那里长了一层耗损的意识及多年空虚折磨的意识的梦想的肉。

作家亚历山大·格林把延续的生活称为"未实现的"，另一位后期的作家叫它"未活完的"。任何人早晚都要进入延续的生活，开始活在特殊的、不确定的、包含了整个他可以理解的人类经验的时期里。某些人"脑壳里熟悉各州情况"，而某些人对虚拟的和谐满意，从早就变成老太婆的女生时代的深处浮出，就像金鱼兑现的愿望。

当一个人眼前想象到了"死亡女王"时，好像活完和未活完之间的，实现和未实现之间的界限就不复存在了。实际上，延续的生活和不确定的时间支配了人类所谓的"内部"世界，假使把"内部"世界当作地球上的人的意识总和。播音员整天在新闻频道播报的"外部"世界是被某种别的东西支配的。

然而，生活是两个世界的奇怪合体。

雷宾自己就活出了延续的生活，活在不确定的时间里。同时，他觉得国家也是一模一样生活的。意思是，在延续的不确定性中，或者不确定的延续中，隐藏着隐形的萌发的支配杠杆，它们通向"外部"世界。那些哲人和现今被称为政治工艺师的人们，千百年来一直在苦苦寻觅着它们。

　　世界是这样构建的：任何一个复杂概念或是现象的内部，都隐藏着某种极其简单的东西，就是说，不可分的实质，很少有人想把它当作万物的基础。这是某种无论人怎么努力都逃不出其内部的东西。以前有某种碑文上记载的超出人类对文明理解的文明。

　　它是基因的原始排列，是地球引力的不可抗性。也许，是集体意识的通用方程式，它通过上千变化来重组世界唯一可能的制度。

　　可是到底是谁控制了过程，手中掌握着杠杆呢？

　　摆在雷宾面前的真理竟是亵渎神明的：没有任何人。

　　自身发展的事实正好就是上帝支配世界的律法，现实中唯一地狱鹰犬般喷火的限制是另一个律法，即邪恶的自毁。

　　当所谓的人类文明跨过门槛，并且像断头台上的头颅一般掉落到邪恶的自毁律法下。无论是"孩童的眼泪"，还是少数"正直人的"坚韧主义，或是德蕾莎修女少数追随者的牺牲，都不能阻挡落下的铡刀，这个喷火的地狱鹰犬。

　　多数吞噬少数。

　　地狱鹰犬像啃骨头一般啃掉世界。

　　少数只有在多数显得虚弱，确切地说是瘫软时，才会声称自己是强大的，像是无所畏惧般说出的事实。现在，世界到了瘫软的、流散的、多层的、多目标的状态，包括互相对立的邪恶状态，好像也只有这点能拯救它。太多盛着吃喝的盆子摆在地狱鹰犬面前，它们目不暇接，眼花缭乱。

　　不见人的日吉别达的小说是再次对世界的警告。不知是第几次了？

　　而世界却置之不理，唾弃它。也不知是第几次了？

　　"有意思的是，这个日吉别达现在在哪里，还活着吗？"突然，雷宾很不合时宜地思索道，说实在的，此时此刻，他的延续当下具体是什么？

　　一般他会宽恕了自己，避开"极深的沉没"，避开了从"心灵的底部"

邮 鱼

拾起那些对于领悟不怎么吸引人的东西，比如说，胆怯、贪婪，出现问题的忽视，一开始就没准备好下明确的决定，继而不对其负责。他的缺点都在最深处，像破损的轮船碎片，它们把踪迹隐藏在昏暗的淤泥底这一事实本身就是某种美德。因为很多这类的轮船，更大的、更多严重损坏的奇妙大船，不是长眠于深处，相反，高昂地吹起风帆，在世界大洋的辽阔海域航行。

然而，在迷雾之中，水上漂浮着永恒的"飞翔的荷兰人"，桅杆上垂下胡须般血迹斑斑的海草，因永恒的船长们而驰名，他们是宇宙的盛名者、世界的改造者、让世俗之人感到恐怖的人。

历史上的领袖，这么说吧，还有各民族出身的其他领袖，时不时地被利用起来，就像在治疗群众的心理疾病时，要使用电击疗法一样。治疗的诊断与方法总是让人类遇上出其不意之事，每次都让人对上帝的存在感到怀疑。"看到奥斯维辛集中营的烟囱在冒着烟时，他到底在想些什么？"哲人和诗人这样问道。可是他只不过是没有违抗大众的疯狂，因为反之，这种疯狂就会变成不能痊愈甚至无药可医的病。上帝的想法在天庭上是分不清的，那里几十亿双眼睛试图理解它的想法。就好像如果它们是用难以实现愿望的糖和这些眼睛流淌出的泪盐制成的一般，这些想法应该是已经溶在了天上。

雷宾像是肺被压扁的职业潜水运动员一般，勇敢地冲到了经历过的生活深处。他想要穿过时间之水的厚壁到达实质，用无情的分析之刃掀开带着珍珠般真理的蚌壳：他不可挽回地在20世纪80年代末90年代初革命动荡时期丢掉的东西，以及现在的生活中，就是新千年的头几十年得到的东西。

当然，他要是得到了的话。他的确得到了。

他时空中延续的生活本身就是他所获得的，与此同时，他的许多朋友实实在在地中途就退出了比赛。第一个被人从银行办公室窗户扔了出去，因为还不上贷款。第二个像猪一样在库房被宰了，一把长刀抹了脖子，以前是那么有才的记者，但却因总是醉醺醺的，只能跑去当了保安。第三个死在自家厕所，因为喝了假伏特加，中毒身亡。第四个大家都羡慕的人，被雇去给一个寡头写书，总是伴在他左右，并且好像误喝了寡头的茶。寡头去了巴黎，而未完成传记的作家活活地被少有的放射性元素毒药腐蚀了，后来被诊断为"过敏性休克"。第五个成了正牌的叫花子，在梁赞火车站的月台上就这么给冻死了。第六个杜马议员在"猎人商行"地铁站进楼的时候被车里的杀手给射死了。第七个苏联时期受敬仰的作家，连续一年内接了十本侦探小说，像巴尔扎克一般投身写作，连去喝个咖啡的时间都很少有，只有忍受不了的时候去狂饮一下。过了半年，开着他的"日古力"牌小汽车时，心脏病发作，平稳地斜着驶向幸好没人的公交车站，就挂掉了。公交车站在这位分享了其他苏联工程师遭遇的"人类灵魂工程师"的悲惨命运上撒下了玻璃做的"泪珠"。

  这种名单可以无限列下去，可是雷宾决定停下来。因为，他想起了一个奇怪又费力的句子，它关于时间，那个他曾经活过的时间，并且暂时没有终点："男人们活在靠金钱衡量的虚荣，而女人们为寻求幸福而不顾脸面。"这奇怪的句子出自更奇怪的剧本《金钱的底层》，是不出名的剧作家通过电邮寄给剧院的。剧本在全球演出都很成功，被公认为新俄罗斯戏剧的新大陆。可是作家本人，全世界还是不认识他的，他没去出纳领应得的报酬。一些报纸报道他是疯子，另一些报纸说他住在美国很久了，也许早就死了。也许还有些报纸会说他是疯子，可是死了，却住在美国。再者，就是有报道说剧本的作者是上帝，可是最后的假设就没有后续了。无论什么情况，哪怕是这个不出名的作者被淹死了，他的尸体躺在金钱的底部，他痛苦的想法让这些钱越来越多，这些钱的确也只是暂时无人认领，但也只是暂时的（没有人怀疑过）。

  "达到实质"意思是看清你自己是个什么样的人，摒除幻想。"达到实质"就是忏悔。于是雷宾准备好忏悔，尽管没完全搞清楚，他无害的幻想，周围人很难发现的胆怯和稍稍尝试着想象周围的现实，到底对上帝世界造成怎样的侮辱。

  现在雷宾对这个后苏联时期的自己并不是很了解，也认识不清。这是一种脱离了历史现实主题与时事论断的浓厚情感时期。这是在美元面前颤抖的时期，后来搞明白了，它不过是美利坚合众国的货币单位，但完全不是"自己人啥都有",像在改革时期的俄罗斯那样。人道援助的时期,第一批计算机的时期,捍卫"民主"抗议游行的时期,民主也不知道被人们理解成什么了。

现在过了20年,哲学家和政治学家坚信,苏联的垮台是地缘政治灾难的悲剧。可是,当时雷宾并没感到什么地缘政治灾难,什么悲剧。哪里是什么灾难,如果说"锁头"都从边界线上掉落了,随时都可以动身去波兰,人们把柏林墙拆了。

后来,报纸上会报道,政府因此赢得了时间,同时惶惶不安地掌握了国家的金币储备,把钱都转到了国外银行秘密账户上。

后来,报纸上会报道,所有这些亿万户头从一开始就被外国情报机关的"魔法尖顶帽"所控制,于是只有傻子才会抱着希望说,外国一定会允许他们挥霍盗取的钱财的。

然后,可操纵的改革乱局不是别的,正是西方精心设计的把苏联资产变为外汇,再把外汇输送到国外银行的行动。

然后,害怕核武器,因俄罗斯也会步苏联后尘瓦解而在全球蔓延,西方结束了"主权检阅",允许成立相对强硬的"权力等级制",严加管教阀据各区的"候爷",可是却继续通过那些退出国有资产的寡头侵占资产。

一个信守"阴谋论"(老百姓阴谋论都看累了,除了这家报纸,谁都没发现的阴谋)的,因此而阅读起来费劲的报纸中写道:"从苏联及俄罗斯挪出去的钱,往好了想,应该被销毁了,往坏了想,当真一直被'冻结了'。否则的话,世界金融体系,再者经济体系就会垮台的。"

美元这个世界货币,就像毒蛇吞了只可口的肥老鼠,可是这支巨大的核子老鼠横在蛇嘴里时,蛇既动不了,也喘不了气儿。20世纪90年代初,被送上拍卖台的不单单是一个大国,而是苏联这个超级强国以及它的工业、导弹、坦克、巡洋舰、对空防御系统、地下资源、森林、田野、河流、土壤、医院、车场和房管所。要想迅速地获得这一切,就需要很多"裁好的纸片"。如果出售事实成立了,"裁好的纸片"就得贬值,为了让它的持有者,就是那些苏联财产的出售者不幻想,就连他们也可以在自由世界购买点儿东西。当然,除了那些足球俱乐部、模特公司和色情刊物出版社外。

计划外的苏联金钱（几万亿美元），土方坍塌掩埋了世界经济体系。因为那些偷盗之人啥也没归还，也不生产。而这按照亚当·斯密特的话就是，对于资本主义经济来说，这完全不能容忍。一个地区的损失应该由另一个地区的利润来弥补。苏联的损失像雷雨交加的乌云般笼罩世界上空，因为世界上还没出现那股力量，可以消化用来毁掉，而不是哪怕最原始的生产的万亿金钱的力量。然后，从乌云中刮起了龙卷风，把世界金融体系卷个粉碎。然后，外国媒体上刊登了文章，大肆渲染报道那些所谓的俄罗斯寡头身心及各种丑陋面。文章总是附有照片，令人信服地证明，寡头们的智力缺陷及明显的生理变异特征。这些照片也被要去做犯罪学、精神病学和教科书及伦布罗索的著作插图。的确搞不懂，这些社会主义时期，因盗窃、诈骗和强奸在各大监狱坐牢的败类，怎么就能够掌握了以前这个超级大国的资产？怎么就能够瞒过了无处不在的克格勃？想必是，这些怪物是从私欲的最深处复活了，按照撒旦的直接授意，占领了各大工厂和石油管线。他们把工厂搞破产，财产卖来卖去，现在却活活地烂掉，一边辱骂着伟大的俄罗斯及人民合法选举出的政权，一边在奢靡的城堡和别墅中，被充斥着腐朽的旁门左道得来的资产臭气的慢条斯理的西方生活毒化。

后来，在俄罗斯报刊上开始报道，要是能把寡头非法得来的钱财没收就好了，收缴国库，再把这些寡头送进监狱，顺便为了以儆效尤，把这些自称是俄罗斯精英的银行、官僚及其他有权的混蛋的国外账户搜查一空。不要再欺骗老百姓了，文章的作者愤怒了，大家快来看看这些议员和政府官员的财产收入申报表！

在俄罗斯，他们根本啥都没有！那他们是怎么过日子的！他们到底用避税手段和皮包公司把多少钱挪到国外去了呀？

于是，结论自然而然也就得出来了：谁的钱放在西方，那他们就是真正潜在的卖国贼、叛徒、"第五纵队"、有影响力的间谍。如果还能够靠这些躲在议会政府的丑恶之人把跪着的俄罗斯扶起的话？他们当初让俄罗斯跪下，并不是为了日后再把它扶起来！

全民的财富好像已经变成了总统在会晤自己最亲密的战友时的发言。

"不能再这样继续活下去了！"总统边用严厉的眼神环视友人，边说道，我们接近无可挽回的局面。我们每个人面前，这么说吧，都有两条路：要么就永远地离开，到了那里他们还上你从亿万账户取钱的话，给你剩多少你就用多少，要是剩的少了，那就只能取出剩的了，总统苦苦冷笑道，要么就留在俄罗斯，把账户的事情忘掉，就好像从来没有过钱，你不过就是把钱丢了。我没有失言，无关你当初是用自己还是亲属名义开的账户，开的当下，你就把这些钱都丢了。

可是，你还能剩下些啥呢？就好像其中一个亲密战友对这件事感兴趣一样。

"最终，"总统走到窗户旁，一只手严肃地使劲一挥，扫向红场，圣瓦西里大教堂，米宁和博扎尔斯基的纪念碑，"你们，也就是我们剩下的还有人民，俄罗斯及荆棘密布的、极其曲折的（总统很喜欢莱蒙托夫的作品）道路，这条路上我们指引大家前行！先生们，请做出你们的选择！"

可是，要是相信报纸上和老百姓的话，过一阵就都会发生的。那么，20 世纪 90 年代初，悲剧渐渐地渗透每一个家庭，每一户人家，好像看不见的洪水般。悲剧穿墙而入，侵袭百姓，就好像俄罗斯被看不见的有害射线给穿透了，就是它杀害了给寡头写传记的潦倒作家。

用来衡量悲剧的是：停工的大小工厂，倒闭的科研所和商业银行，改造成烟酒仓库的实验室，从设施完善的欧洲撤回到俄国寒冷大地森林的军队，被盗取的国家财物，失业的科学家和工程师。其实，也可以用破坏的家庭，抛弃的孩子，喝过的伏特加，一蹶不振的人们来衡量。从前的共同利益，无数个社会主义年代连接男人和女人的一切事物，突然不复存在了。意义、与其共存的信心和安定从生活中流露出，如从割破的动脉中流出的血液。人类的一切都是可悲的，有时被陈规俗套所隐藏掩埋，反之，不知停顿直奔生活，为有毒的色彩欣喜。于是国家的生活毁了，如过载的水库，在水压的作用下，破旧的水坝墙体断裂一般。

雷宾上辈子是干啥的？中学生、大学生、士兵，还是几乎快变成作家的记者。总之，他在苏联时期过得还不错，可是，雷宾却并不以为然。雷宾整个人都被无处不在的，成天到晚的平凡折磨得几近身心俱疲、思想混乱，而非因无处不在的贫穷。这种平凡之上，有宇宙飞船飞过，它的深处还有军用核潜艇在巡航,这也并没有让人欣慰。

现在,雷宾终于明白了,如果商店里没有厕纸,而好的进口啤酒打着灯笼都找不到,人们不再珍惜免费的住房、幼儿园、教育和医疗,也都瞧不起先进的基础科学,宇宙开发的成果,而且,特别是在军工领域。他们晚上在厨房用叉子戳着盘子里的明太鱼和意面,还认为,我们很先进,那为啥连酿造个好啤酒都学不会?追求自由和民主,只能从哪里厕纸用完了,就从哪里开始,从啤酒不符合中年人的要求(他们一般都有自己一套对啤酒的要求)的那里开始。在遥远的盛产油气的北方,钻井工和建设者们对雷宾说,当地的啤酒骚得像鹿的排泄物。在俄罗斯中部非黑土区无家可归的穷人认为是羊的。中亚人认为是骆驼或是骡子的。山地的西伯利亚地区、萨彦岭和叶尼塞河地区认为是牦牛的。

雷宾记得,一生中尝过最恶劣的啤酒是在吉尔吉斯的奥什市。他一整天都待在帕米尔山脉的自然保护区里,然后站在货车后车厢上,从保护区返回来的路上欣赏着不可思议的美丽风景。那是一个宁静的夜晚,一切都一目了然,覆盆子般粉红色的晚霞伴着夜幕消失在水彩般的大山和核桃树林的地平线上。太阳慢吞吞地把天空让给了闪烁繁星引领进击的黑夜军团。它们犹如宇宙的耳垂上的耳环般闪烁,假使可以把宇宙比作一个戴耳环的女士的话。然而,说实在的,也未尝不可?俄语中"美丽"一词和"宇宙"一词可都是阴性名词。

深沉且多愁善感的情绪一直伴随着雷宾,当货车沿着崎岖的断断续续的公路开进奥什郊区的时候,雷宾竟然被要求当司机,因为搞了半天,货车司机根本没有驾照,而奥什市内却偏偏很容易碰到交警。在公车站台的商店里,雷宾从头戴绣花小圆帽的售货员那里买了一瓶日古廖夫斯基啤酒,里面还有沉淀物,酸臭的像(假设)骡子排泄物。这所谓的"啤酒"名副其实地侮辱了上帝保护的禁制世界,包括"保护区"一词。人们跟这个世界毫无关联,不断制造劣等食品。这让雷宾懂得,存在的公式是如此简单而普遍:上帝创造完美世界,而人们尽可能地侮辱、破坏,把它摧毁。

雷宾坐着破烂不堪的公交车,跟戴着头巾的妇女和戴绣花小圆礼拜帽的男人们挤在一起回宾馆,他心里恨透了不让他喝上好啤酒的人。在那个遥远的年代，他对厕纸完全没有概念。

的确，自由和民主是在恐惧结束时，狂怒和嘲笑开始时才开始的。只不过狂怒和嘲笑本身不具建设性，不能使附近世界的毁灭停止。也许相反，扮演着所谓智能的加速毁灭的壁画上的饰物。上帝复活了，用死亡来纠正死亡，邪恶来践踏邪恶，革命仅仅承诺了复活。旧的邪恶与现世的新生邪恶融合，新生邪恶与更新的结合。历史上，可能这是可以接受的，可是对于有限的、人类没深入人心的美德理性而言，这就是过于强大的考验了。笼统地讲，还因难以实现的承诺，滚烫的理性失去了实际方向。蜂群失去了空间方向感，不知飞向何处。邪恶的内部没有生命。关于这点，那些偶然幸存下来的集中营的人们完全可以轻易地告诉全世界，他们中的许多人，因某种原因，在和平年代也选择自杀，因为原来集中营的噩梦挥之不去。然而，对这个浅显道理的理解总是被人们接受得太迟，直到邪恶已经成为了唯一掌控生命的力量，唯一的生活规则。有时候，邪恶披着变成管理体制的意识形态的外衣，有时候是编程为意识形态的管理体制的外形。

然而，上帝不顾一切地爱护人类，甚至不顾人类自身。因此，在时空中，人们热切想要的都实现了，他们跟他们非常憎恶的一切都毁了。人们嘲笑全面的物资短缺，嘲笑构成那个年代生活的外在。而内在，为了它，老百姓推翻了沙皇统治，闹起了革命，生活的一面变得无主接管，众所周知，一切无主的东西最终就会消失或者是获得新的主人。于是，那些嘲笑人的人都消失了。

苏联给自己的公民提供了许多东西。然而，公民不再对这一做法满意，突然开始要求任何国家，任何时候，也没给过任何公民的东西。

何时、何地、哪国是在规则、伦理和权利的基础上建立的？

人类的历史并不知晓这样的国家。人们怀着无可争辩真理的隐蔽知识出生、过活、死亡。革命不是出现在"上层不行，下层不愿"的时候，而是出现了关于国家的真相，当国家可能并且应该仅仅是这样——用铁手指戳拱嘴，不得不从大众的意识蒸发掉，或是变成人民意识接受不了的东西。当视角变换的时候，人就可以看着狗，可是竟然不懂，因为自身的属性它能叫、能嚎、会看家、会咬人，有时还可以把拖鞋叼过来，在马戏团表演个数数，但是无论如何它不会种花、不会吹笛子、不会用对数尺，不能为保护政治犯的权益出席委员会。可是谁会继续坚持，狗就是狗，仅此而已……

原来只要把几个无可争辩的真理，从群众的意识中夺取便可：国家即是必然的不公正；国家的主要任务在于建立秩序，并维护秩序；国家的实质用那个西班牙独裁者弗兰科将军绝妙的话说就是：朋友们可以给予一切，敌人就要付诸法律。跟这个事斗下去是可以的，但的确毫无意义；政权的残酷性把国家团结起来，让公民遵纪守法，迫使他们做善事，其标准也是政权制定的。如果政府偷东西，比如俄罗斯这样，那大家就都偷。如果政府枪毙受贿的，那么腐败就不复存在了。

只有这样，才可以获得公正对待。可是，准备走这条路的公民并不多，用类似的战胜类似的。因此，对于他们来说，对于社会来说，整体上存在永恒的诱惑，即一下子扫除政府并且制定公平制度。这正是大众所爱，这个正是他们准备好在这里像历史的创造者般来展现自己。

从古时起，人们就最快习惯，并且最了解恐惧。它是万能导师，可以把无用的人变成爱劳动的优秀人才，来建金字塔、耕地、排干沼泽，满头大汗地为自己的主人弄食物，如果还剩下的话，也给自己留点。

其实，以前有神仙，是想让人们畏惧他们，并且为他们献牲。异教神明越是不喜欢人类，人们却越是爱他们。然而，后来出现了新神，他不仅不要人们供奉，而且还为博爱及人类的背叛把自己贡献了出来，接受了痛苦的死亡。从那时起，人类文明体系中的某个东西就搞坏了。对人类的博爱定期地抑制住了恐惧。革命的面团伴着爱的酵母膨胀了起来，后来这个面团烤制出了馅饼，而吃了它们的人，也绝不是那些嘴上说为了他们闹革命的人。

按照弗洛伊德的说法，禁忌解除，即消除恐惧和爱情缺失彻底毁了苏联这个图腾。

从那些记得1917革命的人开始，苏联的每一代公民就给自己印上了烙印，以及对国家无休止怨气的烙印。国家宣称自己就是一切，一切都由它来做主，可是却没有兑现自己的承诺。它在模仿人民，先是模仿人民在各民族中的兽性，再就是他们活在对不用劳动，不用果敢与刚毅就能得到的好生活的期望中。

苏联后期，造起了军用机械，这东西直到时代的结束，都能保护苏联不受外部威胁侵害，可是却没造出管理人民的机器。确切的是，没有意愿或者没想按时把它更新换代，而是武装起来抵抗电脑和复印设备。也许，有这个意愿，也想来着，然而这个任务却被嗅到另一种装点门面的西方生活的执行者忽视了。

恶劣的自然选择拉上去的不是最好的，而是最差的，不是有思想的，而是平庸之辈。统治者的老龄化和执行者的背叛，毁了这个现在所谓的另类文明社会。没有一个捍卫者准备为它牺牲。谁都不愿为捍卫它而牺牲。国家存在的最后几天，一个英雄都没剩下，也就是说它已经活到时候了。

社会曾处于延续垮台状况中。

后苏联社会，要是这个词恰当的话，它的捍卫者还真不少，他们可以付出生命，不过不是为苏联，而是为了他们在这个时期赚到的钱。这个社会到死都与金钱绑在一起，假使可以用钱买点什么的话，它在价格中成长；假使金钱贬值了，变成了灰尘，那么社会就一文不值，失去意义了。

雷宾明显地观察到，聪明严谨的人们如何极巧妙地拥护现行的政府，却不去考虑之前的政府。

的确，雷宾自己干的也正是这个，以前的时代是不受待见的，现在这个时代，他哪怕是消极点，毫无激情，但是却服务于新政府，议会正是它的包装，侵吞了不少国有资金。

雷宾无论是对自己还是对所有都没抱有幻想（但也没后悔）。这两者的结合，简直就是极其恬不知耻。嗯，后苏联毁了苏联的物质基础，任人民四处游走，除了关于钱，扼杀了一切想法。可是，甚至这种政府都没能改变自己的基因编码。无论政府怎么来的，可是，它依然还是政府。法律很严苛，可它依旧是法律，古代罗马人如是说。它依旧是政府，俄罗斯公民也可以如是说。于是，他们这么说了……

雷宾（威尔逊·斯密特）是这个机器的小螺丝。他用有争议的论点说服自己，假如政府要依靠群众的热切梦想，那么除了电视辩论、集会和举标语牌子游行外，什么长期稳定的生活都得不到。如果依靠群众（你今天就死去，而我明天也会死去，人和人之间是朋友、是同志、是狼等）冷冷的实用主义，那么就一定会得到完全舒适的，就算是对于少数人来说，拜金的暂时的文明。

文明在旺盛的热油气中破壳而出，穿过那无所作为且破碎的蛋壳，就像雏鸡在孵化器中一般。这种文明社会，瞬间被重新定义为所谓的民族利益和长期国家目标，把它们拴在了油气管线上，运送森林和自然资源的火车道线上。肆意的自然资源买卖可以比作是卖身。

雷宾还很熟知一条权利机器的行动准则。上层运行的是对问题整个理解的正确冲动。然而，那些应该把这些冲动改编成大众能理解的说辞和行动的人，却有着通常较之政府和民众代表，完全另类的心理活动。谁都不知道为啥是这样，但是任何时期，任何政权的说辞和行动都是由变态和道德败类带入生活中的。当人面，他们说的都是正能量，可是内心跟那些明着、暗着、刊物上（如果这样就是民主的伪装的话）诬蔑政权的人一样，因不明显遵照"集体潜意识"而内心深处憎恨政权，这种潜意识要是不是永恒的，那么就常常暗示着合理的决定，特别是巩固政权的方面。

现在的俄罗斯，他们做得不错。

苏联时期，因为啤酒难喝，厕纸短缺。

现在的俄罗斯，很多百姓，包括退休人员在内，所有人交完了房费和水、电、物业费，连买个盐和火柴的钱都不剩，可是谁都没诅咒现行的政府。

尽管，雷宾并没有怀疑过，苏联时代人们活得很充实。相对于现在很多不履行债务和金融危机的事情而言，当时就是开除党籍、把党员证没收了。而现在，是一次就把你的钱都没收了（通过通胀贬值手段），就是说把所有公民都变成了穷光蛋，当然那些策划实施这些不履行债务和金融危机事实的人除外了。

雷宾不能给出标准答案，那么到底在苏联的生活中，什么对他来说是主要的，到底这一切又有什么隐晦的含义呢？

难道偷偷在口袋里做让对方不能得逞的手势（拇指夹在食指和中

指间）？

这个手势也是游戏规则之一。国家不去注意公民藏在口袋里的手。主要是让这些手该咋样就咋样，在党会和其他各大会议上投个票，至于他们在不见天日的口袋里做了什么，这个手势做给谁看，或是别的什么，国家并没有太过关心。

雷宾迫切认为，肯定存在某个东西，而且这个存在或是东西是另一种性质，较之雷宾现在自己生活中拥有的东西而言。也许，雷宾梦想写出完美的作品，搞出任意一种发明，而上帝存于真理之中，而非权利之中。又或许，他根本没想要类似的东西，而是要平静地生活，排队买车，休闲读书，不去思考明天他那沉静的顺遂会盖上个铜盆。苏联时，勺子和叉子，以至于这些铜盆上，压印上的价格几十年都没变过，况且当时的政权也打算一直执政下去来着，这也是完全有可能的事情。

然而，这些不满社会主义的少数人，在最终的市场经济中也什么都不满足！被风吹入小说《1984》里胜利大楼的单元门的社会主义的颗粒尘埃，在自由与民主的咆哮声中，磨成了看不见的市场的尘埃，落在了金融寡头、匪盗和其他坏蛋的靴子里。

苏联未完成的事业，对雷宾来说，更原始，说来也怪，比现在实现了的或是没实现的并不重要的俄罗斯的事业都要人性化，更有人味儿。

苏联没有实现的理想，不是用金钱衡量的。雷宾，而且也不仅仅是雷宾，还有很多人在上世纪80年代末觉得，如果把微薄的私有财产嫁接在计划经济的大石头树上，对刊物检查稍微放开些，不要都按照国标来制衣和烤面包，而是按照个人口味和时尚潮流，开放出境的话，那该多好呀。

可是这并没有发生。而现在呢？

一切都实现了，但却跟以往的理想没有任何关系。何况，这些理想本身在新俄罗斯生活中，是以绝对不可能的方式产生的。啥都不能，什么情况都不能改善或是哪怕仅仅是改变，因为想脱离国家和社会，今后好好过活的人太多。他们这些人跟国家和平共处，可是感觉仅仅是跟那点钱相处，那点能让活在贫困中的百姓服从的金钱，因为，理论上人民能暴动的。市场经济的尘埃不应该扬起尘柱。

对他生活过的、却没崛起的苏联这个国家深思的事情越多，雷宾心中越发浮现出一个念头，好像发生了某种更迭。那些注定失败的东西竟然胜利了。而注定胜利的东西却被精巧地拆分，并通过凌辱处以强制的忘却。无论如何，雷宾认为苏联都比基督耶稣要幸运得多。只不过是没有人保护苏联而已，可是耶稣不但没有人保护，而且还让他受难，把他钉在十字架上。可是这就是牵强的慰藉，而且去把耶稣基督与四分五裂的苏联去比较，很奇怪。

雷宾想，苏联不可能像基督一样也会复活吧，还要活在人们的意识当中，就像现在基督存活在人们脑袋里一样？暂且，事态就发展到印着苏联"CCCP"字样的T恤衫就打住了。可是谁都可以穿这样的小衫，什么要饭的、大学生、富翁呀，这就意味着，消失的国度苏联的魅影惊扰到了人们的心灵。

世界图景是那么的模糊、混乱。就像是好几个画家，同时在一幅油布上做着不同的风景。雷宾没有艳羡当今的管理者、人民的领袖。他们都把人民领向何方？

确是无处可去。

未来的脚本，就像引导事态发展的意愿一般，完全看不清楚。

你把人类分成有钱人和为其服务的平民正是问题所在，别忘了当今欧洲各大城市正在实行种族平等。今天，黑人朋友和穆斯林妇女可以自由在巴黎和伦敦街头行走。

延续人类生命的科学长进也不大。克隆出来的东西，包括那只著名的叫多莉的绵羊，277只中唯一存活下来的一只，也没在世上待多久。克隆的人类器官总是用不了多久。大自然总是毫无规律地反抗人们反自然的长寿和返老还童的企图。器官移植，羊睾丸移植到男性身体，猴卵巢移植到女性身体等。目前，就算是玩笑吧，但一定在自然界的武器库中藏着很厉害的放射性武器，能够跟这种奇怪的痴心妄想战斗下去。

全民幸福的社会、太阳之城的想法，过去是、将来也会是乌托邦，而且每次都是把人们沉在血泊中，而非水中。

宇宙空间开发，把人起死回生（菲德罗夫）的前景，很大程度落后于环境和人类本身的退化速度。也只有无可救药的唯心论者，才能坚持一定要复活那些人，他们从人类的历史中什么也没有学到。因此，想让复活成功根本就不可能。

天启是一切有可能实现的事情中最现实的情况了。就像在地图上，在书上，在电影里一般，全人类就没猜想到世界末日的样子？小行星撞地球；全球气温升高导致的洪水；不可战胜的死亡病毒；核战争；残暴的外星人？

罪恶的负担把人类文明带向末日，而末日本身在人们心中引起渐行渐远的恐惧与反抗。总之，他们跟末日达成了和平相处的协议，尽管，压根儿就没着急过。

因内部问题和矛盾喷火的基督世界，确切的是后基督时代，像曾几何时的罗马，开始进行边境防御战。可是，战事从最开始就输掉了，因为在西方世界的警察局干活的是其他种族的人……大街小巷的巨大宣传板上病态表现很明显。在一个欧洲城市，雷宾亲眼看到了一根柱子，它是比萨斜塔那样无力倾斜的形状。而另一面，玻璃的建筑稍微地分开两瓣。国家是任何社会存在的基础，但是它不是一成不变的重要。人的生活也不是这个样子的。

只有财物和金钱。

然而，新世界又可以用什么来保障财源滚滚呢？家用的、信息的以及其他科技超出了一般人类智力范围。电脑、通信器材、手机、厨房设备的自带功能人们使用最多不过一成，其他没用的功能都是多余的。投入各种设备研发中的大量资金并没有带来利润，因为，买家也不情愿购买这些各种无用功能的新设备。

金钱是一切东西的度量衡，它变成了剪裁好的纸片，变成了通讯时代散播的数字风暴。脱离了高科技虚拟的钩子以后，暴风散落成了现实中的资产，变成了可以用双手触摸到的东西。可是黄金、白银、石油、森林、煤炭、铜、黑麦、小麦、锡、硝酸盐、田野和河流，在地球上实在是太少了，同时钱却很多。因此，一切都在涨价，就好像世界末日临近一样。

很多理智的人懂得这个道理，因此而渴望享受喜悦。喜悦感逐渐弱化，甚至是要从地表消失的基督文明目前仅能提供的东西了。只有信仰、斗争和奉献这些事儿，没有人愿意去享受。尽管这三个"姐妹"能够拯救人类文明，但是，它们对自己的第四个妹妹实在是太冷酷无情了，她就是那个掌管世界的享受。

雷宾明显感到，人类文明凝结的黄昏跟他个人岁月不饶人的黄昏融合在了一起。衰弱的躯体，痛苦不堪的内心，疲惫的思想，他还在尝试去抓住最后富足的残光，尝试在快要燃尽的夜晚的余热中取暖。可这就是虚拟的甘露和温热。雷宾像匹诺曹的爸爸卡罗在潮湿的小屋画出的壁炉旁一样在取暖一般，也许油布后面隐藏了通往神奇幸福国度的大门。可是雷宾的日子过得越快，他就越发明白对于他和多数像他一样经历的人来说，油布后面的门就是通往白痴国度的大门。生，他们是这个国度里的公民，死，也要永远留在这里。当然，如果"永远"这个词可以跟死亡一次搭配的话。尽管，为啥不能搭配呀？世上就没有什么比死亡更永恒，更长久的了。

是的，俄罗斯这个国家，就是雷宾为之服务的国度，起初就把他所有的一切剥夺了，包括这些非物质范畴的。比如说，生活的意义和社会地位。可是后来，转型了以后，开始着手恢复和巩固，补偿给雷宾和所有对这一进程有益的却失去生活意义的人们以金钱。

可是金钱不能代替生活的意义，无论是对个人，还是对一个国家来说。对金钱的贪欲拴住的人失去了个性和上天赋予的能力（假如有这个能力的话），同时把生命换成了数字。让一切根基用金钱奠定的国家在外务和内政中向前进，对于它完全不要抱着期望，无论是公民，还是它的盟友都指望不上它。一切根基用金钱奠定是指，除了金钱本身，会背叛一切。政权正是这样来管理国家的。正是这样的"权力等级制度"，从一分钱到上亿卢布，站站必停或是加速行进，这一制度就是一切的根基。

雷宾心里想象，他双脚一蹬跳离了1991年12月，苏联垮台的时候，以前的生活化为乌有。他穿过往昔的黏滞的水往水面游去，为了在那个时间和空间点浮出水面，正好是他现在所处的地方。他摆动着双脚浮出水面，穿过集会的怒号、贫民、Royal牌倒胃口的酒、通货膨胀、美元的大波动、意外的收入和损失、费解的成就和挫折，还有离别：先是跟爱人，再来是跟不爱的人，经常性的跳槽。穿过在他们手里钱生钱的人群浮出水面，又穿过那些金钱在他们手里抽条、发霉并且消失得无影无踪的人。第一批人

邮 鱼

最先策划了实现不了的项目，类似"我想做出世界上最棒的杂志！"允诺了金山，然后却消失了，留下的只是未付的房租，拖欠的工资，没售出去的全球最棒的杂志。第二批人与第一批人正好相反，如果说第一批人失去了，后来弄明白了，才有获得，那么第二批人失去了一切他们曾拥有的，甚至更多，变卖了自己房产来投入到金融金字塔里，就可以获得远在其他州、市根本看不到的土地，或者是集体产权的西班牙不动产，承诺说的是足够供养他们下半辈子了。

这一切都能比做分子，所谓的风中摇摆的，由回忆、怨恨、失望、同样的梦境、任性、幻想、论断、错过的利益及坏话招的祸端等构成的上层建筑。

分母，基线，及打掉分子傲气的，棒打出头鸟的，把鱼弄上天的，把小数归零，甚至是把小数赶进深深的负数，都是一个符号，大家都懂的真理，因此，在任何人类社会都不需要多解释，包括军营和精神病院。

新俄罗斯的分母就是，用橡皮筋捆着的厚厚的或者薄薄的一沓一百美元的钞票，它现在已经大大失去了价值，可是大家都为之发疯，像曾几何时为卢布发疯一样。然而，该疯的疯，该开始抓钱也得抓钱。不顾指向它的诅咒，美元暂时在全球还是主宰，同时，俄罗斯卢布，尽管有很多关于它多强大的天方夜谭，但是还是会随时"变身"，就像以往一样，无望而至。

皮筋捆着的钱沓子，不能存到银行，怕身边的卢布或远处的美元崩盘而消失。像基杰什城一样，延续的现下消失了，像赤热的柏油路上的水洼一般，延续的未来蒸发了。一捆钱里面烧掉了放逐生命的人类时间和国家的资源财富，国家计划和民族项目，像小儿麻痹的脚一样干瘪。

雷宾想，也许真理正是在于生命终将结束，而钱沓子还会藏在床垫子下，像从没用过的开启通往幸福的神奇国度，即傻瓜国度的钥匙？

雷宾缓了口气道，完了，一切我赖以生存的，整个世界跟着我自己的美金钱沓子都烧没了。而且，不只是烧没了，而是要革命般地、隆重地烧尽，像烧着的总是没落社会的根基。

转瞬间，雷宾的想法沿着轧出的道路轻易地流露出来——如何把床垫下藏着延续的现实填满，在哪里赚钱呢？

这就是深渊，世界掉进去的深渊。

现阶段，俄罗斯经受了漫长的政权交替时期，确切地说，是政权中人物的替换。许多人都想上台执政，因此，就对不确定性很感兴趣，因为不确定就有机可乘。从不确定性通往政权的道路是通过选举铺垫的。俄罗斯的政权越强，国家的各种选举就越少，政权越弱，选举就越多。

雷宾在"菌菇镜"中给选举团队下了定义，就像三位一体一般：道德标准、技术、星空。每个党派，每个候选人都妄图推出自己的道德标准。可是大家早就不相信这一涅克拉索夫式的社会抒情诗了。一切都是计票技术决定的，可是它一般不会出事故，当然，之前没有打算让它出事故的话。星空也起到了一定的作用，可是也就是经济的组成部分。去了另一个世界的先辈们被复活了，不是按照费奥多罗夫在宇宙中无限的生命方式，而是像推举总统候选人的签名者一样，或是选举当天出现在竞选场地来完成宪法义务的公民。雷宾亲眼看见了捐款签名单上的地址：瓦甘科夫公墓胡同和新圣女修道院胡同。虽说，当然了，星空曾有过更诗情画意的维度，即节目中承诺的发展国内航天事业，承诺第一个登上火星的会是俄罗斯公民，而且是实实在在活生生的，而不是死灰复燃的"费奥多罗夫派"。

雷宾看过一些政治学的书籍，写书的都是些爱钱的坏蛋，他们针对的读者群都是些时刻准备好为政治生涯行窃的官员和商人，虽说行窃这一修饰语对于商人来说并不适用。"已形成的民族刻板印象，关键的原型，群众意识的痛点，团体焦点，神经语言编程"等术语竟是些屁话、胡话，用来洗脑。为了让老百姓顺从地给唯一的候选人投票，首先，就得让他处于显赫的职位，好像取得了无法想象的成就，借助预算资金轻而易举地解决事物；其次，无止境地在电视里播放他，为了让他存在的事实本身变成永恒的无止境的新闻；最后，保障正确的票数统计。

最后这条很关键，因此，在前两点上就可以不用太着急不安。人家在显赫的位置上啥都没干过，可是他的嘴脸却在各大电台都亮了，他伟大的事业在各大银屏上也都有报道。

1996年总统选举之后问题来了：谁会在后来的选举中胜出？已经在俄

邮 鱼

罗斯没有实际意义了。该谁胜出就是谁。然而，必须要按照民主程序来进行。难道能不按照这个程序吗？！要知道钱都是存在那些用民主作为衡量一切标准的国家银行里的。不定时地孕育出模糊不清的杰穆尼罗沃，那个最不确定性，当中的浮游生物队伍不断壮大，可是却也有可能隐藏着利齿的水生蜥蜴。推举候选人，收集签名，各区的党的幕后活动，制定纲要，党派领导和总统候选人在群众面前过场，这一切都促使财物提前就从一些人的腰包落入另一些人的腰包。

雷宾（他的姓氏姑且不论）是官阶卑微的浮游生物中的一员，当国家里关键职务那些人焦虑了，大清早上仔细地浏览着报章，搞明白了谁把谁因为什么怎么就挺了或者灭了，选举前后的政权交接期就具有重大意义了。在谣言、恐惧的期待、无法实现的预测、希望及失望的浑水中捕到了一条金鱼，有效地解决了问题，最重要的是赚到了钱。浮游生物肥了。一些高官想要让人好好写关于他们的报道，于是就相应的得为这个花些钱。另一些高官想要让人把自己的对手往坏了写，于是也得为此花钱。在当代俄罗斯，不花钱就给雷宾报道的是哪里着火了，哪里发生灾害了，什么变态出没，性病滋生以及不正常的气候。

"我们都仿效拿破仑，那些两脚的生灵成千上万……"他回忆起普希金写的一行绝妙的诗句。雷宾也在用它能理解的"奥斯特里茨"战役追忆拿破仑时代：在新生命中找寻自己的路，在阴谋与金钱的世界踏出一条自己卑微的小路。

融入到围绕着政权的浮游生物中的同时，他想的是关于孤单，就是关于每个有思想的人的命运。想法总是把人带向孤独，因为它也证明世界的不完美。孤独是一堵墙，它保护隐士，如躲避野兽般，躲避这种不完美。想法以外剩下的世界就是戏班子、马戏团、猴子王国，这些地方待不了多久，可是却离不开，因为别的世界也根本没有。其实有，但是不应该急着赶去那里。

"菌菇镜"就像是骄傲起来的雷宾认为的那样，是多功能仪器，完美地融合了各种功能。望远镜、显微镜、扫描仪、X光仪、多功能监护仪、听诊器和其他一切的人类已知和未知的仪器。在"菌菇镜"菌菇镜里，首先可以看见生命的最初形态、原样。其次，可以找到其血肉脉络、钢筋铁骨、神经纤维血管网络的机体中不可逆转的变化起点。"菌菇镜"这一改变世界的实践参考物，它神奇的质朴就在于雷宾发现的"世界平衡"法则。

"在没有法律和法律外的世界里可以为所欲为！"这就是这个法规大概的样子。"一物降一物！"大概也可以用大家都能理解的词藻去解读它。

如果说任何选举的结果都是提前设定的，那唱票那天就完全可以变成未知的一天，即革命的开端。革命轻松自然地充满形成于顺利的"选举胜利"行动之后的政权之中的力量真空。

"在神威降临的时刻，政权要比一切都脆弱，这就是'菌菇镜'训诫其中一条所说的，而且，这就是所说的最后清点的日子。"

直到今天，俄罗斯政权都在被它的软弱救赎，这种软弱几乎是国内唯一能弄到钱的方法。突然想让政府变得诚实、公正，而且没钱，它就会立即倒掉。幻想一切都被握住了，一切都在掌控之中，而那些抓不住的、掌控不了的都是可以赎的，这就能毁掉现在的俄罗斯政府。还是看"菌菇镜"里就会看到第二个重要的点所在，即一去不复返。

"你们认为选举的百分百结果就是结果吗？"雷宾嘲笑那些看不见的、不存在的交谈者道，因为没有人打算跟他辩论这个题目，"而我坚信这是让人厌恶的某种幽灵！只要某个特警打了任何小姑娘的脸，某人再把它拍下来传到网上，就好像完全没有选择，那里'老百姓给予了空前的信任'，政府的候选人得到了百分之百支持，而人民总是能找到任何借口去拉仇恨，任何的事件，从最爱的足球队战败，到火车站附近乞丐的偶然猝死。这种酵母的效果从来不会减弱。谁怎么样赢得了选举并不重要，"雷宾继续交谈下去，确切的是，自言自语跟不存在的对话者交谈，"重要的是轻易把选票变成公民大型集会演出的理由，就像变成了保护结果，甚至哪怕结果不明显还遭到抗议，哪怕是没有原因的。借口随时可以找到！"

如果说阿基米德说过，"给我一个支点，我就能撬动整个地球，"雷宾则说了："给我一个目标，我就能找到方法达成它，当然你们要给我足够的钱。""菌菇镜"计划赢的人，他会认为最终目标是一切，而金钱只是浮云！对于这些人来说，达成预设的目的代表着获得的不是钱而是印钱

邮 鱼

的机器。

"菌菇镜"对于上帝来说，就是恢复被踩躏的正义，摧毁那些想要代替上帝行动的人类计划的最后机会。这要是借助其他技术做成的话也完全没关系。雷宾早就弄明白了，上帝的行动是在人类意志相碰撞，思想与智慧相抗衡中稳固下来的。有些时候，他甚至可以梦见，上帝从一望无际的远方通过"菌菇镜"的望远镜筒看着地球。

望远镜筒很大，就像输气管道的一部分，筒又潮湿，又粗糙，就像清晨菌菇的茎，因为四散的孢子整个都雾蒙蒙的。它向狙击手的瞄准器样式给包裹上，像是用虚假的超越自身时间的思想的粗麻布片子。像是涂上了对底层蠕动的人民的爱的耐火材料一般。

"可是难道可以去爱护啃噬苹果的蠕虫吗？"雷宾想到。按逻辑看是不行的，绝对不可以去爱，主动摧毁上帝赋予其生存环境而又借此来侮辱上帝之人。可是在"菌菇镜"中，结果是绝对可以的，而且竟然是高等的爱，只有它才允许人们横行无忌地毁灭地球，消灭生物、森林和河流，因为不然的话，地球就会像受伤的野猪一般，早就把肆虐自己的人撕烂了。

雷宾只要一接近工作单位，内心就充斥着惊慌与忧愁。这个俄罗斯议会所处的多层建筑，它通过宽阔的地下走廊与红普列斯尼亚河堤上的政府大楼相连。

议会大楼附近有个破烂公园。今年秋天来得晚些，树上的叶子坚挺得像是粘上的一般，而且几乎没变黄。公园里，终于在长期的磋商后，种上了改良的新树，看上去又像椴树又像栗子树，可是两种都不是。听说这些没见过的树，感觉自己像水中的鱼一样沉浸在充斥汽油的空气中。它们的叶子只到了十二月才会掉。在公园的一个角落，看来是用建议会大楼剩下的材料，立着一个画满星星的蓝色圆顶翻新的教堂。透过变种树看圆顶，就像凝结了眼泪的眼睛一般。上面金色的十字架与早秋的阳光交锋，就像与转来转去的钱财交锋一般。这些十字架就像活在自己愉快的生活中一般，忘记了上帝创世主设定在木头十字架上的那种死亡。

在桥上，在河堤上，新阿尔巴特大街上和库图佐夫大街上到处爬行着无尽的，各色长着大火鳞片的铁蛇般的车队。莫斯科已经因乞丐头上的虱子般的汽车而超负荷。虱子开始侵占沥青脑袋,脑袋上仅剩的头发都被拢到一起,这里头发是指草丛、树林和其他的绿色植被。院子里和人行道上因为到处紧挨的汽车而无处行走。

在议会大楼的大厅里,人们安放了一张相框遗照,柱子旁的小桌上已经堆满了鲜花。雷宾苦闷地叹口气走近照片道:"我们迟早都要去那里的。"在这个大约 2500 人的两院联合机构,每个月都有一两个人去世。也许死得更多,但并非所有人都有立遗照的殊荣,只有领导们可以。

"帕维尔·茨维列夫不幸于公出时遇难,"雷宾边念边看着他眯缝着眼睛、圆圆的、厚道的脸。这张帕维尔·茨维列夫的照片应该是在去度假时候拍的,炎热的太阳下他还待在海滩上。他当时穿着皱巴巴的针织衬衫,而且看上去那么那么幸福,最不能联想到的就是死亡。

雷宾认识这个人。

"您好,彼得,"他突然听到背后有人说:"我们可以谈谈吗?"

原来是维拉·茨维列娃,帕维尔他媳妇,雷宾也认识这个女人。此时此刻,维拉站得并不稳当,浑身散发着酒气。

"咱们两家还有什么不能说的,"雷宾,:"请节哀!"

"我本姓鲍勃洛娃(俄语中这一姓氏有"海狸"的意思)。"女人莫名不安地说道。她肯定想从雷宾那里得到某种回应,看着他,像是小妹妹看着大哥哥一般,就好像他知道该怎么办。他要马上抓住她的手,带着她去任何地方,一切都会好起来的。

"那还能咋样,"雷宾回答道,"海狸也是动物。走,咱们去我办公室一起悼念一下帕维尔。"

"可是别忘了,海狸生活在干净的水中,食鱼为生,而且受不了酒精。可是我早就改姓了。"她微笑道。

"吃鱼,"雷宾重复道,"就是说,你来了,准确地说,你沿着干净的水游到了我浸透酒精的心灵。"

邮鱼

4

　　议会大楼是个筒式的塔楼，外形可以根据观察者的想象力变化，像一根巨大的蓝色黄瓜，又或是男人的……大楼代表着新时代的风尚。从某时起，俄罗斯就开始流行塔楼了。世界上最高的塔命名为"伊利亚·穆罗梅茨"，它矗立在莫斯科河岸边。它的周围如高矮不一的围栏一般分布着小一些的塔楼，其中的一个称为"多勃雷尼亚·尼基季奇"，另一座自然就叫"阿廖沙·波波维奇"。

　　夜里，塔楼都亮了起来，各式霓虹广告闪烁，把史诗中的勇士变成了向城市喷火的三头龙格雷尼奇。这个项目的设计师来自印度尼西亚，名字叫不上来。他确信这一塔楼区域，无论如何都不会破坏莫斯科的架空线路，因为莫斯科也没有架空线路。他认为莫斯科是无性城市。只有天使才被当作无性的存在。莫斯科的无性是另一种感觉，绝不是天使那般。

　　印尼设计师认为塔楼仅仅就是一种尝试把虚无的莫斯科地平线描成玻璃一样透明的状态，赋予不清楚的斯拉夫天性以文艺形式及动感方向。

　　按办公大楼面积，以及这些办公室高昂的价格，莫斯科成为"塔楼之都""堕落天使窝"，杂志上都是这么写的，它位居全球榜首。总之，这个成绩莫斯科就可以称为"杂志之都"，它们如色彩斑斓的蝴蝶，从印刷厂和沉溺在很少被收件人打开的信封中飞出去。

　　议会大楼内部的电梯都是从塔楼的边缘两个半圆的大厅始发的。人们坐着这些玻璃胶囊升上顶层，像坐在热气球的吊篮中一般，又像乘坐深潜器一般再降下来。

　　等电梯的时候，雷宾想起来了，维拉可是社会心理学专业毕业的。

　　"为什么莫斯科这么多塔楼？"在电梯里他问道，边看着下面迅速变得像昆虫般大小的人们。穿着西装的男性那么像蚂蚁，穿裙装的女性就是蝴蝶、毛虫，但更多的都是黄蜂。

　　"塔楼就是一部分人实物化成建筑物的愿望，他们想要脱离别的人。"维拉迅速地回答道，就好像已经知道要问这个问题似的，"如果说城市中有很多塔楼，即意味着城市中社会层级超出了一切想象得到的界限。这正是社会建筑学公理。一段时间，人们沮丧地看着塔楼，像看着教堂一般。后来他们在其意识当中变成了邪恶与不公平的化身。世上所有塔楼的命运就是要被毁掉的。"

"正是因此，我那天晚上喜欢上了她，"雷宾想道，"思维的速度超越时间的速度。当开快车的时候，你根本不会想到开的是什么车。"

"可是，如果这些塔楼，像翻过来的互通的管道，要在地下面与城市相互交织，"雷宾反对道，仅仅是为了吱个声，"一般都认为，统一就能拯救我们的文明社会，可是塔楼将趋势打破，确保一致统一中还有个别的存在。"

"地下、天空和其他的交织连接能够使事态减缓，可是不能改变它的进程，"维拉耸了耸肩道，"你本身想跟谁在一致统一中独处？"

"跟你，"雷宾突然说到，"而且，我觉得好像已经有一次对你说过同样的话。"

"我咋回答的你？"维拉问道。

"你提议干一杯，为了这严谨的规律世界有时也会偶然赢得的幸运彩票。"雷宾答道。

"我的不幸，"维拉叹息道，"我太常提议为某些不可想象之事跟男人干杯了。"也许出于害羞，她看了看雷宾的眼睛道，"他们认为我是贱人。"

"恐怕，我当时并没有善用这张幸运彩票……"雷宾用狡黠的目光打量着她疲倦的、毫无妆容的脸颊道。

"现在还有什么意义？"维拉会心地一笑道。

"我像是苏联时期有轨电车里的售票员，可以任意给你撕多少张票。可是，这个问题并不在我们今天议程之内，不是吗？"

"确实不在议程，"雷宾笑道，"但是，可以马上提上议程。"

"按理说，它在议程，看不见，但是确实在其中。"维拉反对道。

"你对男人太善良了。区别于女性，男人过了四十岁，在情爱方面总是处于惰性。"也许是雷宾觉得，也许是她的眼神直接扫向他的裤门，终究，考虑到是丧葬时期，那里面一直保持少有的惰性。"我们的想法在同一条路上前行，"雷宾抱着维拉的肩膀同情道："快跟我说说，怎么了，我来想想要怎么办。"

"只不过它们的鞋并不一。"维拉说道。

"啥鞋？谁的鞋？"雷宾没搞明白道。

"想法的鞋，一起在同一条路上前行的鞋。你的想法当前穿着鞋，而我的却光着脚。因此，我想法的双脚被砍断，血肉模糊，但这不重要。"维拉叹息道。

"那，啥重要？"雷宾确认道。

"我不喜欢这条路。"

"那就最好别急，"雷宾耸了耸肩道，"最好是回来。"

"难道还可以吗？"维拉满怀希望地问道，"我认为这条路是单程的……"雷宾感受到她如何攥紧了他的手指头。

她的手那么干，那么热，那么粗糙，就像刚从暖气上拿下来的毛袜子。好像这个女人从不畏惧任何家务一般。就如突如其来的亲近一般，的确不被列入家务当中。

"一次并不算。"好像，维拉对他说道。

"当然了，"雷宾赞同道，"这也死不了。"

"要是死的话，也是假死，还能活过来。"她清楚地说道。

电梯到了。

维拉把雷宾的手指松开。

他们踏上26层大厅又白又滑的地砖。在大楼装修的时候，照例缩了水，所以铺了便宜的地砖。那些拿着文件夹、穿高跟鞋的议会职业女性，像是狍子和羚羊在冰上打滑一般，急匆匆在地砖上滑过去。

文件夹可以比作是血液，在议会的血管里奔流。一些机构的革新者，曾尝试把纸质的血液替换成看不见的电脑血液。他们制定了电子文件转运的复杂图示，用电子签名和网络报告来吓唬老百姓。可是事情发展得很慢。纸本和深埋在目录堆里的东西，与电脑文本文件夹的区别就在于，它是官僚主义的证据，这个证据时刻都能被提供。因为不对的纸，人们会受到惩罚，对的纸，会受到鼓励。当然，也有相反的情况。公务文件也可以充当彩票，"星途"彩票，跟其他票券功能一样。捕捉不住的电子血液与"纸本的"俄罗斯官员的意识一起处于明显的矛盾之中。可是，早晚数字文档要取代纸本的，正如当时电脑取代了打字机，而公文处理的打字机与书法笔记的冲突。

雷宾心想，这一天刚开始就很糟糕。同事的死，他妻子的出现，电梯里没什么内容的对话，这些都是模棱两可的事。像是早期玛雅科夫斯基写的《平日的地图》，雷宾每天都按照它来铺垫自己的路。世界失去了习以为常的回路，在这点上，与早期玛雅科夫斯基的诗歌相比，完全没有浪漫色彩。雷宾看不到"肉冻盘"上"大洋上的斜舣"（非常精准对生活的定义），而看到的只是他不需要的石瓦砾岛和陆地，他总是想避开瘟疫一样，逃离这样的地方。

他讨厌这个肉冻。安谧与独立，远离周围之人，都是他摆脱不了孤独的换不了的金币。他摸到了他的口袋里这虚拟的金币，这个他唯一实质上的财富。于是雷宾没有反抗，没有去打这只手，因为这该死的肉冻凝胶波浪中，一只铁鱼在搅动它镰刀般锋利的鱼鳍，在鱼鳞上边玛雅科夫斯基朗诵着《新唇港湾的呼唤》。

爱情的确可以被比作铁鱼，而每一次新生爱情的亲近比作是这条鱼身上添加的鳞片。对于雷宾来说，这里他的姓氏就可以证实。他喜欢更新鳞片，可是同时，他深知最终爱情会毁掉生活，把不能换的金币磨薄。

雷宾总是在战争开始前就退出游戏，无论是冷战、热战、大战或是小战，解放战或是争夺战，公平、不公平的，常年的或是七天而已的。任何爱情的终点向来就是战争。铁鱼无论多么闪耀，也不值孤零零的不可换的金币。镰刀不值鸡蛋。可是它们互相吸引，如冰与火一般。

"我为啥要把她带到我办公室，我跟她也不太熟，要赶紧让她去国际合作委员会，去办事处，去能够办理丧葬事物的单位那边。"

"你要是想的话，我立马消失，你永远见不到我？"维拉突然停在走廊中间说道。

雷宾与维拉的想法绝对走上了一条路。而且，穿着靴子的雷宾的想法把光脚的维拉的想法踩得很痛。

雷宾想喊出："是的！"可是相反，他坚定地像断头台上的坏蛋最后的忏悔一般回答道："不！"

　　铁鱼根本不在乎人们对他的看法。它吃人，而且是突然吃的，意思是，在人因为不同处境把自己从爱情食物链中排除的时刻，铁鱼把他抓住，吃掉。它时不时傲慢地监视想要骗过它的举动，然后用镰刀鱼鳍打要害，咬住换不了的金币，又漫不经心地把它吐出来，金币忽隐忽现藏于水影中，金币主人吃惊地目送着它，就在刚刚，这个目光还被当成是幽暗生活中金币的救生圈。

　　铁鱼是人心深处真正的主人。它存在于一切有关裁决的问题中，从"命运"一词到"法院"一词（俄语中这两个单词为同根词）都是。在某时，鱼飞向了天空，飞向星星，有时，它用四条镰刀鳍在陆地上行走，有时，钻头一般钻进大地的根基。它像公主般如此任性，像拷问者般残忍，像死神般无法逃避，像捞偏门得到的财富般不可预期。

　　周围有很多漂亮、年轻的长腿女孩子。其中，有些人工作上都与雷宾有直接联系，因此，他从个人角度来说，就与这些姑娘有更多的机会。可是，此时此刻，他疯狂地想得到维拉，那个生活悲惨、脸部浮肿的寡妇：大屁股、满嘴烟酒气，完全不像朱丽叶或是伊索尔德，也不像任何一个世上爱情史诗中的女主人公。

　　然而，这往往正是鱼的绝妙，且与过分的嘲笑相近的善心。总之，任何一个随便啥样的女人都有机会充当爱情史诗的女主，无论她多老，病成啥样，多秃，腿多粗，瘦得像麻花，还是胖得像木墩，那些"爱情动作片里"的女主就更不用多说了。如果，一旦涉及所有思想的规范变质或者破坏掉，那么机会就会更多。

　　铁鱼自己是一切成真。

　　"在铁鱼的表皮……"雷宾心里把玛雅科夫斯基的诗篇给改编成这样，"我朗诵了新苦难的呼唤。而你们，有可能穿透死亡胜利的天空，看见太阳吗？"

　　雷宾以为他要疯了。穿透死亡胜利的天空，就是穿过暧昧关系的过去，他想看见太阳，它当然就只能是一次次爱的奇遇（无休止可是却总是终结的）——never ending but ever lasting——这件事正如英语注释一般"永不落幕"。"可是说实在的，为什么不呢，"雷宾想起著名小说《达芬奇密码》。

"你哪里都去不了，我要跟你到最终。"雷宾另一种（断头台上的坏人）嘶哑的嗓音说道。

区别于飞禽走兽，雷宾哪怕是被它欺骗，也总是信任这个古老的穴居的危机感，白天太阳光的照射撒向空中，晚上就是月光。而且，他坚信，绝对是因为这个感觉，人类智取剑齿虎和剑齿狼，以及穿戴猛犸象牙的远古猎人而存活下来。可是，现今把这种危机感丢弃在傲慢当中，像信仰上帝般信任自己，人类准备走向死亡。

的确，不太清楚，为啥这种感觉是在此时此地突然让他遇到。

他认为，周围的人变得渺小，他自己也变得渺小，跟人一起变渺小的还有危机感。可是，当人们没啥可怕的，有啥都怕的时候，聪明人总是不会完全同意普遍渺小，但却主要是自我渺小这个理论。而且，这绝对正确。

从电梯到他办公室，沿走廊走正好一百步。

办公室对面有一个圆厅，里面有皮沙发、茶几和种在陶瓷盆中的植物。雷宾多次打算放点植物，无论是真的还是假的，但是一直没能安排。有时候叶子和花像是活的，而有时候感觉是合成的假的。

议会大楼是按照中国项目宾馆风格盖的，有不大的改进。每层都是封闭的走廊构成的环。一侧外面都是办公室。另一侧里面都是透明的塑料板。只有圆厅没有这样的板子，而是安放了被不高的又不知是真是假的常春藤缠绕的矮栅栏。正是从这里，从悬挂在空气中的像飞碟般的大厅，展现了这六十六层塔楼的整体壮美。无论是大理石的门庭和喷泉、水池、下面的画廊，还是上面的透明玻璃圆顶，透过它，白天阳光明媚，夜晚星空一览无余。

他们沿走廊前进的时候，雷宾的爱欲之火已经熄灭……

好吧，就让它该怎么发生就怎么发生吧。一般这种情况，雷宾喜欢公开决定，即使这些决定也毫无意义。

这时，从大厅的皮沙发上瓦夏·希什金对雷宾挥了挥手，他是办公设备修理换新处主任。关于瓦夏可以说的是，往坏了说是他不得罪人，往好了说他很有用处。尽管完全可以派个手下过来，但他还是亲自到雷宾这里

邮　鱼

来了，只要雷宾办公室里无数的办公设备出了问题，开始吃纸、故障灯闪烁，或是灯悲伤地暗下来，无论按什么钮都没反应时。

雷宾什么时候都没有添过新设备，因为他以前的这些还没完全研究明白呢。急剧发展的科技设备，已经超越了因年岁进入滞缓期的雷宾的智慧。看着星星的时候，他还能够沉思宇宙的浩瀚，可是却搞不懂如何使用电子邮箱。尽管如此，只要一有机会，瓦夏还是强行为雷宾更换最新的设备。雷宾柜子里的盒子都堆成了金字塔，当不知为啥听了口头的使用说明时，他意识上拒绝，马上把各种复杂设备放回盒子里。比如，从网上快速转录节目的设备，远程操作固态数码照相摄影器材。

瓦夏真心地不痛快，再次放弃了自己的信念，因为雷宾不行，准确地说，是完全不会利用摆在他面前的机遇。

"可是，这个可方便了，他说，你可以给大厅的摄像头编程，当人们进入镜头，让它或者拍全景或者拍个人，它每小时都会往你的电脑传两三张数码照片。"

"为啥？"雷宾问。

"不知道……"瓦夏耸了耸肩道，"您要组织各种展出，会有很多生动的照片：议员在观察水族箱里的金鱼游动，或是他在商亭里买东西啥的。"

"而金鱼问道，老头，你想要啥？"雷宾觉得主意很有意思，可是却有点超前。他并不确信，议员们会喜欢某人，哪怕是好的企图，在偷偷拍他们站在水族箱边上与实现愿望的金鱼在一起。

在非办公时间，雷宾从不和官员同事应酬，可是跟瓦夏，有时候会出去喝啤酒，在体育场旁边的夏日馆一起喝喝啤酒。这是老百姓的休闲场所。在这个被暖风吹过，酒馆里的塑料杯中摇曳着不几张餐巾纸，娱乐休闲的地方除了其他顾客，还有议会机构的小官儿。瓦夏和雷宾总是站在能看见金顶东正教教堂的桌子旁，若有所思地喝着酒，不会用聪明的对话和个人问题来给对方增添负担。最近一次，他俩去那里，就是不久前的事。太阳当空照，空中飘着红黄相间的叶子，像可以实现议员们愿望的金鱼一般游荡。在通往教堂的路上，一位高大的身穿佩戴十字架教士服的大胡子神甫庄重地前行。十字架与阳光碰撞，闪闪发光，如火花般，就像神甫胸前戴的是神秘不灭的信念之火一样。另一条体育场的路上，身材偏大的、年轻的和不年轻的妇女们，做着某种复杂的东方操。看得出来，她们的目的是，要把男人激情、更神秘及不灭的火焰吸引到自己更崭新的身体上。

那些麻烦人相遇了，跟他们交流并不舒服，而且任何情境下都很麻烦，哪怕如果带着消息去找这个人，告诉他中了一百万。跟另一些人的交流，就是大多数人，很少能够触动心灵与理智。可是，还有少数人可以交流，就像跟大自然交流一样，就是说静静观察，几乎没有言语，什么都不想、不要，同样从他们身上啥也不要求。这是一种缓解古老的、对过去日子恐惧的交流，对大多数人来说，它仍是不可见的。瓦夏就是大自然之子一员。有时他会道出些好笑的事情，诸如："啤酒可以延缓身体的衰老过程，但是却增添了心灵的皱纹，"或者是："五十岁以后的性爱每次都如初次，意思是顺其自然地喜悦和释放。"

无论是他，还是雷宾，都对在国家机关上班有想法，如果长官突然想要把他们解职，他们也没打算疯狂地搞阴谋，咬谁的喉咙。

在俄罗斯议会大楼的护门背后，是一片世界，待在里面对于多数高官来说要比死亡更可怕。他们最不想处于那个对人最无情的现实当中，这是他们自己孜孜不倦创造的，用自己的力量和规则巩固的。从公务脱身的官员们，都去找另一个没交集的封闭圈子，如公司、集团、银行、工业集团和有偿教育机构。

雷宾就像瓦夏一样，并不认为回到那个不堪的世界，对他们来说是多大的不幸。在这个世界里，很少有人知道议会，可是大家却都活着，而且很多人过得也很好。

雷宾安慰自己，他靠新闻、写作及某种公关项目来过活。

瓦夏确实知道设备在不断的填加，不只是不断，而是永远在翻新。因此，所有社会中，无论开放的，还是封闭的，总是需要懂得设备的人，在需要的公司订制设备，按这些公司满意的程度付款，教办公室的浮游生物来用设备办公。

大约半个月前，瓦夏对雷宾说过关于英语培训的事情，好像是以某种新的实验手段开办的班，他报了名。要是信他们承诺的，瓦夏说，不到一

邮 鱼

个月，就能把语言完全掌握了。雷宾怀疑，不具天赋，外语一个月就可以学会的说辞。还有，他不喜欢每天下班以后还要用两小时学习课程。他拒绝了。

"行吧，"瓦夏发愁地叹气道，"可是我还是会给你发教室里学习的视频，我得检查摄像头运行咋样。"

他看了看期待他回答的瓦夏，雷宾想，英语强化课程把瓦夏变成了另一个人。他的眼中射出了对于工作日刚开始来说根本说不通的喜悦。而且，在射出奇怪的喜悦的瓦夏的眼中想读懂什么，其实完全是不可能的，就好像在某个渐逝光彩的幕后藏着无数双眼睛的场景，当然还有那里的演员。

有一次雷宾和瓦夏一起去国外出差。记得当时瓦夏尝到了形容不了的折磨，哪怕是不用俄语说一个词。thank you 他都没说出来，good bye 不知道他为啥认为是"好的购物"！要使他信服他翻译得不对，简直就是不可能的事。

雷宾觉得他疯了，当瓦夏开口跟他说纯正的英语时。瓦夏说的就跟英国人一样，这时的那个毕业于专门深入学习英语中学的雷宾，他还在档案上乱写自由掌握英语，不得不开口说英语了。

"太厉害了，"雷宾就只能说这句话道，"那俄语呢？"

"你什么意思？"瓦夏惊讶地用俄语说道。

"雷宾感觉自己完全是个白痴。可不是吗，的确，他也应该觉得自己是接触到超自然现象了？"

"外星人，是外星人教会你英语的吧。"雷宾解释道。

"说了你都不信，可是我的确知道古代英语，莎士比亚所有的十四行诗！"瓦夏含糊其辞地说。

"得了吧，"雷宾怀疑地笑道。

"不能得了吧，"瓦夏不打奔儿地念出了很长的一句诗。

最惊讶的是，雷宾从中学就认识他。每个人都有随便收藏的东西，用来当作永久的纪念。雷宾的收藏包括：英雄诗路卡·穆吉舍夫，盖·吕萨克定律，小学三年级他们班斯维塔·法林娜给雷宾传的小条，大约三十年前他所服役军队编制号，和一些其他并不能说有用的东西，包括著名的莎士比亚十四行诗第 66 首。

"Sonnet sixty six，"雷宾说，"I read it many years ago at school."

"I must do it!"瓦夏说得很坚决。

"什么？"雷宾没听懂。

"I must do it,because I need to do it!"瓦夏道，心里却想，他简直就跟切尔诺梅尔金说英语一样。

下一秒，雷宾的脑袋像从脖子上掉了一样，可是他还是神奇地双脚站稳。看样子，一直以来练的空手道，还是有用的，迎上去即有力又轻盈的耳边一击，自动移动开了。颧骨和耳朵好像泼上了开水。雷宾竟发现瓦夏手指上的深色印记，一看就不是婚戒，而是铁指环。"太卑鄙了"，雷宾想道，他可是从没遇过对人施暴的工具。

"兄弟，你不懂，事情是这样的……"瓦夏平静地对雷宾说，就像给他解释怎么按录放机上的按钮一般。

没有解释怎么回事，没注意到抱住脑袋的雷宾，瓦夏像台上的斗士，抓住维拉的腰，就跟维拉也是战士似的，很轻松地把她从地上移开，把她拖到不知真假藤蔓缠绕的金属网上，网后边就是无底深渊，深渊底下就是各种鱼缸，里面都是可以实现议员愿望的金鱼，下面还有提款机，总之它的功能类似。伸展开来，瓦夏把维拉从护栏扔了出去。维拉从雷宾被铁指环打变形的视野中消失。他只看见，她插在铁网下梁发紫的指头，并且听到她沉重的撕心裂肺的嚎叫。

最感到惊讶的是，这种濒死的动物般的嚎叫，让雷宾想到了另一种暧昧的、他从一个认识的住在乌斯维亚特市的女人身上听到的叫声。在乌斯维亚特下属村镇一个大湖岸边，雷宾的父亲当时买过一个房子，有时候，雷宾夏天会去那里度假。这个认识的女子是个内科大夫，她从乌斯维亚特来当地医务所值班的。他爸胰腺炎发作，雷宾把她从医务所接来，然后，她就立马留下在他们家过夜了。这个女医生长得又小、又干瘪、皮包骨，还晒得很黑。他就像一个平凡的小地方的演员，机械地完成他自己的情节，着急忙慌地把它结束掉，赶紧睡觉，就像突然从乌龟壳深处那撕心裂肺的嚎叫挣脱出来，完全与这个小身子、纤细嗓音的女医生联想不起来。

邮 鱼

　　这就是不合时宜，应该是用铁指环从记忆深处打出来的回忆，可是它对雷宾的影响却让人瞠目结舌。

　　他浑浑噩噩地像袋鼠般一跃而起，用脑袋去撞铁网上镰刀般弯曲的瓦夏的后背。当瓦夏背部从铁网上翻过来，双脚就不能踩到维拉发紫的手指，雷宾使劲全力捅了瓦夏光亮的后屁股一下，于是空中闪现的，就只有黑袜子和磨损的鞋底了。穿成时髦绅士，瓦夏好像并没来得及。

　　抓住了维拉的手，然后抓住衣服，雷宾把她从深渊中拽了回来。当他把她从横梁搬过来时，他鼻子立刻被一股完全不可能是错觉的味道刺激到。

　　"我的天哪……"雷宾含糊不清道。

　　"没有，没有，"维拉突然迅速回应道，"哎呀，就一点点儿。"

　　然后，下面就听到微微的嘀嗒声。空气中弥漫着死寂，过了一会，前厅里沸腾了起来，特别能听到妇女的哭叫声。

　　雷宾差点没来得及把绝对不止一点点儿，而是完全尿裤子了的维拉推进自己的接待室，还好里边没人，然后又进了办公室，他们就像干活儿很棒的装卸工一样，呻吟地倒在了沙发上。

　　"我好像说得对，"维拉说道，"离结束其实都很近了。他为啥要这么做？"

　　她坐在皮沙发上，就好像无法攻破的城堡。雷宾知道现在她最想去厕所，撤下弄湿的内裤，可是她没脸站起来，因为黑皮沙发上会留下湿的痕迹。沙发旁边有一份共青团真理报，雷宾抱着极大兴趣期待维拉将如何用它。

　　"我也搞不懂，"雷宾回答道，"他是一个正派人，女厕所在右手边隔三个门的地方。"

　　"美国人吗？"维拉从沙发上滑下，毫不察觉地在共青团真理报上留下了一处湿渍。

　　"俄罗斯人，"雷宾回答道。"你都没办法相信，可是两周前他还一句英语都不会说。"

　　"可见，学习语言是多么危险的事。"维拉若有所思地说道。

　　"从现在起，我不仅仅是你的朋友，而且还是救世主！"雷宾看了看自己的手。它们再也不抖了。他已经可以轻松应付这个女人了，哪怕是最糟的状况。"

"你的耳朵上有血，"维拉在门边停住脚步说，"擦掉呀。"

"不行，这可证明了不是我的错，"雷宾冷笑道，"咱们还有几分钟，然后就要干点什么事。总归，我们受到了打击，有权利喘口气。我们的事是正确的，"他摸了摸已经肿胀了好几倍的颧骨道，"胜利是属于我们的！"

"还得搞清楚，"维拉叹气道，"我们到底跟谁，为了什么而战？"

"我共度一晚的提议还有效。"雷宾说。

"难道有过这样的提议吗？"维拉问道。

"你挂在教堂圆顶下，像个空中女体操运动员，而且脑袋里完全是其他的想法。"

"凑巧，"维拉说，"我是个有钱的空中女体操运动员，确切地说，是个寡妇。你知道帕弗里克给我留的卡上有多少钱不？"

"多少？"雷宾惯性地问道，还回忆起当时，他问他们家开了三年的日产逍客多少钱时，帕弗里克怎么跟他为了 350 美元这番讨价还价。

帕弗里克激动地说服他说，机油一周前才换，滤芯也是，他还安装了新的刹车片，送去全面车检诊断。维拉当时站在一旁，眼睛向下看，明显揭穿了丈夫的谎言，不与之为伍。雷宾自然没有相信他的话。可是帕弗里克像蜱虫一样叮得很死，最后，只少给了 150 美元。

"一百万欧元。"维拉压低嗓音道。

"咱们逍遥自在去吧！"雷宾尝试着微笑，可是受伤的颧骨有如峭壁一般挡在了通往微笑的路上，于是笑容竭力向上爬向鼻子。雷宾认为他的嘴现在是垂直的。

"要是能活到晚上的话。"维拉消失在了门后道。

5

"肯定发生了什么"，雷宾木讷地想到，并且用玻璃罐中尿味冲天的水冲着手。每天早上打扫女工都会把它接满。原以为是凉开水，可是，有

邮 鱼

一天早上雷宾看见，她拿着罐子从就近的厕所走了出来。"以前的生活结束了。"看着手上滴落的水滴，雷宾想到，"而且结束得既突然又糟糕"。他还想过，假使把他之前的生活比作瓶中的凉开水，每天早上打扫女工都要往瓶里接水，那么现在，刚到的新生活可能都不是茅房龙头接的水，是那种伴随着猪哼唧声冲屎和下水道深处用过的夹杂纸的废水。

"或许不是下水道，而是文明社会的废水。"雷宾冷笑道。

某种普通的存在突然映入雷宾的眼帘，它像泥流中看不清的蛇状生物尾巴般滑动，它带着两个互补的，也许是在可控高度相互代替的符号。

他把一只刚洗完的颤抖的手自然而然地伸向塞在柜子里的白兰地酒瓶，可是为了要跟领导、保安、警察、检察院、国安局等机构解释，雷宾决定尽量少喝点。

"女人让人幸福，"维拉身后的门关上的时候，雷宾想到，"可是同时她们也会带来不幸，而且，爱情可以毁掉生活。"金钱也把生活毁了，雷宾刚刚有机会证实这一点。他感到不舒服，因为别人的钱毁了他的生活，这些钱他是永远看不到的。这时，想法硬要继续下去：稳定的爱情慢慢地、悄悄地毁掉生活，转瞬即逝的爱情（就像别人的钱财）呢，还有突如其来的爱情，就会瞬间、突然摧毁一切。

生活的每个阶段，如果可以对生活运用这个假设定义的话，人就是它的死亡囚徒。时间是他蹒跚的阶段，如镣铐锁链般伴随，女人们伴随着雷宾，如水、空气、自然万物。

如果把生活比作人在体育场跑道上奔跑，跑过的一圈圈比作岁月，那么，一些女人，的确跟他跑得并驾齐驱很久了，另一些，要么出现在黄昏体育场深处的转弯处跟他汇合了一下，要么融入了别人的生活，像幽灵般消失了。

然而，形单影只的夜跑者雷宾，什么时候都没落下。相反，随着年龄增长，他竟获得了捉摸不定的跑步、或者说是移动的教练技能，他学会了辨别女运动员。其中一类更喜欢又长又远的距离，向往稳定关系，不要任何情绪高涨与低落；另一类，默不作声地专心地跑了几圈，中等距离，然后做出了决定（应该是认为他是个不合格的教练），就从跑道上下来了；

还有一类，更喜欢短跑，飞奔向前，只有雷宾才看到了她们。然而，还有一些，渴望用任何代价都要把普通的跑步变成障碍跑，平整的跑道上放些障碍、挖些坑、种上密密麻麻的扎人的灌木丛，要不就装成陷阱。雷宾毫不犹豫地就从距离赛中把这类女运动员给撤掉了。

所有女运动员都有自己奇怪的地方，自身的特点、优缺点。雷宾了解她们所有人，感谢她们所有人。

他对敏锐的女性智慧无尽地珍视，但是这个智慧却完全取决于经期与否。经期快结束时，女性的可怕洞察力变强，倾向虚构假想敌这些事实他也重视。他甚至珍视那种摸不到的东西，比如，男人们的反射光，那些任何女性都像月亮般傲慢又冷酷地照亮的之前的男人。这反射光里还有伦琴射线。光线里像黑暗的胶片一般，清楚地映出了数不胜数的雷宾的缺点，心灵与身体的阴影巧妙地隐藏起来。

任何时候，甚至是醉得不像样的时候，雷宾都不认为自己是理想男人。更何况，他也不喜欢全神贯注地一起跟女性朋友，像两个大夫会诊一般，研究自己的病历卡。他不喜欢这样，那是因为，他没机会把自己的卡，跟像是常年篝火堆处炭灰层一般，相互叠在一起的各种卡相比较。

妇女们像穿着茧一样，在反射光的闪光中行走，使雷宾想到了宇宙冰冷无垠的界域。它可以与几十亿人对自身生命存在的终极目标的无知相比较。在这种光中，雷宾感觉自己是一个不重要的暖分子，它尝试着去使那片被坠星之光穿透的死亡宇宙之海暖和过来。有时任务艰巨得使雷宾最清楚不过，一个男人处在自身的反射光中比什么都舒服，因为它根本察觉不到他。可是，就连这里面也有变数。一些女人像会变色的萤火虫，可以轻易地模仿任何光束。另一些女人就像黑洞，吞噬了它，让男人失去的不仅仅是光明，还有影子，把他弄得一文不值。

命运让雷宾和各种各样的女性交织在一起。对一些女人，他印象较深，另一些就没啥印象了。他的回忆中缺少了系统、核算、存档和管控。雷宾总是随身携带一副活生生的扑克牌。它可以使人流泪，两眼放光，陶醉于情爱中，对别人产生意见，表现出假的关心，卸下愤怒的拳头。它可以用来占卜，用来算卦，变魔术。的确，得考虑到，牌会不断地在游戏过程中变化花色、式样，就使人陷入相对大小、位置等类似的迷茫之中。

雷宾还记得一个女性朋友，因为她给他讲过，每个人的一生中，或多或少强烈的情缘十年会出现一次，而且这个时间规律就像是一年四季的变化一样，注定出现在从生到死的某个阶段。"反抗也没用"，她坚称。

她苍白的脸完全融入了白色的枕头里，像黑屋子里黑猫一样。雷宾只看到了她镖箭般的发梢，香烟飘出的青烟，犹如公园里秋天的树叶都烧着燃起，还有她深吸了一口香烟后复燃的火焰。

"你结没结婚都不重要，你有人没人也不重要，"她继续道，"这份缘分会去找你，因此，最好立马妥协，尽量选择一个不费钱，不费神的方式。"

"这个倒霉事还要持续多久啊？"雷宾好奇问道，还试图去看清她的面容。不知为何，他觉得她很美妙，很残酷，却又是那么漠不关心，就像是命运本身在和雷宾交谈，命运每十年就会往他的心上射一只黑箭，然后用忘却的火焰去治疗心灵的伤口。

"一年吧，最多两年，"她答道，"然后一切就都过去了，就遗忘了，就像没发生一样。直到下一次相遇。"

"可是为啥会这样呢？"雷宾问道，脑袋里迅速地翻着自己喜欢的人的名单，惊慌失措地认为她说的百分之百正确，一个相对强烈的感觉，确实就是十年一次。

"我会认为这个周期是一步步地，而且一定会让人越发渺小，"她解释道，"它从男人身上卸掉意志与力量，把他们变成下流坏子。从女人身上拿掉对爱的信仰和对幸福的渴望。她们就变成了毒妇，只能看到男人身上的缺点，男人很坏，真没办法。然后，当然，某种东西就像中风过后在恢复一样，可是每次都越来越不好，越来越虚弱。那些超过罗密欧与朱丽叶年龄的人们，他们的所有爱的结合。就是毒妇与恶棍的结合，"女性朋友讲完了她怪异的理论。

20世纪90年代初，雷宾与一个纤细如枝、精致如古董瓷器上花纹般的女性语文工作者相处过。她当时正在写是关于俄罗斯人日常不当用语的论文。那是一段困苦的日子，大学也没钱，可是这个课题的研究却找到了资助。不是大不列颠委员会，就是什么意大利基金会给提供的。颤颤巍巍的女性语文工作者的父母也是老师,父亲是生物学教授,母亲是音乐学院钢琴教师。她认为"傻瓜"一词是可怕的骂人话,因此,莫名地感到羞愧,脸红得像一面红旗,在跟雷宾探讨论文的时候,他就像挖掘机的铲斗,灵感迸发,从伟大万能的俄语的黑暗深渊挖掘最新的言语。让他感到可笑的是,颤颤巍巍的女知识分子就要从活生生的语言中挖掘。

她的研究工作做得很优秀,这一点有古语为证:女性就像水一样,可以轻易变成任何形状。女性语文工作者,如钢铁般,在禁忌词语中锻造,光彩熠熠地在高朋满座的世界文学研究所礼堂里完成了答辩,差点儿就上了文化台电视直播。

在她科研成果凯旋的日子,俄罗斯所有电台新闻里都报道了,普通男性公民一天之内口头和心里大约会说117次"贱货"。有一家报纸,甚至在头条用《117个贱货》这个标题来报道新闻。

骂人话帮助这个女性语文工作者过上富裕的新生活。相较于生物、钢琴和伟大的俄国文学,骂人话能够更好地供养她和父母。这也是时代的象征。

据雷宾所知,女语文工作者还没嫁人,也没有变成圣火贞女。另外,雷宾知道,她也没变成寡妇,骂人话永生,而她可能变成了拿着可观赡养费被迫与骂人话同居的女人。

雷宾的生活中,这个女性语文工作者被一个女哲学家取代了,她在撰写题为《公民性生活》的博士论文。

她个子不高,有点岁数,粗壮却高挑,外八字,腿开得很大。可是她并没有对大腿间的走光感到害羞,相反,尽力去展示它,瘦瘦的裤子箍紧大腿。有时候会看到一条耀眼的阳光,比如说,如果她迎着落日余晖上山,雷宾跟在后边目光总是盯着她的臀部。

他家某处放着一本改革年代出版的叫《女性美臀目录》的画报。他那个女哲人朋友的臀部类型被归类为所谓的"梯形"。

对了,他好奇为什么论文里说的是公民,而不是一般百姓?

"所谓的一般百姓,任何时候对谁都不感兴趣,"女性朋友轻蔑地皱眉道。不知为啥,她竟把这种出乎意料的事当成一般人的性伴侣。公民肯定有对性爱的权利。"

"那么，谁能证实对情爱傲慢的权利只给公民，而不给一般人呢？"雷宾道。

"上帝呀！"女哲人朋友回答道，像是用炉门把燃烧的炉子关上一样，把争论的话题结束掉。

随着时间推移，雷宾懂得，她的理解中，公民和一般人到底区别在哪里。其实就是她个人对他们的态度罢了。她本人自己决定谁是公民，而谁又是一般人。

一般人从最开始就很下流，对真理毫不在乎。公民把自己归入真理麾下，为了继续向公正那一边。一般人对待不公正就像对待坏天气一样忍耐，因为，他们也没有能力去改变它。公民会咒骂上苍，让它赶紧把雨停了。

某些人，社会地位爬得很高，可是却依然是个一般人。公民可以一辈子都处于卑微与渺小，可是却没因此不再是公民。

雷宾很快就弄清楚了，他是更下流的那种一般人。只要他一给她借口认为他对真理与公平漠不关心，对生活轻蔑的态度，准备好与一贯善变的邪恶合作，那女朋友就把他从自己年轻的肉体上赶走。关于《与邪恶合作》这篇文章都是些完全无害的东西，比如说，顺嘴说出的，这个样子，这种人什么的，总之吧，他是个不错的小伙子。假如女哲人朋友不这么认为，雷宾马上就丧失与她亲近的权利，也就是说，就可以去跟蜗牛了。他关于情爱的逆反理论不能作为公平的辅币，是的，她认为自己浑身公民美德，而雷宾他就是个一般人或者下流之人，可是她却不应该折磨他，拒绝他的亲近，他也没有给女哲人留下印象。

"如果你不同意我的观点，"她说，"可以不用跟我，我无所谓。"

可是，不幸在于，雷宾（尽管清楚看到了她的缺点）却时刻都想跟她，可是她跟他就要取决于他的行为，确切地说，是她本人对他行为的想法。

开始时，他们狂风暴雨，可是她坚信，雷宾生活中走的都是弯路，她就是这么表达的，交流中的间歇变得越来越长。雷宾生活的道路与这个女哲人情爱的道路就像是两条笔直的平行线，完全没有机会交叉。雷宾获得情爱的权利没了，像是极夜中光线一般消失，像是林间深处的小路一般迷失。

开始时，他试图更好地证明自己，可是很快就知道了，证明也毫无意义，因为，他是一般下流人。比这种人还次的，就像他女朋友说的，这个世上是不存在的。她不需要他去证实什么，因为她没有怀疑自己有权做出判决。

雷宾明白，他陷入了死循环，只局限于她对世界认知的循环。可以把这个世界与放满易碎品的地方相比。无论雷宾在里边多么小心地行走，他终归会把某些东西打碎，打翻，绊倒，而且自己完全无法防备，因为，这里边的东西不仅仅易碎，而且看不见。而有些人，在雷宾自己根本看不见把它们弄碎之后，开始翻旧账了。

他们分手了，可是雷宾到现在都会梦到她的脸，有时像镜中的脸，突然出现在一堆形形色色的女性脸庞当中。的确，在那映射里还出现了她的声音，尽管那里不可能有声音。

它很不同，她的脸。有时候，善良、温柔，而且美得很，而有时，特别是侧面，像是鲨鱼的脸。鲨鱼的侧脸就藏着怒气、怨气、对周遭憎恶、随时要把大桥烧毁、一去不复返。

有时，他们坐在咖啡馆或者是公园的长椅上，雷宾亲吻她善良、温柔的脸，可是过一会，她（都不解释原因）突然起身离去，像解剖刀一般，用鲨鱼侧脸划破长空。

她突然变脸，让人不安。

尤其对雷宾来说。

有一次他跟父亲聊到了这个话题。

"女性侧脸的轮廓决定咬合。"父亲说道，"正是这个咬合里面，你要想知道的话，隐藏着关于这个女人的所有信息。要学会解读，总结。"

"怎么做？"雷宾饶有兴趣道，"女人又不是马，还能看牙口。"

"通过咬合观察侧脸，你就全懂了。"父亲笑道。

于是雷宾懂了，他翻看了女友鲨鱼皮包的关于侧脸咬合命运之书，发现它硬邦邦的书页上避免不了的分手，毁掉的对于一切过往的亲昵记忆，在不完美世界的冷水中孤独地漂浮。可是最后几页不仅仅硬，而像砂纸般粗糙，总之，他没想翻看。

雷宾爱过女哲人,可是在她的理解中,他还是那个一般的下流人,因此,保障了他可以与自己上岁数的女友拥有神赐的情爱权利。的确,爱情与痛苦并驾齐驱,只不过痛苦的图景如宇宙般无垠,如疯狂的图景般不可预期。

正如此,父亲也提早就按侧脸、咬合、脸上的皱纹或按别的什么读懂了自己的生活。他对雷宾提点道,坏人总是活得很久,而且到死都会思路清晰。善良与端正随着岁月变坏,让人变得温顺。善良与端正之人到老了总是被骗得一文不剩,丧失财务,被挤到生活的边缘。恶毒就完全相反,像陈酿白兰地,度数越来越高,给个性添加了浓度与对自身不公平正义的自信。邪恶之人永不会与金钱、财产分家,因此,我们才对其敬重有加。因为,世上的邪恶比善良多得多,坏人与废物比善人与弱者总是有更多的机会。

按照父亲的说法,人心总之分为三类。良善的(因为他是从基督耶稣算起,就好像上帝在世上出现之前没有好人一样);对善恶的冷漠,父亲认为,绝大多数人都是这样的人,他们组成了所谓的"冷漠者团伙";最后一类,是邪恶,他们表现出将耶稣钉死之人的意志,摆明让上帝看看改变世界的虚无缥缈。

"当然,空间中这些混乱冲撞的人心像原子一般无穷尽,也如马赛克拼图,由不同元素组成,可是基本的不可分的东西就三个。"父亲坚持己见道。他认为,"这种说法的真实度,就靠每个人心灵深处自知自己属于哪一类人来证实了。"

也许,都怪这个女哲人,雷宾才非常伤心,因为他总是习惯性地搞错,就像是朋友的朋友那样陌生,总是对父亲说,她要么是搞计算机的,要么是出版社的会计,要么是地产经纪人。一种解决不了的矛盾让他不安:为啥她这么喜欢情爱,而且激情无限,却要随时让雷宾滚得远远的?

"是不是这个神奇的电脑会计地产经纪的父母分开导致的?"父亲在雷宾满脸焦虑又来到他这里时,敏锐地问道。

"分得远远儿的,"雷宾答道,回忆起女哲人给他讲的。那时,他们住在塔干罗克郊区的一栋平房,她父亲跟母亲又一次争吵后,用胸膛撞开门离去,就连护照(俄罗斯国内护照等同于中国户口、身份证)都没回来取过。看来,母亲的确把他气到极致了。雷宾真心跟这位酗酒的父亲同一战线，他可是用胸膛趟出了自由之路，在严格要求的苏联时期，连护照都可以不要了。

"那些小姑娘，"父亲把这个话题结束道，"她们亲眼目睹父母分家，长大成人后，内心随时准备断绝任何的伴侣关系，特别是情爱关系。因为她们记得父母的相互仇恨，因此，觉得这样的关系只会带来伤害。"

"总之，任何情况下，女人早晚会背叛男人。"父亲继续说道。

"难道男人，意思是，就会到死对女人忠贞不渝吗？"雷宾冷笑道。

"少之又少，可是女人的背叛是另一种。"父亲叹气道。

"哪种？"雷宾确认道。

"无情无义！"父亲解释道，"而且一定要在不能这样做的时候，在神的训诫显现之时，在男人最没有抵抗，最需要她怜悯之时，她偏要这样。女人的背叛就是马刀的攻击，它砍掉了灵魂的一部分。谁能幸存？！"父亲继续说道，"之后就可以顺利轻松过活，因为，灵魂被砍掉的部分会被布料代替，它感受不到爱情的伤感，可是却完全可以感觉到女人的谎言，如信号灯一般。很多人经历过这些。我，比如说，或者……"他疑惑地看了看雷宾，犹豫了一下，"可是，是否在男人受伤的内心可以接受这一顺利过活与信号灯的绝配组合呢？很多人……普希金也都理解。"不知为何父亲声音变小了，就好像普希金不仅能听到，而且还能与任何不适当的见解对话，"可是自己却什么办法都没有。她背叛了他。逃离不了命运的安排。"

"要是女人没有机会背叛呢？比如说，生活就赶到那里了，到了后宫或是无人岛咋办？"雷宾提了这个问题。

"那时，她会把背叛像毒药一般涂满整个生活的空间。"父亲答道，"而男人，要是非得伴她左右，那他的生活就变成地狱了。"

"嗯，的确，"雷宾含糊其辞道，"地狱毒药，毒药地狱，一切皆因它们而起，也因它们结束。就是说，天堂根本不存在？"

父亲明确说道，"男女关系当中是不存在天堂的，也没有出路。门被砌死了，可以用头撞墙，但出不去。尽管在撞墙的时候，会产生出去和获得自由的幻觉，就是到天堂的感觉。可是这只不过是与另一个女人发生关

邮鱼

系的过渡期罢了。"

雷宾接受了父亲的想法，但却并不完全同意。爱情能够毁掉的不仅是生活，他理解的是，它还可以毁掉任何围墙，像圣经中铁锈可以把任何门上的锁变成灰尘一般。每十年，雷宾就因马刀而失去一部分灵魂、自由、孤独，失落的回到了世界，空得如恋爱的酒鬼的口袋一般。的确如此，某段时间他的生活轻松下滑，绝对是向下，向着无法无天的不可靠关系的下水道滑去。

空虚由孕育生命的最初本能所弥补，因此它比生命更强烈，就是比人及其苦难更强烈。突然，在最意想不到的地方，迎头看到一个妇女，出差时宾馆上楼时，突尼斯或是塔吉克斯坦的某个地方。感受到她目光中模糊的应答不确定的好奇，雷宾从干燥、严酷的会晤、文件、报告的世界来到了潮湿、甜蜜的可亲昵的世界。这里是那么五花八门，但却是毫无疑问的魅力无限的女性世界。它越是穿戴奇特、简单，越是招人喜爱，比如，有些女子长麻裙下是可想而知的丰臀，不是汗味就是股酸奶味，常干活儿的棕黑色手臂上戴着古老的银饰。雷宾呼吸着，却不能吸够这对他来说迷幻剂般，同时兴奋而又让他悲哀的空气。新事物与失望是主要成分。这与对财富、永生、荣耀与权利憧憬的未实现的美梦同出一辙。可是，它却让男人的生活充满益处和能量，就像墙里的钢筋一般，围墙包围的城堡，那些从一些女人身边奔向另一边的男人，总是用自己的脑袋来检验这个地方。女性世界迷醉的空气抓住了雷宾，像绒毛一般，带他穿过染上各式颜色的空虚，于是就这样发生了，带他到了各种能够实现愿望的岛上。

平行的女性世界拯救了雷宾，不让他受抑郁折磨。他曾陷入这抑郁的齿轮，假使相信他那个女朋友的理论，每十年，他就马上在照例的恋爱结束后陷进去。灵魂把信号灯挤出，侵占了它的位置，跟灯一起的还有对爱情毁掉世界的观点。

也许，雷宾的女人要比普一般男人多些，因为，他记得的不仅仅只有她们常常一样的名字，还有她们很少有的相同姓氏。

比方说，姓库兹尼措娃的，不知为何都是那些健壮的村姑，没有腰，大粗腿，头发淡褐色，蠢俗蠢俗的，简直就是低级劳力。库兹尼措娃们满头大汗地工作，精打细算每一分钱，很忠诚，如果要是不合她们的心意，绝对能往脸上削。

达维多娃们在激情时刻，不知为何要咬雷宾，不过对自己也不宽容。好像是，他第二个姓达维多娃的女友，狠狠地咬着自己手腕，后来还清晰可见她小牙的痕迹，久久没有消退。

他们一起在马列主义大学提高了政治修养，而且，那时达维多娃还举过手，回答过"三个源头"，"两个措施"或是"人民的朋友"这些个问题。雷宾还以为，她腕上戴着暗暗发光的石榴石手链呢。

而姓雅克维妍科的女人们都是瘦瘦的，非常聪明，可是情爱中极其害羞，胸部很小，可是对世界的怨气却很大。雷宾的两任雅克维妍科都很孤独，都因前夫受苦，却无论如何没能跟他们彻底分手。

姓波波娃的相反，婚姻生活上很幸运，因为上天赋予了她们果断的指挥官天性。她们像坦克般驶向目标，让对方感到震撼。因此，她们的男人尽管都冷静，可是却毫无意志，也不很富裕。

姓安德烈耶娃的，不像波波娃那样，她们选择时很挑剔，把爱情与算计都融入选择里。除了自己的算盘，她们谁的都不承认，命运因此来向她们复仇，让男人生病或失利，让她们早早就变成寡妇，就算她们老得很慢，到死都皮肤白净、紧致，也要尝尽孤独。

有时候，雷宾却觉得女人们像林中看不见的大树一般，围住了他。它们长成了回忆、睡梦、各种想法和容貌。雷宾像穿过未流出的眼泪，咬紧的牙齿，攥紧的拳头般穿过它们。可是衡量构成回忆的时间标准之一，正好就是事后流的泪，忧郁的笑容中撑开的双唇，松开的空拳。因此，雷宾每次从看不见的森林出来，都带着一颗湿漉漉、温顺的心灵。就是说，要是相信父亲的理论，他出来的时候变善良，被榨干，无力，而且无人问津。

他记得所有的女人，无论跟他舒服或不舒服的都记得。跟有些人在一起时他根本不行，可是她们却用最大的努力，为了唤醒雷宾的激情，接着更努力，就是为了在他们痛苦的交流中寻找到哪怕一丁点的，对于自身的喜悦。她们的面容变苍白，在他的记忆中被拭去，因为，雷宾亏欠她们，浪费了她们的时间，辜负了她们的期望。

可是，这个男人的债从没有偿还给过女人，都是因更想把它忘却，去原谅女人。

雷宾很快就搞清楚了，命运让他遇到的不仅仅是他想要的，还有那些由于某些不明原因注定安排给他的人。即使跟这个给他安排女友的命运对抗也没啥用。因此，在他与女性的关系中，缺少逻辑和原则。他对一些女人表现出自己大方的一面，于是，她们就认为雷宾善良、心胸宽广，对于另一些女人，他爱占便宜、斤斤计较，她们就认为他烦人且吝啬。

作为不怎么出息的作家，雷宾试图在自己日常的淫秽中做到诚实，而且自己一边思考（而人还能不断地想什么呢？），他承认，创作早就不列在使他愉悦有趣的事情清单之中了。"一个罗马哲人认为，生活就是情感的清单。当这个清单里只有唯一一行时，生活就到了尽头。"只不过这一行写的是什么，哲人没有明确说。可是大家都懂。情感清单中最后一行意即死亡。这种情感被撕裂也是不可能的。

雷宾回忆起，普希金同时代的女人，托尔斯塔娅伯爵夫人，她被描写为猝死。她不想在上帝面前喘不过气。雷宾也不想。总之，尽可能拖延与上帝见面，见面时晃晃荡荡，忘记自己姓名，这完全就是阿尔茨海默氏症的表现，变得消瘦。很多人梦想"黄金切割"，准确地说是死亡的"黄金剪刀"，在生命磨损最大时，自然且无痛地剪短生命线。可是一切都枉然，正如幻想永生或是在赌场赢钱一般渺茫。

在雷宾的清单中，除了死亡，目前还有金钱、女人、汽车和狗。

对于金钱，他完全没有学会怎么花，怎么攒，尽管他赚得不少。让他气愤的是，除了无聊的售货员以外，在空无一人、昂贵的商店里的疯狂价格。他最清楚不过，类似（大理石、镜子、彩色照明喷泉）的商店的存在就是为了"接地气"，就是说，消灭余富的钱。为此，也就存在现代艺术，木制洗手盆，百年白兰地，镶钻手机和千百种其他东西，绝对在现实生活中毫无用处的东西，被狡猾的售货员当作了不起的东西出售。

雷宾对那些富裕的消费者极其气愤。他深知，命运选择了他们，不是因为他们多聪明、多光彩，而是因为别的属性。极有可能是因为他们是绝大多数人中的"多余人"。

雷宾算不上穷酸，但是他身上取代金钱的确是潜伏的社会革命病毒，"存档"的阶级意识由妒忌乘上仇恨产生，或是仇恨乘以妒忌加不解。为啥这个世界上一些人啥都有，另一些人却啥都没有，或是几乎啥都没有。

雷宾想要的唯一的，但却不可能实现的事就是，赚足下半辈子过活的钱。他幻想，有一天离职，然后生活在一个适合，就是心情愉悦的地方，不用算计每一分钱，做的都是些不烦心的事情，像创作，自然不是为了钱，而是为了心情舒畅。

可是，雷宾攒的钱注定要被烧掉、缩水，消失在金融危机及其他危机当中。他盘算着，要是三十年一直相对别太穷酸地生活，就是省点用，把下辈子花的也攒出来，理论上他应该就能攒够一笔或卢布，或欧元，或美元的钱。

可是，金钱本就是虚拟的东西，留住它，存下它，姑且不说能翻几倍，简直等于降服一只鬼魂。金钱如轻烟飘散，如流水逝去，如梦中的美女一样跑来跑去，像每天办公室里的美女一样，像豁然开朗时迷失了生命意义，它变换了本质与外表。幻想着安静的老年生活同时，雷宾不得不时刻即使毫无赶上的希望，也要去跟上那滑走的满身光滑金鳞的生物。他亏了、赔了、十分惋惜，没能早点把攒的钱都花在现在贵很多的东西上，可是以前没有的，他现在依然没有。

的确，俄罗斯最近渐渐形成了一种新的社会体制。一个人不只可以同时失去工作、金钱、一切，他也会因对失去的不满而纠缠不休，直到被抓关起来。

只要石油、天然气不降价，老百姓的收入就一直坚挺。他们也并不反对，甚至跟着严格选举出的政府一起，对抗那些被政府指定、却不服从政府的亿万富翁。于是，全球的，像报纸上说的，金融经济危机爆发了，价格暴跌。尽管，深思一下，老百姓要的也不多呀，仅仅是份能糊口的工作，可是政府却说是危机，而且俄罗斯是世界经济不可或缺的一部分，就把百姓的要求彻底拒绝了。

那就清楚了，这样的体制和政府不会存在太久。可是也清楚，像俄罗斯这么大的国家早晚会因为政府不作为变得分崩离析，就是说苏联之后第二次解体。

在昂贵石油及大预算年代,这个统一、有活力的政权内部,目前呈现"分歧与动荡"的苗头,它茫然且完全没有思想。

特殊时期总是造就出一批担负民族命运之人,可是现在,他们还不能突破全球信息系统过滤器走进百姓心中,因为这些系统宣称现代国家最渺小的领导人就是世界命运的主宰。他们要通过别的道路达到目标。前提是,如果还能有这样的人出现,而且人民群众还会理解并支持他们的话。

最终,雷宾终于明白,穷困潦倒的老年生活不可避免了。可是他依然在挣扎,如从水中捞出的鱼儿一般,明知道存点辛苦赚来的钱是不可能的,却还在挣扎。如同鱼儿不能呼吸空气,辛苦赚来的钱不会把它的主人变成幸运儿,也不会让他摆脱操心、烦恼之事。

雷宾不能在莫斯科再买一套房。他不敢想象,房屋契税有多少,过几年地产价格会不会降,他离职时,交水电费的钱够不够,能不能耍点小聪明把房子租出去,主要是能不能按时拿到房客的房租呢?

他也买不起郊外的平房,因为这样的屋子不是一开始就用价格吓死人,而是逐渐地随着搞清了通电、通水、通煤气、按栅栏、安保系统的状况,才了解到文件上的价格只是地皮价格而已。

去国外买房也不靠谱。靠海边,塞浦路斯、土耳其或是保加利亚的房产。是的,嘴上说的和照片上看见的都很漂亮。只不过,那里原来是要伴随着海浪声和海鸥叫声住到死。晚上,坐在阳台上拿着一小盅李子白兰地酒,看着当地从草场放羊归来的美人。可是,要想这个拮据的退休老人雷宾身上,总是能找到五六百美元买票,随时飞一趟这个大海波动,美女在开满鲜花的草场上放着洁白的羊儿的天堂,就完全没有信心了。而且,最主要,谁能预料十年后欧洲会是什么样,会不会让俄罗斯公民去这个国家,还有,不管人住不住都要全年交房费呢?!

银行以双倍价格出售的金条,也并不很有诱惑力。购得者的信息立马被录入某个信息库,所以马上就要给国家交增值税,然后要签份文件,里边规定这些金条只能卖给国家,按照国家在出售时自己定的价格再卖给它。雷宾深信,出售价格一定比国家卖给他金条时低得多。

"金钱就为此而存在，"有一次，一个银行家朋友对雷宾说道，"要让人们一辈子白白辛苦存的钱，只用在一时急需，而各种坏蛋把这些钱变成股权、股票和各种债券，自己像是活在天堂，当然，这只是相对的天堂。"

这个银行家绝对清楚自己说的是啥，因为他曾两次乘坐装甲车被炸，少了一只眼睛，满脸黑火药，好像撒旦本人温柔地打了他的脸一般，他还定期被国际刑警组织通缉。

然而，还有一些其他的金钱的维度，比如说，安稳与独立的梦想维度。这种梦想，有时会把梦想者闪瞎，让世界变样，可它却很快熄灭，在现实的锋刃上游走，如太阳躲进森林一般，同时，留下每个人，让他与自身不完美与空幻独处，来用金钱保护自己不受穿透现实的射线风侵害。

对物体实质的理解，也没能避开必须行动的现实。在这种不可能成的事中行动，就像存钱一样，注定不会成功，无论是对聪明人，还是对蠢人来说都一样。考虑到命运开的独特玩笑，蠢人甚至有更多机会成功。雷宾不得不像大多数俄罗斯人一样，参加这个一开始就输掉的游戏，在游戏中（这里他没有脱离群众）走到了革命绝望前最后的点：把皮筋扎的现金藏到床垫下边。扮演这个全民床垫角色的是保险柜、米缸、地板和瓷砖下面、装着旧东西的皮箱、阁楼不起眼的盒子、书架子、浴缸下面放水槽，或是烟道潮湿的深处。

一步步逼近的暮年，让雷宾的生活变得简单了，女性数量也急剧减少。男人的勇气，即准备在任何地方做爱，无论任何事情，跟任何稍微适合做爱的种群，早就风采不再了。女人们像他情感清单上美丽的笔墨字迹般消失殆尽。

他只剩下汽车了。这些遵从他的意志，准备好热天带给他凉爽（空调），冷天给他取暖，带他穿越空间，用收音机里温柔音乐来缓和愚蠢的拥堵的汽车。其实，金属汽车某种程度兼具了女性的存在，让雷宾陷入它的舒适感，也不要求对方的关心，不需要对方一起面对问题。维修服务姑且可以不计，由汽车维修中心技工来管这些，而雷宾只负责交钱。

每三年，他就要换一次车，有时候，出于本能或是不明的心理活动，会换得更勤。他常常在网上，好几天研究销量指标，跟很多车商咨询完，

邮 鱼

本来到销售处想提一款车,然而却买走了另一款,因为他突然感到,销售处某个黑暗角落,孤独停泊的汽车它的楚楚可怜的波动与忠贞不渝的承诺。

汽车没有骗他,说到做到。过了一些时日,又一次完全偶然的机会,雷宾同意把自己心爱的车加钱换成别的车,或是彻底卖掉。

每一个自己的"铁皮女友"他都爱过,而且还常与"她们"闲聊,当开着车在空无一人的公路上,没有听收音机行驶时,雷宾像跟女人一般跟它们交流,显然下意识他懂得,不爱车的话,就很容易让车主猝死,而他雷宾也不想向普希金同时代女伯爵夫人一样,喘不过气,去见上帝。雷宾允诺给他所有的铁皮女友,她们最珍惜却又很少得到的东西,那就是忠诚与关爱。

"我们要在一起很久很久,我不会抛弃你,你是我这辈子最后的喜悦,"雷宾甜蜜地唱道,听着引擎可靠的轰隆声,同时盘算着他下一辆要买个什么车,现在这辆,他刚承诺了爱一辈子的,往哪里搁。他莫名地坚信,铁皮女友绝对理解他想法中正能量面,不会"读到"他关于他俩马上要离别的想法。

一切手续办妥,钱也算完了,雷宾大方地当着众人把脸贴向抛弃的"情人"光滑的身体上,还会亲吻它的挡风玻璃,像亲吻脸一样。他的这些举动给买家留下了不可磨灭的印象,因此,也就不再讨价还价了。

雷宾的生活中没有狗,离了婚,他就一个人生活,但是,他却保持一定距离去喜爱它们。看到西班牙犬或是腊肠狗慢悠悠在草坪上奔跑,雷宾的心都化了,就好像他以前的小狗。以前,他养过两只西班牙犬和两只腊肠狗,让他想起它们,让他看到芸芸众生出现的地方,那里也许保留着往昔的情感。总之,在关于死后生活的书中,有过假死状态的人都回忆说,发光的白色隧道的尽头遇见了死去的亲人,另一边就是新的现实,那里没有工作,摇尾乞怜的小狗在迎接他们,随时都像以前一样,准备迎面扑向他们。

小狗把雷宾的一部分灵魂带走了,可是他并不怀疑,它们会把这部分灵魂在发光的白色隧道尽头还给他,这一部分灵魂将要在最后的审判时,作为他的有力证据,假使审判要来的话,因为小狗总是要比主人给它的付出给主人的更多。

  他记得自己所有的狗，对有些狗狗还怀有痛苦的罪恶感，而且，这种感觉要比对那些他伤害的人更真实、更强烈。人可以回应、侮辱、复仇，可是狗不会说话，而且忠心耿耿。因此，对它的罪恶感必然变成背叛，唉，人类对待动物最大的罪。

  雷宾直到现在都不能忘掉小时候的事。他有一次把自己家的第一只狗烫坏了，是一只叫卡莱的艾尔谷梗犬。它跑到厨房，雷宾把茶壶从炉子上拿下来，于是突然溅到了卡莱的背上。卡莱尖叫，于是爸妈跑了过来。雷宾自然对他们说，是卡莱自己撞到了装满水的茶壶，而他就是拿着茶壶站着，于是就……。母亲赶紧把悲鸣的卡莱背上抹上点药膏，它就在角落的狗地毯上趴下了。大家坐下喝茶，可是雷宾根本连糖果都吃不进去，因为，卡莱总是从它的角落看着雷宾，眼中充满了不解和极度悲伤。

  还有一只叫斯纳普的狗。这只小杜宾犬是一个姑娘带来的，雷宾和她交过朋友，他们一起在大学学习。她很黏人，自尊心又很强，也正因此，她的行为很古怪。比如说，不知道为什么她把小狗带来，然后跟雷宾吵完架就走了，伴随着风声，在这个柔韧的夏季夜晚，飘荡在树林草丛中的长裙，半夜里白花花的大长腿。

  雷宾双手抱起小狗，跑去追她。可是，当这些自尊心强的姑娘离开的时候，永远不会让别人追上她们的。他在草坪上乱闯，气愤地把小狗扔在草地上，小狗惊叫了一下，没有办法站起来，雷宾把它抱起来的时候，小狗哀鸣地伸出了爪子。

  它在雷宾的喝阻下，低声地叫了一夜。早上，自傲的姑娘来找雷宾，在激烈的和解之后，用运动包带走了小狗。

  那是夏天。雷宾离开去了某个地方一阵子，一直没有见到这个姑娘。当他回来的时候，她对他讲，斯纳普的爪子摔坏了，她把它带去兽医那里检查，给它打了石膏，也因此在兽医那里，它染上了瘟疫，因为她根本没有给它注射疫苗。女孩认为斯纳普的死就是她的错。如果她早点给它打疫苗，它的爪子没断，如果她不傻乎乎的半夜跑掉的话，那斯纳普就不会死了。

  女孩像以前一样，对雷宾抱有好感，而且也没有逃离，可是雷宾躺在她的身旁，看着她又长又白的大腿，总是回忆起那只垂着爪子不幸的小狗。于是，女孩的亲近对于他来说变成了一种负担。

当然，对于她来说并不公平。然而，分别的逻辑导致弄人的践踏，导致对合理看法寻衅的否认，乘上抽象事物剥离不可抗符号，类似好像不是被雷宾弄断的狗崽子的爪子，刷碗池中不干净的餐具，噘起的双唇，极其明显没有腰身的大衣，或者突然穿上这个不合式样，并且融入了全世界所有缺陷的大衣。

雷宾并没有怀疑，那些在闪光的白色通道边缘上迎接他的狗里面，一定会有这只垂着爪子、没来得及竖起耳朵的小狗。也许，当雷宾的灵魂到达最后的审判时，这只被治好的幸运的小狗，会活蹦乱跳地来到上帝的脚下。而其他的，雷宾对它们没有过错的小狗，就会请求这只小狗原谅它们头脑不清的主人。

"它们可千万别在那里互咬起来。"雷宾有时候会想，同时心里担忧，在闪光白色通道的边缘上的相遇。尽管不知为啥，他就是坚信，迎接他的定会是某个对他赏识的亲友团，而且还有一群小狗在旁边呢？

在与维拉相识的那一天，雷宾这四种情感复杂地纠缠在了一起，像密密麻麻的丛林中的枝条，而且还开了花，就好像它们还要长出果实一样。雷宾就像在梦中一样，就那几个小时，他的生活瞬息闪过，他的愿望和渴望像拼图一般拼凑在了一起，正如人们所说，拼图正好不多不少。雷宾千百次地准备跟随浮士德的脚步，让美丽的瞬间停止，只不过他的灵魂上没有任何人停驻，也不要求用永生来换取它。

"难道一切都是为了给情感清单中的第一种扫清道路吗？它难道会打破平衡，解决所有的问题，而且把所有的果实都采摘下来吗？"雷宾想到。

六月，议会紧急会议召开完毕，对于机构的工作人员来说，好日子到来了。大家可以上班迟到、早退，很多人一直也是这么做的。可是，雷宾惊讶地发现，在议会大楼以外他无事可做。当然，可以去商店逛逛，修修房子，买买电器，换换家具，可是这些麻烦事，总是在雷宾的意识中被扩大了十倍，让他变得惊慌失措，而且麻木。只有在没有退路的时候，他才会做家务和类似的事情。如果有退路的话，雷宾就一定会撤退。说实话，他也看不出坐在什么样的椅子上有区别，新的还是旧的，看平面的还是凸面的电视都一样。

雷宾呆坐在办公室一整天，也许摆了上百幅电脑牌。他打算回家，可是，在接待处停了下来，跟新来的女秘书聊上了。她三十岁上下，小衫上不该系的扣子都解开了，雷宾有机会亲眼瞧见黑色花边胸罩，轻盈的细线条加深了白白弹弹的胸部轮廓。女秘书纤细得像赤杨木的枝条一样，穿着紧身的裤子，像杨木上轻盈的灰色树皮一般，显得即干练、又规矩，像水上飘动叶子的赤杨木一般。在她的眼中，雷宾看到了随时准备发展关系的决心。不知为何，他觉得她女性的"技能"就是外在干练、冷酷与矫揉造作、热辣性感的矛盾在组合。这么说吧，就是加热的冰块与寒冷的火焰的组合。赤杨木烧得很好，或者是它在装作它可以烧得很好。雷宾基本可以想象到，这事要怎么发生，他把自己办公室的门锁上，把她推倒在桌子上。可是他在她的眼中看见了另一种，对于他更危险的决心：把关系发展到最后的胜利，直到从丈夫身边带着孩子离开，去组建新的"社交网"。雷宾也不记得，她生的到底是男孩还是女孩？别忘了他的姓氏可是鱼的意思，雷宾当然最不想再一次陷入这在老百姓当中撒开的网。

在大楼的出口，帕弗里克抓住了雷宾。他的手里拿着印着附近副食店字样的塑料袋，里边清晰可见，至少放着两瓶东倒西歪的香槟酒。他俩坐电梯上楼去办公室，里面有三个不同年龄的女士，其中就有帕弗里克要欢送她去休假的一位女士。

帕弗里克立马把香槟倒上。

雷宾猜到了，这个组合里明显阴盛阳衰，因此，帕弗里克像蜱虫一样紧紧地咬住他。

"咱们为休假干一杯，就像俄罗斯一样强大的爱情该崛起的时候了！"帕弗里克含糊不清地说道，嗯，看来这是从他们上一段对话延续下来的祝酒词。

雷宾猛地兴奋地干了一杯。

"那休假的男人们，就像俄罗斯在他的领导者面前一样，跪拜在美丽的女士面前！"他说，此时帕弗里克又马上倒了一杯。

邮 鱼

　　有时候，要是相信报纸上写的，领导们的支持率简直高的不行。可是老百姓当中，还有一些报纸上，就会对政府莫名其妙地嘲讽。比如说，有一份报纸上曾刊登了俄罗斯总理的照片，照片上他在法国滑雪胜地的坡道上，懊恼地摔倒又站了起来。

　　"俄罗斯崛起了！"照片的标题就是这样写的。看着窗外工作中的普列思尼区破烂的屋顶，教堂的星星点缀或没有星星点缀的金色、绿色、以及蓝色的圆顶，阿尔巴特大街附近参差不齐的钟楼，乌克兰宾馆的尖顶，像小辫子一样竖着的装满天线的新翻修的建筑上的巧克力色的彩釉房顶，雷宾在完全的绝望当中，感受到了怪异的宁静，他融入上帝所赐予的财富的氛围当中。这并不在于一切都往好了发展，而在于一切都向只有上帝一个人熟识的结果发展，这个过程没有办法加快或是减慢。与此同时，上帝对这些渺小之徒那么的仁慈，以至于让他们去享受生活的喜悦，有所期望，在注定要毁灭的世界中有所期待。上帝并不急于像以前一样，在犹太教徒中与陌生人分享餐食一样，来分享人类的小幸福。

　　而后，晚上他们全都在议会大楼旁的斜坡上站着。

　　在夏季透明的黄昏，甚至连最普通的话语都会引人深思，而在最平凡的女人身上也隐藏着某种东西。帕弗里克建议把雷宾送回家，雷宾却让司机烦透了，因为，他把公务车让给了住在莫斯科不同角落的女士们。

　　喝完女士家柜子里放了很多年布满灰尘，但终于等到了金榜题名时的那瓶紫色的某种外星口感的甜酒、香槟、伏特加之后，帕弗里克跟跟跄跄像彪悍的山羊一般，坐在司机的位置开车。没用多久，拐了个弯，压过两条双实线，插入了博罗金斯克大桥上桥处那沮丧的"尾巴"，接着迎面追过了这条尾巴，溜过了发呆的交警身旁，穿过熄灭的信号灯，上了桥。

　　库图左夫大街的咖啡馆和饭馆附近的树，都被缠上了一串串的彩灯，房盖上两个广告牌中央的一条空隙中，雷宾看到了像巨大的羊皮纸一般，上边画着模糊的蓝色字迹的月亮，就好像它害羞地为自己打广告一样。月亮不属于任何人，它有权利这样做。

　　当雷宾从车上下来，走到自家的单元门时，帕弗里克突然对他说，他想把自己的日产逍客汽车卖掉，然后填一点钱，买一台不那么笨重的工作用的路虎揽胜。

雷宾突然对自己说，也许他应该买下帕弗里克的逍客，尽管，瞬息之前他根本没有这么想。他对自己四十年的沃尔沃汽车完全没有意见，一共才跑了七万公里，也就是说，对于俄罗斯人来说，这简直就是新车。就像从前一无所有，现在一下子就出现了一样，茅塞顿开。雷宾觉得他的汽车跟逍客相比，又冷、又傲慢、又冷淡，最主要的是它很自我。雷宾看到逍客的第一眼就爱上了它。原来，他一开上这辆车，逍客就风驰电掣把他送到了羊皮纸般写着蓝色广告语的月亮上。

他们商量好了，第二天进行交易。

早上，有两个买家马上主动找上了雷宾的车：一个白的油光满面的狡猾的妇女，她是俄罗斯"人人网"的老板，议会新闻处经常把一些毫无意义的信息往这个网上发；还有一个傲慢的国有报社的副主编，他总是尝试着从议会，哪怕弄一点点钱，来发表关于议员们的非凡行动的赞扬题材的文章。雷宾已经对他烦透了，解释过政府不会出钱，议会的预算中根本没有付费发表文章的开销，可是那人根本就不信他，常常给他寄来盖好章的合同和很多位数的银行账号。有一次，他把雷宾诱出办公室到大厅中，提议每签一份合同就给雷宾现金。好像，他完全确信，雷宾就是占着茅坑不拉屎，挥霍着公款，耍着滑头，占着便宜，把资源都笼到自己身上的人。

公平地说，最好跟狡猾的妇女打交道，也要比跟笨拙的寻找利益的副主编强，雷宾很快就通过电话跟她订好了价格，在价格上她仓促的尝试过压低和诱骗，雷宾把委托改成了自己司机的名字，然后，又派那个昨天晚上送完妇女没清醒的司机，去把车的登记撤销，并且按相关规定办手续。

然后，像茨冈人买马一样，雷宾某种程度上，实实在在的跟帕弗里克讨价还价了一番，把价格压了下来，坐在逍客上，在河堤上吱嘎踩着刹车飞驰起来。

最后商妥之后，他们去了公证处，那里有一个以前在他们议会法律部门工作的小伙子。他凭着记忆让这些从前的同事不用排队，也不用多交苛税。也是在那儿，帕弗里克的妻子维拉来找他们了，原来车是登记到了她名下的。

邮 鱼

雷宾刚一看到她时，头发梳的很利索，后脑勺扎了一个辫子，穿着黑裤子和彩色的紧身短衫，面容朴素，像是毫无卖俏的诚实生活一般，一个古怪的念头占据了雷宾的头脑，这个明知道为什么（就好像他寻找了她一辈子，但是怎么也没找到一半），但却并不出色的女人的存在，被实物化成了汽车。因此，他突然想起了逍客汽车，那辆如果想一想，雷宾根本就不需要的东西。意思是，他用洋姜换了根萝卜，或者说，用相似的沃尔沃换了一个类似的逍客。

也许他疯了，因为，透过布满灰尘的公证处的窗户，看到下边停的逍客的椭圆形的车身，他看到了维拉的酥胸、丰臀和小肚腩。

他到底在这个半老徐娘身上找到了什么，他在她身上找到了一切。这"一切"完全不需要多做解释。把"一切"打开的按钮处于意识的黑暗角落当中，这里行为的不合时宜的逻辑成熟，古老的、下流的、本能逻辑在沉睡，像学校的坏学生一样，那些他们记忆当中删除的禁片还保存着。

他11岁在少先队露营偷看小姑娘时，他藏在一艘河边的翻过来的散发着腐鱼恶臭的小船下面。他甚至没有看到她们的脸，开始了少年的遐想……

雷宾活得就像什么都没有的存在一样。它们不存在于雷宾的意识当中，入侵到他的思想，最主要的是入侵到他的梦乡，把它们变成了长时间的道德堕落。

事情接近尾声，可是突然，帕弗里克的脑袋转不过弯儿了，他企图再想向雷宾多要300美元，因为，他换了神奇的最新的过滤器，还有好像昨天刚安装上的新刹车片。于是，总之欺骗的解释，也许的确高估了雷宾对拥有这台逍客的渴望，帕弗里克尝试着继续讲价，尽管交易已经结束了，而且，被封上了圆圆的像广告牌月亮一般的丁香色的（紫色）公证处的印记。

"你瞧瞧，你瞧瞧，"帕弗里克表情丰富地拍了拍逍客的塑料后保险杠道。"这可是个好姑娘，你难道还会为新的刹车片吝啬这300美元吗？！"

"好姑娘！"雷宾兴高采烈道，"花了12万，什么家伙到她那儿都蔫了！它都是个颤颤巍巍的老娘们儿了！"

"什么12万？"帕弗里克因为愤怒差点连话都没说出来。"你看看里程表！"

"维拉，他胡说什么呢？你知道吗，到4S店换个机油、过滤器和刹车片多少钱呢？"

"哪个笨蛋现在还去4S店修车的？"雷宾问道。

"这可太便宜了，"维拉说道，看着自己的丈夫。

"或者说媳妇不忠贞，"雷宾想道，"总之，不忠贞就是女性的智慧。"生气过后。他再也看不出道客圆润的线条像圆润的女性身体。

一切都是那么的简单。

生活中一切总是要比想法中简单，要比幻想中更简单。

"200，"帕弗里克低声说道，好像他觉察到了什么。

"100，"雷宾厚脸皮回答道，他也察觉到了什么似的。

可是，当帕弗里克看到对他忠贞不渝的妻子时，他也许已经感觉到了那昙花一现，且第一眼看上去毫无原因，实际上却非常有理有据的烦恼，他正在经历烦恼折磨，那么，雷宾经受的就是，对完成愿望交集的期盼，尽管他什么也没有求。

"行了，别再讨价还价了。"维拉叹气到，"这就是命。"

"为啥是命？"怕弗里克惊讶道。"昨天我交了350美元给维修中心，可是他就给我100？难道命运这么需要我这辛辛苦苦的250美元的血汗钱吗？"

"好吧，那就120吧，"雷宾说。"命运喜欢这个数字。"

"为什么？"帕弗里克饶有兴趣道。"这个数字里有什么特别的吗？"

"因为，它就是命！"维拉生气道。"这就是它的定价！"

"可是，有时候命运会要180块钱。"帕弗里克责备地眼光看了看雷宾道，"你看你的小气劲儿把我媳妇给气的？"

雷宾知道维拉是什么意思，而且，她已经习惯了这种事情，雷宾感到不自信与恐惧。他懂得，在这个永恒的游戏中，比分只有几秒之差。只要他一张嘴，他说什么不重要，她除了轻视以外，立马会看出他即可怜，又不值得同情。因此，雷宾默不作声，并用眼神吞噬了维拉。让她最好认为他是一个愚蠢的雄性动物，也好过他是个胆小鬼。可是，这里还有对现实认知的第二层,即隐含的那一层。为什么,雷宾想这一切会发生吗?难道这个想法让他感到惊讶,是因为我们的黑暗角落,可以说是相邻的,而禁片是共有的?

最后,他们商量好了以150美元成交,雷宾同意明天上班给他。可是,原来却不行。

因为,帕弗里克明天就去度假。一大早,他就和维拉飞去索契,因此,今天就要钱。

此外,帕弗里克大吃一惊想,"几乎是不要钱就拥有了我的车,他还想再挤出来这可怜的150美元!"

"我还想你媳妇呢,"雷宾想了想。尽管他并不晓得,应该在去索契之前剩下的不几个小时里如何办到。

他交给了命运,这个最好的,确切说,世上最大的老鸨子。

帕弗里克剩下的只是在车管所去修改一些复杂的需要补交公证书的文件,这些文件可以让他不明原因的卖车得来的钱不用扣税。

雷宾沿着已经被好几代人踩过的石头台阶下楼。

总之,现在这个老楼里,好像完全没有住户。大多数的铁门上,都贴着各种各样公司的单子。

可是,雷宾好不容易迈出了车管所大门,就下起了绵绵细雨,就好像用水做的线把天空与大地紧紧地缝在了一起。

雷宾看着那台用透明的水流冲刷的逍客汽车,可是却看见了维拉。就好像她赤裸裸地站在那里,用她的双肩把雨水分成瀑布状,同时,水流经她的身体,划出了一条条银色的小鱼。雷宾很想变成其中的一条鱼。他差一点就变成了,可是帕弗里克跟着他跑了下来,赶上了他。

"够朋友,"他问道,"把维拉送家去呗。别让我媳妇淋到雨。"

"没问题,"雷宾又一次对命运的狡诈感到惊讶。

"你不等你老公吗?"雷宾严肃询问道,当维拉坐到了已经不属于她的逍客的前排座时。他很乐意把自己,既当成观众,又作为亵渎命运的戏剧中的人物。戏剧一直是以轻喜剧的题材上演着的,可是雷宾一直记得父亲很早以前说的话,另一个理论,但也是关于命运的:"这个剧作家总是让戏剧以悲剧结尾，哪怕开始的时候明明就很可笑。"

"要是没事儿，我会等他，"维拉回答道，"可是，我得去遛狗。"

"你家有狗？"雷宾饶有兴趣道。雨滴落在逍客汽车的顶棚，像敲着铁鼓一般。也许，这可能是点燃了激情的小鱼儿在敲打着顶棚，像在锅里一般。

"我家没有狗，是邻居家的。"

"你给有钱的邻居打工吗？"雷宾嘲笑道。

"就是一般人。他们去参加葬礼了。把狗临时放我家了。"

"什么种的狗"？雷宾认为最好聊聊狗，也比弄清楚邻居们去的是谁的葬礼好。关他什么事儿呢？

"我也不知道，"维拉耸耸肩道，"应该说是我不记得了。"

"狗叫什么名？"

"嗯，名字很怪"维拉突然笑道。"这种狗是中国品种。它叫"感动（音译）"。两个字中间最好空一下说出来。只不过叫也不好使。这个败类，跑了，我叫它："感！感！"，它不过来。只有大声地叫"感动"才来。又小又犟的坏种！大公狗都怕它，把一个女人的长丝袜给刮坏了。我叫它，大家都从窗户看我们。维拉看了看雷宾的眼睛。"你到底想从我身上得到什么，你，老爷们儿？"雷宾在她的眼神中读到了这个想法。

"什么都不要，这就是命，"雷宾含糊其辞道。

"我们之间相互的好感，"维拉若有所思道，"就像出浴的爱神一般，从两个词中出现了，一个是命运，一个是贱人。"

"况且，命运还冒险继续在这只可爱小狗的名字……"

"下流，"维拉一边皱眉道，一边倾听下雨的哗啦声，"可是我不是贱人。"

"我清楚，"雷宾磕磕绊绊地把车停在了提款机旁边，还把打伞排队的路人身上溅上了脏水。他感到惭愧，向前开了一下，就好像他故意这样做一样，结果更糟。

"为什么"？维拉惊讶问道。

"什么为什么？"

"你为什么溅了他们一身水？"

"不是故意的，"雷宾怒斥道，"这一辈子总是这样！你想做成点什么，可是呢，你做不了。或者你正在做，你不想做的事情，而结果就好像不仅仅是想做，然后还使尽全力去争取，让一切变得更糟！就比如说现在，我看了看倒车镜里面，在提款机旁边抖去身上泥水的人们。这就是命。"

"一次次的亲近都不是我的命，"维拉说道，"尽管有时候，我也很纳闷。现在怎么样了，"她停顿了一下补充道。

"我们都是成年人了，为什么需要这些东西？"雷宾郁闷道，尽管有时候，他在雨中感受到的是旺盛经历，而且，生活让他觉得还有点用处。

"我们不需要，"维拉并没有多问，"但是，某些人或者某些东西的确需要。你把自己想成一团线头，不得不把它理清。就得揉它、揪它，直到弄出一根线头来。"

"为什么？"雷宾问道，突然回忆起叫阿丽娅德纳的红发女少尉。线团子！雷宾鲜明的比较道。

"什么为什么？"

"为什么要把它解开呢？"

"我也搞不明白，"维拉心不在焉地看着车玻璃侧窗，如果同时有人从别的车的侧窗看向他们的话，那个人脑袋里一定不会想到，雷宾和维拉此时谈的正是爱情。而雷宾一边跟维拉谈论着爱情，一边想着红发女少尉阿丽娅德纳的身体。

"难道我们有能力挽回这一切的存在吗？"雷宾满怀期望的问道。

"也许吧，"维拉慢慢地把手伸向他，"只不过，我们俩现在时间比较不够。"

"你让我感到太激动了，"雷宾承认道，"可是也让我深思，这么说吧，你把我想象的机器给开启了。"他俩沿着新阿尔巴特大街行驶，到博罗金斯克大桥没剩多少路了。雷宾要么应该直行到库图佐夫大街自己家，要么从桥上下来，开到河堤上，把维拉送到大学城大街，那里等待他的是一只叫"感动"的烦人的小公狗。"当我紧张，开始想事情的时候，我就什么也做不了，"雷宾减慢了车速。想象的机器也不知道往哪行驶了。超过他的司机很生气的按着喇叭。"特别是钱，狗，汽车和女人的事，"雷宾咬紧牙说道。

"钱我不知道，关于狗我什么也说不出来，但是你跟我一定会有点什么，"维拉抿嘴微笑道，"我可是个跑了很多里程的女人。"

6

门外的寂静，维拉还一直没有出现，让雷宾开始感到不安。寂静的原因是，秘书和公文处理部门的女领导跑到楼下去看，那里发生了什么，谁摔倒了，所以还没有回到接待处。女性的好奇心就真的跟女人的愚蠢一样，完全不懂得恐惧，不明界线。

可是维拉去哪了？

难不成，雷宾想，她还在厕所？

他回忆道，暖和的天气，女人穿的很少也没关系。有一次，他在咖啡馆就把与女哲人的关系弄清楚了。他们之间好像发生了某些事情，他澄清自己，可是她却严肃地看着他，就好像他是雕像一般。依稀记得，关于这个雕像，如母水牛一般鸣叫，用怀抱让他窒息。这样的想法本身对雷宾来说，都是即野蛮，又轻慢。的确，有过这样的事情发生。但既不是发生在他身上，也不是发生在她身上。

他们走上大街。

雷宾斜眼看了看女友。她脸上写满着石印般被侮辱（还能有谁，当然是被雷宾）的真理，因此，她身体的一部分也就无止境地吸引着雷宾。

不知怎样，它们（公民美德浇筑的雕塑和失去性爱权利的黄包车）不经意的来到了大楼附近，雷宾出于礼貌，邀请女友顺便上去坐坐，她竟然同意了。他们刚一跨进家门，雷宾就在昏暗得像洞底的走廊里抱住了女朋友……她像是教导主任看着被处罚的学生一般看着雷宾，然后，傲慢地走在大街上，蔑视着他和其他所有人，那些落在了公正与美德后边的，在下流渺小的生活中无良之人。于是，一切都是为了跟他们中的一个人倒在铺着塑料地板的黑暗的走廊里，不用从脸上卸掉石印，可是坚决的要拆掉身体的其他部分？

雷宾把他觉得该从办公室拿走的东西都装进了公文包里。

各式各样的破烂都映入了眼帘，比如说，酒精测试仪、切纸用的水晶刀、描着金纹的绿色玉球，它早就毫无意义的被放到了书桌上台灯和沙漏中间，沙漏上面还镶着金色的俄罗斯国徽。

最让人惊讶的是，当沙漏翻过来时，双头鹰也在玻璃罩里边诡异地翻动，头永远不会朝下，锋利的爪子不会朝上。也许，这具有很深的意义，1001种意涵俄罗斯绝对伟大，谁都不能让它头朝下，也不能从架子上拽下来，也不能让它四肢着地，就不让成千上万隐藏的敌人得逞。

后来，雷宾想起来确实需要的东西：存折、钱、镶钻白金手表，还是一个国家总理为感谢他写的关于这个国家不可思议的经济成就的一系列文章送他的，公务护照及因私护照，它们跟文件规章一起放在保险柜里，这些文件的保密程度等于零。有一个规定，让雷宾特别感到惊讶：在核武器警报发布时，他要随身携带宪法，立马撤离办公室。

打开保险柜并不容易，要用长长的钥匙，同时转动大大的塑料把手。因此，雷宾必须得搞好一阵子。钥匙没有把手即转不动，也拿不出来，拧钥匙的时候把手要往右转，拔钥匙的时候把手要往左转。跟这个把手"战斗"的时候，雷宾回忆着宪法放在哪里，最终还是没有想起来。也许办公室里根本就没有宪法。

他刚好打开保险柜的时候，有人敲门。

"听到了！"雷宾叫到。"你洗完了吗？"

"彼得·安纳托利耶维奇，"女文秘看了一眼办公室里道，"有一个未来事物委员会的同志找您。他说您跟他定好了。"

雷宾没有立刻想起来，她说的不是某人摔到楼下了，摔坏了，而是关于……

"谁啊？什么委员会？你胡说啥呢？"

"他就是这么说的，"女秘书也生起气来道。

她很可怕，体型很奇怪，就好像是有两个完全不同的人组成的一样。上身属于一个高挑，胸大，天鹅颈、干瘦轮廓、清晰脸颊的姑娘。下身属于一个短腿的老妇人，毫无体型可言，但是臀部却骨瘦嶙峋。女秘书是单身母亲，跟一对双胞胎儿子住娘家，她父母为此也并不高兴。她很容易就生气，因为她被生活所伤害。

"他就是这么说的，"女秘书又说了一遍。

她并没有感到自己有什么过错，因此，不慌不忙地看着她的领导。权利保护了她：提倡多生孩子，总统给她们发放母亲抚恤金；小孩们还可以收到工会发的新年去克里姆林宫看圣诞树的入场券；最主要的是收入低，麻烦的职务谁都不想做。

"那个女人去哪儿了？"

"维拉早就应该奔向他的怀抱，可是好像风把方向带偏了。"

"什么女人？"女秘书睁大眼睛道，于是雷宾懂了，根本就没有女人，就像尽人皆知的高尔基的小男孩一样不复存在。

"下面……怎么了？他们已经来了，围上了吗？"雷宾冷漠地打听着。

"谁来了？围什么？"

雷宾认为，这太不像话了。他同意，生活是即奇妙又未知的，可是他更喜欢让别人突然体会到这一点，而不是他本人去体会。

"就是说，下边一切正常？下边一切都棒棒的？"他嘲弄道。

女秘书看了看他，就像是看着别人家顽皮的孩子，真想打他后脑勺一下，但是当着人家父母面，这样做不太合适。

"咱们现在就去看看那儿怎么啦，"雷宾就像是这个飞扬跋扈的小孩一般走向她，像拿着玩具一般，一只手抓着护照，另一只手抓着厚厚的装满钱的信封、存折，手上还带着镶钻的白金手表。

"我刚从那儿过来。那儿一切风平浪静。没有什么可担心的。"在门口出现了一个穿灰色西装的男子道，他带着领带，个子不高，外表很不出众。一直看他都不会发现任何一个异于常人的特征。这样的人就像是 X 光线，毫无察觉地穿透墙壁和封闭的大门，就能弄清自己的问题所在。往好了想，他们消失得无影无踪，之后留下内心深深的担忧，像去敷衍的医生那里看病一般。要知道每个人，如果想一想的话，都是国家潜在的敌人。而且，他也清楚这一点。而国家要是想的话，总是能够证明这一点。

邮 鱼

  这个进来的同志，几乎能让人想起一只大灰老鼠。雷宾早就发现大多数官员，特别是负责国家安全的那些，都像老鼠。而且，国家也莫名其妙的把自己的形象放大成一只硕鼠，它吞噬矿藏、森林、河流、天空，同时也吞噬了百姓。

  雷宾斜眼看了看墙上挂着的镜子，也发现了自己的某种鼠样，但是并非王者的样子，就好像他企图对粮食生气，可是又胆怯，就好像他想藏在扫帚后边。他知道，他就是国家的敌人，可是完全没有准备好承受应得的惩罚。

  "衣帽间还开门，报刊亭、花店也都开门。正好那里出售江米纸包裹的日本菊花，很漂亮，我推荐你买。"那只老鼠继续说道，还不时地看着雷宾的眼睛。

  难道自然界中还会有老鼠催眠师，雷宾担心起来。脑袋里立刻描绘出一幅奇怪的图景：就好像他晃动着鱼鳍，从岸边的芦苇荡中探出了脑袋，而坐在岸上有如武士一般的老鼠，用狡诈的目光看着他，像绳子一般把他拉到岸上来。

  "唉，不行！"雷宾挥动一下尾巴，游向了深处，打起精神，又看到他面前的这个穿灰西装的男子，以及莫名沉默的女秘书。

  "瓦夏自己从阳台跳下去的，我没有什么可认的，我是国家的朋友！"雷宾心里盘算着，"终归我还是官员，我可是有官职的！"

  "喝茶，喝咖啡？"他故作平静而又自信地问道。

  老鼠选择了喝茶。

  女秘书离开办公室，要去泡一壶非常糟糕的绿茶。她要么把茶就泡的很浓，像士的宁一样苦，要么就很淡，像完全没泡一样。

  过大约十分钟，她就应该隆重的用托盘把茶壶连带茶杯端进办公室，还有早就不洁白，感觉好像谁把烟灰弹到里边的一碟子白糖，以及一个盛着硬得像石头一般果脯的花碗，雷宾总是把它们泡在热水里。"唉，你好像不喜欢啃硬东西，"雷宾心想着这位不速鼠客。可是……

  打开的保险柜，像野兽张大的嘴一般，如是所见，甚至根本不需要证明罪状，一叠护照和厚厚的信封，里边很容易就想到是钱，出现在雷宾颤抖的手里，这毋庸置疑证明他想隐藏这件事。"逮个正着！"雷宾惊恐地想到，把信封和护照藏到了公文包里。它们像活的一般，不知为何很固执。后来，才像抓住了悬崖边上的一小撮抱有希望的草木一般，雷宾抓住了一个想法，他也没犯什么罪啊，正相反，生命中第一次完成了某种类似丰功伟业之事，他从变态手里救了一个善良的妇女。他有什么可怕的？

"你知道为什么你不用当作家吗？"很轻松地，就好像他们以前梦见过对方一样，因此，不合乎礼节的客人开始用"你"这个称呼来问道。"总之，还是没有下定决心去做这样的事。"

他认为，雷宾的沉默就是要继续了解详情的信号。

"因为，你尝试着去把现实生活与创作的过程对比：结果好坏跟谁都没关系，你要在哪印刷，然后拿到报酬？都是徒劳！只有你准确的了解到这件事完全与现实生活无关，与实际情况没有任何的关联，为此，最好的情况下你什么也都得不到，一般的情况下会把你当成屎，而不好的情况下会把你杀了，阉割掉或者送进监狱，在这时，你才能写出某些有价值的东西。"

"还能补充一点：把你做成无头人棍，"雷宾想了想，回忆起曼德尔施坦姆的话，当时他在货车的后厢里流放的路上，跟着一群穿红色衬衫手拿斧头的伐木工一起。"死刑是按照某种彼得时期的方式来的，"曼德尔施坦姆低声对妻子说道。

雷宾年轻的时候练过空手道，甚至还参加过各种比赛。理论上，就连现在，他也可以保护好自己，但是在打架之前的那一瞬间，他不可动摇的被病态的恐惧所侵占。手脚都软绵绵的，头脑里除了往哪跑这个念头，就什么都没有了。招还没有发出来，雷宾就已经躲过了。"于是生活也就这样输掉了，"雷宾清楚这一点，但是他却束手无策。

可能，目前还没有谁真想要他的命这一点拯救了他。再有就是，他极其谨慎。在一件事情对于他产生危机之前，雷宾就已经感受到了。小猫在洪水来临之前，也会感受到，并且预先跳上房盖，公鸡会跳上栅栏预警。

因此，格雷厄姆·格林的"胆小鬼活得更久"这个公平的思想，完全适用于雷宾这个人。

邮 鱼

一直到今时今日。

总之，雷宾自己认为，他的生活方式是对世界既孤单，又傲慢（就像语文书上那些臭名昭著的"多余人"一样）的认知，是他面临的艰巨工作中必要的印象压缩集。

"去你的工作吧！"此时，他想了想，看着这个不速之客，"谁需要我这虚而不实的工作呢？我一文不值！俄罗斯没有文学可言！真正的文学是比赛，是与大众的冷漠和自身的无能公平的决斗，决斗时也有不耻与失败。可是，今天的商业化的文学，就是从角落里出来的突发而又无耻的袭击。胜利的不是想法更多的人，而是让读者惊呆的人。只要读者们什么也不懂，书就会畅销。"

雷宾确定，恐惧像榨汁机一样，在榨压着他的思想，它们不断地流出来，控制不住，像被吓得尿了一样不由自主。

"他多蠢，竟然还嘲笑人家维拉，"雷宾想到。突然，他痛苦地恍然大悟，他跟自己的梦乡，未来的计划，想法和希望一同消失，而这个不完美的想唾弃文学的世界依然存在，并且会像没有发现战士走失的部队一样，把自己的歌曲唱到最后。

"要写那些未来会发生的事，"这个穿灰西装的访客建议道。

雷宾突然想到，这个人给他自己的单位起了一个多么可笑的称呼，叫什么未来事物委员会。除了把因为某些原因不到列入未来事物的个别人剔除，这个未来事物委员会还能干些什么呢？但是，首先，雷宾搞明白了，他的事情都在突发情况委员会的管辖之下。

"可能，这两个委员会就是我命运的共同执行者，"他想。

"大多数作家都在写关于经历过的事情，可是这只不过是情感的二次剥削，"与此同时，不速之客继续说道。"有弹性的话，神圣的恐惧和非凡的言语，只有在你写将要发生的事，并不重要它要发生还是不发生，这时才会出现。未来的真相，人们都不喜欢，因此，为了写真相，就要有赴死的勇气和对周围渺小事物的憎恶。"

"嗯，的确如此，"雷宾若有所思道，"不知往哪走，也得走，不知拿什么，也要拿来。"

"法律冷酷无情，但终归是法律，"大叔冷笑道。"未来不存在，可是，这就是未来！写出这一点，你就流芳百世了。流芳百世！"他重复道。

雷宾竟喜欢这个客人开始用思辩而又哲学的方式跟他谈话。

流芳百世的机会，等同于，因为证据毫无意义，什么都没有办法去证明，但还能活着出现的概率。什么都不能信任的时候，因为真理缺乏范畴。什么都不能衡量时，因为事情凌驾于人的意志和愿望，按照他指的路行进。那么，那时真正的文学时刻就会到来，它会开启新世界。

只不过也没人去看书了。

生物群（人们）很乐意凝固成任何形式，因为应允了它们吃喝玩乐。个别人尝试领会这些形式致命的渺小，但毫无意义。穿红色衬衫的伐木工人跳到货车后箱，像少先队员一样，时刻准备着对他们实行彼得时期的死刑。警告从生物群身上弹开，就像网球从墙上弹回一样。生物群把思想、意志和行动，如智慧、真诚与良知一般融入自身当中。

可是，对有头脑的孤独群体的拯救就在于周围生活的荒谬。

荒谬的根基就是对生命与死亡的普遍冷漠。

荒谬内部完全可以舒适的存在，而不用引起自身的注意。是的，世界滚向（飞向，爬向，跑向，游向）深渊。但是日出日落，大海的波涛抚摸着沙滩，姑娘们长长的大腿，翘翘的丰臀，汽车飞驰，纸醉金迷，这个世界上赚钱的都是聪明人，唾手可得。

让雷宾非他所愿，看到这样的事情，干预到这其中。可是，现在他想把这件事忘掉，在这个世界上他最不喜欢的角色就是证人。况且，老鼠建议雷宾的事情的版本是可接受的，他绝对会同意。

他什么都没看见，什么都没听见。

瓦夏自己意识模糊地掉到楼下去。雷宾真心地认为杀了瓦夏要比吓吓他麻烦得多。他自己高兴吓自己。由于他的胆小和冷漠，像用蜂蜡一样，老鼠可以捏出任何类似棋子的形状，把它下到对应的格子里。只不过，老鼠想要充当雕塑家或是象棋大师的角色吗？这是它的计划吗？

"我准备好了写不存在的事，"雷宾说道，"甚至是写关于卡特船长的狗。"

邮 鱼

"不好意思,我完全不知道卡特船长的事情,"老鼠客气地明说道,"他的狗也不知道。""虽说我懂一点文学史和理论,我感觉卡特船长比较新,如果他不是刚问世的话。"停顿了一下,他继续说道。

"卡特船长是一个残忍的海盗,"雷宾饶有兴致地讲解道,"船员都恨他。只有一只狗非常爱他,它是他在一个土著岛上买的。那些土著想把这条狗吃掉,还把它挂起来,绑在架子上,在火上烤。"

有人告诉船长,土著人认为不明上岛的大野狗,就是能够带来不幸的邪灵。

卡特船长毫不犹豫地把自己的帽子、乌龟权杖和一桶朗姆酒用来交换这只狗。在土著人的概念里,这就是天价了。

他们同意了。

狗只认船长,跟他形影不离。

当牙买加副总督的女儿被卡特船长抓来当俘虏,并且让她做女仆的时候,她给他拿了一杯下过毒的葡萄酒,小狗把酒杯从她的手中撞翻,并且把毒酒都舔了。它痛苦得抽搐了好久,最后还是活了下来。

当一个水手半夜像毒蛇一般,偷偷潜入了船长的船舱,想要给他一刀时,小狗咬断了他的脖子。

当西班牙军舰把他们的船包围的时候,劈头向他射击,小狗跟船长一直呆在驾驶台。

驾驶台里边,就在船长脚下,扔进来一颗手榴弹。小狗叼起手榴弹滚烫的导火索,从驾驶室跳到了水里。它还没有落入水中,手榴弹就把它在空中撕成了碎片。恍然一惊的西班牙人的队形一时间乱了起来,卡特船长的轮船得意得把他们的军舰撞裂。船长把马尾藻海上的一个岛命名为自己心爱的小狗的名字。在这座岛上,开满了全世界最美的野生兰花。

"这就完了吗?"老鼠问到。雷宾激动地继续道:"卡特船长不仅仅在新世界做海盗航海,地中海也有他的身影。"

在塞浦路斯,他打牌赢了十字军骑士后人一枚钉子,这根钉子是当时在十字架上钉过救世主右手的那根。它能把铜币变成金币,还能把麻风病人医好,赋予男人不可想象的力量,赋予女人无与伦比的美丽。不过,只有请愿者的心愿高尚，并且心灵纯洁时，神迹才会出现。

　　船长把钉子保存在一个自己的小狗的脖圈上的专用的口袋里，因为，这是世上偷盗者唯一想不到的地方。他说他要赎回女王的宽恕，把剩下的宝藏分给穷人，自己去修道院，祈祷上帝宽恕自己的罪恶，只有那样，他才能勇敢地去触摸这枚神圣的钉子。

　　当手雷把忠诚的小狗炸成了红色的皮毛，如大海上的烟花一般，希望也离开了这个世间。这很让人惊讶，可是希望最好的情况下，是跟救世主的右手一起钉在了十字架上。救世主从十字架上下来了，而钉子却像库尔斯克号潜水艇一般沉没了。现在，人类已经没有机会了。

　　"可是，某些人在我们这个年代还打算在海底把这根钉子找到，并且还给人类希望？"老鼠继续说道。

　　"的确如此，"雷宾回答道。

　　"为什么？"

　　"为什么？"雷宾失落地说道，同时又回忆起来，自己生活中与发生的事毫无关系的事情，但是却跟"为什么"有关的片段。

　　20世纪80年代初期，他跟媳妇一起用文学基金会赞助的钱，去了一趟保加利亚旅行。在那个年代，许多苏联作家都有这样的特权，就是携家眷去社会主义国家度假。他们住在宾馆一层的一个房间里，像极了宿舍，隔壁几个房间住的是一个苏联旅游团。宾馆的隔音简直太糟糕。每天晚上，他的同胞们都喝得酩酊大醉，到处叮当乱敲。他们半夜三更回到宾馆，甚至有时大清早上才回来。在工会旅行团里，通常都有很多女性，因此，许多男人就有了选择权，偶尔他们会滥用这种权利。他曾在某处看到过，别人的激情表现可以使人产生灵感。而这些表现对雷宾来说，正好相反，是一种压力。他躺在床上，旁边就是媳妇，这个他曾经爱过的女人，他呆呆地看着天花板，甚至都没有去想过，要融入这周围的肉搏的节日。"科里亚，科里亚，快开门，是我，柳夏！"雷宾突然听到有人在敲隔壁的门（但是由于隔音不好，他还以为是在敲他的门）。安静了几分钟。"科里亚，是我，柳夏，你老婆！"那个女人呜咽道，并且立马大声地低语继续说道。"丹尼娅（就是说旁边还有个女朋友），他不开门，因为他认为我……，

邮　鱼

我的天呐，都一点半了！你可真是，唉，我们只不过在咖啡厅坐了一小会儿，后来，找回宾馆的路，找了半天没找到。他变得很爱生气，"尽管细声低语地说，但是雷宾还是竖起耳朵（一如往常一般只要一说到关于别人的秘密）什么都听得清清楚楚的，"他酗酒，丹尼娅，在记入个人档案的严重警告处分之后，他完全不行，可能他认为我背叛了……"她叹了一口气，声音很小很小，嘴对着女朋友的耳朵继续说。"科里亚，唉，开门吧！""凭什么开？"突然间墙的另一面，一个阴森低沉的声音开口问道，犹如手术刀划开了脓包一般，把家庭生活的空虚与欺骗划开了，男人和女人之间的关系。

"为什么要打开那扇开启不了的门呢？"这一矛盾完全可以这么表达出来。

不知为何，雷宾觉得老鼠应该可以理解他，如果把这个故事讲给它的话。但是，现在他最想做的却是躲起来，直到死，都毫无怨言地为不爱的妻子开门，也不询问原因。见鬼去吧！什么锋刃，让它暗淡、生锈、迟钝。工作，穿越拥堵的街道气愤地回到家中，边喝伏特加、边吃饭，看时事新闻节目，连续剧或者是DVD，大清早不情愿起床，一直到退休，这一切，都像是废物的过活，那也比死了强。

雷宾愣住了，就像是爪子被捕兽夹夹住的野兽一般。就让老鼠去希望吧！他要辞职，去当自由撰稿人，他要写指定的文章，随便爱骂谁骂谁。雷宾准备好利用任何一次老鼠提供的机会。假如它想杀死我的话，那它早就这么做了，他斜眼看了一下这个不速之客，那些未来事物委员会的专家们技术娴熟着呢。

"对事物正确的眼光，既具有建设性，又同时具工艺性。"老鼠赞同道。

"简单说，就是厚颜无耻，"雷宾并没有对与他对话的这位客人的通灵能力感到惊讶，补充道。

"这种东西必须得有，"老鼠认同道，"假如恶棍们拿着爱国主义当幌子，况且当正面思考时，恶棍变成了好人，反面思考的话，他变得更坏，意思也就是说更无耻，那么自然就成了热爱生活的悲观者的，或是悲观的热爱生活的人的避难所。他们看不到生活的意义，什么也不相信，然而却不断地享受生活的福利。对了，不好意思，刚好到现在我还没有做一个自我介绍。我叫……"

"伊斯迈尔，"雷宾不故意地冷笑道，"或者叫甘结拜因？对不起，"他马上垂下双眼，并认同老鼠的最大优势道。"我让自己成为奴隶，就是那个所谓的悲观热爱生活的人，跟文学共生。只不过，什么是文学呢？"他若有所思地看了看老鼠。"零星散落的，不同时代和语言描写复杂的人类心灵的释义词典需要被统一，为了奔向革命，不好意思，是继续奔向未来。"

"激情的纸牌，命运的扑克，幻想的台球。我不是伊斯迈尔，"不速之客回到道，"也不是甘结拜因，虽然不瞒你说，我看过麦尔维尔和弗里施的东西。我大概……"他腼腆地往下看，"他看过任何时期和民族的作家写的所有的作品。可是你，彼得·安纳托利耶维奇，不是白鲸记。"他把上衣的前襟拉平整，于是，雷宾看到了他的腋下挂着手枪皮套，况且还是解开的。

"到我这里来，确切地说，老鼠是怀揣手枪来取我性命的，"雷宾呆呆地思考道。

"我也不是艾哈夫船长，"全副武装的老鼠继续说道。"你是他们中能够感受到死亡，并且没有回到船上，留在了全体船员进行补给的岛上的一个人。"不速之客把上衣解开，坐到了磨旧的放在玻璃茶几后边的皮沙发上。"如果我是白鲸记，那么也是一个不太大的鱼缸里的白鲸。尽管可以允许鱼缸中，能让海洋的激情沸腾起来。妄想自大狂和心理缺陷者，只有在下面的情况下才可以和平相处，看他们俩谁能比谁更幽默。我很喜欢你对自己很幽默。尽管也许文学中没有妄想自大狂，再乘以幽默就很难获得某个结果。"他赞许地对雷宾笑道。

"就像是在生活中，同样在死亡里也有。"雷宾将他的想法延续想道。

"对待死亡表现得幽默很难，"老鼠摇头道。

"为什么？"雷宾问道。

"对待那个占据生命中一部分的事情，很容易幽默起来，"老鼠解释道，"并不重要的是大部分或是小部分。但是，死亡不会有多或是少。死亡它就像是普希金一样，就是我们的一切。死亡并不是那个可以没有必要随便乱乘的东西，包括幽默和妄想自大狂。"

"可是我就可以乘，"雷宾说道，"因为死亡的乘法要比生命无尽的除法来的更受欢迎。有一些约数，约数后面，生命就失去了魅力。我们回到文学上，"他对老鼠使了一个愉悦的眼色道，"不要把时间浪费在对话上，快去做自己的事情，孩子！好像真正的主人公在我这个情形就是这么说的。"

他突然意识到，坐到磨旧的皮沙发上的老鼠就是他的死神，只不过没穿大黑袍、没带大镰刀而已。

雷宾开始担心，他一直以来总是想到的死神，一直以来在心里与其对话的这个死神，竟然以神密的老鼠形象出现在他面前，还是带武器的老鼠。上帝就是信号，就是死神的话，而找雷宾的不知为什么却是老鼠。尽管，雷宾的不解有一部分已经被解释了。因为老鼠声称，它看过任何时期、任何民族的作家的作品。能做这件事的也只有上帝了！

可是，雷宾晓得，这个死神也常常会有其他的形象。他回忆起了，当时他父亲住在肿瘤防治所里，医生给他看了彩色电脑屏幕上的肿瘤。

治疗的过程叫作激光凝固疗法。

侧躺着的父亲的食道中，被插入了一根柔韧的管子，它的另一端就是这个激光。管子慢慢地像蛇一样沿着喉咙、食道爬行，直到最终到达了肿瘤的地方。激光闪着可以切割的点沿着肿瘤的边缘划过，把它从食道壁上剥落。棕墨绿色的肿瘤很牢固，它缩小了，在激光下弯曲，像是采菇人手指缝中的蘑菇，不想与湿润的大地分开一般。大夫一边看着屏幕，一边用激光工作的时候，雷宾也一直在盯着肿瘤。肿瘤也让人想到了一个漏斗，插入到身体的深处，并且也像垂在身体下的一个蘑菇。在屏幕上还像人类机体中的一个核爆炸。

死亡这么形象化的表现，当时让雷宾非常反感。雷宾也不能跟谁谈，也没什么可谈的。这就是毫无灵魂的辅助性死亡，在别的现实中，即上帝之外的现实，它仅是一项职能。

"而我就会把死亡比作孤独的、黑暗的，而且有一些危险的事业，"

雷宾继续说道，"或者比作吃石榴。石榴不可能吃得既漂亮、又优雅，不把它掰成瓣，并且把咬干丑陋的籽吐出来，就不可能吃进去。总之，可能的话，我就想写写死亡，"他怀着梦乡般的勇气看了看老鼠，就仿佛是他要永远活下去，但是老鼠没有权利控制他的这个愿望。

"请叫我纳杰日金（俄语原词为希望的意思）同志，"老鼠也同样看了看雷宾，它很清楚，这件事不能如雷宾所愿。"我相信，希望如星空的倒影，总是从心灵最后的那几近毫无希望的深渊照亮，它如海底一般，如不存在的卡特船长的不存在的狗的项圈上的不存在的钉子一般。这是对生命的希望。我对你说的是平凡的东西，但是正是这平凡当中才是文学的实质，的确，说实在的，这也是所有艺术的本质。就像是绝大多数人不配拥有希望，因此，也就不配拥有艺术。他们明白这一点，他们把希望跟艺术分离，就好像炼丹术士尝试用化学上的净化物来提炼生命一样。当把希望上面安装了一个物质基础，它就变成了上流人的商品。就像是一个女孩，在俄罗斯资本主义初期的广告中写到的一样，"纳杰日金同志冷笑道，"卑贱的人渣，我请你们不要打扰！新的版本是：我请那些卑贱的人渣，不要扰乱生活！"

"可是，要知道耶稣基督是的确存在过的吧？"雷宾非常忧郁地打听到，就好像被绑住了一样，在单人牢房里与刑讯者争辩起来，他在放着大型的拷问器具的角落里从容地走来走去。

"圣经在哪里？"雷宾想到，"永恒之书在哪里？正如伟大的陀思妥耶夫斯基写的那样，索尼雅·马尔美拉多娃和罗季翁·拉斯科利尼科夫，'妓女与杀人犯'将他们的头，曾经放到了这本书上忏悔。而如今，雷宾和纳杰日金同志的脑袋也可以这样低下来的，就是鱼和老鼠，职业杀手和胆小鬼吗？"

在他办公室的某处，有一本圣经，只不过雷宾不记得它确切放在哪里了，除了那些放在桌子上的书名称他还可以轻易念出来，剩下的他完全一本都不记得。

可这不是那些书。当下，雷宾什么实质上的东西也不能够从所谓的《社会现代化的民族与社会经济问题》或是《社会变革的统计与写实调查》书中汲取到。

这时，女秘书端着茶飘进了办公室。

她默不作声地把茶杯放到了桌子上，雷宾猜到了，为什么老鼠不着急把他杀掉。它在等维拉！如果，当然，它之前没有把她在厕所里洗内裤的时候干掉的话。雷宾并没有怀疑它的确把她杀了。

杀一个正在洗内裤的女人……

好像纳杰日金同志真不怕下地狱，因为那里就是他的故乡。

然而，为什么他现在放缓了脚步呢？

不对，他没找到维拉，因此，在拖延时间吧！雷宾被奇怪，而又很不合时宜的苦恼所包围。他可不是因为随时有可能被结果的生命而感到发愁，而是因为他再也没有办法得知瓦夏发生了什么，帕弗里克的账户上从哪得到的一百万欧元。

女秘书细长的背部和骨瘦如柴的宽大屁股对着雷宾。

一瞬间，因恐惧而棉花一般瘫软麻痹的雷宾变了样子：他拿起桌上的茶杯，吹了一口杯上的热气，像是吹了一下轻盈的皮毛大衣一样，一缕热水直接奔向老鼠尖尖的脸上。纳杰日金同志把手挡在眼睛前边，而雷宾用一只脚猛踢他面前的玻璃桌面，另一只装着茶的茶杯、茶壶以及装着干面包圈的碟子都如子弹一般飞了起来。

他坚信，茶壶脱离了桌子掉落地面洒出的热水，一定会泼洒在老鼠的前开门上。而他，雷宾就抓起了公文包，来得及跑出办公室，把下体烫熟的怒气冲冲的老鼠留下，它就去刑讯那个女秘书了。

"活该她这么多年一直喂我喝一些低档的东西，每天拉着个脸！"雷宾恶狠狠地想到。

他的手在空气中碰上了一个看不到的障碍物，像是青蛙贴在玻璃桌面上一样。青蛙的上边，就像是在柏拉图的头上，或是别的某个古希腊的哲学家的头上，从天上掉下来一只乌龟，把青蛙压扁在玻璃上。

纳杰日金同志的另一只手，就像是探入肿瘤里的激光刀一样，掐住了雷宾的喉咙。钢铁一般的手指捏住喉结，像雷宾刚刚把保险柜的塑料把手转开一样，将他推到一边。

从旁看去，他应该像一只被活体解剖的青蛙，像是一只不与命运抗衡的小鸡，其实，除了臭气熏天的鸡舍，和对这个世界懵懂的眼神，它注定会被用透明薄膜包起来。

可是谁都不能够作为旁观者。在雷宾黯淡无光的鸡眼神前面，一如往常地摇摆着骨瘦嶙峋的离开办公室的女秘书的臀部。屁股上可没长眼睛。

穿过丧失的意识，像穿过通上电的水流一般，他听到了自称纳杰日金同志的老鼠的声音："耶稣基督都不会认同你。他治愈了瞎子，而你想把正常人闪瞎！"

恍惚的女秘书回头看了一眼，可是纳杰日金同志已经用自己可怕的蜱虫般的双手在胸前画了一个十字架。

雷宾张开了嘴，又闭上了嘴，就像是刚从水里捞出来的鱼，刚把鱼钩从他的唇上取了下来，就像是脖子还完全没有被拧断的小鸡。

"彼得·安纳托利耶维奇，您哪里不舒服？"女秘书惊恐地问道。"您怎么这么红啊……"

"血压高了，"纳杰日金同志解释道，"对你们年轻人来说，怎么地都行，可是我们这些老头，完全受不了天气无常。"

"他有必要带枪嘛？"雷宾调整心情，倾听头脑中的敲打声，就好像里边一整队锻造工人正在工作一般，"他要是想的话，能够徒手把整个俄罗斯议会都掐死。"

说实在的，雷宾没搞清楚，为什么它一直到现在还活着，这个俄罗斯议会？像其他滋生在世界各处的所谓的民主制度一般？纳杰日金同志就是这股力量的表象与化身，这股力量能够瞬间把他们清理掉，可是直到目前，还不知为何一直在克制着不去清理。

"你说的对，"纳杰日金同志点了一下头，"不要低估了别人，特别是专业人员。专业人员有趣在哪里？有趣的是，他们把常态的东西做的更好，要比其他人好。可是，人们不知为何并不尊重专业人员，"他伤心地叹口气道，"生活教不会他们这一点。也许正在教他们，可是一切都太晚了。"

"学则名，不学则暗！"雷宾又把女秘书吓了一跳，用嘶哑的声音说道。

"生活就是一种非常复杂的电子仪器，"纳杰日金同志继续说道。"感觉好像它很容易、简便操控，所有人都在使用它：插入电源、蒸煮、煎炒、榨汁、冷冻、剃毛、卷头发等等，可是却没有时间去阅读说明书。就这么一直不看说明书去使用它们，有的时候就会因为电击而死，或者因为点儿什么别的就遇难了。"

"说明书里都写了些啥？"

该死的老鼠一定是把雷宾的嗓子给掐坏了。前两个字他说出来像公鸡叫一样，最后几个字说的像毒蛇一样，发出嘶嘶的声音。

"你信不信，每个人的说明书都是不同的，哪怕仪器实质上都是一样的。"

"那么，就给我念一下我的说明书吧，"终于，雷宾说出了一直以来最重要的话，"我会义无反顾地按照说明书做，如果有必要，歃血为盟也行。"

"你的说明书并非原版，"纳杰日金同志在手里转了几下硬得像石头一般的面包圈，困惑道。好像就连他那钢铁一般的手指头，都不能把面包圈弄断。

"她从哪儿弄到的这些面包圈的，难道是在考古挖掘中挖出来的？"雷宾心想着女秘书。

隔天工作的两个女秘书，都要比这个好看得多，她们跟她职位相同，可是，她却不知怎样，经常打压她们，在接待处定了一个专制规矩，把它变成了暴君统治的地方。她用像是没有金钱与爱情的生活一般痛苦的茶，来毒害领导，给他上的竟是如期望着金钱与爱情般的石头一样硬的面包圈……"我一定要把她开除了！"雷宾心意已决，"如果当然我还活着的话，而且还在职的话。"

"只有白痴看不到到处都是人类政治、经济、艺术，特别是科学当中的各种智商、道德及其他堕落。"纳杰日金同志恭敬地把面包圈放回到原处说道。"科学直接退化成了毫无意义的实验。谁会需要这个对撞机？或者具有上万种功能的笔记本电脑？为什么不去报道，没有一个克隆的动物活过了三个月？全都死了，而且都是因为不明的病毒感染。人类在朝着灾难前进。我们的所作所为，就像是不成功的实验对小鼠的下场一样。"他给雷宾使了一个眼色道，就好像雷宾是一只飞鱼，并且此刻也在水面上飞行，劈开了空气，奔向灾难。"仪器仍然在嗡嗡地运转，试管里什么东西还在汩汩作响，而它们已经感受到活不下去了，而且处在死亡前的神魂颠倒状态。"

雷宾默不作声。每天、每小时，他都在观察着这些老鼠。的确，实质上，他本人也是老鼠，而不是什么飞鱼。

"说说音乐吧？"纳杰日金同志严厉地问道。"为什么现在没有伟大的作曲家？他们都去哪儿了？最后一批的创作还是二十世纪的前半叶，后来就杳无音讯了。'我把音乐肢解了'，好像普希金笔下的萨列里这样说过。新莫扎特是不可能再有了。一切都是正确的迹象，上帝再也不理人们了。音乐就是最高的，直接避开上帝的艺术，它不需要注定灭亡的人类的关注。它不能被感受，不能猜出隐藏在其中的含义。"纳杰日金同志停顿了一下笑道，"尽管我不认为这件事情，怎么就与音乐相关。"他若有所思地继续说道，"谁能断定，在最深的思想道德堕落的时刻，人类文明才会达到自身发展的顶点呢？可是，这个顶点像地狱之蛇的芯分成两叉。人们毁灭性地堕落愚钝，而个别人毁灭性地变聪明，学会了管控大众，但是，失去了对上帝的信仰，不再信任穿过水面的深处，穿过卡特船长的狗项圈里，依然闪烁着救世主的钉子的光芒。未来基本上是不可预知的，"纳杰日金同志叹息道，"然而，大家都感觉到了，它会很可怕。确切地说，大家都知道不会有未来，人们都会疯掉。东正教的信仰公然地处在这一点上，人类会度过堕落的最后时光，世界末日即将来临，尽管这个论题并没有被所有人议论。因此，未来事物委员会的工作多得数不过来"，他平淡地结束了说辞。"我看不到明路……"

"这就像世界一样，是一个争执已久的话题，"雷宾竟然大胆地插起话来，"的确，一切都指向了未来是不会存在的，然而，却有对突破这一顶点的希望。我同意，在大众之间有思想的人做任何事，任何行动或者是任何创作的激情都是没有力度的。人们是直接被两种技术管控的：约束与模仿。实质上，就是在管理一群乌合之众、牲口。为了不让它们走散，牧场的周围都装上高压铁丝网，而农场里都是人工授精的设备。可是人们不止会吃饭，坐在马桶上，看表演，追忆自己的过去。人们可以在原始的（信号的）水平上思考。因此，在电视中、在电影里，对于人们来说，模仿的都是一些普遍的、一整套的正确情感，从因被踩蹦的公平而正义的愤怒，到因世界的不完美而非常绝望，人们要突破这种不完美，首先通过诚实的劳动，其次，遵守基本的基督教训诫，现阶段这些训诫里，又增加了打击广义的、视情况而定的、被定义为恐怖主义的戒条。其实，关于这一点就是整个旧约。它的主要思想就是，不做任何解释与恐怖主义进行永远的斗争。只要有人反对什么，那就是恐怖分子。而这个反对的东西是什么都有可能。我们走过的路，是从旧约又回到了旧约。对于那个大众当中走出来的人而言，唯一的机会就是闯过拦路杆。

"不仅仅是大众当中走出来的，"纳杰日金同志明确道。好像他明白了这是个什么机会，明白了雷宾也懂得了，听他讲话是多么有意思。

"当这个人因周围环境处于事态的锋芒之上，他最终的目的，一般来说，是无人知晓的。那么这个人，在获得自由的同时，融入了通往目标的行动当中，变得无限运行，也就是说目标本身变成了达到目标的手段。"

"是的，"纳杰日金同志含糊其辞道，"神二次降世，还能有什么？只不过怎样跟神相处，它可是最终的神，除了人们熟知的事件，接下来什么都预见不到了吗？当然，可以纯粹理论上，自然而然地希望，神的目的对于救世主来说是不真实的，而达到它的手段也是不能接受的，那神还有什么意义呢？"

"飞蛾扑火不是因为它想死，"雷宾回答道，"而是因为它穿过黑暗看到了光明。实质上世界是这样构建的：我们大家都是飞蛾，每个人都在飞向自己的烛火。"

"看见了光明就死去，"纳杰日金同志点了一下头道。"很动听的说辞，但是回答得不正确。"

"然而，这个机会极其少有，确切地说，善良意志的人永远不会获得这样的机会。"雷宾用低沉的嗓音说道。

"于是，这类人逃离生活，各取所需。有些人用酗酒来逃避，有些人用金钱，有些人用创作，而有些人，用国家的事物来逃避……"纳杰日金同志继续说道。

"而有些人无处可逃，"雷宾忧郁地总结道。"有些人逃到了延时的神当中，期待它的来临，就像是活在空虚当中，确切地说，逃到了丧失灵魂的地方。漠不关心就是将灵魂分成了正反两极，放在一起得出的是负极。"

"你是这样生存的吗？"纳杰日金同志深信不疑地问道。

"我就是这样生存的。"雷宾一本正经地说道。

"过日子当然可以不无聊，"纳杰日金同志耸耸肩道。"这就是各个基本世界之间的灰色地带，就是大众和电视上头的一点点的地方，可是却在眼界之下很深的地方，那里通常都会给出决策。"

"缺少眼界，就是生存的最主要秘密。"雷宾笑道。

"有了眼界，就是长久生存的原因。"纳杰日金同志反驳道。

"见他妈鬼的眼界，"雷宾发怒、说道，"如果人们长得都一个样，还有什么理由去把他从大众中分离呢？所有的人都有肺、心、胃、直肠。人都会吃饭、睡觉、做爱、最后迎接死亡！对了，在最好的世界里，上帝对少数人抱有更多的好感。身体就是人类文明发展的极限与最大的秘密！还没有谁能够从带刺的铁丝网爬出去。

"也就是说，要革命了，"纳杰日金同志平静地断定道。"心灵把最后的筹码输给了身体，就是死后的永生。就像是人们所说的，我们的赌场再也没有筹码了！你难道不想加入这安静的、看不见的革命当中，它的目标不就是突破到永恒吗？"

"什么革命？"雷宾问道。"社会革命？例行的社会的，确切地说，政治手段的革命已经完成了，只不过，没有阿芙罗拉号的炮击和占领冬宫。剩下的只有给现实的新东西选择相应的标记，教人们一起重复这些标记。可是人类的革命，那些富有的人们一直梦想完成的革命，是不可能发生的，因为这是对上帝的挑战。拆掉了巴比伦塔，毁灭了全世界，把自己逐出了，而且把人们交给了电视台，而这些绝大多数人，正是它心里边最可爱的少数人，因此，它绝不可能允许让人永生，哪怕是甄选的人。我认为，向永恒突破、最后会以从冰层下边提取出某种病毒而告终，它会像杀猪一样，把我们人类全部摧毁。"

"你把装钱的信封放到皮包里也没用，"纳杰日金同志若有所思地看着雷宾想到。

他就好像失去了对有哲理的未来主义对话的兴趣,甚至看上去有些发蔫。他不再快如闪电,也不像艾滋病那样的无情,这个杀手坐在茶几桌后磨损的皮沙发上,更像是受文书报告折磨的、生活折磨的毫无升职前景的官员。

"金钱就是孤独与麻烦,就像是跟爱吃醋的女朋友相处,"纳杰日金同志继续说道。"她毫无头绪地嫉妒其他女人,金钱嫉妒一切非金钱的东西,也就是说,它嫉妒的是生活本身。如果金钱以德报德,那么金钱毫无保留会把人带走,不会让人分心,把人融入到金钱当中,金钱也会与人融为一体。我觉得,当今危机的原因在于金钱的实质产生了变化。金钱从一个忠贞,但又严厉,每周只给丈夫一次的辛勤妻子,变成了徐娘半老诱人的贱人,她用飞吻跟伴侣买单,而那些男人立马就会把这些飞吻兑换成现金。"

雷宾突然明白了,这不完全是正常人,确切地说,不是那个掌握了说话主线的人,不是那个交谈中为了达到某个结果的人。这是那个具有另一种意识的人,他被编了某种程序,是未来事物委员会中的非活人,不知为什么他们派了人来找雷宾。他回忆起了,当瓦夏把维拉扔过栏杆的时候,瓦夏脸上奇怪的表情。瓦夏这么做,都是机械的,没有任何的情感,就好像维拉是一袋水泥,雷宾掂量了一下这个水泥袋的重量。

难不成人类革命已经开始了,未来事物委员会获得了政权,他很害怕,因为丝毫不知。往哪跑,那些用于参加无声的、看不见的革命的毛瑟枪和机关枪的弹夹会落到哪里,革命的目的难道是突破未来吗?

在未来的说明书里没有那个章节,应如何应对未来事物委员会的来人。无可奈何,雷宾犯愁地思考着,确切地说,任他所为,因为,除了要把我杀掉,他什么都不会对我做的!

"对于那些金钱不会以德报德的人来说,它们是冷漠的,"纳杰日金继续着他的演说道,"它们就像是吸铁石一般,把不幸吸引过来。"随身携带一大笔现金,就等于让自己处于不必要的风险当中。可是,你却总是无论如何都更喜欢离风险和贫困远远的。

"通常借助于金钱才能生钱,它就是人类与灾难的夹层。"雷宾诚恳地承认道。

"或者是人类与国家之间的，"纳杰日金同志把茶杯放到桌子上说道。"这个夹层越厚，人就越自信。越多的钱就能产生奇怪的幻觉，感觉世界是可以操控的、逾越上帝的。"

"我的夹层是薄的，像米纸一样薄，"雷宾冷笑道，"这就是一个纳米夹层。我就没有幻觉了。"

慢慢地，就好像很勉强地，纳杰日金同志掏出了手枪，不紧不慢地把消声器拧到了枪口上，对准了雷宾。

"你可不知道，每天在兜里带着这该死的铁块子，我弄坏了多少条裤子，"他抱怨道。

雷宾默不作声，他明白了，给纳杰日金同志拿钱也毫无意义了，因为这些钱，其实就像是雷宾同志的命一样，现在已经归纳杰日金所有了。

"你知道不，这些纳米科技乱七八糟的东西都是从哪来的吗？"纳杰日金同志饶有兴趣问道。

"我能猜到，"雷宾含糊其辞说道，如兔子看到了蟒蛇眼睛一样，着迷般地看着消声器窟窿的出口。

"这不仅仅是无法控制的盗窃预算的钱款。"纳杰日金同志把雷宾没有说出来的想法给说出来了。"尽管当然这种事也会发生。主要的目的，是在实践中研究去尝试多种延续人类生命的可能性。也有上级指示说了，把国家的钱用在这方面一点也不可惜。五年以后，就应该有所收益。也因此，在国企派了一个抢占老百姓金钱和财产的人当领导。现在，那些收到钱和财物的人，同时也得到了权力，他们还要长生不老。事实上，当你有了亿万资产，以及能够让你再创造更多亿万资产的权利，不顾任何危机的话，关于死亡的念头就难以承受了。只要他们的钱一天花不完，有钱人就一直想活着。总之，我走神了。我们从你有机会开始的，"纳杰日金同志说道，他莫名其妙地把手枪收了起来，只不过不是放进了裤兜，而是放进了腋下的枪套中。"到此为止。"

气流，像小鸟一样的鸣叫，碰到了雷宾的鬓角，就像是吹掉了他脑中的想法一般，留在想法中的只有一个令人难受的空虚。雷宾把头转向一边，他吹了一下口哨，小鸟飞走了，他看见墙上有一个小黑洞，洞里面就像是树洞里一样藏着一颗金属小鸟一般的子弹。他还看见了自己在墙上挂着的镜子中的影像，并且发现他鬓角上的一缕头发变成了银灰色，像鱼鳞一般。雷宾轻松地想，"的确，通过纳米技术我变成了一条鱼。"

他搞清了专业人士是怎么样射击的。子弹飞进脑袋，这时，一口轻松的叹息从脑袋中飞出，死刑被延缓了。

它们，也许在空气中碰撞了，就是子弹与轻松的叹息，也许甚至在它们之间还会发生一瞬的对话。

"这又是为何？"雷宾问道。"我知道未来事物委员会射击射得很准。"

"你变聪明了，"纳杰日金同志有礼貌地笑道。"而且，你也有了机会，"他从沙发上站起来。"你争取正确处理这件事。"

于是，他没有告别就走出了办公室，差一点没有撞上机灵跳开的女秘书。

7

20世纪90年代初，俄罗斯开始出版一些之前被禁的书。从当时那些对詹姆斯·乔伊斯的《尤利西斯》评论的文章里就能看出，这是一部全人类的伟大作品，但是雷宾却怎么也没能把它看完。他也没打算再翻看这本书，仅仅就满足于他连猜带蒙看过的那几个章节。雷宾读书，就像是跟女性相处一样，如果第一眼看过去，没什么感觉的话，那么他和女性（书）之间就会筑起一道无形的墙。尽管，有时雷宾还是能把这堵墙拆掉。

但《尤利西斯》这堵墙拆不掉。

每隔几年就会有这么一天，雷宾满怀敬意地把厚厚的一册《尤利西斯》放在手心掂量掂量，然后就把它放回书架上。

这本书在书架上孤零零放了好几年，完全变了样，就好像很多人翻阅过似的。原来封面的蓝色也变淡了，书变成了拱形，看上去就像夜空中的弯月，书脊也裂开了，纸张变得蓬松起来，就像平静的海面上掀起的波涛。似乎，这本用不同字体，没有段落，没有大写字母的书里生活的波涛汹涌。布卢姆先生坐在茅坑上边看报，边庆幸这次痔疮没发作。茉莉小姐心想，他要是看见了，得多硬呀，于是在镜子前扭了一下穿蕾丝紧身裤的屁股。贝克·芬尼根在镜子前无休无止地刮着胡子。其他主人公喝着啤酒，说着话，做着雷宾根本一无所知的事。也许，他们就像棚里的野马，在定量的书页里实在太挤了，于是，书就像生活一样分道扬镳了。

雷宾也不太理解，为什么自己刚刚神奇地逃离了死神之手，却去想詹姆斯·乔伊斯这本未看完的小说呢？难道他就只能看完《尤利西斯》，然后就死去……

但是很快，雷宾就知道了问题的答案。

这本上千页的小说，描述的是主人公利奥波德·布卢姆仅仅一天的经历。雷宾想，"而我的一天，才刚刚开始，而且动静还不小。如果照这个节奏下去，我完全能把利奥波德·布卢姆的一天比下去。当然，如果我能活到晚上的话，就是说，我会用善用纳杰日金同志给我的机会。只不过怎么利用这个机会，卡特船长的狗被埋在哪儿了……"

慢慢地，感觉就像是梦游一样，雷宾摆动鱼鳍，从接待室一晃而过，连假装埋头工作的女秘书和文员都没看一眼，小心地掩上门，到了走廊上。

太阳悬挂在如镜子般干净澄澈的天空上，阳光照在议会塔楼上。雷宾感受着空气的流动，他把太阳当成人类幸福一般不可靠、透明的金色圆筒礼帽。

不管雷宾盯着这神秘的礼帽底部多久，他还是不能找到过去的一点痕迹。所有的一切都了无痕迹地融化在了这金色之中。所以金子本身，还有新生儿又融入了生活，人类幸福融入了时间里，而那些良知则融入不可战胜的日常的疯狂当中。

楼下静悄悄的，一片肃穆。水洼里没有尸体，大理石的地板上没有血迹，既没有穿白大褂的郁郁寡欢的医生，也没有抬担架的卫生员，同时也没有着装或便衣的执法机构代表。

入口玻璃旋转门转了起来，稀疏的访客进进出出，无聊地站在检测框旁，阿丽亚德娜检查着通行证；一个样貌可敬戴着羊毛高帽的东方人，在自动提款机前发愁，看上去，机器吞掉银行卡的样子就像科尔涅依·楚科

邮 鱼

夫斯基诗里描绘的鳄鱼吞掉太阳一般。

谁都没理会雷宾，就像他从来就不存在似的，所以，发生的一切就像没发生一样。就好像议会存在模式是自动清除不愿发生的事一样。

雷宾边下楼梯，边想："但是，这不可能呀。"于是，他决定无视电梯的存在，因为，他对这神秘的、能把人像从地毯上清理灰尘轻易收拾掉的自动清理系统满怀敬畏。雷宾胆子很小，所以就很谨慎。所以，他马上觉得电梯就是清理技术的容器：脚下的地板滑溜溜；铁门像虎钳一样夹住人；从天棚上掉下的铁丝套住脖子，然后像从瓶子里拔出瓶塞一般，把奄奄一息的身体往上拽，同时，电梯间平缓向下移动，操纵盘上数字铮铮闪烁。

他对自动清理系统属性了解越少，就越觉得它恐惧、神秘。在古时候，人们害怕并且不了解残忍的神明，总是给神明供奉祭品，好让神明顾不上弄死人类。

目前，这个系统已经全面胜过雷宾。他已经准备好无条件地完成它的需求，还要去猜测和解释它所求的。

但是，如果他要去寻找真相，问清楚，弄明白，去证实一下，那别人就会把他当疯子。

虽然他什么具体的话都没说，但文员和女秘书认为他绝对是神志不清了。雷宾想："这就意味着，我唯一的机会就是沉默，就像现在在楼梯上慢慢地发疯。在这个游戏里，我必输无疑。"

难道说，无论什么情况、什么配置，系统早就提前设定了必输无疑的程序吗？

可是这不可能，有谁可以不顾上帝的旨意！

雷宾头脑里一直有一个想法萦绕，就是他走下这无尽头的楼梯，就可以跟议会大楼告别了。虽然，雷宾激动地幻想着这一天到来，脑海中也不止一次过完这天，但是同时，雷宾也竭尽所能，来拖延这一天的到来。现在，他还不舍得离开撒洒满阳光的塔楼，用一位现今早已忘却的诗人的话来说，楼梯上抹去了无数他充满希望与足迹的岁月。

他下楼时，满怀离别的悲伤环顾每一楼层的标准的半圆形大厅里。各种委员会在这里开会，也举办议会听证会、圆桌会议等等。但是大部分房间都是上锁的，其中几个房间里还在不屈不挠地寻找真理，像在大海捞针一般寻找，况且它也没办法让法规改善。

15层的大厅里，一个看不太清的大胡子（他以前是位议员，而现在是见证历史的树木保护社运的领导）激动地说，"俄罗斯经历过独特的历史时期，每位公民对国家都有自己的态度，权力是次要的，那民意，哪怕没说出的民意就是主要的。民意是看不见的道路，它让国家通向伟大或是渺小。永远都要按照大多数人想的那样去做。"

说完，大胡子护林人停顿了一下。

"是否应该阻止那些没办法阻止的趋势？"他问道，"那些没有生命迹象的机体为什么还要人为毫无意义继续存在呢？现在的俄罗斯不是俄罗斯人民的俄罗斯，而是在政治权术乘上石油买卖得出的畸形物。俄罗斯应该停止这样的存在，把缠绕它的石油气管线脓血放出，将靠吸国家血而生活的吸血鬼，就是那些所谓的精英踢出体制。把它们拉到太阳下，趁他们还没有偷尽我们的金银财宝，用银棍刺穿它们的心脏。"

雷宾回忆起，大胡子曾经为了保护赫莫夫尼基区的一棵橡树而奔走呼号。据说，拿破仑进攻莫斯科的时候，在那棵橡树下乘凉。拿破仑在橡树下打了个盹，当他睁眼的时候，看见一只大乌鸦，它在橡树枝头上直接用科西嘉方言预示了拿破仑的命运。如果相信大胡子的话，后来，俄罗斯的好多重要人物都秘密地去造访过这棵橡树。听取了乌鸦的意见之后，把最高政权拱手相让，但是却下令锯掉这棵橡树。然而，要是信大胡子说的，千叮万嘱一定要去橡树那里看看，认为它既有历史价值，又有社会关注，就阻止了锯树的做法。

大胡子他们组织还反对清理圣彼得堡的一棵椴树，它把强大的根系伸向了格里博耶多夫运河边一个不太显眼的街心公园。

据说，陀思妥耶夫斯基经常在这棵椴树下的长椅上坐着，因为他租住的房子就在街道拐角处那里，离这个地方不远。大胡子在巴登巴登（德国小镇）档案馆找到了陀思妥耶夫斯基给阿波利纳利亚·苏斯洛娃写的信。

邮 鱼

其中一封信中，陀思妥耶夫斯基写道："有一天，我在那棵椴树下的长椅上坐着……基督耶稣竟然坐到旁边，随后，我还和他交谈了好久。"但是关于和耶稣的交谈内容，大胡子却沉默不语。但是却引用陀思妥耶夫斯基遗言里的话："基督耶稣穿着浅色常礼服，拿着手杖。临走时，耶稣温柔地触摸椴树的树干。"

多年前，一位记者在一家发行很广的报纸上发表过一篇轰动一时的文章。在这篇文章里，他笃信，米哈伊尔·布尔加科夫知道陀思妥耶夫斯基这封信的内容，（好像是布尔加科夫在国外的哥哥意外地给了他复印的信件。）沃兰德和诗人伊万在牧首湖畔那场广为人知的对话，就是陀思妥耶夫斯基和耶稣对话的对立面，换句话说，反倒是变成好消息了。

那时，妇科学的一些成绩在俄罗斯引起了轰动。年轻创新的外科医生直接在妇女的肚子里把双胎分离，其中的一个孩子无论字面意还是引申意他都是"不长心的"。双胞胎中不好的那个，没有心，就不会有任何存活的可能，但是他却用魔鬼般的力量抓住生命，从好的那里吸取养分。有数据表明，四万分之一的概率孕妇会出现这种情况。以前，唯一的出路是打掉。但是现在，俄罗斯学会了处理没有心脏的双胞胎，以前注定逃不了堕胎命运孕妇，现在终于可以松口气了。

只不过，雷宾不是很明白，那个没心的胎儿的去向如何。难道被胎盘吸收了吗？但是这些都是小事。销量很好的报纸上的文章题目是《布尔加科夫 -- 陀思妥耶夫斯基"不长心"的孪生兄弟？》

这一形象在社会上引起了广泛的热议。因为到处都是不长心的双胞胎。原来，在经济、社会、科学和教育，更别提军队和执法系统中，政权就给那些不长心的胎儿提供各种优惠，而不是那个正常的胎儿。有一些政治学家还明显暗示俄罗斯稳定的二头政治，他们猜测，哪个是双胞胎中不长心的，哪个是长心的，并且猜测双胞胎什么时候能分离，还对俄罗斯注定终结得出意义深远的结论，哪怕这不一定发生的话。

接下来三层的大厅都是锁上的，11层大厅里一个小时以后有个圆桌会议，题为《2017年美国还会存在吗？》

9层有一群愣头青小青年，通告上可以看出，这是一群地缘政治学院的学生，他们来和议会国际事务委员会成员讨论国际问题，提出了针对俄罗斯同样的问题（是否会灭亡之类的）。

　　一位身穿黑色长袍，鼻子上戴着一颗珍珠的穆拉托女孩用纯正的俄语直截了当地说："人只要不瞎，就能看到现在世界正在经历变革。但是整个世界却都缄默不语，这是因为，它的概念体系内缺乏能够表达新思想的语言，这种新思想可以对那些早已习以为常、不能改变又矛盾的东西产生影响。陈旧的言语被抹掉，变得毫无价值，像不流通的钱币一样。当没有任何人对话语有反应时，它就会死去。现在的俄罗斯就是一座言语的坟墓！我们需要新的交流方式！震惊、痛苦、恐惧和钢铁般的意志，就像酵母，用来发酵新生活的面包。能吃上花式圆面包的是那些人，他们会揭穿时间的谎言，把凶恶的吼声变成无声的语言，把整套新思想变成行动计划，无论它对于惊惶的传统主义者来说多可怕，他们也会勇往直前。那些冒险的人就会有机会，不想冒险的人是在拖现实的后退，阻碍了现实的发展，是必定会灭亡的。俄罗斯堕胎的女性人数、离婚率、无家可归的儿童和人均饮酒量都是世界上最多的。苏联解体后，有近200万学者和工程师离开俄罗斯，因为国家拒绝给他们发工资，但是却给那些来俄罗斯的篮球运动员、足球运动员、冰球运动员、演艺人员和时尚活动提供世界上最高的酬劳。请正视现实：继续下去的话，俄罗斯就没有任何机会融入新世界。只要我们的核武器陈旧不堪，或者想出办法来无核化，俄罗斯就玩完了！当然了，我们还能用我们的充气坦克、飞机、导弹系统和别的神奇橡胶武器跟敌人对付一阵子，但这始终不是一条出路。"

　　……5月9日，莫斯科举行了阅兵式。从未见过的武器鱼贯而出。那些受邀来参加阅兵式的老战士看到这样的景象，流下了幸福的眼泪。外国大使馆的武官不敢相信自己眼睛看到的景象，看着阅兵场上无数的火箭飞机、激光防空武器系统，还有威力巨大的磁性地雷，足以摧毁任何一艘航母。广播员高声播报着现代俄罗斯武器的作战特点。但是，最让人震惊的还是那辆用5量牵引车拉着的潜水艇。除了俄罗斯，没有任何一个大国有这样

鲌鱼

的潜水艇。

如果，国防部部长没把自己的新闻秘书撵走的话，所有一切都会很顺利。那个秘书是个身穿马裤头戴军帽的美女，前不久还摘得了"俄罗斯全军小姐"的桂冠。这个生气的美女秘书对外国记者说，检阅场上所有的武器都是充气的。

"可是以前不也有过嘛。"雷宾他想起了父亲的话。父亲半年前就去世了，但是不久前，雷宾梦到了自己的父亲。父亲的样子很奇怪，并且梦里的父亲在一个很奇怪的地方：父亲从脖子到脚后跟都是刺青，站在一个花园里，站在一堆烧焦的黑豆叶里。但是周围却是绿油油的草地，苹果树、李子树和樱桃树也竞相开花。黑豆的叶子是黑色的，像炭一样，浑身刺青的父亲忧郁地烧焦的树丛后边看着他，就像是困在铁栅栏里一样。

雷宾忘了他俩说了什么，还是压根儿什么都没说，但是却记得在梦里停留的地方，因为天堂（开满花的花园）和地域（烧焦的枝条）的组合，让他比看到跟印第安人一样浑身刺青的父亲更惊慌疑惑。

应该，父亲在另一个更好世界的命运还没有确定，雷宾对于降临在父亲身上的惩罚感到很吃惊，因为父亲很讨厌各种很奇怪的样子，但是梦里父亲的样子却很奇怪：刮干净的脑壳，染色的头发，浑身刺青，嘴唇、鼻孔和面颊都被珠子穿透了。唯一让雷宾感到费解的是：父亲到底是为了不够宽容而受苦，还是因为过分的特别有个性的（非政治的）传统主义受难呢？

雷宾记得，有一天他和父亲谈过这样一个问题：如果死后可以选择的话，谁会想要现在这样过活。

在梦里，雷宾回到了蒙古入侵前的罗斯时期，那是伊戈尔大公统治时期，罗斯大地到处都是草原、野兽。森林里有野猪和野山羊。白色大理石、红色圣像壁、香薰灯和金色马赛克壁画来装点木雕城市。因此，雷宾就觉得，这些都是罗斯给后人留下的难以猜测的秘密，蒙古人骑着马践踏这茂密的森林，就像一些东方学家指出的那样，这些蒙古人一生中也就说300个词语。

更令雷宾吃惊的是，父亲说，想在一战到二战期间去一趟欧洲。

雷宾问："为什么？那里有什么好的？"

父亲回答："对我来说，这个时期的情形是我们所期待的未来蓝图。上帝的手不自觉地把它画出，大吃一惊，就把它扔到垃圾筐里了。就像达芬奇对待速射步枪的草图一般。但即使是上帝的手也无法操控事情的进程：未来的世界就是按照这张蓝图再现的，而且是全世界最大型的壁画，这幅壁画就不会被扔进垃圾筐里。"父亲接着问，"你知道大型壁画的特点吗？那就是，整体的感觉是一瞬间才会出现的。当你只看局部的话，你绝对不会理解画的意义。未来的壁画是分散的，第一眼看过去，只会觉得这些片断彼此之间没有任何联系。但是当这些画汇合在一起，很快就会产生这种豁然开朗的感觉。"

"如果我没理解错的话，你指的是暴力等等，对吗？"雷宾问道。

父亲答道："并不是这么简单的。那个时代已经过去了，就像民族国家的时代已经逝去了一样。主宰者的意志是看不见的，他的意志融到了自己需要的成千上万条措施里。现如今，世界领袖的新命运就蕴含在这不可见的意志里。借于此，他操控一切，包括像俄罗斯一样的国家。为什么我们要花费数千亿去兼并极小的南奥塞梯和阿布哈兹，而不是把钱用在俄罗斯的远东？为什么多年来我们都大量出口石油呢？如果我们一开始就出口石油加工品或者石油化工产品的话，那么我们赚的钱远比现在的多！那个可以领导我们的无形的领袖在哪里？为什么他们不听这个领袖的教导？"

雷宾反驳道："你说过，过去的时代都已经过去了。那就意味着由国家利益主体做决定的时代也过去了。"

父亲道："还没有，但是已经有了框架，可以限制决定的空间。这些决定日益变狭窄。"

雷宾习惯性问道，"能有啥回报呢？"在国家权力机构工作这么多年，他当然晓得能得到什么。

父亲冷笑一声道："不管是什么时候，代价都一样。"

雷宾道："但是如果一直都是这样的话，那么将来肯定也是一样的。当人性恶劣时，它是不会改变的。如果有其他办法来遏制意志，为什么需要政治？"

父亲解释道："问题正是要有另一种恐怖。比如，战争的病毒和毒气；

邮 鱼

突然间爆发了军事冲突；或者发生了地震、海啸、火山喷发等自然灾难。我认为未来的世界体制是由时间、国家和人民决定的。未来人类基本类型是根据数量进行规定和划分的。人口庞杂、贫穷漫溢、土地污染这样的民族会因自然原因而消失殆尽。为了拯救这类人，保护他们的权利，所以要成立国际组织、委员会和基金会。报纸和电视上会报道这些人受的苦难。但这仅仅限于初期，直到我们目前所处的自由民主母体耗尽的一天。然后，所有的一切都变得更加严格。人应该要参加生活测试，就像现在的中学生参加的全国统考一样。"

"那就意味着没有选择和出路吗？"雷宾问道。

父亲耸耸肩道："为什么呢？如果人类学不会驾驶大宇宙飞船，将多余的人送到其他星球的话，那么，对于人类来说，缩减人口数量是唯一的一条出路。"

雷宾问道："上帝呢？作为保护者和少数人希望的上帝呢？"

父亲说："上帝，还是一如既往呀，他有权把从少数人列入到多数人中。鸡窝里飞出的金凤凰，这难道不是保护，不是希望吗？"实际上，大部分人对社会改革不抱希望，即使这场改革能将少数人变成多数人。"

雷宾说："伟大的陀思妥耶夫斯基是对的，现阶段的革命，就像是天才一样，刚出生就被扼杀。"

父亲没有反驳道，"我同意你的说法，但是谁也不能废除大数法则。"

雷宾边下楼梯，边想，"就像是回到开花时一般，"父亲想穿越的那个时期，大概不能有人欢迎这个雷宾梦见的浑身刺青的父亲。不管怎样，在德国或者俄罗斯，他很有可能直接被送去监狱。那里不欢迎有刺青的人。可是现在，雷宾暗自笑道，这些满身刺青的，就像苏联的年轻人，"到哪里都有出路"，也像苏联的老人"处处受到尊敬。"

当走到农委会开会的7层时，雷宾从想象中回到了现实，是新的现实，它看不见、摸不着，但却在默默生长，逐渐代替了陈旧现实。

一位满头白发的议员，感觉他以前是苏共委员会村书记，引用了这样一句话，也许可能是他自己说的，"历史上所有伟大的舌战都止于僵局。"

停了一下,他继续说道,"然后,完全另一种属性的新问题逐渐成熟,它汇集了所有情感,旧矛盾就毫无意义了。"

雷宾突然亲切想到,"农民老乡距离大地最近,他们感受的是实情。比他们离大地更近的,那就应该是,最接近实情的……死人?"

这位人民代表把额头前像白色标枪一样的头发一摆道,"种玉米也一样。但是问题在于,我们也拿它没啥招儿,因为只有它能在未来养活人类了!玉米就是我们的全部。种玉米是我们全国的想法!谁反对种玉米,谁就是在反对俄罗斯!"

雷宾没有再看其他地方一眼,什么也没去听。他现在很慌张,就像是被狼群追赶的山羊,加快脚步一直走到了一楼,站在大厅的大理石地板上。大厅里还是那位带着银色羊皮高帽的高傲山里人,他像盯着有血海深仇的敌人一样,盯着自动提款机。

山里人转身问雷宾道,"尊敬的先生,为什么它不给我钱,也不把卡还回来?"

雷宾说,"那里住了个天使,他从虔诚的信徒那里收钱,用来争取平等和纯洁的信仰。"

雷宾把山里人留在原地思考这些话,走到了阿利亚德娜站的监测框旁停了下来。

他问:"这里刚才怎么了?"

阿利亚德娜回答:"我做梦了?"

雷宾问:"在哪里做的梦?"

她说:"就在这里,我岗上就睡着了。"

雷宾说:"这严重违反了纪律。"

阿利亚德娜解释说:"也就几秒钟,它有些……奇怪,是关于大自然的。"

"你梦到了什么?"

她回答:"大海,还有雪。"

"没了?"

"梦里刚开始是夏天。我潜入温暖的海水中,但当我探出身的时候,

邮 鱼

已经冬天了，下着雪。我就又一次潜入水中，这时候有鱼从我身边游过……也许，是海豹。之后就觉得它不是在游，而是被绳子拽着从我身边拽走了？拽到了哪儿？为什么要拽呢？"

雷宾在阿利亚德娜长着雀斑的白耳朵边低语道："如果我不死的话，就请你去饭店，再送你一块披肩……"

阿利亚德娜用手指碰到雷宾的鬓角说："而你，彼得·阿纳托利耶维奇，好像也被雪浇着了？哎，你瘦了，头发也白了……还托什么托？今天回来不？"

雷宾盯着大理石地板，实话实说："我也不知道，线能给我带去哪里。"

"什么线？"

"你应该读一读《古希腊神话》。"

阿利亚德娜打断他的话："读是读了，但是她跟英雄也没有好结果。"她叹口气道："女人对于男主英雄来说都是一时的。"

雷宾问："不是英雄的话，对普通人呢？"

她挥了挥手："普通人都是要么结婚，要么都很贪婪。没有人需要我的线团。"

雷宾的声音明显低了："它我要了，等我请你吃饭，送你披肩。"说完，雷宾走到了议院大楼前的柱台那里。

真的，要是天使住在自动提款机里，女准尉在岗上睡着该多好呀？

雷宾想起了他知道（这两件事被报纸报道过）的两起关于电子设备的心灵（如果这个词这里合适的话）与生灵相连的事件。

科斯特罗马州的某个地方，一个退休的老寡妇玩老虎机玩得痴迷了，不知为何这台老虎机被安放到邮局里了。

一连几个月她都去玩，以至于自己的退休金已经所剩无几了，但是她并没有抱怨什么，还是去邮局玩老虎机，只要是弄到点现金，风雨无阻就去了。

为此，她变卖了包括劳模奖章在内的所有值钱东西。

邮局的上班的大婶们打算把她送到精神病院看病时，老虎机突然就用明晃晃的硬币回应了她的执着，像是身边堆满金币的女皇一般，硬币流水般哗啦啦堆在她身边。

退休老妇哭了，用手帕擦了擦她的机器朋友，她试图把赢的一部分钱还回去，小声对它说怕它的主人惩罚它，但是老虎机还是将爱情进行到底：把所有人的钱都拿走了，唯独把钱给了自己的退休女友。

之后，这台机器被放到了啤酒馆，但是不知怎么的，老太太还是找到了这里，它又为她流出了金属的爱情之泪。于是，它的主人对老太太说，如果她再接近它的话，他就把该死的机器砸了，还让酒馆看门的禁止老太太进入。

但是，每周六老太太还是会坐公车来区中心，并且一定会经过啤酒馆窗户，希望透过雾气蒙蒙的玻璃、烟气、酒气和骂喊声看看自己的朋友。而它用自己绿色的，有时是特别柔和的丁香色的光，就好像在为她照亮醉醺醺的黑暗。

在阿联酋的某个地方，一只孔雀爱上了加油站罐装机组。

全世界的新闻频道都对剧情进行了报道。

这只孔雀美得简直不能用言语来形容，它飞出了高高的栅栏，飞过八车道公路，最后落在了"彼特罗纳斯"公司的一家加油站，柔情细语地跟跳动公升数和金额的加油机谈天。

当有车考进加油机时，孔雀就做出战斗姿态，鸣鼓般展开自己的尾巴，像扑向敌人似的向汽车扑去。最让人感到惊讶的是，这只孔雀以前住的园子都是母鸡，但是它却把自己的心给了加油机。

雷宾不想再深入想这些事是怎么结束的。但他希望是个幸福的结局，只不过好结局不大可能了，就像雷宾身上也不大可能发生一样。

柱台后面就是公园。阳光普照，天空晴朗，就像没有罪恶与欺骗的信仰。秋天的树矗立在绿油油的草地上，从议院教堂的圆顶到天边，铺开了一条空中金色之路。似乎，通过这条路可以行走，还可以和创造了这个美丽但又不完美世界的上帝相遇。

雷宾不反对走过去，故意在柱台中间停了下来，像个孤零零的柱靶子。

他想，"狙击手可以从塔楼上任何窗户，从公园的任何一点射杀我。我要去见上帝，告诉他除了上帝的幽默，世间再无幽默可言，告诉他，对于我来说，死在议会大楼楼梯上又光彩、又荒谬可笑。我在这里工作了15年，哪怕一秒我都不信议会有什么益处。"

议会大楼的塔楼对于雷宾来说像是漏斗，他的生命在漏斗里流逝。永远不公平的是，雷宾肯定会被漏斗的过滤器卡住，就是所谓的死亡。而同时，上帝的世界轻松自由地通过死亡流向生命。他没了，上帝的世界还在。

但是假想的狙击手并不打算为雷宾浪费自己宝贵的子弹。雷宾的日子还在继续，但是他（不情愿）明白了，他在上帝的世界里逗留就是有问题的。

当他看见停着来往议会车辆的斜坡上的瓦夏·希施金，他不是从26楼摔到一楼大厅的大理石地板上了，雷宾知道自己一定是疯了。

瓦夏不满地对司机说："我等你半个小时了！"

司机说五分钟前才接到调度员的指令。

瓦夏和雷宾握了握手，说："真不像话！你咋这么不开心呢？你在办公室不出去吧？我现在去仓库取录音机，然后再回来。你的申请交过吗？"

雷宾沉默不语。

瓦夏安慰他道："没交也没关系。提前给你办，我很快就回来。"说着，瓦夏坐上了车。

雷宾默默地走出公园，踩着秋天的干树叶，在街上走了很久，往红普列斯尼走去，走到了动物园十字路口那里，他才意识到刚才真的是瓦夏。

"一直走，不要乱看。去"塞内加尔"咖啡馆，我十分钟后去那里找你。"他背后传来了薇拉的声音。

一个身穿长裙，披着彩色花纹披肩的妇女从后边经过他身边。雷宾仔细端详她的后背，认为她绝对不是薇拉。

8

议会里的经济体制，正是全球经济危机时应有的状况。如发生经济危机一般，厕所里连纸都没有。洗手盆上塑料筒里能挤出的液体皂液也是少得可怜。

维拉忙活了几分钟，先是把肥皂挤出一些，够洗内裤的。然后，她把内裤放在吹风机下吹干，吹风机每半分钟运转一次，如沮丧的狼一般嚎叫。维拉呆呆地看着镜子想，走廊里经过洗手间的行人会把这种哭闹声想歪的。

维拉现在看东西还不用戴眼镜，然而她眼中，世界早就变得灰暗（如饿狼一般，或如很多双手摸脏的吹风机一般），并且忧伤地哭闹着。这只有一个意思，就是人老了。饿狼一般的时间啃咬的不是官僚，也不是议会的厕纸和皂液的开销，而是她的生命本身。嚎叫的吹风机闷沉沉地把她对更美好事物的希望吹干。

"哪怕今后孤单，甚至不那么吸引人，但是决不会过苦日子！"维拉厌烦地看着镜子中自己的映像想到。以前，她从没感觉到自己的脸如此的厌恶，甚至闪现出一个非常奇怪的小想法，也许死的不是那个英语熟练的小伙子，而是她，脑袋撞在了大理石的地板上开了花。她现在所做的一切，不是像回忆一般的事，而正是临终前该做的。于是，洗内裤就具有某种深层的意义了，那个已经习惯支配自己身体的维拉，已经不太喜欢这层意义了。她可没准备好在最后的审判时刻，谈论自己个人的生活。

维拉端详着洗手盆上镜中的迷雾，于是，迷雾中显现出一副疲惫不堪，额头很大，眼袋很大的嘴脸，让人不禁想起著名的涅克拉索夫的画像，画上这位将死的诗人仰卧在床上，靠着一堆枕头，不是在校对国内论文级学术杂志的样稿，就是在编写他生命中最后的诗篇。

不久以前，维拉看过一篇文章，文中说，任何一个从襁褓到进棺材板的女性都有被强暴的威胁。作者说，被强暴的中年妇女通常都不会报警，因此，强奸犯就不会受到法律的惩罚。文中还坚信，这种女性一反常态的隐忍原因是她们害怕对簿公堂，特别是害怕回答律师假设性的提问，律师会说，他的当事人不可能进行被指控的性犯罪，因为，很明显，嫌疑受害者与他的年龄差距悬殊。

"要是我被谁欺负了，我就一定会立马去告状，而且一次庭审都不会错过的！"维拉看着洗手盆上镜子中将死的涅克拉索夫，心里突然报复地盘算到。"虽说，当然我还没有遇到这样的威胁……"她在苦闷嚎叫的吹风机下整理了一下内裤，叹气道。

此时，镜中的涅克拉索夫就好像获得自己独立的生命一般。他脸上出现了某种帕弗里克的轮廓：秃得不剩几根头发的脑袋，高高隆起的额头，长得像象拔一样的鼻子，帕弗里克一碰到酒，鼻头就红彤彤。

维拉回想起，涅克拉索夫是怎么样与酒打交道的，想起了他带检察官们去"杜沙"饭店吃饭，在这之后，按照多布罗留波夫的比喻，就是在"邪恶"的抨击性杂志上浮出了汤汁和名贵红酒的渍迹。维拉将多布罗留波夫的想法继续下去，里边浮出的是火药颗粒，涅克拉索夫做猎人的时候把它灌到弹药筒里，浮出了阿芙多季娅·巴纳耶娃（俄罗斯女作家，涅克拉索夫的一任妻子）的胭脂和香水，浮出了车尔尼雪夫斯基的头皮屑，当然还有俄罗斯人民的眼泪。

现在，从镜子里严肃地看着维拉的已经不是诗人这个人民的庇护者了，而是某一个让她和帕弗里克结合到一起的形象，再加上涅克拉索夫的形象，若相信现代人所说的，他常常这样，出于生命中非最光明、非最正义的瞬间。维拉不得不承认，这个形象让人很厌烦。

她还不至于笨到什么都不懂，也不至于聪明得什么都一下子就能弄明白。维拉让自己清楚了，议会的26楼女厕所，对于她来说，并不是最安全的地方。由于某种与帕弗里克死亡的原因，而且也不清楚她的账户上从哪儿就冒出了一百万欧元的原因，她的生活就没有更多继续下去的机会了。特别是在俄罗斯，这里用不了多少钱，很轻易就可以把人给杀掉，甚至有的时候，没有任何原因就可以杀人。最主要的是，她并不能影响到什么，因为她也不知道要去影响什么，他身上发生不幸的起点到底在哪里？

的确，到目前为止她都很幸运。从没有像破烂一样被扔到下边去，尽管吓尿了，但还是死不放手地抓住了铁条。可是，这不是她，而是古老山洞里的野兽，被封存在她的基因当中。在黑暗的搏斗中，它很老练地与其他的野兽拼命，它不会轻易的就把自己的生命交出去。

当起点不存在的时候，黑暗的房间里人去抓黑猫，而黑猫又不在房间里，本能与直觉就代替了理性。

邮 鱼

周围的世界对于维拉来说，已经不是嚎叫的吹风机了，而是张开大嘴的鲨鱼。不能靠近它，她渐渐地明白不能靠近，但是她却不懂，为什么世界变成了要把她吞掉的鲨鱼嘴。这跟处于流星雨落下的火焰四射的田野中间没有什么区别；或者碰到了海岸边上海啸的来临；又或者站到了地震时陷入地下的柏油路上。

"行了，如果我要是有不明白的地方，那一定会有人告诉我怎么做的吧？！亲爱的，你为什么不开始做这件事情呢？"维拉想着，竟毫不害怕地盯着沉默无声的镜中人。

最让人感到惊讶的是，镜中的面孔并没有反对。它像用化妆品装饰一般，变了样子，把自己的、维拉的、帕弗里克的，同时伟大的俄罗斯诗人涅克拉索夫的形象都掩盖了过去。涅克拉索夫不得不跟检察院的人喝酒，而且还要故意把钱输给这些官员，因为《当代人》和后来的《国内论文集》的命运都掌握在这些人的手里。

现在，从镜子里看维拉的是一个年轻的男人，他默默地出现在女厕所中，对于她来说，并不是一件好事。维拉觉得这个男人的脸很熟悉。早先她应该认识他。她还感到惊讶的是，她刚刚关于占有的想法以惊人的速度变成了现实。思维有多快，想法变成现实就多快，维拉想到。要开始了！

钢铁一般的手掌把她的头压在了洗手盆里，仿佛洗手盆像液态的石膏，这个既模糊、又熟悉的面孔，想要用维拉的脸做出一个临死前的面部模具留个纪念。她毫无办法，只能等死！

维拉的鼻子插到了臭烘烘的下水孔里，这时她知道，也许再没有机会去参加所谓的庭审了，去努力证明强奸犯的罪行，保护甚至不是自己的，而是受侮辱的45-60岁之间女性的荣誉（一切都太晚了！）。她甚至还忧虑地短短的"哼"了一声，因为她不能够打破妇女们温顺的沉默，社会还会对相对的痛苦看不清，妇女们不得不在社会道德沙漠中忍受这些苦痛。在模糊的意识里，出现了一个形象，毛发浓密的男人用脚践踏了褪色的、但依然美丽的花朵。

这个镜子里实物化的败类，自然的就不能逾越自己，在死她之前，他要先占有维拉，她被迫伸展开了身体，为了保持平衡，双脚站在厕所的瓷

邮 鱼

砖地板上……

"你……"维拉突然感觉自己就是个中学生,被叫起来朗诵诗歌,但是却忘了第一行的学生。总之,不是彻底忘记了,而是突然僵住了,就像是有时候小姑娘们经常会遇到的那个情况。显然,这样的时候,命运总是告诉她们关于忧郁女人命运的真话,就像是单位开会时立马就能睡着一般。

几行诗,就像是泡沫一样,从记忆的沼泽底部浮出,记忆已经准备好了用响亮的少先队员的声音开始朗诵(回忆起来,回忆起这是谁的脸),可是她的脸又一次被按到了洗手盆里。

可是这就是手指,而不是激光。她想起来了。

"林德尔!浑蛋!你到现在还戴着那枚钻戒!"

"为什么是浑蛋?难道每个戴钻戒的都是混蛋吗?"维拉听到了早已忘记的声音。

这不可能,可是林德尔的声音这些年来完全没有任何变化。

"浑蛋!我记得你就是用这该死的钻石在凉亭让我失去了贞操!"维拉呻吟道。

"胡说!你根本不是处女!"林德尔怒斥道。"我知道你跟咱们班的三个人有染。但是,实际一定会更多的。毕业舞会饭店里,你亲自告诉我怎样跟亚美尼亚人,我忘了他姓什么,就是教我们政治经济那一科的老师,考试时他还给你免考通过,你连《资本论》这本书都没打开过。你都没有笔记!"林德尔非常失望问道,就好像在他神秘的生活中,发生了没有比这个更让人伤心的事情了一样。

维拉感到自己就像是在纸叠的小船上的玩具兵一样,后边有水耗子在追赶着她。还记得,玩具兵没有护照,这点深深地激怒了耗子。激怒林德尔的是她完全没有记资本论的笔记。可是士兵可以沿着水道漂流逃跑,而维拉却只能站在女厕所里,小狗式趴着,脸陷进了洗手池(伟大万能的俄罗斯语!)如果她要是能漂流向某处,那她就是从生漂流到死。

"亚美尼亚人,好吧!可是跟资本论有什么关系?"维拉想到,"难道他的意思是我那 100 万欧元吗?不,原来我还是死了,这是我罪恶的生活来到了眼前,就像是愚蠢的毫无意义的漫画一样。"她尽量在她的能力范围内调整了一下心情，"对的，我的生命中很少有美好与高尚！我的内裤是洗不干净了！"维拉窃喜道。

现在维拉明白了，为什么林德尔的声音听上去这么年轻。

原来他不是林德尔。可能是天使。

维拉在洗手池旁站立着，却又像昨天发生的事情一般，清晰回忆起那个亚美尼亚人，他是姓叶皮斯科皮扬的政经老师。他有一口大黄牙，一头硬邦邦、黑灰相间的头发，就像是细铁丝一般，肤色是黑黑的，就好像他把它塞到了烟囱里一般。应该是亚美尼亚人完全没有想到，维拉这么迅速就在政治经济办公室直接对他的不情之请进行了答复。办公室里放着一个圆圆的玻璃桌，上面还铺了一个大红桌布，桌子上放着摊开的合订上的真理报，而且还不知为什么有《水上交通》这样的报纸，这些东西不得不挪到了别的地方。

当维拉遇到男人的时候，她总是有一种复仇般的快感。男人的臭不要脸绝不是携手共进的，如果这个比喻适当的话，他是有所准备地去完成预先设想的事情。男人不适当的不要脸，时常是由于不负责乱说话的人的表现。

从政经办公室走出来，维拉看到了玻璃上自己身体的印记。

现在她愁眉紧锁，心想，这个看上去像地球一样打开的轮廓图的印记，就是她关于这个亚美尼亚人仅存的那一点点的回忆了。总之，就像是关于政治经济学一样，包括科学共产主义奠基人那永生的著作，她一直没抽出功夫去记这门课的笔记。

下一秒，她就像是开水里的一撮盐，在非常激情而又抑制不住的高潮中融化了，就连预期的死亡对她来说一点都也不可怕了。

然后，她好像觉得自己，兴奋地就像是香槟旗袍喷洒出来一般，沿着非常漂亮、洒满阳光的、郁郁葱葱的树叶下的森林奔走，并且听到了，要么是鸟儿的歌声，要么是动听的古老回声。

后来她才醒悟，原来她还一直在议会大楼26层的厕所里……

维拉打开了冷水，冲了冲滚烫的脸。

"你知道吗，我到现在还记得院子里的亭子，记得穿着衬裤的男人和小鸟。它们一直在我的心灵里歌唱着。"她听到了林德尔的话。

"可是我却在茅厕里唱歌，你把脸转过去，茅厕里唱歌的女人想抽饬抽饬自己。"维拉含糊不清地说道。

"你可不是茅厕里唱歌的女人，你是飞在上边的……"林德尔佩服地看了看她道。

"飞在水上，"维拉用头指了指洗手盆的上方。

"海鸥"，林德尔同意道。

"只不过没有翅膀，"维拉冷笑道，"我前一阵子，刚好需要这么一对翅膀来着。"

她认为自己现在发疯了。

林德尔可不是看上去像一个百万富翁，他穿着西装、衬衫、皮鞋，戴着镶了一圈钻石的金表。他身上的东西都是真金白银，贵得没有边际。维拉时不时地会看一些时尚杂志，这些东西都值多少钱，她心里有数。实际上，他看上去就跟那天早上一模一样，就是他们大学毕业晚会开完之后分手那天。难道只有林德尔为了换一件很值钱的衣服，耽搁了一小会儿，嗯，也许他还跑去了一趟日光浴美黑房晒了晒。尽管那个年代也根本没有什么日光浴美黑房。

怎么会这样呢？维拉呆呆地想了想。我活了一辈子，失去了丈夫，变成了老太婆，可是他……难道说，一直以来他都没有活在这个世界吗？

总之，林德尔的外貌证明了，一直以来他活得可不简单，而是活得非常不错。在能让他烦恼、不愉快的事情当中是绝对没有贫穷一词的。

大概他生活在天堂，维拉想了想，又或许生活在地狱。

"我认为你是天使，"她说，"可是你却把自己的灵魂出卖给了魔鬼，就像是浮士德或者是多里安·格雷一样。你好意思吗？看看你自己。"维拉凑到了林德尔的身边，摸了摸他，就好像摸人型模特或者是稻草人一样。"一根白头发都没有，"她含糊其辞道，"皮肤这么嫩，一个皱纹都没有，"她的手指沿着耳朵摸了上去，"连拉皮的痕迹也没有，牙齿也这么好……"她还想把手指伸进他的嘴里，就好像林德尔是一匹马，而她打算要把这匹马买下来，但是林德尔没让她得逞，把她的手挪开了。

"还在原处，"林德尔笑着展示着自己那一排整齐雪白的牙齿，继续说道，"通常人们从过去回到现在，都是会变样，而且毫无生趣，或者是被生活折磨得烧焦或是皱巴，就像是茅厕里的一小片破报纸，可是好像我能够找到你。"

"伊格里克，这根本就不是你，"维拉溜进了厕所的隔间里，因为厕所纸短缺，所以她用了皱皱巴巴的，很幸运没有烧着的，一小块破报纸，然后就把裤子拽了上去。在门后她说道，"你根本不是他，也许你是他的儿子吧？"

黑暗的动物般的直觉使她搞明白了，危险已经过去了。

林德尔（如果这是他的话）不会把她杀掉。也许，类似的直觉，当遇到剑齿虎咆哮着跑出山洞的时候，当时怀里藏着石头的早期猿人（尼安德特人）也经受过。而且她还恍然大悟，对林德尔说她是林德尔的儿子太不明智。如果她不相信在她的面前是林德尔的话，那么她怎么能对他说他是他的儿子呢？

"儿子可不是父亲的辩护者，"林德尔说道，"可是我不是儿子。确切地说，当然是个儿子，但不是自己的儿子。"

把水冲进了马桶，维拉大胆地走出了厕所隔间："你几岁了，畜生？"维拉问道。"你为什么这样做？"

林德尔吃惊道："这就是老朋友在回忆青春。"

"青春，"维拉重复道，"这些年你都是得了嗜睡症，还是在冰箱里度过的？"

"我一直以来都很喜欢莱蒙托夫的年龄，"林德尔稍稍打开了一下厕所的门，把头探到了走廊里看了看。门外边的把手上挂着一个牌子，上面写的"清扫中，请去别的楼层使用卫生间！"的字样。林德尔好像不喜欢走廊里的某种东西，于是他又把门给掩上了。

"27岁就是青春的顶点，"他继续说道。"一个人充满了力量，但是他已经有了一定的经验、成熟度。难道在完美点把这些永远冻结住不美好吗？"

邮 鱼

"你能够让时间停止吗?"维拉问道。"莱蒙托夫都没有成功。"

"一切完美的事情都必须第一时间被摧毁,"林德尔耸了耸肩道。"这就是宇宙第一法则,也是基本规律。莱蒙托夫,唉,也不例外。"

"并不是所有的事情。"维拉反驳道。

"还会有某种东西留下来的,"林德尔随声应和道,"可是却变了样、变了质。比如说,先有水,后来变成了蒸汽或者是冰。这已经是另一个时代了,我们把它称为时间的末日,对于它来说,之前的规律已经不适用了。"

大体上,人们都是一样的,但是却存在于不同的时代。因此,人类文明并不稳定。这就是宇宙的第二法则。

"我一直觉得你说的顶点是 33 岁。"维拉说道。

"这是昨天,甚至是前天的事了,"林德尔补充说道。"也有可能它从来没有发生过。"完美是达不到的,不完美是显而易见的。世界进入到了另一个维度。雷昂纳多·达芬奇把它定义为晕涂法,这就是黄昏的极致,当光亮已经离开了,而黑暗还没有来临的时候。南美印第安人把这个时刻称为两个世界之间的夹缝。世界永远不会到 33 岁,它 27 岁的时候就会死亡。可是死亡就是生命的极致,而时间终结时代还有机会在这个时代永远留存下来。我永远会是 27 岁。

"一直是吗?"

"你要相信,这是我做了这么多事之后仅有的那点可怜的能力了。"

"你服务的地方,有没有更实际一些的奖赏呢?"

"你别像调查员似的。我还记得你的心理学成绩总是优秀,"林德尔认真看了看她道。

维拉不喜欢他的眼神。看她的时候,就好像在看的不是人,而是别的从两个世界的缝隙中爬出的怪物一般,尽管是人的外形,但是却有着对她来说不清楚的关于善恶的想法,最主要的是关于生死的想法毫无知觉。

"最大程度,"林德尔继续说道,"你想从我这得到确认,宇宙不是像你之前想象这么构建的,你渴望听到又一个让神经刺痒的阴谋论。最小程度是:你要弄明白为什么我这么年轻,这些年我都去了哪里,干了什么吧?"

"没有任何问题，"维拉说道，"你只要跟我分享青春秘诀就行了。这个世界怎么构建的，什么时候世界末日，我都无所谓。唯一丢脸的就是我现在太老了。"

"我随身也没有带着永葆青春的药水瓶，"林德尔摇了摇头道。

"只有一颗钻石，"维拉叹气道。

"可以的话，我就把钻石给你了，但是这是传家宝，它是从我父亲传给我的，也是我爷爷传给我父亲的。"林德尔忧心地看了看他的手表。

"我们着急去什么地方吗？"维拉绕到了林德尔的后背，抓住了他的肩膀。"我要得到你！"她对他的耳朵悄悄说道。

"可能，这是女人唯一不能让男人做的她不情愿的事情，"林德尔抓住了维拉的手，打开了门。

他们走到了像毫无章法的生命般空空如也的议会大楼的走廊里。

"我……"维拉想说，她得沿着走廊去另一个方向。"我……"

"你跟我走，"林德尔头都没转就说道。

"他救过我，"维拉反对道。"他在等我。"

"现在已经不等了。跟上！"林德尔把她推进了电梯间，快要关门的时候，把自己也挤了进去，就像一只小鬼一样跟着就跳下去了。"我们坐这部电梯，"他们走进了下一部电梯。林德尔把钥匙插进了按键板，于是电梯平缓滑向下面，没有任何的停留。

"为什么我丈夫死了，为什么你在这，你到底想从我身上得到什么？"维拉抓住了林德尔的夹克衫道。"如果你要是抠门，不愿意给我青春永驻的药水，快回答我，坏蛋！"

"这个东西只能按照处方发售，"林德尔回头道，他看着电梯的楼层按键不断变换。"你没有处方。"

"那就赶紧给我开个方子！"维拉突然想到，一切原则上都有回旋的余地。林德尔让她变年轻（只不过她不需要27岁，维拉想起来了，27岁的时候她很胖，而且因为过敏，还长满了疹子，还是要23岁吧），她的账户上有100万欧元，而且还没有丈夫，她一个人能过得非常满足。"上帝突然把他派到了我身边，"维拉想到，但是马上就感到了亵渎神灵意图的残酷。

上帝没有理由要给她这样的礼物。

"而且还要加上一个魔法石吗？"林德尔兴致勃勃道。

维拉想起了中世纪的炼金术士为两种东西而痴迷：可以把铅变成金子的魔法石，还有就是永葆青春的药水。而且他们还研究操控了某种很复杂的生物，叫何蒙库鲁兹。如果金子和永葆青春的秘诀都已经明确掌握了，那还需要什么何蒙库鲁兹，维拉不太理解他们。小的时候有一次，她亲眼看到了古斯塔夫·多雷的版画：穿着长袍的大胡子炼金术士认真地看着烧瓶里的何蒙库鲁兹。

"何蒙库鲁兹在哪里？她打算放弃魔法石这个话题。突然间林德尔到了这里，是为了把我这一百万欧元给拿走吗？难道你把何蒙库鲁兹养大成人了？"

"他在我的口袋里坐着，"林德尔笑道，"他所有问题的答案都知晓，最重要的是，知道世界末日的准确日期。我喜欢你这么谦虚。一百万欧元当然也不是多么了不起的数目，但是过个几年还是够用的。"

"你不会欺负可怜的寡妇吧？"维拉调皮地说道。她摸了一下他，可是林德尔并没有任何反应。

"他会把我的钱夺走，"维拉想了想，"就像是以前喝了酒、睡了觉、把钱抢走，简直就是个败类，就感觉我们好像从来没上过床似的！"

"寡妇？"林德尔看了看她。

"我是寡妇，如果你想向我求婚也可以，我觉得这没有什么障碍。"维拉补充道。

电梯停了。

他们走进了前厅。

简直了，怎么收拾得这么快，维拉惊慌地环顾四周。

大理石地面非常干净，就好像上面走的只有天使和国王一般。众所周知，天使不用走，而是飞的；而国王，要是相信中世纪的说法，他们都是没有脚的。可是让维拉最惊讶的是，衣帽间工作人员脸上和善的冷静，以及委身坐在皮沙发上的访客，还有卖书的、卖花的、卖礼品的售货员。

维拉想起了，有一次，有一只狗在他们的院子里从窗户跳了出来，它跳到了楼下一层的阳台上，开始狂吠、抓门。一瞬间楼下就聚满了人群。后来有人把狗从阳台上带走了，把它送回家，它又把满脸大胡子的，还有一些困惑的主人带到了窗户跟前，楼下的人们还是没有散去，猜测着是什么原因让这只狗的行为极端兴奋。

"是不是这里把人撞死了，"维拉想，"或者是没撞死？"

"我想提议做点别的事……"她听到了林德尔的声音。

"他被撞了，"维拉抓住他的手，"我看见了！为什么这里这么安静？我的一百万啊！我不会给你的！帕夫里克，我的天啊，他给我立了遗嘱，这是我的遗产！还要什么别的提议？"

"就当我没说。"

"什么就当你没说？难道这一百万也是吗？"维拉感到很难为情，因为她就像鹦鹉一般无休止地重复着这一百万的事，但是与此同时，她又意识到，她的余生如果要失去这一百万的话，就绝对高兴不起来，她会用对这该死的一百万把自己折磨死。

"咱们说好了，"维拉立马答应了下来，"我把一切都忘掉，包括自己的名字，如果这一百万还留给我的话。尸体在哪？"她很是不情愿地问道，要告诉林德尔她是一个无可救药的傻瓜，跟她这样的人有什么好商量的，简直就太愚蠢了。

可是显然，他对女人的愚笨已经司空见惯了。

"在这里呢，只不过谁都看不见它（尸体）。"林德尔回答道。

"就连你也看不到吗？"维拉问道。

"如果我想的话，就一定能看见。"

"那我就看不见吗？"

"对，你看不见，因为你知道吗，只有27岁的人，才能看得见。如果我没有算错的话，你早就40开外了。"林德尔回答道。

"刚过不久，好吗！"维拉生气地说道。"就是说他还是死了？"

"还没完全死，"好像林德尔失去了任何谈话的兴趣，并且开始自动回答道。

维拉弄明白了，她问的这些问题，最好是不要去探究它们的答案，可是她却无能为力。

"了解真相就去死！"她热情洋溢地说道。"没完全死，这是怎么一回事？"

"得解释半天，"林德尔打了一个哈欠说道。"我想睡觉，在飞机上都坐了一天一宿了。"

"谁，在飞机上？"维拉不解道。

"我！"林德尔皱眉道。

"你从火星飞回来的啊？"

"差不多吧，也不完全这样。"他还是解释了。他看了看表道，"也就是说这个家伙，过三个半小时要上英语课，而且他不能落下课。"

"接下来呢？"维拉问道。

接下来他要回家，或者他找个地方睡觉，如果他的规矩如此的话，我也不知道，第二天早上像往常一样再去上班，就这样一直到退休。尽管也不一定，因为他可能也活不到退休。

"又有人会把他杀了吗？"维拉小声问道。

"谁需要他这样的人，林德尔皱眉说道，他会得点什么病，然后自然死亡，就像是一般人那种死法。"当走过那些亲切微笑的议会保安面前时，他们对维拉和林德尔完全没有一丁点兴趣，就好像事情不是发生在俄罗斯一样，而是在斯堪的纳维亚半岛上的国家，那里任何人都可以随便出入议会大厅，就像是回家一样，维拉和林德尔走出了大楼。

秋日的阳光轻轻穿过树上稀疏的树冠，光斑洒落在马路和公园的草坪上。这简直就不可能，但是在草丛附近的草皮上，维拉的确看到了一只兔子，它犹豫地注视着周围。应该是在给自己寻找伴侣。

"快看！"她揪住了林德尔的衣袖。现在他正在看表，"我们马上就要到镜中的世界去：维拉和伊戈尔梦游仙境了，为什么不呢？"

"我们已经到了仙境了，"林德尔说道。"如果我们从仙境里跳出来，那才会是真正的奇迹呢。"

邮鱼

维拉突然感到某种对林德尔超自然非凡的爱。她随时准备跟他去往任何地方，他让她干啥她就干啥。爱情像热风穿透棕榈树林一般穿透了她，而且除了热腾腾的空虚，在这份爱情中就什么都没有了，就好像某个人在某个地方把看不见的吹风机给打开了。只不过它已经不像狼一般哭闹，而是如甜美的小鸟一般歌唱。维拉好像觉得在她人生中没有比林德尔更亲的人，尽管（她明白这一点，但是在当下对她来说一点也不重要）她肯定不知道，他是会把她杀了，还是要留她活口。

维拉想，"生活就是这么不合理，伟大的陀思妥耶夫斯基说得对。"

她觉得林德尔在无理性的风口浪尖上，而她对他出其不意的爱也如此地不真实，就像他的年龄一般，就像帕夫里克的死一般，就像一百万欧元和所有今天发生的事一样，其中也包括陀思妥耶夫斯基，她也不知道，为什么刚刚就想起了这位作家。

维拉回忆起，不久以前她躺在自己家里的沙发上，当然跟雷宾在一起，她偷偷看了看表。帕夫里克匆匆忙忙在公证处把事办完，会随时回来，可是这件事对雷宾来说完全不是事。维拉因为造孽，听到了非常尖锐的电梯关门的声音，她开始惶恐不安地套上外衣，就在这时，雷宾突然对她说他爱她。

"可是你完全不了解我啊，"维拉道。

"人总是爱那些自己不了解的人，或者他们非常了解的人，或者他们自认为非常了解的人。其实，总体来说，这都是一样的。"雷宾反驳道。

"怎么会这样呢？"维拉反问道。

"完全毫无逻辑。当你一直跟同样一个女人，就会有一个非常奇怪的时间，习惯性在愚蠢的争吵之后，或者是交流中的某种间歇之后，当她突然变了样。你的一切都从她那里脱离开了，就好像脱了水的大鹅一样。你一直想得到她，但是她已经不是你的了。于是你本人不能回忆起她到底是什么样的，就好像以前从来没有和她在一起过一样。这完全可以跟口渴相比较。当你非常非常想喝水，但是却怎么都回忆不起水的滋味。"雷宾解释道。

"你知道这件事什么时候会发生吗？当你只能去占有她的时候，而灵魂早就飞到了别处。对于女人来说，这是最最普遍的一种状态，可是对于你们男的来说,却不理解这种状态。在你表达的爱意中,我能得到什么呢?"维拉问道。

"啥也得不到,我自己都不知道我为什么要说。"雷宾说道。可是,停顿了一下补充说道,"偶然说出来的话总是最真实的。最近的20年我对爱情一向像鱼一样哑口无言。"

还记得,维拉当时惆怅地以为,她永远不会爱上雷宾的,虽然他要比很多人都强。不知为什么,她爱的那些人和跟她在一起的那些人,完全处在堡垒的两端,如果维拉的身体可以比作堡垒的话,不是堡垒,她也并没有,也太用力气保护这座堡垒,而男人们也没有特别要攻占这个堡垒。即使攻占了,那也都是每次几乎都能取得一定的成就。

"别佳,"维拉回忆起了雷宾的名字,"他爱维拉,而维拉(她想起了林德尔的名字)维拉爱伊戈尔。可是别佳不了解维拉,而维拉不了解伊戈尔。问题来了,伊戈尔了解些什么,又爱着谁呢?"她继续想到。

"你来这儿是为了把我杀掉吗?"维拉温柔地靠到了林德尔受过训练的橡胶一般结实的肩膀上。

"不是,我来这里是为了救你的。"林德尔回答道。

"就是说我已经被拯救了是吗?"维拉问道。

"还没有,但是你有机会。"林德尔回答道。

9

名叫塞内加尔的饭店,隐藏在普希金广场内院,被石头做的路沿挤得窄窄的小道的内院里边。

饭店的入口,停着两台阳光下闪闪发光的大摩托车。雷宾没有办法想象,这两台摩托车,是怎么穿过永远被穿梭在拱门下的人们堵塞的小街,挤进这里来的。

他有幸光临过这个饭店。

那里有好几个供应不同菜系的大厅,其中的一个是非洲菜。除了充满异域风情的菜单,上面写的招牌菜是河马蛋蛋烧肯尼亚樱桃酱汁。关于非洲让人想到的就是，在墙上挂着野兽式样的木头面具，以及像在太平间一样，死灰色的厕所里的蓝光，应该是体现了饱受艾滋病侵蚀的悲惨命运，以及贫困遍及这个大陆吧。

的确，打击毒品传播委员会的人，有一次跟雷斌一起吃过饭的人给他讲过，这样的照明，吸毒者是不能往自己的血管里注射针剂的，因为这样的蓝光和青筋是分不清的。

原来，塞内加尔饭店不是一个普通的可以吃饭喝酒的地方，而是全世界邪恶之路的桥头堡。

可是后来，对这件事学识渊博的对谈者又告诉雷宾，这个蓝光照明设备是由国际反毒品专项赞助提供的，也就是说，对于饭店的老板来说，一分钱都不值，而且老板还有房租和交税的优惠，这也都是国际项目，这也是项目里规定的。因此，他们简直就是活在蜜罐当中，对谈者总结道，对于毒品贩子和吸毒的人来说，都有专门的心理援助救助站，在那里有一整套的服务。

苏联时期，现在这个饭店的位置上呢，曾是青年杂志编辑社。杂志都是用外文出版的，写的都是关于苏联的生活，通往金钱的没落世界和所谓的第三世界，还有报道没有在资本主义与社会主义之间做出选择的国家。有时候，上面会印刷一些雷宾的文章，他时不时地会出现在编辑社去领稿费。

雷宾喜欢上一个姑娘，她是负责挪威语编辑的。她是一个金发女郎，爱穿白色的衣服。她的桌子放在窗户旁，当阳光透过窗户洒进来的时候，而阳光有时候是弯弯曲曲的，像胡同一般钻进办公室，那个姑娘就开始发光。就好像编辑室是天堂，而她像活的灯泡一样，照亮着周围的悠然神往。

这个姑娘是一个很严肃的人，于是雷宾明白了，讨她的欢心也应该严肃一点。因此，对她的企图就一定要有一种责任。年轻的时候，雷宾对待这种责任是极其轻浮的，也因此他犹豫不决，她也怀着满腔的思绪，充满了力量打算干点什么。

于是，有一次秋天的时候，傍晚的太阳简直要闯进了出版社的窗户时，就像曾几何时闯入了弗拉基米尔·马雅可夫斯基这位诗人的大门一样，

邮 鱼

  这位坐在桌子旁的姑娘就好像在金水里漂浮一般,雷宾竟敢邀请她去塔甘卡剧院看大师与马格丽特这部话剧。他费了好大劲才弄到了票,他的内心是很骄傲的,因为对于他们未来的关系,从最初就已经被定成了非常高的标准。

  可是,这位姑娘听完他的话,非常坚决,明确地摇了摇头。于是雷宾明白了,哪怕他是拿着神灯的阿拉丁,他也什么都办不到了,现阶段,这个姑娘离他是那么的遥远,在她的世界里几乎没有他的位置。于是,他又想起了另一位诗人谢尔盖·叶赛宁。他写过披着白色斗篷的女孩,她在围墙门旁甜美地对小伙子说了"不",拒绝了他。这是多么特别的、不可逆转的"不",完全没有任何机会变成"是"的。得到这个否定的答案是那么的痛苦,就像是意识到不能永远活下去一样,或者不能像天空中鸟儿一样飞翔。尽管世界上有很多人相信可以永远活着,可以像鸟儿一样飞翔,这简直简单极了,而少女的"不",这仅仅就是通往"是"的这条路上临时的困难。于是围墙门就有存在的必要了,因为要把它打开。

  还记得雷宾走进胡同,带走了太阳的余晖,照在他擦得锃亮的皮鞋上。他收到的版费,红红的苏联卢布刷刷地作响,就好像他兜里放的是秋天的树叶一般。

  然后他一直坐在街心花园的长椅上,感受的不是妒忌。不,他并不晓得为了攥走他的那个姑娘要妒忌谁,但是他了解对生活的抱怨,她很想在人的面前打开完全不需要的围墙门,并且严实锁上那些他在此时此刻充满激情想穿透的东西。

  雷宾穿过了多年来这个挤满人群(办公室的浮游生物)的胡同,因为是午餐时间,他认为也许即使现在他遇到了她,他也不会认出她了。的确,他也没有理由遇见,并且认出老太太一般的姑娘。

  亚历山大·格林定义的未实现的"是的"是不可实现的。世界文学研究过解决不了的、毒害人类生命的冲突这样一整套东西。其中的一个正好就是把未实现的变成可实现的,可是同时要避免它变成垃圾。而它失去了生命之上的,或是超出生命的美,与现实融合,几乎总是变成垃圾。这就是未实现的对一个人意愿的反应和别人的顺从。

于是，长椅上雷宾发现了没有实现的事情隐含的实质：没办成的事，你就偷着乐吧。你就自行其是吧，因为这就是你走的路。如果跟一个人没成的话，那就让他行自己的是吧！

　　于是，雷宾走了，兜里的钞票颜色上分不清是秋天的树叶，还是苏联的 10 卢布面值钞票。他的内心充满了像沙沙作响的树叶，或是吸油纸一样的白色忧郁，这种纸上写满了未实现的爱情故事。这个故事的每页都是未开垦的光环一般的存在，因为上边一个字母都没有写。于是，雷宾把自己内心的这种光和仿佛傍晚阳光的余晖般擦得锃亮的皮鞋里的袜子，还有口袋里的红色苏联钞票都带走了。

　　他想明白了，当周围发生一些不可解释的事情的时候，他想的都是些蠢事。

　　直到现在，雷宾才清楚两个基本丈量生命长度的方法。直尺丈量法：他去上班、领导下属、吃饭、喝酒、睡觉等等。一句话，就是他跟别人过的一样。还有另一种虚拟的哲学丈量方法：它丈量的单位是还没做完的事、还没有完成的应允、没有写完的作品、没有做出的行为、没有上过床的女人、没有丢在那些混蛋的脸上、洒满了苦楚和愤恨的诗篇。第一个丈量法什么都不是，确切地说，像一个漏斗，就像是马桶里的水冲走了你的生活，把他的生活也冲了下去。第二个丈量法极其折磨人，加之一切还会让人变得更像一个人，但是也因此，人会使尽浑身解数去拒绝它。

　　可是，原来竟然有第三种丈量的方法，它是一种超极限的度量。

　　雷宾猜到了它的存在，在电影里边也见过这样的方法，可目前还没有接触过它。如果相信电影里边演的，这种方法没有办法摆脱，也因此，雷宾并不喜欢它，雷宾并不相信善良的外星人的存在。他不相信平行世界的天外来客的逻辑。就像是人类最温柔对待动物一样，最后也没有善终（动物不断死亡，就算是白比姆黑耳朵，阿尔克图尔追踪犬，或是成千上万的别的没有列入文学作品中的小狗、小猫、小狼、小狐狸、小熊一样），因此，人类注定经受死亡的命运。

　　雷宾有一阵子呆坐在桌子旁，注视着可爱的女服务员熟练地送来的菜单。某种程度上，她像下盘稳健的金字塔，还打算要用双腿走路的老鼠或

邮鱼

者耗子一般。她又白、又光滑的脸上有某种奇怪的，但是正是雷宾不能形容的东西。的确她的脸也不关他的事。

"什么时候人会被打败，"雷宾想了想，而他的确承认，他被打败了。他的想法就好像水银珠从打碎的温度计中散落。它们在地面上滚来滚去，收集灰尘，好玩的聚到一起又散开，撮合到一起又拧开，但是已经不可能作为宇宙的温度计，也不可能作为人类身体的温度计了。"为什么人这么轻易就被战胜了呢？"雷宾问自己，然后又自己回答这个问题。"因为人并不喜欢真话，而且还爱钱。"尽管雷宾认识很多人，他们也完全符合这个标准，但是他们绝不认为自己是可以被打败的。

终于，雷宾下了结论，"谁都不理他，他就一直是不可战胜的，微不足道的就像存在方式一样，超出了胜败的范畴。"他看着左右脚换着站，像金字塔一样的姑娘手里拿着下单本，脸像冰山一样的白，又怪异、又冰冷，雷宾突然想起了那些女人（就好像他要和生命告别了一样）。这些女人正是现在与他保持亲密关系的人（亲密程度不同）。她们中的每一个（绝对是女人的天性）信服地或者毫无怨言地向雷宾提供各自发展关系的方法，就好像是他们未来生活的草稿一般。他跟与他同岁的一个老女人，但是却保养得很好的一个女同事，晚上一起通过阅读，通过去看戏剧，通过去去参观那些充斥博物馆和画廊的国家和城市旅行（当然如果有钱的话），来发展他们共同宁静的知识分子的老年生活。另一个也不是很年轻，但是却表现出一副天不怕地不怕的小姑娘样子的女朋友是西班牙语翻译。她答应了雷宾在洪都拉斯海边弄一个小房子构建他们的天堂，在那里什么都便宜，她谁都认识，包括总统。去哪里弄钱让他们生活的更富足（当然指的是让雷宾去弄钱）。还有一个永远的女大学生，她不能给雷宾任何东西，除了为他生个孩子，加之唤醒他内心的父爱的本能，那时候这个也许是最自然的提议，但绝对让雷宾不满意，他们约会少得的可怜。还有一个女人，雷宾对她的样子甚至都有点很难想起了，他俩是在出差（去列支敦士登大公国）的时候，在一个超市遇到的。她通过电邮告诉他，她有一个坏丈夫，不让她得到这个美好国家的国籍，最后不可避免的离婚，绿卡的麻烦事，用奇怪的超现实主义的诗篇来填平了雷宾的内心。

邮鱼

  还记得在瓦杜兹市，雷宾迎来了非常空虚的一天，于是他带这个女人去饭店，她对他讲了俄罗斯女人是怎么样通过因特网嫁给那些德国老头，主要都是些农场主。她们在欧洲生活很痛苦，既没有钱，也没有爱，还没有祖国的温暖。后来他俩去了他的房间，于是雷宾自己都没有想到，他竟然跟她……

  他对他所有的女朋友都很好，但是从来不先给她们打电话，也不去主动约她们，因为她们会觉得这是一个弱点，就好像他从自给自足的领土上撤退了一般，在这片领土上她们会马上渴望站住脚，制定自己的规则。雷宾明白，男人和女人之间是不可能有友谊的，而因此对待自己的女朋友就像对天气一样。可以为她感到高兴，可以富有激情地希望她变好，但是却不能去影响她。

  于是，只有在想到维拉的时候，那个马上就应该到饭店的维拉，他心里边不能画出他们未来关系的图景，就好像这幅图违背了事物的本质，违背了事态的发展，违背了命运本身。就好像某个人小心翼翼地用手肘困住了雷宾，小声对他说：趁现在还不晚，你赶紧选个出路，哪怕是洪都拉斯，打起精神，提起你的裤子，赶紧从这里逃离！

  可是雷宾还是留了下来，点了300克伏特加、青鱼、酸菜、牛排和薯条。他想好不招摇，我这一辈子就是对大锅饭特别满意，可是在家都是吃些报社拿回来放冰箱里的东西，有什么吃什么。我可不想当个饿死鬼，阴间多惊险呀！

  脸冰冷苍白的女服务员超快就端来了伏特加和下酒菜。

  雷宾立马喝了下去，用开心的眼神环顾着饭店里的一切。

  人要有派头，而其他都是次要的。他回忆起了自己的那个西班牙语女翻译的话，她对洪都拉斯依依不舍。她给部长、商人、甚至是在南美旅行的通灵者做过翻译，也因此懂得什么该说什么不该说。

  饭馆就像是一个完整的世界，雷宾把女翻译的想法延续下来，她也就不能把话翻译给外星人，其他都是次要的。伏特加使想法走了岔路，让想法更快，像流星雨一般，让它像宇宙一般包罗万象。

邮 鱼

雷宾的眼神像扫描仪一般划过每个顾客的脸庞。每个人都背负着当下生命的光环（又或许是过去上一辈子的反光）。那里有过去和当下的猛男；不自信的知识分子；普通的官员，相对于死亡，他们更加害怕丢掉饭碗或是受贿被抓住，因此就非常人性地在自己的身上添加了无耻与胆怯；小职员耳朵里听到电话里的笑话；睡着了但是依然骄傲的记者们；衰老的美女和追着富有的长满了白毛的年轻女猎手。尽管，塞内加尔饭店对于这样的事来说，并不是最合适的地方。而且，可能，假装的女猎手就是很诚实的姑娘（现在的生活这种情况可信度高吗）。但是雷宾喝下去的伏特加使她们就是变成这个样子，而且他其实也是为了这个目的，为了享受现实的酒精版本才喝的，而现实追逐的不是真理，而是方式，追它跟追风一样难。

在酒精版的世界里雷宾就是魔神，就是造物主，因此就不受批判。他的眼光划过别人的脸上的时候，想到的是，尽管酒精抚平了卑微渺小，但它却显而易见——年龄、胆怯、苏联的背景、贪婪和杂乱的孤独——就像在镜中一般，他在无数眼神里映像出来，他活在镜子里，就好像是镜子里的，准确的说，是镜子后的鲤鱼。这些眼神就是挂着蚯蚓的鱼钩，雷宾的眼睛看向远方，碰上了下巴上有疤痕的高加索人的眼神，如锋利的飞刀一般，为什么鲤鱼要去抓诱饵，要从暖和的、臭烘烘的池塘流到另一个现实世界中？

他又倒了一杯喝了下去，就着苍白的脸、像金字塔一样的女服务员端来的热菜，就是牛排加薯条。这道再普通不过的菜，让他从来没有觉得这么好吃过。也许他认为，天堂那些迷途的，但是到达了目的地的正人君子也是吃这个的。

这个时候，雷宾看到了穿长裙的维拉肩上披着花花绿绿的披肩，就好像是帆船一般在桌子之间游走，她就好像从十九世纪穿越到了塞内加尔饭店一样。绝对就是从那个时代来的，她手里有一个手提包，有点磨损，但是皮质很结实，还带着一个深铜色的别扣。"她怎么能这么快就提现了呢？"雷宾惊讶想到。他并没有怀疑手提包里就是维拉说的那一百万欧元。雷宾用余光观察到，下巴上有疤的高加索人也在不由自主地看着这个手提包。

"你喜欢我的装扮吗？"维拉坐到了正在嚼着东西的雷宾桌旁道，她马马虎虎的用脚把手提包推到了桌子底下。

"你把民俗博物馆的东西给偷了吗？"雷宾挥了挥手把金字塔般的女服务员叫了过来。

"这是在特维尔大街的商店里买的最新款的古驰，"维拉生气道。"你知道它多钱不？"

"你自己印的一百万啊？"雷宾问道。

"一百万？"维拉反问道。

"不，这是礼物。"有一点迟疑，维拉继续说道。

"哦，原来这么回事？"雷宾惊讶道。他已经看到了维拉衬衫的领口上绣着一颗珍珠，高跟的圆头皮鞋的扣环绝对是用金子做的。

"有意思，谁的礼物？"

"就是他的，"维拉点了一下头，向正在朝着他们的桌子挤过来的一个小伙子的方向指去。

他对他们微笑，就好像在这个世界上，对于他来说，没有比他们更亲近的人了，对于他来说，没有比在塞内加尔饭店相遇更大的喜悦了。

"你儿子吗？"雷宾猜测道。

"我倒是想有这么一个儿子，"维拉叹气道，"但是，他不是我儿子。"

"那他是谁？"在遇到了纳杰日金同志以后，雷宾从陌生人身上就不期待任何好事了。

"很难说，但是他能把我家的帕夫里克给弄回来。"维拉耸了耸肩道。

"那就是说，他是外星人了，"雷宾确定地说。

"只不过我真不知道这个星球怎么称呼。"维拉说。

10

好一段时间，雷宾都在想象，这个坐在他们桌上的殷勤微笑的年轻人让他想起了谁。他像所有人，又谁都不像，他让人想起了一切，又什么都想不起。让人想起了过去那些年代的痛苦和喜悦，想起了尽管你并不年轻，但是却依然活着，暖和地坐着，喝着小酒，看着身旁的人。让人感觉世界将变成沙漠的风,以及模糊的希望,希望这阵风不知不觉吹过你的身旁,不用裹上冰冷的掩尸布,在寒冰版的沙漠当中,可能出现一片顶着甜蜜太阳的私人绿洲,清澈的小溪和果实丰厚的棕榈树。让人想起别人的美好生活,你没有过过这样的生活,而且你自己目前还没有过上的希望,但是却就在身边的某处。让人回忆起,谁都不去想知晓的真理,所有人都了解谎言。让人回忆起事情正确的发生过程中的疑惑,以及由于无能为力去改变它的忧愁,但是更忧愁的是,因为没有能力改变自己。让人回忆起对阴沉卑鄙的生活正义凛然的怒气,以及在这样的生活面前龌龊的安分守己。让人回忆起有可能脱离这种阴沉卑鄙的生活的金钱,但是与此同时,又变成了这样生活的主要发生器,并且是通往人类世界的导体。让人回忆起跟外国人做生意的季马,他以前把牛仔裤卖给过雷宾,总是不按时参加科学共产主义的国家考试,他的裤门上的拉链也是开的。还有学院的共青团团委书记,他责备雷宾挖土豆的时候喝多了,而且还不积极地参加社会劳动课程。让雷宾想起,有钱去世的父亲,以及年轻时候的自己,但是却是在三位一体的位格,他是完全不应该在那里存在的。

年轻人从夹克的口袋里拿出了一个不错的大屏手机,也有可能是小电脑。

雷宾早就,甚至永远落后于科技进步了。何况他越来越喜欢的旧东西能够完好使用,但是却又由于像他自己一样毫无任何希望的过时物件而落后。比如说,藏在角落里的苏联制造的圆的布兰牌吸尘器,或是也不知道是哪里做的陈旧温暖的上衣。不知为何他觉得老东西都有灵魂,于是不知怎的,它们的灵魂可以跟雷宾的灵魂交流。因此,雷宾对科技新产品持怀疑态度,他极其厌恶地看着长长的说明书,预先就决定了完全看不懂这些说明书。快速替代的东西和人就是进步。一些物件应该被新的物件所代替,而一些人应该被新人所代替,被新物品的需求者所代替。可是老东西也想生存。在新旧这个隐形的战役当中,雷宾站在旧的一方,它不能取得胜利。

"你们想知道央戴克斯网站上最新的新闻吗?"年轻人询问道,并且没有等到维拉和雷宾的同意,就从闪光的屏幕上念了起来。"今天早间在基卡购物中心的厕所门上,出现了基督耶稣的面容。画像是从里边出来的,构成了纸纤维的画。人们尝试一切办法想把它擦掉，以及去研究它们的成分的时候，都毫无结果。俄罗斯东正教会的代表也拒绝对这一事件做出解释，购物中心的顾客也只能去其他楼层使用厕所。"

雷宾看了看维拉，明白了，她不是爱上了这个都可以当她儿子的小伙子，就是恨他入骨。也许，两种感觉同时都会有，爱恨交加。雷宾觉得很奇怪。只有充满幻想的少女才会有这样的行为，而不是那个像维拉自己给自己的定义一样，她已经是跑了太多旅程的妇女了。

小伙子伸手去拿菜单。雷宾看到了他戒指上的大钻石，发愁地想，他已经没有机会了，钻石就像被子一样拉近了大众传媒工作者（雷宾想起来了这应该怎么称呼）屏幕上的光线，光亮射向了上方，就好像钻石里边的小生物发射了烟花一样。

"本月基卡购物中心在俄罗斯开的第一家商店，就要庆祝五周年纪念日，"雷宾说道。"他们出售给穷人便宜的木质家具。耶稣最先的一个职业也做过木工。因此也就一切都解释通了。这就是一个广告活动，而且绝对的机智。"

"你不相信神迹吗，"小伙子遗憾地审视说道，"对了，请叫我……"

"伊斯迈尔，"雷宾今天第二次说了这个词。

"我知道您今天已经跟一个伊斯迈尔交流过了，"小伙子笑道。"他让你明白事情的缘由，也只不过是一部分。生活要比想法更快，更准，更不予期。因此，许多没有下的决定需要再确认一遍。我不是伊斯迈尔，我只不过是……"他把脑袋歪向了及其喜悦听着他说话的维拉，"伊戈尔，是的，伊戈尔！"

"而他姓林德尔，"维拉咯咯笑道。"无论如何我们在大学上学的时候，就叫他林德尔，后来要不然就是去了美国，要不然就是去了以色列。"

"她跟你们在大学里学习过吗？"雷宾问道。"那时候你们……我求你别生气，我自己也很憎恶反犹太主义，"他给小伙子使了个眼色，"永世流浪的犹太人。对了，我相信奇迹，有信仰的却不相信。您喝伏特加不？"

"永世流浪的犹太人喝伏特加，也用别人的时代来做他的下酒菜，"这个叫伊戈尔的小伙子若有所思地说道。"我可是正相反，我想延续你们的时光，"他迅速斟满了长得像金字塔一样的女服务员端来的酒杯。"我们为相识干一杯！"

大家和和睦睦地干了一杯，就好像根本不晓得自己的时代一样。

"有可能你们是对的，"伊戈尔说，"这的确就是广告宣传。只不过那些想出这个广告的人做事太（老爹向前爬上炉子）心急了。"他显然在告诉他们，他对语言学的研究并不陌生。尽管当然，在手里转了几下空酒盅，还要搞清楚、弄明白这个老爹是谁，为什么他要爬上炉子？（老爹向前爬上炉子为俄语熟语，形容做事心急，热火朝天）。

"这有什么搞不明白的？"维拉插话道。"老爹就是罪人！他不进炉子谁进炉子？""嗯，是的，"林德尔并没有去争论，"可是我们目前还没有在炉子里，所以我们要点什么吧！"

他们坐着，低下头看着菜单，就好像苏联时期年轻的学者在搞研究一样，雷宾想起了，也就是两个月前，在他父亲癌症死亡的两个月前。

最让人感到惊讶的是，他预感到了这样的结局，于是那个时候，还没有说到关于癌症的事的时候，他就拿到了一整套关于这种疾病的资料，它像是在任何一个大陆上割杂草一样，把人的生命给割掉了。

首先，他父亲发现了现行的最常见的跨国阴谋。所有国家的政权一致隐瞒疾病的规模，它传播的速度渗透能力，而最主要的是死人的数量。与此同时，他们用各种各样的报道让人迷失方向，报道说马上就会出现万能的抗癌疫苗，所以早期的诊断百分之百能保证生存机会，还有癌症不会遗传等等。

他爸爸的第二个发现是，所谓的心血管疾病的后果是心梗或者是脑溢血，这个疾病并不是他们所说的别的东西，正是一种隐形的癌症。这明明就是癌细胞，而不是神奇的胆固醇使血管组织变了样，使它们变薄了，把它们撕裂了，就像小狗用獠牙撕粗麻布一样，结果是血液像穿过决堤的水坝一样，在不可想象的压力下冲向大脑，冲向心脏，像关掉门厅的灯光一样终结了人的生命。

他父亲的关于癌症的第三个理论是，以下这些医学方向被证明为毫无意义，比如说，器官移植。他父亲揭露了人类对可能延长寿命，然后让机体变得年轻，用好的器官替换不好的器官，这些愚蠢的希望的真相。他相信癌细胞最初的时候，无论是任何的生物都会在体内被尘封着，它们避免不了会苏醒、生长、排列成方阵，并且出击，只要在某个具体的人的身体里自毁程序启动的话。

父亲并没有怀疑，物质这个程序的遥控器在上帝的手中，而且遥控器上有很多按钮，它们中最主要的是：停止键、快进键、快退键。快进键是最长被按到的。在极少的情况下，上帝会选择按停止键，或是快退键。否则又怎么能解释得了索仁尼琴的意外事件呢，他不是普普通通在监狱安排的手术完成后活了下来，而且还从最可怕的病魔手中完全被治愈了？

就连这里，父亲都有自己的答案：上帝拯救了索仁尼琴，赋予了他这么长的生命，就是为了让他亲眼看到，苏联的命运。

父亲很意外地同意了一个完全具有争议的主张（雷宾也不知道是谁的主张），1917年的十月革命有可能不会发生，如果尼古拉二世当时借鉴列夫·托尔斯泰进言，并且跟他交心地谈话的话。

"布列日涅夫如果会见了索仁尼琴和他交心谈话的话？"雷宾好奇地想到。

"我也不知道布列日涅夫能给索仁尼琴什么建议？"父亲回答道。"恐怕这样的会见什么也不会改变。索仁尼琴想的是世界的荣誉，肖洛霍夫的选择不会让他满意。他试过这样的选择，就像试了一件小码的风衣，他知道风衣太小了、太紧了，而且最主要的是这件风衣早已经过时了。索仁尼琴的世界荣誉直接取决于他在让苏联政权失去威信这件事上付出了多大心力。苏联刚一解体，索仁尼琴也就回到了俄罗斯居住。"

父亲确信癌细胞是有智慧的。

"你知道吗？最后一击之前，癌症给人一种绝对健康，并且能活很久的幻觉。"他对雷宾解释道。"这就说明了癌细胞不仅能够思考，还能有心灵感应一般的思考能力。人甚至连想法都没有出现就去看病，进行体检。他觉得他什么都能做。当年龄成熟的时候，就想娶一个年轻的姑娘、盖房子、要孩子、要立马去看病，最好马上去看肿瘤医生。"父亲认真注视着雷宾。

"的确，其实宇宙的构造也是按照对机体的癌变倾向性的原理组成的。黑

邮 鱼

洞就是肿瘤，它吞噬着器官（银河系）。世界万物，也就是说一切的存在都具有癌基因，也就是说不是普普通通的摧毁基因，而是突然毁灭的基因。这就是为什么，我们的这些政府和寡头很可笑在尝试给自己延续生命，父亲总结出一个让人不愉快的结论，这种对生命神赐般秘密的暴力，同样最具有癌症特征的攻击对有生命的机体的攻击，身体只有在他暂时自由的情况下活着，身体自由是因为，暂时在上天朴实，以及上天的不晓得当中它并不完美。所有其他形式的存在就是治疗癌症，其他的治疗就没有了。"父亲两手一摊道。只要一确诊了，父亲就不喝酒了，就开始吃一个新鲜的食物，但是这好景不长。有一次雷宾来看他发现，父亲兴高采烈喝着白酒，下酒菜是看上去早就失去了商品该有的样子的，就好像蒙了一层汽油膜的炖白猪肉，还有像吹胀了又扎漏了的热气球一般，一看就是放在盘子里不止一天的抽巴酸黄瓜。

"你疯了吗，"雷宾闻了一下快乐的五光十色的炖白猪肉说道。

"没事，"父亲回答道，"你知道什么动物活得更久吗？不是那些吃新鲜东西的，而是那些吃腐烂尸体的：乌鸦、鳄鱼、土狼、秃鹰。世界上有许多怪事，他又把酒盅倒满伏特加，但是这些怪事当中，有机会活得最长的就是那些吃腐尸的动物。"

雷宾不太情愿跟父亲（最近雷宾经常跟他心灵交流，而且交流的都是那父亲死后发生的事）分别，但依然回到了塞内加尔饭店。

维拉和伊戈尔是大学同学，他因为年龄的原因，完全不可能是他的同班同学，已经点完菜了，又把酒盅斟满，此时此刻，他们饶有兴趣地看着沉浸在自己思想中的雷宾。

"林德尔，好像以前有这么一个魔术师？"雷宾突然回忆道。

"哪有永远的流浪犹太人不是魔术师的呢？来，干一杯！"维拉的虚拟同班同学抿着嘴笑道，并端起了酒盅。

"为生活干杯！"维拉解释道，"这包罗万象的犹太人的祝酒词，也包括了对所有那些人的支持，那些处于心急如焚阶段的人！老爹爬向前面的炉子。"

他们干了。

"我很遗憾让你感到失望了，可是我没有荣幸成为被上帝甄选的子民。"林德尔把酒杯放在深色的桌子上道。

"别听他瞎说，"维拉嘴里塞满了吃的东西，还嘟哝道。她扑向了食物，就好像刚刚从饥饿的俘虏变成自由人一般，恐怖分子什么都没有给她吃，又或者是刚从拘留所里出来，在那里那些富翁们也没有喂她吃东西。"他当时是怎么样成功离开苏联的呢？"

"我已经开始相信，你不是一个犹太人了，"雷宾完全没有办法摆脱逝去的父亲这个想法，"其实我并不太感兴趣，但是如果说你不是魔术师，我是不信的！"

绝对是，雷宾想了想，父亲现在感觉很不好：一无是处的他躺在坟墓里墓碑的底下，原子的碎屑穿过宇宙飞行，或是以邪恶的纹身的样子在我的睡梦中游走。他已经不参与地球上的事情了，可是我就像是落入蜘蛛网的苍蝇，沾上了要不然就是阴谋，要不然就是某个秘密。下一秒，他又想，尽管父亲最主要的秘密都已经知晓了，而我暂时却不知道。

"你是谁？"维拉凝视着林德尔。

雷宾觉得很奇怪，因为她直到现在还没弄清楚。他们一直以来都干了些什么？

这简直不可能，但是早就遗忘的妒忌，像人生中第一次手里拿着皮包站在单元门的窗户旁缩紧嘴唇初吻一般，使他的心冲动了。

"现在我是会计，在给一家企业做统计报表，正好有机会参与到指标过程中。"

"逐条的表吗？"不知道为什么雷宾感兴趣地问道。

好像他的舌头充满了不经意的傲慢，打算继续独立完成对话。而也有可能舌头相反，像一个忠诚的朋友，明白那个人想要继续和父亲进行交流，给他提供自己的服务，从雷宾的语言翻译成了林德尔的语言。

"是逐条的，"林德尔解释道。

"每一条里面数字都应该像搞金融的人说的一样要超额、要波动，"雷宾（舌头）继续说道。

"应该是这样，但是暂时他不超额、不波动，"林德尔认同道。

"我希望,缺额的数字不是一百万欧元?"维拉说道。

"这我们以后再商讨,他的声音完全不给维拉留一点能够突然致富的希望,"林德尔说道。

"那么……"维拉把话缩了回去。

"你想把帕夫里克还给我吗?"林德尔提示她说道。

"我不想跟你坐到一起!"维拉把盘子和杯挪到了桌子对面的雷宾那里,自己换到了雷宾身边的一个空位置坐下。该死的犹太人,我的眼睛要是能看不到你该多好啊!她立刻就用自己的腿去摩擦雷宾的腿。雷宾想,这发生的一切开始让人想起了布尔加科夫的作品大师与玛格丽特。他清楚每一个完美的文学作品,其他的不用说,还有一个包罗万象的矩阵,里边混入了各种各样的生活的情景,包括了人的命运,在这个情境中被运用的人。但是布尔加科夫描绘的版本他并不喜欢。雷宾和维拉就像是讽刺漫画版的大师和玛格丽特,而因此在小溪岸边的房子里,这永恒的宁静对他们来说就毫无希望了。雷宾也没有希望能伴着烛光用鹅毛笔写作,而维拉也不可能在花园种种花草来呵护他的安逸。

等待他们的是某种别的东西。

但是雷宾内心完全没有恐惧。

不是因为他克服了恐惧,而是因为恐惧完全臣服于他。

是的,恐惧操控着世界,但这是讽刺漫画版的恐惧,因为世界早就变成了漫画。欧洲电视网歌唱大赛谁都胜不了,除了从腰分出两个身体的,但是长着四肢细细的像花茎一样的腿的连体双胞胎姐妹。她们冲到台上坐着机枪战车,并且唱了一首关于革命的歌,革命改变了世界的面貌,因为革命与新的超出了世界理解的女性之美沾亲带故,这种美目前谁都不理解。然后,用装着机关枪的武器车驶向演艺大厅,用发光的空空的弹排扫射观众。

这种恐惧是不可克服的,因为它穿透了周围的一切,就像是有穿透力的辐射线一样。有一阵子,雷宾希望逃避穿透的恐惧栖身于创作,文学当中,这个文学让他觉得像是在钓金鱼。

可是金鱼很少让人们能够抓住它,很少让自己完美的咬钩献给人们。

人可以一辈子在岸上拿着鱼竿站着，直到死亡，在越来越冷的手里握紧了钓鱼竿，傻傻地看着静止不动的浮漂子。

金鱼想往哪儿游就往哪儿游，任何时代想要抓住它都是一种寂寞，就结果来说，永无止境的事是毫无保障的忧心之事。

在讽刺漫画的世界里，都是用拖网渔船和投网渔船来捕捞金鱼的。自然而然是抓不到的，因为捕鱼的地方是它什么时候都没有游过的地方。然而却找到了一个出路，把所有网抓上来的东西都浓浓的、厚厚的涂上了一层金色。文学作品最卖座的作品现在都被冠上了这样的名字，从海底捞上来的镀了一层金色的海草，沉底的垃圾，偶然落入少有的丑陋网中的深水栖息的水族。绝对可以把它们比作一种心情和贪欲，它们是从人类天性的深处挖掘出来的，而人类的天性，众所周知，四万年来完全绝对没有变过，当时人类走出山洞，傲慢地挥着棍子。这些贪欲和烦恼同样也被浓浓的（外表是千年的恶臭）涂上了一层金色，因此青年人和姑娘们在琢磨住在哪里，已经分不清哪里是金子，哪里是恶臭了。

雷宾理解的文学作品是这样的：有些人把实际存在的个人总结诉诸公论，这种存在的东西，世界（集体的意识）或者是接受它，或者傲慢地拒绝它，或者（这种情况是最常发生的）发现不了它。但是一个单身汉能把什么东西诉诸人的公论呢？单身汉被不公平毒打，浑身缠上了日常责任的绷带，被不需要的女人和多余的孩子折磨着的单身汉，除了痛苦的绝望。它能变成上帝的不知晓的幸福：你是谁？为什么来到了这个美好的、多彩的，但是又拒绝你的世界？为什么这个世界一直存在？

集体的意识回避了这些问题，但是有的时候，在意识的装甲的头盖骨中开了一条裂口，那里就像是不请自来的小鸟飞进了开着的气窗一样，类似《哈姆雷特》或者是《罪与罚》这样的文学作品也飞了进来。

这被称为世界文化。

然而在现实当中，飞进气窗的文学作品被推到了图书馆尘封的收藏格上，被用开膛破肚的野味的形式送到了废话的丰宴之上，学生的教室中；被送去了自卑的自我肯定强行消灭别人作品的专家的研究中；被送去了疯狂的导演的话剧中，他们让不幸的演员们都疯掉。

邮 鱼

在讽刺漫画的世界里，集体的意识自我创造，因此就不需要那些可以穿过城堡（头颅）大墙的缺口的单身汉的服务了。

集体的意识不去想贫困、困苦之事。它存在于自我饱和与自治的状态下，尽管谁都不知道管理的公司在哪，而谁是董事会的一员。

单身者不得不由于心智，非常必不可少的，就像是地球引力一样，围绕着大众意识的星球旋转、转圈。或者少数情况下，按照看不见的董事会的决议到达地球。但是只有在充当从某个东西上转移走的被带到一边去的手段的时候。

如果自我饱和没有任何问题的话，人类目前感兴趣的是，肉体和贪欲，那么自治的存在就跟能量系统一样，当一个片区多余的电压跳到了另一个片区，于是情况就得到了改善。

只要大众意识认真专注于有意思的问题，比如说，人类会怎么样，当星球的资源耗尽的时候，成千上万的中国人、印度人、阿拉伯人、非洲人、拉美人都去哪里安身，什么吃的都没有，意识立马重新编程，编成另一些题目。突然，流行乐之王不明原因地死了，白宫门前的草坪上出现了雪人的足迹，一个著名的模特竟然被发现有一个私生的双性人小孩。

世界上没有明显风格特征的统一体明确了下来。

俄罗斯作为一个国家丧失了实质，自然而然地丧失了反抗的意识，它就是一个大的实验室，里边检验的都是这个强制的统一体运用的技术。

雷宾并不知道为什么他想的是这么抽象的东西，当需要想的是应该怎样安然无恙的，或者人类的命运跟他有什么关系，他自己的命运都没有决定好呢？

雷宾想，无所谓未来，根本不值得为害怕而死亡。人类本身的生活对他来说并不是金色的能实现愿望的，但是却很严厉又残酷的，就像是公家的信封一样的，由于邮政金鱼的形象。这条鱼被放逐到人类的海洋，它带着某个众所周知的消息，对于一个创世主来说，这个消息是给某个或者是某些，又是那个只有那一个创世主才认识的收件人的。

完全没有任何保障，这条鱼能不能游到最终的目的地，就像是对邮局寄出去的鱼一样能不能到达收件人那里，而不在路上腐臭一样，没有任何的保障。

"你知道这个桌子底下可爱的手提包里是什么吗？"维拉突然问道。

"一百万欧元吗？"雷宾认为可能是。

"是炸弹，它可以把饭店炸得去见鬼，"维拉回答道。"他说的，"维拉点头指向了林德尔的方向，"这是唯一的出路了。"

只不过在讽刺画世界里，死亡的确是真实的。

就连当下，死神也是坐在我面前的，雷宾想了想，看了看维拉那个虚构的大学同学蓝色、清澈的眼睛。

11

雷宾若有所思地仔细看着自己衬衫的袖口，他看了一会儿，袖口从针织衫里露了出来。

他突然想起了，衬衫是在圣彼得堡买的，在涅克拉索夫大街上一个地下室的二手服装店里买的。

那儿简直就像是失去主人的衣物的宿舍。还能用的，但是却没有主人的东西，看上去不好看还很打蔫，就像是一个跟男友分手的女人一样。她身上缺乏自信和希望，又新又年轻的东西，橱窗里的东西看上去就又自信、又有希望。

在别的国家，雷宾也碰到过二手店，但是那里，这些商店一般主要都在公墓旁或是劳力市场旁，去消费的都是拿补贴过日子的，也正好顺便吃吃饭的少数族裔和当地要饭的。他们免费拿衣服，不喜欢就很不满意地扔到了地上。雷宾怀疑，俄罗斯的二手店里的价格在不停上涨，货源也都是从那遥远的被踩踏过的地上捡起来送过来的。

东西的世界跟人的世界相比也未必简单。雷宾绝不在这个世界里，绝不会像是鱼在水里一样。东西的神明，如果赏识他的话，那么也是很少的。雷宾几乎什么时候在合适的地点，用合适的价格都没有能够成功购买到需要的东西。经常东西的神明在购物的那一刻，让雷宾失去了理智，让他的理性麻木，或者是让他感到不合时宜的消费的狂热。然后清醒过来以后，

邮 鱼

雷宾痛苦地意识到生活中无论什么时候都不会穿上这件蓬松得像电流放电一般发射的大衣，也不会去戴着像锅一样的帽子去侮辱他的脑袋，不会把像化石蠕虫一样的灯挂在墙上。一切在购物者的狂热当中，都好像是唯一的东西，就像是灰姑娘的马车在半夜时分一样，突然都变成了山上的尘土。

多余的东西占据了他的生活空间，装满了柜子和架子，像石头一般的血栓一样，堵住了阁楼和各个角落。

它们当中的很多东西都放在不该放的地方，找不到自己的位置，放在其他东西中间还很痛苦，就像雷宾本人在其他人当中一样。而某些东西，怒气冲冲地用看不见的根茎咬掉了偶然的表面，雷宾把它们临时放在一个地方，就会长出灰灰的尘土颜色尘土的毛。他们就像是恶狠狠对少得可怜的退休金不满意的老头一样，习惯了抓住雷宾的袖口，然后用电流来扫射他。

每天半夜躺下睡觉，雷宾都盯着一个白铜做的东方思想家的雕像看好久，也许是一个魔法师长着一副奇怪的在帽子底下翘起来的明显不是人的耳朵。这个白铜做的东方人，责备地看着雷宾穿过曲别针做的栅栏、名片、笔以及书架最上面一层的别的破烂东西。

它是雷宾偶然在北京的一个非常大的室内市场买的，偶然放到了书架上，但是结果就是永远搁在了那里。

"万一他就是东西的神明呢？"雷宾有的时候会这么想，小心谨慎地看着这个阴沉发光的在书架深处的雕塑，"那我就毫无机会了！"

东西的神明不让雷宾什么都很分明，雷宾根本不会跟不需要的东西分手。

他看着喝着酒并且就着菜的塞内加尔饭店桌上的人们，于是他看见了紧紧地一排衬衫、外套、针织衫，牛仔裤拉着手穿过了二手店的地下室，就好像毫无显而易见意思的逝去的生活一样。然后他又看到了把生活破坏的人，就好像是把这个衣服给穿坏了一样，尽管穿坏了生活的人没有被聚集到某一些地方用来转售，也只能去老人院，那里对这些东西也没什么需求。

衣服的价值更高。

雷宾想了想，"我也常去二手店，而且她也去那。"他斜眼看了看维拉，不经意却又尽力把自己酒盅里的酒喝完的维拉。雷宾把自己和维拉也归入到二手店消费者这个人群体里，就是灰色月球地貌里面的居民，他们在干枯的言语海洋之中，在风化了的变薄了的思想平原之上，在用泪水腌渍的田野上，上面希望的绿草不能破土而出。这就是贪欲的世界，殷勤的、确切地说冷漠地掀开了迎向雷宾自己的磨盘，为了要把他磨成不是营房的，或者市场的灰尘，而是养老保险的灰尘。

"也许不需要等这件事到来，"雷宾想了想。他并不相信心灵可以永葆青春，也并不相信老当益壮这样的说词。慷慨或是激情地爱上了一个18岁的姑娘，跟着她到处跑，摔倒了还把腿弄骨折了的80岁的歌德，按照雷宾的想法，就是很有可能脑子有问题。歌德到老了自视自己是神，也因此，谁都管不了他。

雷宾也不相信，从死去身体的眼睛里出来的灵魂，它的苦难是无止境的。死后的责任，灵魂为了身体所作所为所负的责任背后就是所有的宗教信仰。但是宇宙冰冷无垠和人类罪恶表现出无可比拟的巨大。在传统的意见当中，雷宾看到的是某个无理的夸大狂，上帝一定要按照每个人顽皮的身体情况来宣判。对雷宾来说，自杀的想法并不是亵渎神明，他并不相信这是最可怕的罪状之一。

雷宾叹气道，"也许炸弹真是解决这一切世界的办法，包括东西的世界，以及其他的世界，在那里他们会忍让着我，但是却不是很爱我。"不知为什么，他都不怀疑维拉的手提包里的炸弹是非常强、超现代的那种，就是那种可以在封闭空间把人烧成原子状的，但是同时又不会破坏动产和不动产的。

"完全正确，"他听到了林德尔的话，"手提包里是炸弹，最先进的那一种：如果我没搞错的话，俄罗斯到现在还没有用过这种炸弹。爆炸的声音极小，甚至都听不到，就像一阵风。但是在大厅里一个人都不会剩下，只剩一片红色，准确说是红黄色，像秋天树叶一般的颜色，墙上会出现花纹装饰。有时候赶巧，这种装饰会非常漂亮。我在阿富汗的悬崖上就看过，那里塔利班把大佛像都给炸了。"

"那衣服呢？"雷宾傻傻地饶有兴趣地问道。

"总之，衣服可以洗干净、再消毒，"林德尔对这个野蛮的问题一点都不感到惊讶。"只不过为什么要这么干？这衣服二手店也不会收的，"他认真地看了看雷宾道。

"如果你能看透我们的想法的话，那为什么你还要跟我们说话，"雷宾问道。

"因为我们不能看透他的想法，"维拉突然插话道。"他在跟我们玩，他在逗我们，就像是猫逗老鼠一样。"

雷宾认为，他就是因为这敏锐的智慧爱上了维拉。他还认为，尽管她骂林德尔，但是他还是吸引她，一叫她，她就跟着他跑了，也就忘记了二手货商店，意思就是，把雷宾给忘了。

因此，他就没有任何机会了。

但是在与维拉的关系中，他唯一的机会就在于可以预见的未来，维拉是一个有着很大里程数的女人，林德尔绝对不需要她，尽管很伤男人自尊，让人不舒服，但它终归是一次机会。

"如果你不为这些坐在这里什么也不知道的人感到惋惜，你就不可能让我们活着，我们可是看到了某些东西，有可能明白了某些东西，尽管当然明白的也不多，"雷宾问道。

就在刚才，他还不相信人类渺小灵魂的痛苦是无止境的。

然而现在，他突然相信了。

他不是简简单单地相信了，而就像是把这种无止境在自己的身上试了一下，并且得出了一个不期的结论。他不想要命了，假使他们现在走出这个饭店，那手提包不是要一直放在桌子底下吗。更何况，雷宾已经预见到了自己，那个拿着该死的手提包往某个地方跑的自己，可以说像是亚历山大·马特洛索夫，就是那个拯救了其他人生命的英雄，雷宾看到的自己就是这样的。

"而还有更好的，"他想，"怎么样能把这个坏蛋给弄死，然后把这个一切就像是可怕的梦一样给彻底忘掉。"雷宾坚信，上帝会原谅他。他想，哪怕这个坐在他对面的怪物能够看透他的想法。"让他看去吧，"雷宾报复地想到,"我自己都想不到会是什么内容。"

"我们回到基卡购物中心厕所门上的耶稣头像,"林德尔困惑不解地看着雷宾继续说道。"这个广告,如果当然它是广告的话,的确超出了时间,跑到了时间前面。但是它具体超越了什么?"

"答案是很显然的,"雷宾说,"这是第二次最后的审判降临,也是最后一次。"

"世界是多维的,"林德尔反驳道。伊斯迈尔试着给你讲过这件事。在大家都看得见的事情进展当中,事态发展的不同版本在不断地被引起、被映射、被检验、被测试。这其实就是材料,用来构建未来地貌的东西。第二次最后的审判并不一定就能来到。也不一定是所有的人都会被拉去到最后的审判。一切都简单得多。我们是某个实验的自愿或者非自愿的参加者,这个实验就是以未来世界格局变化为题的。实验结束了,结果值得深思。实验室被关闭了,可是实验材料剩下了。正如你发现得很正确,雷宾赞许地给维拉使了一个眼色。而这些小动物、小虫子、小贝壳、最好还是都消灭掉,为了不可知的传染病带到全世界。这个悲伤的任务委托给了我。它对我来说是极其厌烦的。因此,我建议把你们融入到别的实验材料的里边。他用手打圈指着整个饭店。只不过你们不要用自己来把这个当之无愧的地方的墙给涂了,而你们就消失就行了。一百万欧元开始新的生活也足够了,或者是刚开始也足够了。我会建议你们找一个印尼和澳大利亚之间的小岛国。那里的国籍只要花不多钱就能买到。在海边的一栋房子也就在两万欧元左右,钱可以放到银行吃利息。总之,一句话就是天堂,你们自己选择吧!"

"那帕夫里克怎么办?"极其认真听林德尔说话,维拉问道。

雷宾试图看他的眼睛,但是他的眼神飘到了旁边,就像是北风吹得旋转倾斜的雨。海边的房子的这种想法,绝对是维拉接受、喜欢的。她更喜欢的是那个把钱放在银行,然后靠利息过日子的主意。雷宾就很发愁,他好像在这个假设的海边的天堂根本找不到自己的位置。

"帕夫里克怎么了?"林德尔耸了耸肩道。"他会从伯尔尼回来,解释说,就是发生了一个错误,车撞死的不是他,而是别人,他会领国家的补偿金,补偿他在塞内加尔饭馆被活活烧死的媳妇,也许甚至还能再娶媳妇。根本顾不到他了,人们会宣布举国哀悼,把内务部部长和莫斯科的市领导给解职,通过新的法案,新的反恐法案……还有啥事?有些议员会建议实行终身总统制,为了让老百姓不去为选举而烦心,紧紧地团结在民族领袖的身边,但是有人会纠正他们,说,时间还没有到……,赶巧我们的领袖是永恒的、永远的。那个啥,他……去取录音机的,那个谁来着?"他转头朝向雷宾道,"他与现在的这个很快学会英语的,然后在下边光荣牺牲的,有啥不同?"

"如果你能把死人复活……"雷宾刚开始说,林德尔就打断了他。

"我可不能把这个当作复活。这么说吧:自然的复制,在最后清除的时候,备用的这些复制品并不需要文档,从所有的档案库里边都要清除掉,就好像以前从来没有过一样。而按零知识证明协议实施的举措,就认为不仅要有备用的拷贝件,在必要时使用的材料可以快速恢复。因此,可以这么说,有些参与者不断复制。的确帕夫里克就是,"林德尔转向维拉道,"你明天会看到那个帕夫里克就是个复制品。而且想把你扔到下边的技术人员也是复制品。总之,他们与本尊毫无区别,大不了……他迟疑了一下,多少有点笨。"他严肃地看着维拉,就好像这件事都是她维拉的错,"的确也不能说,他们能活得很久,"他又转向了雷宾道,"伊斯迈尔应该告诉过你。因此你就不要担心那些被杀死的人,他们会完好如初。"

"如果你什么都能做,"雷宾固执己见继续说道,"甚至可以把我们的首脑都克隆,那么你还有必要让谁信服,我们已经再也不存在于这个世界上,因此一切都消失得没有痕迹,确切地说,消失在红黄色墙上的花纹装饰里呢?"

"嗯,目前首脑们只不过在预热,准备变成储备的复制品,"林德尔确切说道,"他们还相信器官移植,细胞更新,冻结衰老的基因和其他的胡说八道。但是要知道,你问我的不是关于这件事!你问我的是神存不存在?"

"是这么回事吗?"雷宾惊讶道。

好像林德尔不是简简单单的看透了他的想法,而且还提前往前跳了几页的都看到了。如果把想法比作一本书(还能把它比作什么呢?),那么林德尔现在已经看到目录了（俄文书目录一般都是在书末尾）。

"好吧，得了，尽管不是神，"他继续说道，"是某种完成神之功能的力量。但是问题不在于这股力量存不存在，而在于你相不相信它存在，这样的问题，人应该自己去找答案。"

"我早就有答案了，"雷宾反驳道，"而因此，我肯定知道我们的生命对于我们来说一文不值，确切地说，不能有任何意义。"

"如果这样的话，无论是你，还是她，已经早就不会活着了。"林德尔朝维拉那个方向点了点头道。他把女服务员叫过来，就是那个金字塔一般长着若有所思的光滑脸的姑娘。"不过，我尝试着用自己的生活实例去解释，所发生事情的玄妙实质。"

让雷宾和那个金字塔一般、看上去像后脚站立的耗子的女服务员惊讶的是，林德尔竟然点了一杯博尔特温甜葡萄酒。

"是我年轻时候的饮品，"他解释道，"我想回忆一下这个无与伦比的味道。"

"你年轻的时候，喝的是博尔特温酒？"女服务员疑惑道，她看了看林德尔衬衫雪白的袖口，那白金手表镶着白金的花纹镶着樱桃色的皮表带，最主要的是，看到了手指上五光十色的钻石。"谁年轻的时候？哪种博尔特温酒？在哪个世界？"她饶有兴趣地问道。"你告诉我，我就把这酒喝了，喝失忆为止。"

雷宾想象得到，她如何把永远年轻的博尔特温酒灌到自己雪白的脸上，就像倒入瓷茶杯一样，只不过，没有人用茶杯来喝博尔特温酒。尽管，其实没什么不可以的。人爱喝什么，爱用什么喝，就用什么喝。

雷宾又一次确信，他根本搞不清楚人心。他们也早就使雷宾失去了兴趣。雷宾像歌德一样，自许是上帝，但是不是人中的上帝，也就是自己的上帝。这就是一个通往没有去向的路，但是雷宾倔强前行，傲慢地撅起嘴唇。并不是说他预先能知道所有的事情，但是他的确是知道，什么都不能改变，而因此他什么都没有，根本什么都没有参加过：无论是国家的现代化建设，还是在为正义的斗争，或是揭穿贪污者的罪行，或是成立新的家庭，也没有参加过任何要求明确性的事。如果当然，这件事不算明确的话，就是自

邮 鱼

觉地放弃决定权。正是不去干扰事态的进展，雷宾认为才是神的力量。

现在林德尔明显要告诉雷宾，他一文不值。雷宾忧虑地想，不参与人类的事业，不会变得聪明，也不会逃离渺小。极有可能相反，让智力减弱，并且让人变得更渺小。鼠女要比他聪明。一看到林德尔，她就用手术一般精准的方式问了三个问题，而雷宾三个小时都提不出的问题。于是她用不存在的耗子的胡子笑了笑，就去取博尔特温酒了，后来搞清楚了，酒只有在唯一的一个地方可以拿到，那就是门口旁边的吧台里。

当然，他有一只水准仪一般的眼睛，它安慰到了雷宾，用眼神目送着女服务员的背影，心想，她到底一个班儿要伺候多少不同的人。姑娘从背影看上去并不年轻。从背影看，她是那么的疲惫，这个双脚艰难地换着站的女人，早已经度过了她最好的年龄段了，有意思的是她打算从林德尔那要多少小费呢？雷宾又用脚踢了一下桌下的手提包想到，在这个注定当做实验室的地方，没有机会完好无缺的不仅是蠢人、不会读心术的人、老鼠，而且还有那些聪明人，可以提正确问题的耗子。这些可爱的啮齿动物有些异样。它们就好像通过人群发了芽，纳杰日金同志、金字塔姑娘、维拉、饭馆的顾客们……所有人，包括自己，雷宾看到了老鼠和耗子的轮廓，而年轻的林德尔手指上戴着的钻石戒指也完全是一副鼠王的样子。

整个周围的世界让雷宾都觉得注定会像实验室一样灭亡。一切都在流逝，他回忆起了赫拉克利特的话，也有可能是苏格拉底的话：一切都在改变，绝对不可以第二次跳入同一条河里。鼠王林德尔是从另一个最新实验室来的实验员，在那里一切都流逝了，没有任何的改变，或者是改变了，但是没有流逝，像同一条河里无数次人们跳进去了一样。

这个新的实验室，雷宾并不喜欢它。当然，如果要是能让自己返老还童，那就更好了，但是看着闪闪发光的像涂了枪油的枪杆子一样的林德尔的双眼，他明白了，在新世界里，青春就是一种负担，它是对某种更实际的东西的负担，像是最招人烦的东西，它不是目标，而是手段。

"年轻的时候，我特别喜欢练各种格斗搏击功夫，"林德尔说道。等着博尔特温酒，还有注定灭亡的世界温顺的无助感使他变得很抒情。"大学毕业以后，我风风火火参军当了两年军官。当时在哈巴罗夫斯克一个政治连当副连长。我住在军官公寓。我都不用跟你们讲你们也知道，对一个从莫斯科来的年轻人来说，大学毕业以后到哈巴罗夫斯克近郊的军官公寓意味着什么。因此有一次我去地下室的时候，那里有一些练空手道的正在训练，我就明白了这都是缘分。我无论以前，还是在这之后，这辈子从来都没有过这种热情去进行训练。当时政府对于国家出现的许多格斗搏击俱乐部持有怀疑态度，但是相对于那些哲学的或者是神秘学的兴趣小组的话，要能接受得多。因为那些小组里总是出现异己分子，而练习空手道的俱乐部里边最坏也就是流氓、土匪而已。甚至以前还总举办城市和州际之间的冠军杯。总之过了一年，我就获得了哈巴罗夫斯克的冠军。这个城市里完全没有人是我的对手。"林德尔沉默了一下，看了看金字塔女服务员端来的博尔特温酒瓶子。"好吧，克里米亚的酒也将就了，也没关系，"他把葡萄酒倒进了大高脚杯里，"让我们为了我们当中的谁以后都不会高傲干一杯。"他说了一个很奇怪的祝酒词，就像是一位可敬的老师，在毕业晚会上不得不绕着学生们拿着一杯香槟酒道出祝词，"自大的人就是一个靶子，而且不光是对自己不怀好意的人而言，还有对自己亲近的朋友和身边的人同样，哎……"

可是雷宾又一次想起了他的父亲，那个到老了还从事创作的老头。他把自己的作品给雷宾看，可是雷宾大致看了看，说了一些谁都会说的话，诸如这样话: 有意思了，可是你心知肚明，当今严肃的文学作品谁都不需要，我试着把你这本书送去出版社问问，但是我可不保准儿……

父亲死后，雷宾认真翻阅了他的散文。

父亲的形象感觉上好像分了叉，就好像雷宾有两个父亲一样。

雷宾一直知道，那些思想格言都是骗人的，可是他拒绝承认，创作可以是自由的，自由的创作能够成为背离真理的东西，而他的父亲想怎么创作就怎么创作。相反，雷宾坚持的自由未必不是通往真理的唯一道路，哪怕是像法规一样森严，像"邮鱼"一样坚硬，但它就是通往真理。

自然的力量在父亲的一生中引领着他，没有让他堕落，像秋天的叶子一般脱离世界之树，它让他赚钱，在现实当中，老人们是无处可躲的，不论他以前有什么功劳或者是保留了什么尊严。尽管他们无处可藏，但是他父亲却在这个新的现实当中，把自己的一切都安排得好好的，他谁都不靠，想怎么活就怎么活，随心所欲地过活。

可是他不知为啥，写的却不是关于这一点，尽管仔细想想，这可是极有价值的经验，随心所欲的生活在支离破碎的世界里。归类于某一个固定的社会团体，但同时为自己创造出舒适的条件。手里紧紧握着那点钱，从新的政权那里获取一切应得的和他不应得的优惠，父亲让自己作品的主人公都成为了浪漫的廉洁之人，保护受屈辱之人的捍卫者，无畏无惧的骑士，这些人在生活中是不存在的。

管他谁和谁呢，可是雷宾却知道，在这个世界上他父亲最爱逃避的就是慈善事业，相对于原子弹战争，他更担心新的婚嫁，他认为周围身边的女人都是野兽，企图抢走他的自由和财产，他给自己的女性朋友身上都强加了那种平等的伴侣关系。

然而，他所有作品的结局都是幸福的结合。鄙视物质的英雄与忠贞不渝、聪明、纯洁、诚实的美女结合。生活中这种人是不存在的。

雷宾懂得，如果人写自己的都是真事，任何艺术、任何文学就根本不存在了。人不需要知道关于自己的真相，因为真理永远跟随着人，就像是地球引力，面临的死亡一样。

可是谁又准备好对虚假捏造的事情痛哭流泪呢？难道是上帝，那个还没有最终对自己悲哀的造物失去信心的上帝？

雷宾回忆起每个人的一生，最后都会以死亡论功行赏。人以前怎么活的，他就怎么死去。父亲孤单地死去，把自己锁在了房子里严严实实的，从床上摔下来，脸朝下贴到地毯上。他坚强地忍受住了食道癌治疗的第一个疗程，并且还打算住院进行放射治疗。他越来越虚弱了，而且很瘦，但是一如往常一样，自己伺候自己。

医生暗示雷宾，一切很显然，父亲是从医院回不了家了，但是要抓住一切的机会挺到最后。

治疗的日期也定下来了，什么时候该来医院也说好了，病房也分了，但是父亲突然不接电话了。

雷宾等了一天，后来去他家。门从里边锁得严严实实的。雷宾不得不去叫了紧急情况处理中心来把铁门从合页的地方给切开。当时是夏天，门一挪开，大家就清楚了，房间里有尸体。

　　"你先进去，"片警吩咐雷宾道。父亲死得很干净、很整洁。房子也给收拾了，在他倒下的地毯上一点污渍都没有。只不过厨房里灯没关。炉子上放着一个盛着汤的铁盆，可是煤气是关着的，所以就没有发生火灾。父亲离开这个世界的时候，甚至还不忘去守护他留下的财产。

　　"谁在这里咋呼呢？"雷宾饶有兴趣地问道，又一次忘了林德尔可以看透想法。

　　"我从自己开始，"林德尔回答。"那时在哈巴罗夫斯克我曾经非常能咋呼。可是有一次在饭店，我当地的一些朋友对我讲，我们这些强度很大的训练，在榻榻米上的对战，非正式的比赛等等，这也就类似于业余的芭蕾舞，模仿一些双人舞和腾空双脚连拍这样的动作，就是孤芳自赏，空虚地目中无人。我不相信他说的。于是，他们从饭店出来在门口干了一仗。我立马就明白了，在大街上打架可不是跳芭蕾舞。这是某种别的不考虑后果的可怕的事。那些我们跟他们干仗的伙计们完全不知道什么是空手道，但是他们绝对是战士。训练的这些年，我学会了不去惧怕那唯一的对手，可是他们，谁都不怕，什么都不怕。我揍了自己的对手，但是他却不倒下。我都不知道，甚至都没有去估计他的力气有多少，后来我使劲全身力气去揍他。但是他仍然站着不动。我的攻击就像打到墙上一样，从他身上弹了回来。现在我还记得，他是一个细长的小伙子，穿着一件深红色的大衣，就像是一根生锈的钉子。他当时没戴帽子，虽然说已经都是冬天了。我揍了他，可是他一直在笑，后来掏出了刀，然后冲向了我，撑开了双手，就像是尼安德特人撑开了大狗熊一样。我当时得后退，伸展开来就跑，但是我就像'洛特的妻子一样'（以色列的一个女人形状的岩石）动不了了，变成了盐柱。她是出于好奇不动，而我是因为害怕动不了。于是我……，"林德尔叹气道，"可是却明白了另一件事情：人们不是因为生来的残忍而互相伤害，而是因为害怕。对了，也正是如此，林德尔看了看雷宾道，只有那些立马认为自己输了的，并且倒下去的人才更有机会在街头打架中生存下来，而且是在任何的战事中都可生存下来。"

的确如此，雷宾想到，我总是倒下去，爬到旁边去，他知道这件事。

"我认为，"林德尔若有所思地继续说道，厌恶地跨过倒下的雷宾，"因为在世界这个固若金汤的地方面前，我们的恐惧使世界灭亡。在世界、人类、文明、民族或是国家重新构造的基础是先有恐惧，而然后就是谋杀。有些人就是这样死的。"

"那后来怎么回事？你被抓进去了吗？"维拉问道。

"别逗我了，"林德尔笑道说，"难道这点小事在世界上还能被抓进去坐牢，我没有被抓进去过。我就是这个世界的受害者，还被选为它的刽子手，确切地说，作为他的整形手术师，可是这个故事要是说，就长了。"

"我们没有别的世界，"雷宾提示道。

"也没有别的故事，"维拉补充说道。

"我们有，"林德尔反驳道，"可是这不代表你们不存在的地方，他们也不在那儿。尽管人们是小行星，最后大家都要如约燃烧殆尽，可是有些人就会被意外带出轨道。就比如说你们。"

雷宾说，"的确如此，有些地方杀人复制，有些地方就涌出永葆青春的泉水，有些地方制造最新的炸弹，可以把人变成墙上的花纹装饰。"

"你们在新世界诞生的时候就要出席，"林德尔继续说道，"可是你们并不喜欢这一点，因为诞生的过程，来到世上的这个过程，一如往常的并不雅致……。为什么文明会灭亡呢？当还有力气做某件事的时候，不懂得应该怎么做。当懂得的时候，力气也没有了。力气就是与理解力成反比，而理解的程度与剩余的时间成反比。理解到最高点的时候，时间的最低点也就消失没了。就像现在，大家都懂得这个世界遇到了危机，但是谁都不想去捍卫它。就像曾几何时，谁都不想去捍卫苏联一样，而在早就有谁也不想去捍卫拜占庭，更早的就是罗马。"

"世界总是走向终结，"雷宾反驳道，"已经成千上万年了。可是最后时刻，'某种东西'总是不让它陷落。"

"这个'某种东西'已经枯竭了，变得越来越薄了，甚至终结了，"林德尔心不在焉地回答道。"赶巧，就像你想的一样，为什么现在所有的历史人物当中，斯大林在老百姓的眼里是第一位的呢？"

"老百姓都怎么想的！"维拉打了一个嗝道。

林德尔并没有去争论，"可是傻瓜才懂得感受真理，才懂得他们这些傻瓜必须要生存下去。"

"那他们需要什么呢？"雷宾打听道。

他认为这个问题，没有答案的问题要在死后还要迫害他，就像是活着的时候那么去迫害他"死人也想知道！"如果可以的话，可以把俄罗斯电视台的一档谈话节目定成这个题目，电视台里竟是些活生生的富翁、文艺明星、政客可能会讲给那些被杀害的人、被炸死的人、被烧死的人、那些自杀的人，因为改革年代不幸的自杀者，讲给那些人他们到底需要什么和不需要知道什么。

"总之，这就是天方夜谭，整个苏联人民都崇拜斯大林，"林德尔继续说道。"老百姓准备跟着他走到最后，坚信伟大国家的思想，投入了自己的全部力量、意志和能力来服务这个思想。这就是那些街头的战士，他们没有恐惧，也对疼痛没有任何的感觉。多亏了他们，才能坚持到90年代初。而然后就……"林德尔挥了挥手道。"这些人就连现在也能把新的俄罗斯给领导好啊！不光只有俄罗斯呢？他蔑视地看了看远处那些低着头在盘子上咀嚼着，灌着酒的嘴脸！"

"帕夫里克！"维拉突然大声地叫。声音大到在邻桌喝酒的带有伤疤的穿着黑的像焦油一样的衬衫的高加索人呛了一口伏特加酒。"我可怜的帕夫里克！我不需要复制品，我想要真正的帕夫里克！"

"那我就把你的银行卡冻结，"雷宾若有所思地说道。

"你把它自己留着吧！"维拉从包里掏出银行卡，随手扔在了桌子上。"我走了！"她从桌子旁站了起来。

"这不是那张卡，"林德尔甚至连看都没看卡片。"这里连买一条新内裤的钱都不够，坐下！"

维拉深深地叹了口气，看来她对什么事拿定了主意。

"难道她要吵架？"雷宾想道。

"你的帕夫里克就是个小偷，"林德尔抢在她前头说话，"一百万欧

邮 鱼

元是贿赂，他拿这些钱是为了在近期的议会全体会议上，提出讨论关于在俄罗斯所有的国有机构都要学习英语的法案。你叫警察来吧！这也是一个办法。把他给抓起来，只要他一回莫斯科，你也会上法庭作为共犯。这就是受贿罪，不久前在俄罗斯刚把这项罪责等同于叛国罪。会把你们不止那一百万欧元给没收了，就连你家的财产，继续连房子全给没收了。等你从劳改所出来的时候，连去的地方都没有。你还能怎么办……"林德尔沉思道，选择考虑了维拉的精神状态，"正确的比较，就像一个诚实的乐透赢家？他都跟你商量过，其实是你使他有了犯罪的灵感！"

"你是我们的检察长，与行贿斗争的战士？"维拉勉强坐在了椅子上，诚心给自己倒了满满一大杯昂贵的克里米亚的博尔特温酒，然后都干了，嫌弃地朝着林德尔的方向叹了口气，就好像喝了劣质酒一样。"他根本没有跟我商量过，你为什么不喜欢英语，法案碰巧没有限制只学一种英语，"她愁眉苦脸地继续说道。"事关外语普及学习，而且不仅仅是在国家机关里面。年轻的总统想让人，特别是年轻人一定要学外语。这有什么不好的吗？"

"这话你在法庭上说吧，"林德尔回答道，"陪审团一定会喜欢的。我完全不反对学习外语，"他打开了自己最新款的电脑，手指在键盘上奔跑了起来。"如果要是实现的话，明年一月份开始你们就必须得学这些外语，如果这个白痴，那个叫啥来着，希施金没有组织通过外部网拍摄学习的过程的话。也就是说任何一个混蛋都有可能看见在议会里是如何学英语的！"

"那又能怎么样？"雷宾惊讶说道。"这不很好嘛！英语到群众中去！它可是最伟大的、最强悍的国际交流的语言！"

"有可能开始学习，"林德尔确信道，"如果……，看你有什么邮件来了！"林德尔展开电脑为了让雷宾和维拉都能够看见。"

"我的天啊！"维拉吓了一跳说道。"他们怎么能够同意这么干？"

"也没有人问过他们，"林德尔回答道。"谁说通向完美的道路是简单的？这条路又复杂、又血腥。头骨环钻术就是第一步。"

"在后脑勺给放个什么玩意是第一步吗？"维拉皱着眉头道。"那第二步是什么？"

412

"这可不是开玩笑,这是人工的附加了功能的微型模块,"林德尔解释道。"你们自己可以听到这个希施金英语说的多么好。像(英国)上院议员说的一样好。那么同时,他还要完成别的指令,就是所谓的载荷,关于这个载荷他完全没有必要了解。"

"谁给的这些指令?"雷宾感兴趣地问道。"为什么指令这么愚蠢?"

"电脑给的,"林德尔不情愿承认道。"你瞧,实验证明了,新一代的电脑完全可以制定出最佳的解决任何问题的方案。用这些最新的电脑编制出的网络,全球人工智能网。理想上它应该塑造出我们的社会文明进化。它暂时还没有调整好,因此主机把自己自诩为上帝,当那些在教室里隐藏的摄像头照了相片以后就传到了因特网上,主机开始发出返回零知识协议的建议,而同时利用那些机会,让它可以在有些同志的脑袋里放上了芯片之后出现的机会。希施金应该要干掉维拉,林德尔朝维拉的那个方向点了一下头。这个悲痛的寡妇从26楼一跃而下。一切都很合逻辑。而纳杰日金同志碰巧在上辈子是一个亡命的杀手,要通过杀戒的测试。他的脑袋里是另一个芯片。"

"他通过了,"雷宾说。"可是照片我都没见过,也不大可能去看这些照片。"

"你认为只有你一个人在看邮件吗?"林德尔笑道。

"那接下来会怎么样?"雷宾问道。

"人工智能制造出一个美好的程序来引导人类通往美德之路,"林德尔说。"过20年吧,这些植入的附加智能的小芯片就会普及全球的。到时候人们就可以迅速学会新的技能,而同样掌握各种外语。"他笑道。

"那为什么还要教他们呢,到时候连吃的都没有了?你要把这些成千上万中国人和印度人都放哪去?"维拉突然提起了对人类未来的兴趣说道。

"欧洲国家的人口灾难将要借助于烧瓶里的胚胎来解决,而且还会专门有一个国家的体系来维持和供养这些人工的小孩,"林德尔解释道。

"只要你一提到这个自己的程序,有人就会把你的电脑炸个稀碎,因为他们不信这一套。"维拉说。

"他们来不及炸,"林德尔反驳道。"过20年,每个人的大脑里都一定会被植入最严格的禁令，在没有专门的指令的情况下，禁止有任何的意图去伤害任何人或者是任何物体。任何尝试破坏禁令的情况都会导致当场心智紊乱，并且自我摧毁。这太棒了，只要一打算杀了身边的人，或者是没有许可就砍树，一下子就中风了！"雷宾叹气道，"这个措施是迫不得已的，但是对于人类确是一种救赎。"

"我好像在某个地方看到过这样的消息，"雷宾想起什么道。"后来好像打算往所有人的意识中注入一个万能的智能记忆。可是人不能孤单生存，因此方式会有很多种。人的一生可以有好几个身份特征。学校的教育将要由定期更新的知识记录来替换……我理解得对吗？"

"差不多吧，"林德尔点了一下头，"未来的各种变数早就为人所知了，并且多次被讨论过。可是鲜有人从中能做出正确的选择，找到出路。人不想看见显而易见的东西，也不想接受不可避免的事情。"

"那上帝呢？"维拉问道。"上帝这一直以来都在哪里啊？"

"它就像是硬盘上的操作程序一样，仅仅被人类思想这个载体所记录而已，"林德尔说。

"可是我到现在就是不明白，多余的人都去哪了呢？"维拉摊开双手道。

"在 10 到 15 年间，"林德尔解释道，"我们把这个时期称为整顿时期，人类将要从几十亿的非智能的包袱中解放出来。这是通过全球的环境危机来实现的，它抛弃地球母亲上的多余的人口，以及不断地消耗地球母亲。"林德尔继续说道，"人口减少就要借助合成的病毒来实现，当然了，抗病毒疫苗也得有。人越聪明，疫苗有效期就越长。有必要的话，疫苗可以长期有效。越聪明的人就越可能长寿。"

"而且这一切，"雷宾继续说道，"都在世界政府的庇护下，而且还使用其地球上人民的唯一语言……"

"你猜对了，就是英语，"林德尔笑道，"可是这一切都不是今天发生的。全世界都被一无是处的智慧塞满。现代人对于快速的发展几乎没有什么用处。人类必须得分成集团、派别，而且还要尽可能去完善有活动能力的那一部分人。"

"这就是为什么要决定从你们的议会开始着手。可是你们当中是出不来语言通的，"他平淡无奇地结束了对话，忧心忡忡地看了看手表。

"难道他还着急去什么地方？"雷宾想到。他经常会有机会遇到疯狂的未来学家，革命哲学家，而且哪怕是日吉别达，但是他们这些人与林德尔的区别就在于，只不过是利用了言语。

"当一个人不再区分善与恶，或者是有意识地拒绝选择，那他就会变成动物。我觉得，在俄罗斯这已经是不可逆转的了。因此我非常感兴趣的是你们准备好从这里跟我一起离开吗，把这个手提包就留在桌子下？"

"可是我听到的是另一个去阐释世界秘密的理论，"维拉说道。"原则上，人是不应该存在的。人作为一个物种是由于意外突变产生的。古代的猴子跑过某个有辐射的水边，比如说，流星带来的辐射，于是它脑袋里就发生某种变化。后来人类当中就形成了三个品种：完美的人，听说这样的人就是近似神的人，中间那一类就是我们这样的人，而变坏的那一类可能就是你这样的人，"她看了看林德尔。"人类的不幸在于这些坏人变得越来越多。他们接触到各种各样复杂的问题，给出的解决方案都是禽兽一般的。所以人类就没有机会了。"

"可不是吗！都是重复过去的行为，"林德尔耸了耸肩道。"坏人应该像一个阶级一样被消灭，可是某些人应该把决定的担子承担在自己身上，而某些人就要把执行的担子挑过来，而某些人就应该把搞实验的担子挑到自己身上，可是为什么说是担子呢？创造历史很轻松。上帝的意志，当不可能直接实现的时候，它就融入了虚无的混沌的生活当中，在偶然的表演者和观众当中，就像是阳光洒进了水里。像吸铁石小模型一般神秘的现实。历史就是对于一些人来说同时既往上运动，对另一些人来说又往下运动，这些人特别多。"

雷宾感觉到桌子下的手提包就好像活了一样，慢慢地爬过他的脚边，爬到林德尔的那一边。

"听着，伊戈尔，"维拉把手放在了林德尔的手上。她让雷宾感到有点惊讶，多么松弛的手啊！暴露的青筋，就像是地图上的山河脉络一样，而林德尔的手是那么的有弹性，又晒得黝黑。维拉可怜的手就是从 20 世纪来的。而林德尔万能的手就代表新的时代。为什么你还需要这些破玩意？你这么有钱，像克洛伊索斯国王一样富有，为什么你不想随心所欲地活呢？"

"财富就像是猛禽的院子一样，"林德尔把自己的手从维拉的手下抽了出来，就好像从一床旧被子下抽了出来一般。"你享受着生活，可是它们蹲在你周围的树枝上，守着你的每一步，盯着你，就是为了扑过来，只要你一松懈没了警觉的话。世界分成各种各样的人，一类人准备为了钱去战斗去打架，另一类人对钱特别冷漠。还有一类人去花钱，而另一类人不知道为什么攒钱以后再失去它。从哈巴罗夫斯克的军队退伍以后，这些阶段我都经历过。金钱，"雷宾笑道，"具有女性的属性，它们想把你不遗余力地占有。如果以德报德，就永远不会背叛你。开始的时候，在莫斯科我什么没干过吧，后来在纽约，再后来就到处都待过了。可是无论我做什么，结果都是我一直在赚钱。其他什么结果也没有。一个女友，"林德尔回忆道，"当我离开她的时候，她朝我背上丢过来一个好像五万欧元的钻石项链并且叫喊道：'垃圾！除了能赚大钱，你什么都不会！'"我已经随心所欲的活过了，他把带着钻石戒指，晒黑的手放到了维拉的手上，"这就是富有的第一个阶段。第二个阶段是要明白钱可以买到一切，而且要意识到一切的绝大多数对你来说是不需要的。而最终的第三个阶段，财富的最高也是最后的一个阶段，就是要有愿望去看到钱的背后隐藏的都是什么。"

"那你看到了吗？"维拉问道。

"我们的世界不是上帝创造的，"林德尔说。"上帝仅仅不过是世界真实的投影，就像是在有信仰的人的理解中，魔鬼会出现在底片的投影中。这不完全是我想要看见的，唉，但这就是这样！"

"钱多的人都是这么想的吗？"雷宾尝试着去用脚感觉桌子下的手提包，但是他就好像陷入了地底下一样碰不到。"

"他们了解这一点，"林德尔回答道，"可是他们并不想把这一点告诉大众。的确其实也没有人去问他们这一点。"

"为什么？"雷宾反驳道。"我不久前在一个博客里边看到过……"

"在博客里！"林德尔皱眉道。"所有的文学主题都死了吗！人们没有什么想互相倾诉的吗。发博客这简直就是一种坏风气，就是一种想法的叠加，一种话语的描写，这是一种言语、想法和心灵上的病症融入到一个小瓶子里面的现象，就是那个音乐的分化，就像分尸一样，也就是萨列里在普希金那里所思考的事情。"

"可是永恒的青春与不完美世界的悲伤可以和谐共处吗？"维拉把自己的手从林德尔的手下拿了出来。"告诉我一个秘密，我把你的一百万欧元还给你。何况，"她叹了气道，"帕夫里克的确是搞砸了。"

"我怕配方你不会喜欢的，"林德尔说道。"你是不是还记得伊本西拿的故事？他是怎么在临死的一刻，在所有学生的眼前变成了一个少年？这个他的学生由于害怕，最后一秒掉了装着某个非常重要药剂的小玻璃瓶，于是伟大的伊本西拿就再也没有能够醒来，他死了。可是这故事还没完结，"林德尔继续说道。"他学生当中的一个，他实际上并没有把东西弄掉，而是自己喝了这个神秘的药水。从那时起，永葆青春的魔法水后来成为了这个学生的家族秘密。这个学生的后人自然而然地就一直在努力地不让外界知道关于它的存在，去忘记它。"

"那你有这个配方吗？"维拉抓住了林德尔的手道。

"事情不在于配方，"林德尔回答。"事情在于那个老人，他想要还给你青春。企业的成功并不在于化学方程式的知识，总之，化学方程式也不存在，成功在于为了要出现在老人身边，在需要的地方，需要的时候。这件事总是发生得极其偶然，但是事实上都是命中注定的。"

"那你到了那个地方吗？"维拉问道。

"的确，"林德尔笑道。"在哈巴罗夫斯克最关键的时刻，老人赶巧救了我，使我免了因为杀人而要坐牢的惩罚，并且教会了我与钱打交道，他开始咳血、呕吐，后来就大小便失禁了，弄得到处都是。"

"好家伙？"维拉和雷宾交换了个眼神。

"把一切都放到一个杯子里然后喝掉，这就是永葆青春的配方，"林德尔回答道。"如果你们看到了，老人看着我的时候是多么的妒忌……"

"美好新世界的雏形，"雷宾的视线离开了盘子，并且看到了那个带着伤疤穿着黑得像焦炭一样的黑衬衫的高加索人和光滑得像陶瓷一般的脸的金字塔形的姑娘站在他面前。姑娘的脸上跟往常一样带着不明的微笑，雷宾突然明白了，这不是脸，而是看不到的几乎与脸没有什么差别的面具。

姑娘在林德尔的脖子上套上了一个很细的铁丝，也许完全不是铁丝，而是某种超级创新的细绳。她拉了一下这个绳索，可是林德尔还是赶上了把带着钻石的手指塞到了活套的里边。于是高加索人默不作声地直接林德尔额头上用无声手枪开了一枪，马上又在有窟窿的地方贴上了一个肉色的创可贴。

"这个东西是属于我们的，从桌子底下把提包拿给我。"高加索人对雷宾说。

"想杀他们并不容易，"金字塔形的姑娘迅速把绳套（雷宾觉得她好像把绳套直接收到了手里，就像蜘蛛侠的蛛丝一样）藏了起来。

"他想利用不属于他的东西，不按用途的使用，也就是说他想放大自己的罪孽。"高加索人看了看维拉和雷宾。

他没有着急把手枪收起来，于是雷宾以为他们的生命也在看不见的天平上悬着。

"你们不要徒增自己的罪孽。"他请求道。

最让人惊讶的是，塞内加尔饭馆里谁都没有注意到他们，连一点注意都没有引起来。

高加索人把手放到了口袋里。

"创可贴！他又在找创可贴！"雷宾恐惧地想道。

可是看来兜里并没有创可贴。高加索人不情愿的把枪插在了腰间。

这简直就不可能！但是高大、强壮、长着鹰钩鼻的高加索人不知为什么让雷宾想起了那个"俄罗斯的格鲁吉亚人"。

"如果他们活过来的话，"高加索人用手指戳了戳林德尔的太阳穴，"那么就会变得很凶残。"

"不总是那样，"金字塔形的姑娘确切地说道。"事情总会有转机的。垃圾不可能总是垃圾。你们可以跟我们一起走，"她突然说道。"我们把你们送到你们需要去的地方，骑摩托。我们的，"她认真地看着维拉道，"我们的摩托可以飞行，像鸟儿一样，"她又把眼神抛向雷宾道，"摩托也可以像鱼儿一样在水里遨游。"

　　维拉和雷宾都沉默了。

　　"你们想怎么样都行,"她耸了耸肩。"我不建议你们在这里长坐。"

　　"这枚戒指你们拿去做纪念吧!"她在门口转身向雷宾和维拉挥了挥手。"用它可以切割金子。"

　　"灵魂也能切割,"雷宾补充道。

2005-2010年。

浪漫情怀

浪漫情怀

1

在二十九岁这个年龄，阿里斯塔尔哈夫大尉已经在很多地方住过了。在镇寄宿中学的四面透风的木棚里住过；在切列巴维茨充满酒精味的工厂宿舍里住过；在伏尔加河畔的毕达格拉斯直升机飞行学校的军营里住过，那里被褥折叠得在几何上近乎绝对标准，军大衣衣架、陈列架整齐划一；也在对被褥折叠的形状上没有绝对要求的军官宿舍住过：开始是单身汉宿舍，而后是家庭宿舍；也在支架埋在地下、风沙中噼啪作响的帆布帐篷里，在亚历山大·马其顿时期就采用的通道埋雷城堡里，在铁丝网围成的长方墙内，在有焊接装甲、高声呼啸的子弹飞过的守卫高地上，在荒无人烟、到处充斥着古怪异味的寺塔中住过。阿富汗的炎热能使石墨黑金属保护色变得暗淡。阿里斯塔尔哈夫有段时间还在萨克森凉爽的圆湖岸上一幢普通的石房子里居住。

对一个三口之家的军官家庭来说，房子异常宽敞，但阿里斯塔尔哈夫从开始服役时就来到了德国，当时的苏联已经一贫如洗，在过去的苏联军营现在应该叫俄罗斯的军营里，德国人一手遮天。本国的指挥官老爷当然想把阿里斯塔尔哈夫一家塞到车库下的地下室住，而让军报的新编辑带着年轻妻子住进石房子。

统一后的德国在面积上无法与俄罗斯相比。然而在住宅方面，德国的条件与同时期的俄罗斯相比要优越很多。阿里斯塔尔哈夫认识一些德国人，他的印象是，德国人似乎就是为这种洒脱的生活方式而生，这种洒脱的居住方式似乎是用一种看不见的墨水在一本看不见的命运之书中为新生德国人记下的。而那时，俄罗斯人就像一个攀岩者，被住宅折磨得发疯，似乎

浪漫情怀

一生都在为住宅而奋斗，而且很少有人能来得及爬到最高点。大多情况下，能有宽敞的厨房和高高的天棚的住处就很满足了。但在最后的土地空间上——墓地，在拘谨的德国，死者不能像土地过剩的俄罗斯那样，可以丝毫不受限制。

现在，阿里斯塔尔哈夫大尉住在一个窄长得像一个长筒袜似的莫斯科郊外的修道院的修士起居室里。在这个墙皮剥落、曾经半破败后来又半修缮的修道院里，在修理车间和区消费联盟仓库的出口外，从德国突击转回的特种直升机大队就被安置在这里，它是俄罗斯最优秀的直升机大队。

现在，阿里斯塔尔哈夫经常飞行在因水藻变得墨绿色的曲曲弯弯的巴赫拉河上空，飞行在如火柴盒般的种植园农庄上空，飞行在陈旧的市镇、农村、收割和未收割的田野上空，以及因干旱炎热的夏季过早变黄、变红的森林上空。有时候，他会在荒凉的列宁山上悬停，但那里就像上帝住过的教堂，很空旷。阿里斯塔尔哈夫经常俯视田野，仔细揣摩地面上的房屋和雕塑，雕塑看起来有些焦躁，表情漫不经心。

他站在那里，几乎就像从德国迁回的飞行大队与物资基地切断了联系一样——断了燃料、润滑剂、技术服务。有传言说，飞行大队马上就要改编了。

每周飞行燃料发放得越来越少。飞行的时间在缩减。他有时间阅读了。平日里，大尉第一喜欢飞行，第二就是阅读。过去他更多的是飞行，现在更多的是阅读。

每晚，在不适合飞行的天气，在不多的休假时间，混乱无序的阅读的内容中，总会有一些古怪无用的片段滞留在记忆中。比如说，所有文明的尺度应该是……对待女人的态度。重型战机的驾驶员、飞行大队阅览室的第一个阅读者——阿里斯塔尔哈夫大尉越是长时间思考高尔基的奇特想法，越难同意这种观点，即女人是为文明而生，但她们同时也是文明的诋毁者。女人鼓舞男人去建立功勋，也可能让男人去盗窃。

他发现，对待过去，盖棺定论是正确的。埃及文明作为世上最完美的存世几千年的文明并不是偶然的。俄罗斯在文明的进程中也不落后。至少，有费奥德罗夫关于活人的存在就如死人的复活的学说,即否定了可怕的审判。费奥德罗夫想比上帝更善良宽容些。

当代俄罗斯的文明如梦境般,犹如一个夜游症患者,悬于生死和复活之间。

上帝正是因为俄罗斯人是一个奇怪的哲学家才惩罚了他。生活在俄罗斯的活人就像复活的死人。复活的死人又与嘈杂的尘世有什么关系呢?在这样疯狂的自由想象方面,阿里斯塔尔哈夫比费奥德罗夫走得更远。他幻想着,不是让活人复活死人,而是让死人俄罗斯人复活,他想象中的俄罗斯人就是这样不可救药。活了三十年的重型战机机长,阿里斯塔尔哈夫也真的不明白,自己是活着还是死去了,抑或是复活了?与自己的人民在一起,他好像处在某种第四种状态中。阿里斯塔尔哈夫考虑了很久,最后才明白,这是梦境状态。现代俄罗斯的文明就如梦境,游离于生死和复活之间。

与俄罗斯的文明大相径庭的是,日耳曼文明对死人和活人都很宽厚——都有应得的住所。死人也有很体面的墓地、纪念碑、骨灰公园。德国的女人很少颓废。一句话,日耳曼文明在阿里斯塔尔哈夫看来是很理智和沉稳的。

在汉诺威举办的冬季瓦格纳的活动上,阿里斯塔尔哈夫参加了酬劳很高的直升机飞行表演活动,疑惑却不知不觉产生了。沉重的钢铁怪物的飞行,按照德国人的观点,就应该再加上瓦格纳的振聋发聩的音乐,这简直难以置信。但沿着前所未见的玻璃制品厂的玻璃墙走过,阿里斯塔尔哈夫在那里听见了交响乐队发出的隆隆声响,看见戴着安全帽的工人乐迷们,带着人们应该有的那种阴郁和暴躁的面部表情,把音乐融入了钢铁,或者相反,把钢铁融入了音乐。

他们也以同样的面部表情,在飞行跑道上观看了高水平的特技飞行表演,在单调的夜空中观赏了俄罗斯战斗机和直升机展示的战斗场面。

看完飞行,在音乐礼堂、宾馆大堂、工厂车间,甚至在街道和公园里,听完瓦格纳的音乐,汉诺威久久不能安静下来。是某种力量不让德国人尽早回家睡觉,他们就在圣诞节随员们的陪同下,在张灯结彩英式游廊的商场里漫步，就着冒着烟的烤肉，一杯杯喝着小杯子里的格罗格酒。就像做着布朗运动的一群人像一群鸟儿这样聚集，一群蚂蚁围着巢穴突然开始转圈，一群蜜蜂围着椴树嗡嗡叫着翻腾。

阿里斯塔尔哈夫又想，是不是对待音乐的态度是衡量文明的尺度呢？与这些脑满肠肥、穿着体面但阴郁的德国人在一起，像布朗运动一样在汉诺威到处转，他更愿意认可德国人是热爱音乐的最文明的人民，只是不太愿意承认伟大的瓦格纳是文明的主要乐曲。好像应该让音乐再朴实些，更贴近人性……

阿里斯塔尔哈夫一下子就恍然大悟了，就像在蓝色的电火花中，在瓦格纳的音乐伴奏下，按预先设定的样子，白色的钢炼出来了：对待完美的态度才是衡量文明的标尺。实际上，在他第一次驾驶直升机升空的时候，他就知道了这一点。知道了，但就是表达不出来。埃及人追寻完美，建造了金字塔，它超越了时间。德国人突发奇想在中欧建立了第三帝国，但最后却事与愿违。

但是，俄罗斯人，正如哲学家费奥德罗夫的继承人应该做的那样，准备赢得完善，但不是在金字塔里，不是在音乐里，不是在第二个、第三个俄罗斯中，而是在……死亡……中。

不仅文明，而且某些单独的个体都在追寻着完美。如果个体的志向与个体存在其中的文明意向相吻合，那样很好。如果不吻合，个体就在客观上与文明对立了。就像一个站满了人朝下运行的扶梯上，有某个人发疯似的朝上奔跑。像神话中的牧羊人马尔西、幻想战胜吹着长笛永生不死的阿波罗、曾试图把雅典娜与巴拉达捆绑起来的少女阿拉赫娜、自诩为上帝未婚妻的卡尔法根美女萨兰博、亚历山大·谢尔盖耶维奇·普希金、尼古拉·瓦西里耶维奇·果戈理，这样奇怪的个体还少吗？

其实，阿里斯塔尔哈夫对直升机也是略知一二，也不怎么会操纵，但不知为什么就那么绝对自信，能做到想让飞机怎样就怎样，在直升机上甚至可以做得更多。

越是长时间思考这个问题，阿里斯塔尔哈夫越是更坚定了这个想法，上帝对在各种事情上图谋完美的人更加关照不是为了别的，而似乎是拉着他们的手去达到某项既定的目标。因为完美永远都比自己的载体——临时的储藏器要强大。

在切列波维茨的卫星文化宫的舞会上，阿里斯塔尔哈夫遇到冲向自己的那个提前释放人员，他直接像踢皮球一样使劲踢向对方的额头，那人哼唧一声就趴下了。可现在，阿里斯塔尔哈夫已经不记得当时发生了什么，因为喝得太多了。尽管他十分清楚：不应该像踢皮球一样踢脸，但他还是踢了。像踢皮球一样踢脸，还说什么上帝的眷顾啊？过了几天，关系很好的女性朋友从人事部把他的档案拿出来，让他赶快离开的时候，他没感觉到上帝的眷顾。她低声告诉他，那个人现在在医院，没苏醒过来，警察已打电话来，问今天阿里斯塔尔哈夫是几点的班，什么时候会在宿舍。当他在黄昏里从马棚上看到装着铁栏杆的瓦斯警车慢慢开近，从车上下来两个人，一个着制服，一个着便装，把手枪上了膛，走进宿舍的时候，他也没感到上帝的眷顾。

阿里斯塔尔哈夫所有财产都装在了一个上面写着也许是"体育"，也许是"冲刺"的亚麻包里。他刚满十七岁。马棚里"普力马"牌烟呛得他喘不过气来，他泪流满面。这个该死的充满酒气的宿舍似乎变得那么亲切，而所发生的这一切，又是那么的不公平。并不是说，他有可能打死了人，要把他送进监狱，而是他必须要逃离宿舍，也许是离家。

一小时后的黄昏中，一个长途司机朋友把车停在了事先约好的空旷公路上，阿里斯塔尔哈夫跳进驾驶室，车开动了。后面是切列波维茨，前面是公路、黑夜、未知。"路过长满坑木森林的古比雪夫直奔卡拉干达，回程路过盛产青鱼的里加，"长途司机说着线路，"看看地图，所有这些城市随你走！"

城市很多。他们就像公路上迎面而来的车灯，像被一根细细的红线穿了起来。就像它属于长途司机一样，也归属于阿里斯塔尔哈夫、上帝或根本不属于任何人。阿里斯塔尔哈夫后来才明白，上帝的职责范围内，追求完美同私有财产是不相容的，亦如天才与作恶，上帝圈定了的财产，不管

浪漫情怀

你是年轻还是年老,总是会很轻松地装进一个写着也许是"体育",也许是"冲刺"的亚麻包里。那时,他呆滞地看着被车轮远远甩在后面的夜间公路,他很为再过两天就该拿到的工资而郁闷。这个月,阿里斯塔尔哈夫加了很多班。

在伏尔加河畔的一个小城,长途司机把他留下了,阿里斯塔尔哈夫第一次亲身感受到了什么是上帝的眷顾。在一个不起眼的小楼,深红色的玻璃上面满是五星,墙上写着:某某直升机高等学校。那时阿里斯塔尔哈夫根本不知道什么是直升机,对空军更是像古生物学一样,一无所知。但内心里还是实用主义和侥幸的。在农村的寄宿学校长大,住的工厂集体宿舍,刘海耷拉到眼睛,兜里揣着刀子,阿里斯塔尔哈夫对其他东西知之甚少。他第一次去教堂,是在飞往阿富汗前。从那时起,他经常去教堂,而且有空就去。他的内心世界在这段时间是完善起来了。那时是真正的大兵!如果那时队医稍稍说句多余的,肯定会开始在家乡、工厂、兵站翻腾了,肯定进不了高等学校,起码要折腾一年!

阿里斯塔尔哈夫的入学考试考得很好,通过了面试,通过了体检。如果不是上帝的眷顾又是什么呢!他一直对科学没感觉,勉勉强强得个几十分,就已经很满足了。在舞会上和姑娘们更是像石头一样寡言。就那么一次和提前释放的人聊开了,还出了那档子事。现在又多了个机组人员和直升机的讲话,这让满头白发的上校热泪盈眶了。"给他做个接待登记。"上校吩咐道,"我才不管什么派遣证呢!这个人一定有出息!"

五年过去了,在毕业列队上,在向阿里斯塔尔哈夫颁发少尉肩章的时候,上校吐着酒气,还在重复着:"你能做到,你必须做到!"在那种场合阿里斯塔尔哈夫应该说:"为苏联服务!"阿里斯塔尔哈夫也是这样大声说出来的。

阿里斯塔尔哈夫确实做到了。阿里斯塔尔哈夫的直升机机组的飞行技能更加完美和细腻了。似乎有一种相互联通的管道,似乎他从国家的变革中汲取了某种不为人知的灵感。如果能找到这样一位画家,可以用讽喻的手法把这一矛盾体现出来的话,那他肯定会这样画:下面是俄罗斯的一片废墟,而上面是阿里斯塔尔哈夫的直升机,并且在废墟上划出了一道不可思议的轨迹。然而，阿里斯塔尔哈夫并没太在意这些想法。况且，完全可以把完美比作辐射。它不容人思考，任意穿过障碍。比如说，透过言语意义的改变，似乎在说，在"飞行"的概念里有什么特殊的吗？至少，当阿里斯塔尔哈夫在俄罗斯领空这么飞的时候，他根本不觉得有什么。只有在明媚的夏日飞翔在伏尔加河上空，也许是在水上，也许是在空中，似乎有一条金线，把直升机编到了一条金色的罩子里了。这句话的真正含义，是阿里斯塔尔哈夫在阿富汗才弄明白的，当他在穿着白色宽大裙子的人群的上空掠过，人们剃着光头，穿着军装，一句话，各式各样的人，甚至还有骆驼，两轮马车，还有吉普车拉着直升机。有时是整个一个土堆的村庄，直升机飞过后留下的就是一团尘土。当他低空飞过的时候，他才真正发现自己越来越冷血。他非常想把这荒漠之地恢复到原来的状态，让那些曾经的衣衫褴褛的满身血污的人类、骆驼的骨架、车辆的框架不再让上帝感到是一种侮辱。只要有可能，阿里斯塔尔哈夫就会尽量低飞，带起土山上的沙暴，让因血变得乌黑的沙土恢复原来的样子，不再勾起人们的任何回忆。

2

其实，阿里斯塔尔哈夫很清楚，在完成了这些阿富汗的"国际主义义务"以后，他就如瓦尔达萨尔王一样，变得轻如鸿毛，他唯一不能理解的是，像古巴比伦王国那样，这样折磨不幸的俄罗斯到底是为什么呢？阿里斯塔尔哈夫内心十分清楚明白，但不知为什么，就是觉得与己无关。就像一个穿着雪白的长袍、身上没有一点儿血污的男孩；就像每一个人都知道自己早晚都会死亡一样，但这死亡和自己无关。而他怎么娶了让娜，女儿吉娜怎么出生的，他如何又到了德国，这些他根本不再去想，他相信，慢慢地积攒着德国马克，将会生活得很久、很幸福。

让娜是阿里斯塔尔哈夫从阿富汗带回来的。他们是在喀布尔飞行大队的卫生队里做疾病防治时认识的。这个小护士暗示阿里斯塔尔哈夫她现在处在守丧期，刚刚她又安葬了一个上尉，应该给予她安慰。她和上尉，或者说上尉和她的关系还没理顺，他就这么突然进了棺材！阿里斯塔尔哈夫

> 浪漫情怀

可以随心所欲，当然，如果他不怕进棺材的话。她从来没和直升机上尉飞行员交往过，以前都是和工兵上尉、摩托化步兵上尉。

阿里斯塔尔哈夫不怕进棺材。傍晚，他带着伏特加和法国香槟，兜里揣着巧克力糖，溜到了卫生队。每当这个时候，让娜在沙发床上铺一个干净的床单。她会把被地雷炸死的上尉的故事讲给阿里斯塔尔哈夫听。阿里斯塔尔哈夫一边抽着巴基斯坦的"骆驼"牌烟，一边想：科里亚的灵魂还没飞走呢，她就和另外一个男人这样了，怎么可以这样呢？他并不是因为有像让娜这样的女人而懊恼，他懊恼的是他自己来了，一个下流坯，自得地喝着香槟，吃着巧克力糖，利用着这一切。按照上帝的法则，这是不应该的，哎！不应该的啊！让阿里斯塔尔哈夫懊恼的是，如果不是他到让娜这里来了，肯定会有另外某一个人到她这里来，她也会像这样铺上带"海鸥少先队夏令营"戳记的床单。阿里斯塔尔哈夫一下子懊恼不已，但又不知道对什么懊恼，也许就是对生活本身懊恼吧。

后来，让娜和诊所一起转移到了亚洲的最偏僻处：赫尔曼德河对岸苏联最前沿的军事据点。阿里斯塔尔哈夫在那里降落加油，经常在那里过夜，早晨也不必匆忙离开。他已经稳稳地坐在了踩上地雷的科里亚、被狙击的上尉以及很多活着的或已经死了的军官甚至是大兵们的位置上了。

在赫尔曼德河的对岸，远离上级领导的据点，周围是一望无际的荒原，可远望几十公里。阿里斯塔尔哈夫拥有所有男人该有的幸福的东西：他爱着并且也爱着他的女朋友、食物、任意选择的酒类饮料、停机坪旁边房子里的单独更衣间、宁静和自由，各种各样的各种口径的武器，可以随时拆卸，随时用油抹布擦拭，随时射击使用。阿里斯塔尔哈夫喜欢每天晚上两腿向前伸开，慵懒地坐在躺椅上，端杯威士忌，眼看着猩红色的太阳反衬着直升机，慢慢地消失在远山。

这似乎很不可思议，但当阿富汗的、俄罗斯的、德国的战友们回忆祖国的时候，阿里斯塔尔哈夫想起的不是弗拉基米尔州切特韦尔奇村被废弃的倒塌的父母小屋，也是童年时代的住宿学校、以后住过的宿舍和兵营，而是会回忆起这个赫尔曼德河对岸的据点：猩红色晚霞下的直升机、太阳

浪漫情怀

映照下的装满燃油的油桶、蜘蛛网一样的房顶天线、鹅卵石铺的通往卫生队的小路、尖顶的小屋里的房间。在荒原中，在一个敌对国家里，在铁丝网环绕、由强大武器保护的阁楼里，阿里斯塔尔哈夫无比幸福和自由。如果不把祖国、自由和幸福想象成孪生兄弟的话，那里就是他的真正的祖国。他愿意打光最后的子弹，流尽最后一滴血来保卫这个小屋。不管他是普什图人，还是别卢吉人，或是美国人，甚至是上帝本人都妄想侵入这个小据点。

在据点里，有一个细腰的犹如钓鱼线柔韧的特种部队上尉，带着一队侦查小组，携带着各类仪器，一会儿在伊朗，一会儿在巴基斯坦的电视节目中出现，在搜索着什么，追捕着什么人，一会儿又离开电视频道，关闭所有仪器，把它们装进连卫星和雷达都难发现的袋子里。

这个被打断了鼻梁、理着短发、长着一双浅色的毫无生气的眼睛的少校，就像罗马军队中的百夫长，也许像维京人，一切都那么无可挑剔，英语、法语……阿里斯塔尔哈夫很有语言天赋，所以，可以做出评价。细品交响乐和阅读不知名的科斯塔涅达的作品、夜晚的加冰马爹利、东方的舞蹈、欣赏日落——所有这一切都说明，少校可不一般！哪里有夸张的不断壮大的教育与不断完善的阴谋的结合，哪里就会有嚣张不羁、人性弱点、乖张的思想、预言和神秘主义。这样的人已经不是真正意义上的人，他们的生活也不是真正意义上的生活。某些方面丰富多彩些，某些方面枯燥无味。很多人觉得在据点里的生活枯燥无味。他们蔑视上校，认为他是杀人凶手。阿里斯塔尔哈夫觉得这里还是很有趣的，他觉得少校不仅仅是凶手，上校是精神上的上级。所以，晚上当阿里斯塔尔哈夫把躺椅靠近少校的躺椅的时候，少校没有反对。他请阿里斯塔尔哈夫喝马爹利，阿里斯塔尔哈夫请他喝威士忌。

当看见少校叼着细细的雪茄，肩背大大的体育运动包，脚踩咔咔作响的鹅卵石，朝着像箭猪一样布满天线的天气预报小屋走来的时候，让娜的脸先是一阵苍白，而后又红了起来。从小屋里看着这无声的一幕，阿里斯塔尔哈夫明白了，少校是她的不多的还活着的一个男人。他并没有嫉妒，他只是推论，在曾经的某个时候，让娜和少校在一起，肯定比跟阿里斯塔

浪漫情怀

尔哈夫在一起有趣多了。

他需要在预定的时间把少校和小组人员送到巴基斯坦。回来时选择其他路线——通过伊朗。在安曼湾海岸上,这个小组或者说这个小组剩下的东西,会有潜艇接应。当然,少校并没有和阿里斯塔尔哈夫讲有关任务的事情。机组人员的任务就是把战友们送到指定地点。

让娜端来了一盘咸味开心果,这是喝马爹利和威士忌时最好的下酒菜,少校灰色的眼睛漫不经心地在窘迫不堪的让娜身上扫来扫去。

显然,是几千年的东方的某种东西唤醒了女人对严厉和秩序的向往。这一切都融合到了凉森森的空气当中,因为,让娜很快就离开了,要是往常,她会很愿意一起坐一会儿,喝一杯,吃点儿开心果。

再过几小时,阿里斯塔尔哈夫就该出发了,要过两天才能回来。他不安地看着让娜,满怀敌意地也斜着眼睛,看着不知什么原因突然半睁双眼的少校。

"老弟,早就时过境迁了。"少校睁开眼睛,目不转睛地看着阿里斯塔尔哈夫,犹如一条友善的眼镜蛇。在心理学上有个概念,叫作非官能活动。你今天夜里应该把我们送到山谷。是我选的你,你是这里最棒的。你可以让我如降落在棉花上一样平稳,也可以让我骨头散架。我不是你的敌人,老弟,安心飞吧!"少校喝了一大口威士忌,吃了几个开心果,"况且,她也不会答应我,她是个绝好的女子,但是,谁跟她,谁就有死的危险。你不要害怕,凡事都有例外。"

鬼知道,为什么会这样。

"什么叫谁和她在一起,就有死的危险?"阿里斯塔尔哈夫提出了折磨他好久的问题。

"你想活到老吗?似乎这样的人很少。"少校饶有兴趣地看着阿里斯塔尔哈夫。

"不是说想活长短,只是想知道到底是怎么回事。"阿里斯塔尔哈夫耸了一下肩。

"根据法则,王朝的消失要伴随着真正的男人的死亡,他们应该保卫王朝或至少拖延它的消亡。"灰色眼睛的少校在躺椅上拉着长音说。突然,

浪漫情怀

他以超出常人的速度，飞快地向上伸出胳膊，用食指和中指抓住了一个苍蝇，厨房里养了这群脏东西！最让人惊叹的是，苍蝇没有死，少校不情愿地分开手指，苍蝇受了伤，绕着圈飞走了。

"像被击中了的直升机。"阿里斯塔尔哈夫想。

少校那坚硬而充满弹性的手简直就是完美之至。他可以用手劈砖，人的脑袋就更不在话下了，也可以用手抓住飞过的苍蝇，并能分出是当地的，还是外地驼队带过来的。他可以像撒干茶叶一样，从右至左写花体的阿拉伯语，也可以灵活使用对讲机和阿里斯塔尔哈夫根本不懂的、与卫星操纵的仪器相配合的塑胶炸药。一句话，少校的手能做到的要比常人能做到的多很多。

所有王朝的结束，都毫无例外、毫无意义地朝亚洲推移。

越往亚洲移动，就越接近它的灭亡，尽管在某些时候，外表上看，似乎更像一场盛大的戏剧的尾声。

他们干了杯。

"但所有真正的男儿，不该把自己的头颅留在亚洲。"少校叹息一声，似乎在为尚且活着的这些男人感到惋惜。所以，在王朝即将灭亡的时候，受伤害的总是那些行为轻佻但似乎有丰富的精神世界的一类人。这些女人与生活无关，按我们的理解，她们不受限于女人的属性，更不受限于上帝的安排。她们至死相信自己，但别人的，就算火星人会被卖掉、换掉，也不会掉一滴眼泪。忘掉男人、孩子、父母、国家，就像不曾有过一样。她们不会在人可能变为其他某物种的底线上停下来！

至少，是在保存了皮囊前提下，信仰了某种东西。不知为什么，那些强大的、聪明的、会处事的男人们总是被这样的女人吸引。如飞蛾扑火，翅膀、力量、智慧、能力就这样被燃烧了。看看少校的生活就知道了：忧郁地结束了一生！他眼睛的颜色变成了蓝灰色，好像发现了远方的某种东西。画家们创作过古代格尔曼英雄吉格弗里德时有这样的眼睛，但阿里斯塔尔哈夫对吉格弗里德一无所知。

少校的话，至少在如东方的名言里说的那样，是有一定道理的："不要与外人谈论自己的老婆，极有可能，那个人比你更了解她。"

浪漫情怀

过了几周，在一个星光璀璨贝都英人的夜晚，以山为掩护，避过巴基斯坦的雷达，阿里斯塔尔哈夫把灰眼睛少校和他的小组准确无误地投放到了约好的地点：一个不可思议的陡峭悬崖上。

公路上，灯光划破黑暗，汽车前行着。阿里斯塔尔哈夫应该低空飞行返回，可他却不知天高地厚地在公路上空飞过，想象着自己就是乘坐着大轿车的国王，去与天女会面。当前面出现了银色石油的储油罐的时候，阿里斯塔尔哈夫离开了公路，一直在荒漠上空飞行。在明亮的月光里，留下一道暗蓝色的阴影。

一连几天，阿里斯塔尔哈夫都在收听巴基斯坦的新闻广播，想知道灰色眼睛的凶手都做了什么，但他什么都没有听到。阿里斯塔尔哈夫飞来飞去的，因为燃油吵骂着，运送着活的、死的、伤的，把少校忘掉了。

当他在起飞跑道上被指挥员叫住的时候，他想起了少校。

"这是准备去哪儿啊？"指挥官清楚地知道阿里斯塔尔哈夫准备去让娜那里，但还是阴阳怪气地问了一句。

"去航站，找领导谈谈。"阿里斯塔尔哈夫的回答总是很简短。

"为什么？"一般情况下，指挥官是不会问这样具体问题的。

"那里有四桶油，拉回来，这里一滴都没有了。"阿里斯塔尔哈夫回答。

"那里没有油。"指挥官看着阿里斯塔尔哈夫身后的窗户外面。

"为什么没有？"阿里斯塔尔哈夫对指挥官提供的信息很不高兴。三天前是他把油桶拉到那里的。大概指挥官想加强一下纪律吧！纪律对让娜来说，没什么意义。阿里斯塔尔哈夫认为，纪律就是在干涉自己的私生活。

是因为这个据点不复存在了，这些浑蛋们玩到头了！

窗外有一头硕大的毛茸茸的骆驼，被拴着绳子在围着一个水泥柱转着圈。这匹骆驼是一些外来的没有参加过战斗穿着长袍的人送给指挥官的，因为指挥官允许他们让一个生病的小男孩搭乘一架顺路直升机进城治病了。开始的时候，指挥官不知道拿这匹骆驼怎么办，后来，他甚至喜欢上了骆驼。买了骆驼鞍子，在沙丘中骑着骆驼到处走。骆驼的速度一点儿都不慢，蹄子在空中有节奏地倒着溜步。当地居民都说，骑骆驼的指挥官的样子，就像当地的"别什卡尔奇男人"，是一个专业的骆驼骑手。骆驼也认可了指挥官,每当看见指挥官出了门,就把扬起的长脸转向指挥官,跪下前腿,以便让指挥官用雄鹰扑食的姿态骑上驼峰,飞快地直奔指挥部。

"怎么没有了?"阿里斯塔尔哈夫不识趣地问。

"巴基斯坦人说要在那里安放导弹装置。"指挥官回答说。

阿里斯塔尔哈夫深切意识到很亲近的人要死亡,而自己还活着的奇怪的感觉。眼泪、追忆、心痛、回忆,这一切都是后来的事。最开始的是刺骨的寒风,感觉自己都快被吹成是死人了。现在,风停了。阿里斯塔尔哈夫认为灰眼睛错了:死神来取了这些男人的命,不是因为让娜,而是因为灰眼睛,也取了据点上其他男人的命。他还是觉得这里有什么东西不对劲儿。

阿里斯塔尔哈夫似乎自言自语:"我飞一趟。"

柱子旁的骆驼突然慢慢地把棕色的脸转向窗户,阿里斯塔尔哈夫和指挥官正站在窗边。阿里斯塔尔哈夫有一个念头,应该飞一次,立即起飞,尽管他不知道这和骆驼有什么关系。

"为什么谁都没有想到,人不是来自猿而是来自骆驼?"指挥官若有所思地问道,"带上射击手吧!"

"因为骆驼是一种高尚的动物。"阿里斯塔尔哈夫边出门边说。他找来了射击手,和技师交流了几句,上了飞机,点火。这时,他突然感觉到了一阵冷风。

越是离让娜的卫生站越近,这冷风就越紧。阿里斯塔尔哈夫在驾驶室里感觉不到热气,相反,却觉得冷冰冰的直升机飞行在寒冷的云层里。

"幻影"战斗机的驻地还是阿里斯塔尔哈夫曾经清除的时候一样,荒芜一片。阿里斯塔尔哈夫发现,在沙地上留有很宽的一道车辙很可能是"幻影"的部队走过,然后对面指挥部的吉普车又碾轧过。在这次行动中,巴基斯坦人表现得极其专业。然而,车辙却不是通向巴基斯坦,而是相反的方向。阿里斯塔尔哈夫又朝前飞了一段,发现了自己部队"瓦斯"车的车辙,只是没有这么宽,轧得也没那么深。

当阿里斯塔尔哈夫把火箭弹射向正朝他开火的黄色吉普车的时候,他

浪漫情怀

的手抖了一下。火箭弹像一条鱼钻进了水里，随后被掩埋在沙子里。吉普车跳了一下，但没翻车。

接下来的一切，阿里斯塔尔哈夫做得十分完美。因为他已经不需要着急了：他犯了一个致命的错误——错过了时间！

阿里斯塔尔哈夫把剩下的两枚火箭弹准确地射出了。烟幕更加浓厚。太阳在黑色的天空里变成了一个红色圆盘。阿里斯塔尔哈夫用火力阻断了吉普车和瓦斯车，但再打吉普车已经没有火箭弹了。

阿里斯塔尔哈夫让瓦斯车开出了很远一段距离，透过浓烟，他看见有三个人朝直升机迎面跑来，其中就有让娜。射击手刚把让娜拉上直升机，另外那两个人就被地雷炸翻了。

满眼泪水浑身沙土的让娜扑到了阿里斯塔尔哈夫怀里。他迅速拉起飞机，轰鸣着在浓烟中起飞，直冲向高空。也许灰眼睛是对的：死神一直在追着让娜和她的男人们。阿里斯塔尔哈夫发射火箭弹从来没失手过，也从没有让飞得不很快的直升机远离过"幻影"战斗机。

他穿过浓烟，在"幻影"上空飘过。他知道，飞行员们想等烟散了，掉头再给它迎头痛击。射击手声嘶力竭地唱着歌，把最后一盘子弹打光了。让娜幸福得哭了。阿里斯塔尔哈夫不知道如何向他们解释，他们已经活不成了。

赫尔曼德河在航向的远方隐现，阿里斯塔尔哈夫在水上和苔草上飞行。阿里斯塔尔哈夫最近迷上了圣经，他打开床头灯，拍打着蚊子，阅读着，让娜昏昏欲睡了。早晨起来，飞过荒漠的时候，他还在想着耶稣基督。不知为什么，阿里斯塔尔哈夫觉得，荒漠的意义就如水的意义一样，在基督徒的生活中并没有被完全挖掘出来。

阿里斯塔尔哈夫驾机在赫尔曼德河上飞行着。亚历山大·马其顿曾在这条河里饮马。他那鼓起的额头似乎长着第三只眼，感觉到了巴基斯坦飞行员寒冷的目光。他是富家子弟，毕业于美国飞行学校，家里有带泳池的豪宅。他在河上飞了很久，早已在电子瞄准镜里咬住了这架飞行速度很慢的直升机，但不知为什么，没有急于按下发射按钮。

接下来的一刹那，银白色的"幻影"就像一块白冰，在蓝色的炽热空气中瞬间雾化了。这简直不可思议，但阿里斯塔尔哈夫用第三只眼看得真真切切，一枚像削尖的铅笔一样的红色导弹飞过来了。

还不知道发生了什么事，脑子想的是尽快脱身，阿里斯塔尔哈夫把直升机压低了飞，突然间，直升机就像穿行在金色的阳光水雾中，极度的舒适、明亮和纯净，以至于阿里斯塔尔哈夫突然觉得这就是天堂！只是有些奇怪，他是乘着飞机，而且是与身带罪过的让娜一起进入了天堂。

阿里斯塔尔哈夫猛地把操纵杆拉向自己，他明白，稍不留神，直升机就会像一根钉子一样扎进水里。机肚子下都是电子器件，所以不能飞得很低。

直升机抖动一下，拍击了一下水面，继续飞行。阿里斯塔尔哈夫觉得，人们永远都不会相信，他在水上悬停的一瞬间躲过了导弹袭击。然而，也未必有这样的机会再讲给别人听了。不可能有两次连续的奇迹。第二枚导弹阿里斯塔尔哈夫是躲不开的。

此时此刻，天堂里金色的云朵在直升机的周围还没有消散。阿里斯塔尔哈夫现在已经不是用神秘的第三只眼，而是用后脑勺感觉到了第二次绕回来的巴基斯坦人的愤怒了。他几乎是扔掉了操纵杆，把让娜放到大腿上，抱着她，贪婪地吮吸着她头发的味道，突然，他感到一种奇怪的平静和幸福。是的，拥抱着让娜，亲吻着她，扔掉操纵杆，飞翔在金色的天堂的云层里，直面着死亡，阿里斯塔尔哈夫感觉到了难以名状的幸福。金色越来越浓，将直升机融化了。金色的水流沿着前风挡玻璃流淌着，这是甜蜜的金色的死神。透过它，阿里斯塔尔哈夫看到赫尔曼德河分出了支流，一条宽而阔，另一条流进了峡谷。阿里斯塔尔哈夫有幸看见直升机燃烧着掉进山谷。他听见对讲机里的最后几句话，多是骂娘的话，也有简短的告别，比如"再见了，弟兄们！"但没有一次是呼叫上帝的。

"上帝啊，上帝！请接受我们这些有罪之人吧！"抓着操纵杆，阿里斯塔尔哈夫低语着。他知道，上帝无论如何都不会接受他这样的害群之马。但他还是对此抱有一线希望。

他决定在这片宽阔的水面上投入死亡的怀抱。他几乎已经将方向转向水面,突然,透过风挡玻璃流下的天堂的金色水流,看见让娜的白大褂在另一条水道上失重地飘向峡谷,似乎峭壁在召唤它。

"随它去吧!"阿里斯塔尔哈夫把直升机拉向急剧变窄的峡谷。一只庞大的白色鹈鹕惊恐地飞离水面,甩掉很多羽毛,飞向岸边的苔草。

这个世界上,阿里斯塔尔哈夫最想抛弃的就是操纵杆,然后闭上眼睛。但他深知,在忍受这些痛苦之后,上帝是不会饶恕他这种意志薄弱的行为的。所以,阿里斯塔尔哈夫咬紧牙关,死死抓住操纵杆,瞪大眼睛,把飞机拉向一边。螺旋桨擦着悬崖打出的不是火星,而是一串火束。似乎这不是螺旋桨,而是旋转的砂轮在飞机上方磨刀,好像有人在那里磨着看不见的刀或短剑,也许是剪子。

从左边的悬崖上传来了爆炸声。透过飞溅的火星和一团团泡沫,"幻影"战斗机一闪而过。现在,阿里斯塔尔哈夫只能躲避两边快速向他扑来的悬崖。他只好平飞。然而,还没等他缓过神来,飞机似乎进入一个圆锥体,阿里斯塔尔哈夫狂吼一声,加足马力把飞机往上拉,金属铆钉都发出声响了。当他明白这样做也无济于事时,他有生以来第一次让飞机尾巴朝下,像一支竖立的海马,摇摆着尾巴,不是飞出去的,而是穿着单腿长靴把自己顶出了峡谷,飞向了炽热的天空。那里既没有天堂的金色,也没有"幻影"战斗机,空空如也。

这时,阿里斯塔尔哈夫才意识到,腿上还坐着让娜。"不会抛弃我吧?"她突然问道。"永远都不会。"阿里斯塔尔哈夫回答道。"娶我吗?"让娜的声音有些沙哑了。"娶。"阿里斯塔尔哈夫说。

3

阿里斯塔尔哈夫很轻松地学会了德语,但不得不深藏不露,因为在旧货摊与售货员或者在公共汽车上与售票员需要讲明白事情的时候,他一开口说话,同事们都用疑惑的眼神看他。

在阿富汗,阿里斯塔尔哈夫黝黑的皮肤,深棕色的头发,线条清晰的脸上,有着明显的东方人的某些特征。他戴上裹头巾,骑上骆驼,活脱一个严厉的牧者首领。

而在德国，阿里斯塔尔哈夫很快皮肤就变白了，面部特征柔和了，下巴上出现了一个小坑。一句话，少年维特取代了牧者首领。

"你简直就是俄罗斯无所不能的人！"将军感叹道。在阿富汗，阿里斯塔尔哈夫把突厥语翻译成俄语给将军，在德国又为他翻译德语。所以，在乘直升机专机飞萨克森州和图林根州时，将军从来不带翻译，有阿里斯塔尔哈夫就足够了。德国部队的高官都认为他是德国人。有一个人说，阿里斯塔尔哈夫说德语不带一点儿口音，在德国都很少见。所以阿里斯塔尔哈夫完全可以成为无所不能的人，一个全能的德国人。

有时候在街上，在电影院或咖啡馆里，德国姑娘和阿里斯塔尔哈夫搭讪聊天。她们比俄罗斯姑娘更率直地表达自己的好感，但德国生活空间的狭小，使得她们在行为和思想上留下了局限性和某些缺乏创造性的印记。所以，和那些俄罗斯姑娘们相比，她们逊色多了。俄罗斯姑娘忧郁，但同时又能在这个庞大饥渴的空间刮起一阵性感旋风，一些不合常理的做法常常震惊周围的人。这对于在压抑中平淡度日的德国人来说，是最具魅力的，他们一直都在幻想拥有大一些的空间，也不止一次地为此而发动战争。

他们在萨克森寒冷的圆湖岸上的一座石头房子里安顿下来的第二天，让娜说："阿里斯塔尔哈夫，我希望你是最后一个被从德国赶回去的苏联勇敢一兵。"

先是飞在伏尔加河上空，而后是阿富汗高山和沙地。阿里斯塔尔哈夫有时也在想，什么是祖国？祖国竭尽全力让阿里斯塔尔哈夫失去了自己的家，但让他驾驶直升机去参战。阿里斯塔尔哈夫想得越多，他越觉得遗留在带有"祖国"的东西越是值得怀疑。祖国——应该一直都很亲近，对他了如指掌，为他而生，为他而战。阿里斯塔尔哈夫觉得他的祖国是军队，或者说是直升机，和它在一起，阿里斯塔尔哈夫才觉得自己和祖国是一体的。任何交办给他的任务，不管是从战场上抢回伤员，还是把暴动的村落夷为平地，他都完成得很出色，因为这是祖国——军队的意愿。

让娜并不是一个与众不同的人。所有在德国服役结束的人，都一心想成为最后一个离开德国的人。在阿富汗，阿里斯塔尔哈夫很清楚祖国——

浪漫情怀

军队想要什么,她想要制服暴动的阿富汗人;在德国,她想要的东西,根据原则她是不能要的。那是一个能量本质变化的奇怪过程,把一个物质的、正常运行的军事机器变成一个非物质的数字,代码、核算符号无形地划过欧洲的电脑线路,显示在银行的显示器上。那是一个人本质的改变过程,大檐帽和戴着肩章的制服深藏着总想获利的人,把军队资产、设备、燃油罐,即所有能触摸到的、哪怕值几个德国马克的东西都据为己有。

在德国,阿里斯塔尔哈夫意识到,他又一次成了孤儿。他没了祖国——苏联,没了祖国——军队。只剩下直升机。

阿里斯塔尔哈夫说:"我现在就是最后的勇敢一兵。不管浑蛋们如何在后面追赶,骂我是个连护照都没有的人,我仍然是最勇敢的人。"

"你不要以为我会像那个舞女一样,随你跳进火坑里!"让娜说。

"什么火坑?"阿里斯塔尔哈夫很惊奇。

"这种火坑!"让娜认真地看了他一眼,阿里斯塔尔哈夫非常不满意让娜这样看他。因为他正在把自己的军官工资递给她。刚来德国的时候,让娜像一个小姑娘一样,见到一个马克都那么开心,现在拿到全部工资都是咬着嘴唇。"贫穷的火坑。"阿里斯塔尔哈夫明白了。

"阿里斯塔尔哈夫,你好像不是在部队服役,难道你们飞机场上就没什么能卖的吗?"让娜对他说,并用手指了一下阿里斯塔尔哈夫放在桌上的马克,"你觉得,就这点儿钱够我们花两周的吗?再说了,到现在我都没买一件皮草!"

"卖掉?"阿里斯塔尔哈夫反问道,"除非卖掉我自己,如果还能找到买主的话。"

"算了吧!你值不了几个钱。"让娜斩钉截铁地说。阿里斯塔尔哈夫明白,她想这个问题很久了。

"为什么这样?"对妻子的评价使阿里斯塔尔哈夫很受伤害。

"你就知道像大鹅一样飞。"让娜回答道。

在德国,阿里斯塔尔哈夫有一个想法,就是德国人和俄罗斯人本是完美的一个民族,但不知为什么上帝割裂了这个完美的民族,把一半的财富给了其中一个,使一个空间局促,而另一个空间无限。从那时起,被分割的两半就失去了安稳。一个为了空间宁愿牺牲财富和生存权,而另一个是奉献空间再加上活人,甚至都不是为了财富,根本不是,只是因为这秩序井然的温饱。

看着犹如瓦格纳的音乐一样阴郁的统一后的德国人,特别是看着电视里他们肥胖的戴着眼镜的总理,阿里斯塔尔哈夫明白了,德国人民生活中出现了某些不可逆转的东西,他吞掉了尽管是一小块儿东日耳曼的有血缘的空间,从一个沉睡的点开始移动了。就这样,透过善良老人的好心,一个烤饼和啤酒的爱好者,突然在这个保养极好的德国统一者——和平的俾斯麦的脸上隐约现出不可动摇的钢铁般的决绝的表情。很明显,统一不是终结,而只是开始。看着同穆索尔斯基的音乐一样阴郁的俄罗斯人,和电视里的腰板笔直、头顶大理石花纹的长腿总统,阿里斯塔尔哈夫意识到,俄罗斯人民经历了不可逆转的事件,而且他就像梦里喝下了的伏特加酒,吞掉了财富,从一个沉睡的点开始移动了。就这样,透过俄罗斯的分裂者泛光的脸上的自信和坚毅,突然显现出了人在不知道自己做了什么的时候,显示出的动摇和不知所措。很明显,分裂不是终结,只是开始。

阿里斯塔尔哈夫身边就有曾经被割裂的两个民族的代表:德国国防军的上校维尔聂耳先生和自己的妻子让娜。

作为全权负责解决所有与飞行大队撤出有关一切事情的通信军官,维尔聂耳先生小心翼翼地、蹑手蹑脚地、谦逊地进入检查站岗位。他极度谦逊,对他而言,俄罗斯的军官们不是英雄。随着对团里日常事务参与的深入,维尔聂耳先生对眼前的俄罗斯人带着毫不掩饰地蔑视,其中也包括将军们。

阿里斯塔尔哈夫猜到了,维尔聂耳对创造了如此大量的完美的军事设备,在上一次战争中被毁坏,又以飞行铁军站立起来的国家,心中充满敬意。如果发生新的战争,他完全有能力用13个小时的时间踏遍整个欧洲,甚至来得及在大西洋比斯开湾的风中,晾凉坦克的发热炮筒。

德国人当然喜爱、尊重并懂得音乐,但他们更喜爱、更尊重和懂得武力。

维尔聂耳借助德国智库组织的力量,错误地把自己对另一个国家的尊重传播给了另外一个国家的人。现在,维尔聂耳在部队的营盘里像主人一样踱着步。他几次邀请阿里斯塔尔哈夫去德国飞行员军官俱乐部,都被阿

浪漫情怀

里斯塔尔哈夫拒绝了。阿里斯塔尔哈夫不喜欢维尔聂耳那生硬的带有命令式的目光。那目光似乎在让你相信俄罗斯人是多么不可救药的渺小。维尔聂耳的眼中燃烧着要为德国释放更多空间的火焰。然而，维尔聂耳找到了为阿里斯塔尔哈夫做点儿什么的机会，他让阿里斯塔尔哈夫住进了国防军大楼里。

让娜不仅走出了一条从受尊敬和感恩到蔑视之路，它是阿里斯塔尔哈夫作为无能无用的丈夫的一种认定之路。阿里斯塔尔哈夫的无能无用就在于他不能赚到足够的马克。对阿里斯塔尔哈夫来说，没有什么是驾驶直升机做不到的，无论是从桥下飞还是从高压线下穿过；悬停在空中或是降落在井上，或是火箭击中像手帕大小的靶标，甚至可以轻而易举地用几分钟把整个城市炸平。一句话，在这个世界上，没有一件事是他驾驶直升机做不到的。但只有赚钱他做不到。

在这里，任何一个管仓库的准尉都比他赚得多，从来不管钱的阿里斯塔尔哈夫因突然发现了自己的渺小而极度沮丧。同时他也认识到，这是生来的缺陷，无法弥补。阿里斯塔尔哈夫开始思考钱的问题，这让他控制不住想笑。他觉得，同其他事物相比，钱是多么可笑，或是根本就不可笑。自己就像个疯子，觉得地球是平的，而不是圆的，地球停在原地，而不是围着太阳——绕着金钱转。

邻居鲁兹卡耶夫少校经常去阿里斯塔尔哈夫家借火抽烟，每次他一来让娜就回自己屋里去。让那简直烦透了这个整天满嘴脏话，大肚子勉强穿上睡袍，经常醉醺醺的，而且裤子拉链总是开着的邻居，可当她得知上校给德国人运了一次水泥，就赚了50万马克之后，上校再来他们家坐在厨房里的时候，让娜就不再回自己房间了，而且很热情地附和他讲的故事。可以看出她对上校很感兴趣了。钱使得鲁兹卡耶夫少校变成了真正的男人，缺钱使阿里斯塔尔哈夫变得一文不值。

从特拉别茨基卫校毕业以后，让娜一心想去阿富汗。遭遇过导弹炮火的袭击，经历过两个男人的死亡，在军医院做过手术护士，在呻吟着的濒死的伤员身边值班，见过了普通女人可以见和不可以见的情境。在阿富汗，让娜一无所有，就像圣经中神鸟处在死亡中，但她保留了善良和思维的活跃，真诚的言语和自然的行为，简而言之，在不该有人性的地方保留了人性。

在德国，没有死亡，没有伤员，没有机枪扫射。但有自己的住房，尽管是临时的。只是曾经表情丰富的让娜的脸变得僵硬，目光呆滞，言语单调和神经质，行为焦躁而乖戾。一句话，在人性不受任何威胁的地方，让娜丧失了人性。只有在商店里，在售车行平台上缓慢旋转的"奔驰"和"宝马"车前，在挂着皮毛大衣的游廊式皮草商场里，让娜的目光才会冷冷地苛刻地泛起一点儿和维尔聂耳完全一样的光芒。消费的想法就像无疆界空间，在让娜的眼中燃烧起来。

"你还记得赫拉特（阿富汗的一个省）的鞋店吗？"当他们走在德国布莱梅或者卡塞尔一望无际的皮草游廊商店里，阿里斯塔尔哈夫问了一句。

"怎么呢？"让娜简单回应着，继续盯着橱窗。阿里斯塔尔哈夫感觉豹皮大衣上的黑圈因她那灼热的目光都变大了。

"这么多皮大衣……"阿里斯塔尔哈夫继续说。

"不觉得有什么关系。"让娜打断了他的话。

"赫拉特都光脚，而这里没有严寒。"阿里斯塔尔哈夫大笑起来。

"很多皮大衣，很多鞋。"让娜回答道，"这就是生活，阿里斯塔尔哈夫，这就是人为什么要生活的目的，而不是为了那些臭战争和直升机，而这点你永远都理解不了。"她开始是怜悯，后来变成了厌恶。

阿里斯塔尔哈夫早就想找机会和将军谈一下，但是没机会。他在阿富汗战争时就和将军认识。那时，将军是中将，指挥的都不是像现在的师，而是团。在阿富汗，作为一个军人，他已经没有了自己的思想，但保留了做应该的事情和为达到一个目的应有的意志和果断。如果偶有疑惑，他会骑着哈桑奔跑来化解。

阿里斯塔尔哈夫对他无可指责。指挥官尽了一切努力，使飞行员都生存下来，当然尽管还是有很多人没能活下来。

在德国，似乎是将军身上什么都没有了，没有了意志，没有了果断。有时他两眼发直，长久地沉默，对周围的一切漠不关心。有时，他的面部好像拧在了一起，涨红着。阿里斯塔尔哈夫感觉，将军在控制着自己。但某种军人身体里的东西，比如意志和果断，就像不明亮的反射光，在将军

浪漫情怀

身上还是保留着的。

其实，阿里斯塔尔哈夫也一样。

在大尉级别的圈子里，谈到观念问题，就只限于战斗任务以及直升机。鉴于自己的官衔和地位，将军应该想象站在更高的山上环望四周，但他经常会不自觉地怀疑：真有这样的山吗？

维尔聂耳约定，14点整在汉诺威城郊的俱乐部飞行场上集合。他会从市里带来一个人，该人对液体防毒面具很感兴趣。

阿里斯塔尔哈夫在13点55分把飞机降落在了预定地点。半小时过去了，维尔聂耳和对液体防毒面具很感兴趣的人都没有出现。

将军从包里拿出一瓶"轩尼诗"白兰地，猛地喝了一大口，然后把酒瓶递给了阿里斯塔尔哈夫。

"大尉，为了俄罗斯军队干杯！这些蠢猪，觉得对我们可以为所欲为，我们都能忍受……"

"将军，"阿里斯塔尔哈夫把酒瓶子还给将军，"您知道吗，我避免同上司谈论分散精力的话题，只谈与命令有关的话题。"

"我知道，大尉，看你说的，"将军又喝了一口"轩尼诗"，他满脸绯红，但他的目光比砖红色更深，"但我不知道怎么回答你。"

"将军，毁掉了自己的实力，我们就丢掉了自己的尊严，我们就垃圾不如！将军，他们说得对。这在人类历史上闻所未闻。"

将军沉默着，身不由己啊！难道他还要再喝些"轩尼诗"吗？阿里斯塔尔哈夫想。

"将军，也许我的想法不对。"他继续说道，"但我觉得，我们没了，那个阻止世界混乱不堪的保障不见了。我不是说我们有多好，将军，可能我们身上也有恶，但这是我们的恶，将军，我们用它来对抗了别人的恶，我们是另类。将军，当我们还强大的时候，我们的人民是被保护免遭那种东西…… 我不知道那叫什么，将军，但我知道，这不是那么回事。就让我们见鬼去吧！将军，我们背叛了我们的妻子、母亲、孩子、将军，我们背叛了所有与我们共同生活的人。从现在起，将军，我们一文不值！就像我们被踢出阿富汗、德国一样，我们也将被踢出俄罗斯——被踢出自己的家园和家庭，随时遭到抛弃，随时……"

"金钱……"将军咕哝着。阿里斯塔尔哈夫看到，酒瓶子都空了。

将军含混地说："金钱就像尸体上的细菌，以腐肉为食，但也像精虫，能孕育新生命。大尉，你没有在金钱的两位一体的自然状态里找到自己的位置。大尉，我们现在就是在腐肉上赚钱。你有肺，但现在需要的是鳃，以便能在腐败的血液和新鲜的排泄物中呼吸。你会被憋死，大尉，你没进化成两栖人！你只是把衣领子拉高了，貌似变成了两栖人，但他并不适应这德国温暖的夏季空气。"

"将军，我想说，在军队里不可能没有想阻止这件事的人。不管他们现在是做什么的。现在干预还不算晚，将军。我的一切全由他们支配。除此之外，将军，我的生命全交给他们。它对我来说，已经没有多大的价值了……""祖国"或"部队"对阿里斯塔尔哈夫来说有点儿唱高调，所以，他是用很书面语的方式说完了这句话。

将军沉吟半晌，迟钝地看着慢慢开近的咖啡色欧宝牌车，维尔聂耳和对液体防毒面具很感兴趣的人从欧宝车里钻出来，维尔聂耳没有因晚到了四十分钟要道歉的意思。对液体防毒面具很感兴趣的人好奇地看着地上歪倒的轩尼诗酒瓶子，他很可能在想，一定是上帝给他派来的生意伙伴，一个掌握着军产的酒鬼将军。

"大尉，"将军不认识外表整洁仪态端正的维尔聂耳和那个对液体防毒面具很感兴趣的人，"大尉，你去问一下这个肥胖的浑蛋，他准备为这个世界上最先进的防毒面具付多少钱？"

在公园的饭店里，从午饭时间一直吃到了晚饭时间。之后，阿里斯塔尔哈夫和维尔聂耳把将军搀到了欧宝车里。最终的价格，是由将军和对液体防毒面具很感兴趣的人确定下来的，没用阿里斯塔尔哈夫当翻译。他们在餐巾纸上写数字，把餐巾纸传来传去。将军骂着脏话，用拳头敲着桌子，桌上的盘子和水果跳动着。传到第七次的时候，将军不再骂脏话，吩咐拿香槟来。阿里斯塔尔哈夫不经意地扫了一眼烟灰缸里烧着的餐巾纸。长长的数字让他有点儿吃惊。他简直难以想象，这么和平繁荣的德国竟然需要

浪漫情怀

苏联军队的液体防毒面具。

去飞行区这一路上,在欧宝车上,将军极不体面地打着鼾声。但上直升机的时候他却出奇地清醒,阴郁、傲慢,就像哈罗德公子的模样。

那个对液体防毒面具感兴趣的人在车里往机场调度室打了个电话,很快就有一个个子不高戴着大檐帽的人拿着蓝色表格跑来。

"请你们飞第六走廊,那是总理的专用走廊。"对液体防毒面具感兴趣的人说。

原来,这位是一个很有影响力的人物。

将军很自然地接受了要沿着德国总理的专门空中走廊飞行的信息,似乎是很早就和总理认识。

最后一瓶香槟酒是在停机坪上喝光的。

"你也得喝,总理的空中走廊像齐格菲(德国民间故事中的英雄)之剑一样宽阔。"将军喝醉了,命令阿里斯塔尔哈夫说。

黄昏中的德国静卧在城市的灯火、森林的黑暗和钢铁、化学工业制造的美景中。

阿里斯塔尔哈夫觉得将军睡着了,但实际上他没睡,而是眯着眼仇视地看着别国的土地。曾经,阿里斯塔尔哈夫也是这样仇视地看过光秃秃的干燥的阿富汗土地,偶尔会有一道长长的火舌从石缝或悬崖里吐出,飞向直升机。阿里斯塔尔哈夫至今记得将军撤出阿富汗时说的话:"那就莫斯科见了!"在阿富汗时,阿里斯塔尔哈夫想和将军谈,但没想谈在德国的事情,所以,当将军的手重重地放到他肩膀上的时候,他非常吃惊。

"大尉,我曾经是你的指挥官,我现在好像也是,只不过我们一直处在不同层面。我就是以另一层面的指挥官和你说话。"将军说。

阿里斯塔尔哈夫没说话,他没完全明白将军的话是什么意思。

"我可以做到,按现在的生活水平,让你的余生衣食无忧。"

将军冷笑了一下,"这比你再升一级军衔更重要。"

"将军,那我该做什么?"阿里斯塔尔哈夫惊叹于命运的奇妙:把生命交出去,换来的是够花一辈子的德国马克。

"根本没什么了不起的。"将军一摆手,有人把货装上飞机,夜里你沿莱茵河低空飞过，穿过丹麦边界，在奥登塞（丹麦城市）城郊的北约基地降落。有人接你，卸货，你返航。就这么简单。

"多少钱？"阿里斯塔尔哈夫严肃地追问道。

"很多。"将军清醒而严厉，甚至带有一丝不敢苟同的表情看了他一眼，"多到难以想象！"

"什么货？"这问题有些不可思议。阿里斯塔尔哈夫在浓密的黄昏的空气中发现了飞禽的轮廓，他平稳地把飞机拉向一边，既不打扰座椅上的将军，也不影响飞行中的鸟。

"你问这个干吗？"将军有些不高兴。

"随便问嘛。"阿里斯塔尔哈夫耸了一下肩。

将军突然大叫起来，怒目圆睁："你知道不知道无所谓。这没什么意义。如果你不去，会有别人去，太好了，我还省了。就让全世界都知道吧！让报纸写吧……"

"我们军报肯定不会写这些。"阿里斯塔尔哈夫说。

"现在的情况是，"将军一字一句地说，像是故意刺激某人，"我们的一些老派人，带着在集权制度下形成的为军队服务和军官的荣誉观念迈进了历史上从未有过的转变时期，并且是充满客观矛盾的俄罗斯。从普列谢斯克弄了几桶新型火箭燃料，据说是世界上绝无仅有的。其实，国防部的同志早就卖给了美国人。但是，西边部队的同志提议，断了两桶下来，好像要卖给德国人或者法国人。大尉，卖给谁有什么区别吗？"

这时德国的调度员很有礼貌地通知阿里斯塔尔哈夫，直升机很快就要离开总理的专属空中走廊，进入俄罗斯军事调度的管辖区。

"西风2级，航向17，能见度100，回基地吧！"俄罗斯军队调度打着哈欠说。

"是液体防毒面具吗？"阿里斯塔尔哈夫把直升机平稳降落到停机坪上，又问了将军一句。

"到了吗？"将军很吃惊，"大尉，正是液体的，而不是干粉。你想想，这里肯定有文章。"

"就像我们还称作部队集团一样吗？"阿里斯塔尔哈夫又问。

浪漫情怀

"那样,明天 16 点整,在 3 号机库边集合。"

将军的吉普车已经开到了直升机旁。

"如果不行呢?"阿里斯塔尔哈夫追问了一句。

"和老婆商量一下,亲爱的大尉!"将军就像没吃饭,没喝酒,没有在液体防毒面具的掩护下卖了火箭燃料,轻松地从直升机上跳了下去,"她不会也这么幼稚吧?"

4

"凭他们付给我的钱,我既可以给他们端菜,也可以给他们跳舞,如果他们想看的话。"让娜肆无忌惮地直视着阿里斯塔尔哈夫。

最近,她总是故意和他唱反调,以此为乐。

阿里斯塔尔哈夫看着她眯起的眼睛,甚至不知说什么好。他可以说一些粗话,也可以置之不理,离开,甚至也可以给她一拳,但无论如何理解不了她。似乎是从那天起,好像昨天,他把她放到她事先铺好了的上面印有"海鸥"夏令营床单的团诊所的毛呢毯子上。这还是第一次有这样的感觉,这让他体会到一种从未有过的孤独。就如同有一次,他从被摧毁的苏联车队上空飞过。没有一人生还,只有一片火海。翻倒的油罐车像一个炭块,冒着黑烟。尸体横卧在沙土上。

"阿里斯塔尔哈夫,现在我比你赚得多!"让娜大笑着。但在她的笑声里,听不出快乐和满足,只有对丈夫的轻蔑。

他也察觉到,让娜很希望他能反驳或表示一下不满。那样,她就会对他说出想说的一切。阿里斯塔尔哈夫一直很难理解女人们会从彬彬有礼突然变得残酷无情。在德国,他就亲眼见证了不止一个家庭毫无原因地就解体了。阿里斯塔尔哈夫觉得,他和让娜永远都不会分开的。看着妻子眯起的眼睛,他明白了,这个界限太脆弱了,让娜身上的彬彬有礼,就像加工出来的乌拉尔绿宝石一样数量有限。

但阿里斯塔尔哈夫没有随意发泄情绪,或者说出不吉利的话引来灾祸。更何况,让娜从彬彬有礼向残酷无情的转变现在变得平缓了,已不再是那么突然和伤人。既然阿里斯塔尔哈夫不认为萨克森圆湖岸上的石头别墅是一座城堡的话，那也不会认为它是一座随时都可能因不经意的举动就会倒塌的空中城堡和纸牌屋。

他来到楼附近，看到窗户是暗的。他还是每个房间都看了一遍，万一回来了，睡着了呢。

没人。儿童房间里也空着。

只有像舱顶灯一样的圆形水族箱在窗台上，特种灯泡在发着昏暗的光。晋卡在当地宠物店里看到这个水族箱，不给买就是不走。什么能放在水族箱生活，由她来决定：最后只有那两只白色的有手有脚、长得极像压扁了的蛙人的非洲蟾蜍，可以生活在水族箱。豪华磨砂玻璃时而紫色，时而蓝色，时而绯红色，就像一个隐居室。或者很有可能，蟾蜍是随着自己对外部的感觉变换自己的颜色的。它们已经适应了水族箱里的生活环境，大口吃着饲料，转圈跑着。有的时候它们很奇怪地贴在底部，后面的蟾蜍用前爪抱着前面的蟾蜍在水中飘动。感觉好像前面的急着去哪里，而后面的不让它走，拖着它。

有一次，让娜冲着阿里斯塔尔哈夫说：

"看啊，多像我们！"

"我们？"阿里斯塔尔哈夫很吃惊。他们的生活里发生了很多事情，但从来没有过大争吵。

"我不是说这个，"让娜皱起了眉头，"你看，那丑八怪抓住了它，不放它走。"

"不放它去哪儿？"阿里斯塔尔哈夫对"抓住它"这句很生气。

"什么去哪儿？不知去哪儿！"让娜大怒了。

"回俄罗斯吗？"阿里斯塔尔哈夫笑了一下。

"当然了，"让娜突然安静了下来，"还能去哪儿？回家，回俄罗斯。"

阿里斯塔尔哈夫忘记了曾说过的蟾蜍话题，但是，过了几个小时，吃晚饭的时候让娜突然看着远处说：

"阿里斯塔尔哈夫，我不知道你是怎么想的，我觉得俄罗斯不是我的家。"

浪漫情怀

那家是什么东西？阿里斯塔尔哈夫想问她，但没敢问，因为他自己也不确信，俄罗斯到底是不是他的家。如果是的话，在俄罗斯，阿里斯塔尔哈夫从来就不曾有过家，而且像其他所有从德国撤回俄罗斯又不知去往何处的军官们一样，前途一片渺茫。家，就是张开血盆大口吞噬掉阿里斯塔尔哈夫全部积攒下来的马克，并阻止他在俄罗斯安家的任何企图。这是后来伏尔加格勒州要求支付土地款后，阿里斯塔尔哈夫体会到的。他搞不明白，为什么七十顷沼泽地要他10万美元。"家"，那个蟾蜍一心想要回家，而另一个就不放它走。他觉得，最靠谱的事就是让这些无家可归的军官们来保护他们。

阿里斯塔尔哈夫知道让娜负责打扫房间，而现在又开始兼作用人的独门别墅在哪里。他开车送过也接过她几次。不久前，让娜买了一部微型本田二手车，从那以后，她就开始自己到处走了。

阿里斯塔尔哈夫把自己的福特车停在了紧靠让娜的本田车后。在黑暗中，两个车很像一对蟾蜍，只不过不是沉在水族箱底，而是停在了路边。

阿里斯塔尔哈夫觉得灯光似乎有些过于幽暗。在招待客人的德国人家里，只有一个窗户里面的灯是亮的。他把一支烟抽完，也没发现有客人的车。

接下来，他像完成战斗任务一样，不管是地形侦查，战地支援战友还是消灭敌人，迅速而自然。

阿里斯塔尔哈夫跳上了铁围栏，又如鸟儿一样轻盈地落到了院子里，晚风中只有摇曳的苹果树、樱桃树、灌木和花丛。他无声地跑过草地，沙沙地跑过石子路就到了亮着灯的窗下。窗户有点儿高。在有缓台的那层，如果是平时，阿里斯塔尔哈夫不可能一跳就抓住飞檐，一用力就荡上去，可现在他做到了。平时，如果看到是挂着窗帘的，他可能会跳回到地上了，但这次他的手像鹰爪一样钳住了屋檐边，用肘部往前挪，寻找着窗帘透光亮的地方，用悲哀仇恨的目光看着里面。

首先，作为一个被欺骗的丈夫，他看到的是一张大床，然后看见的是躺在床上傻笑的老头和像足球一样圆圆光光的脑袋，然后看见的是在镜子前梳头的让娜。可能，上帝可怜他，没让他看见更火爆的场面。

上尉用脚试探着找到了一个墙上突出的砖，踩在上面减轻了一些手的负担。

让阿里斯塔尔哈夫感到震惊的是在镜前梳头的让娜那冰冷的拒人千里之外的面部表情。阿里斯塔尔哈夫突然很清楚地记起了，仿佛就在昨天，在一个闷热的阿富汗夜晚，他准备离开团医疗所。她甚至不用床单遮一下身体，就那样躺在床上，而他就站在贴着视力表的墙边穿着衣服。让娜看着在拉裤子拉链的他，眼神冷峻。"这里有多少讨厌的脑满肠肥的上尉、将军服役？""我再也不会踏进这里一步！"

但，结果没做到。

此时，那个德国人从床上下来，阿里斯塔尔哈夫眼前一黑。那德国人并不出众并且年龄大。

"我今天和医生谈了，"他说，"玛尔塔可能出不了院了，不可能好了。我通过市长给你办入籍，一年后我们结婚，孩子肯定是跟我们……"

阿里斯塔尔哈夫踩在砖上的脚一滑，手也脱开了，人直接摔到了下面的灌木丛里。细细的枝条抽在脸上很痛，好像他是背叛者该遭惩罚呢！因为痛和不公正，眼泪涌了出来，但很快就干了，像阿富汗的土地一样，又干又热。

"阿里斯塔尔哈夫大尉奇怪地半蹲着，双手扶着膝盖，飞快地沿着坚硬的石子路和柔软的草地跑到铁门前，笨拙地翻过铁门，坐到了自己的福特车里。

路两边的树木和有橱窗的房屋飞快地被甩在车后。有一个粉色的摆放着芭比娃娃的橱窗一闪而过。后来就是用小灯泡点缀的广告牌、隔音板，一会儿蓝色，一会儿绿色，一会儿刺眼的白色加油站标志。阿里斯塔尔哈夫明白了，他已经上了高速公路。在一个蓝色的叫"阿拉尔"的加油站，他加满了一箱油，然后全速朝前开去。当前面出现了城市名称的指示牌，他就闭上眼睛，用巡航定速朝前开。他不想知道去哪里，只要是在德国就行。

在左侧车道有很多新的大功率车轻松地超过他，右侧是一些"特拉贝特""瓦特""日古力"牌轿车在慢慢爬。阿里斯塔尔哈夫在停车场稍停了一下，在饭店里买了一瓶和夜里的价格不相符的威士忌，回到车里，他突然发现,停车场上到处都是挂着苏联车牌的车,从车窗的雾气就可以看出,车里睡着人。

后来,道路开始变亮,而且光是从后面追过来的。看来,阿里斯塔尔哈夫在向西开车。他随便地把一盘磁带塞进卡机,《离开北方!》,小伙伴们在有节奏地唱着。阿里斯塔尔哈夫果断地朝北方开去。他变换了几次路线,好几次跨越曾经的还没有修好的德—德边界,有的地方是水泥加固墙,有的地方是土壕和铁丝网。

很快,高速公路变得笔直,周围的景色也自然成了平原,修饰得很好。他尽量眯起眼睛看着路标指示牌,终于看清已经快到汉堡了。有两次,警察的车超过了他,他就不再对着酒瓶子直接喝酒了。

阿里斯塔尔哈夫自己都不清楚是怎么就到了车水马龙的汉堡的,这里沟渠、河岸街道纵横,鲜花遍地,海鸥飞舞。这里黑色石头居多,玻璃幕墙反射着蓝天。他把福特车停在一个航空公司代表处的门前,下了车,蹒跚着。这座美丽、富有、高大的城市接纳了他,把他融进了自己的身体。

他一口啤酒、一口白兰地地喝着。阿里斯塔尔哈夫觉得自己在德国人的世界里很不自在,这种感觉是在俄罗斯人的圈子里从没有过的。这里的一切那么简单明了。如果年轻人一大早就在港口的小酒馆里喝酒,那就说明他染上恶习了。也就是说,唯一能做的事,就是根据他的经济状况,帮助他、成全他最大限度地在这个恶习中不能自拔。阿里斯塔尔哈夫走在街上,一些很体面的姑娘们、游客,也许是挪威的女孩,在叫他去一起游船。世界是双面的,人亦如此,古往今来,都要由自己来决定站在哪一边,是光亮处还是黑暗处。

这简直难以置信,在汉堡城里闲逛。阿里斯塔尔哈夫忘记了自己是一个俄罗斯人,也忘了从现在开始,他已经没有了妻子,没有了祖国,没有了部队,没有了指挥官,没有了家,就像许多俄罗斯人一样,就这么,一下子就全没了。

临近傍晚,在空荡的啤酒屋里,突然有人很礼貌地问他,可不可以坐在一起。这个时间,阿里斯塔尔哈夫像所有被妻子背叛的年轻俄罗斯人一样,更愿意在自我忧郁中度过。他满眼忧郁地把视线从酒杯上移开,看到

浪漫情怀

坐在眼前的是维尔聂尔。维尔聂尔穿着迷彩裤子和皮夹克，几乎和阿里斯塔尔哈夫一样，就是为了在路上舒适些，只不过这个德国人的妻子并没有背叛他去找俄罗斯人。所以，维尔聂尔先生区别于阿里斯塔尔哈夫同志的一点是，他现在很清醒，胡子刮得很干净。一整天没刮胡子，黑眼圈，傍晚的忧郁情调是阿里斯塔尔哈夫对"浪漫之旅"的诠释。所以，在大多数德国姑娘眼里，阿里斯塔尔哈夫同志比维尔聂尔先生略胜一筹，但是实际上，他不仅输给了维尔聂尔，而且在妻子的眼里，他还不如那个丑陋的老头子。阿里斯塔尔哈夫突然觉得，尽管有很明显的差异，但他与维尔聂尔之间还是有很多共同之处的，但具体是哪方面，他现在一下子说不清楚。

维尔聂尔摆了一下手，马上就有服务员拿着菜单走过来。啤酒馆里的菜单对阿里斯塔尔哈夫来说一直都是奢侈品。阿里斯塔尔哈夫在啤酒馆里主要就是喝酒，也就不需要什么菜单了。

"上校，没想到能在这里遇见您。"阿里斯塔尔哈夫很惊讶。维尔聂尔要了伏特加、鱼子酱和龙虾，"上校，在这里潇洒呢？"阿里斯塔尔哈夫更吃惊了。

"大尉，您也在潇洒。"维尔聂尔冷笑一下，"这都让联邦国防军买单。"

"为什么？"阿里斯塔尔哈夫对联邦国防军的突然的慷慨狐疑起来。他突然注意到，啤酒馆不知不觉空了。傍晚，工作日结束了，工业区，现在正是喝酒的时间，可现在这里没人了。

"我们聊聊这件事。"维尔聂尔把夹克平整地挂在椅背上，"大尉，如果您不急的话。"

阿里斯塔尔哈夫没说话，维尔聂尔把杯里倒满了伏特加。

"坦白地讲，大尉，我非常高兴能和您这样一位行家一起喝酒。

似乎，阿里斯塔尔哈夫也应该相应回答一句类似的，比如，上校，我也很高兴和您这样的内行喝酒。只是，第一，实际上正相反，阿里斯塔尔哈夫并不高兴。第二，维尔聂尔的专业技能目前对阿里斯塔尔哈夫来说还是个问题。第三，整个啤酒馆都清空了，所有的门口都有健壮的德国小伙子把守着，怎么能喝下去？所以，阿里斯塔尔哈夫一直沉默着，痛苦地思考着，他和维尔聂尔有共同之处这样奇怪的想法是从哪儿来的？

浪漫情怀

"大尉,祝您健康!"维尔聂尔先生端起了酒杯,"您算了吧!多喝一杯少喝一杯无所谓的啊!有些时候,就是有必要喝酒的。"

在我的生活中这样的时候是越来越多了,阿里斯塔尔哈夫思忖着,也不碰杯就喝了下去。

服务员彬彬有礼地把餐盘和餐具摆放在桌上。阿里斯塔尔哈夫想:如果我现在一拳打在他下巴上,打晕他然后用服务员做盾牌,快跑到门那边……不行,没有武器。他能做什么啊?阿里斯塔尔哈夫这时突然觉得像飞了一夜,感到一阵极度的疲劳。

"您需要我做什么,上校?"他问了一句。

"大尉,我们都是战士,我们能互相理解。"维尔聂尔回答道。

阿里斯塔尔哈夫明白了,他低估了维尔聂尔的专业水准了。

"大尉,我和您一样,在生活中我们永远都是孤独的。真正的战士在任何和平生活中,都是孤独的。真正的战士应该互相帮助大尉,不是这样的吗?我想帮助您,就像一个战士帮助另一个战士。"

阿里斯塔尔哈夫觉得,维尔聂尔很可能是对的:他们都是战士。只是孤独的方式不同。维尔聂尔的背后,是统一后实力与日俱增的物质丰富的德国,这里国防军力日益强大,家庭关系健康,住房可能还不止一处。而阿里斯塔尔哈夫有什么呢?他无家可归,穷困潦倒。维尔聂尔的孤独是强者的孤独,他知道朝哪里发力,唯一的问题是他知道,目前的力量还不够。但很快就会够的。而阿里斯塔尔哈夫的孤独不仅仅是弱者的、失败者的孤独,更是赢弱者的孤独,一个在一瞬间被夺走了一切的被侮辱和被损害的人的孤独。但他根本没有反抗,而且似乎根本就不知道反抗是什么东西。对他来说,反抗就是天方夜谭。

"很想知道,您想怎么帮助我呢?"阿里斯塔尔哈夫很利落地把龙虾的钳子掰了下来。他还有机会再品尝大龙虾吗?联邦国防军会越来越强大。

"您就天天这么吃饭吗?"似乎不会吧!看来,阿里斯塔尔哈夫过高估计维尔聂尔的专业水平了。这样说很不礼貌。

"我理解,这未必就是能引起极大兴趣的东西。"维尔聂尔赶快纠正自己的话。"如果我没记错的话,16点整您应该到达司令部。再过……"

他看了看表，"两个半小时，您就应该在我们的空中走廊中在莱茵河上空飞往丹麦的途中了吧！"

"可能吧，这对我也没什么吸引力。"阿里斯塔尔哈夫给自己和维尔聂尔倒满了酒。可将军说，这可是一条大鱼呢！他突然变得极度兴奋，就像有的时候，人处在危机时刻和什么相比……比如，更愿意去死呢？还是背叛？但是，难道可以背叛从来没发生的事情吗？地理上的空间吗？好像，阿里斯塔尔哈夫更愿意去死，而不是去背叛，尽管不知道去背叛什么。自己吗？这样有些奇怪。因为阿里斯塔尔哈夫和其他军官们以及将军们早就背叛了军人能背叛的一切。那么，最好还是死吗？最后，阿里斯塔尔哈夫淡淡地说："上校，我们的谈话毫无意义。"

维尔聂尔先生再次斟满杯。

"大尉，为俄罗斯干杯！"

为俄罗斯？阿里斯塔尔哈夫自己都惊讶。和一个对俄罗斯根本不怀好意，对阿里斯塔尔哈夫和俄罗斯几乎持鄙视态度的德国上校为俄罗斯干杯简直太疯狂了。同时，俄罗斯自身也没搞清谁希望她好和谁希望她坏下去。俄罗斯与阿里斯塔尔哈夫的关系纯粹是单向的，他能模糊地感觉到一些东西，而俄罗斯根本就对他一无所知，就像一个虱子或蟑螂。所以，在哪里，什么时候，和谁在一起为俄罗斯干杯，准确地说为了俄罗斯的灭亡干杯，一点儿意义都没有。

"您能这样忠诚于一个已经不存在了的国家，真让我肃然起敬。"维尔聂尔先生把空酒杯放在桌上，"俄罗斯现在是受侮辱的，但您，大尉，无力为俄罗斯在国内重获尊严，但您可以为她在欧洲做些什么。现在，德国比俄罗斯更需要您，大尉。德国在关照着您和您的家庭。"

"已经在关照了！"阿里斯塔尔哈夫的心一阵剧痛。突然，好像有一双颤抖的苍老的蟾蜍的爪子放到了他的肩膀上。一瞬间，他突然觉得，羸弱无力，但手握马克的老蟾蜍开始慢慢变得年轻，颤抖的双手变得刚劲有力起来。

"德国太狭小，"阿里斯塔尔哈夫反驳说，"德国无处可飞。"

"您所言差矣。"维尔聂尔先生的目光，就像德国总理透过金丝边眼

浪漫情怀

镜在焊接，眼中闪现出阿里斯塔尔哈夫熟悉的空间的光芒德国刚刚开始腾飞。它飞翔在萨尔维亚、黑山、波斯尼亚、马其顿、捷克、斯洛伐克、波兰和匈牙利的上空。"大尉，原来意义上的欧洲已经不复存在了，只有某个相对坚硬，但在慢慢软化并渐行渐远可重塑的西方中心在苟延残喘。它在完全变为德国一部分之前，会一直软化，然后才能变得坚挺起来。俄罗斯自己不会苏醒。德国重建欧洲，俄罗斯重构自己。大尉，如果您想生活在一个富有强大的俄罗斯，您就应该帮助德国，他很需要像您这样的专家。当今的德国准备开启发动机，而俄罗斯是已经冷却了的发动机，谁都想从它的上面拧下几颗螺丝。发动机开启就会不停息地工作了。大尉，我说得过于提纲挈领，希望您能理解。"

"完全理解。"阿里斯塔尔哈夫回答道，"但我只是个飞行员。我只执行具体的命令和指挥部的任务。地缘政治对我来说，太复杂了。不是说难理解，我指的是参与。"

"我们所有人都在某种程度上参与着地缘政治。"维尔聂尔很思辨地解释说，"一些人以自己的行动，另一些人不需要行动。您强调说，您执行指挥部的命令，但您今天却拒绝执行按您的说法是犯罪的命令。也不该是由我来向您解释，对于一个男人来说，行动总比不作为强，或者按您说的，比不参与强。您完全可以搞出震惊社会的丑闻，但您没有，反而在这里酗酒。我们德国人会执行自己指挥部的任何命令。你们，俄罗斯人，似乎既不能很好地执行命令，也不会听从指挥。你们寄希望于别人替你们做出选择。你们深陷在悲剧和希望之间不能自拔。"

"也许吧。"阿里斯塔尔哈夫附和着说，"但不管怎样，即使是胆怯的、可耻的，但对俄罗斯有害的不作为，而对德国是有利的作为，我还是不赞同的。上校，您的建议让我感到荣幸，但谢谢您，目前我对此不感兴趣。让我们结束这样的谈话，继续做朋友吧！"

"可能吧！"维尔聂尔先生长叹了一声，"如果不是一件很具体的波斯尼亚山地的紧急任务，我们还可以做像您说的地缘政治朋友。大尉，我和您这么开诚布公，是不想给您留任何拒绝的机会。没了机会就没了选择。没了选择，就没了良心的谴责和怀疑。我建议您用德国人的思维方式，大尉。

请相信，这是很光荣的事！"

　　阿里斯塔尔哈夫站了起来，门旁的人也站了起来，拉出要惩罚的架势。

　　"如果我不听从，要逮捕我吗？"阿里斯塔尔哈夫问，"或者带走我？难道你们真的认为德国人可以强迫我吗？"

　　"我有全权就地处理关于您的所有事情。"维尔聂尔若有所思地看着阿里斯塔尔哈夫。阿里斯塔尔哈夫也觉得，上校说的是实话。很可能就在这个啤酒馆里被枪杀。或者可能一脚踏空，掉进河里。或者服了过量的毒品……

　　"我更喜欢啤酒馆里打架，这样显得更男人些。"阿里斯塔尔哈夫说。

　　"那把你送到"某处"去会怎么样？"维尔聂尔挤了一下眼睛。

　　"上校，您决定吧！"阿里斯塔尔哈夫说，"生活中我已经丧失了所有的尊严，又何必关心死后的我怎样呢？"

　　"大尉，我知道您家里的不开心事，请相信我，我真诚地同情您。"维尔聂尔又猜到了他的心事，"我认为，事情不在于您，甚至不在于您的妻子——尽管部分和她有关，而在于俄罗斯和俄罗斯人被贬低。当然，如果我的这些话还能给你带来一点儿安慰。

　　阿里斯塔尔哈夫很崇拜地看着维尔聂尔。当官衔比自己高的人猜透官衔低的人心思的时候，他一般不会吃惊。这是军队赖以支撑的东西。但一个德国军官猜透了俄罗斯大尉的心思，这让他觉得，这可能是所谓的人的共同的价值观决定的吧！也就是说，不同国家的军队并不是他们最终的栖身之所。

　　本来该迅速采取措施，阿里斯塔尔哈夫总是惯性地，甚至自动地开始大口喝酒。他突然想起，俄罗斯在边界被割据、输出管线被截断时，也这样惯性地、萎靡地辗转反侧。尽管这有点儿把自己极端渺小的个体与暂时还庞大的国家混为一谈了。但维尔聂尔先生却拿自己与德国作比较，在这样的自我认知中汲取了自信和力量。而那时，阿里斯塔尔哈夫却是极度的不自信和赢弱。

　　极有可能是因为这些想法，阿里斯塔尔哈夫的面部表情变得很可怜，

浪漫情怀

以至于维尔聂尔极度蔑视地看着他。如果维尔聂尔读过别尔加耶夫的作品的话，此时，他真该想起别尔加耶夫关于俄罗斯人的心灵中永远住着"娘娘腔"的命题。

维尔聂尔的表情充分表明，阿里斯塔尔哈夫完全不必因为自己的国家解体和妻子的背叛而懊恼。

阿里斯塔尔哈夫俯下身，在有点儿像罗马执行官甲胄的银质龙虾盘上，看到了自己变了形的样子，"如果俄罗斯的军官都是这副嘴脸，俄罗斯将永无前途！"阿里斯塔尔哈夫这样想。

"也可以再节省一些。"维尔聂尔继续说，"干脆不为液体防毒面具划款。"他向阿里斯塔尔哈夫弯着腰，似乎很信任他的样子。

"大校，对不起，"阿里斯塔尔哈夫打断他说，"我得去一下厕所。"

此时，他的面部表情不自主地发生了改变，因为维尔聂尔先生严厉地警告说："不要做蠢事，大尉，不要给自己和我们找麻烦。"

阿里斯塔尔哈夫摇晃着朝厕所走去。后脑勺都能感觉到有目光在盯着他。

德国的厕所明亮而干净，就像那个分割过俄罗斯的手术室。阿里斯塔尔哈夫跪下，把脸埋在马桶里，冲着水，无声地恸哭着，这样做，是为了让门外的德国人去猜，这个神秘的斯拉夫灵魂到底在干什么呢？阿里斯塔尔哈夫用有香味的冷水洗去了眼泪，他感觉到，虚弱和无主见突然在体内被勇敢和冰冷的这有香味的好像经过化学处理的冷水一样的绝望所替代。似乎他不是开车度过了一个不眠之夜，而是一直在喝酒。他知道，很快自己就要送命或者被淹死。阿里斯塔尔哈夫在想，为什么这么晚了，还赶过来逼我？为什么这样对我？现在怎么办？现在所有人都像他一样，都必须单独逃命，尽管胜算概率不大。

有一个德国人走进了厕所。阿里斯塔尔哈夫勉强来得及把马桶的木圈扯下来，德国人的皮鞋就在门下面踢着，似乎在用皮鞋思考问题。

阿里斯塔尔哈夫打开门闩，并躲到门后，他把马桶木圈卡在胸前，像母亲在哺乳，也像套了个游泳圈。他用双脚猛蹬后墙，背朝外飞出了厕所小间。第一个德国人被撞飞，牙都磕碎了。第二个德国人手插在夹克下面，阿里斯塔尔哈夫像驯服的野马一样，把马桶木圈套在了他的脖子上，那个人双眼鼓胀，手抓木圈，阿里斯塔尔哈夫转动木圈顺势把他摔在厕所的地上。

剩下的问题就简单了。

阿里斯塔尔哈夫野蛮地把厕所带金属网的玻璃踢碎，碎片溅了行人一身，他从厕所窗户跳到了汉堡大街上。他瘸着腿拼命地跑，钻进一条小胡同。他一直跑到港口一个废弃的楼房和停车点。在一个停车点，黑人和阿拉伯人正在从像大隧道一样的车上卸东西。装卸工缺人手，就让阿里斯塔尔哈夫站到了车厢的最里边，他的任务就是把装满假香料汤块的纸箱递给黄眼睛戴围巾的人和戴耳环的黑人。

一直到深夜，阿里斯塔尔哈夫才勉强从罐车里爬出来。他赚了150马克。在印度人的地下室住了一晚。第二天早晨在豪华的土耳其浴池收拾了一下就乘大巴去了柏林。走前，在运输公司付了款，让他们把停在滨河路上的福特车运到萨克森俄罗斯军事小镇。

5

似乎这一切不是发生在阿里斯塔尔哈夫大尉身上。即使是，也不是今生。难道开着旧福特车驰骋在去往莫斯科的克什尔大道上的是他吗？阿里斯塔尔哈夫不自觉地回想起原指挥官撤出阿富汗时说过的有预见性的话："现在是撤到莫斯科，然后把莫斯科交出去，然后再夺取莫斯科……"

阿里斯塔尔哈夫有一种感觉，好像莫斯科已经投降了。只是他无法弄明白，他应该以什么身份留在已经投降的莫斯科。可以肯定的是，不会是以一个勇敢的幸存的莫斯科保卫者的身份，但也不会以一个取得胜利的占领者身份留下来。"自由的半个保卫者。"他在运动场晨练的时候，性格开朗的圆脸中尉对他挤着眼说。中尉不同于阿里斯塔尔哈夫，他没有变得阴郁，主要是不被各种无用的想法困扰，简单对待生活。他唯一不能理解的是，这个从德国回来的阿里斯塔尔哈夫不富有。"是不是银行利率压得他喘不过气啊？"中尉百思不得其解。

阿里斯塔尔哈夫突发奇想，想去造访一下生活在乌克兰的阿富汗战友。在满是汗味、烟味的火车驶离基辅火车站几个小时以后，就有穿着蓝色制服、肩襻上缝着三叉戟的人进了车厢，他们匆忙地检查着护照，但似乎对旅行包里装的什么更感兴趣。尽管俄罗斯一直在收缩，但在她广阔的空间里，到处都居住着俄罗斯人。奇怪的是，人很多，但这些生活在这个空间里的人身上的力量却流失了。阿里斯塔尔哈夫也是俄罗斯这片无垠的空间中飞舞的一分子。"你去过西伯利亚吧！那边肯定地广人稀。"圆脸的人哈哈一笑。旁边的另一个人说："不久前去过，怎么可能人稀少呢！一会儿鞑靼人上来，一会儿巴什基尔人上来，一会儿布里亚特人上来……"

圆脸的人和阿里斯塔尔哈夫在一个车厢。"德国人是怎么放你回来的？"

通常阿里斯塔尔哈夫对自己的临时住宅非常敏感。但不知为什么他在莫斯科郊外修道院的小密室住得很适应。他经常幻想，下一个居所会是常驻的，他不必再考虑下一个住所在哪里了。似乎，阿里斯塔尔哈夫的余生注定要在这小密室里孤独终老了。

大尉很少关心国内发生的政治事件。阿里斯塔尔哈夫也许不知道，或许是他自己的，或许是国内的生活已经一塌糊涂，尽管不能说生活彻底枯萎凋零，至少是暗淡无光，满是垃圾和灰尘，这多半发生在生活中有过太多的贫困和痛苦经历以后。阿里斯塔尔哈夫确信，在不久的将来，灯光会突然闪亮，而后，会有另外一种光芒闪耀。但到底是一种什么光，是日光、夜光，是医院里的灯光，是监狱里的灯光，还是直升机里面闪烁的灯光？阿里斯塔尔哈夫不知道。阿里斯塔尔哈夫在目前暗淡的灯光下，在未来耀眼的灯光以及在接下来未知的灯光里，都看不到自己的身影。所以，很有可能并不是国家杂乱无章了，而是29岁的大尉——阿里斯塔尔哈夫的生活毁掉了。

然而，这没影响他的飞行。更何况阿里斯塔尔哈夫觉得，只有在空中他才真正活着。下辈子应该让他成为一只鸟。或许是他前生就是一个没飞够却让强弩射杀了的雄鹰。

不管怎样，一个叫戴尔·阿卡巴巴夫的人并没引起他的注意。他与将军走得很近。中尉带着戴尔·阿卡巴巴夫到过阿里斯塔尔哈夫住处。戴尔·阿卡巴巴夫带了一瓶白兰地，放在桌上，他们边喝边聊，聊的话题与啤酒馆里男人们聊的一样。戴尔·阿卡巴巴夫给人的印象是很聪明的样子，这很重要。一个很有内涵的人，既有思想，又很会办事。至于是什么事，什么思想，阿里斯塔尔哈夫也不想弄清楚。有几次，他看到戴尔·阿卡巴巴夫在飞行区观看飞行。有一辆沃尔沃960直接开过来接戴尔·阿卡巴巴夫，阿里斯塔尔哈夫知道，这是一款极其昂贵的车，在欧洲，只有极少数有钱人开这样的车。

与此同时，飞行团里的任务越来越少，已经有两个月没发工资了。阿里斯塔尔哈夫或者去莫斯科，或者就去运动场消磨时间，或者干脆在房间里躺在床上翻看德国报纸和杂志。也许这算是不爱国了吧。但他觉得，读德国杂志比读俄罗斯的期刊更自然。不管怎样，读这些德国的期刊，还是能让人看到事情发展的底线，事情发生的原委和未来的走向，在德国是可以生存的。而在俄罗斯的期刊中，他很难感觉到实际的东西，没有原委，没有底线，读那些东西只会给自己的心灵堆满垃圾。阿里斯塔尔哈夫觉得，在现代的世界里简直无法生存了。

有一次，又是迟发工资，圆脸中尉来到阿里斯塔尔哈夫的小房间，把带着银行包装的五千马克扔到了桌上。

"把直升机卖了？"阿里斯塔尔哈夫推断说。

"和戴尔去了趟银行，我和他说，到现在也不给我们发工资，他给了我这些钱。"中尉说。

"全飞行队都给了吗？"

"全队。"中尉说，"早就应该告诉他。这是给指挥官和你我的。不错吧？"中尉把纸封带撕掉，大约着分出了一半。

"什么时候还给他？"

"你说什么？"中尉没明白，"啊……戴尔说了，等俄罗斯富起来了再还。还说，有账不怕算，我们都是自己人……"

"那就是要给我们建一个阿塞拜疆战役集体纪念碑吗？"

"谁知道呢！也许亚美尼亚呢！"中尉回应说。

浪漫情怀

"谢谢啦!"阿里斯塔尔哈夫拿着自己的一半,"我去换马克。"

"我给你换,今天什么汇率?"

把马克换成卢布之后,莫斯科的一切都变得难以想象的便宜。阿里斯塔尔哈夫很自然地把欧洲和当地的价格进行了比较。对没钱的人来说,这种毫无道理的廉价似乎在告知人们这是即将消逝的海市蜃楼,但这又是那么的真实,似乎会永久这样下去。阿里斯塔尔哈夫一眼就发现了这些货品的质量问题。这些商品在西方早就降价几次了,在超市的货筐里倒来倒去,在土耳其和波兰的仓库里躺了好一阵子了,一句话,这些货是用来人道主义援助的或者干脆应该扔掉的垃圾。

同时,这个海市蜃楼也是贪婪成性的。阿里斯塔尔哈夫最后还是破费一点儿,很可能在钱包里有一百马克面值的钱闪了一下,他离开收银台,当他坐进自己那辆破旧的没了倒车镜、没了雨刷的福特车时,有两个人跟上了他。有一个不超过15岁的女孩在人头攒动的大街上就偷偷地跟上了他。她在他的耳边说了两句什么,就想把他引进楼道里,装作她就住在这里一样。阿里斯塔尔哈夫突然抓住她的手,才发现她手里攥着一个催泪喷雾罐。

"我放了你,不会告诉任何人。"阿里斯塔尔哈夫承诺说,"谁在楼道里?你的伙伴吗?"

"女同学。"女孩毫不掩饰地说,"但她特别健壮,像推土机,男人都对付不了她。你的夹克不错……"

在莫斯科的饭店和赌场里根本没有像在世界其他地方那样,是会很惬意地消磨时光的。因闲来无事,阿里斯塔尔哈夫参加了几次政治性会议。

他不怀疑自己的形象思维能力,但是,在一个神经质的清瘦的戴着眼镜穿着破旧衬衫的经济学者发言之后,他觉得这个国家的状况就像舞台一样。在一个堆满杂物的舞台角落里,就是几个月拿不到工资的俄罗斯直升机大队。舞台中心是戴尔·阿卡巴巴夫,虽然不是俄罗斯公民,但可以随意地从俄罗斯的银行里取出几百万卢布。某种无形的神秘力量,带领着这样一批人,就如戴尔·阿卡巴巴夫一样,穿过军事化的保安岗哨,穿过高墙铁门和吱吱作响的电子锁门,来到轰鸣作响的印钞机、长长的货币切割机前,在那里,他们需要多少就拿多少。劳动与金钱是分别存在着的。除了贫困和不发工资，劳动什么都带不来。金钱只能在荒唐的世界攫取，而与劳动无关。一些人，就如戴尔·阿卡巴巴夫，去那里轻车熟路；另一些人，就如阿里斯塔尔哈夫，去那里步履维艰。通往荒唐世界的路有千万条，但阿里斯塔尔哈夫这类人就是找不到，即使找到了，也觉得去那里是比自己贫穷更没有尊严的事情。

经过一番折腾，在荒唐王国里碰得头破血流的贫穷经济学者坚定地认为，全世界的历史实质上就只是为了不断地努力，最终把俄罗斯逼进荒唐的王国，然后把全部出口堵死。1861年曾经这样做过，但在1917年俄罗斯冲出来了，把半个世界都摧毁了。1991年又逼进去了。俄罗斯肯定还会冲出来。这回他不得不像摧毁无耻的荒唐王国那样，摧毁整个世界以及它的新世界秩序。

阿里斯塔尔哈夫似乎觉得，经济学者对荒唐王国心存个人恩怨。似乎经济学者应该是腰缠万贯的，但他却穿着已变形了的皮鞋、邋遢的衬衫。听他讲演的，也是些贫穷落魄的人，眼里闪着饥饿的光。只有阿里斯塔尔哈夫穿着德国的皮夹克和宽大的德国裤子，吸引着对荒唐王国着迷的人的注意力。经济学家也用尖锐的阶级目光在不断地刺痛他。

第二个发言的人介绍自己担任一个古怪的职位，叫什么"超效"。他的观点让阿里斯塔尔哈夫极为震惊。他说，就不应该怜悯那些自杀者，那些市场条件下失败的、不走运的人。因为俄罗斯状态下的市场形态，根本就不是市场，而是魔鬼力量的检阅场。所有对市场趋之若鹜的人，家庭解体的人，深信声色犬马可以代替荣誉、尊严和良心的人，都是魔鬼的后代。魔鬼使他们失去理性。魔鬼无限制地给予他们金钱，让他们乘坐高档轿车，无度地酗酒、荒淫和自杀，这等于让他们自我毁灭。这个未来的超人说，魔鬼是按自己的法则生存的，我们常人难以理解。

阿里斯塔尔哈夫突然想起来自莫斯科市郊飞行大队的一个准尉。谁都知道他盗窃航空煤油，但所有人都视而不见，好像这种无耻的赤裸裸的盗窃行为中，有某种神秘的东西存在。

如果未来能选举获胜，他承诺，至少在他的选区内，不让魔鬼的子孙们为非作歹，他作为当选者，揭开了恶的神秘之处。在恶的里面也存在着这样的神秘,就像善和爱一样。他这样解释说。揭秘恶,必定使他的意志力瘫痪。这需要难以想象的心灵努力,才能与他匹敌。恶是蟒蛇,观察他的人是野兔子。魔鬼并不是让所有的人都要行恶,它所希望的是人们自己放弃与恶斗争的职责。

准尉盗窃航空燃油,导致连指挥官的飞机都没油。指挥官不能在预定时间飞往区司令部。这之后,开始了调查。准尉带着所有文件逃跑了。没过几天他被发现在附近的林子里上吊死了。在不远处有个公文包,里面有文件和遗书。准尉承认自己的盗窃行为,但他说,自己都不知道为什么要这么做。在他家的木棚子里有一个装钱的旅行箱,是卖燃油所得,他请求用这些钱给飞行队发拖欠的工资。在上吊之前,他浇了自己一身燃油,这些航空燃油也许是盗窃来的。这个不幸的魔鬼的孩子,已经被烧焦了。

阿里斯塔尔哈夫回想起不久前妻子的一次疯狂,她想把他们在德国积攒的一切财产都带回国,其中包括那辆小福特车。她向银行提出请求,查询丈夫在哪里还有马克。有一天早晨,阿里斯塔尔哈夫从邮箱里取出五封银行写给妻子的信。

最近两个月,他没有前妻和女儿的任何消息。

戴尔·阿卡巴巴夫帮助了他。他把阿里斯塔尔哈夫领到莫斯科国防部文职副部长的办公室,那里有高频电话。阿里斯塔尔哈夫把电话直接打到了德国俄军师部,那里有一个熟人当秘书。她说,那个德国人的妻子去世了,他把让娜和吉娜带到巴伐利亚的某个地方。

"问一下那个德国人姓什么。"戴尔·阿卡巴巴夫平静地说,"也许能在巴伐利亚找到他们。"

阿里斯塔尔哈夫没有问,找他们干吗?

"如果你愿意,我们帮你把妻子找回来。"他们沿着大理石台阶的地毯走下来,坐进沃尔沃车里,戴尔·阿卡巴巴夫建议说。

司机打开了警报器,在最左侧的车道疾驰。

"我感觉,我在阿富汗和德国期间,俄罗斯输掉了第二次高加索战争。"阿里斯塔尔哈夫隔着贴膜玻璃看着外面说。

"俄罗斯输掉太多的东西。"戴尔·阿卡巴巴夫若有所思地说,"知道为什么吗？"

"也许是和我输掉所有一切的原因是一样的。"阿里斯塔尔哈夫这么思忖着。见鬼！那是为什么呢？难道我是胆小鬼吗？

"那是因为俄罗斯已经没有男人了。"戴尔·阿卡巴巴夫很信任地朝他转过身说。俄罗斯输掉了自己的男人，把他作为一个阶级消灭了。执行命令、做自己该做的事、败在女人的石榴裙下、觉得什么都事不关己，这不是男人！

"但要成为真正的男人，就该盗窃吗？"阿里斯塔尔哈夫思考着。

司机转过身，长久地、面无表情地盯了他半天。

"阿尔斯兰，看着路！"戴尔·阿卡巴巴夫大声说。一阵沉默之后，他补充说，"我不盗窃。我只是把你们放弃不要的东西占为己有。我没理由不这么做。如果我不去这么做，会有别人去这么做。"戴尔·阿卡巴巴夫继续说，"那个当生活偏向了，有勇气说出'不能这样下去！'并予以纠正的人，才是男人。那个说'就应该如此！'并去实施的人才是男人。如果命令男人，而他知道这是一个很糟糕的命令，他就该说'让你的命令见鬼去！'生活就像一个任性的坏脾气女人，男人就该掐住她的脖子让她屈服。你们俄罗斯人从来不这样讲。有人对你们说'把船拆了'，你们就毫无怨言地拆船。你们一直在服从于无赖和泼妇。你们不知为什么不能按自己的方式生活。你们的生活由别人安排。但这已经不是你们的生活了。你们这些俄罗斯人，活着，又似乎不存在。你们就像空气，被人呼吸着但又被人破坏着。"戴尔·阿卡巴巴夫又很有礼貌地补充说，"当然，所说的这些无论如何都与在座的无关。"

阿里斯塔尔哈夫觉得自己是唯一思考着的人，坐在沃尔沃车上，穿行在痛苦的海洋上。因为俄罗斯人痛苦的基因代码被深深地刻在他的身上。尽管发生在阿里斯塔尔哈夫个人身上的是个别情形，但也并非偶然。

有很多时候，阿里斯塔尔哈夫经历了令人痛苦的折磨，带着病态的快感，消融在无边的痛苦的黑暗中。

第一次是在德国。伸手不见五指的黑暗犹如死神。在黑暗中，有两种记忆在慢慢复苏。阿里斯塔尔哈夫似乎看到了自己，在水色清澈、金光闪

浪漫情怀

耀的神圣的直升机云朵上，穿过河流的峡谷，带着哭泣的让娜飞驰着。看见自己走在德意志公园的小路上，晋卡迎面跑来，叫着"爸爸，爸爸！"他把她抛向空中，又抓住她，将她紧紧抱在怀里，也看见坐在长椅上向他挥手的让娜。

这两个很随意的回忆，把阿里斯塔尔哈夫大尉从死亡的黑暗中拉了回来。尽管有很多难以理解的地方：怎样才能从过去的回忆回到现实生活？这就犹如让熄灭的灯光来温暖夜里冰冻的人。过去是物质的存在，早就变成了另外一种质。直升机或被击落了，或已经被切割成了废铁。让娜成了德国联邦共和国的公民。晋卡，一个三岁的孩子，能有什么记忆呢？也许只会记得在另一个德国的公园里，迎面跑向一个秃头的德国老头——一个根本没有力气抓住她，把她抛向空中，再紧紧抱住她的老头。

只有纯净的幸福永远都不会转化成另外一种物质。而且，只有当人变得绝对不幸的时候，才会真正明确什么是纯净的幸福。阿里斯塔尔哈夫觉得，这些纯净的幸福瞬间便是人们所说的天堂。其他的一切，都是地狱，至少也是炼狱。

他不能欺骗自己：他去不了天堂。但值得庆幸的是，在他还活在世上时，就仿佛透过门锁眼看到了天堂，看到了让他惊奇的东西：金光闪耀的神圣的云朵上的直升机；德国公园里迎面跑来的小女儿。

"难道应该这样因为女人而这么痛苦吗？"坐在沃尔沃车里的戴尔·阿卡巴巴夫问。

他吩咐阿尔斯兰在饭店旁边停车。

饭店很大，空荡荡的。阿里斯塔尔哈夫很快干掉了一大杯放在装满冰块的银色小桶里的斯米尔诺夫。他的心情大好，而且开始发热。当可恨的世界只能靠回忆和伏特加来温暖的时候，活着也是一件不错的事。

"不应该就局限于唯一一个家庭，"戴尔·阿卡巴巴夫摇着头，"应该有三个或者四个，而且在不同国家。"

饭店里人越来越多。

阿里斯塔尔哈夫发现自己身处一群商人中间，伴随着奇怪的祝酒词："为了快乐生活，靠喝，靠……干杯！"一会儿，在热情的西班牙乐曲伴奏下与珠光宝气的胖女人跳着舞,她放肆地抚摸着他。一会儿,又与深邃的俄罗斯政府的顾问与外国政治学者交谈,喝着酒。这个帅气的外国人给阿里斯塔尔哈夫引用了一句哲学家克尔凯郭尔(丹麦宗教哲学家)的话,即在信仰的极度狂热状态下,女人是最接近救世主的,而且,如果一旦女人开始堕落,那她们比男人更过分。

"俄罗斯就像一个堕落的女人,"顾问说,"你们的执政者就是她的捐客。"

在小房间里,在圆脸中尉的热情陪伴下,在这个寂静的夜里,他们一直喝到最后。

"戴尔,你要把飞行团买下来吗?"中尉问。

"不买!"戴尔·阿卡巴巴夫沉吟了一下,回答道。

阿里斯塔尔哈夫非常吃惊,他的声音听起来那么平静和清醒。

"买他,买你,还有另外一个。"戴尔用手点了一下阿里斯塔尔哈夫,"会有三架新的直升机。"

"我并没把自己出卖给德国人。"阿里斯塔尔哈夫抖了一下戴尔·阿卡巴巴夫的西服胸领,"德国所有的钱都不够买我。难道你……"阿里斯塔尔哈夫口中的"你"带着极度的反感和鄙视,"难道你真的认为能收买我?你收买我?"

"收买?"戴尔·阿卡巴巴夫把胸领从阿里斯塔尔哈夫手中抽出来,"我没打算收买你。你看,你是属于那种完全不取决于是否有钱就幸福或不幸福的那类人,这类人在俄罗斯人当中很多。这也正是俄罗斯的不幸。"

"既然如此,那你建议我们该怎么办呢?"阿里斯塔尔哈夫对戴尔·阿卡巴巴夫的敏锐十分吃惊。

戴尔·阿卡巴巴夫未必读过陀思妥耶夫斯基或克尔凯郭尔,但他此时却把梅世金大公想象成了伟大的作家,要知道,在所有的文学作品主人公中,梅世金是最接近救世主形象的人啊。

"除了马克、德国国籍、德国国防军的阿帕奇、安64和某些欧洲领土重构方面虚无缥缈的思想,德国人还能向你建议什么?"戴尔·阿卡巴巴夫用问题回答了阿里斯塔尔哈夫的问题。

阿里斯塔尔哈夫发现，自己错了。毫无疑问，戴尔·阿卡巴巴夫读过陀思妥耶夫斯基，也许还读过克尔凯郭尔。

"我不会向你提钱，"戴尔·阿卡巴巴夫继续说，"因为，将来你需要多少钱，就会有多少钱。我不会向你建议具体的国籍，你将是世界的公民，你护照上的签证可以去所有的联合国成员的国家。我也不会答应给你开美国最新型的阿帕奇直升机和米28直升机，我会建议你……"他停顿一下，"KA50。"

"朋友，你哪里来的KA50?" 阿里斯塔尔哈夫第一次开始怀疑戴尔·阿卡巴巴夫。这款新一代的反坦克同时也是海上日航直升机，现在看，很明显，它永远都不会列装俄军了。俄军要新的直升机干吗？俄罗斯要生产直升机的工厂干吗？样机曾在阿富汗试飞过。阿里斯塔尔哈夫兴奋地飞过这款直升机。它双螺旋桨，能平稳快速地悬停并直线上升四千米，发射"旋风"导弹，使用头盔瞄准指示系统，三十毫米单管火炮射击，百发百中。戴尔·阿卡巴巴夫说得对，阿里斯塔尔哈夫这辈子除了再提高一下专业技能，还需要什么呢？就只剩在山区和海岸线再飞一下KA50，收拾一下亚美尼亚人或者阿塞拜疆人，格鲁吉亚人或者阿布哈兹人，就可以离开这个世界了。

阿里斯塔尔哈夫耸了一下肩，意思是随你怎么说吧。

"德国人只给你提议了一份工作和在别的国家里富足的生存条件，"戴尔·阿卡巴巴夫最后说，"这对一个已经失去家庭、国家、军队和工作，一句话，对失去了生命的男人来说，是远远不够的。除了战争，你什么都没有了。这是客观现实。我建议你用战争换取生命。或者说，战争就像生命。当一个男人失去了自己和国家，只有战争才能使生命回归，通过他再回归国家。这是最后的和最可靠的机会。从我们这里开始，在你认为合适的地方结束。你不能拒绝！"

6

戴尔·阿卡巴巴夫不知所踪。不知什么原因，整个飞行团停止了飞行。

没了燃油，没了机油，没了配件，连最基本的纪律都没了！现在阿里斯塔尔哈夫相信了，飞行团是靠戴尔·阿卡巴巴夫的意志力飞行的。戴尔·阿卡巴巴夫消失了，飞行团就像纸房子一样塌散了。国家没有供养军队的意志，其中包括在首都外围有一个攻击直升机团。结果就是，一个莫大的俄罗斯还不如一个矮小大肚子的戴尔·阿卡巴巴夫的意志力强大。阿里斯塔尔哈夫不能完全理解，为什么戴尔·阿卡巴巴夫要占领这些巨石林立的高山和气急败坏的高加索地区，而脚下就是温顺平坦、睡意矇眬、湿润的俄罗斯。很大可能就是戴尔·阿卡巴巴夫不是一个虚荣心很重的人，没有拿破仑那样的野心。所以他只想要狭小的高加索，而不想要庞大的俄罗斯。

而莫斯科郊外的直升机飞行团不想自己供养自己。如果想，那就会成了革命团了。革命团在俄罗斯还没有呢，在等待任命新的指挥官。

阿里斯塔尔哈夫想去莫斯科就去了，想回来就回来了，不需向任何人请假，不需向任何人报告。

那个秋天，莫斯科被各色气球装点着，小猪的形状，蛋糕的形状，倒立的酒瓶子……阿里斯塔尔哈夫看怪异的蒙哥里菲叶气球都入迷了。只是这种直观的快乐因空中的猪、蛋糕、倒立的酒瓶子是国家仅存的飞行队，这种感觉变得暗淡了。大尉并不反对这些可爱的有形状的气球，它们很漂亮，就像一个完整快乐的组成部分，像德国和法国人一样，即热爱蒙哥里菲叶气球，更爱自己的国家。他们的国家实实在在存在于地球之上，保障着自己的公民享有平稳的相对安全的和可预见的生活。而俄罗斯作为一个国家就像一个气球：一个白、蓝、红相间的倒立的酒瓶，没有方向舵和垂直尾翼，在蓝色的天空下飘荡。

那个秋天，可谓色彩斑斓，到处都是售货棚、商亭、海报、压皱了的啤酒罐、漂亮的酒瓶、巧克力包装纸、脚下踩扁了的香烟盒……街上的垃圾的构成都发生了变化。以前到处是废报纸，现在的人行道上到处是随风刮起的捆钱的纸带，还有一些日用品废弃物。阿里斯塔尔哈夫怎么也想不明白为什么会这样。以前，用过的直接扔进垃圾桶，而现在是直接从小气窗扔到外面。大老鼠肆无忌惮地在行人脚下奔跑，甚至当行人踩到它们尾巴的时候，都不回头咬人。

浪漫情怀

况且，人们也注意不到老鼠，看它们就不开心，充满恶意和饥饿感。阿里斯塔尔哈夫刚要把没吸完的烟头扔进垃圾桶，马上就有两三个人推搡着冲过来抢烟尾巴。他吸烟时，总有人盯着他，准确地说是盯着烟看，这种不舒服的感觉挥之不去。也许是俄罗斯社会的关注点变得多元化了，没人关心阿里斯塔尔哈夫大尉的政治观点，但却有这么多人关心他的没抽完的烟。所以，抽烟作为一件完全私人的一件事情，现在变成了一件离经叛道的行为，或者，正相反，是一件赤胆忠心的行为。大尉也许还没认识到这点。

阿里斯塔尔哈夫再也没有参加集会和政治类会议，更使他感兴趣的是参观博物馆，虽然门票要花很多钱，但那里像墓穴一样空荡！原来，莫斯科的博物馆并不多。当阿里斯塔尔哈夫来到莫斯科国立大学动物博物馆，身处禽类和野兽标本中间的时候，他明白了这点。他迟钝地看着六面体玻璃箱中的狼标本时，他隐约记得，好像在哪里见过这个龇牙的嘴脸。

就在一周以前，也是在这个博物馆里！

阿里斯塔尔哈夫还真对这些逼真的兽类、禽类的标本产生了某种亲近感。对鼻子像黑皮革、大爪子踩在环斑海豹身上的白熊，对一动不动展开大翅膀的信天翁，对闪闪发光的、远看以为是雪花颗粒闪耀的白色狐狸都亲近了许多。早就死去的动物塑造了生活，准确地说，它们直观地诠释了活着时的某些可能发生，也可能是发生不了的瞬间。

阿里斯塔尔哈夫也是在重新开始自己的生活。最奇怪的是，过去的生活比现在的生活更让他激动和兴趣盎然。现在的生活就像灰烬，像白色闪耀的雪花颗粒的仿制品。他就像信天翁，在隔绝的玻璃罩里张开飞翔的翅膀一动不动。而过去的生活呢，就像隐藏于灰烬下面的没熄灭的火焰。

直到现在，阿里斯塔尔哈夫仍然像飞翔在水汽缭绕、金光闪耀的神圣的云端，穿行在河流的峡谷，现在仍能感觉到脸上有让娜的眼泪，肩上有让娜的手臂。仍然在嫉妒牺牲了的和仍健在的上尉们。开始是嫉妒上尉中的一个，后来成为让娜的丈夫。他一点儿都不嫉妒最后的这位秃头的长着蛤蟆腿的德国老头。这确实很奇怪。因为如果要嫉妒的话，也就是被他撞见的这个德国佬了，而不该是随着时间流逝早就稀释在时间和空间里的苏

浪漫情怀

联上尉们。准确地说，这不仅仅是出轨和背叛。阿里斯塔尔哈夫不知道怎么称呼这样的行为。只有曾经的苏联和现在的俄罗斯妇女知道。至今，回想起风中飘动的让娜的白色长衫和长衫下炽热黝黑的双腿，阿里斯塔尔哈夫仍能感受到强烈的悸动。他好像驾驶着卷起风沙的直升机，居高临下看着让娜。看着一只手捂着上尉撕下的长衫一角，另一只手在向飞走的阿里斯塔尔哈夫上尉挥动。就像浮士德一样，阿里斯塔尔哈夫多么想留住那一瞬间，永远停留在过去。他突然发现，实际上，他和让娜一起的生活就是这些最美好的瞬间。他诅咒自己，怎么可以就这样度过自己这一生。现在他最想回到过去并这样一直终老。

过去偷偷地回到现在，就像一种材料与另种材料复合在一起。

阿里斯塔尔哈夫过于温柔，心灵脆弱，直至毫无结果地在这个飘摇的世界里生存过。只是到了大结局的时候才意识到，正是在"美好瞬间"里，让娜才有了决心去做她认为该做的事。所以，对让娜来说，那一瞬间根本也不是什么美好的。阿里斯塔尔哈夫明白，作为一个被欺骗的丈夫，早就该结束那些圣经启示录中所说的痛苦。心理学家把这种状态称为"智力口香糖"。

缺乏勇气是显而易见的，并不是那种不可救药的胆小鬼，而是另外一种，即没有勇气让人管理好自己的内心，让意识达到一个平衡状态，在不完美的生活中找到自己的定位，并按照这个定位去生活。

运动竞赛的原则又回到了阿里斯塔尔哈夫大尉的生活中。他决定成为一个真正的男人。

阿里斯塔尔哈夫不反对自己成为全国唯一一个男人。死亡未曾使他恐惧。他真诚地扮演着超人的游戏角色。当然，尽管有的时候他常常回到过去：在沙暴中起飞，让娜留在了下面，手捂着白大褂，而大尉的心里一次又一次地充满了泪水。

从软蛋变成超人，或者从超人变软蛋，在这短暂的时间里，阿里斯塔尔哈夫有一次在一个写着"直升机私人画廊"前停留下来。他对风景画感觉一般，但他不能对"直升机"无动于衷。

他推开单元门，拾阶而上，进了展室。没人来招呼他。他很快就看完

浪漫情怀

了小房间里挂着的画。这些画与直升机没有一点儿关系，唯一例外的是一幅叫《落叶的小路》的画。画上五彩缤纷的树叶就像莫比乌斯带，缠绕翻腾着消失在远处的地平线，这在理论上只可能发生在紧邻墓地的地方，直升机突然起飞会卷起树叶，形成这样的画面。这与人的现实生活相去甚远。人出生，受苦，然后死亡，就像莫比乌斯带消失在地平线远处，只在画面中存在过（也许根本就没存在过，也许只是大尉自己幻想出来的）。阿里斯塔尔哈夫觉得这幅画完全适合用来装饰修道院的小密室，他这样边想边朝门口走去。

"您忘记买票了。"一个女人的声音传来，这时，他已经要出门了。

阿里斯塔尔哈夫心头一紧，这太像让娜的声音了。他幻想着一幅场景：让娜来到莫斯科了，让娜看见他走进了画廊。让娜回来找他了。

阿里斯塔尔哈夫的迟钝，引来了这个女人的疑问："您不想买票吗？"

"多少钱？"阿里斯塔尔哈夫转过身。

"五百！"女人回答。

"您在这里照看画廊吗？"阿里斯塔尔哈夫掏出钱包。

"可以这么说吧！"带着些许自尊，女人很明确地说，"如果不算我是画家的话，您觉得呢？这些破烂东西都是我画的。"她的眼里充满了泪水，嘴唇颤抖着。

阿里斯塔尔哈夫在钱包里翻找着五百卢布，抬起头才发现，她很年轻漂亮，根本不像让娜，也许因为这点，也许不是因为这点，阿里斯塔尔哈夫喜欢上了她。还没互相介绍，他就确定她叫叶莲娜了。远处的角落里挂着一个小横幅，上面有她的照片，照片的背景就是阿里斯塔尔哈夫很喜欢的那幅消失在地平线的莫比乌斯带的画。横幅上写着大大的《叶莲娜》，就是姓的字太小，阿里斯塔尔哈夫看不清。

很快，她就趴在他的肩上恸哭起来。阿里斯塔尔哈夫不知所措地抚摸着她的头，他清楚地知道，这只是一时的神经紊乱，她也会伏在别人的肩头哭泣的。肩膀此时此刻只起到一个活着的温暖的支撑作用。

这段时间，阿里斯塔尔哈夫的注意力都集中在让娜身上，已经注意不到其他女人的存在。他只是一个孤独的爱国者，在"让娜国"地图上消失的最后一名战士。现在,他又偶然地接近了另外一个"叶莲娜国"的界碑。阿里斯塔尔哈夫就他自己有限的地理知识,幻想着把这两个国家进行比较,尽管他也意识到了他的做法有点儿抽象。他了解"让娜国",而对"叶莲娜国"一无所知。

然而,尽管如此。

"让娜国"更简单,更接地气。"让娜国"的人们带着五颜六色的土著装饰物,喜欢穿短裙,短衫是紧身的,有事无事都喜欢喝几杯,喝了之后就唱歌或者大声哭泣。喜欢读侦探小说,或者爱情小说。经常逛商店,有时也去下博物馆或者画廊。"让娜国"里,不需要古典音乐,个个做着自己喜欢的事情,然而,如果到更富有的人家以后,就会暂时失去对自己事情的兴趣,会陷入不可理解的沉思中。在"让娜国"里,人们不太喜欢亲戚往来。生活中只承认财富是积少成多。如果在这方面不太顺,不会进行哲学思考,也不会为失败而哭泣。不管你是国家还是军队,他们更倾向于彻底牺牲掉羁绊他们前行的所有事情。"让娜国"里不谈道德,并不是说他们只爱自己,只是他们更爱生活本身而已。是好的生活,而不是不好的生活。"让娜国"里,女伴们都是野女子、投机者,经常是买半升酒两人喝而且一点儿不醉!"让娜国"里生活着棕色头发、高颧骨、蓝眼睛、粗野高大的满嘴脏话的人,但这些人也会帮助人,同情人,怜悯人。在"让娜国"里,居住着上尉、工程师、机师、工厂设备的调试师,不是最佳的也不是最落后的中等俄罗斯人。"让娜国"无与伦比地美妙、自然、自给自足。如果阿里斯塔尔哈夫不是失去在那里的居住权,他会在那里幸福地生活到生命的终结。

"叶莲娜国"更加明晰。花朵散发着芬芳,墙上挂着画,书架和柜子里装满了书籍。人们通宵达旦地读书,夜里人们可以穿着衬衫披散着头发在房间里走动。人们尊重家庭和父母。人们忘我地从事艺术活动,睿智谈话,对动物的爱,关于生活意义的激愤的争辩。在这里高尚的人才会被爱。在"叶莲娜国"里,要长时间靠父母生活,很难自己赚到钱。如果在爱与艺术中找到自己的位置,又不怕政治和神秘主义,就会产生很多的激进主义

浪漫情怀

者、降神者、有教养的无私的侍女,时刻准备好了把自己的生命放在民主、环境、新宗教祭坛上的一群人。"叶莲娜国"到处有戏剧表演、画廊、新书、作者笔会、羽管键琴音乐会。是一个用蜡烛照明的国家。坐在浆洗过的桌布前吃晚餐,又在紧闭窗帘的房间里醒来,这里居住着腰肢纤细、黑发精致、眼神柔和、无事生非、爱情中滑稽的女人们,她们给自己的对象提出的要求总是难以达到。一句话,这里生活一群忧郁的有文化教养的失意者。除了一些匆匆过客,还有各类落魄的文学、演艺界的人,他们的家庭都解体了,但在"叶莲娜国"里,也都很难找到幸福。

"请拿好。"阿里斯塔尔哈夫递过钱。

"我不要您的钱。"列娜毫无表情地说。

"为什么?"阿里斯塔尔哈夫很惊诧。

列娜走到窗前,下面紧靠人行道停着阿里斯塔尔哈夫的小福特车,挂着还没来得及更换的德国牌照。最近这车启动时很吃力,疯了一样地烧机油。阿里斯塔尔哈夫都来不及补机油。早该去修理厂了,可他一直没时间。这个要散架了的福特车是阿里斯塔尔哈夫过去生活的纪念。阿里斯塔尔哈夫似乎已有一只脚踏入了未来:踏入了虚无,如入云雾,现在连腿都看不见了,而另一只脚是留在即将干涸的世界里,颤抖着,弯曲着。阿里斯塔尔哈夫不知道如何与列娜相处:是和她一起留在即将干涸的世界里,还是带她进入虚无的世界?我就是不知道我在那里还能活多久。列娜正处在阿里斯塔尔哈夫两个世界之间。她看我的车干什么?阿里斯塔尔哈夫想。

"我以为你是外国人。"列娜叹了口气。

"冲啊!下面是高加索。头顶达吉斯坦平原中午的炎热,在寂静中,我独自站立在悬崖上。"阿里斯塔尔哈夫这样想着。

突然,在阿里斯塔尔哈夫简陋的小福特车旁,一辆崭新的深蓝色乌云一样的宝马车停了下来。这才是真的德国人,头发花白,修剪得体,目光坚定,标准的条顿人下巴。他关上车门,按了一下防盗报警钥匙扣,就朝"直升机"个体画廊走来,那坚定的神态,好像早就打好主意,要把所有的画一次批发买下。

阿里斯塔尔哈夫非常了解德国人。这个人看起来五十多岁,实际上已经有六十多岁了，他绝对不是搞艺术生意的。上帝才知道他来"直升机"个体画廊干什么。

列娜一下子睁大眼睛，好像看见了盼望已久的礼物。她走神了。手突然抓住小桌子。然后，根本不在意身边站着的阿里斯塔尔哈夫，痉挛地从小包里拿出口红和小镜子。她突然变得忙乱，同时又无助和不知所措。阿里斯塔尔哈夫突然发现，她的头发是精心梳理过的，服饰是精心挑选的，眼线自然，香水味清淡。德国人出现在门口，使她有些心慌意乱。天啊！难道她是在自己的这些画中，等待着自己王子的到来吗？她应该不是十几岁的小女孩了。阿里斯塔尔哈夫清楚地知道，当然，他可能看不见：在列娜独特的内衣下面和里面的一切……

大尉忧郁起来，好像要经历一场世界末日。他现在只是在一个很特别的世界的尽头。尽管被错误地认为是开始，实为结束。还有就是自己幻想的结束。然而，这幻想是如此转瞬即逝、昙花一现，以至于来不及记住它最基本的状态。

德国人突然对阿里斯塔尔哈夫说起德语。难道我的脸上写着我懂德语？阿里斯塔尔哈夫想。他还在想，难道德国人在俄罗斯也能以奇怪的方式找到他？

"他问销售'俄闪存'肉食罐头的公司办公室在哪里？"阿里斯塔尔哈夫翻译说。

"楼上。"列娜小声说，眼里满是泪水。

阿里斯塔尔哈夫忍不住大笑起来。年近半百的商人，明显不像白马王子，粉白的他倒像是大胖子制造商和罐头瓶子，当然了，如果可以做这样双重比喻的话！阿里斯塔尔哈夫开始替列娜灰姑娘难堪了，也替所有的俄罗斯女人们难堪。与俄罗斯女人分不开的是俄罗斯，他也替俄罗斯难堪。"猪王子"，阿里斯塔尔哈夫想。尽管这个德国人很可能是一个很不错的小伙子，很出色的专家，根本不该得此外号。

在这种超紧张的气氛中，如此多不正常和不正常的失望，似乎让这个胖子德国人感到非常可笑。看来，他不是第一次来俄罗斯，所以，他已经大概知道了俄罗斯女人的期待是什么和她们为什么失望了。听阿里斯塔尔

> 浪漫情怀

哈夫说肉品公司在楼上,他并没有急于去那里,而是开始很悠闲地看画了。

"也许是我不懂艺术,"阿里斯塔尔哈夫很信任地对他说,"也许这就是一些涂鸦。"

"他对您的作品赞叹不已。"阿里斯塔尔哈夫对列娜说。

"她看我的眼神,"德国人压低声音,确认列娜不懂德语,"似乎是一周都没吃饭了。这里的人为什么认为德国人天生就是为了来这里给他们分发马克的。原则上讲,如果我能真的喜欢她的画,也许我也愿意买上一张。我可以送给她一支圆珠笔或打火机,但是,见鬼!这太不体面了。"

"您自己看着办吧!"阿里斯塔尔哈夫没与他争辩。

"但是就这么抬腿就走,她就站在那儿,也太……"

"他们这儿都这么站着、看着。"阿里斯塔尔哈夫说。

"是的,但这里不是所有人都是画家。"德国人反驳说。

阿里斯塔尔哈夫建议"猪王子"先看画,然后花 50 马克买张票。列娜觉得门票值 500 卢布。阿里斯塔尔哈夫给她换算了一个高的兑换率。

"她会心满意足。"阿里斯塔尔哈夫对德国人保证说。

"遗憾,我的时间不多。"德国人没有遵循塔列朗(1754-1838,法国政治家)的不要听从于最初冲动的忠告,他们通常都太过于高尚,所以,现在很后悔这一点。

"参观只占用您几分钟。"阿里斯塔尔哈夫安慰他说。

实际上,他也没必要再在"直升机"画廊里待下去了,他应该让列娜灰姑娘和王子独处一会儿,这样她以后就不会为毫无目的地虚度了时间而痛心疾首。

"我该走了。"大尉开始和女画家告别。

"总有办法的。"列娜的声音发生了变化。刚才听她说话,还像是一个无精打采被欺凌的流浪者,毫无目的地走在飘雨的旷野里。现在突然好像一道阳光刺入,雨燕在天空中划出痕迹,大地复活了。

禽类:燕子、雨燕,还有鹈鹕鸟,都是上帝的宠物。哪里有禽类,哪里就有灵魂。阿里斯塔尔哈夫确信,上帝对禽类的态度也被用到了他的身上。他就是这样一个有罪的、在直升机这个铁鸟上飞行的人。

此时，德国人已经看完了画，走过来，手里摇晃着紫色的一百马克的纸币。不知为什么，阿里斯塔尔哈夫突然想起了一种叫"快来抢"的糖果。他觉得，他的那些关于禽类的想法都是胡扯。鸟儿们怎么会拒绝德国马克呢！

"他非常荣幸能参观您如此美妙的展览，"阿里斯塔尔哈夫说，"如果他做画的生意的话，他会买下所有的画。可是，很遗憾，他只做绞肉机生意。"

"你告诉他，入门是免费的。"列娜很傲慢地挑起眉毛。

"你确信要这么说吗？"阿里斯塔尔哈夫很惊愕。

列娜自己用英语说了。

"她怎么了？"德国人很诧异。

阿里斯塔尔哈夫耸了耸肩。

"我给二百，买……这幅？"德国人用手随便指了一幅画。

"不卖！"列娜弱弱地说。

德国人走出来，嘴里嚼着口香糖。看来绞肉机生意让他学会了镇定自若。

"天啊！我们的俄罗斯是多么悲哀！"列娜抱住头，低声哀怨着。

阿里斯塔尔哈夫无言以对。

"我是自由的，"列娜很轻声细语地说，"您觉得呢？二百德国马克就想买自由，这个价是不是太可笑了？"

7

阿里斯塔尔哈夫回归正常生活的进程一波三折。以前，他在机架中模仿着生活，现在，机架淹没在温暖的砖墙里，砖墙上长满了杂草、爬满了葡萄和其他藤类植物。一切都自行恢复了。生活有了感觉：颜色、味道、气味。生活就像那幅《落叶的小路》的画一样，卷了起来。阿里斯塔尔哈夫的新生活和落叶一起飞了起来，他非常快乐。

浪漫情怀

飞向哪里呢？

他不知去哪里，就像落叶也无从知晓一样。他知道，最终要落到地上。在飞机上飞翔在大地上空的大尉有加速和升高的机会，然而，他是明确知道要离开那里的。他要离开过去的生活和并非黑土地的俄罗斯、伏尔加河、阿富汗、德国、沙特阿拉伯、自己的家庭，就是说，几乎是离开一切。离开电视和在大街上看到的新生活。阿里斯塔尔哈夫觉得这样的生活无聊至极，生活中充斥了人们买不起的商品的广告、拉丁美洲电视连续剧、满身生疮的乞丐、过街地下道内半醉的热情奔放的乐队、瞪着空洞的眼睛撒谎的电视播音员、整天长在屏幕上而非现实中确实存在的人。他在生活中并不是没有飞黄腾达的机会，而是他嫌恶那样的生活。如果在这样的生活里淘金，无异于占有一个睡梦中无辜的女人，因为她根本就不会知道到底发生了什么！阿里斯塔尔哈夫知道，嫌恶人民的生活是不应该的。但他也没有争取去与人民分享他的电视梦。大尉觉得，他更在乎与落叶一起朝着新生活飞翔。当然，秋季的落叶让他落寞，那美丽而硕大的不是生机，而是暗淡，在带走它的疾风刮来之前，根本来不及附着什么在上面。

还使他惴惴不安的是，不管是在莫斯科郊外的修道院小密室里，还是在列娜的顶楼画室里，在平坦或凸凹不平的镀锌铁皮房顶挂着一盏灯，在入睡或醒来时，他们从来都没谈过未来。两个相爱的年轻人，不谈未来还能谈些什么呢？

阿里斯塔尔哈夫喜欢在黎明前的时刻站在画室的窗前观察暗淡镀锌铁皮房顶，开始是发黑的，而后，似乎是吸收了夜晚的全部黑暗，开始无法抑制地发亮，最后，急剧地喷发，白色的火焰扩散开去。一直到太阳的边缘出现在地平线，天开始亮起来。

大尉在全苏海军演习中，曾经在太平洋上飞行。他不止一次看见过落日后神奇的"绿光"，当太阳消失之后，世界，准确地说是水和气被穿透光照射成祖母绿色。船，岸上的悬崖，太平洋上高飞的海鸟，都变成了暗蓝色，好像一道利箭。

现在，阿里斯塔尔哈夫知道，在镀锌铁板房顶上，有黎明前的白光。绿色的光使他想到了死亡。白色代表了生命和受精。接下来就是同女画家在一起的那个人的幻想了，大尉对那些也不想过多理会。

此时，整个城市就像被包裹在一片镀锌铁板的房顶里，从沥青上剥离下来，沿着《落叶的小路》飞走了。如果不是大尉令人难堪的"镀锌"的回忆，这也没什么特别的。被包裹在锌里面的城市，向阿里斯塔尔哈夫预示了新生活中的某种相对论，以极特别的方式让他想起在绿色和白色光亮的时刻，振聋发聩的间歇，某种超自然的寂静，万恶世界的沉寂。

这沉寂第一次使他感到震撼的是在修道院的小密室里，和列娜躺在狭窄的床上，肩膀感觉她的温暖，大尉想对她讲讲自己的生活，但他说不出一个词，这与干燥芬芳的秋季空气是多么格格不入。

阿里斯塔尔哈夫可以给列娜讲，当大口径爆弹击中人的时候，人是如何变成红色碎块四处飞溅的。

讲发射出去的火箭弹如何使坦克膨胀爆炸的，就像一个气球，履带四处飞，炮塔歪向一边。

讲在秋天的公园里看见妻子和女儿是多么的幸福。

讲亲眼看见自己的妻子在一个衰老不堪的德国人怀抱里的痛苦。

讲把他自己的生活与直升机捆绑在一起奇怪的感觉。

讲不在飞机里，自己的生活一塌糊涂更奇怪的感觉。

讲直升机，就是那缕最细的光（白色、绿色、落日前的和黎明前的）在它的里面，他可以随心所欲。除此之外，都是锌板、寂静、沉寂，在那里他什么都做不了。

列娜靠在阿里斯塔尔哈夫的肩上沉默着。阿里斯塔尔哈夫认为，她比自己还要失败和不幸。随着社会的堕落，需要阿里斯塔尔哈夫这样的人既会战斗，又会杀人的人，也更需要像列娜这样既会画《落叶之路》，又会写小说、会写长诗或史诗的人。

阿里斯塔尔哈夫知道，有的时候，不幸比爱更能把人牢固地连接在一起。只是这样的亲近过于痛苦——因为它建立在不幸上。正因如此，不仅列娜和阿里斯塔尔哈夫很少相互微笑。社会正经历着光的分裂。不仅是新认识的人无法找到彼此，就连早结为一体的人也在痛苦地分离着。阿里斯塔尔哈夫仔细观察了领着孩子的夫妇们，他们的脸上没有幸福和快乐。

浪漫情怀

阿里斯塔尔哈夫思考得越久，越是觉得看清了世上某种不公正降临到人们头上。阿里斯塔尔哈夫不知道能否有所改变。他觉得，当自己还羸弱得无法改变自己命运的时候，无权替社会做决定。他唯一能做的，就是为纠正世界上的不公正而贡献出自己的生命。但又有谁在意这些呢？

难道戴尔·阿卡巴巴夫真的想让阿里斯塔尔哈夫在高加索山上结束自己的生命吗？

正因如此，大尉在不幸中寻找着幸福。在不幸中，在短暂的幸福时刻经常会发生最平常的事情。比如说，不经常有的，但还是在继续的例行直升机飞行。或者是，尽管调皮的小福特车不能一下子启动，但它还是能载着阿里斯塔尔哈夫去莫斯科转转，还有在首都，以从未有过的高汇率换了马克，解除了大尉的经济压力。至于列娜，是阿里斯塔尔哈夫偶然白捡的，就像是一个礼物。

当列娜轻松地谈起文学、艺术，就像谈起熟人，而阿里斯塔尔哈夫只在电视和报纸上见过这些人的时候，他觉得，他不配得到这样的礼物。而有的时候，当她越过他看着窗外，对大尉所有想引起她注意的努力，都冷漠地耸耸肩的时候，阿里斯塔尔哈夫觉得，礼物很一般，没什么了不起。

不能怀疑的是，所有的不幸都来自于世界的移位。比如在过去的世界里，俄罗斯的飞行队与把它包裹在锌板内的百万富翁戴尔·阿卡巴巴夫互不相容。在移位的世界里何止是相容啊！在过去的世界里，阿里斯塔尔哈夫大尉无缘得到优雅的有着双学历的列娜；在移位的世界里，画家列娜，妈妈是音乐学院的系副主任，爸爸是艺术学博士，马蒂斯（法国画家，雕塑家，版画家）画专家，也得下嫁阿里斯塔尔哈夫大尉。

阿里斯塔尔哈夫这辈子与各种人打交道，像报纸上写的，只是没与创作领域的知识分子代表打过交道。毫无疑问，列娜非常懂绘画和音乐，但这不是她与阿里斯塔尔哈夫的根本差别。

他们的不同在于对自身感受的评价。

列娜评价它为高远和悲剧性的。对她来说，感受先于生活。列娜疯狂地怜悯着自己，阿里斯塔尔哈夫也怜悯着她，安慰她，直到突然想到说："为什么要去怜悯她？"以前生活在莫斯科，现在也生活在莫斯科。以前画画，现在仍在画。在直升机画廊开了自己的展览,尽管不是特别成功,但这在任何时代都像是买彩票一样。后来,感觉有点儿羞愧,他就为列娜辩护说:她的哭泣是为自己,实质上是为整个国家,为整个从事艺术的人们哭泣。这时,大尉自己觉得自己是个怪物,与列娜不同,他失去了家庭、工作、部队、国家,好像很快,小福特车也要被盗走。你去试试,能不哭并安心地坐在画室里,盯着镀锌铁板房顶看,喝着小酒,沉溺于女色……就是说,在生活中沉沦。

"你是强者。"列娜拥抱着他,下了这样的结论。

阿里斯塔尔哈夫没有反驳。听列娜说他是强者,心里很受用。他知道,如果他真的很强,家庭、工作、工资、部队、国家以及其他的一切就不会失去。一个强者是不会把这些让出去的。而能把这一切都保存下来的列娜,才是真正的强者。

似乎哪里有什么不对劲儿。强者丢掉的是最基本的共同的东西,国家、法律等等,就像林中的奴隶,变成了弱者。而弱者呢,保留着自己独有的:住宅、财产、户口,顺便可能还能捞到一点儿什么,而他们根本就无视国家和法律,不知不觉中却成了强者。

阿里斯塔尔哈夫觉得,他与自己的(也许不是自己的)直升机,只不过是国家力量的一种反射。他的面前有两条路,一条是就这样随波逐流;另一条是把不知道现在属于谁的直升机变成自己的,然后把买下的军事装备卖掉。力量——商品——金钱,新的社会经济公式基本上就形成了。阿里斯塔尔哈夫作为在编军官,也被卷进了这个公式的漩涡。然而,大尉并不为所动:第二条路只不过是第一条路的变体,最终仍将不知坠落何处!

对现实的哲学思考使得大尉的生活复杂化了。有的时候他觉得,他是在切身地体验着人民的灾难。在这样的时刻,他非常渴望即刻军事行动——他可是一名军人啊!他的道路与人民的道路总是不能相交。人民在电视节目的幻想中,在小商亭中,在波兰——中国产的工业酒精中消融了。而他一度忘记了他曾经与列娜一起筹划过未来。

开始只是一种游戏。当阿里斯塔尔哈夫和列娜都清楚地知道他们没有共同的未来的时候,怎么可能会有长远计划。从理论上讲,如果阿里斯塔尔哈夫离开部队，搬到列娜这里居住，这样的未来是可能的。但是列娜还在和父母同住。画室顶楼根本不适合居住。更何况，地方行政机构随时都可能撤销这个画廊。如果阿里斯塔尔哈夫有足够多的马克，在莫斯科买一套房；如果列娜的画有销路；如果列娜为了自己的丈夫肯做任何事情；如果阿里斯塔尔哈夫为了自己的画家肯做任何事情，结果就不一样了。

然而，这个未来慢慢从游戏变成了现实。列娜满面春风地对阿里斯塔尔哈夫说，刚才红靴子画廊打电话来了，说有一个日本人要批量购买她的画。

阿里斯塔尔哈夫赶往一处年轻人集合点。他们想在莫斯科建立从一个外汇宾馆到另外一个外汇宾馆屋顶的直升机航线。

如果那些日本人真买了列娜的画，那些年轻人在首都上空真的拉开直升机线路网，列娜和阿里斯塔尔哈夫的生活很可能完全是另外一个样子了。阿里斯塔尔哈夫在内心已经准备好与无聊的生活妥协了。在自己无路可退的时候，阿里斯塔尔哈夫似乎选择了沉默与忍耐。"我们要生存，让一切见鬼去吧！"这是一种动物性的思维，而人民貌似正遵循着这样的思维。"单打独斗永远吃不饱！

8

在让娜抛下他跟了老德国人，而他在看到窗内那一幕之后，阿里斯塔尔哈夫变得不能说是极度的狐疑，但可以说是非常的小心了。这非常自然和合理。比如，发动机里调节冷却液循环的梭形阀，在一次飞行中坏了，阿里斯塔尔哈夫差点没被烧死。在这之前他从来都没注意过。从那以后，每次飞行前，他都要检查那个该死的阀门。

大尉总是把列娜比作梭形阀，尽管意识的理性部分很清晰，天会塌到大地上，多瑙河会倒流比同一个梭形阀连续坏掉两次的可能性要大。很可能传动装置失灵，某个线路有问题，但千万不可以是梭形阀。而在非理性的意识部分里，他非常确信：在特定的历史时期，女人（梭形阀）身上的共同之处要比系列生产的直升机发动机要多得多。所以，梭形阀可能两次、

浪漫情怀

十次，甚至一百次地连续停车。

　　大尉敏感的耳朵第一次听出故障，是在很平顺的根本不像故障而更像加速的情形。

　　这些共青团员们要求阿里斯塔尔哈夫尽快从部队复员，做可能的预算，预备各种技术解决方案等等。他们（口头上）答应给他数目可观的工资以及副总经理的职位。他也自豪地将这些告知了列娜。他们生活在幻想中。空军和国际航空公司都解体了，然而，小型的外汇直升机企业很可能会在废墟上很快繁荣发展起来。阿里斯塔尔哈夫是行家，这些曾经的共青团员们更需要他，而他对他们并不感兴趣。

　　"同意吗？"阿里斯塔尔哈夫问列娜。

　　他突然觉得，生活是由冰构成的。人与人之间隔着冰。如果现在列娜说"行"，那么，阿里斯塔尔哈夫就会像诗人米哈伊尔·库兹明的诗里面的鳟鱼一样，撞破冰面，它饱受折磨的心灵将获得安宁。因为心灵的安宁不仅在于充满激情的爱，而且还在于对最亲近的心灵忠诚的自信。大尉并没有被迷惑：他没有因列娜丧失理智。他要求列娜的并不是感情，而是忠诚。水不应该再次成为冰墙，就像她不应该变成让娜一样。

　　"你看着办吧！"列娜回答说。

　　阿里斯塔尔哈夫明白，鳟鱼并没有撞破冰面，冰太厚，天知道离水面还有多远。鳟鱼最好还是钻冰眼儿逃跑。

　　而他重重地摔在冰面上，尾巴都断了，又跳了起来。

　　又一次展览结束了。阿里斯塔尔哈夫要在规定时间内把车开到指定地点，把画从画廊搬到画室。一周以前他们就商量好了，但列娜一直没说话。大尉应该提前一周知道，以便提前通知领导。

　　"马拉特，可不可以再放一周呢？"

　　就像狼预感到撒上一层雪的捕兽器，像老鼠预感到毒药，像鱼预感到网，像鳟鱼预感到撞不破的冰，阿里斯塔尔哈夫预感到了谎言。他有幸目睹了这位画廊的主人——马拉特。两周以来，没有人买列娜的画。只有傻瓜才会再给一周的时间展出呢！开着雪佛兰车，尽显富豪本色，像鳟鱼一样满身幸运斑点的马拉特可能是任何动物，就不会是傻瓜！

浪漫情怀

最初阿里斯塔尔哈夫没在意让娜开始对他撒谎。阿里斯塔尔哈夫不认为列娜有向他撒谎的理由。但她的这些"我不知道""你看着办"唤醒的不是担忧的情感，不是的，而是模糊的危机感。就好像当大尉返回小高地基地的时候，他眼睛的余光扫视到在山坡上有移动的东西。也可能是鸟，也许是山羊在攀高，也许是偶然的一块滚落的石头，也完全有可能是身穿披风、肩扛"毒刺"导弹的男人，必须迅速改变航线或者用机枪扫射。一句话，这种情况下，他就应该检查一下。

但是，难道现在是在说阿里斯塔尔哈夫的生活吗？他对列娜来说是什么人呢，还要检查一下？

"那这怎么办呢？"大尉努力使自己的问题听起来自然些。

"星期四打电话来吧！"

"你能说准吗？"

"是的。"

"几点打？"

"那……"列娜开始有点儿结巴。阿里斯塔尔哈夫明白了，她根本就没想这个问题。

夜里，沿着克什尔大街飞快地从莫斯科市内返回修道院的路上，阿里斯塔尔哈夫大尉感觉到了心灵的苦闷一阵阵袭来。实际上，如果不是他用余光看见山坡上模糊的谎言迹象，他完全可以留在列娜那里。在飞机上，阿里斯塔尔哈夫就很自然地做出了决定。在日常生活中，这样自然地做出决定是不大可能的。不能快速下决心似乎扰乱了生活秩序，使生活失去了意义。不久前，在与列娜的关系中，阿里斯塔尔哈夫曾经为这样的生活付出了很多。目前，大尉有关新的生活意义还没去想。

阿里斯塔尔哈夫心里开始愤懑起来：列娜心不在焉，和他说话很冷漠，漫不经心，在床上也是例行公事，一开始就显得疲惫。很快，他发觉那模糊的谎言的蠕动变成了雪崩，马上就要把他掩埋。

雪崩似乎是沿着夜晚克什尔大街追踪着他。大尉开着远光灯飞驰着，甚至比风还快。只在他转到了修道院的那条路上，那条在月光下寂静明亮两旁立着干草垛的小路上，他才爆发："如果她不想让我打电话，我就不打。如果她不想让我去拉画，我就不去。如果以自己的意志强加于她的意志，我会很难过。别人的意志是神圣不可侵犯的！"

就这样，他不再折磨自己。在教年轻飞行员超低空飞行技术的教学中，平静地度过了这一天。只是在星期四的十二点整的时候，他心里刺痛了一下，双脚不自觉地挪向指挥部电话那边。大尉强迫双脚转过来，回到了修道院小屋。他躺在床上，向棚顶吐着烟圈，烟圈很快散开，或者贴在棚顶，或者变得很轻，飘到了别处。

阿里斯塔尔哈夫不知道什么时候睡着了。和以往一样，他还是梦见自己在废墟上飞行，然后在瓦格纳音乐的伴奏下，沿着沙洲，在爆炸中冲向太阳，慢慢地和直升机一起消失在阳光里。

是戴尔·阿卡巴巴夫打扰了大尉最终完全消失在阳光中，他敲了敲门就走进没锁门的小屋里。

"烟抽得太多了！开窗户吧，喘不过气来了！"戴尔·阿卡巴巴夫像阿里斯塔尔哈夫的父亲一样，很真诚地说。

阿里斯塔尔哈夫把窗帘拉开，打开窗户。阳光即刻充满了小屋，烟雾在阳光里消散着。

自从阿里斯塔尔哈夫认识戴尔·阿卡巴巴夫以来，他一直都是绝对的自信，对自己的话和所作所为从不后悔，似乎是地球上的一切都要按他的意志来发展。

然而，现在戴尔·阿卡巴巴夫感觉到了某种对死亡担心的味道。

他神经质地抖着肩膀，眼睛快速地扫视着小屋，随手拿起了放在桌上的杂志，盯着封面上披着机枪子弹袋的女人看了许久。阿里斯塔尔哈夫发现，戴尔·阿卡巴巴夫的手在颤抖。尽管以前开心喝酒的时候，戴尔·阿卡巴巴夫不止一次说，五十岁以后，震颤对男人来说是很正常的，但在这之前，阿里斯塔尔哈夫没发现他有过震颤。

他还以为戴尔·阿卡巴巴夫突然有什么不好的事情了，就像所有领袖人物一样，唯一能让戴尔·阿卡巴巴夫感到无能为力的，就是命运中突发的打击。

大尉的感觉对了。

"你能想象得到吗？司机跑了！"戴尔·阿卡巴巴夫两手轻轻一拍，仿佛市场上商贩的模样，好像他卖的坚果和石榴是赔钱卖的。沃尔沃停在那儿，他走了。因为激动，他说话都带上了高加索俄语的口音。

"阿尔斯兰？"费很大劲儿，阿里斯塔尔哈夫才想起那个保镖的名字。想不起他的模样，但记得他黝黑挺直的脖子，可能是因为他一直是挺直腰板坐在戴尔·阿卡巴巴夫旁边的缘故。

"为什么会这样？"不知道戴尔·阿卡巴巴夫在问谁。

"也许……他是不是迷路了？"阿里斯塔尔哈夫推断说。

"他洗了沃尔沃，"戴尔·阿卡巴巴夫好像没听见阿里斯塔尔哈夫说话一样，接着说，"钥匙还在点火锁里插着。没人绑架他，这是他自愿的。为什么要这样？"

"钥匙还在点火锁里？"

他们对视了几分钟。

"工兵都已经检查过了。"戴尔·阿卡巴巴夫停了一会儿说，"没人命令他把我干掉。他们只是想让我明白……"

"他们让你明白什么？他们是谁？"阿里斯塔尔哈夫忍不住了。

"他们暗示过要阻止我。"戴尔·阿卡巴巴夫好像控制住了情绪，用打火机点了一只万宝路吸了起来。也许他这么做是为了阿里斯塔尔哈夫目前还不了解的目的，也许他早就做好了行动计划。

大尉更倾向于后一种猜测。阿里斯塔尔哈夫对他们来说太渺小，不至于让一个像戴尔·阿卡巴巴夫这样的人来给他演戏看。况且，戴尔·阿卡巴巴夫什么都没说，就是坐在那抽着万宝路，看着窗外叛徒阿尔斯兰逃跑的那条马路。

阿里斯塔尔哈夫猜到了，东方的男人在不吸完一支烟之前，是不会向他提要求的。阿里斯塔尔哈夫变得很窘迫，戴尔·阿卡巴巴夫和他喝了多少次酒啊，和他谈家常、谈哲学、谈地缘政治。

"我能替你做些什么。"戴尔·阿里斯塔尔哈夫从床上坐起来问。

"他们想阻止我。"戴尔·阿卡巴巴夫认真地看着他。阿里斯塔尔哈夫觉得，肯定还有其他原因，那就是戴尔·阿卡巴巴夫疯了。再说了，他疯不疯又有什么关系呢？

"但是他们想错了！我会把事情做到底！我必须尽快行动，只能这样。他们以为占用了我的时间。但是他们忘了，我是个做宣传的老手了。

"什么司机啊！"戴尔·阿卡巴巴夫感叹地说，"我那么爱他的儿子……"戴尔·阿卡巴巴夫坐在那儿，半晌不说话，半眯着眼，陷入沉思，似乎在积蓄力量；也可能是在精神上与阿尔斯兰告别。

整整一个小时过去了，戴尔·阿卡巴巴夫睁开眼，看了看腕上的镶钻劳力士表说："他应该在老广场的部长会议，我们来得及吗？"他从兜里掏出沃尔沃车钥匙递给阿里斯塔尔哈夫。

阿里斯塔尔哈夫冷笑一下："如果我们拉着警报直线开过去，来得及。"

"那就拉着警报直线开过去。"戴尔·阿卡巴巴夫说，"谢谢你，"当他走到走廊里又补充说了一句，"我欠你一次，这一切都搞定了以后，大尉，我们还要一起再飞一次！"

9

阿里斯塔尔哈夫抄最近的路开着车，时而开一下警笛。在警笛的作用下，大路突然变得很宽。司机们因恐惧纷纷避开，并没有使阿里斯塔尔哈夫感到吃惊，他吃惊的是，沿着克什尔大街这么快行驶竟然没有警察来干预，就好像车里坐的是部长会议主席，或者是总统。

在快接近莫斯科的时候，戴尔·阿卡巴巴夫不再打电话了。他把头仰向后座。

"俄罗斯人民是很好的人民！"戴尔·阿卡巴巴夫说，"像孩子一样朴素和容易相信别人。可以飞得很高，也可以摔落。"阿里斯塔尔哈夫没说话，他觉得，戴尔·阿卡巴巴夫的话可以用来评价任何一个民族的人。

浪漫情怀

"当俄罗斯人开始跌落的时候,生活在他们中间或周围的其他民族,开始还在幸灾乐祸,因为他们可以得到很多种好处。酒鬼家的门是不上锁的,"他解释说,"后来才发现,他们得和俄罗斯一起下坠。除此而外,"他看了一眼阿里斯塔尔哈夫,"我们在这个深渊里是下坠在最前面!难道这很好吗?很公正吗?"

"从酒鬼的家里拉上一个怎么样?"阿里斯塔尔哈夫饶有兴趣地问。

"这是大自然的抉择,"戴尔·阿卡巴巴夫耸了一下肩,"盗窃,也是力争种族延续的方式,然而,本可以高飞却在坠落,对不起,这简直就是白痴的任性!"

或者是歇斯底里,短暂的精神错乱。戴尔·阿卡巴巴夫的话并没有引起阿里斯塔尔哈夫的内心抗议。因此,这个习惯于不及格的学生开心地听着老师的课,还说,如果他想,他可以学成优等生。

"俄罗斯人的最大悲剧在于,"戴尔·阿卡巴巴夫继续说,"他不能自给自足。哎呀呀!这么大的民族,却如此愚笨!应该帮助俄罗斯人,否则,我们一起完蛋!"戴尔·阿卡巴巴夫很断定地说,好像帮助俄罗斯人的问题已经在某个上天的机关里一致通过了似的。

在市中心,阿里斯塔尔哈夫没敢开警笛。在散会前七分钟,他们到达了老广场指定的门前。

"你比阿尔斯兰开得好!"戴尔·阿卡巴巴夫甚至有点儿扫兴说,然后就开始盯着窗外看。一个人穿着风衣,拎着密码箱,沿着路边一排车走着。似乎他不太喜欢这个人。"坐五分钟,然后我们走?不管怎样,要快!"戴尔·阿卡巴巴夫说。

"你想怎么来帮助俄罗斯人民?"阿里斯塔尔哈夫饶有兴趣地问。戴尔·阿卡巴巴夫从衣兜里掏出大口径的手枪,在手里把玩着,似乎不知道把它放到哪里好。

"我做什么?我是谁?"戴尔·阿卡巴巴夫叹了口气。

"俄罗斯人民需要思想,不要再无所事事,要做实事!这么大的民族不做实事,你怎么让在你身边生活的其他民族去做事?不想再去世上流浪吧?"

什么思想？已经对政治会议和集会厌烦了，大尉很有兴趣知道，小小的戴尔·阿卡巴巴夫给大俄罗斯民族选择一个什么样的思想。

戴尔·阿卡巴巴夫没想出比把手枪递给阿里斯塔尔哈夫更好的回答。"先拿着吧！"

"是亚美尼亚人来抓衣领子吧？还是阿塞拜疆人？"阿里斯塔尔哈夫继续问。

"哎，有什么区别吗？"戴尔·阿卡巴巴夫冷笑了一下，"黑人又怎样？学会忍耐，一切都会有的，尽管风险还是有的。换上一个新人，就像触动一个雪崩，触动还是要触动的，但是会埋葬谁呢？"

阿里斯塔尔哈夫很认真地看着戴尔·阿卡巴巴夫，什么也没有看出来。与俄罗斯的将军们和德国的军官们共事就简单多了——他们是欧洲人！阿里斯塔尔哈夫想起了阿富汗，在那里，可能都不需要知道，东方的朋友会不会背叛你，除了钱，他还会需要什么呢？归根结底，大尉最终明白，我用了不到一小时的时间，把他送到了莫斯科市内，还需要什么呢？但对俄罗斯将军和德国上校们来说，那条可见的不能逾越的标线，就像公路上的标线是非常清晰的，又像空中的不明飞行物慢慢消失了。

阿里斯塔尔哈夫大尉好像站在这个标线上。

"所有这些有关俄罗斯命运的话，实际是很可笑的。"戴尔·阿卡巴巴夫好像看懂了阿里斯塔尔哈夫的心思，"难道这是我们力所能及的吗？为什么没有人去争论丹麦或摩洛哥的命运？五分钟过了，走！"他们飞快地冲向政府机关大门。

阿里斯塔尔哈夫因为关车门慢了些，在值班室门口追上了戴尔·阿卡巴巴夫。

"和我一起的。"戴尔·阿卡巴巴夫嘟囔了一句，值班人员一句话没说就放他们来到了铺满地毯的大厅。

在电梯里，戴尔·阿卡巴巴夫迅速地把一个电子麦克风别在了阿里斯塔尔哈夫的皮夹克翻领上。

"如果滴滴叫……"他威严又有深意地看着大尉。阿里斯塔尔哈夫这时突然想起，他在监狱里也是这么让某些人服服帖帖的。

"已经滴滴叫了，老兄！"阿里斯塔尔哈夫勉强忍住笑。他能不费吹灰之力就可以把戴尔·阿卡巴巴夫像大老鼠一样掐死，不会出一点儿响声。

"一听见响声，就进到办公室，然后……"戴尔·阿卡巴巴夫的目光失去了光彩，好像蒙上了灰尘。

"已经进来了。"阿里斯塔尔哈夫把麦克风拿掉，现在他不知道是平静地还给戴尔·阿卡巴巴夫呢，还是连同耳环塞进他黄色的大耳朵里。

"干掉他，干掉所有阻止我们回到车上的人。"

"戴尔，你太疲劳了，莫斯科会断送你的性命。"阿里斯塔尔哈夫想立刻就把手枪还给他。这时，电梯停了，他们出了电梯。带着对讲机的年轻人让他们跟他走。

"你杀不了人。"戴尔·阿卡巴巴夫若有所思地说。阿里斯塔尔哈夫没明白，他的话里是遗憾更多些，还是满意更多些。"你只会咕咕地鹦鹉学舌，当决定了要做些什么的时候，你们却都是这个样儿！"

他们来到一个宽敞明亮像体育馆一样的大厅，这里是接待室。年轻人慵懒地从桌子上拿起金属探测器，在戴尔·阿卡巴巴夫衣服上扫了一下，就奔阿里斯塔尔哈夫来了。

"他会在接待室等我。"戴尔用手去开门。

所有这一切，就像廉价动作片里的情节，大尉除了按自己的意志演着角色，同时还演着自己都不清楚的很差劲的角色。此时就该给导演脸上狠狠一拳，然后迅速离开片场。他在德国时，曾经体验过类似的感觉。但那时的动作片更像悲剧，就像在俄罗斯最中心，在老广场上的部长会议大楼里发生的一场荒唐愚蠢的闹剧。随着办公室落地钟的青铜钟摆来回摆动，想尽快离开的愿望更强烈了。

阿里斯塔尔哈夫决定把车钥匙留给女秘书或保安，当他还在想怎么处置手枪的时候，办公室的门开了。戴尔·阿卡巴巴夫和曾经在电视屏幕上闪过的，头发梳得一丝不乱的办公室主任走了出来。

"阿里斯塔尔哈夫大尉，我的朋友。"戴尔·阿卡巴巴夫突然介绍说。办公室主任程式化地一笑，很有力地握了一下阿里斯塔尔哈夫的手，好像阿里斯塔尔哈夫也是他的好朋友似的。

"很高兴认识您，久闻大名，希望这不是最后一次见面。"走到接待大厅的远处，他和女秘书耳语了几句。

阿里斯塔尔哈夫看了一眼手里的车钥匙，用眼睛斜看了一下兜里凸起的手枪。

"我这里还有些事情，"戴尔·阿卡巴巴夫若有所思地说，

"但我不想耽搁你，"他轻蔑地笑了笑，"还在使用公家的车辆。明天我去修道院把车取回。"

"你早晨怎么到修道院？我可以……"

戴尔·阿卡巴巴夫挤了一下眼："我把你拉来了，还能让你坐电力火车回去不成？明天早晨见！至于交警你就不要担心了，瓦洛佳通知下去，不让他们骚扰你。"说完，拉起从女秘书那边走过来的办公室主任，朝凉爽的办公室深处走去。

10

站在百万富翁的那辆沃尔沃960车旁，阿里斯塔尔哈夫感觉自己是个十足的蠢货。广场空无一人，没人注意大尉，没人跟踪他。在德国，还曾经有可能发生悲剧，而现在在俄罗斯，连闹剧都看不见了。阿里斯塔尔哈夫感到很绝望，几近疯狂。年轻、充满活力的他站在洒满阳光的老广场上，那么孤独，不被任何人需要，甚至连戴尔·阿卡巴巴夫这样的匪徒都对他不屑。

坐进沃尔沃车里，阿里斯塔尔哈夫明白了，从现在开始，他与周围生活就开始疏远并变得绝对不能忍受了。在生活层面，在部队，在列娜的画室里，在忏悔小屋里，他似乎适应了这种无处不在的贫苦和渺小。他把这归结为自己无法适应新生活的结果。阿里斯塔尔哈夫只看见了事物的一面，而某个人很可能看见了另一面。

但他刚刚在把国家的生活改变成另一种方式的上层机构里稍作停留，他发现，这一切：生活、国家、人、他自己，一切都变得那么令人生厌。

浪漫情怀

大尉把俄罗斯所有的羞耻都在自己身上进行了试验，现在又回到地上，就像一个戴着沉重枷锁的骑士巨人。

阿里斯塔尔哈夫认为，个性矮化的边界是存在的，自己已经达到了这个边界，再继续矮化，毋宁死。带着这样的想法，他发动了沃尔沃，加入到了环形的卢边卡广场的车流中。

当然，他选的路线是去今天应该结束的，但也许还没结束的列娜作品展。

阿里斯塔尔哈夫不太相信命运，然而，当他转进狭窄的红靴子画廊的胡同，突然感到头顶上不是石铁腕，而是命运的气息。列娜不想让他今天来。而他既不想来，也不想打电话。

在挤满车辆的胡同里慢慢地挪动，阿里斯塔尔哈夫一直在想，在这无垠的俄罗斯土地上，他只有三处落脚之地：有着"落叶的小路"的红靴子画廊；列娜画廊的顶层；修道院的忏悔小屋。大尉就像一只圣经里的天鸟，已经和上帝很接近了。除了月光下的地上的三个点之外，他只剩下了直升机和空气。他感到一股自下而上的奇怪的疾风，似乎要把他从防弹的沃尔沃960中吹出去。大尉的眼睛灼热，仿佛通过放大玻璃看到，世界是多么的有趣和美好。眼泪盖过了天上的风，使他一直在地球引力范围内。他决定，就在今天，见到列娜就向她求婚。

眼泪起了放大作用，让大尉的眼睛有了远视能力。寻找着停车地，他就像一团蓝色的雷雨云，突然发现肆无忌惮地停在画廊前的宝马车。

真行啊！阿里斯塔尔哈夫直接把车停在了胡同中央，跟在他后面的车不得不按着喇叭，骂着娘绕行。上面就是某个合资卖肉的办公室。但是，办公室不是在直升机画廊上边吗？况且，红靴子画廊完全是在另一个地方。大尉对自己说，这就是个偶然的误会。现在，在对欧洲开放的莫斯科，像暴雨云蓝色的宝马车太多了。他不记得那辆车的车牌号，但他记得字母。可以证明，车是来自莱茵——威斯特法利亚，即来自德国钢铁业的心脏，在那里把钢铁融化然后做成绞肉机，供给俄罗斯及其他国家。在莫斯科怎么可能有两个一样颜色的来自莱茵——威斯特法利亚宝马车，一辆停在直升机画廊前，一辆停在红靴子画廊前呢？大尉晕了。

阿里斯塔尔哈夫也是他的好朋友似的。

"很高兴认识您，久闻大名，希望这不是最后一次见面。"走到接待大厅的远处，他和女秘书耳语了几句。

阿里斯塔尔哈夫看了一眼手里的车钥匙，用眼睛斜看了一下兜里凸起的手枪。

"我这里还有些事情，"戴尔·阿卡巴巴夫若有所思地说，

"但我不想耽搁你，"他轻蔑地笑了笑，"还在使用公家的车辆。明天我去修道院把车取回。"

"你早晨怎么到修道院？我可以……"

戴尔·阿卡巴巴夫挤了一下眼："我把你拉来了，还能让你坐电力火车回去不成？明天早晨见！至于交警你就不要担心了，瓦洛佳通知下去，不让他们骚扰你。"说完，拉起从女秘书那边走过来的办公室主任，朝凉爽的办公室深处走去。

10

站在百万富翁的那辆沃尔沃960车旁，阿里斯塔尔哈夫感觉自己是个十足的蠢货。广场空无一人，没人注意大尉，没人跟踪他。在德国，还曾经有可能发生悲剧，而现在在俄罗斯，连闹剧都看不见了。阿里斯塔尔哈夫感到很绝望，几近疯狂。年轻、充满活力的他站在洒满阳光的老广场上，那么孤独，不被任何人需要，甚至连戴尔·阿卡巴巴夫这样的匪徒都对他不屑。

坐进沃尔沃车里，阿里斯塔尔哈夫明白了，从现在开始，他与周围生活就开始疏远并变得绝对不能忍受了。在生活层面，在部队，在列娜的画室里，在忏悔小屋里，他似乎适应了这种无处不在的贫苦和渺小。他把这归结为自己无法适应新生活的结果。阿里斯塔尔哈夫只看见了事物的一面，而某个人很可能看见了另一面。

但他刚刚在把国家的生活改变成另一种方式的上层机构里稍作停留，他发现，这一切：生活、国家、人、他自己，一切都变得那么令人生厌。

大尉把俄罗斯所有的羞耻都在自己身上进行了试验，现在又回到地上，就像一个戴着沉重枷锁的骑士巨人。

阿里斯塔尔哈夫认为，个性矮化的边界是存在的，自己已经达到了这个边界，再继续矮化，毋宁死。带着这样的想法，他发动了沃尔沃，加入到了环形的卢边卡广场的车流中。

当然，他选的路线是去今天应该结束的，但也许还没结束的列娜作品展。

阿里斯塔尔哈夫不太相信命运，然而，当他转进狭窄的红靴子画廊的胡同，突然感到头顶上不是石铁腕，而是命运的气息。列娜不想让他今天来。而他既不想来，也不想打电话。

在挤满车辆的胡同里慢慢地挪动，阿里斯塔尔哈夫一直在想，在这无垠的俄罗斯土地上，他只有三处落脚之地：有着"落叶的小路"的红靴子画廊；列娜画廊的顶层；修道院的忏悔小屋。大尉就像一只圣经里的天鸟，已经和上帝很接近了。除了月光下的地上的三个点之外，他只剩下了直升机和空气。他感到一股自下而上的奇怪的疾风，似乎要把他从防弹的沃尔沃960中吹出去。大尉的眼睛灼热，仿佛通过放大玻璃看到，世界是多么的有趣和美好。眼泪盖过了天上的风，使他一直在地球引力范围内。他决定，就在今天，见到列娜就向她求婚。

眼泪起了放大作用，让大尉的眼睛有了远视能力。寻找着停车地，他就像一团蓝色的雷雨云，突然发现肆无忌惮地停在画廊前的宝马车。

真行啊！阿里斯塔尔哈夫直接把车停在了胡同中央，跟在他后面的车不得不按着喇叭，骂着娘绕行。上面就是某个合资卖肉的办公室。但是，办公室不是在直升机画廊上边吗？况且，红靴子画廊完全是在另一个地方。大尉对自己说，这就是个偶然的误会。现在，在对欧洲开放的莫斯科，像暴雨云蓝色的宝马车太多了。他不记得那辆车的车牌号，但他记得字母。可以证明，车是来自莱茵——威斯特法利亚，即来自德国钢铁业的心脏，在那里把钢铁融化然后做成绞肉机，供给俄罗斯及其他国家。在莫斯科怎么可能有两个一样颜色的来自莱茵——威斯特法利亚宝马车，一辆停在直升机画廊前，一辆停在红靴子画廊前呢？大尉晕了。

他的手和头无力地抵在方向盘上。

应该离开，应该尽快离开，但是大尉没有离开原地，内心的绝望与残酷的冲动交织在一起。

这样的情绪在阿富汗曾经有过。当负责侦查的上级从秘密渠道得到信息，那里要有武装（也许非武装）驼队通过。当时绝对不允许直升机单独攻击驼队，但阿里斯塔尔哈夫和侦查队的领导把禁忌抛到一边，穿着长衫起飞，然后埋伏起来，当驼队出现时突然起飞，用火箭弹和机枪把它们打烂，然后再看它们是带了武器还是带了杏干儿。

大尉陷入了阿富汗的回忆中。这些场景在他的记忆中已经变得模糊了。突然，好像打光机在铜面上扫过，它们重新在阳光下发光，火光乱飞，沙石哗哗响，发热的马达气喘吁吁，热血沸腾，然后，酒也沸腾起来了。大尉好像从桥上掉到了激流中。回忆比现实更多姿多彩。它们在召唤着他，可他在下沉。

直到黄昏，阿里斯塔尔哈夫才醒过神来。他看见列娜、德国人、马拉季卡——画廊主人走下台阶。列娜穿一件白色长衫。大尉突然觉得她是那么靓丽，他觉得他没有珍惜列娜，就像一切很容易到手的东西一样，不懂得珍惜。德国人手指抓着香槟酒瓶子的金色瓶颈。也许是阿里斯塔尔哈夫错觉，列娜的目光慌张地扫过停在一旁的车。"我在沃尔沃车上……"阿里斯塔尔哈夫差点儿喊出来。

马拉季卡留在了台阶上。

列娜坐上了德国人的宝马车。

深蓝色的雷雨云轰鸣着，好像是在画廊里喝多了。飞快地弹了出去，消失在夜晚的莫斯科街道上。

阿里斯塔尔哈夫感到从未有过的轻松。他在地球上的落脚点，已经有两个消失了。他突然有点儿担心，自己会和防弹沃尔沃车一起飞向空中。

大尉完全可以返回修道院，但他一直到很晚都驾车在市内的主要道路上行驶。深夜，微醺的姑娘们摇晃着小挎包，感觉阿里斯塔尔哈夫是个款爷，她们几乎要扑上沃尔沃车了，而他却来到了列娜曾经的画室。

大尉内心非常清楚，他为什么到这里来。车开进拱门，他打开汽车近

浪漫情怀

光灯，只照到院子里的垃圾桶，因为恐惧被吓出来的野猫，眼里反着亮光。

阿里斯塔尔哈夫关掉了车灯，下了车，点着一支烟。他觉得，他不该再在这个画室里欣赏镀锌铁皮房顶的景色了。

11

阿里斯塔尔哈夫大尉被几声很短促的敲门声惊醒。他正在做梦，梦见让娜来找他了。不，是列娜，准确地说，是某个带有让娜和列娜特点的年轻的女郎，可以按法国方式叫她让列，或者更精致些叫列让。她好像是来请求阿里斯塔尔哈夫原谅的，阿里斯塔尔哈夫不仅原谅了她，还和她一起抱头痛哭了。

大尉彻底从梦里醒了过来，用脚在冰冷的地板上找了半天拖鞋，拖拉着到门边。他开了门，精神抖擞、穿着像要远行似的戴尔·阿卡巴巴夫进了屋。

"车在窗户下停着呢，钥匙在床头柜上，怎么这么早啊！"阿里斯塔尔哈夫打了个哈欠。

不过，他并不埋怨戴尔把他叫醒了。一个阳光明媚的寂静早晨。九月的秋老虎，金色的季节，有点儿像戴尔。阿里斯塔尔哈夫冷笑了一下。"打算去钓鱼吗？"

"车在哪里？我把车给你们总指挥了。"戴尔·阿卡巴巴夫无所谓地挥了一下手说。

阿里斯塔尔哈夫耸了一耸肩。把沃尔沃960给不给总指挥完全是戴尔·阿卡巴巴夫自己的事。

"如果你能马上洗完脸穿好衣服，我也给你一辆不比这辆差的车。"戴尔·阿卡巴巴夫给出了一个条件。

"我有一辆车了。"阿里斯塔尔哈夫回答说。

"你觉得总指挥没有车吗？"戴尔·阿卡巴巴夫嘟囔了一句，"他也没拒绝啊！你也不会拒绝的。"

"如果我拒绝呢？"

"那我给你的邻居。"戴尔·阿卡巴巴夫用头指了指隔壁，那里住着圆脸大尉，"手续都办好了，临时牌照已经在手里，就剩填写姓名了。"戴尔·阿卡巴巴夫胡说八道的时候，一脸的严肃。见鬼，哪里来的车？如果阿里斯塔尔哈夫拒绝了，他为什么又要给圆脸中尉？

"戴尔，你是富有的老人，我尊重你一大早就开玩笑的权利。"阿里斯塔尔哈夫因愤怒声音很低，"但也请你尊重我的想法……"阿里斯塔尔哈夫想说"让你滚的想法"，但戴尔打断了他。

"KA50，带着火箭装备。飞行走廊已经打开，需要迅速起飞。雷宾斯克是第一站。你有十分钟时间收拾东西。当然，如果你同意的话。"

12

当阿里斯塔尔哈夫在耳机里听到调度员说出航线的时候，他警觉起来。调度员给出的航线是——莫斯科。

路过莫斯科？阿里斯塔尔哈夫不敢相信，他看了一眼红色"短距赛跑"牌包，那里是他的全部家当。他想起来了，他曾经带着包去过那里。

阿里斯塔尔哈夫觉得调度员的声音有些熟悉，调度员是区司令部的。阿里斯塔尔哈夫曾经和他在图神斯科飞行表演上合作过。飞莫斯科就飞莫斯科吧。

戴尔·阿卡巴巴夫翻着报纸，这回看的是猜字游戏。这有点儿值得怀疑，但是，他不知道得过诺贝尔奖的俄罗斯作家的名字，五个字母构成。

"普希金，不对，要五个字母。"

"普宁。"阿里斯塔尔哈夫提醒说。

"普宁？"戴尔·阿卡巴巴夫怀疑地重复着，从来没听说过这个作家。

下面已经是莫斯科了。

阿里斯塔尔哈夫一般对地点定位很准确，不觉得荒原和城市有什么大的区别。他很快在迷宫一样的格子里找到了直升机和红靴子画廊。

在列娜的画室上空，大尉降低了高度。他觉得他错了，他昨天晚上觉得再也不能从这扇窗看镀锌铁板的房顶了。一天还没过去呢，他就不是透过她的画室窗户，而是透过电子瞄准镜看了。在都能晒花的金属房顶下面，他看到院子深处停着的深蓝色宝马车。

阿里斯塔尔哈夫急速地拉高，现在他能听到的只有调度员的声音。

德米特洛夫大街闪过了，岸上像蜜糖一样的法国大使馆，莫斯科河，克里姆林宫红墙。阿里斯塔尔哈夫驾着苏联时期最后一款直升机 KA50，径直飞向像带着金色火苗的蜡烛一样的伟大的伊凡钟楼。

在他刚发觉哪里有点儿不对劲儿，或者调度员出错了之前，钟楼上突然一团秋叶腾空而起。紧随树叶，从克里姆林宫院里升起一架白色民用直升机，机身上写着"俄罗斯"，尾部涂着一面三色旗帜。

大尉看了半天面色苍白的飞行员，然后开始绕飞机飞行。突然，在圆圆的舷窗里，发现了两张熟悉的脸：一个是臃肿衰老的脸，在梳得整齐的发际线下，几乎看不见眼睛的人，还有一个细腻而冷酷、满脸虚伪的和善，戴着细细的金丝框眼镜的人。

接下来，阿里斯塔尔哈夫大尉亲自按下了武器按钮，美国的导弹"超级号"无声地钻进了民用直升机的肚子。阿里斯塔尔哈夫在空中划了个弧形朝上飞去，以躲避爆炸和碎片。

在高处，几乎消失在秋季的阳光里，已经处在安全地带的他，突然听见一声震耳欲聋的爆炸声。

"哎呀呀……"戴尔·阿卡巴巴夫开怀大笑。说实话，阿里斯塔尔哈夫早就把他忘在脑后了。"大尉呀！你把什么人干掉了！"